피를 마시는 새
3

종이책의 감성을 온라인으로
황금가지의
온라인 소설 플랫폼

인기 출판소설 무료 연재 중!

이영도 판타지 장편소설

피를 마시는 새

3

유혈의 지배자

황금가지

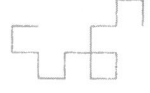

차례

11장 분쟁을 음미하는 태도 7

12장 모르는 것과 미루는 것 113

13장 비밀의 불씨 217

14장 부드러운 돌, 단단한 바람 331

15장 파멸을 경배하는 태도 433

제 11 장

바둑판은 차려졌고 사어가 제대로 전달되는지 확인하는 일만 남았다. 산공부차사 파라말 아이솔은 아무 말이든 시험 삼아 해 보라는 뱀부리미의 요청에 따라 말했다.

"바둑에 사용되는 돌은 두 가지죠. 흰 돌과 검은 돌."

뱀부리미는 파라말의 말을 사어로 바꿔 미라그라쥬로 보냈다. 조금 후 뱀들은 미라그라쥬에서 온 아르키스 대수호자의 대답을 몸으로 표현했다. 뱀부리미는 그것을 읽었다.

"아니요. 바둑에 사용되는 돌은 361개입니다. 패싸움이 많다면 더 늘어날 수도 있고."

파라말은 그 말에 대해 생각하느라 대국이 시작된 것을 알지 못했다. 그 때문에 미라그라쥬에 있던 아르키스 대수호자는 상대방이 첫수부터 장고를 하는 것인가 의심했다.

— 어느 해, 비스그라쥬에 있던 아라짓 제국의 산공부차사 파라말 아이솔과 미라그라쥬에 있던 도시 연합의 대수호자 아르키스 사이에 있었던 대국에서

분쟁을 음미하는 태도

근심 섞인 얼굴로 하늘을 올려다보던 다미갈 카루스 부위는 짧은 외침을 듣고 아래쪽을 보았다. 그의 상관이 손짓을 보내고 있었다. 카루스 부위는 걷어올렸던 줄사다리를 내렸다. 니어엘 헨로 수교위는 날렵하게 줄사다리를 붙잡고 올라왔고 카루스 부위가 수교위의 손을 붙잡아 망루 위로 끌어올렸다.

"아래에서도 잘 보이실 텐데 어쩐 일로 올라오셨습니까?"

니어엘 헨로 수교위는 줄사다리를 오르느라 흐트러진 옷매무새를 바로하며 말했다.

"물론 귀관을 보기 위해서."

"말씀하십시오."

"애들 분위기가 수상하다. 설명해."

카루스는 자기 선에서 해결하려 했던 일이 어느새 중대장의 귀에까지 들어갔다는 사실에 난감했다. 수교위가 이렇듯 찾아왔으니 사실대로 말하는 수밖에 없을 것이다.

"3소대 2분대장 릭 몰테이 아십니까?"

"입이 가볍지."

"정확하십니다. 바로 그 입이 문제입니다. 어제 석식 시간에 발케네 것들은 빠지라는 식으로 큰소리로 떠들었나 봅니다. 그런데 석식을 마치고 나가던 3소대 1분대장 소람 퍼기스가 그것을 들었습니다. 소람 퍼기스는 발케네 출신이고, 지난번 중대 체육 대회의 비각술 우승자입니다."

니어엘은 끙 하는 소리를 냈다.

"그 가벼운 입에 무거운 혹을 달아 줬다는 이야기는 듣고 싶지 않아."

"다행히 릭 몰테이가 재빨리 몸을 피했습니다. 퍼기스도 처음에는 그 사건을 확대할 생각이 없었던 것 같습니다. 하지만 몰테이가 지레 겁을 집어먹고 가시를 세운 모양입니다. 그러니 퍼기스도 체면이 깎이지 않으려면 어떻게든 몰테이를 손봐 줘야 하는 처지가 되었습니다. 현재는 대치 상태입니다. 몰테이 쪽 녀석들이 많긴 하지만 거긴 잔챙이들이 좀 섞여 있습니다. 반면 퍼기스 주변에 있는 녀석들은 진짜배기들이지요. 하지만 진짜 문제는 3소대장 가리아 릿폴입니다."

"뭐가 문제지?"

"수수방관하고 있습니다. 저는 그녀를 타이르면서도 소대 운용에 간섭하는 것처럼 보이지 않는 방법은 없나 고민하던 참이었습니다."

"그래서 찾았나?"

"릿폴 부위는 군단 문화에 익숙하지요. 독립 중대에서는 부위도 마냥 놀 수 없다는 것을 아직 깨닫지 못한 것 같습니다. 시기가 괜찮다면 그 점을 천천히 가르쳐 줄 수도 있을 겁니다. 하지만……."

니어엘 헨로는 카루스 부위가 왜 말끝을 흐리는지 잘 알 수 있었다. 카루스가 바라보던 하늘에 그 대답이 떠 있었다. 니어엘은 하늘을 바라보았다.

광활한 하늘의 주인인 태양이 오늘처럼 볼품없어 보인 적도 드물다. 태양은 하늘누리의 거대한 지느러미 끝에 끼인 조그마한 가락지처럼 보였다.

며칠 전 홀연히 나타난 제국 수도는 나나본의 상공에서 그 거체를 멈췄다. 그 시각 나나본에서 일어났던 소동을 니어엘은 되새기기도 싫었다. 무스키 드레 태수는 침착한 인물이었고 자신이 하늘누리가 출동해서라도 교정해야 할 잘못을 저지른 적이 없다는 것을 잘 알고 있었다. 하지만 사람들은 태수의 침착한 태도를 궁지에 몰린 사람의 자포자기로 해석했다. 태수관에 파견 나가 있던 부하로부터 사람들이 태수를 붙잡아 사형(私刑)하려 한다는 첩보를 접했을 때 니어엘은 웃음조차 나오지 않았다. 가까스로 제 시각에 도달하여 태수를 구출한 니어엘은 소동을 일으킨 나나본 사람들을 몹시 꾸짖었다. 드레 태수는 아무 잘못이 없으며, 만에 하나 그에게 부덕한 면이 있다면 하늘누리 대신 사자패주가 오는 것이 훨씬 타당하다는 말로 니어엘은 사람들을 납득시켰다. 사람들은 부끄러워하며 돌아갔고 드레 태수는 화를 내지 않았다.

"누군들 저 광경을 보고 침착할 수 있겠습니까. 게다가 사람들은 규리하에서 일어난 일을 좀 지나치게 전해 들었습니다. 이해할 수 있는 일입니다."

"그래도 고약하기 짝이 없습니다. 주동자들을 엄중히 벌하십시오."

"그렇게까지 하고 싶지는 않습니다."

"태수님, 보십시오. 머리 위에 제국 수도가 떠 있습니다. 폐하께서 내려다보시는 이 땅의 기강을 바로 세우는 것이 태수님의 의무입니다."

무스키 드레 태수는 달갑지 않은 표정으로 니어엘의 조언을 받아들였다. 몇몇 극렬 분자가 태수관으로 끌려와 태수 모독에 대한 대가를 치렀다. 머리 위에 제국 수도가 떠 있는데도 엄격한 신상필벌을 행하는 태수를 보자 사람들은 태수에게 잘못이 없다는 것을 확신하게 되었다. 그리고 하룻밤이 지나고 밤 동안 머리를 식힌 후에는 하늘누리의 모습이 태수의 위엄을 돋보이게 한다고 느낄 정도가 되었다. 자신의 피지배자들에게 구타당할 뻔했던 무스키 드레 태수는 불과 하루 만에 완전히 뒤바뀐 사람들의 태도, 즉 공포에 가까운 경애를 보내는 사람들의 모습에 씁쓸한 미소를 지었다.

하지만 하늘누리의 거대한 그림자 아래에 평화는 없다. 공교롭게도 그 시각 니어엘의 중대는 하늘누리의 그림자 아래에 있었다. 몇 시간만 지나면 움직일 그림자가 니어엘을 심란하게 하고 있었다. 중대를 뒤덮은 하늘누리의 그림자는 중대에 만연한 불안한 기류를 시각적으로 드러내고 있는 것 같았다. 불행하게도 중대원들의 판단은 나나본 사람들의 성급한 판단보다 훨씬 사실에 가까웠다. 전쟁, 발케네와의, 충격적인.

가리아 릿폴 부위는 그것을 기정 사실로 받아들이는 것 같았다. 전쟁이 발발한다면 부위는 부위답게 돌격해야 한다. 가리아 릿폴은 이미 삶에 대한 애착을 의식 밖으로 쫓아내는 단계로 접어들었을 것이다. 그런 자기 조정에 들어간 부위에게 소대 관리에 힘쓰라는 식으로 이야기하면 혼란을 일으키기 십상이다. 카루스의 고민은 거기에 있었다. 그리고 이제 그것은 니어엘 헨로의 고민이기도 하다.

니어엘 헨로 수교위는 전쟁이 일어난다는 사실을 아직 가슴으로 받아들이지 못했다. 그리고 그녀의 머리는 자신의 중대가 전쟁에 투입될지 그러지 않을지를 예측할 수 없었다. 발케네의 접경 지대에 주둔하고 있는 그녀의 중대는 발케네 국경 수비대에 대해 잘 알고 있다. 따라서 국경 돌파에 그녀의 중대가 기용되는 것은 당연하다. 하지만 다르게 살펴보면 나나본의 지역민들과 친숙한 그녀의 중대는 효과적으로 나나본 수비를 담당할 수 있다. 배후 수비를 위한 효과적인 병력이라는 것이다.

전쟁 상황에 대비한 임무가 규정되어 있다면 니어엘은 고민할 필요가 없을 것이다. 도시 연합과 마주하고 있는 남부의 제국군이라면 그것은 당연히 규정되어 있어야 하는 것이며, 따라서 그들은 전쟁 발발시 최우선 목표와 우선 목표, 그리고 차선 목표까지도 상세히 기록된 지침을 가지고 있다. 하지만 그녀의 중대는 시련과 마주하고 있는 것이 아니다. 제국군은 제국 내 영주와의 전쟁을 상정한 작전 계획을 명문화해 둘 수 없었다. 귀족원으로부터의 격분에 찬 항의를 감당할 수 있다면 또 모르지만. 중대 지휘관으로서 니어엘 헨로의 임무는 어디까지나 나나본 태수와 협조하여 국경 지대의 치안을 유지하는 것이다. 절대로 발케네 공격의 최선봉 부대가 아니다.

하지만 발케네 출신자들과 함께 전쟁에 나가고 싶지 않다는 식으로 떠들어 대는 릭 몰테이 같은 자를 보면 알 수 있듯 중대의 의무에 모종의 변경이 가해질 거라 예측하고 있는 중대원들은 많았다. 그리고 그것은 자연스러운 일이다. 군인들은 전쟁이 직업이고 돈벌이다. 가장 강력한 승진 기회이기도 하다. 어차피 살해자와 피해자 사이에서 외줄타기를 하며 돈을 받는다면 이왕이면 보수가 더 두둑한 곳에서 곡예를 피우고 싶은 것은 당연하다.

이런 생각, 저런 추측, 그런 망발 따위를 하고 있는 중대원들을 안정시키려면 니어엘 헨로는 중대의 전망에 대한 명확한 태도를 보여야 할 것이다. 하지만 니어엘은 아직 상부로부터 아무런 지시를 받지 못했다. 그녀의 임무에 변화가 생겼다는 통보도, 현재의 임무를 계속 유지하라는 통보도 없었다. 하늘누리는 그저 나타나서 고요히 머물고 있었다. 그리고 하늘을 비좁게 만드는 그 존재를 무시하는 것은 시각적으로도 심리적으로도 불가능하다.

니어엘은 답답한 기분에서 말했다.

"몰테이와 릿폴은 이미 전쟁 준비 중이군. 자네는 전쟁에 나가고 싶나?"

카루스는 조금 뜸을 들이고서 말했다.

"출전하지 마십시오."

니어엘은 눈을 가늘게 뜬 채 엉뚱한 대답을 하는 부하 장교를 바라보았다. 카루스가 말했다.

"수교위님의 동생이 저곳에 있다는 것을 모르는 사람은 없습니다. 동기를 의심받을 테니 공을 세울 수 있는 자리에는 가지도 못할 겁니다. 고생은 고생대로 하고 보답 대신 의심이나 실컷 얻을 겁니다. 그러면 중대원들은 그들대로 불만을 느낄 테고 사기가 말도 아니게 될 겁니다. 최악의 경우 수교위님은 진짜 유혹을 느끼게 되실지도 모릅니다."

"상관의 군기를 의심하다니, 괘씸하군."

카루스는 싱긋 웃었다.

"무슨 말이든 다 받아 주시는 상관을 모시고 있는 행운을 즐길 따름입니다."

"관용에도 한계가 있다. 군인에게 싸우지 말라는 말은 너무하지 않아?"

"훌륭한 군인이라면 명령을 들을 귀와 그것을 실행에 옮길 손만 있으면 됩니다. 훌륭한 군인의 귀와 손 사이에는 나가들처럼 심장이 없습니다. 그리고 저는 그런 군인을 한번도 본 적이 없습니다. 아마도 그런 군인은 전부 남부에 가 있나 봅니다."

"군인도 사람이라는 건가?"

"사람이어야 한다고 믿습니다. 그렇지 않으면 싸울 이유가 없습니다."

니어엘은 약간의 충격을 받았다. 20년 근속 휘장을 가지고 있는 부위의 입에서 사람이기 때문에 싸운다는 이야기를 듣는다는 것은 예상키 어려운 일이었다. 문득 니어엘은 카루스 부위에게 극히 받기 어려운 선물을 받았음을 깨달았다.

니어엘은 몸을 옆으로 조금 돌렸다. 지평선 가까이 까마득히 먼 곳에 발케네의 땅이 조금 보였다. 땅과 하늘 사이에 끼여 있는 흐릿한 선을 바라보며 니어엘은 말했다.

"카루스 부위, 그것은 자네나 내가 결정할 일이 아니다."

"나나본 수비에 우리 중대보다 적합한 부대는 없습니다. 진격에 앞서 배후를 살피는 것은 기본 중의 기본……."

"뭘 살핀다고?"

"예?"

"카루스 부위, 하늘누리의 배후엔 아무것도 없다. 허공뿐이야."

카루스는 입을 다물었다. 니어엘은 망루의 난간을 움켜쥔 채 물꾸러미 아래쪽을 바라보았다. 영내를 이리저리 오가는 병사들의 모습이 분주하다. 이 차가운 북부에서 봄은 달력상에만 존재하는 것이지만 병사들의 움직임에서는 겨울의 흔적을 찾기 어렵다.

니어엘은 몸을 돌렸다. 부위를 똑바로 향한 수교위는 손을 들어 부위의 어깨를 가볍게 두드렸다. 뜻밖의 행동에 카루스는 주춤했다. 니어엘은 빙긋 웃었다.

"고마워. 하지만 나는 이 중대의 모든 얼간이들처럼 폐하의 병사다."

"그렇습니까?"

"그렇다."

니어엘은 망루 가장자리로 성큼 걸어갔다. 줄사다리를 잡고 내려가던 그녀는 문득 생각난 것처럼 말했다.

"릿폴 부위는 내가 만나 보겠다. 자네는 상관 걱정 그만하고 다른 소대장들 단속이나 해 줘. 군인은 내일 전투가 벌어질 것처럼 먹고 백 년 동안 전쟁이 일어나지 않을 것처럼 자야 한다. 그렇게 해."

니어엘의 모습이 줄사다리를 따라 아래로 사라졌다. 혼자 남은 카루스 부위는 난간 기둥에 등을 기댄 채 상념에 잠겼다.

기유 구마리는 머리를 긁적이며 책상 위에 놓여 있는 서류를 바라보았다. 지극한 정성으로 기원하면 종이 위의 글자들을 변화시킬 수 있다고 믿는 것 같은 눈길이었다. 물론 그런 일은 일어나지 않았다. 기유는 종이 위의 글자 대신 그 글을 쓴 사람의 마음을 건드려 보기로 했다.

"백작님, 이건 아무리 생각해도 몽화각에 소개 명령을 내리시는 것 같군요?"

데라시는 에두르지 않고 말했다.

"그런 명령입니다."

단도직입적인 대답에 당황한 기유는 다른 사람의 팔을 빌려 온 사람처럼 행동했다. 두 팔을 어떻게 해야 좋을지 몰라하는 기유를 보며 데라시는 다음 말이 어떤 것일지 생각해 보았다. 가장 상식적인 대답은 이런 것이다. 제국 정부와 하늘누리를 위해 봉사하고 있지만 몽화각은 하늘누리 산하의 기관이 아니다. 몽화각을 폐쇄할 수 있는 것은 즈믄누리의 바우 머리돌 성주뿐이다. 따라서 이 명령서는 원인 무효다. 기유가 말했다.

"딱정벌레들에게 안된 일이군요."

데라시는 생각했다. 이것이 도깨비다.

"유수부의 갑충사들은 당신들의 도움이 없어도 딱정벌레들을 잘 관리할 수 있을 겁니다. 내가 듣기로 갑충사들 중에는 당신들도 높이 평가하는 사람이 많다고 하더군요."

"예. 그렇습니다. 뭐, 사실 이곳의 갑충사들은 어지간한 도깨비들보다 비행 경험이 많은 편이지요. 밥 먹고 하는 일이 날아다니는 것이니까요. 하지만 좋은 기수가 곧 좋은 사육자가 되는 것은 아니지요, 백작님. 그리고 좋은 의사와는 거리가 훨씬 멀 겁니다."

"딱정벌레들이 갑자기 단체로 병에 걸리지는 않을 겁니다."

"하지만 단체로 전쟁에 나가잖습니까."

데라시는 생각했다. 이것이 몽화각의 도깨비다. 데라시는 입을 다문 채 덩치 큰 도깨비를 바라보았다. 기유는 어눌한 말투로 웅얼거렸다.

"창칼이 부딪치는 곳은 땅 위라고 해도 화살은 하늘까지 솟아오르지요. 딱정벌레의 껍질이 단단하긴 하지만 크기는 지나치게 큽니다. 화살 피하기에는 불리한 조건이지요. 어, 발케네에 좋은 궁사가 한 명도 없지는 않을 테고요."

발케라라는 지명까지 거론한 것은 실언일 수도, 실언하는 척하는 것일 수도 있다. 혹은 아예 눙치는 짓은 집어치우고 까놓고 말하자는 압박일 수도 있다. 데라시는 냉엄하게 말했다.

"숙고 끝에 내린 결론입니다. 하늘누리를 떠나십시오."

기유는 상심한 얼굴로 말했다.

"백작님, 그렇게 큰 전쟁이 됩니까?"

데라시는 그 말을 못 들은 척하기로 했다. 다른 대안이 떠오르지 않았다.

"거기 보면 적혀 있습니다. 기한은 보름입니다. 보름 후에도 여전히 하늘누리에 남아 있다면 강제 퇴거를 실시하겠습니다. 몽화장 모란 기픈골에게 정확히 전달하십시오."

기유는 영리했지만 어진 도깨비이기도 했다. 그는 데라시를 더 괴롭히지 않기로 했다. 고개를 꾸벅하고 성큼성큼 걸어 나가는 도깨비를 보면서 데라시는 팔을 쓸어내렸다. 비늘이 손바닥 아래에서 쓸리는 느낌이 간지러웠다.

서신에는 어떤 설명도 담겨 있지 않다. 하지만 데라시가 몽화장에게 보내는 서신은 종이가 아닌 기유 구마리 자신이다. 기유는 데라시가 별 특색 없이 끼워 넣은 '정확히'라는 말을 놓치지 않을 것이다. 기유는 정확하게 살피고 정확하게 보고할 것이다. 데라시가 막대한 유혈을 예상하고 있음을, 그래서 피에 놀란 도깨비들이 난동을 부릴까 봐 아예 하늘누리에서 쫓아내는 작업에 착수했음을.

데라시는 신경질적으로 손가락을 꺾었다. 무익한 전쟁이다. 하늘누리의 뜻을 거역하는 자들에게 보내는 경고는 규리하 전쟁으로 이미 충분하다. 발케네를 초토화시키는 것은 무익한 희생이다.

그러나 황제는 그것을 원하고 있었다.

데라시는 시허릭 마지오 상장군과의 대담을 떠올렸다. 발케네 진공 계획을 검토하라는 데라시의 요청에 시허릭은 노골적으로 당황하는 모습을 드러내며 '태위도 안 계시고 대장군도 안 계신데…….'라고 말끝을 흐렸다. 상장군까지 진급한 군인이라는 점에서 알 수 있듯 그가 야망이 없거나 군인 정신이 부족한 인물은 아니다. 오히려 능력이 출중한 것이 그의 문제였다. 뛰어난 통찰력으로 이것이 역사의 분수령이 될 전쟁임을 간파한 시허릭은 부담감을 느끼고 있었다. 승리할 경우, 그 다음은 미지의 영역이기 때문이다.

미지의 영역. 데라시는 비늘 서는 말이라고 생각했다. 문득 데라시는 원시제를 떠올렸다.

'당신의 나날은 언제나 미지의 영역이었겠지요.'

원시제가 붕어했을 때 데라시는 심장을 가지고 있는 애송이였다. 심장을 적출하지 않은 나가들을 집 밖에 내보내길 꺼리는 나가의 전통에도 불구하고 데라시는 한 번 원시제를 목격할 뻔했다. 황제가 그의 집을 찾아왔기 때문이다. 하지만 당시 황제를 경시하던 나가들의 풍조에 젖어 덩달아 황제를 시시한 것이라고 생각하던 데라시는 그 기회를 낭비했다. 그가 접한 것은 원시제의 니름뿐이다. 시시한 사람이지만 찾아왔으니 한번 봐 준다는 오만한 기분으로 데라시가 일층에 내려갔을 때 황제는 이미 문간에 서 있었다. 데라시는 그의 어머니에게 니르는 황제의 니름을 잠깐 들을 수 있었다.

〈쓸 만한 아이가 그 애뿐이라면 그 애를 받겠다. 소메로. 준비 시켜라.〉

〈폐하, 우리 가문이 언제까지 북부에 가문의 일원을 바쳐야 합니까?〉

〈너는 가문을 버리지 않았느냐, 소메로 투나.〉

무슨 니름인지 알 수 없었지만 예의 바른 소년이었던 데라시는 엿듣는다는 것을 알리려 했다. 하지만 그가 자신의 존재를 드러내었을 때 이미 황제의 모습은 보이지 않았다. 문간에 서 있는 것은 가주인 그의 어머니뿐이었다. 데라시는 가주에게 예의를 표시했지만 가주는 그를 뚫어지게 바라보다가 사라졌다.

며칠 지나지 않아서 데라시는 황제의 니름이 무슨 뜻인지 알았다. 그에 대한 대우가 달라진 것이다. 가주는 심장을 적출하면 출가외인이 될 남자가 알 필요가 없는 것들을 그에게 직접 가르치기 시작했다. 처음엔 당황하고 거부감을 느꼈던 데라시는 얼마 있지 않아 새로 알게 된 것들에 매혹되었다.

그리하여 데라시는 자신이 원시제와 남매간이라는 것을 알았다.

〈인간들은 사촌이라고 표현한다. 원시제의 어머니가 내 자매였으니까.〉

〈하지만 저는 데라시 투나잖습니까, 가주님. 폐하의 존함은 그리미 마케로우인데요.〉

〈나는 원래 소메로 마케로우였다.〉

〈네?〉

〈나는 하텐그라쥬의 소메로 마케로우였다. 내가 소메로 투나가

된 것은 2차 대확장 전쟁이 끝난 후 비스그라쥬로 와서 전쟁 때 대가 끊어진 투나 가문을 대신 이었기 때문이다.〉

놀랄 만한 이야기를, 가주는 거리낌 없는 태도로 널렸다. 그것은 어쩌면 음모와 야사, 은밀한 비밀 따위에 꼼짝 못할 나이였던 데라시를 유혹하기 위한 방법이었을지도 모른다. 가주의 속마음이 무엇이었는지는 알 수 없지만 데라시는 그 모든 것에 놀라고 열광했다. 그리고 심장을 적출한 후 더 이상 투나라는 성을 쓸 수 없게 된 데라시에게 주어진 것은 비스그라쥬 백작이라는 지위였다. 데라시는 놀라지 않았다. 대신 기다리던 것을 받는다는 즐거움이 있었다. 물론 그 즈음 황제에 대한 그의 평가는 완전히 바뀌어 있었다. 원시제는 전쟁의 참화 속에서 파괴된 세상을 재수 좋게 차지한 모험가가 아니라 위대한 제국의 시조였다.

그러나 제국 정부를 위해 본격적으로 일하면서 데라시는 자신이 원시제를 과소평가했음을 깨달았다. 그가 보고 알게 된 제국은 충격적이었다. 데라시는 어떻게 한 사람이 그런 것을 만들 수 있는지 짐작도 할 수 없었다. 더군다나 원시제가 쓸 수 있었던 시간은 겨우 12년뿐이었다.

역사상 한번도 없었던 것을 만들려 했던 원시제에게는 역사의 가르침이나 과거의 전범, 다른 이의 조언 같은 것이 있을 수 없었다. 자신의 확신 외에는 어떤 보장도 없는 내일을 기다려야 했을 원시제를 생각하며 데라시는 비늘이 서는 것을 느끼곤 했다. 그것은 지도 없이 미답지를 걷는 것 이상이었다. 어떤 절벽이, 어떤 산맥이, 어떤 늪이 있을지 알 수 없는 길을 걸어간 어떤 모험가도 원시제가 감당해야 했던 중압감을 느끼지는 않았을 것이다. 원시제에게는 수억 명의 삶에 대한 책임이 있었으므로.

그리고 원시제는 그것을 이룩했다. 그녀가 이룩한 것을 목도한 데라시는 부끄러움을 느꼈다.

'나는 황제로 길러진 남동생이 아니었어. 그럴 수도 없지.'

스스로에게도 고백하기 어려운 것이었지만 데라시의 가장 은밀한 마음속에는 그런 희망이 있었다. 원시제가 다른 사람을 황위 계승자로 지명했다는 것을 알았을 때 데라시의 내부에는 아쉬움이 분명히 존재했다. 하지만 제국을 본 후 데라시는 그런 희망의 가장 희미한 흔적마저도 마음속에서 깨끗이 지웠다. 이런 것을 만든 사람이 선택한 후계자다. 그 선택은 반드시 옳다.

데라시는 주먹을 움켜쥐었다.

'반드시 옳아야 한다.'

자신을 안정시킨 데라시는 손을 뻗어 서류들을 집어 들었다. 미지의 영역에 대한 준비는 할 수 없지만 그곳까지 걸어갈 준비는 할 수 있다.

발케네 공작 락토 빌파는 마지막 편지에 서명했다. 그리고 허무감을 담은 눈으로 편지 무더기를 바라보았다.

암살공의 집무실 책상 위에 가득 쌓여 있는 편지들은 모두 그의 봉신들에게 보내는 것으로 비슷비슷한 내용을 담고 있다. 요약하면 다음과 같다. '나에게 맹세한 충성의 이름으로 그대를 소환하노라.' 락토의 속마음은 조금도 반영하지 못한 서신이다. 락토가 솔직함을 지상 가치로 믿는 사람이었다면 편지의 내용은 이러했을 것이다. '아무 짓도 하지 말고 그곳에서 얌전히 내가 준 땅을 지키고 있어라.'

락토는 봉신들 중 아무도 믿지 않았다. 군사를 이끌고 도와주러 오는 자가 있다면 그를 견제하고 감시하느라 시간과 정열을 낭비하게 될 테고, 그것은 암살공이 조금도 바라지 않는 낭비였다. 지나친 피해 의식이라고 단정 지을 수는 없는 태도다. 막상 하늘누리의 거대한 모습이, 즉 제국의 압도적인 힘의 완벽한 상징이 하늘을 꽉 채우며 나타났을 때 휘하의 모든 이가 위엄과 용기를 지킬 수 있다고 믿는다면 그것이 오히려 낭만주의자의 몽상일 것이다. 따라서 봉신들을 불러들이는 것은 그들에게 배신할 기회를 제공하는 우행일 뿐이다.

하지만 불러들일 수밖에 없다. 두 가지 이유에서 그러하다. 첫째, 봉신들을 소환하는 것은 군량과 군비를 가장 손쉽게 조달하는 방법이다. 암살공은 '병사들의 건강 악화로 소환에 응할 수 없는 바, 대신 약소하지만 군량과 군비를 보내어 저의 한결같은 충성심을 증명하고자 합니다.'라는 답장을 강렬하게 희망하고 있었다. 둘째, 암살공은 제국 곳곳에서 암중모색하고 있는 서약 지지파에게 자신이 서약 안에서 싸우고 있음을 보여 주어야 한다. 그것은······.

갑자기 문이 열려서 락토의 사고가 헝클어졌다. 문 쪽을 보기도 전에 락토는 방문자가 누군지 알 수 있었다. 그의 방을 통고 없이 들어올 수 있는 인물은 암살성에 한 사람뿐이다.

"접니다."

스카리 빌파가 불만이 가득한 얼굴로 척척 걸어왔다. 락토는 아들이 의자를 꺼내 앉을 때까지 기다린 다음에 말했다.

"가서 문을 닫고 오너라."

스카리는 아버지가 고의적으로 앉을 때까지 기다렸다는 것에서 분노를 느꼈다. 기를 꺾어 놓겠다는 뜻이 엿보이는 졸렬한 방법이다. 물론 스카리는 그만큼 야비해질 수 있다.

"야! 문 닫아!"

문밖에서 시종이 나타나 집무실의 문을 닫았다. 스카리는 미간을 찡그리는 아버지에게 의기양양한 표정을 보냈다. 암살공은 침착하게 말했다.

"간 일은 어떻게 됐느냐."

"도대체 왜 저를 그 애꾸눈 꼬마에게 보내신 겁니까? 설마 미인계입니까? 그렇다면 아버지의 심미안을 의심할 수밖에 없군요."

이죽거리는 스카리에게 락토는 싸늘한 목소리로 말했다.

"발케네의 공작에게 개소리를 할 수 있는 것은 개뿐이다. 닥치고 질문에나 대답해라. 어떻게 됐냐고 물었다."

스카리는 '이 망할 노인네가!'라고 말하지는 않았다. 하지만 락토는 아들의 눈과 코, 입매에서 그런 말을 들을 수 있었다. 치솟는 격분을 억누르며 락토는 더욱 차가운 눈으로 아들을 응시했다. 결국 스카리가 시선을 돌렸다. 그는 난폭한 어조로 말했다.

"제법 똑똑한 소리를 할 줄 아는 꼬마이긴 했습니다."

"아실이 무슨 말을 했느냐?"

"황제의 무력 시위에 대해 어떻게 생각하느냐고 묻더군요."

락토는 의자 아래로 가라앉는 느낌을 받았다. '무력 시위?' 암살공은 약간 성급하게 질문했다.

"그래서? 뭐라고 대답했지?"

"저를 아시잖습니까? 그런 허풍에 겁을 먹을 것 같았으면 애초에 부냐를 훔치지도 않았습니다. 황제는 발케네 남자를 대상으로 배짱을 겨루는 짓을 해서는 안 된다는 것을 알게 될 겁니다."

"배짱을 겨룬다고?"

"가소롭지 않습니까? 하늘누리를 나나본에 이동시키면 아버지나 제가 겁을 집어먹고 사과할 거라 믿다니, 현실 감각이 전혀 없습니다. 하긴 그런 감각이 있었다면 충성 서약을 거부한다느니 하는 망발을 하지는 않았겠지요. 이제라도 가르쳐 주는 것이 좋을 겁니다. 자신이 누구의 양해 하에 제국을 다스리고 있는 것인지. 규리하의 무사가 못했다면 발케네의 도둑이 나서야지요."

일반적으로 암살공은 바보의 언행을 즐기는 편이었다. 만약 앞에 있는 사람이 아들이 아니었다면 암살공이 보여 줄 수 있는 가장 진지한 반응은 냉소에 찬 경멸이었을 것이다. 그리고 진지함도 소중한 자원이라 믿는 암살공이 보다 편하게 선택할 수 있는 반응은 무시였을 것이다. 하지만 스카리 빌파는 그의 아들이었다. 그 사실은 냉소도, 무시도 아닌 암살공 자신도 놀랄 정도의 분노를 불러일으켰다.

암살공이 의자에서 일어나 그의 곁으로 와서 일어서라는 손짓을 해 보였을 때 스카리는 자신이 뺨을 맞을 줄은 몰랐다. 그리고 상상하지 못한 일이 일어났을 때 스카리는 한동안 그 사실을 받아들이지 못했다. 뺨을 만질 생각도 못한 채 스카리는 어이없다는 투로 말했다.

"왜 이러십니까?"

암살공의 대답은 두 번째 따귀였다. 혀를 움직여 볼 안쪽을 훑어 본 스카리는 피 맛을 느꼈다. 그 순간 그는 짜증이 왈칵 솟아오르는 것을 느꼈다. 분노도 억울함도 아닌 짜증이었다. 스카리는 아버지를 똑바로 바라보았다.

"왜 이러십니까?"

"이 바보 자식! 조그마한 계집애에게 그렇게 농락당하고도 자신이 바보가 됐다는 것도 모르느냐! 내가 창피해서 아실을 볼 낯이 없구나. 이 멍청한 놈!"

"농락이라니, 무슨 말입니까?"

분노 때문에 암살공은 조리 있게 말할 여유도 끌어낼 수 없었다.

"아실 그 괘씸한 것이, 그래, 너를 시험했구나. 귀중한 지혜를 나눠 줄 가치가 없다는 것을 알아차렸군. 그래, 판단할 자유가 있지. 시험할 수 있지. 네가 얼간이라는 것을 알아낼 권한이 있지! 하지만, 제기랄. 그것이 나를 이렇게 창피하게 만들다니. 내가 아들을 보낸 뜻을 헤아렸다면 알아서 가르쳐 줘야 할 것을…… 내 아들을…… 나의……."

"아버지!"

"닥쳐라!"

스카리는 어금니를 꽉 깨문 채 암살공을 노려보았다. 암살공은 책상을 짚으며 힘없이 의자 쪽으로 돌아갔다. 쓰러지듯 의자에 주저앉은 락토는 뜨거운 숨을 몰아쉬었다. 스카리는 책상 앞에 우뚝 선 채 그 모습을 내려다보았다. 혀끝의 피 맛이 입 안 전체로 퍼졌다.

호흡을 고른 락토가 건조한 목소리로 말했다.

"너는 이것이 무슨 전쟁인지 알아야 한다."

"알게 해 주시죠."

"이것은 일원주의자와 분리주의자의 전쟁이다."

스카리는 어처구니가 없었다. 오래전 쟁룡해의 포말 속에 흩어진 분리주의의 이름이 다른 사람도 아닌 그의 아버지의 입에서 나온다는 것은 상상할 수도 없는 일이었다.

"네가 속으로 무슨 생각을 하는지 안다."

락토가 말했다.

"잘난 체하고 싶어서 황제에게 가르쳐 주느니 어쩌느니 했지만, 너는 속으로 전쟁이 일어나지는 않을 거라 믿고 있겠지. 비셀스 규리하와 엘시 에더리를 짝지어 주고 싶어하는 황제는 네 행동에 박수를 보낼 거라고 예상하고 있겠지. 하지만 황제가 그것을 겉으로 드러낼 수는 없으니까, 마침 제국 수도는 움직일 수 있으니까 이렇게 인상적인 무력 시위를 한번 하는 거라고, 이것은 비용은 싸게 먹히고 감동은 큰 공연이라고 생각하고 있겠지."

스카리는 찔끔하는 표정을 드러내지 않으려 애썼다. 락토는 황혼 같은 눈길로 아들을 지그시 바라보았다. 그 예고대로 그의 입에서 나온 것은 밤처럼 차가운 말이었다.

"바보들이 너를 위한 환영회를 준비하겠구나."

"제가 왜 바보입니까?"

"네 추측은 틀리지 않았다. 그리고 틀리지 않았다는 것은 바보들의 만족 기준이다. 한 번에 한 가지만 고려할 수 있는 너와 달리 황제는 두 가지, 세 가지를 고려했다. 황제가 계획한 것은 엘시 에더리와 비셀스 규리하의 혼례 준비이면서 동시에 발케네 진공의 명분 획득이다."

"황제가 발케네를 친다고요? 어림도 없습니다."

"왜지?"

"예?"

"왜지! 설명해라. 규리하 전쟁 전에도 너처럼 말하는 자들이 있었다. 발케네만 규리하로 바꿔서. 그들은 그 말로 규리하를 구하진 못했다. 너는 네 말로 발케네를 구할 수 있느냐? 네 말이 얼마나 메질이 잘되어 있는지 보여라. 네 말이 얼마나 담금질이 잘되어 있는지 보여라. 네 말에 얼마나 날이 잘 서 있는지 보여라! 왜지? 왜 황제가 발케네를 치는 것이 어림도 없는 짓이냐! 말해!"

"그렇게 다그치시는 건 제 말을 받아들일 생각이 없다는 뜻인데 제가 왜 말해야……."

"할 말이 없는 것이군."

스카리는 어금니를 악물었다.

"자기 논리를 증명하는 방법 중에서 상대를 바보로 만드는 것은 하지하의 수법입니다. 좀 더 나은 방법을 쓰시지요. 황제가 왜 발케네를 친다는 것인지 직접 설명해 보실 생각은 없으십니까?"

"물론 해 주마."

그리고 락토는 설명했다. 그러나 스카리는 아버지를, 그리고 아버지의 말을 이해할 수 없었다. 락토가 한 말은 그가 아는 아버지가 할 말이 아니었다. 스카리는 처용 산맥과 후사린 강 사이의 모든 땅이 하나의 가치관을 따르고 라호친에서 하텐그라쥬까지의 모든 도시가 하나의 전망을 따라 움직이는 것이 왜 악몽인지 알 수 없었다. 그것은 지금 발케네에서 일어나는 일의 확장에 불과하지 않은가? 스카리는 아버지에게 그렇다면 발케네의 통치에 아버지 이외의 의지가 개입하게끔 허락하고 싶은 거냐고 묻고 싶었다. 또한 스카리는 각기 무게와 길이가 다른 서까래를 억지로 이어 만든 지붕이 사람들의 머리 위로 무너져 내릴 것은 자명하지 않냐는 비유도 이해할 수 없었다. 다행히 그의 아버지는 그 비유에 대해 설명했다.

"원시제는 제국을 만들었다. 아무도 그런 것이 존재할 수 있다는 것조차 생각할 수 없었던 위대한 제국이지. 그 업적은 최상의 언어로 칭송되어도 무방하다. 하지만 원시제에게는 결코 넘을 수 없는 한계가 있었다. 12년이라는 시간 말이다. 만약 선황에게 그 두 배의 시간이 주어졌다면 제국은 완벽해졌을 것이다. 나는 그것이 어떤 것일지 상상할 수 없지만, 그거야 아라짓 제국이라는 것도 마찬가지지. 하지만 시간이 있었다면 선황은 아무도 상상할 수 없는 방법으로 제국에 완전성을 부여했을 것이다. 하지만 황제의 모든 권능으로도 막을 수 없는 죽음 때문에 제국은 최고의 미완성작으로 남게 되었다. 건물에서 미관이나 편의성만큼 중요한 것은 내구성이다. 그런데 제국이라는 이 아름다운 건물에는 그 마지막 요건이 결여되어 있다. 그 때문에 치천제는 끝없는 유혈로 건물의 균열을 봉합할 수밖에 없단 말이다. 원시제의 위대한 작품은 결국 피를 마시는 새가 되었다. 살아남기 위해 끝없이 피를 마셔야 하는, 그래서 피비린내를 풍기는 새 말이다."

스카리는 뚱한 얼굴로 말했다.

"피를 마시는 새가 뭡니까?"

"키탈저 사냥꾼의 이야기도 모르느냐?"

스카리는 결정을 내렸다. 이제는 옛이야기라니. 그의 아버지라는 책은 이미 오래전에 결론이 났다. 지금 스카리가 보고 있는 것은 지나치게 긴 후기일 뿐이다.

"이제 알았습니다."

"뭘 알았다는 거냐?"

"아버지께서 하인샤 대사원에 들어가셔야 할 때가 되었다는 것을 알게 되었습니다."

락토는 숨이 막혔다. 가슴을 움켜쥐지 않은 것은 자존심 때문이다. 그는 돌처럼 굳은 얼굴로 아들을 바라보았다. 그 무표정을 또 다른 종류의 냉소로 생각한 스카리는 모진 말을 꺼냈다.

"그곳의 착한 중들이라면 아버지의 희떠운 소리도 자상하게 들어 주겠지요. 가장 바람직한 청중입니다. 좋은 모범을 보인 많은 선현들의 예를 따르시지요. 다만 라수 규리하의 예는 따르지 않으시는 편이 좋겠습니다."

"그리고 네가 발케네의 공작이 되는 거냐?"

"공작 부인은 부냐에게 가장 어울리는 지위입니다. 사실 지나치게 긴 시간 동안 발케네에는 안주인이 없었지요. 늙은 홀아비의 다스림을 받는 사람들의 입장도 생각해야겠지요."

"탈옥수가 발케네 공작 부인이 된다?"

락토는 그 말을 이해할 수 없었다. 하지만 스카리는 그것을 조롱으로 받아들였다.

"끝까지 이러실 겁니까! 저를 욕하는 건 참을 수 있지만 제 여자를 그런 식으로 비웃는 건 참을 수 없습니다!"

스카리가 참을 수 없는 것이 무엇인지는 불명확하지만, 그가 끝장낸 것은 대화였다. 스카리는 문가로 휙 걸어갔다. 그리고 문을 열고 밖으로 나가기 전에 난폭하게 말했다.

"제발 현실을 받아들이십시오!"

문이 듣기 거북한 소리를 내며 닫혔다. 락토는 그 문을 매섭게 노려보았다.

몇 분 후, 꼼짝도 않고 앉아 있던 암살공이 부스스 일어섰다.

락토 빌파는 스카리가 앉았던 의자로 다가갔다. 그는 의자를 집어 들고 잠시 방향을 가늠했다.

그날 오후 암살성의 사람들은 암살공의 집무실 창문을 부수며 튀어나온 의자에 도대체 어떤 통치 철학이 담겨 있는지 고민해야 했다.

부냐 헨로는 자신이 처한 상황을 이해할 수 없었다.

그녀는 백화각의 냉동실로 돌아와 있었다. 암흑과 광활함, 즐비한 선반들 때문에 알아차린 것은 아니다. 부냐는 익숙한 추위로 그곳이 냉동실임을 알 수 있었다. 그리고 그 상황은 이해할 수 없는 것이었다. '나는 분명히 스카리 빌파와 함께 백화각을 빠져나와 발케네로 갔는데……'

소름 끼치는 깨달음. 모든 염사와 염사 보조인들이 경고하는 재난이 부냐에게 찾아온 것이다. 어둡고 넓은 냉동실을 배회하다가 길을 잃고, 반쯤 졸면서 냉동실 안을 정처 없이 걸어다니지만, 추위와 암흑에 마비된 그녀의 머리는 위험을 경고하는 대신 이루어질 리 없는 환상을 제공하는 배신을 저질렀다. 부냐는 자신이 죽음에 목까지 잠겼었다는 사실을 깨닫고 진저리를 쳤다. 부냐는 황급히 출구를 찾았다. 보이지 않았다. 저 선반 뒤를 돌아가면? 보이지 않았다. 보이는 것은 어둠 속으로 수렴하는 선반의 행렬뿐이었다. 그리고 그 위에 얹혀 있는 관들. 추위와 허기 속에서 비틀거리던 부냐는 손을 옆으로 뻗었다. 그러나 그녀의 손이 닿은 곳은 선반이 아니라 관이었다. 부냐는 황급히 손을 끌어당겼다. 하지만 그녀의 손바닥은 차가운 관에 달라붙어 있었다. 손바닥이 찢어지는 통증에 비명을 질렀다. 그러나 입 밖으로 나오는 소리는 자신의 귀에도 제대로 들리지 않는 애처로운 신음이었다.

손바닥을 떼어 내지 못하면 냉동실 안에서 굶어 죽거나 얼어 죽을 수밖에 없다. 부냐는 다시 손을 끌어당겼다. 하지만 그녀의 얼어붙은 팔을 움직인 힘은 작았고 손바닥의 통증은 엄청났다. 부냐는 자지러지듯 주저앉았다. 관에 달라붙은 손은 떨어지지 않았다. 부냐는 팔을 한껏 쳐든 자세로 주저앉을 수밖에 없었다. 어깨가 빠지는 것 같았다. 주르륵 흘러내리는 눈물이 놀랍도록 차가웠다.

"헨로?"

부냐는 깜짝 놀랐다. 염사장 두이만 길토의 목소리였다.

"헨로? 헨로, 어디 있는 거야?"

염사장은 냉동실에 들어간 부냐가 나오지 않자 직접 찾으러 들어왔다. 부냐는 기뻐하며 말했다. 여기 있다고 말하려 했다. 하지만 얼어붙은 목은 여전히 아무 소리도 내지 못했다. 부냐는 일어서려 했다. 하지만 관에 붙어 있는 손 때문에 휘청거리다가 도로 주저앉았다. 이번에야말로 어깨가 끊어질 듯 아팠다. 부냐는 서럽게 울었다. 염사장이 저기 있는데. 그녀가 흘린 눈물이 얼어붙었다. 말을 할 수 없었다. 볼에 얼어붙은 눈물의 더께가 쌓였다. 얼굴에 쌓인 얼음 때문에 이젠 입도 제대로 움직이지 않았다. 그때 저 앞에서 불빛이 움직였다. 얼어붙은 눈물과 암흑 때문에 제대로 보이는 것이 적었지만 부냐는 그것이 등불을 들고 있는 두이만 길토임을 깨달았다. 여기 있어요. 여기 있어요! 얼어붙은 얼굴은 움직이지 않았다.

"헨로, 대답해!"

두이만의 걱정스러운 목소리가 들려왔다. 하지만 불빛은 멀어졌다. 두이만은 그녀를 발견하지 못했다. 부냐는 미칠 것 같았다. 나가들처럼 니를 줄 안다면, 그렇다면…….

〈여기 있어요!〉

멀어지던 불빛이 멈추었다. '내가 니른 것일까?' 얼어붙은 눈물이 어느새 부냐의 턱과 가슴 사이에 기둥처럼 늘어서 있었기에 부냐는 고개를 돌릴 수 없었다. 그녀가 선택할 수 있는 것은 니름뿐이었다. 부냐는 결사적으로 닐렀다.

〈제발, 여기 있어요. 염사장님, 여기예요!〉

놀랍게도 불빛이 그녀를 향해 움직였다. 주춤거리던 불빛은 조금 후 확신을 가진 듯 빠른 속도로 움직였다. 부냐는 불빛 아래에서 다가오는 발의 희미한 모습을 볼 수 있었다.

"헨로? 거기야?"

주저앉은 그녀의 눈높이보다 조금 높은 곳에서 불빛이 다가왔다. 그리고 그 다리는 점점 뚜렷해졌다. 얼굴과 상체에 얼어붙은 얼음 때문에 움직일 수 없었던 부냐는 두이만에게 대답할 수 없었다. 그녀는 계속해서 닐렀다. 맞아요. 여기예요. 그래요. 불빛이 그녀의 앞쪽에 도달했다. 그녀의 눈앞에 서 있는 두 개의 무릎을 보며 부냐는 비명이라도 지르고 싶은 환희를 느꼈다. 불빛이 아래로 내려왔다. 그 짧은 시간이 영원처럼 느껴졌다. 하지만 이제 안도감이 찾아들었다. 살아난 것이다. 두이만의 얼굴이 나타나길 기다리던 부냐는 문득 이상한 사실을 깨달았다. 두이만이 어떻게 니름을 들은 것일까? 니름을 들을 수 있는 것은…….

위에서 내려온 것은 비늘에 덮인 두이만의 얼굴이었다. 두이만

이 닐렀다.

〈헨로.〉

"으아아아!"

부냐는 눈을 뜨면서 비명을 질렀다. 벌떡 일어서려는 그녀의 어깨를 누군가가 붙잡았다.

"부냐, 정신 차려!"

부냐는 도리질을 하며 두 팔을 내저었다. 이건 안 돼, 이럴 수는 없어. 그러나 목소리는 다시 외쳤다.

"나야! 스카리야. 왜 이러는 거야? 정신 차려!"

부냐는 몸부림을 멈췄다. 가까스로 진정한 그녀의 눈에 스카리의 놀란 얼굴이 들어왔다.

파리조의 암살성이었다. 부냐는 자신이 앉아 있는 곳이 냉동실의 차가운 바닥이 아니라 의자 위임을 깨달았다. 목과 겨드랑이는 땀으로 미끈거렸고 지독하게 차가웠다. 부냐는 소름이 돋은 두 팔을 내려다보다가 다시 스카리를 바라보았다.

"스카리?"

"그래, 나야. 악몽을 꾼 모양이군. 이제 괜찮아."

"스카리…… 스카리?"

스카리는 웃으며 부냐의 손을 붙잡았다. 부냐의 손을 자신의 뺨에 대고 누르며 말했다.

"괜찮아. 나쁜 꿈이었어."

부냐는 아무 말도 하지 못한 채 스카리의 얼굴을 멍하니 바라보았다. 스카리는 어깨를 살짝 으쓱이고는 손수건을 꺼냈다. 부냐는 스카리의 손에 쥐어진 것이 뭔지 모르겠다는 듯이 바라보았다. 스카리는 입술을 모아 작게 한숨을 내쉬고는 손수건을 펼쳐 부냐의 얼굴을 닦았다. 손수건이 닿은 순간 부냐는 어깨를 살짝 움츠렸다.

"굉장히 나쁜 꿈이었나 보군. 미안해."

부냐는 뭐가 미안하다는 것인지 알 수 없었다. 스카리가 설명했다.

"더 빨리 구해 냈어야 하는 건데. 백화각에서 몸이 너무 상한 거야. 젠장. 파리조의 날씨는 치병에 아무런 도움이 안 돼······. 아, 그래. 선조해 쪽에 별장을 만들도록 하겠어. 공작 부인이라면 자신의 별성을 가져야겠지."

부냐는 스카리가 말하는 것이 좋았다. 비록 그 뜻을 하나도 이해할 수 없었지만 그것은 육성이었고 니름이 아니었다. 스카리는 부냐의 얼굴에 떠오른 것이 기대감이라고 생각했다. 그는 기세 좋게 외쳤다.

"맞아! 부냐 헨로. 그대가 발케네 공작 부인이 되는 거야!"

부냐는 스카리의 고함이 마음에 들지 않았다. 몸이 울리는 것 같았다. 어두워지는 그녀의 얼굴을 본 스카리는 재빨리 말했다.

"당신은 그럴 자격이 있어. 내가 당신 곁에 있는 한 당신은 세상에 무엇이든 요구할 수 있고, 그 무엇도 걱정할 필요가 없어. 태양이 당신을 경배하게 할 거야. 바다가 당신을 두려워하게 하겠어. 당신은 모든 여인들 중의 여인이 될 거야······."

부냐는 스카리의 말을 더 듣고 싶지 않았다. 이해할 수도 없고 육성도 이제 충분히 들었다. 그녀에게 필요한 것은 온기였다. 정직한 체온. 부냐가 말했다.

"스카리."

"응?"

부냐는 더 말하는 대신 스카리의 어깨에 팔을 둘렀다. 스카리는 약간 당황했지만 곧 자신을 끌어당기는 팔에 순응했다.

주테카는 조약돌을 검지와 엄지 사이에 끼운 채 바닥에 쌓여 있는 돌을 이리저리 살펴보았다. 한참을 그렇게 살피다가 결국 결심한 듯 손에 있던 돌을 조심스럽게 올려놓았다. 돌무더기는 달각거렸고 주테카는 긴장했다. 하지만 오래도록 살핀 보람이 있어 돌무더기는 무너지지 않았다. 주테카는 조그마한 돌무더기를 흡족하게 바라보았다.

주테카는 돌무더기를 주먹으로 내리쳤다.

돌무더기가 박살이 났다. 튕겨 날아간 돌이 나무들을 땅땅 때렸고 돌무더기 안쪽에 있던 돌은 가루가 되어 부서졌다. 주테카는 주먹을 쥐었다 폈다 하고는 다시 돌을 모으기 시작했다.

준람이 끙 하는 소리를 내며 깃털을 부풀렸다. 깃털들 사이에서 조약돌들이 후두둑 튀어나왔다. 몸을 툭툭 털면서 그는 다섯 번이면 충분히 참았다고 생각했다.

"그만해라. 아프다."

주테카는 퀭한 눈을 들어 준람을 바라보았다. 준람 근처에 떨어져 있는 돌들을, 나무 반대편에 앉아 있는 쵸지를, 으르렁거리며 투석기 탄환으로 쓰임 직한 돌멩이들을 모으고 있는 론솔피를 본 주테카는 만사가 귀찮다는 표정으로 쌓고 있던 돌무더기를 발로 밀었다. 준람은 론솔피에게도 말했다.

"하지 마라."

론솔피는 주테카가 다섯 번 한 일이라면 자신도 그만큼 할 수 있다는 일종의 만민 평등 사상을 개진하려 했다. 그때 나무에 등을 기댄 채 조약돌의 비산을 피하고 있던 쵸지가 말했다.

"누가 온다."

쵸지가 일어섰고 다른 세 명의 레콘들도 벌떡 일어섰다. 무의식중에 바닥을 찬 론솔피는 도끼창 자루가 떠오르지 않자 의아해하다가 곧 침울해졌다. 숲 사이에서 수레들이 나타났다.

수레들 주위에는 별다른 호위가 없었다. 맨 앞쪽의 수레 옆에 있는 사람만이 무장을 하고 있었지만 그 사람도 별로 위협적으로 보이지 않았다. 레콘들은 다른 종족에게서 공포를 느끼기 어려우며, 그 다른 종족이 손이 하나뿐이라면 공포를 느끼는 것은 불가능하다.

루시닌 수교위 또한 자신이 네 명의 포악한 레콘들을 겁줄 능력이 있다고 믿지 않았다. 루시닌은 매섭게 노려보는 레콘들을 무시한 채 수레 뒤편으로 돌아갔다. 그는 한 손으로 수레에 담긴 무엇인가를 붙잡아 끌어내렸다. 곧 레콘들은 처참하게 두드려 맞고 꽁꽁 묶인 대장군의 몸종을 보게 되었다.

"이레?"

준람의 말에 이레 달비가 고개를 들었다. 한쪽 눈은 두꺼비처럼 부어 감겨 있다시피 했고 다른 눈도 실핏줄이 터져 벌겋게 변해 있었다. 하지만 이레는 기세 좋게 몸을 일으켰다. 준람은 이레가 그러지 않았으면 좋았을 거라고 생각했다. 팔이 묶여 있는 탓에 균형을 제대로 잡을 수 없었던 이레는 채 반도 일어나지 않아 다시 고꾸라졌다.

땅에 쓰러져 죽는 소리를 내는 이레를 보던 루시닌은 한 손으로 사이커를 뽑아 들었다. 그 순간 론솔피가 주테카를 머리 위로 집어 들었다.

"허튼짓하면 던진다."

허공에서 버둥거리던 주테카는 론솔피의 말을 듣고 재빨리 무시무시한 표정을 지어 보였다. 쵸지는 커다란 벼슬을 끌어내려 론솔피 쪽을 가렸고 준람은 하늘을 물끄러미 바라보았다. 루시닌은 조금 기가 막혔지만 이 가공할 투척 병기의 위협을 순순히 수용하는 편이 좋겠다고 생각했다. 수교위는 충분히 세심한 동작으로 이레의 결박을 끊은 다음 사이커를 도로 꽂아 넣었다.

이레는 비틀거리며 일어났다. 루시닌은 수레를 끌고 있던 사람들에게 신호를 보냈고 그러자 사람들이 수레를 놔둔 채 모여들었다. 루시닌은 그들을 인솔하여 걸어갔다.

루시닌과 일꾼들이 숲 사이로 사라지자 쵸지와 준람은 이레에게 다가갔다. 이레 또한 황급히 그들에게 다가오며 말했다.

"가주님은 어떻게 되셨습니까!"

"가주님?"

"아니, 그러니까 대장군님이오."

"아, 엘시. 모르겠어. 따로 끌고 갔거든."

이레는 도대체 레콘이 네 명이나 있으면서 어떻게 대장군 한 사람을 지키지 못했냐는 눈으로 준람을 바라보았다. 준람은 창피스러운 표정으로 이레를 외면했다. 쵸지가 설명했다.

"그거, 소화차 말이야. 그것이 우리를 포위했어. 그놈들은 엘시를 따로 데려가고 우리는 이렇게…… 음. 여기를 그러니까……."

"늪지요."

"그래. 그 한가운데 가뒀어. 나는 이게 레콘만 빠져나갈 수 없는 곳이라고 생각했는데 너까지 집어넣은 것을 보니 인간도 제대로 빠져나갈 수 없는 곳인가 보군. 그런데 너는 어찌된 거냐?"

이레는 기운이 쭉 빠진 표정으로 주저앉았다. 쵸지와 준람, 그리고 주테카를 내려놓은 론솔피도 바닥에 앉았다. 이레는 베로시 토프탈 상장군의 망고 군단에서 있었던 일을 죽 설명했다.

"그리고 아까 그 나가 녀석이 저를 덮쳤습니다."

"손이 하나뿐인 놈한테 당했나? 무슨 대장군 몸종이 그래?"

"저를 잡느라 손을 하나 잃은 겁니다."

"그래? 어떻게?"

이레는 아픈 눈두덩을 조심스럽게 어루만지며 말했다.

"소드락 먹고 덤비기에 포기한 척하면서 시간을 끌었습니다. 소드락은 17분이 한계죠. 소드락의 효과는 놀랍지만 세상에 공짜는 없습니다. 대가를 치러야 하지요. 나가들이 소드락을 먹고 심하게 움직이면 약효가 떨어졌을 때 졸도할 수도 있습니다. 활동이 거의 없었다 해도 잠깐 동안의 무력 상태는 어쩔 수 없지요. 세심하게 보면 약 기운이 떨어졌다는 것을 알 수 있습니다. 루시닌 수교위는 설마 인간이 그런 것을 알 리 없다고 생각해서 방심했겠지요. 그때 한 방 먹이고 사이커를 빼앗았습니다. 그 불쌍한 수교위는 제가 사이커에 익숙하다는 것도 짐작하지 못했겠지요. 재생시킬 수 있을 테니 부담 없이 잘랐습니다."

"그런데 왜 잡힌 거야?"

"장소가 안 좋았습니다. 하필이면 군단 사령부였습니다. 저는 군단 전체가 이미 배신했을 거라고는 믿지 않았지만, 그렇지 않더군요."

설명하던 이레의 앞에 주테카가 병을 하나 내려놓았다. 이레는 의아한 얼굴로 그를 올려다보았다. 주테카는 수레들을 가리켰다.

"저기 있더군. 먹을 것이 실려 있더라. 이거 술 같은데, 좀 마셔. 그래야 할 것 같은 얼굴이군."

이레는 고맙다는 얼굴로 병을 열었다. 향긋한 술 냄새가 번지자 주테카는 만족한 얼굴로 수레로 달려갔다. 그제야 이레는 주테카가 병에 담긴 것이 술인지 물인지 확인하기 위해 자신에게 먼저 건넸음을 알았다. 이레가 핏 웃는 모습을 못 본 척하며 주테카는 술병의 주둥이를 깨물어 부수었다. 열린 부리 속으로 술을 콸콸 쏟아 붓는 주테카를 보던 준람이 말했다.

"내가 생각하기엔 남쪽의 제국군 일부가 말썽을 부리고 있는 것 같은데."

몸종은 단순한 하인이 아니며, 그럴 수도 없다. 고위 인사의 지근거리에서 그들을 보좌하는 몸종들은 주인의 업무에 꽤 익숙하고 주인의 사회 관계를 흡수한다. 따라서 이들은 제국 정부의 동량으로 취급되는 것이 보통이다. 이레 달비 또한 대장군의 몸종이니 장차 제국군에서 귀하게 중용될 것임은 분명하다. 그의 종형처럼 전투 분야에 종사하기는 조금 어렵겠지만 제국군에 전투병만 필요한 것은 아니다. 준람은 이레가 엘시에 버금가는 상황 파악을 해 줄 수 있을 것이라 믿었다. 그의 예상대로였다.

"그럴 겁니다. 하지만 군의 반란은 아닐 겁니다. 베로시 토프탈 상장군은 시모그라쥬 공작 팔디곤 토프탈의 조카입니다. 이 배후에 있는 것이 시모그라쥬 공작이라고 판단해도 무리는 없을 것 같습니다."

"하지만 너는 조금 전에 군단 전체가 배신했다고 말했잖아."

"좀 창피스러운 이야기가 되겠군요. 제국군 전체에서 항상 전쟁을 준비하고 있는 것은 시련과 마주하고 있는 남부의 제국군뿐입니다. 태위청에서는 군단의 장교들을 순환시키려 애씁니다만, 남부에서는 밀림과 나가에 익숙하지 않은 북부의 장교들을 꺼립니다. 그것은 당연한 기피지요. 그러다 보니 한계선 이남의 군인들은 계속 한계선 남쪽에서만 돌게 됩니다. 순환 자체도 별로 이루어지지 않고요. 아무래도 사병화가 된 것 같습니다."

준람은 부리를 부딪쳤다.

"군단이 사병이 되었다? 웃기는군. 그건 그렇다 치고 이유가 뭐지? 황제의 대장군을 붙잡는다고 해서 무엇을 얻을 수 있지?"

이레는 어두운 얼굴로 술병을 입으로 가져갔다. 이레는 한참 후에야 그것을 내려놓고 숨을 몰아쉬었다.

"미안합니다. 몸이 아파서. 음. 글쎄요. 주인님이 행방불명이 된다면 시모그라쥬 공은 공석이 된 대장군 자리에 합당하다고 생각되는 인물을 천거할 수 있겠지요. 혹은 황제의 자리에 합당하다고 생각되는 인물을 고를 수도 있을 테고."

쵸지는 벼슬을 곤추세웠다.

"황제의 자리?"

이레는 입 주위를 훔치며 말했다.

"최악의 경우 반역일 수도 있다는 겁니다."

베로시 토프탈 상장군은 반역이라는 말의 어감이 좋았다. 그것은 두억시니라는 말에서 느껴지는 어감과 비슷했다.

두억시니는 혼란이다. 두억시니는 귀납법의 적용을 거부한다. 모든 두억시니는 모든 두억시니와 다르며 그렇기에 그것이 두억시니라는 것을 알 수 있다. 신을 잃은 이 가련한 종족은 보살펴

줄 어떤 법칙도 가지지 못했기에 아무렇게나 존재한다. 거의 대부분의 역사에서 상종할 수 없는 괴물로 기록되어 있는 이 기괴한 존재가 단 한 번 역사의 중심에서 활약한 적이 있다. 모든 면에서 언어도단적 존재였던 대호왕이 자신의 수호자로 선택했던 스물두 명의 두억시니가 바로 그들이다. 현재의 이십이금군은 이들을 기원으로 한다. 그리고 베로시 토프탈이 구할 수 있었던 두억시니 자료는 대부분 대호왕의 이십이 두억시니에 대한 관찰 기록이다.

  두억시니에 대해 처음 알았을 때부터 베로시는 그 기괴한 존재에 매혹되었다. 단어에는 지시 대상이 따르는 법이지만 두억시니의 경우에는 그 방식이 독특하다. 두 사람이 고양이에 대해 이야기를 나눈다면, 비록 털빛이나 크기 같은 것은 조금 다를 수 있지만 두 사람은 거의 비슷한 존재에 대해 이야기를 나눌 수 있다. 동물적이라는 말은 고양이라는 말보다 조금 더 복잡하다. 도덕의 몰락에 대해 이야기하고 싶어서 '동물적'이라는 말을 사용한 사람은 상대편이 기민함과 직관적 행동에 대한 이야기로 잘못 이해하는 상황을 대비해야 한다. 하지만 약간의 오해를 조정할 수 있다면 동물적이라는 말은 사용할 수 있고 실제로 사용된다. 그런데 두억시니에 이르면 그 단어의 지시 대상은 규정할 수 없는 것이 되어 버린다. 두억시니는 이렇다, 두억시니는 저렇다고 말할 수 없다. 모든 두억시니는 모든 두억시니와 다르므로.

  두억시니의 그런 무규칙성에 매혹된 베로시 토프탈에게, 대호왕의 이십이 두억시니에 대한 기록은 만족스럽지 않은 것이다. 대호왕의 두억시니들에게는 공통점이 있었다. 그들은 대부분 좌우 대칭의 몸을 가지고 있었고 대호왕을 따랐다. 대호왕의 수호자로 선택된 존재들이니 그것은 어쩔 수 없는 특징이겠지만 베로시에게 그런 공통점은 매우 두억시니답지 않은 것으로 여겨졌다. 베로시는 다른 자료들을 원했다. 하지만 두억시니에 대한 기록을 남긴 사람은 별로 없었다. 흔치 않은 우연으로 두억시니와 조우한 사람들은 대부분 기록을 남길 수 있을 만큼 오랫동안 관찰하기보다는 재빨리 피하는 쪽을 선택했기 때문이다. 무슨 짓을 할지 알 수 없는 상대에 대한 현명한 대처법이지만 베로시는 그런 현명함 때문에 그 불성실한 기록자들을 용서할 수는 없었다.

그러나 베로시가 더욱 끌리는 가설은 그들이 현명했다는 것이 아니다. 그들이 무지했을지도 모른다는 가설이 베로시를 한없는 흥분으로 몰아 갔다. 즉 그들은 자신이 본 것이 두억시니라는 것을 알지 못한 것이다. 두억시니에게는 어떤 규칙도 없다. 그것은 숲 속에 서 있는 한 그루 나무일지도 모른다. 발에 부딪히는 돌멩이였을지도 모른다. 불가능할 게 뭔가. 두억시니에게는 규칙이 없는데. 그러나 목격자들은 나무를 봤다거나 돌을 걸어찼다는 식으로 말할 것이다. 모든 것이 두억시니일 수 있다. 어쩌면 베로시가 앉아 있는 의자가, 그녀가 입고 있는 옷이 두억시니일지도 모른다. 대지 위에 우뚝 솟아 있는 것은 산처럼 생긴 두억시니일지도 모르고 개미굴을 향해 걸어가는 개미 떼 중에는 개미처럼 생긴 두억시니가 섞여 있을지도 모른다. 이 거대한 세상이 한 마리 두억시니일 수도 있고, 베로시 토프탈이 두억시니일지도 모른다……

사고가 그 지점에 도달하면 베로시는 늘 가슴이 쿵쿵 뛰곤 했다. 실재의 수수께끼를 살살 건드리고 있는 듯한 아스라한 고양감. 그러나 해석은 불가능하다. 베로시는 그것을 설명할 수 없다. 그리고 좌절감 속에서 베로시는 지극히 짧은 거리를 넘지 못하고 항상 좌절한다는 느낌을 받았다.

베로시는 우물을 바라보면서 생각했다. 저 우물이 두억시니일 수도 있고 그 위에 덮여 있는 뚜껑이 두억시니일 수도 있다. 그 안에 들어 있는 한 인간은, 어쩌면 두억시니에 가장 가까운 모습을 하고 있을 것이다. 베로시는 자신의 악덕에 매료되는 버릇은 없었지만 짓궂은 즐거움은 느꼈다. 베로시가 신호를 보내자 힘센 병사들이 무거운 뚜껑을 들어 우물 옆에 세웠다.

굉장한 악취에 베로시는 코를 틀어막았다. 다른 병사들 또한 그렇게 했다. 그 냄새만으로도 우물 속에 갇혀 있는 엘시 에더리가 어떤 꼴일지 짐작할 수 있었다. 우물 속에서 웅웅 울리는 목소리가 들려왔다.

"누구냐?"

심하게 울렸지만 그 목소리의 주인이 쇠약해져 있다는 것은 분명히 알 수 있었다. 베로시가 손을 옆으로 내밀자 병사가 등롱을 건넸다. 베로시는 우물가로 다가가 안쪽으로 등롱을 비췄다. 불빛이 있었지만 우물 속의 정경은 한번에 알아볼 수 없었다. 우둘투둘한 돌의 질감이 시야를 혼돈스럽게 해서 제대로 초점을 맞출 수 있는 것이 보이지 않았다. 하지만 아래쪽에서 보는 이에겐 하늘을 배경으로 한 베로시의 얼굴이 잘 보이는 듯했다.

"베로시인가?"

엘시의 목소리가 다시 들렸을 때 베로시는 그 웅웅거리는 목소리에 의해 간신히 엘시의 위치를 찾았다. 위에서 아래로 내려다보는 것이기 때문에 엘시가 그곳에 있다는 것을 알면서도 그 모습을 제대로 파악하는 것은 시간이 조금 걸렸다. 고개를 한껏 쳐든 채 그녀를 바라보고 있는 것은 턱수염과 헝클어진 머리로 엉망이 된, 사람이 맞는지 의심스러운 얼굴이었다. 똑바로 서 있기도 힘든지 엘시는 오른팔을 늘어뜨린 채 구부정하게 서서 위를 바라보고 있었다.

"유쾌해 보이진 않는군요, 대장군님."

그 순간 엘시의 허리가 튕겨지며 아래쪽에 있어서 잘 보이지 않던 그의 오른팔이 갑자기 치솟아 올랐다. 무엇인가가 그의 손을 떠나 베로시의 얼굴로 날아왔다. 베로시는 미처 피할 틈이 없었다. 차갑고 찐득찐득한 무엇인가가 얼굴에 달라붙는 것을 느끼고 황급히 뒤로 물러났다. 얼굴을 감싸쥔 채 우물 옆으로 물러나던 베로시는, 문득 입속에 기묘한 맛이 느껴지는 것을 깨달았다. 그녀는 눈을 떴다. 그리고 자신의 손에 묻어 있는 것을 보았다.

짙은 갈색의 똥이 잔뜩 묻어 있었다. 베로시는 비명을 질렀다.

병사들은 당황하여 물을 뜨러 달려가거나 비명을 지르거나 신경질적인 웃음을 터뜨렸다. 베로시는 두 눈을 홉뜬 채 웃는 병사를 찾아 두리번거렸다. 그러나 그녀가 고개를 세차게 저을 때마다 턱과 목 사이가 미끈거렸고 가슴께는 차갑게 젖어 들었다. 베로시는 눈을 감았다. 그때 병사들이 돌아와 외쳤다.

"구, 군단장님. 물입니다. 물 가져왔습니다."

"부어! 부으라고!"

병사들은 황급히 들고 온 물동이의 물을 베로시의 머리 위에 쏟아 부었다. 베로시는 얼굴과 머리를 문지르려 했지만 손끝에 닿는 물컹물컹한 느낌이 죽고 싶을 정도로 끔찍했다. 베로시는 다시 비명을 질렀다. 병사들은 당황해하다가 결국 계속해서 물을 붓기로 했다.

여러 개의 물동이가 빈 다음 베로시는 벌떡 일어났다. 그녀는 온몸에서 똥물을 줄줄 흘리는 모습으로 우물가에 다가갔다. 아래쪽에서 묘하게 부드러운 목소리가 들려왔다.

"유쾌해 보이진 않는군, 상장군."

"죽이겠다! 엘시, 죽이겠어!"

엘시는 피식 웃고 오른손을 아래로 뻗었다. 베로시는 질겁하며 물러났다. 우물 속에서 웃음소리가 진동했다. 베로시는 그 웃음을 견딜 수 없었다.

"기름을 가져와 저 안에 붓고 불을 붙여라!"

병사들은 당황했다. 그들 중 상급자인 나가 수교위 한 명이 당황하여 걸어나왔다.

"군단장님."

"뭐냐, 지셀!"

"군단장님, 고정하십시오. 일단 씻고 옷을 갈아입으셔야겠습니다."

"저놈부터 태워 죽이고 나서!"

지셀 수교위는 군단장에게 더 가까이 다가왔다. 듣고 있는 병사들을 고려하여 그는 낮게 말했다.

"군단장님, 안 됩니다. 황제의 대장군을 그런 식으로 죽였다간 뒷감당을 할 수 없습니다. 참을 수 없으신 것 잘 알지만 제발 두 번, 세 번 살펴 주십시오."

우물 속에서 울려 나오는 웃음소리가 조금씩 약해졌다. 하지만 베로시의 선고에 겁을 먹은 것 같지는 않았다. 그저 쇠약해진 몸 때문에 큰 소리로 웃는 것은 힘들다는 투였다. 베로시는 다시 격분에 눈이 뒤집힐 것 같았다. 그러나 지셀이 재빨리 말했다.

"홧김에 대장군을 죽인다면 그것이 오히려 대장군의 술수에 넘어가는 일입니다. 제발 노기를 가라앉히십시오."

베로시 토프탈은 분노 때문에 하얗게 변한 얼굴로 우물을 노려보았다. 우물 속의 웃음은 이제 작은 킬킬거림으로 변해 있었다. 베로시는 말했다.

"식사 반입을 하루 국 한 그릇으로 줄여라. 저런 인간에게 제대로 된 식사는 사치다!"

나가인 지셀은 인간이 하루 세 끼를 먹지 않으면 죽는 것이 아닌가 의심했다. 하지만 그의 군단장에게 괜히 질문하여 가까스로 진정된 상황을 다시 악화시키는 것은 바람직하지 않아 보였다. 지셀은 그대로 수행하겠다고 대답했다. 베로시는 거친 동작으로 몸을 돌려 걸어갔다.

지셀 수교위는 우물 뚜껑을 도로 닫은 다음 병사들에게 오늘 있었던 일에 대해 절대로 함구하라고 명령했다. 자신이라도 지키기 어려운 명령이었지만 그렇다고 해서 내버려둘 수도 없었다. 병사들을 돌려보낸 후 지셀은 우물 쪽을 잠시 바라보았다. 우물 뚜껑이 닫힌 후부터 엘시는 더 이상 웃지 않았다. 지셀은 고개를 가로저으며 우물가를 떠났다.

엘시는 우물 바닥에 앉아 위를 가만히 바라보았다. 나무를 짜 맞추어 만든 뚜껑에는 가느다란 틈이 있어 그 틈으로 빛이 새어 들었다. 초점을 맞추어 바라보는 것 외에는 아무 쓸모 없는 빛이었다. 엘시는 우물 벽에 등을 기댄 채 눈을 감았다.

마른 우물 안쪽은 조금도 시원하지 않았다. 우물 안의 공기는 혼탁했고 열기가 가득했다. 엘시는 우물 벽에 귀를 댄 채 자극을 추구했다. 돌로 된 우물벽은 먼 곳에서 들려오는 정체 모를 소리들을 엘시에게 들려주었다. 물소리나 바람 소리, 어떻게 들으면 사람이 뛰는 소리 같은 희미한 소음들이 들려왔다. 가끔 그것은 누군가의 말처럼 들리기도 했다.

밤이 찾아들었다. 뚜껑 쪽에서 더 이상 하얀 선이 보이지 않아 엘시는 밤이 되었다는 것을 알 수 있었다. 우물 벽에 귀를 갖다 대어도 신통한 소리가 들려오지 않았다. 엘시는 자야 한다고 느꼈다. 세상이 몇 걸음 안 되는 거리로 좁혀진 상태에서 아무런 자극도 없이 앉아 있다간 미치고 말 것이다. 하지만 잠이 오지 않았다. 낮 동안 뜨거워진 공기는 쉬 식지 않았다. 엘시는 옆으로 누워 몸을 동글게 말았다. 자야 한다. 아무런 생각도 하지 않고서. 엘시는 자신이 잔다고 생각했다. 기만이다. 그는 잠들지 않았다.

견딜 수 없이 추웠다. 조금 전까지만 해도 무더웠는데, 이상한 일이다. 온몸이 부들부들 떨리고 위아랫니가 계속 부딪쳤다. 키보렌의 한가운데, 이 열대의 땅에서 추위를 느끼다니, 황당하기 짝이 없는 일이다.

자결? 엘시는 그런 생각은 더 약해졌을 때 해도 무방하다고 생각했다. 의지가 남아 있는 한 자결은 생각하지 않았다. 지셀은 그런 식으로 추측했지만 엘시는 베로시 토프탈에게 살해당하려고 그녀를 격분시킨 것이 아니다. 베로시는 그를 죽일 수 없다. 그 사실을 확신하고 있는 엘시에게 낮의 행동은 그저 감정 표출이었을 뿐이다.

'자결은 이성을 잃었을 때나 하는 짓이다. 나는 이성적이다. 대장군의 행방이 묘연하다면 틀림없이 수색이 있을 것이다. 전쟁이 벌어졌는데도 대장군이 연락하지 않는다면 역시 수색이 있을

것이다. 그리고 이레와 쵸지, 주테카, 준람, 론솔피가 있다. 기회는 온다. 기회는 반드시 온다.'

밤, 아직도 밤이었다. 엘시는 의아해졌다. 밤이 너무 길다. 뚜껑의 틈을 막은 것일까? 아무리 위쪽을 바라보아도 빛이 보이지 않았다. 하지만 아직도 밤일 리 없다. 문득 엘시는 자신이 이성을 잃어 가는가 의심했다. 그 누구도 밤을 잡아 늘일 수는 없다. 베로시 토프탈도 물론 그렇게 할 수 없었다. 세상을 의심하는 것은 정신이상의 강력한 징후일 것이다. 엘시는 자신의 시간 감각을 무시하기로 했다.

잠들어야 한다. 다시 해가 뜰 때까지 푹 잠들어야 한다. 충분한 수면은 현 상황에서 엘시가 시도할 수 있는 최선의, 그리고 유일한 자기 보호책이다. 그는 잠들려 애썼다. 하지만 엘시가 기껏 도달할 수 있었던 것은 비몽사몽에 가까운 멍한 상태였다.

왜 잠이 오지 않을까.

더 이상 잠이 오지 않았기에, 지멘은 눈을 떴다. 그리고 이곳이 여전히 하텐그라쥬라는 사실을 잠시 생각해 보았다.

바람은 없고 열대의 밤은 불타고 있었다. 이글거리는 별들이 밤을 고문했다. 그러나 지멘을 잠 못 들게 하는 빛은 따로 있었다. 지멘은 고개를 돌려 아스화리탈이 있는 곳을 바라보았.

제2차 대확장 전쟁 마지막 날, 쓰러진 뇌룡공 륜 페이의 곁에서 마지막 용 아스화리탈은 나무가 되었다. 하텐그라쥬 외곽에는 아직도 그 나무가 서 있다. 번갯불을 날개 삼아 날아다니며 나가들의 공포로 하늘에 군림했던 뇌룡은 나무로 변한 후에도 빛으로 나뭇가지들을 물들이고 있었다. 모든 땅에서 볼 수 있는 모든 별을 합친 것보다 더 많은 별들이 아스화리탈의 가지 사이에 매달려 있었다. 마치 보석이 열리는 나무 같다. 깊은 밤이 지나 새벽이 다가오면 그 빛은 낙엽처럼 떨어져 나무 아래를 환하게 비추다가 해가 떠오르면 사라진다. 그리고 열대의 뜨거운 낮 동안 아스화리탈의 가지 사이에서는 어떤 빛도 번뜩이지 않는다. 그러나 밤이 찾아오면 아스화리탈은 다시 빛의 과일을 맺는다. 그런 순환이 매일 밤 계속된다.

아스화리탈의 거대한 크기 때문에 관찰자는 눈여겨보아야 뇌룡공의 모습을 찾을 수 있다. 쓰러진 뇌룡공 류 페이는, 아마도 아스화리탈이 그랬을 거라 짐작할 뿐 그 누구도 뚜렷하게 설명할 수 없는 이유 때문에 나무로 바뀌어 있었다. 엄밀하게 말하면 나무로 변한 것은 그의 등을 찌른 칼이다. 류 페이는 땅에 엎드린 모습이었고 잔디와 뿌리 등이 그의 온몸을 덮고 있었다. 그리고 류 페이의 등에서 비죽 솟아 있는, 그를 찌른 칼에서는 금속성의 가지와 덩굴, 나뭇잎들이 돋아 있었다.

사모 페이는 그쪽을 바라보며 앉아 있었다.

지멘은 몸을 일으켰다. 망치를 집어 들고 쿵쿵거리며 사모에게 다가갔다. 사모는 고개를 돌리지 않았다. 지멘은 사모의 곁에 서서 뇌룡공과 마지막 용을 바라보았다.

그러나 사모의 말에 따르면 아스화리탈은 마지막 용이 아니다. 사모는 두 그루의 용화가 피어났다고 말했다. 그리고 지멘이 그중 하나일 거라 말했다. 다시 생각해 보아도 놀라운 말이다. 용이 무엇이든 될 수 있다는 말은 수없이 들었지만.

지멘은 사모의 곁에 천천히 앉았다. 사모를 바라보았지만 그녀는 류 페이 쪽만 바라보고 있었다. 지멘은 고개를 돌려 아스화리탈과 류 페이를 바라보며 말했다.

"대호왕."

사모는 부드러운 목소리로 말했다.

"사모 페이."

"사모 페이, 아직도 내가 용이라고 확신하나?"

"아직도? 나는 한번도 확신한 적이 없어."

지멘은 당황하여 사모를 돌아보았다.

"없다고?"

사모는 뺨을 살짝 쓰다듬었다. 지멘은 그녀가 왜 머뭇거리는지에 대한 설명을 들었다. 말은 나가에게 익숙하지 않고 긴 세월 홀로 이곳에서 살아온 사모는 니름을 나눌 기회도 없었다. 그래서 사모는 자신의 생각을 니름으로 정리하고 다시 말로 바꾸기 위해 시간이 조금 필요했다.

"그래. 내가 본 것은 거대한 레콘이었어. 내가 기억하는 것보다 훨씬 큰 레콘이었지. 그래서 황제가 나에게 용을 보낸 거라고 생각했지. 레콘의 모습이니까 황제가 기른 용일 가능성이 높다고 생각했지."

"왜 레콘이면 황제가 기른 용이 되는 거지?"

"두 번째 용화는 레콘이 될 가능성이 상대적으로 적으니까."

"두 번째 용화? 그러고 보니 처음 만났을 때 당신은 두 그루의 용화가 있었다고 했지. 두 번째 용화는 그러면 어떻게 된 거지?"

사모는 생각에 잠긴 얼굴로 지멘을 바라보았다. 아스화리탈의 가지 사이에서 빛이 소곤거렸다. 세계의 다른 곳에서는 찾아볼 수 없기에 이름조차 붙이기 어려운 빛 속에서 사모가 말했다.

"두 번째 용화는 즈믄누리로 갔어."

"도깨비에게?"

사모는 고개를 끄덕였다.

"즈믄누리의 바우 머리돌 성주는 열광적인 화훼 재배가였지. 안타깝게도 밤의 다섯 딸의 도움으로 건설된 즈믄누리 주변은 항상 어둡지. 그래서 바우 성주가 얻은 성과는 보잘것없었어. 하지만 용화는 아마도 그의 마지막, 어쩌면 유일한 성공작이 될 수도 있을 거야. 용은 손보다는 마음으로 키우는 것이니까."

"그런가."

"만약 대선풍 앞에 나타난 것이 도깨비였다면 나는 즈믄누리에서 온 용이라고 생각했을 거야. 하지만 너는 레콘이었고, 그래서 나는 네가 황제가 키운 용일 것 같다고 생각했어. 하지만 확신한 것은 아니야."

"용이 올 것을 기다리고 있었나?"

"용 외엔 아무도 올 자가 없으니까."

"아무도 없어? 당신은 왕이었다. 아라짓 왕국의 마지막 왕이고 북부를 구한 사람이다. 그런데 당신을 찾는 사람이 아무도 없다는 건가?"

"내가 여기 있다는 것을 알았어?"

지멘은 알지 못했다.

"그렇다면 아무도 당신이 여기 있다는 것을 모르나?"

"황제는 알 거야. 그리고 아마 사도와 태위, 천경유수도 알고 있겠지. 그 외의 사람들에게 나는 죽은 사람이야. 그렇게 되어 있는 편이 내게도 좋지."

"왜지?"

"너는 내가 북부를 구했다고 말했어. 그렇다면 남부에게 나는 무엇이 되지?"

대호왕 사모 페이는 배신자다.

까마득한 옛날, 나가들은 제1차 대확장 전쟁을 통해 다른 세 종족을 모두 한계선 너머 북방으로 쫓아 버렸다. 북부를 지배하던 아라짓 왕국은 나가들과의 기나긴 싸움 끝에 멸망했고 왕국의 멸망 이후로 북부 사람들은 더 이상 나가들과 싸울 힘을 결집시킬 수 없었다. 북부 사람들을 멸망으로부터 지켜준 것은 사라진 왕국이 아니라 한계선이라는 절대적인 장벽이었다. 나가들은 한계선을 넘을 방법이 없기에, 북부인들은 왕국과 왕을 잃었기에 그들의 싸움은 자연스럽게 중단되었다.

그 상황 위에 모래를 짓눌러 바위로 만드는 시간의 무게가 더해졌다. 서로를 공격할 수 없는 남북의 처지가 태초부터 그래왔고 종말까지 그러할 것 같은 느낌마저 드는 시각, 세계가 서로 관계 없는 두 부분으로 이루어졌다는 착각이 드는 시각, 남부의 나가들이 그 상황을 뒤바꿀 방법을 찾아내었다. 냉혹의 도시에서 시작된 전대미문의 음모는 신의 힘을 훔쳐 기온을 변화시킨다는 놀라운 것이었다.

그것은 성공했다. 장구한 세월 동안 나가들의 북진을 막았던 한계선이 무너졌다. 기이한 온기와 함께 나가들이 북상했다. 북부인들에게 나가는 전설의 이름에 가까웠으므로 북부인들은 그 공격에 공포보다 충격을 느꼈다. 그러나 피는 현실이었다. 혹독한 대가를 치른 후에야 북부인들은 가까스로 제1차 대확장 전쟁에 대한 기억을 떠올릴 수 있었지만 동시에 과거에는 왕과 왕국이 있었기에 나가들과 싸울 수 있었다는 사실도 떠올렸다. 그러나 북부에 왕은 없었다. 왕이 되고자 날뛰는 제왕병자들뿐이었다. 나가들의 진격은 무자비했고 북부인들은 멸망을 받아들이기 시작했다.

좌절의 끝에 서 있던 북부인들에게 기이한 소문이 들려왔다. 그 소문은 믿기 어려웠지만 또한 믿고 싶은 것이었다. 나가들을 피해 숨어 있던 이들은, 나가들의 귀가 어둡다는 것을 잘 알면서도 큰 소리로 말하면 그것이 거짓이 될까 봐 소리 죽여 소문을 나누었다. 돌아왔어. 뭐가? 왕이. 뭐라고? 왕이 돌아왔어.

사람들은 미덥지 않은 표정으로, 하지만 소망하는 걸음으로 모였다. 그곳에는 왕이 있었다. 가면으로 얼굴을 감추고 왕국 아라짓의 상징인 흑사자의 모피를 몸에 두른 여인이 있었다. 거대한 대호가 그녀에게 복종하고 있었고 스물두 명의 두억시니가 그녀를 보호하고 있었다. 그리고 멸종한 것으로 알려진 용도 있었다. 하늘을 날며 화염을 토해 모든 것을 불사른다는, 옛이야기 속의 용이 현실이 되어 왕의 곁에 있었다. 좌절이라는 말의 사전적 의미를 북부인의 나날쯤으로 이해하고 있던 사람들에게 그것은 충격이었다. 물론 나가들에게도 지독한 충격이었다.

그녀의 이름은 대호왕이었다. 대호왕의 깃발 아래 북부에 남아 있던 마지막 힘들이 결집했다. 이미 북부의 대부분이 나가들에게 점령당한 상황에서 대호왕은 나가들 전체와 싸우는 대신 남부의 심장을 취하기로 했다. 그녀는 하텐그라쥬로 돌격했다. 나가들은 결사적으로 저항했지만 이번에는 분노한 신들이 왕을 돕고 나섰다. 신의 힘을 훔친 나가들을 징벌하기 위해 제신은 화신이 되어 왕의 곁에서 싸웠다. 그 무엇도 대호왕의 남진을 막을 수 없었다.

하텐그라쥬는 파괴되었다. 대가가 작지는 않았다. 용을 부리며 왕을 돕던 뇌룡공은 피습당했다. 무수한 북부의 장병들이 사망했다. 제신은 자신들의 분노를 증거하기 위해 대선풍을 남겨 두고 왕의 곁을 떠났다. 모든 힘을 하텐그라쥬 공격에 쏟아 부은 대호왕에게는 더 이상 키보렌 전체와 싸울 힘이 남아 있지 않았고 신의 힘을 훔친 결과가 어떻게 나타났는지 확인한 나가들은 한계선 이남으로 물러갈 수밖에 없었다. 결과적으로 전쟁은 발발 전으로 돌아가는 형태로 끝났다. 하지만 북부인들은 자신들이 승리했다고 느꼈고 나가들은 그것을 반대하지 않았다. 그것은 멸망을 기정 사실로 받아들이고 있던 순간 북부가 얻어 낸 기적 같은 승리였다.

그러나 대호왕이 가면을 벗었을 때 승리감에 젖은 북부인들도, 패배감에 슬퍼하던 나가들도 모두 자신의 눈을 믿을 수 없었다. 가면 아래에서 나타난 얼굴은 비늘 덮인 나가의 얼굴이었다.

나가가 북부의 왕이 되어 나가를 물리친 것이다.

"그렇군. 당신이 여기 있는 것이 알려지면 그 녀석 말대로 시련의 회고주의자들이 가만히 있지 않겠군."

"누가 그런 말을 했지?"

"엘시 에더리. 황제의 대장군. 나를 쫓고 있었어. 우연히 말섞을 기회가 있었는데 내가 하텐그라쥬로 가고 있다는 것을 알자 화를 내면서 말하더군. 그분은 아무 관련이 없으니 그분을 시련에 팔지는 마라. 그런 내용의 말이었어. 그 당시 나는 그분이 누군지도 몰랐으니 그 말을 이해할 수 없었지. 하지만 이제 알겠군."

사모는 긍정했다.

"맞아. 도시 연합의 나가들 중에는 비싼 값을 치르고서라도 나를 사고 싶어하는 회고주의자들이 있겠지. 나가들은 이성적이지만 하텐그라쥬가 파괴되었다는 것은 너무 큰 충격이었거든. 게다가 그것을 주도한 이가 바로 나가였지."

지멘은 알 것 같았다. 사모가 말했다.

"비에나가라는 말 알아?"

"나가들이 욕할 때 쓰는 말이지. 도깨비가 낳은 나가, 도깨비의 나가, 비에나가."

"나는 나가 전체의 비에나가인 셈이지."

"왜 동포를 배신하고 북부의 왕이 된 거지? 왕위가 좋아서?"

"지멘, 네 질문에 대해서는, 그 추측은 틀렸다고 말하겠어. 나는 왕위를 버렸어. 하지만 설명하지는 않겠어. 내가 했던 일을 설명하고 싶었다면 이미 오래전에 모든 사람들이 그 설명을 들었을 거야. 나는 왕이었으니까."

"알았어. 묻지 않겠어."

"고마워."

"다른 건 물어도 되나?"

"들어 보고 대답하지."

"왜 황제가 당신에게 용을 보낼 거라고 생각한 건가?"

"글쎄. 그것이 어울리잖아?"

"무슨 말이지?"

"나는 왕이었어. 그런 나를 죽인다면 선민 종족들보다는 용이 어울리겠지."

지멘은 몸을 조금 부풀렸다. 사모는 아스화리탈을 바라보았다.

"용의 불은 깨끗해. 완전히 태워 소멸시킬 수 있지."

"황제가…… 왜 당신을 죽인다는 건가?"

침묵.

"라수 규리하를 아나?"

"들어 안다."

"나는 수많은 특이한 사람들과, 사람이 아닌 것들을 보고 겪었어. 가끔은 내 인생에 정말 감사하고 싶을 때가 있어. 물론 같은 정도로 내 인생을 원망할 때도 있지만. 라수 규리하는 내가 만난 사람들 중에서도 특별히 놀라운 사람 중 하나였지. 왕위에서 물러날 때 그는 내게 선택이 필요하다고 알려 줬어. 왕위에 남아 있는다면 천수를 누리겠지만 왕위에서 물러난다면 언젠가 나를 죽일 자객이 찾아갈 거라고. 나는 후자를 선택했지. 30년 정도가 지나자 그의 예견이 빗나갔다고 생각했어. 하지만 네 모습을 보았을 때 나는 내 현명하면서도 자존심 센 사도가 자신이 결코 틀리지 않음을 무덤 속에서도 증명해 보이는 거라고 생각했지."

"그건, 시련에서 자객이 올지도 모른다는 뜻인가?"

"아냐. 황제가 나를 죽인다는 뜻이지."

"왜 황제가? 이해할 수 없어."

"유명인의 애환이지."

사모는 농담처럼 말했다. 지멘은 잠자코 이어질 말을 기다렸다. 긴 침묵이 지나고 사모는 한숨을 내쉬었다.

"너는 확실히 용이 아닌가 보군. 내 입으로 설명해야겠구나. 지멘, 나는 스스로 이렇게 말할 수 있어. '나는 전설적인 존재다.'라고. 부정하긴 어렵겠지."

"부정하지 않아. 당신은 전설이니까. 그런데 그게 왜 문제가 되지?"

"나보다 덜 전설적인 사람에겐 문제가 되지."

"그건 당신을 제외한 세상의 모든 사람에게 해당하는 말이야."

"끝까지 들어. 나보다 덜 전설적이면서 나의 지위에 도달해야 하는 사람에겐 문제가 되지."

"당신의 지위에 도달해야 하는 사람?"

"황위 계승자."

지멘의 몸이 세 배로 부풀었다. 사모는 설명했다.

"안정적인 황권을 위해 세습이 시행되겠지. 나가들은 그래 왔어. 최연장자에게 가문을 맡겨 왔지. 최연장자가 가장 어리석은 계승 후보일 수도 있고 가문 바깥에 더 나은 인물이 있을 수도 있지만, 그것을 일일이 고려할 수 없어. 그랬다간 계승 시기가 될 때마다 혼란이 일어날 테니까. 최연장자에게 맡기고 나서 가문 전체가 그녀에게 협조하는 것이 나아. 그것이 안정적이지. 제국도 그래야 해. 어떤 방식으로든 세습이 있어야 해."

사모는 다시 침묵하며 말을 가다듬었다.

"하지만 아무리 좋은 방법이라도 최초에 실행될 때는 거부감이 있지. 그래서 후계자의 경쟁자를 다 제거하는 슬픈 작업이 필요하지. 후계자만이 유일한 대안이 되어 자연스럽게 계승이 이루어져야 하거든."

"그래서 당신을……."

"맞아. 나도 그런 경쟁자가 될 수 있어. 나 정도면 상당히 위협적이겠지?"

"당신은 다시 왕이, 아니, 황제가 될 건가?"

"그럴 의향이 있었다면 애초에 왕위를 버리지 않았어. 나는 그럴 의사가 없어. 그리고 내게 그런 의사가 없다는 것은 황제도 잘 알아."

"그런데 왜 당신을 제거해야 하나?"

"지멘, 제왕병자라는 말을 알지 모르겠군. 그들 중에는 타인의 추종자가 되고 싶어하는 자들도 있지."

"그렇다면, 당신을 추종하는 무리가 생길까 봐?"

"맞아."

"하지만…… 하지만 나가 황제에겐 자식이 없다. 황위를 세습할 후계자가 없어."

"나가일 가능성은 적어."

"뭐?"

"다음 후계자는 나가일 가능성이 없어. 제국의 영토는 이제 한계선 이남에도 뻗어 있지만 나가들에게 북부는 여전히 힘든 장소야. 도깨비는 황위에 어울리는 종족이 아니고, 또 황위에 있는 기간이 너무 길어질 테지. 몇 백 년 동안 바뀌지 않는 도깨비 지배자를 견딜 수 있는 건 같은 도깨비들뿐이야. 레콘은 나가나 도깨비보다 유리하지. 영웅왕도 레콘이었으니까. 하지만 레콘은 세습이 어려워. 영웅왕의 왕위도 레콘에게 이어지진 않았지. 그렇다면 인간이 가장 나은 선택이지."

"인간이라고?"

"그래, 인간. 인간은 왕위나 황위에 가장 잘 어울리는 종족이야. 그들만의 병인 제왕병도 있잖아. 아마 황제는 인간들 중 한 명을 골라 제국을 물려줄 거야. 경쟁자가 될 수 있는 자들을 모두 제거하고, 만약 계승자가 결혼하지 않았다면 좋은 짝도 찾아 주고, 필요한 모든 권위를 준 후에. 그런 인간 없어? 황제로부터 모든 것을 받은 인간. 그런 인간이 없다면 황제는 황위 계승을 아직 시작하지 않은 것이겠지."

지멘은 그런 인간을 알고 있었다.

"있어. 그런 인간이 있어."

"있다고?"

"그래."

사모는 빙그레 웃었다.

"그렇다면 황위 계승 절차가 이미 시작되었군. 네가 자객이 아니라도 조만간 다른 자객이 오겠어. 그런데 너 정말 용 아니야?"

"아니야. 나는 레콘이야."

"미안하지만 자신이 용이라는 것을 모를 수도 있어. 완벽하게 위장하려면 그래야 하니까. 왜 여기 왔는지 설명해 봐. 나를 제거하러 온 거라면 너는 용일 가능성이 높아."

"내가 제거해야 할 사람은 하나뿐이다. 하지만 그건 당신이 아냐. 나는 황제 사냥꾼이라고 불린다."

"황제 사냥꾼?"

"내 숙원은 황제의 제거다."

지멘은 사모가 놀랄 거라 생각했다. 하지만 사모는 희미하게 웃을 뿐이었다. 지멘은 초조하게 말했다.

"왜 웃는 거야?"

"아니. 준비가 확실하구나 싶어서."

"무슨 준비가 확실하다는 거야?"

사모는 입을 가린 채 아스화리탈을 바라보았다. 그녀의 눈이 조금 커졌다가 다시 즐거움으로 바뀌었다. 지멘은 아스화리탈을 보았다.

빛들이 하나 둘씩 떨어지고 있었다. 밤은 캄캄했지만 새벽이

머지 않은 모양이다. 그 광경은 듣던 것처럼 놀라운 것이었다. 하지만 지멘은 그 광경에 집중할 수 없었다. 그는 사모를 뚫어지게 바라보았다. 그 눈길을 느낀 사모가 조용히 말했다.

"지멘, 조금 전 나는 나 자신을 포함하여 계승자의 경쟁자가 될 자는 모두 제거된다고 말했지. 그런데 그 경쟁자에는 황제 자신도 포함돼."

지멘은 벼슬을 곧추세웠다. 그는 사모의 말을 이해할 수 없었다. 하지만 그의 내부에서는, 아실을 흉내 내려고 할 때 일깨워지곤 하는 부분에서는 사모의 말을 이해하는 지멘이 고개를 끄덕이고 있었다. 지멘은 수염볏을 떨며 사모를 바라보았다. 소리없이 떨어지는 빛 속에서 사모의 얼굴은 계속 변하는 것처럼 보였다.

"계승자가 황위 계승을 하기 직전이나 직후에 황제도 제거되어야 해. 그녀도 경쟁자니까. 누군가가 그녀를 죽여야 하지만, 실제로 누군가가 그렇게 한다면 사람들은 후계자를 의심할 거야. 그러니 의심받지 않을 사람이 필요하지. 황제 살해의 숙원을 가지고 있는 레콘이라면 꽤 괜찮지. 아무도 레콘이 다른 사람의 부탁으로 숙원을 행사한다고 생각하지 않을 테니까. 황제를 죽이려는 숙원을 가진 레콘을 준비해 두는 것은 황제의 죽음도 달성하면서 동시에 후계자의 손엔 피를 묻히지 않는 괜찮은 방법이지."

지멘은 망치를 꽉 움켜쥐었다.

"내 숙원은 내가 결정했다. 난, 나 스스로 결정했어. 누구도, 누구도 내게 그걸 부탁하지 않았어. 황제가 내게 그것을 명령한 것이 아니다."

"알아. 그랬을 거야. 그냥 소극적인 방법으로 이루어졌을 가능성도 있지. 우연히 네가 그런 숙원을 가졌다는 것을 알고 너를 내버려둔 것일지도 몰라. 필요할 때까지."

지멘은 어지러움을 느꼈다. '내버려뒀다고? 6년 동안 말이지. 내가 6년 동안 도망칠 수 있었던 게 황제가 내버려뒀기 때문이라고?'

"아냐."

지멘은 고개를 가로저었다.

"아냐. 황제는 내게 가장 강한 금군을 보냈어. 나를 제거하려고 했다. 내가 그를 죽이지 않았다면 내가 죽었을 거야."

"가장 강한 금군?"

"즈라더. 즈라더를 알겠지?"

사모는 약간 충격을 받은 얼굴이 되었다. 지멘은 그 충격에 매달리고 싶었다.

"즈라더가…… 죽었구나."

"그래. 내가 그랬어. 그러니 황제가 나를 내버려둔 것은 아니잖아?"

지멘의 초조함과 반비례하여 사모는 더욱 침중해졌다. 지멘은 그녀를 다그치고 싶었다. 그때 사모가 말했다.

"네가 그렇게 강한가?"

"필요한 만큼은 강해."

"그렇다면 즈라더가 그렇게 약한가?"

"즈라더는 강해. 훌륭한 전사였지."

사모는 무겁게 말했다.

"지멘, 과거형으로 말하지 마. 그는 지금도 훌륭한 전사고 앞으로도 영원히 그럴 테니까."

"그를 비방하고 싶지는 않지만 죽은 전사는 싸울 수 없어."

"숙원을 위해 죽은 자는 영원히 이겼고, 아무도 그를 패배하게 할 수 없어. 지지 않는 전사라면 싸우지 못한다는 것은 문제가 아니지."

지멘은 어리둥절한 표정으로 사모를 바라보았다. 다음 순간 그는 몸을 부풀리며 벌떡 일어났다. 지멘은 믿을 수 없다는 눈으로 사모를 내려다보았다.

"즈라더가 일부러 자신의 실력을 다하지 않은 것인지, 그렇지 않으면 어떻게 해도 네게 질 수밖에 없다고 믿고 힘껏 싸웠는지는 나도 몰라. 하지만 그에게 이길 생각은 없었을 거라고 믿어. 결국 즈라더는 황제에게 모든 것을 다 바쳤지. 자신의 목숨도. 그의 죽음은 만족스러웠겠지."

캄캄한 밤을 바라보던 제이어 솔한은 별들이 바둑판 위의 포석 같다고 생각했다. 그 생각은 계속 다른 생각을 불러들였고 제이어는 바둑판이 모두 비슷한 색깔이라는 것을 떠올렸다. 검은 바둑판을 만들면 어떨까? 검은색으로 칠하고 하얀 줄을 긋는다면. 그러나 제이어는 곧 왜 그런 바둑판이 만들어지지 않는지 알 수 있었다. 흑돌이 잘 보이지 않는다는 문제가 있다. 그러고 보니 완전히 흰 바둑판도 없다. 바둑판의 빛깔은 대개 나무 빛깔 그대로다. 흑돌과 백돌을 잘 두드러지게 하는 바둑판은 흑도 백도 아니다.

제이어는 그쯤에서 잡념을 멈추고 암살성을 바라보았.

암살성의 경비병들은 제이어의 얼굴을 보기도 전에 그의 하얀 옷으로 제이어를 알아보았다. 제이어는 타고 있던 말을 마구간지기에 건네준 다음 정문에 나타난 시종장을 바라보았다. 인사를 교환한 다음 제이어가 말했다.

"공작님께 안내해 주십시오."

시종장은 약간 난감한 얼굴을 해 보였다.

"먼저 씻고 좀 주무셔야 하지 않겠습니까? 원로에 피로하실 텐데요."

"무슨 문제가 있습니까?"

"그게, 하루 종일 집무실에 계신 채 아무도 만나지 않으십니다. 공자님과 언쟁을 벌이셔서 속상하신 것 같습니다."

"공자님? 발케네 공 스카리가 왔습니까?"

"그렇습니다."

"그렇다면 비셀스 규리하도?"

시종장은 굉장히 난감한 얼굴이 되었다. 제이어는 고개를 갸웃했다. 그때 이층 계단에서 내려오는 소녀가 보였다. 소녀의 얼굴에 있는 검은 안대는 그의 흰 옷만큼이나 잘 보였다. 제이어는 놀랐다.

"아실?"

"역시 당신이군요. 창밖을 보는데 하얀 옷이 보여서 내려왔어요."

"네가 왜 여기 있지?"

"좀 복잡한 이야기가 되겠네요. 바쁘지 않으면 저와 이야기 좀 하지요. 당신도 이곳의 사정에 대해 뭘 좀 들어야 할 테니까 나쁘지는 않을 거예요."

당장 암살공을 만나기는 어렵기에 제이어는 그 요청을 받아들이기로 했다.

"괜찮다면 식당에서 하지. 난 뭘 좀 먹어야겠어."

시종장은 두 사람을 식당으로 안내했다. 식당은 비어 있지 않았다. 그곳에는 젊은 청년이 하녀 한 명과 이야기를 나누고 있었다. 이이타 규리하였다.

이이타는 식당으로 들어서는 두 사람을 보고 조금 놀랐다. 그가 일어서자 아실이 재빨리 말했다.

"공자님! 여기 계셨군요. 반가워요. 같은 성 안에 계시는데 정말 뵙기 어렵군요."

아실은 재빨리 식당을 가로질러 이이타에게 접근했다. 이이타는 부드럽게 말했다.

"그렇군. 하지만 너와 나눌 이야기가 없는데, 아실."

"아아, 변경백께서 나쁜 아이와 사귀지 말라고 하셨군요?"

이이타는 피식 웃었다. 아실은 제이어를 가리키며 말했다.

"하지만 제이어 솔한과 제가 나누는 이야기를 듣고 싶으실 텐데요. 춘부장께서도 그것은 반대하지 않으실 거예요."

아실의 말처럼 이이타는 아실과 살인 기사의 이야기에 관심이 있었다. 그는 제이어에게 말했다.

"들어도 되겠나?"

"저는 춘부장의 친구입니다. 그러셔도 됩니다. 공자님."

제이어와 아실을 안내한 시종장은 이이타 곁에 있던 소리 로베자를 발견하고 그녀에게 세 사람의 시중을 들도록 명령했다. 소리는 고개를 숙이고 부엌 쪽으로 걸어갔다. 소리의 뒷모습을 보던 아실은 고개를 끄덕이며 말했다.

"저 하녀가 소문의 그 하녀군요."

이이타는 대화에 참여하길 잘했다고 생각했다. 처음부터 꽤 관심이 가는 주제였다.

"무슨 소문이 났는데?"

"뭐 그냥 아랫사람들의 꿈이지요. 규리하 공자님의 눈에 든 행운의 하녀 이야기. 하지만 저라면 조심하겠어요."

"발케네 공이 보낸 사람일 테니까?"

아실은 미소를 지었다.

"변경백께서 이미 가르쳐 주셨군요."

"그래. 그러니 나는 네가 왜 발케네 공과 나 사이를 이간질하려는 것인지 묻고 싶군."

"이간질? 아니에요. 그냥 친절이지요. 공자님은 많은 것을 아시는 편이 좋아요. 그래야 아버님께 도움이 되겠지요. 하지만 일단은 공자님이 잘 아시는 것에 대해 이야기해야겠어요. 제이어 솔한은 지금 막 도착했고 그래서 상황을 잘 모르고 있으니까."

아실은 제이어에게 고개를 돌렸다.

"간단하게 말하죠. 스카리 빌파는 비셀스 규리하 대신 부냐 헨로를 구출해서 이곳으로 왔어요. 그리고 황제는 그 사실에 격분하여 다수의 제국군을 발케네 국경으로 이동시켰어요. 그래서 암살공은 지금 봉신들에게 소환령을 내리고 있는 중이에요."

깜짝 놀랄 만한 이야기였다. 제이어의 머리가 바쁘게 움직였다. 황제와 발케네의 전쟁. 제이어가 한 일의 목표는 바로 거기에 있었다. 따라서 현재의 상황은 그가 바라는 것이었다. 하지만 그 도달 과정은 그의 예상과 전혀 무관했다.

"이거, 뭔가가 상당히 복잡하게 뒤틀려 있는 느낌인데."

"그렇다면 여기서 제 추측을 잠시 이야기하지요, 이이타 공자님. 이 전쟁은 원래 계획되어 있었던 거예요. 스카리 빌파가 훔쳐와야 하는 것은 당신의 누님이지요. 아시죠? 당신의 누님이신 비셀스 규리하 공녀님은 춘부장의 유일한 약점이에요. 그래서 그녀가 이곳에 온 다음에 춘부장께서 서약 지지파를 결집시키고 황제와 싸울 작정이었어요."

이이타와 제이어는 놀란 눈으로 서로를 쳐다보았다. 그 때문에 두 사람은 각자 상대방이 아실에게 그런 이야기를 한 적이 없다는 것을 알았다. 제이어가 말했다.

"네가 추리한 건가?"

"예. 계속 추리할 테니 맞는지 들어 주세요. 그걸로 명분은 구할 수 있지만 실제적인 문제는 남아요. 강대한 황제의 제국군과 어떻게 맞서 싸우는가. 그것을 위해 두 가지 방안이 준비되었어요. 첫 번째는 황제의 대장군을 황제에게서 떼어 내는 것이지요. 그래서 제이어 솔한 당신은 저와 지멘에게 하텐그라쥬로 가라는 암시를 한 거예요. 대장군이 저희들을 뒤쫓게 될 테죠. 저희들은 악명 높은 수배범이자 최근에는 제국 공신도 살해한 흉악한 자들이고, 또 대장군은 약혼자를 구하기 위해 온갖 일을 도맡아 하는 처지니까. 그런데 하텐그라쥬로 가는 길에는 시모그라쥬가 있지요. 대장군을 포획하는 것은 시모그라쥬에서 맡게 될 거예요."

아실의 말을 듣던 이이타는 깜짝 놀랐다.

"솔한, 그것이 사실인가?"

이이타의 말을 듣고 이번에는 제이어가 놀랐다.

"모르셨습니까?"

"몰랐어. 아버님은 그런 이야기를 해 주신 적이 없어."

"음. 천천히 말씀해 주실 작정이셨겠지요. 이곳에도 황제나 데라시의 간자가 있을지 모르니 비밀은 엄수되어야겠지요."

이이타는 그런 설명에 만족할 수 없었다. 그는 아버지 곁에 있는 유일한 자식이었다. 복잡한 심회 속에서 이이타가 침묵하자 아실이 계속 말했다.

"그렇게 대장군을 황제에게서 떼어 낸 다음 이곳에서 서약 지지파의 봉기가 일어나게 되어 있어요. 그러면 황제는 규리하를 친 것처럼 직접 이곳으로 올 거예요. 거기서 하늘누리를 상대할 두 번째 방안이 필요한 거죠."

이이타는 『천경비록』에 대한 이야기가 나올 거라 예상했다. 하지만 아실의 말은 뜻밖이었다.

"그것은 물론 스카리 요새에 있는 일만 명의 레콘이지요."

이이타는 다시 충격을 받았다. 그는 일만 명의 레콘에 대한 이야기를 들은 적이 없었다. 이이타는 제이어의 안색을 살폈고 제이어가 놀라지 않았다는 것을 알았다. 제이어는 그것을 알고 있었다. 아실이 확인해 주었다.

"제이어, 그 일만 명의 레콘을 무장시키기 위해 당신이 마지막 대장간에 간 거죠. 그곳에 레콘들의 무장을 주문하려고. 맞지요?"

"그래. 맞아."

차분하게 대답하는 제이어를 보면서 이이타는 뱃속에서 뭔가가 꿈틀거리는 것을 느꼈다. 이이타는 그것의 정체를 알 수 없었지만 마음에 들지 않았다. 아실의 말이 계속되었다.

"좋아요. 원래 계획은 그런 순서였어요. 비셀스 규리하 구출, 대장군 납치, 서약 지지파 봉기, 그리고 전쟁. 그런데 스카리 빌파가 데려온 것은 비셀스 규리하가 아니라 부냐 헨로였어요. 모든 것이 뒤죽박죽된 거죠. 그런데…… 그런데 그렇지가 않아요. 황제가 전쟁을 시작하려고 하고 있어요."

제이어가 질문했다.

"대장군은 어떻게 되었지? 네가 여기 있는 것을 보니 너와 지멘이 대장군을 시모그라쥬 쪽으로 유인한다는 계획도 뒤죽박죽이 된 것 같은데."

"아니에요. 저와 지멘은 헤어졌어요. 저는 그때 당신들의 계획을 대충 짐작했거든요. 그래서 지멘에게 하텐그라쥬로 가라고 부탁했어요. 지금쯤 틀림없이 그곳에 도달했을 거예요. 그리고 대장군도 그 뒤를 쫓고 있거나 시모그라쥬 공의 손에 붙잡혔을 테죠."

제이어는 다시 머리를 바쁘게 움직였다. 그의 눈에 잠시 이이타의 어두운 얼굴이 들어왔지만 자신의 추리에 빠져 있던 제이어는 별로 신경 쓰지 않았다. 제이어가 말했다.

"그렇다면, 음, 뭔가가 뒤틀리긴 했지만 결국 뜻밖에도 상황이 원래 계획했던 대로 된 것이군. 대장군은 황제의 곁에 있지 않고 황제는 부르지도 않았는데 이곳으로 온다는 거지. 그러면 발케네를 황제의 무덤으로 만드는 일만 남았군. 됐어!"

이이타가 마치 잠꼬대처럼 말했다.

"그러면『천경비록』은?"

제이어와 아실은 동시에 어리둥절한 표정을 지었다. 아실이 먼저 말했다.

"『천경비록』이 뭐죠?"

이이타는 제이어의 얼굴을 살폈다. 제이어가 그것을 모른다는 것을 알게 된 이이타는 잠깐 동안 거부감을 느꼈다. 그러나 이이타의 뱃속에서 꿈틀거리던 무엇이 그의 입을 열었다.
"『천경비록』은 라수 규리하가 쓴 책이야. 하늘누리에 관한 것들이 씌어져 있지. 정확하게 어떤 내용인지는 나도 잘 모르지만, 아버님은 황제가 규리하를 공격한 이유 중에는 『천경비록』의 회수도 포함되어 있다고 추측하시지. 그래서 이곳으로 도망칠 때 그것을 가져오셨어."
주먹을 꽉 움켜쥔 아실이 신음하듯 말했다.
"그 책 때문에 황제가 규리하를 공격했다고요?"
"물론 다른 이유도 있어, 아실. 책 한 권을 손에 넣는 방법으로 전쟁은 바람직한 것이 아니야. 솜씨 좋은 도둑을 한 명 고용하는 것이 낫지. 규리하 전쟁은 어디까지나 황제와 서약 지지파 사이의 전쟁이야. 하지만 황제는 규리하를 쳐 서약 지지파를 분쇄시킴과 동시에 『천경비록』도 손에 넣으려고 한 것 같아. 그런데…… 암살공도 아버님도 그 책이 빨리 해석되길 바라는 것 같아."
"해석? 알아볼 수 없는 책이에요?"
"아냐. 아버님의 말씀으로는 굉장히 복잡하게 씌어져 있는 것 같아. 어쨌든 그 안에는 뭔가가 들어 있어. 무엇인지는 알 수 없지만."
제이어는 눈을 가늘게 떴다. 라수 규리하만 한 인물이 쓴 책이라면 그 안에 놀라운 비밀이 담겨 있어도 이상할 것은 없다. 아실의 생각 또한 그러했다. 그리고 그녀는 더 적극적이었다.
"제가 그 책을 볼 수 있을까요?"
이이타는 다시 거부감과 뱃속의 꿈틀거림을 동시에 느꼈다. 아실은 그 지체를 용납하지 않았다.

"괜찮아요. 모든 것이 아버님과 암살공이 바라던 대로 됐어요. 『천경비록』이 무엇이건 간에 그것은 당면 상황에 중요한 문제가 아니에요."

"하지만 아버님은 그것을 비밀로 하셨어."

"그러면 계속 비밀로 놔두지요. 몰래 보여 주세요."

"이봐, 아실."

아실은 하나뿐인 눈을 홉떠서 이이타를 노려보았다.

"공자님! 저도 황제의 죽음을 원하는 사람이에요. 누구보다도! 공자님은 자신이 황제와 싸우고 있다고 말씀하시겠지요. 하지만 공자님이 이곳에서 편하게 보낸 짧은 시간보다 몇 배나 긴 시간 동안 저는 황야에서 황제와 싸웠어요. 도대체 뭘 걱정하세요? 싫다면 관두세요. 춘부장께 직접 부탁하지요."

그렇게 된다면 이이타가 『천경비록』에 대해 아실에게 이야기했다는 사실이 밝혀질 것이다. 이이타는 난감했다.

"좋아. 잠깐 살펴보는 것이라면 어떻게 할 수 있을 것 같군."

"그렇게 해 주시겠어요?"

"그렇게 하지."

"그럼 지금."

"뭐?"

아실은 자리에서 일어났다.

"지금 가죠. 변경백께서 주무시는 동안 잠깐 보고 일어나시기 전에 돌려놓죠."

이이타는 불안감을 느꼈다. 뭔가를 잘못하고 있다는 느낌. 하지만 그는 아실의 행동력을 억누를 수 없었다. 그는 아실을 따라 일어났다. 때마침 식사가 준비되었기에 제이어는 식당에 남았다.

아버지의 방에서 몰래 책을 꺼내어 바깥에서 기다리고 있던 아실에게 건네줄 때도 이이타의 불안감은 사라지지 않았다. 책의 두께를 본 아실은 소리 없이 휘파람을 불었다.
"이런, 빨리 읽어야겠군요."
"아버님이 깨시기 전에 돌려놔야 해."
"염려 마세요. 어서 읽어야 하니까 저는 제 방으로 가겠어요. 고마워요, 공자님."
아실은 자신의 말대로 행동했다. 총총 걸어가는 아실을 보며 이이타는 한숨을 내쉬었다.
자신의 방으로 돌아온 아실은 재빨리 불을 켰다. 책상에 책을 내려놓고 잠깐 머뭇거리다가 다시 일어났다. 뭔지 모를 불안감 때문에 아실은 문을 걸어 잠갔다. 창문까지 확인한 다음에야 그녀는 다시 책상으로 돌아왔다.
책 표지는 적당히 낡아 촉감이 좋았다. 표지에는 뚜렷하게 『천경비록』이라는 제목이 있었고 라수 규리하라는 저자의 이름도 선명했다. 멍하니 표지를 바라보던 아실은 시간이 별로 없다는 것을 떠올렸다.
아실은 재빨리 책장을 넘겼다.

니어엘 헨로는 조용히 벽에 걸린 지도를 들여다보았다. 군사용으로 사용될 만한 지도는 아니다. 넓은 제국 영토를 한 장에 담고 있으니 축척이 너무 큰 편이다. 바늘 끝에 먹물을 묻혀 지도에 살짝 찍는다 해도 니어엘이 있는 중대 본부보다 몇 십 배나 넓은 지역을 가릴 것이다.

바깥은 아직 캄캄했다. 하지만 제국 지도를 들여다보면서 니어엘은 해가 이미 뜬 지역도 있다는 것을 깨달았다. 시간을 대충 가늠해 본 니어엘은 지금쯤 일출이 일어나고 있을 지역들을 북에서 남으로 죽 읽어 내려갔다. 라지프, 구룬, 휘포리나 카라보라는 조금 더 기다려야 할 테고, 비스그라쥬도 마찬가지. 소리그라쥬에서는 일출이 이미 끝났을 테고, 하텐그라쥬. 하텐그라쥬에서는 지금 일출이 시작되고 있을 것이다.

니어엘은 재미있는 생각을 떠올렸다. 책상 위에 놓인 촛불을 끌어당겨 그 앞에 왼손을 가져갔다. 그녀의 손바닥이 드리우는 그림자가 벽에 있는 제국 지도를 덮었다. 니어엘은 손과 초의 위치를 조절하여 지도 위에 주야 경계선을 만들었다. 그림자가 덮고 있는 곳은 밤이다. 니어엘은 천천히 손을 움직여 하텐그라쥬의 일출을 재현했다.

지도는 너무 작고 제국은 너무 넓다. 손을 충분히 느리게 움직이지 못한 니어엘은 순식간에 시모그라쥬의 일출까지 만들어 버렸다. 원래는 반 시간쯤 후에 일어날 일이다. 니어엘은 씩 웃으며 손을 내렸다.

'밤을 치우는 것도 손바닥을 움직이는 것처럼 쉬우면 좋을 테지.'

니어엘 헨로는 칼을 허리에 찼다. 옷매무새를 가다듬고 옆구리에 투구를 낀 채 문밖으로 나갔다. 집무실 바깥에는 중대 행보관이 기다리고 있었다.

행보관 커레이야 만스 교위의 거무죽죽한 얼굴은 요즘 들어 더욱 초췌해져 환자 수준에 가까웠다. 30년 근속을 얼마 남겨 두지 않은 속칭 장군급 교위지만 그의 장구한 복무 기간 동안에도 요즘과 같은 나날은 처음일 것이다. 만스 교위의 얼굴을 보는 것만으로도 니어엘은 부위의 시간이 왔다는 것을 알 수 있었다. 사병들에겐 장교라고 따돌림 당하고 장교들에겐 사병 아니냐는 의혹의 눈초리를 받는, 하지만 결코 기죽지 않는 군대 계급의 이단아들의 시간인 것이다. 만스 교위의 경례를 받은 니어엘이 말했다.

"수고했어, 만스 교위."

집중력이 떨어져 있던 커레이야 만스 교위는 중대장의 말을 이해하지 못하고 고개를 갸웃했다. 커레이야 만스는 새벽부터 자신이 뭘 수고했는지 알 수 없었다. 그러나 조금 후 중대장이 며칠 동안의 일을 한꺼번에 말한 것임을 깨닫고 미소를 지었다.

그때 건물 밖에서 함성이 들려왔다. 거대한 함성과 욕설들, 웃음소리가 들려왔다. 니어엘은 그쪽을 보고 빙긋 웃었다. 부위들이 뭔가 사납고 난폭한 이야기로 사병들을 흥분시키고 있는 듯했다. 그것은 또한 자신들을 위한 일이기도 하다. 부위들은 그들의 시간이 온 것을 그런 식으로 확인하고 있었다. 니어엘은 웃음 띤 얼굴로 만스를 바라보았다. 만스는 어두운 얼굴을 하고 있었다.

"만스, 왜 그러지?"

"예? 아, 아닙니다, 중대장님."

"여긴 우리 둘밖에 없어. 걱정하지 말고 말해."

"참 어린 애들인데 하는 생각이 들었습니다."

니어엘은 동감한다는 표정을 지었다. 커레이야 만스는 그녀의 아버지보다도 나이가 많다. 인생을 값있게 살아온 사람으로서 그는 그렇게 말할 수 있다. 하지만 만스는 또한 군인이다.

"하지만 이런 시기에 수교위님이 저희 중대를 맡고 계신 것이 얼마나 고마운지 모르겠습니다. 북부에는 온통 연공서열로 계급 받아먹은 장교들뿐입니다."

장군급 교위라면 이 정도 품평은 할 수 있을 것이다.

"하지만 수교위님은 다르십니다."

니어엘은 빙긋 웃었다.

"타이모 사건? 나는 좋은 교위님을 모시고 있던 부위였을 뿐이야. 내 가치는 지금부터 증명하게 되겠지."

"금은 변하지 않습니다."

"고맙군. 그러면 나가서 저 바보들을 중대장의 말 한마디 들을 수 있을 만큼만 진정시켜 놔."

만스 교위는 경례하고 밖으로 나갔다. 짧은 함성이 몇 번 들리고 곧 고요해졌다. 니어엘은 싱긋 웃으며 투구를 썼다. 그리고 문을 열고 연병장으로 나갔다.

연병장에는 중대원 천 명이 도열해 있었다. 개인 무장은 모두 완비했고 게다가 한결같이 질 좋은 것들이다. 보이는 것이 그 정도이니, 원래 잘 보이지 않는 노고를 하게 되어 있는 행보관의 업무 특성상 그의 노고를 짐작할 만하다. 니어엘이 단상에 오르는 동안 중대원들은 투구 아래에서 예리하게 빛나는 눈으로 그녀의 일거수일투족을 쫓았다.

아직은 밤이었다. 하늘 어디에도 푸른 기운은 보이지 않았고 까불거리는 것은 연병장 이곳저곳에 피워 놓은 화톳불과 선임 반장들이 들고 있는 횃불뿐이다. 천 명이 내쉬는 숨소리는 분명치 않지만 그 열기는 뚜렷하다. 니어엘은 칼자루 끝에 왼손을 올려놓은 채 중대원들을 죽 둘러보았다.

"밥 잘 먹었냐?"

횃불 몇 개가 흔들렸다. 병사들 대부분이 시루에서 막 쪄낸 떡 같은 얼굴로 중대장을 바라보았다. 그들의 자랑스러운 중대장이 다시 질문했다.
"밥 잘 먹었냐고."
우레 같은 함성이 대답했다.
"자, 잘 먹었습니다!"
"응. 그럼 배 좀 꺼트리자. 1소대 1분대부터 출발."
1소대 1분대장 도라 머시튼 수전사는 1소대장 다미갈 카루스 부위의 엄한 눈빛을 받은 후에야 겨우 자신의 분대를 출발시킬 수 있었다.
물론 그녀의 머릿속은 다른 중대원 전부의 머릿속과 비슷한 생각으로 꽉 차 있었다. 도대체 전우애와 조국, 불굴의 투쟁심, 폐하께 바치는 위대한 승리 따위는 다 어디로 간 거지? 설마 중대장은 싸울 생각이 없는 건가?
머시튼 수전사와 중대원들 전부의 의문은 다섯 시간 후에 해소되었다.
다섯 시간의 행군 끝에 니어엘 헨로의 중대는 경비대 본부 앞쪽에 나와 진을 치고 있는 텡 마바노 조장의 발케네 국경 수비대와 조우했다. 니어엘 헨로와 텡 마바노 사이에 벌어진 전투는 다음과 같이 전개되었다.
"어어이! 뭐 하러 왔습니까!"
"그쪽 경비대 접수하러 왔습니다!"
"꼭 그래야겠습니까?"
"까라면 까야지 뭐, 별 수 있나요."
"젠장. 이틀만 더 있다 오면 좋았을 텐데요."
"왜지요?"

"내일까지 지켜야 한 달로 쳐 준단 말입니다. 오늘 도망치면 반급이지요. 그래서 말인데, 물러갔다가 모레 다시 와 주면 안 되겠습니까?"

"월급 반 주면 고려해 보지요."

"쳇."

텡 마바노 조장은 엄숙하게 퇴각을 명령했다. 총 전투 시간 30초였다. 발케네 국경 경비대는 본부 쪽이 아닌 엉뚱한 방향으로 퇴각했다. 그쪽에는 이미 먼지를 일으키며 멀어지고 있는 수레들이 보였다. 니어엘 헨로 수교위는 다시 시루에 들어가 있는 부하 장교들과 사병들에게 말했다.

"그러면 경비대 건물 접수하고 밥 지어 먹자. 점심 먹을 때가 됐네."

"추…… 추적하여 섬멸해야 하지 않습니까? 그리고 저 수레에는 필시 중요한 것들이 있을 텐데요."

"끽해야 냄새 나는 속옷 정도일 거다. 그게 중요하다고 생각하는 장병들은 가도 좋다."

니어엘은 그런 대답으로 부위들의 입을 틀어막아 놓고는 말을 몰아 발케네 국경 경비대 본부 건물 쪽으로 뚜벅뚜벅 걸어갔다. 중대원들은 뭐라 해야 할지 모르겠다는 얼굴로 서로를 바라보다가 중대장의 뒤를 따랐다.

니어엘 헨로의 중대가 본부 건물을 접수하고 나서 사흘 뒤, 경비를 서고 있던 병사들은 정체가 불분명한 군대의 출현을 알려 왔다. 부위들은 즉각 소대원들에게 전투 준비를 외쳤다. 그러나 뒤늦게 나타난 니어엘 헨로가 한가로운 태도로 말했다.

"몇 명이야?"

"서른 명쯤 됩니다."

"알았어. 말을 가져와."

말이 대령되었다. 니어엘은 당직 사관에게 지휘권도 반환받지 않은 채 몇 명의 병사를 골라 진지 밖으로 나갔다. 장병들은 다시 어처구니없다는 표정으로 니어엘의 뒷모습만 바라보았다.

접근하고 있던 부대는 달려오는 니어엘과 병사들을 보고 재빨리 방어진을 구축했다. 니어엘은 충분히 먼 거리에서 말을 멈춰 세우고 외쳤다.

"여, 날씨 좋지요? 저는 제국군 수전사 히어엘 넨로입니다."

방어진 가운데서 늙수그레한 무사가 걸어 나왔다. 조금 낡았지만 손질이 잘된 무구들로 몸을 감싼 무사는 니어엘 헨로가 지휘하는 병사들을 죽 둘러보고 나서 빙그레 웃으며 말했다.

"나는 바질튼의 남작 친 피타오다. 그래, 좋은 날씨군."

"오늘 밤은 보름달이 뜰 겁니다."

"응."

"그럼 수고하십시오."

"그쪽도."

니어엘은 말을 돌렸다. 니어엘을 호위하던 병사들은 울상이 된 얼굴을 적군에게 보여 주느니 표정 없는 엉덩이를 보여 주는 것이 좋겠다는 판단을 내렸다. 니어엘은 병사들과 함께 진지로 돌아왔고 친 피타오 남작은 진지를 한참 우회하여 사라졌다.

그날 밤에는 니어엘의 말처럼 환한 보름달이 떴다. 석식이 끝난 다음 니어엘은 당직 사관을 제외한 장교들을 전부 불러들였다. 장교들은 전부 자신이 뜻하지 않게 반역자의 일원이 된 듯한 얼굴을 하고 모여들었다. 니어엘은 빙긋 웃고 나서 화두 같은 질문으로 회의 시작을 알렸다.

"군인은 뭐 하는 사람인가."

중대장이 화두 같은 말로 시작한 탓인지 장교들은 회의실을 선방 같은 분위기로 바꿔 버렸다. 모든 장교들이 동시에 참선 수행에 들어가자 분위기가 자못 경건했다. 그러나 군대의 모든 것이 그러하듯 정신 세계의 비경을 탐구할 권한도 서열순으로 주어지는 것은 분명하다. 서열 최하위자인 가리아 릿폴 부위가 마지 못해 손을 드는 것을 본 니어엘은 고개를 끄덕였다. 릿폴 부위가 말했다.

"군인은 황제 폐하와 제국을 위해 싸우는 자입니다."

"다른 사람들에겐 그렇게 말해. 나한테는 그러지 말고."

"……모르겠습니다."

니어엘은 웃으며 1소대장 다미갈 카루스 부위를 바라보았다. 카루스 부위는 중대장님이 말씀하시죠 하는 눈빛을 되돌려주었다. 니어엘은 말했다.

"군인은 걷는 사람이다."

장교들은 황당하다는 표정으로 서로를 바라보았다. 사병들이나 할 말이 중대장의 입에서 나오고 있으니 그럴 법도 했다.

"군인은 지겹게 걷지. 비가 와도 걷고 눈이 와도 걷고 진흙탕이든 늪이든 가리지 않고 걷지. 뚜벅뚜벅 걸어다녀. 그러다가 가끔 기분 전환할 일이 생기지. 전투 말이야. 하지만 대부분의 시간 동안은 그냥 이리저리 걸어다니는 것이 군인의 일이야."

니어엘은 자신의 이론을 현실적 예로 설명하기 시작했다.

"텡 마바노 조장은 전투력을 보존하기 위해 퇴각을 결심하고 있었고 그래서 주저 없이 퇴각했다. 이 지역은 전술적 요충지는 아니야. 나 또한 전투력을 보존해야 하기에 친 피타오 남작을 두드려 잡지 않았어. 지금쯤 남작은 졸린 얼굴로 걸어가고 있겠지. 내가 이 근처에서 야영하지 말라고 경고했으니까."

그날 낮 니어엘과 피타오 남작 사이에 있었던 대담은 이미 중대 전체에 퍼져 있었지만 장교들은 이제야 보름달이 무슨 의미인지 알게 되었다. 2소대장 맥키 네미는 어정쩡한 표정으로 말했다.

"하지만 중대장님, 저 남작을 공격하여 물리치면 그만큼 적의 세력이 약화되는 것이잖습니까."

"친 피타오 남작이 발케네 공의 소환에 응한 것은 그러지 않을 능력이 없기 때문이야. 그는 빨리 전쟁터에 도달하고 싶은 생각뿐이겠지. 그러면 자기 의무는 다한 셈이니까. 그때부터는 고향이 걱정되니 빨리 돌아가게 해 달라고 조르는 것이 남작의 주된 전투 행동이 될 거야. 그런 인물쯤 발케네 공의 전력에 포함되어도 문제될 것은 없어. 그자에게 군량이 전혀 없는 것을 보지 못했나? 가서 발케네 공의 군량이나 축내게 놔두는 편이 나아."

맥키 네미는 쉽게 물러날 생각이 없었다.

"중대장님, 죄송합니다만 우리와 친 피타오 남작의 행동이 뭐가 다른지 잘 모르겠습니다."

"우리도 적당히 징계받지 않을 만큼만 의무를 다하려는 거냐고 묻고 싶은 거지?"

"무례를 범하고 싶은 생각은 없습니다."

맥키 네미의 표정은 제발 무례로 해석해 달라고 말하는 것 같았다. 니어엘은 자리에서 일어났다. 긴장한 장교들의 시선 속에서 니어엘은 벽에 붙여 놓은 지도로 다가갔다. 발케네 지역의 상세 지도였다.

"우리 중대의 목표는 펜스터다. 레드마 브릭 자작이 이곳을 지키고 있지. 이 친구는 한동안 펜스터를 빠져나올 수 없다. 발케네 동쪽의 소영주들이 암살공의 소환에 응할 수 있도록 길을 열어 주는 일을 해야 하니까. 마지막 소영주가 지나간 후에야 레드마는 암살공의 본진에 합류하려 할 것이다. 우리는 그것을 차단해야 한다. 당장 그곳으로 달려가지 않는 이유는 짐작하겠지? 그래. 브릭과 싸우면서 동시에 동쪽에서 오는 소영주들과도 싸울 수는 없기 때문이야. 우리 또한 마지막 소영주가 지나간 다음에 펜스터를 압박해야 한다. 우리는 그때까지 전투력을 보존해야 한다."

장교들은 재빨리 지도를 살피면서 니어엘의 설명을 따져 보았다. 3소대장 가리아 릿폴이 다시 발언을 요청했다.

"중대장님, 하지만 왜 상부에서는 우리들만 이곳으로 보내는 겁니까? 아예 처음부터 대규모 군사를 투입하여 펜스터를 점령하면 펜스터 동쪽 지역을 고립시킬 수 있을 텐데요. 제 생각에 펜스터 동쪽의 병력이 모두 암살공의 휘하에 집결한 후에 싸우는 것보다는 그것이 낫습니다."

"상부에서는 아마도 부위가 알 필요 없는 이야기라고 하겠지. 하지만 내 생각은 좀 다르니 말해 주겠어. 그런 식으로 이동하는 소영주들의 병력은 대단치 않아. 하지만 레드마 브릭은 나오면 안 돼. 브릭이 참전할 경우에만 움직이는 병력들이 있는데 이곳, 군스, 미차도, 노바일의 병력이다. 대충 합쳐서 일만 정도. 이곳의 지배자들은 암살공에게 충성 서약을 하지 않았어. 이들은 브릭에게 서약했지. 따라서 브릭이 움직이지 않는 한 이들은 암살공을 도와줄 의무가 없어."

릿폴은 아 하는 얼굴로 고개를 끄덕였다. 맥키 네미가 약간 긴장한 어조로 말했다.

"하지만 그들에게 브릭을 도울 의무는 있는 것이군요. 우리가 브릭을 압박하면 그들은 우리들을 공격하겠군요."

"맞아. 따라서 우리는 펜스터를 점령할 수는 없어. 브릭의 병력만 상대한다면 방법이 있을지도 모르지만 군스와 미차도, 노바일의 병력 전부와 싸울 수는 없으니까. 우리는 브릭이 암살공에게 합류하는 것만 저지하면 돼. 닷새 뒤 이 계곡으로 이동한다. 우리는 병력을 최대한 위장한 채 브릭을 겁준다. 서너 개 정도의 중대가 펜스터 주위에 틀어박혀 있다고 믿게 해야 해. 그러면 브릭은 자기가 펜스터를 비우면 당장 제국군이 쳐들어와서 분탕질을 칠 거라고 생각하게 되겠지. 브릭이 펜스터에 틀어박히면 다른 세 곳의 병력도 움직이지 않아."

장교들의 얼굴이 훨씬 밝아졌다. 니어엘이 말했다.

"아까 내 생각은 조금 다르다고 말했지? 그것은 이번에만 설명하겠다는 뜻이야. 다음에는 설명이 없어. 알겠나!"

니어엘은 책상을 쾅 내리쳤다. 방심 상태였기에 때문에 장교들은 소스라치게 놀랐다. 니어엘은 그들이 진정할 틈을 주지 않고 빠르게 말했다.

"알았냐고! 귀관들이 도적을 잡고 산적을 쫓아다니고 있을 때 나는 레콘들과 싸웠다. 그래서 수교위가 되고 귀관들의 중대장이 된 거야. 나는 이제 귀관들을 진급시켜 주겠어. 전쟁 영웅이 되게 해 주겠다고. 내가 취미 삼아 중대원들과 귀관들에게 아기살을 가르쳤는 줄 아나? 귀관들의 상관이 적당주의에 빠진 군인이라면 그럴 것 같나! 틀렸어. 나는 귀관들과 중대원들을 폐하의 군인으로 만들어 왔어. 그리고 이제 폐하를 위해 싸울 자리로 귀관들을 이끌어 가고 있어. 하지만 귀관들이 나를 의심하면 그럴 수 없어. 군인 정신이 빠져가지고 상관을 품평하려 든다면 그럴 수 없어! 황당하다는 표정도, 항의하고 싶다는 표정도, 체념한 듯한 표정도 짓지 마. 귀관들의 시간이 다가오고 있다는 것은 안다. 하지만 내가 준비하라고 말하기 전에 먼저 준비하지 마! 귀관들 중 벌써부터 화려하게 싸우고 싶다는 생각에 빠져 소대원들이 서로 싸우건 후장을 따먹건 신경 안 쓰는 사람이 있다는 것 알고 있다!"

가리아 릿폴 부위의 얼굴이 벌겋게 변했다. 다른 장교들이 가리아의 얼굴을 바라보지 않은 것은 어린 장교에 대한 동정심 때문이 아니다. 모두들 고개를 들 수 없었기 때문이다. 니어엘이 말하고 있는 것은 정확하게 그들이 이 며칠 동안 보인 태도였다. 고개를 들면 중대장의 입에서 아기살이 날아와 눈에 꽂힐 거라 믿는 장교가 한두 명이 아니었다.

"마음의 준비 따위 집어치워! 그런 걸 해야 할 때가 오면 내가 알려 주겠다. 귀관들의 목숨뿐만 아니라 정신까지 책임지고 있는 사람은 나다. 아무것도 준비하지 마. 늘 하던 대로 해! 그리고 이 시간 이후로 내가 귀관들에게 사병들도 잘 아는 이야기를 들려주는 일이 없도록 해. 내가 걸으라고 하면 걸어! 서라고 하면 서! 자라고 하면 자! 그리고 어느 날, 진짜 귀관들의 시간이 왔을 때 싸워! 머릿속으로 수백 명을 학살하느라 지쳐 빠져서 진짜 전투에서 도망치는 바보들은 보고 싶지 않다! 일어나!"

장교들은 황급히 일어섰다. 그중 많은 이가 탁자에 무릎이나 허벅지를 부딪힌 것이 분명하다. 탁자가 몇 번 들썩였으니까. 하지만 아무도 감히 비명이나 신음을 내지 못했다. 니어엘은 씹어먹을 듯한 얼굴로 장교들을 노려보았다.

"소대원들에게 가라. 귀관들이 화려하게 죽을 장소까지 데려다 주고 곁에서 함께 싸울 사람들에게 가라. 가서 보살펴라! 해산!"

장교들은 황급히 경례하고 회의실을 빠져나갔다. 마지막에 빠져나간 것은 역시 가리아 릿폴 부위였는데 앞에 있는 사람을 떠밀고 싶어하는 것이 역력하게 보였다. 니어엘은 그녀를 실망시키고 싶지 않았기에 험악한 표정으로 그녀의 뒤통수를 바라보았다. 하지만 릿폴은 감히 뒤를 돌아보지 못했고 그래서 니어엘의 행동은 과잉 친절이 되고 말았다.

그로부터 여드레 뒤, 니어엘의 공언은 실현되었다.

파리조의 남동쪽 요충지를 지키고 있는 레드마 브릭 자작에게는 그 특별한 위치 때문에 많은 것이 주어져 있었다. 혈족들인 몇몇 지배자들이 암살공이 아닌 그에게 충성을 맹세한다는 것도 그런 특별한 선물들 중 하나였다. 그러나 레드마는 더 많은 권한이 더 많은 책임을 의미한다는 것은 알 정도로 성숙한 인물이었고 자신이 책임을 다하기 전에는 권한에서 즐거움을 느끼지 못했다. 따라서 자작이 발케네 공의 소환령을 받은 순간 종군을 결심한 것은 발케네 공에 대한 충성심이나 의리 때문은 아니었다. 그것이 해야 하는 일이라 믿기 때문이었다. 발케네에서 퍽 보기 드문 성품이라고 할 수 있을 것이다.

그러나 이렇게 사무적인 지배자 브릭 자작도 사천 명의 병사들이 소환되어 출진 준비를 갖추었을 때는 가슴이 약간 설레는 것을 느꼈다. 어떠한 합리적 이유도 없이 그저 힘을 보여 주고 싶은 과시욕은 본능에 가까운 것인지도 모른다. 브릭 자작도 자신이 어디까지 도달할 수 있는 능력자인지 궁금해졌다. 이런 심리는 모든 건전한 지배자를 망가뜨리는 병이자 안전한 치유법은커녕 적절한 예방책도 없다. 브릭 자작의 초기 증세는 감동적인 연설로 나타났다. 그가 감동하는 것만큼 그의 가신들은 당황하게 되는 연설이긴 했지만 어쨌든 아름다운 말들은 효과를 발휘했다. 병사들은 기개 있는 함성과 높이 쳐든 창으로 감동의 되먹임을 보여 주었다. 브릭 자작은 울 뻔했다.

그리고 출진 한 시간 후, 브릭 자작은 정말 울고 싶었으나 울 수도 없었다. 그저 머리를 감싸쥐고 정신없이 도망치면서 쏟아지는 아기살을 피해야 했다.

그것은 언뜻 보면 가랑비처럼 보였다. 날아오는 궤적을 보기 어려울 만큼 작은 화살이라 화살을 쏘아 보내고 있는 곳이 어디인지 알기 어려웠다. 그러나 그토록 작은 화살은 브릭 자작의 눈앞에서 어떤 불쌍한 병사의 투구를 꿰뚫고 뒤통수로 빠져나오는 괴력을 보여 주었다. 그 화살의 비 앞에서는 방패도 적절한 방어책이 되지 못했다. 조금 부실한 방패의 경우 아기살은 여지 없이 그것을 관통했다. 그리고 인간이 드는 방패는 무게의 한계가 있는 법이다. 브릭 자작을 보호하고 있는 가신들은 특별히 잘 만들어진 방패를 들고 있었지만 화살의 일제 사격 속에서 몇 분이 지나자 그들의 방패 뒷면은 뚫고 들어온 화살촉 때문에 손을 갖다 대기도 무서운 모습으로 바뀌었다. 브릭 자작은 죽을 힘을 다해 성안으로 돌아왔다. 하지만 그 직후 자신의 팔을 관통한 채 빛나고 있는 화살을 보고는 생애 처음으로 졸도했다. 졸도가 지배자의 적절한 처신인 경우는 별로 없는데, 바깥에서 그의 병사들이 학살당하고 있을 때는 특히 그러하다.

니어엘 헨로는 서전에 강력한 타격을 주어 공포를 안겨 주기로 이미 결심했다. 아기살의 집중 사격은 순식간에 지휘 체계를 와해시켰고 니어엘은 때를 놓치지 않고 중대원들을 돌격시켰다. 그녀의 중대원들은 궁병이 아니다. 니어엘에게 철저히 궁술을 교육받은 보병이었다.

많은 사람들이 오랜 시간 군사 교육을 받은 직업 병사와 밭 갈다가 영주의 소환 때문에 창을 쥔 농부 사이에 괄목할 만한 전투력의 차이가 있는지 의심한다. 그 의심은 부분적으로 옳다. 개인 단위에서 전투력은 사실 별로 논할 가치가 없다. 힘 세고 민첩한 농부는 노련한 부위를 때려죽일 수도 있다. 그러나 엄격한 훈련의 결과는 오직 집단 단위에서만 나타난다. 그리고 같은 이름을 가진 두 사람이 나타날 정도의 단위가 되면 그 순간부터 농부들은, 그들이 곡괭이의 달인이거나 낫질의 명인이라 하더라도 군인들의 상대가 될 수 없다. 아무리 그렇더라도 소대장들이 사살한 숫자만 합쳐도 백 명에 육박한다는 결과 앞에서는 니어엘도 조금 놀랄 수밖에 없었다.

전리품을 수거하는 데도 그날의 남은 시간이 다 지나갔다. 계곡 은밀한 곳에 건설한 진지로 물러나 진지의 문을 닫았을 때 중대원들은 피에 취해 흥분해 있었다. 내친 김에 야음을 틈타 브릭자작의 성을 공격하자는 이야기까지 나왔다. 소대장들은 만장일치로 그 의견을 받아들였다. 하지만 중대장은 펜스터를 점령하지 않는다고 말했는데? 하지만 지금이라면 저 성은 문제없이 점령할 수 있어. 이봐, 중대장은 우리에게 판단하지 말라고 했잖아. 결국 소대장 전원이 찾아간다는 의견이 채택되었다. 다미갈 카루스 부위는 다른 부위들과의 의리 때문에 할 수 없이 동참했다.

니어엘 헨로는 소대장들의 의견을 충분히 경청한 다음 말했다.
"모조리 다 온 것을 보니 전부 찬성인가?"
소대장들은 씩씩하게 외쳤다.
"예! 그렇습니다."
"누가 제일 목청이 크지?"
"예?"
"아니, 됐어. 다미갈 카루스 부위, 천막 밖에 나가서 중대가를 부른다. 노랫소리가 작거나 끊어질 경우에는 용서하지 않겠다."
다미갈 카루스 부위는 씁쓸한 얼굴로 밖에 나갔다. 그는 헛기침을 몇 번 한 다음 목청껏 중대가를 불러 병사들을 당황시켰다.

한참 후, 천막의 휘장이 들리며 가리아 릿폴 부위가 비틀거리며 나타났다. 릿폴은 카루스에게 말했다.
"교대입니다. 들어가십시오, 카루스 부위."
"뭘 각오하면 됩니까, 릿폴 부위?"
가리아 릿폴은 고개를 들어 카루스를 바라보았다. 그녀의 눈에 눈물이 글썽했다.
"전 왜 살고 있을까요?"
아무 대답도 할 수 없었던 카루스는 그냥 그녀를 지나쳐 천막 안으로 들어갔다. 천막 안에서 니어엘은 밖에서 들려오는 릿폴의 중대가에 묻힐 만큼 낮은 소리로 조용조용 말했다. 하지만 그 말을 들은 지 얼마 지나지 않아 카루스는 얼어붙은 다른 부위들과 마찬가지로 자신이 제국군의 쓰레기라고 느끼게 되었다.

중대가를 부르던 릿폴의 목이 쉴 무렵 다시 휘장이 들렸다. 릿폴은 두려움에 차서 뒤를 돌아보았다. 소대장들이 모두 귀신을 본 것 같은 얼굴을 한 채 걸어 나왔다. 그 뒤편에서는 니어엘이 빙그레 웃었다.

"유익한 토론이었다. 그러면 귀관들의 의견에 따라 진지 보강에 돌입하기로 한다."

니어엘이 휘장을 내리자 소대장들은 전부 치를 떨었다.

서전의 강력한 공격은 니어엘이 기대한 효과를 가져왔다. 펜스터의 브릭 자작은 팔의 상처와 함께 마음에도 혹독한 상처를 입었다. 궁술에 조예가 깊은 가신 한 명이 그의 팔에서 제거된 화살이 아기살이라는 것을 가르쳐 주면서 또한 아기살에 숙련되는 것은 매우 어렵다는 것도 가르쳐 주었을 때 브릭 자작은 자신이 제국의 특수병과와 싸우고 있다는 결론을 내릴 수밖에 없었다. 자작도 지도를 볼 줄 알았고, 정체를 알 수 없는 적의 지휘관이 무엇을 원하는지도 대충 파악할 수 있었다. 다친 팔을 싸맨 채 자작이 주관한 간부 회의에서도 비슷한 결론이 나왔다.

"그렇습니다, 각하. 적의 지휘관은 우리를 봉쇄함으로써 미차도와 군스, 노바일의 병력 또한 봉쇄하는 효과를 기대하고 있습니다."

"봉쇄가 목적이라면 우리를 적극적으로 공략할 가능성은 없겠군."

"예. 지난번의 뼈아픈 타격은 섬멸전의 형태는 아니었습니다. 그리고 그 후로도 성 근처에 적의 병력이 나타나지는 않았습니다. 공성이 목적이라면 그 기습의 직후가 적절했을 겁니다."

"적의 병력에 대한 추정치는?"

"그것이 정말 추정하기가 어렵습니다. 아기살은 잘 보이지 않아서 몇 발이 동시에 날아오는지도 알기 어렵습니다. 사격 직후에 이루어진 돌격에서 적과 싸웠던 병사들 중 어떤 이는 삼천 이하라고 말했고 어떤 이는 절대로 오천 이상이라고 말했습니다."

"그러면 제국군 편제로 어떻게 되지? 대대급인가?"

"인원으로는 대충 그 정도가 됩니다만 제국군에서 대대 단위라면 보통 전략 임무가 주어집니다. 하지만 우리에 대한 공격은 전술 수준이고, 아무래도 몇 개의 독립 중대라고 생각하는 것이 좋을 것 같습니다."

"그렇다면 아기살 쏘기가 특기인 중대 하나와 보병 중대 몇 개라고 봐야 하나."

"저, 각하, 언젠가 들은 이야기인데 나나본에 아기살의 명수인 제국군 수교위가 있다고 합니다. 엘시 에더리 대장군과 함께 고속 진급한 그의 부하들 중 하나라고 들었습니다."

안 듣느니만 못한 우울한 정보였다. 레드마 브릭 자작과 가신들에게 그 정보는 자신들을 공격하고 있는 것이 대장군이 심혈을 기울여 키워 낸 특수병이라고 판단할 근거가 되기 때문이었다.

"일단 적에 대해 안 연후에 대응을 세워도 세울 수 있을 것이다. 수색을 시작해라. 인근의 지형에 익숙한 자들을 모두 내보내 제국군의 자취를 추적해라."

곧 제국군의 진지로 추정되는 목책과 야영지가 브릭 자작의 정찰병에게 포착되었다. 정찰병의 보고는 자작과 그의 군사 전문가들을 당황하게 했는데 아무래도 천 명 이상은 들어가기 어려울 규모라는 것이다. 그리고 브릭 자작과 그의 가신들은 자신들이 받은 공격을 절대로 천 명의 공격이라고 생각할 수 없었다. 그들은 자신들이 발견한 것이 여러 개의 독립 중대 중 하나일 거라 믿었다. 그러나 더 많은 정찰병을 내보내는 것은 좀 어려운 일이 되었는데, 몇몇 정찰조가 미귀환하는 일이 발생했기 때문이다. 결국 레드마 브릭은 군량의 압박을 느낄 적군이 먼저 공격을 시작할 때까지 응전을 삼가고 잠시 기다린다는 결론을 내렸다.

레드마 브릭 자작이 그런 결정을 내리던 시각, 니어엘 헨로 수교위는 진지에서 한 명의 교위와 악수를 나누고 있었다.

"무운을 빌겠다, 신뷰레 교위."

"무운을 빕니다, 헨로 수교위."

니어엘 헨로가 구축한 진지를 인계받은 것은 가시나무 군단 21중대장 눈하츠 신뷰레 교위였다. 단독 작전을 행하는 것이 처음인 눈하츠 신뷰레는 약간 긴장하고 있었다. 하지만 이름 높은 신뷰레 가문의 후손답게 눈하츠 신뷰레에게는 기품이 있었다. 좋은 장교의 재목을 좋은 장교로 만드는 것은 경험이고 그것은 조언이나 조력으로 어떻게 해 줄 수 있는 문제가 아니다. 따라서 니어엘에게는 그를 도와줄 방법이 없었다. 몇 명의 솜씨 좋은 수전사를 신뷰레에게 붙여 주면 어떨까 하는 생각을 떠올렸지만 곧 니어엘은 그 안을 파기했다. 오비삼척인 처지다.

"살아남아서 다시 만나지."

"그러기를 바랍니다. 그런데 어디로 가십니……."

질문하던 눈하츠 신뷰레는 저편에서 니어엘의 소대장들이 얼굴을 무섭게 꿈틀거리는 것을 보고 말끝을 흐렸다. 부위들은 잡아먹을 듯한 눈빛과 제발 살려 달라는 눈빛을 뒤섞어 보냈는데, 어쨌든 꽤나 진지한 표정이었다. 니어엘은 빙긋 웃으며 말했다.

"우리가 어디로 가지, 가리아 릿폴 부위?"

"모릅니다!"

"몰라도 상관없나?"

"예! 가라면 가고 서라면 섭니다!"

"까라면?"

"깝니다!"

"귀관은 그게 없잖아."

"그래도 깝니다!"

눈하츠 신뷰레는 어이없다는 표정으로 가리아 릿폴 부위를 바라보았다. 그것이 없는 가리아 릿폴 부위가 어떻게 '깔' 수 있는지도 궁금했지만, 막 입대한 하전사보다 더 군기가 바짝 들어 있는 부위라는 것은 신뷰레의 상식으로 이해가 잘 안 되는 일이었다. 부위는 전투의 주인이다. 전쟁은 그들의 시간이다. 눈하츠 신뷰레의 소대장들만 해도 그들의 중대장에게 고양이가 주인에게 보내는 것 정도의 경의만 보내고 있었다. 그리고 제국군의 전통을 높이 평가하는 신뷰레는 그런 소대장들을 꾸짖기는커녕 오히려 비위를 맞추려 애쓰는 편이었다. 그런 신뷰레의 눈에 니어엘 헨로의 부위들은 너무도 이질적이었다.

눈하츠 신뷰레는 부위를 그렇게 다그쳐서 전투력이 유지될 수 있냐고 묻고 싶었다. 하지만 교위는 상급자의 부대 운용 방식에 참견하는 것처럼 들리지 않게 질문할 방법을 떠올릴 수 없었다. 그래서 눈하츠 신뷰레는 아무 질문도 못한 채 니어엘 헨로와 그녀의 중대를 배웅해야 했다. 니어엘의 걱정과 달리 눈하츠 신뷰레는 그 후 꽤 편한 시간을 보낼 수 있었다. 아기살의 명수인 수교위가 있을 거라고 굳게 믿던 브릭 자작은 감히 진지를 공격할 엄두를 내지 못했기 때문이다.

펜스터를 떠난 니어엘 헨로의 중대는 이틀 뒤 이름 없는 마을에 도달했다. 소대장들은 그곳에 이미 행보관 커레이야 만스 교위가 와서 기다리고 있다는 사실에 놀라지 않았다. 가라면 가고, 서라면 서는 것이다. 그들은 니어엘 헨로가 이끌고 간 곳에 보급품과 함께 커레이야 만스 교위가 있는 게 아무것도 이상할 것이 없다고 생각했다. 하지만 니어엘은 만스 교위의 얼굴에 가득한 피로를 놓치지 않았다.

"힘들지?"

"괜찮습니다."

"어떻게 이걸 가져왔는지 설명해 주겠나?"

"고참 교위에게는 나름의 방법이 있게 마련이지요."

커레이야 만스 교위는 가시나무 군단의 보급대에 약간의 장난을 쳤다는 것을 실토했지만 그 장난이 정확히 무엇인지는 말하지 않았다. 매우 비공식적인 방법이라는 것을 짐작한 니어엘은 더 묻지 않았다. 대신 다음 보급 일자와 장소를 전달했다. 만스 교위는 더욱 시커메진 얼굴로 떠났다.

소대장들과 중대원들은 니어엘이 말한 '군인은 걷는다.'라는 말의 의미를 체득하게 되었다. 그들은 걸었다. 정말 지겹게 걸었다. 자면서 걸었고 먹으면서 걸었다. 어떤 곳에서는 전투가 있었고 어떤 곳에서는 진지 구축이 있었지만 그것은 기분 전환일 뿐이었다. 대부분의 시간 동안 중대는 걸었다. 니어엘 헨로는 전투가 있기 전에는 반드시 가르쳐 주었고 남아 있는 시간은 언제나 가까스로 준비를 끝낼 정도의 시간밖에 없었다. 매번의 전투는 언제나 이전의 전투와 달랐다. 도무지 전투가 맞는지 알 수 없는 일도 있었다. 하루 종일 나무를 한 다음 목재를 쌓아 놓고 그 자리를 떠나거나 하는 일이 그에 해당했다. 전투는 맞는데 적은 없는 경우도 있었다. 니어엘이 지정한 방향으로 화살만 잔뜩 쏘고는 적군의 모습도 보지 못한 채 물러나는 경우가 그러했다. 그러나 가끔은 칼과 칼이 부딪치는 일도 있었다. 소대장들은 재미있다고 생각했다. 부위의 재미가 아니었다. 니어엘이 지금부터 전투를 시작한다고 말한 장소는 언제나 그들이 이길 수 있는 장소였다. 니어엘이 깨부수라고 말한 적은 언제나 깨부술 수 있는 적이었다. 이길 수 있는 장소에서 이길 수 있는 상대하고만 싸우니 연전연승이었고, 그것은 재미있는 일이었다. 바꿔 말하면 흥분되거나 피가 끓는 일은 아니라는 것이다. 중대원들은 점점 자신이 전투를 수행 중이라는 느낌을 유지하기 어려워졌다.

그리고 그들은 걸었다. 발케네의 깊은 계곡과 울울창창한 숲을 걸었다. 흙과 나무와 바위, 시냇물. 점점 중대원들은 세상에 자기밖에 없다는 느낌을 받았다. 때론 전투가 벌어지기도 하고 볼 때마다 점점 시체 같은 얼굴이 되는 만스 교위가 나타나서 군량과 아기살을 공급해 줄 때도 있었지만 그것은 백일몽만큼도 현실에 영향을 주지 않았다. 그들의 현실은 흙과 나무와 바위, 시냇물이었다. 그 사이를 끝없이 걷는 것이 중대의 일이었다. 땔감을 모으느라 걸었고 마초를 모으느라 걸었고 천막을 치느라 걸었다. 전투는 잠깐씩 스쳐 가는 산들바람 같았다. 이길 수 있는 장소에서 이길 수 있는 적만 상대했으니까. 그들은 함성도 없이 무표정하게 돌격했고 조금 후에는 좋은 땔감에 대한 진지한 토론을 나누며 적들의 시체 사이에서 걸어 나왔다. 니어엘의 말처럼 그들은 아무런 준비를 할 필요가 없었다. 그냥 싸워서 이기면 되니까. 그들은 싸우면서도 걸었다.

멈출 때도 있긴 했다. 햇빛이 좋으면 중대는 멈춰 서서 빨래를 했다. 이때야말로 빨래방망이가 바람을 가르며 춤추고 물방울이 무시무시하게 튀는 박진감 넘치는 시간이었다. 나뭇가지 사이에 늘어뜨린 빨랫줄에 깨끗하게 세탁된 옷가지를 걸어 놓고 그 아래에 반라 차림으로 드러누워 잡담을 나누기에 좋은 계절이었다. 만춘이니까. 여자 병사들이 가슴을 예쁘게 그을리는 동안 남자 병사들은 엉덩이를 실룩거리며 개울을 첨벙첨벙 뛰어다녔다. 아비규환의 천렵이었다.

"이 무례한 모래무지가 장교를 몰라보고!"

"부위님, 좀 제대로 몰아요! 어푸!"

"젠장, 오와 열을 맞춰 헤엄치란 말이다! 군기가 빠져 가지고!"

"붕어다!"

"잠깐! 그분은 이 개울의 중대장님이시다!"

"그렇다면 중대장탕을 먹을 수 있겠군요?"

"훌륭하다, 병사!"

회심의 중대장탕은 대실패로 끝났는데, 취사병의 조악한 실력 때문이 아니라 참견하는 장교들이 너무 많아서였다. 하지만 장교들은 그런 설명을 받아들이지 않았다. 몸도 마르고 옷도 마른 후 그들은 다시 걸었다. 중대장탕의 실패 원인을 토론하며. 논의는 어느덧 군단장탕에 대한 이야기로 옮겨졌다. 군단장탕에 들어가야 할 재료는 과연 무엇인가? 어떤 물고기가 군단장탕이라는 이름에 부끄럽지 않은 물고기일까? 잉어, 쏘가리, 가물치, 송어, 메기 등이 접전을 벌였다. 좀 특이한 의견도 있었다. 그 다음 전투가 끝난 후 머리를 세게 맞은 가리아 릿폴 부위로부터 고래라는 신음이 잠깐 흘러나온 것이다. 하지만 다른 소대장들은 고래가 개울에 살지 않는다는 이유 때문이 아니라 고래라면 대장군탕의 재료가 되어야 한다는 이유에서 그 안을 기각했다. 그 후에야 그들은 졸도한 릿폴 부위를 들것에 옮겨 놓았다. 그리고 그들은 걸었다. 릿폴 부위도 며칠 후에는 걷게 되었다.

흙과 나무와 바위, 시냇물. 봄은 폭발하고 있었다. 지평선을 향해 유목민 무리처럼 묵묵히 한 줄로 걸어가는 천 명의 중대는 지루했다. 정말 전쟁이 벌어진 것일까? 우리는 그냥 중대 본부를 나와서 여기저기 쏘다니고 있는 것 아닐까?

그렇지 않았다.

중대원들은 어느새 커레이야 만스 교위가 그들과 함께 걷고 있다는 것을 깨달았다. "잠깐! 행보관님, 언제 오셨어요?" "이틀 전부터 있었다." 만스 교위뿐이 아니었다. 중대 본부에 남아 있던 경비대와 보급계 병사들 또한 그들과 함께 걷고 있었다. 지금까지와 달랐다. 뭔가가 이상했다. 소대장들은 어리둥절하여 서로를 쳐다보았다. 하지만 아무도 중대의 맨 앞에서 걸어가는 중대장에게 다가가지 않았다. 먼저 명령을 내린 것은 중대장이었다. 지평선 쪽에 흩어진 몇 개의 산릉이 다가왔을 때 니어엘이 손을 들었다.

"준비해라."

만스 교위는 재미있다는 표정으로 중대원들의 반응을 바라보았다. 중대원들은 걸음을 멈추지 않은 채 주섬주섬 갑옷 끈을 고쳐 매고 활을 점검했다. 하지만 그들이 덧살을 준비하려 했을 때 중대장이 말했다.

"덧살은 필요 없다."

중대원들은 아무런 질문도 하지 않았다. 그럴 이유가 없기 때문이다. 그들은 무덤덤하게 산릉을 향해 걸어갔다. 야산 저편에서 엄청난 연기와 소음이 들려오는 것을 깨달았을 때도 중대원들의 반응은 시큰둥한 편에 가까웠다. 아무도 긴장하지 않았다. 이길 수 있는 장소일 테고 이길 수 있는 상대일 테니까. 어떤 분대장은 빨래하기 좋은 날씨라고 생각했고 어떤 반장은 반원에게 여동생의 미모에 대해 추궁했다. 그리고 어떤 하전사는…….

그들이 산꼭대기에 올라섰을 때 갑자기 모든 것이 나타났다.

무기력한 관조자에 가깝던 중대원들 전부가 가슴이 철렁 내려앉는 것을 느꼈다. 그들이 받은 첫 번째 인상은 자신들이 엄청난 대도시를 바라보고 있다는 것이었다. 하지만 침착을 되찾은 후에 중대원들은 그것이 도시가 아니라는 것을 깨달았다. 언덕 아래의 평야에는 엄청나게 많은 천막과 끝이 보이지 않는 목책이 있었다. 임시로 지었다고 보기 힘들 만큼 거대한 목조 건물들이 둘러싸고 있는 넓은 공지에는 군량이 산더미처럼 쌓여 있었다. 군마들이 풀을 뜯는 대규모 초지도 여러 개 보였다. 하늘을 향해 피어오르는 연기는 수십 개의 노천 대장간과 취사장에서 솟아오르는 것이었다. 그리고 그 모든 것을 새카맣게 뒤덮고 있는 대군이 있었다. 구획이 잘된 밭에 자라난 옥수수처럼 땅을 빽빽이 뒤덮은 군사였다. 도무지 몇 명인지 어림짐작하기도 어렵다.

"레콘이다."

레콘들도 있었다. 광활한 옥수수밭에서 느티나무들이 걸어다니는 것 같은 광경이다. 어떤 성질 급한 레콘은 수십 명의 인간 병사 위를 훌쩍훌쩍 뛰어다니기도 했다. 그럴 때마다 쿵쿵 하는 소리와 병사들의 비명이 들려왔다. 펄럭이는 무수한 깃발들. 대대기와 군단기가 보였다. 레콘들의 여단기는 특별히 거창했고 바람에 잘 날리지도 않았다.

"하늘치…… 하늘누리다!"

그 모든 것들 위에 하늘누리가 고고하게 떠서 아래쪽에 있는 광대한 군영에 그림자를 드리우고 있었다. 산이 하나 떠 있는 것 같았다. 하늘누리 아래쪽에는 사람들이 둥둥 떠다녔다. 눈을 닦고 바라본 중대원들이 그들이 하늘누리에 오르내리고 있는 사람들임을 깨달았다. 거리가 먼 탓에 떠 있는 것처럼 보였지만 그들은 허공을 걸으며 올라가거나 내려오고 있었다. 그들보다 훨씬 높은 곳에는 하늘을 날아다니는 무수한 딱정벌레들이 보였다. 대부분 하늘누리 주변에서 선회 비행을 하고 있었지만 지평선 저편으로 다급한 용무를 가지고 날아가는 것들도 있었다.

"내려가자."

중대원들은 반사적으로 중대장의 말을 따랐다. 그들의 앞쪽에 잘 닦인 길이 있었다. 최근에 만들어진 길처럼 보였다. 다시 군영 쪽을 본 중대원들은 그들이 걸어 내려가고 있는 길 외에도 많은 길이 사방으로 뻗어 있고 그곳에서 중대나 소대 단위로 보이는 병력들이 행군하고 있음을 발견했다. 막대한 물자를 실은 수레들의 행렬도 보였다. 빈 수레들이 어딘가로 떠나는 광경도 보였다. 물자를 나르는 데 사용되는 것이 수레만은 아닌 것 같았다. 군영 쪽으로 이어진 강에는 커다란 돛단배들이 떠 있었다. 중대원들은 군량이 야적되어 있는 곳이 가설 부두에 면한 지점임을 깨달았다. 레콘들이 주로 움직이는 지역이 강에서 꽤 먼 곳임을 발견한 중대원들은 재미있어 했다.

그들이 보고 있는 것은 제국군이었다. 전쟁은 확실히 있었다.

중대원들은 참으로 오래간만에 흥분을 느꼈다. 전쟁은 있었다. 그들도 전쟁을 하고 있었다. 도무지 그랬다는 기억이 없긴 하지만. 갑자기 중대원들은 그들이 외로웠음을 알았다. 그 새벽, 나나본의 중대 본부를 떠난 이후로 그들은 언제나 혼자 걸어다녔다. 가끔 나타나는 만스 교위와 더 가끔 나타나는 적 외엔 흙과 나무와 바위, 시냇물뿐이었다. 언제나 보이는 얼굴은 전우라기보다 동료 방랑자였다. 하지만 이제 그들의 눈앞에 전우들이 있었다. 전우. 가슴 벅차는 말이다. 소대장들의 눈이 참으로 오래간만에 군인의 빛을 뿜었다. 이제 그들은 땔감이나 군단장탕 같은 맹랑한 이야기 대신 진짜 전쟁에 대해 이야기할 수 있을 것이다.

길 끝에 거창한 규모의 위병소가 나타났다.

살벌하게 무장한 위병들을 보자 중대원들은 초조감 비슷한 것을 느꼈다. 그들은 진짜 군인처럼 보였다. 반면 그들은 황야를 걸어다니고 빨래하고 천렵하다가 온 방랑자들이었다. 전투가 없었던 것은 아니지만 그 전투들은 어떻게 보아도 혈투라고 할 수 없었다. 나타나는 적들은 간단히 이길 수 있는 오합지졸들뿐이었으니까. 다른 병력들도 그렇게 손쉽게 이곳까지 오지는 않았을 것이다. 그럴 리가 없다. 모두 사선을 넘나드는 고통을 감수하며 이곳까지 왔을 것이다. 그들은 그제야 목책 안쪽에는 진료소처럼 보이는 건물들도 있다는 것을 깨달았다. 당연히 있어야 하는 건물이다. 세상에, 저자들과 전쟁에 대해 이야기를 나눌 생각을 했다니!

중대장과 이야기를 나누고 있는 위병소장의 얼굴이 딱딱하게 굳는 것을 보며 소대장들은 원망이 솟는 것을 느꼈다. 그들은 마침내 대규모 공격 작전에 참가하게 되었다. 그런데 다른 부대와 나눌 이야기가 없는 것이다. 조무래기들과 싸우면서 이곳까지 온 것은 중대장이 어떤 질문도 용납하지 않았기 때문이다. 하지만 그들도 그것을 즐겼다는 사실을 부인할 수 없었다. 어떤 것도 고민할 필요가 없었기에 그들은 천렵하고 빨래하면서 노닥거릴 수 있었다. 소대장들은 원망보다는 자괴감을 느껴야 한다고 생각했다. 중대장에게만 책임을 지울 수 없었다. 오랫동안 방기했던 장교다운 태도가 그들에게서 살아났다. 장교들은 이 사태에 대해서 장교답게 중대장과 같이 책임을 져야 한다고 생각했다. 그때 위병소장이 외쳤다.

"문 열어! 헨로 중대다!"

중대원들은 놀란 표정으로 서로를 바라보았다. 중대장이 니어엘 헨로니까 그렇게 부를 수도 있겠지만 그것은 중대의 공식 명칭이 아니었다. 문이 열리는 모습을 보며 중대원들은 다시 알 수 없는 초조함을 느꼈다. 우리가 저기 들어가도 될까? 정식 명칭으로 불리지도 못하는데? 하지만 니어엘은 담담하게 말했다.

"앞으로."

중대원들은 다시 반사적으로 반응했다. 그들은 일제히 앞으로 걸어갔다. 의기소침하여 걷던 맥키 네미 부위가 다미갈 카루스 부위의 당황한 손짓을 본 것은 그때였다. 카루스는 위병소 쪽을 가리키며 놀란 표정을 짓고 있었다. 그쪽을 본 네미는 급하게 호흡을 들이켰다. 위병소장과 위병들이 그들에게 경례를 보내고 있었다. 하지만 놀랄 일은 이제 시작에 불과했다.

"헨로 중대다!"

"헨로 중대가 왔다!"

외침들이 들리면서 병사들이 몰려들었다. 말이 놀랐기에 소대장들은 황급히 말고삐를 잡아당겼다. 병사들은 눈이 여덟 개면 좋겠다는 태도로 사방을 정신없이 둘러보았다. 레콘들이 쿵쿵거리며 뛰어오는 모습도 보였다. 삽시간에 그들이 걷고 있던 진입로 좌우에 제국병의 벽이 생겼다. 제국병들은 굉장히 희한한 것을 본다는 표정으로 중대를 바라보았다. 중대원들은 완전히 혼란스러워졌다.

그때 카루스는 몰려든 제국병들이 자신을 가리키며 수군거리는 것을 발견했다. 카루스는 자신을 내려다보았지만 특별히 잘못된 점은 없었다. 중대 본부를 떠난 이후로 한 일이라곤 빨래와 목욕, 천렵 따위였으니 차림새가 깨끗한 것은 당연하다. '너무 깨끗해서 그러는 건가? 하긴 그렇겠군.' 그때 병사들 사이에서 숨죽인 속삭임이 들려왔다.

"미친 개 카루스지?"

다미갈 카루스는 낙마할 뻔했다. 별명에 담긴 악의를 존중의 척도로 삼던 철없던 어린 시절에도 카루스는 이런 흉측한 별명을 들어 본 적이 없었다. 다른 사람보다는 자신과 대화하는 것을 즐기고 씹던 음식과 불필요한 말은 모두 입 밖으로 내면 안 된다고 믿는 차분한 부위 카루스에게 이 별명은 끔찍하다. 그러나 그것은 그만의 체험이 아니었다.

"맞아. 식인 부위 네미다!"

맥키 네미는 자신이 약간 괴팍하다는 것은 알고 있었다. 그리고 음식이 마음에 들지 않으면 취사병을 구워서 가져오라고 말하는 버릇이 있다는 것도 인정했다. 하지만 두 아이의 번듯한 아버지에게 이런 별명은 좀 지나치지 않은가. 그러나 가장 불행한 자는 따로 있었다.

"저 여장교야! 저 부위가 까는 릿폴이야!"

지나치게 익은 홍시 같은 가리아 릿폴 부위의 얼굴을 곁눈질하면서, 다미갈 카루스와 맥키 네미는 자신의 별명에 진심으로 감사했다. 정말 사랑스러운 별명이다. '살인 9단'이라거나 '사지 절단기' 같은 별명으로 불리게 된 소대장들도 가리아 릿폴이 듣는 곳에서는 불평할 엄두를 내지 못했다. 하지만 그들 모두는 그 별명이 무슨 이유로 생긴 것인지 미칠 듯이 궁금해했다.

백주에 보는 환상 같은 체험은 그들에게 배당된 야영지처럼 보이는 넓은 구간에 들어섰을 때 극도에 도달했다. 그들은 익숙한 동작으로 분열을 시작했다. 군인이라면 수없이 훈련하여 익숙한 동작이지만 야영지 주변에 구름처럼 몰려든 제국병들이 그들의 일거수일투족을 보며 옆 사람과 다급하게 대화를 나누는 상황에서는 상당히 힘든 일이었다. 그들은 가까스로 정렬할 수 있었다. 열병 준비가 끝나자 니어엘 헨로는 말에서 내려 중대 앞에 섰다. 그러자 어딘가에서 풍채 좋은 장교들이 나타났다. 중대원들은 눈을 닦고 싶었다. 하장군과 장군, 수교위들의 모습도 충분히 놀라웠지만 그들 제일 앞쪽에서 걸어오고 있는 것은 상장군이었다.

"상장군께 경례!"

니어엘의 경례를 받은 것은 가시나무 군단장인 시허릭 마지오 상장군이었다. 경례를 마친 마지오 상장군은 니어엘에게 악수를 요청했다.

"오래 기다렸어. 전설의 독립 중대를 보고 싶었으니까. 마침내 도착했군."

니어엘은 그 손을 마주 잡았다.

"늦어서 죄송합니다, 상장군님."

"천만의 말이야. 귀관들이 아니었다면 발케네의 심장부에 이렇게 집결하는 것은 불가능했을 테지. 모든 제국군의 이름으로 감사를 표하겠어."

마지오 상장군은 목소리를 조금 낮추어 니어엘만 들을 수 있도록 말했다.

"물론 합당한 포상이 있겠지만, 개인적으로 원하는 것이 있을 거라고 알고 있어."

니어엘은 눈을 한 번 깜빡이고는 말했다.

"제가 황제 폐하의 군인임을 믿어 주시면 됩니다."

마지오 상장군은 미소를 지었다. 어떤 참모도 더 이상 니어엘 헨로의 진정성을 의심하는 말을 할 수 없게 된 지 오래였다. 제국군의 전설이 되어 버린 중대의 지휘관을 의심하는 것은 이제 그 자신의 안위에 관련된 문제인 것이다.

"귀관은 그것을 증명했다. 귀관과 귀관의 부하 장병들은 폐하의 자랑스러운 군인이다."

"감사합니다, 상장군님."

"피곤할 테지만 간략히 환영 연설을 하고 싶군. 해도 되겠나?"

마지오 상장군이 마지막에 붙인 질문은 니어엘과 그녀의 중대에 대한 제국군 수뇌부의 평가를 단적으로 보여 주는 것이었다. 니어엘은 웃으며 고개를 끄덕였다.

어느새 단상이 준비되어 있었다. 단상에 오른 상장군은 중대원들을 정신 착란 상태로 몰아 갔다. 중대원들은 최대한 상상력을 발휘해 보았지만 상장군의 입에서 나오는 '제국군의 자랑', '위대한 군인 정신', '폐하의 기쁨', '고금에 비교할 바 없는 초인적인 의지와 용기' 같은 말들이 무슨 뜻인지 알 수 없었다. 그 때문에 그들은 시원찮은 반응밖에 보낼 수 없었다. 상장군은 그것마저도 엄격한 자제력으로 해석했다.

"여러분에게 바칠 적절한 찬사를 생각해 내는 것은 보다 혀가 매끄러운 이들에게나 가능할 것이다. 투박한 군인인 본관에게는 그럴 능력이 없다. 그래서 다만 말하겠다. 여러분이 자랑스럽다."

시허릭 마지오 상장군은 중대원들에게 경례를 보냈다. 기겁한 소대장들은 마주 경례했다. 시허릭 마지오 상장군은 웃으며 수행 장교들과 함께 떠났다.

니어엘 헨로는 어깨를 조금 움츠리며 생각했다. 오래간만에 술 좀 마셔도 되겠군. 그 생각에 스스로 웃음을 보내던 니어엘은 맥키 네미와 눈이 마주쳤다. 네미는 눈 주위를 부들부들 떨며 중대장을 바라보고 있었다. 조금 떨어진 곳에는 자신들이 전쟁 영웅이 되어 있음을 깨닫고 하얗게 질려 있는 가리아 릿폴의 모습도 보였다. 니어엘은 피식 웃으며 단상을 바라보았다. 니어엘은 그 위로 훌쩍 뛰어올랐다. 중대원들은 숨도 제대로 쉬지 못한 채 니어엘을 바라보았다.

"애들아."

아무도 대답하지 못했다. 니어엘은 턱을 긁적거리며 말했다.

"씻고 밥 먹자. 영웅도 밥은 먹어야 하니까."

누군가가 괴상한 신음을 흘리며 쓰러졌다. 가리아 릿폴 부위일 거라는 생각에 모든 중대원들이 그쪽을 바라보았다. 하지만 릿폴 부위는 당혹한 표정으로 서 있을 뿐이었다. 릿폴 부위가 가리키는 곳을 본 중대원들은 눈을 뒤집은 채 쓰러져 있는 다미갈 카루스 부위를 목격하고 뭐라 말하기 힘든 심회를 느꼈다.

스카리 빌파는 문을 두드리는 소리를 더 이상 무시할 수 없었다. 그는 버럭 화를 내었다.

"들어와, 빌어먹을!"

문이 열리며 시종장이 들어섰다. 원래가 빈상이지만 오늘은 바라보기 힘들 정도로 우울한 얼굴이었다. 그 표정은 스카리의 비위를 건드렸다.

"그래서? 내가 나가야 한다고?"

"그렇습니다, 각하."

"공작님이 출전하니까 그 후계자가 배웅해야 한다는 거지?"

"나가야 하십니다, 각하."

스카리는 시종장을 쫓아낼까 생각했다. 하지만 쫓아내면 다시 돌아올 것이다. 똑같이 우울한 얼굴을 한 채 지치지도 않고. 그것도 참기 어렵지만 스카리는 아버지가 시종장 대신 병사들을 보낼 가능성을 무시할 수 없었다. 스카리는 넌더리 내며 일어섰다.

"좋아, 가지!"

스카리는 입고 있던 옷차림 그대로 시종장을 휙 지나쳐 걸어갔다.

암살성의 연병장에는 완전 무장을 한 암살공이 있었다. 병사의 숫자는 많지 않았다. 암살공의 본대는 멀리 떨어진 곳에 있었고 그곳에 있는 자들은 출정식을 위해 필요한 오백 명 정도였다. 하지만 모두들 화려한 무구로 장식하고 있어 숫자가 적다는 느낌은 별로 없었다. 주위에는 가신들과 고위 귀족들이 서 있었다. 그중에는 아이저 규리하와 이이타 규리하의 모습도 보였다. 그리고 암살성의 사용인들도 모여 있었다. 스카리는 문기둥에 기대서서 아버지의 뒷모습을 바라보았다.

락토 빌파는 투구를 옆에 낀 채 바닥만 바라보고 있었다. 출정식을 잠시 중단한 채 아들을 기다리고 있는 게 분명했다. 스카리가 아무 소리도 내지 않았기에 락토 빌파는 그가 온 것을 몰랐다. 하지만 병사들과 귀족들이 조금 웅성거리자 락토는 고개를 들었다. 그는 뒤를 돌아보았다. 스카리와 락토의 눈이 마주쳤다.

락토의 눈이 잠시 스카리의 옷차림을 훑어 내렸다. 암살공은 아무런 표정의 변화도 없었지만 스카리는 씩 웃었다. 어제저녁에 억지로 끌려간 작전 회의에서도 스카리와 락토는 크게 싸웠다. 스카리는 제국군의 발케네 진공은 정치적으로 해결해야 할 문제이지 군사력으로 맞상대할 필요는 없다고 강변했다. 한마디 말도 없이 아들의 말을 듣던 락토는 아들의 말이 끝나자 회의장에서 나가 머리를 좀 식히고 올 것을 명령했다. 스카리는 문을 쾅 닫고 나왔다. 그가 떠난 후에도 회의는 밤늦게 계속되었지만 스카리는 회의장으로 돌아가지 않았다.

락토가 말했다.

"참석한 사람들에게 결례다. 가서 복장을 제대로 갖추고 다시 오너라."

"저는 이 전쟁에 찬성하지 않습니다, 아버지."

"네게 의견을 묻지 않았다."

"황제가 보낸 것은 항의서입니다. 선전포고문이 아닙니다. 협상의 여지를 준 거란 말입니다."

"발케네의 공작은 적이 발케네에 들어와 있을 때 협상하지 않는다."

"그런 공작이 발케네에 필요할까요?"

병사들은 간신히 침착을 유지했지만 주위에 있던 군중들은 신음과 낮은 비명을 토해 냈다. 락토는 강철 같은 얼굴로 아들을 바라볼 뿐이었다.

스카리는 계단을 뚜벅뚜벅 걸어 내려왔다. 아버지의 곁에 서서 손을 내밀며 그가 말했다.

"가시겠다면 가십시오."

"그 손은 뭐냐?"

"열쇠를 주셔야 할 것 아닙니까. 옷차림에 대한 이야기는 듣지 않겠습니다. 이 옷은 부냐가 지어 줬습니다. 최고의 옷이지요."

스카리는 먼 하늘을 바라보며 빨리 열쇠를 받아 돌아가겠다는 듯이 손을 쥐었다 폈다 했다. 출정식에서 성을 지키게 된 후계자에게 성의 열쇠를 넘기는 행사를 말하는 것이다. 그 황금 열쇠는 상징적인 의미만 있을 뿐 성안의 어느 문에도 맞지 않는다. 진짜 열쇠 뭉치는 시종장이 보관하고 있다. 하지만 황금 열쇠가 출정식을 잠시 중단하고 후계자에게 참가할 것을 강요할 정도의 의미는 있다.

락토는 그 손을 바라보다가 자신의 오른손을 내밀었다. 아버지의 손이 손바닥에 닿았을 때 스카리는 이상한 것을 느꼈다. 열쇠의 감촉이 느껴지지 않았다. 스카리는 아래를 내려다보았다. 아버지가 그의 손을 꽉 움켜쥐고 있었다. 스카리는 이 상황에서 웬 악수냐고 생각했다. 그때 암살공이 스카리의 팔을 잡아당기며 오른발로 아들의 발목을 받쳤다.

허공에 떠오른 스카리는 완전히 한 바퀴를 돌아 계단에 나동그라졌다.

데굴데굴 굴러 내려가는 젊은 발케네 공을 보며 다시 구경꾼들이 비명을 질렀다. 스카리는 이리 부딪치고 저리 처박히며 굴러

내려가 연병장에 거칠게 나동그라졌다. 옷은 여기저기 찢어지고 몸은 피투성이가 되었다. 꿈틀거리는 아들을 경멸에 찬 표정으로 바라보던 락토가 말했다.

"일으켜 세워라."

가까이 있던 병사들 중 몇 명이 황급히 스카리를 일으켜 세웠다. 스카리는 두 발로 제대로 서지도 못하고 비틀거렸기 때문에 그들은 스카리를 계속 부축해야 했다. 암살공이 말했다.

"가서 그의 자리에 세워라."

스카리가 힘겹게 고개를 들었다. 병사들은 그를 구경꾼들 자리로 데려가고 있었다. 스카리는 당황하여 계단 위쪽을 보았다. 락토는 차가운 얼굴로 그를 노려볼 뿐이었다. 사태를 이해할 수 없었던 스카리의 눈에 기묘한 것이 들어왔다.

계단 위쪽에 시종장이 서 있었다. 고개를 숙이고 있지만 스카리가 더 낮은 곳에 있었기 때문에 그 표정을 볼 수 있었다. 그는 웃고 있었다. 비웃음이었다. 스카리는 정신이 번쩍 들었다. 그때 병사들이 그를 구경꾼들 사이에 세웠다.

"놔…… 이거 놔!"

"꽉 잡고 있어라."

"아버지!"

"시끄럽다."

"아버지! 도대체 무슨…….."

암살공은 조금도 지체 없이 말했다.

"무릎을 꿇리고 재갈을 물려라. 참석자들에게 결례다."

힘센 병사들이 어깨를 짓누르자 스카리는 바닥에 무릎을 꿇을 수밖에 없었다. 곧 병사 한 명이 손수건을 둘둘 말아 스카리의 뒤편에서 재갈을 물려 잡아당겼다. 스카리는 거칠게 몸부림쳤지만 그를 억압하고 있는 병사들은 꿈쩍도 하지 않았다. 암살공이 말했다.

"그러면 출정식을 계속하도록 하겠다, 시종장."

시종장이 고개를 조아리며 성안으로 들어갔다. 조금 후 시종장은 다른 사람과 함께 나타났다. 스카리는 그것이 아실임을 알고 충격에 몸부림을 멈췄다.

아실은 약간 긴장했지만 두려움 없는 태도로 계단을 걸어 내려왔다. 그녀는 락토 앞에 서서 살짝 목례했다. 락토가 말했다.

"발케네의 공작 락토 빌파는 무도한 적에 맞서 발케네를 지키기 위해 출정한다. 파리조와 그룸 성에 대한 내 책임은 나의 스승인 이 소녀가 대신할 것이다."

스카리는 비명을 질렀다. 하지만 재갈 때문에 "음음." 하는 소리로밖에 들리지 않았다. 락토는 그 소리를 무시했다. 암살공은 품 안에서 황금 열쇠를 꺼내었다.

"무릎을 꿇어라."

아실은 한쪽 무릎을 꿇었다. 그녀는 고개를 숙인 채 낮게 속삭였다.

"공작님, 꼭 이러셔야겠어요?"

"너는 내가 존경하는 스승이다."

아실은 그것만은 아닐 거라고 생각했다. 어디서 굴러먹다가 온 지도 모를 애꾸눈 소녀는 스카리를 화나게 만들 인물로 적격일 터였다. 아실은 이런 우행에 끼어들어야 한다는 것이 마음에 들지 않았다. 락토가 말했다.

"손을 들어라."

아실은 손을 들어 올렸다. 락토는 그 손에 황금 열쇠를 올려놓았다. 아실은 미리 지시받은 대로 그것을 두 손으로 쥐어 이마에 대었다가 가슴에 대었다. 그리고 일어났다. 아실은 스카리 쪽을 보고 싶지 않았지만 눈이 그쪽으로 가는 것을 막을 수는 없었다. 스카리는 살기등등한 눈으로 이쪽을 쏘아보고 있었다. 하지만 그 방향은 아실이 아니라 락토 빌파 쪽이었다. 아실은 한숨을 내쉬고 싶은 것을 참으며 말했다.

"다시 돌아오셔서 제 의무를 해제시켜 주실 때까지 목숨을 바쳐 주어진 책무를 이행하겠습니다."

락토는 고개를 끄덕이고 낮게 말했다.

"들어가거라."

아실은 목례하고 계단을 올랐다. 원래는 열쇠의 보관자가 주재해야 할 행사가 더 많았지만 암살공은 그 행사들을 생략했다. 그가 원하는 목적은 이미 달성했으니까.

계단을 다 오른 아실은 시종장에게 황금 열쇠를 건넸다. 시종장은 빈상인 얼굴에 용케 웃음을 담아 보이며 그것을 받아 들었다. 아래쪽에서 락토가 연설을 시작했다. 아실은 시종장과 함께 그것을 구경하며 말했다.

"기뻐 보이는군요, 시종장님. 스카리를 싫어하세요?"

"해서는 안 되는 질문이다."

"그러지 마세요. 저도 이젠 어쩔 수 없이 발을 빠트렸다고요. 당신이 함구해야 할 대상이 아닌 거죠."

시종장은 조금 고민하다가 속삭였다.

"나는 좋은 주인을 모시고 있다. 그래서 때론 내가 원하지 않는데도 다른 사람을 그분과 비교하게 되는군."

"정치적인 대답이군요."

"지금 일어나고 있는 일은 정치잖느냐."

"하긴 그러네요."

아실은 혼란을 채 가라앉히지 못한 구경꾼들과 분노 때문에 폭발해 버릴 것 같은 스카리를 보았다. 병사들도 출정식이 빨리 끝나기만을 애타게 기다리고 있다는 것을 눈치 챌 수 있었다. 구경꾼들을 보던 아실은 그제야 그 속에 섞여 있는 헤어릿 에렉스의 모습을 발견했다. 그녀는 평소에 입는 옷 대신 성장한 채 서 있었고 그 때문에 눈부실 정도로 아름다웠다. 하지만 그녀를 미인이라고 말할 사람은 있을지언정 사랑스럽다고 말할 사람은 별로 없을 것 같았다. 그녀의 표정은 어두웠다. 아실은 그 표정이 분노인지 실망인지 알 수 없었다. 헤어릿은 스카리가 당한 일에 분노하고 있는 것일까?

고개를 갸웃하던 아실은 아이저 규리하와 이이타 규리하를 발견했다. 그들은 서로에게 뭔가 속삭이고 있었다. 지금 일어난 일에 대해 이야기를 나누는 것 같았다. 그때 문득 아실의 머릿속에 한 가지 착상이 떠올랐다. 지금 아이저의 방은 비어 있을 것이다.

아실은 주저 없이 몸을 돌렸다.

"그럼 전 들어가겠어요. 여기 있으려니 스카리가 신경 쓰여서."

"그래라. 더 할 일도 없으니까."

아실은 따분하다는 표정으로 시종장의 곁을 떠났다. 성안으로 들어선 그녀는 주위를 살피며 아이저의 방을 향해 곧장 걸어갔다.

아이저의 방에 도달할 때까지 아실은 아무도 만나지 않았다. 아실은 그 작은 몸이 겨우 통과할 정도로 조심스럽게 문을 열고 재빨리 안으로 들어갔다. 그러자 방 안에서 누군가가 말했다.

"어서 와, 아실. 책은 거기 있어."

아실은 몸을 홱 돌렸다. 창가에 제이어 솔한이 서 있었다. 제이어는 탁자 위에 놓여 있는 『천경비록』을 가리켰다.

"출정식이 끝나면 알려 줄 테니 읽어 봐."

"읽어 봤어요?"

"조금. 하지만 내 취향이 아니더군."

아실은 연유를 따질 시간이 없다는 것을 상기했다. 출정식은 길지 않을 것이다. '제이어가 감시를 맡아 주겠다면 그러라고 하지.' 아실은 책을 훌훌 넘기다가 한 부분에서 멈췄다. 제이어가 그녀를 흘깃 바라보았다.

"거기까지 읽었었나?"

"아니요. 다 읽었어요."

"그래? 대단하군. 꽤 두꺼운 책인데. 그럼 왜 왔는데?"

"다시 보고 싶은 부분이 있어서. 여기죠."

"알았어."

아실은 자리에서 일어났다. 그녀는 필기구를 찾아내어 책 옆에 펼쳐 놓고 뭔가를 쓰기 시작했다. 제이어는 흥미롭다는 듯이 그녀를 바라보았다. 아실이 말했다.

"감시 잘하고 있는 거예요?"

"걱정 마."

아실은 책장을 휙휙 넘기며 다시 무엇인가를 썼다.

"제이어, 당신 생각엔 어때요. 암살공이 하늘누리를 정말 잡을 수 있을 것 같아요?"

"그거야 알 수 없지."

아실은 쓰던 것을 멈추고 제이어를 바라보았다. 그가 말했다.

"황제는 명석한 사람이야. 태위도 대장군도 없는 상황에서 황제는 발케네로 왔어. 그녀가 아무 생각 없이 그랬을 것 같지는 않아. 뭔가 우리가 모르는 것이 있을지도 모르지."

"하지만 당신은…… 암살공을 돕고 있잖아요. 황제가 패하길 바라죠, 그렇죠?"

질문하던 아실은 문득 제이어가 어떤 사람인지 떠올렸다. 그는 화려한 실패주의자다. 자신이 기획하는 일이 절대로 성공하지 않을 거라는 믿음이 제이어를 움직이게 하는 원천이다. 어쩌면 황제 타도를 위한 그의 노력이 절정을 향해 치닫고 있는 이 순간에도 제이어는 황제가 패망할 리 없다고 믿고 있을지도 모른다. 아니, 분명히 그럴 것이다. 아실은 혐오감을 느꼈다.

"당신은 거기서 무엇을 보고 있지요?"

출정식이라고 대답하려던 제이어는 아실의 질문이 그런 것이 아님을 깨달았다. 그는 조금 생각한 후에 말했다.

"분쟁."

"분쟁?"

"그래. 내가 일조한 분쟁. 커다랗고 화려한. 그것이 장대하기만을 바라. 결과는 내 관심사가 아니야."

분노와 혐오감 속에서 아실은 고개를 숙였다. 그리고 두 번 다시 제이어를 바라보지 않았다.

제 12 장

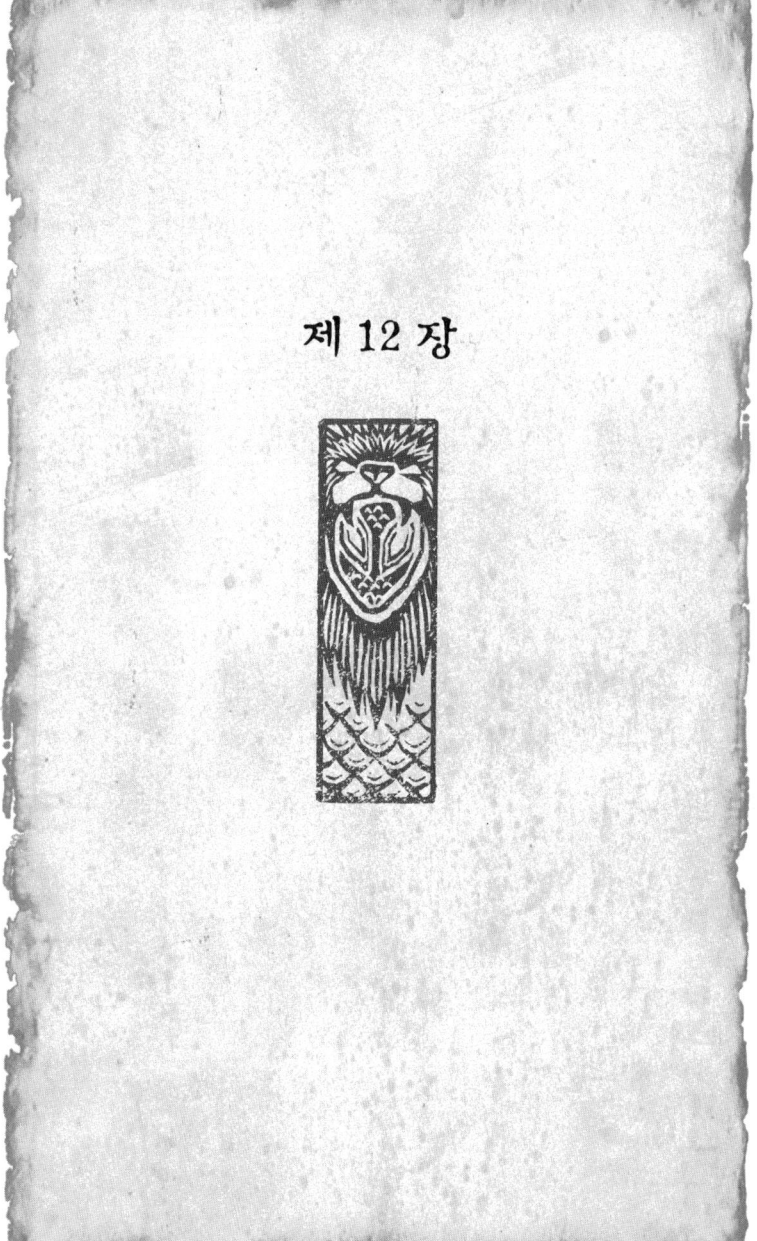

"전쟁의 진선미는 힘, 승리, 빠른 종전이다."
― 엘시 에더리

모르는 것과 미루는 것

딱정벌레가 겉날개를 폈다. 날개를 퍼덕이는 동작이 빠르다. 어떤 새들처럼 천천히 날개를 치다가 점점 가속하는 과정은 없다. 빠르게 경련하는 날개가 굉음을 만들어 내자마자 딱정벌레는 순식간에 날아올랐다.

회의실 창가에 서서 마지막 딱정벌레가 날아오르는 광경을 보던 치천제가 고개를 돌렸다. 탁자는 넓었고 주변에는 제국의 고위 관료들과 장성들이 참을성 있는 태도로 서 있었다. 그들은 황제가 일어서는 것을 보고 황급히 일어선 것이다. 황제는 나직하게 말했다.

"앉아라."

사람들은 당혹하여 서로를 바라보았다. 황제는 목소리를 더욱 낮추었다.

"두 번 말할까."

사도 락신 치올이 어쩔 수 없다는 표정으로 가장 먼저 자리에 앉았다. 그를 따라 하나 둘 사람들이 의자에 앉았다. 황제는 마지막까지 서 있던 시허릭 마지오 상장군에게 말했다.

"그래서, 락토는?"

마지오는 황제에게 목례하고 나서 탁자 위에 놓여 있는 상황도를 가리켰다. 발케네의 지형이 잘 나타나 있는 상황도 위에는 몇 개의 모형이 얹혀 있었다. 제국군과 발케네군을 나타내는 모형이다. 특히 인상적인 것은 하늘누리의 모형인데, 모형 제작자는 하늘누리가 하늘에 떠 있다는 것을 분명히 나타내기 위해 가느다란 철사 위에 하늘치 모형을 얹어 하늘누리를 만들었다. 마지오 상장군은 발케네군을 나타내는 모형을 가리키며 말했다.

"십칠만 병력을 이끌어 이쪽을 향해 똑바로 진격해 오고 있습니다. 별동대의 활동은 포착되지 않았으며 공작에게 별동대로 돌릴 여유 병력이 있을 것 같지도 않습니다. 별다른 잔재주 없이 정면 대결을 하려는 것 같습니다. 옳은 판단이라고 생각합니다."

"왜 옳은 판단인가?"

시허릭 마지오 상장군은 아직까지 적군이라는 말을 쓸 수 없다는 것을 잊지 않았다.

"발케네군의 주축은 공작가의 정예 병력이긴 합니다만 그 숫자는 팔만 정도입니다. 나머지 병력은 공작의 봉신들의 병력인데 이들은 통일된 교전 규칙 같은 것도 없고 합동 훈련 같은 것도 해 본 적이 없습니다. 이곳의 지형에 더 익숙한 것은 저쪽이니 광역 전선을 형성하면 유리할 테지만 기왕에 말씀드린 문제 때문에 발케네군의 수뇌부는 신뢰성 있는 명령 체계를 확보하기 어려울 겁니다."

"넓게 퍼져 있으면 통제할 수 없다는 것이군."

"그렇습니다. 참모부는 처음부터 공작이 선택할 수 있는 것이 대회전일 거라고 추측했고, 실제로 그렇게 되고 있습니다."

"그렇다면 작전은 수립되어 있겠군."

사도 락신 치올은 어딘가에서 벼슬이 치솟는 기분을 느꼈다. 고개를 돌려 보니 벼슬을 빳빳이 세우고 있는 쥘칸 장군을 발견하고 우려를 느꼈다. 시허릭 마지오 상장군과 쥘칸 장군의 관계는 군부 바깥에서도 모르는 사람이 없다. 사도가 보기에 지금 상황은 기름과 불씨가 한자리에 있는 형국이다. 우려 속에서 사도는 요즘 들어 수천 번 이상 떠올렸던 생각을 다시 떠올렸다. 이곳에 대장군이 있었으면 좋았을 텐데. 쥘칸 장군이 말했다.

"한마디하지, 황제."

시허릭 마지오 상장군의 목이 벌겋게 변했다. 쥘칸 장군의 말투 때문은 아니다.

"본관에게 질문해라, 쥘칸 장군."

쥘칸은 시허릭을 무시했다.

"그 작전 말인데, 시허릭의 모자란 참모들이 내놓은 작전에 좀 문제가 있어. 선봉이 엉겅퀴가 아니야."

황제가 대답하기 전에 시허릭이 재빨리 말했다.

"선봉은 당연히 기병이다."

"자기보다 똑똑한 동물 타고 다니는 녀석들이 얼쩡거리면 우리가 싸우기 힘들어."

시허릭은 격분했다. 그는 살본 출신이고, 그곳 출신들이 으레 그러하듯 애마인이다. 그리고 전술 이론가로서 시허릭은 기병 돌격의 예찬자에 가깝다. 하지만 제국군의 현실에서 기병의 위상은 그다지 높지 않다. 기병보다 훨씬 빠르면서 방향 전환도 손쉽고 기병이 절대로 도달할 수 없는 고도까지 자신의 전장으로 삼는 레콘들이 있기 때문이다. 하지만 레콘도 무적은 아니다.

"쥘칸 장군, 공작은 당연히 소화차를 전진 배치시킬 것이다. 거기에 귀관의 부하 장병을 돌격시키는 것은 다시 없는 우행이다. 당연히 기병 돌격이 우선이다."

쥘칸은 그 말을 기다리고 있었던 것이 분명하다. 시허릭의 말이 끝나자 쥘칸은 숨쉴 틈도 없이 대답했다.

"헨로 중대가 있잖아."

시허릭은 흠칫했다.

"9014 독립 중대 말인가?"

"그게 니어엘 헨로의 중대라면, 맞아. 그 깜찍한 수교위는 소화차들이 10분은 굴러와야 할 거리에서 그 잡스러운 물건들을 간단히 무력화시킬 수 있어. 그러면 우리가 돌격하는 거야. 간단하잖아. 알기도 쉽고."

사도 락신은 속으로 한숨을 내쉬었다. 엘시 에더리라면 황제의 면전에서 이런 지엽적인 전술적 논쟁이 벌어지게 하지는 않았을 것이다. 분명히 회의 전에 모든 의견을 종합하여 통일한 다음 간략히 보고했을 것이다. 아마도 세 문장이면 충분했으리라. '격파할까요? 알겠습니다. 폐하 만세.' 사도는 씁쓸한 기분 속에서 두 사람을 꾸짖기로 했다. 하지만 그곳에는 사도와 비교도 되지 않을 만큼 엄격한 이가 있었다.

"참으로 어이없는 꼴을 다 보는군."

사도는 이번에는 다른 사람을 그리워했다. 레이헬 라보 태위가 있다면 좋았을 텐데. 하지만 그곳에는 누군가가 화낼 것을 미리 짐작하고 유쾌하게 웃으며 분위기를 호전시킬 태위가 없었고 천경유수 지알데 락바이는 서슬 퍼런 말들을 쏟아 내었다.

"그대들의 토론이 얼마나 중요한 것인지에 대해서는 아는 척하지 않겠다. 비전문가의 참견 정도로 취급할 여지를 주고 싶지는 않으니까. 하지만 의견 통일도 해 놓지 않고서 감히 폐하께서 주관하시는 회의에 참석한 그대들의 낯 두꺼움에 대해서는 분명한 해명을 듣고 싶다. 말해 보아라."

시허릭은 창피한 듯 고개를 떨어뜨렸고 쥘칸은 약간 더듬거렸다.

"지알데, 화난 것은 알겠는데, 그러니까 그건 다 시허릭의 멍청한 참모들이……."

"그 참모들을 설득하는 것보다 폐하께 선봉을 맡겨 달라고 조르는 것이 낫다고 생각했군."

쥘칸은 부리를 닫았다. 자신이 명령 계통을 무시했다는 것을 인정하는 것보다 침묵하는 쪽이 낫다고 생각한 모양이다. 지알데는 칼날 같은 눈으로 시허릭을 노려보았다.

"그리고 그대, 마지오 상장군은 폐하께서 그대의 작전을 승인하도록 함으로써 쥘칸 장군을 설득하는 노고도 폐하께 맡겼고?"

"천경유수님, 저는 그런 생각을……."

"대장군 없는 티를 아주 제대로 내는군. 도대체 그만 한 지위를 가진 자들의 행동거지가 그렇게 졸렬한가? 그것도 제국의 존망을 최후에 책임져야 하는 자들이?"

점점 거세어지는 천경유수의 말투를 들으며 사도는 상장군과 장군을 거들기로 했다.

"락바이, 고정하시게. 폐하께서 보고 계시니."

지알데 락바이는 험악한 표정으로 두 장수를 노려보았지만 락신의 말을 받아들였다.

"죄송합니다, 폐하. 늙은이의 주제넘은 언동을 꾸짖어 주십시오."

황제는 오른손으로 흑사자 모피의 자락을 붙잡은 채 시허릭과 쥘칸을 번갈아 바라보았다.

"어떤가. 짐이 천경유수를 꾸짖어야 하나?"

두 장수는 재빨리 고개를 숙였다. 줼칸이 말했다.

"내 잘못이다, 황제."

"아닙니다, 폐하. 신의 불찰이었습니다."

황제는 창가를 떠나 그녀의 자리로 돌아왔다. 그리고 의자에 앉아 두 장수를 바라보며 말했다.

"상장군 시허릭 마지오와 장군 줼칸은 천경유수의 충고를 고깝다 여기지 말아야 할 것이다. 이곳은 그대들에게 수단을 제시하기 위한 자리가 아니라 거꾸로 그대들로부터 그것을 받기 위한 자리다. 제국군의 장수로서 그대들은 짐이 선택한 목적을 획득하기 위한 최선의 군사적 수단을 제공해야 할 의무가 있으니까. 하지만 그대들은 열성을 다해 주어진 의무를 다하는 대신 그대들의 갈등을 이 자리로 끌고 왔다. 비록 제국군의 지휘 서열이 두 단계나 부재하는 상황에서 전쟁을 수행해야 하는 그대들이 느끼는 곤혹감은 짐작할 수 있지만 그대들의 행동이 직무 태만에 해당하는 것임은 분명하다."

줼칸과 시허릭은 모두 고개를 떨어뜨렸다. 황제가 말했다.

"어쨌든 락토가 대적할 의도를 내비치고 있음은 확실히 알게 되었군. 밝혀진 바와 같이 군사적인 대응책은 아직 완전하지 않지만 두 장수가 짐을 실망시키고 싶지 않다면 그것을 곧 준비할 것이다. 따라서 모든 종류의 대응책이 가능하다는 전제 하에 어떤 대응책을 선택해야 할지 말해 보아라. 사도부터."

락신 치올은 한숨을 쉬고 싶은 것을 참으며 말했다.

"폐하, 먼저 무례를 범함을 용서해 주시기 바랍니다. 신은 지금도 부녀 헨로에게 장병 수십만 명의 귀한 목숨만 한 가치가 있는지 의심스럽습니다. 하지만 이제 더 이상 그것에 대해서는 말하지 않겠습니다. 현 상황의 핵심은 부냐 헨로가 아닌 발케네 공의 적대적인 반응에 있기 때문입니다. 상대가 적의를 드러내는 상황이라면 제국군은 절대로 물러날 수 없습니다. 싸워야 합니다. 강력한 공격으로 명명백백한 승리를 거둔 다음 부냐 헨로의 반환을 요구하는 것이 현책이라 생각합니다."

지알데 락바이가 눈을 부라렸다. 황제는 그에게 발언을 허락했다. 천경유수는 단호하게 말했다.

"즉각 발케네령 밖으로 물러나야 합니다."

시허릭 마지오 상장군과 줼칸 장군은 황당하다는 표정으로 천경유수를 바라보았다. 천경유수는 매서운 눈길로 그들을 쏘아보았다.

"왜? 전투 계획을 수립하지 않았다고 힐난한 자에게서 전투를 피하자는 말이 나오는 것이 이상한가? 전쟁이 없어도 훈련을 해야 하는 군인이라면 전투가 없어도 전투 계획을 수립해야 하는 이유도 알 것이다."

지당한 말이다. 두 장수는 황급히 천경유수를 외면했다. 지알데는 황제에게 말했다.

"제국의 위대함은 싸우면 이기는 강대함에 있지 않습니다, 폐하. 단 한 사람이라도 자신의 과오 없이는 무참한 꼴을 당하지 않는 세상을 약속해 줄 수 있다는 것에 제국의 위대함이 있습니다. 따라서 굶주리는 이들과 배우지 못하는 어린이들, 부양받지 못하는 노인들에게 돌아가야 할 돈이 무익한 전쟁에 사용되는 것은 부당합니다."

"전쟁이 무익하다고 보는가?"

"젊은 발케네 공이 폐하의 법질서를 문란케 했다는 점은 분명합니다. 더 큰 권한을 누리는 자로서 그가 받아야 할 벌은 더욱 큽니다. 하지만 그 벌은 젊은 발케네 공에게 주어져야 합니다."

"전쟁 외에 어떤 방법으로 발케네에서 스카리 빌파를 끌어낼 수 있지?"

"귀족원에 그의 계승권 몰수를 요청하십시오."

참석자들은 천경유수의 제안을 생각해 보았다. 발케네 공이 귀족원에 상당한 영향력을 미치는 것은 사실이지만 귀족원은 황제의 요구를 거부할 수 없을 것이다. 스카리 빌파의 계승권이 없어진다면 락토는 헤어릿 에렉스를 인지하거나, 양자를 들이거나, 스카리에게 (작위를 제외한) 발케네를 넘겨줌으로써 공작가를 끝장낼 수밖에 없다. 마지막 선택은 거의 불가능하니 스카리는 고립무원이 될 것이다. 치천제가 말했다.

"그대의 정신은 고귀하다, 지알데 락바이. 우리 모두가 후대에 물려줄 수 있는 것은 값진 물건이 아니다. 그들은 우리보다 더 나은 것들을 만들 수 있을 테니. 우리가 그들에게 줄 수 있는 것은 우리가 갈고 닦은 정신뿐이다. 제국이 자신의 위대함을 확보하는 방법에 대한 그대의 사상은 틀림없이 우리 시대의 아름다운 자산 중 하나로 후손에게 전해질 것이다."

치천제는 탁자 위의 상황도를 바라보며 말했다.

"하지만 모든 이가 우리의 후손이 될 수 있는 것은 아니다."

천경유수의 눈이 커졌다. 반면 사도의 눈은 움푹 들어갔다. 청중의 반응을 조용히 살피던 치천제의 눈이 율형부사 사라말 아이솔의 얼굴에 잠시 멎었다. 사라말은 자신과 세상에 대한 지루함을 극복하려 애쓰는 사람 같은 표정을 짓고 있었다. 치천제가 말했다.

"천경유수의 제안에 대한 도덕적 차원의 평가에 앞서 그 제안이 비현실적이라는 점을 지적하겠다. 이곳에 집결한 제국군이 피해 없이 발케네령 밖으로 도망치는 것은 불가능하다. 지상에 있는 모든 제국군을 하늘누리에 수용할 수 없다는 것은 천경유수가 더 잘 알 것이다. 걸어서 도망치는 제국군에게 발케네 공은 자신이 원하는 만큼의 피해를 강요할 수 있다. 싸우도록 한다. 이 논의는 싸움의 결과를 본 후 재개하도록 하겠다. 시허릭 마지오 상장군은 쥘칸 장군이 동의하는 작전 계획을 수립하여 짐에게 가져오도록. 이만 회의를 끝내겠다."

대신들과 장수들이 일어났다. 황제가 말했다.

"천경유수는 잠시 기다려라."

가장 위대한 도시를 총괄하는 대신은 황제를 잠깐 보다가 자리에 앉았다. 황제는 상황도 위의 모형들을 만지작거리며 다른 사람들이 회의실을 나갈 때까지 기다렸다. 락신 치올 사도가 황제와 천경유수를 한 번씩 본 다음 마지막으로 회의실을 나갔다. 황제는 하늘누리의 모형을 눈앞으로 가져와 바라보았다.

"천경유수."

"예, 폐하."

"지금 시점에서 회군은 불가능하다. 억지를 쓰는 이유가 뭐지?"

"폐하, 외람됩니다만 모든 이가 우리의 후손이 될 수 있는 것은 아니라는 말씀이 무슨 뜻인지 알려 주십시오."

"그대의 짐작을 말해 보아라."

"내일의 제국에 발케네 인은 없을 거라는 말씀입니까?"

"그럴 것이다."

천경유수는 급하게 숨을 들이쉬었다. 도무지 납득이 가지 않는 이유로 발케네에 제국군이 진공한 이후부터 그가 품어 왔던 의심이 마침내 사실로 판명되었다. 지알데는 말했다.

"그들이 왜 내일을 가질 수 없습니까?"

"짐이 그렇게 결정했기 때문이다."

"폐하!"

"짐에게 그럴 권리가 없다고 말하려는 것인가?"

"아무도 그럴 권리를 가지고 있지 않습니다."

"그대는 정원사에게 가지를 칠 권리가 없다고 말하겠군."

"뭐라고 하셨습니까?"

"정원사. 가위와 톱으로 나뭇가지를 자르는 사람 말이다. 자네가 만난 정원사들은 나무와 협의 하에 가지를 치던가? 또는 나무로부터 그럴 권리를 부여받았다고 말하던가? 희언을 하고 싶은 것이 아니라면 그렇다고 말하진 않겠지."

천경유수는 눈살을 찌푸렸다. 황제를 향한 표정으로는 무례가 될 정도로. 하지만 치천제는 노여움 없이 말했다.

"나무는 뿌리와 줄기, 가지, 잎의 총합이 아니다. 나무는 그 이상이다. 나무의 모든 부분을 모아서 땅 위에 세워 놓는다 한들 그것이 나무가 되지는 않는다. 그리고 정원사의 머릿속에 있는 나무는 현존하는 나무와 또 다르다. 잘리는 나뭇가지와 보존되는 나뭇가지의 생득적 차이는 없다. 다만 정원사의 머릿속에 있는 나무와 다르기 때문에 잘리거나 보존되는 것이다. 그것을 가지에게 설명할 수는 없다. 가지는 이해할 수 없으니까. 나뭇가지가 이해할 수 있는 권리나 이유를 찾는 것은 쓸데없는 짓이다. 그런 것은 존재할 수 없다."

"사람은 나뭇가지가 아닙니다."

"약간 더 복잡하지."

"그것만이 아닙니다. 사람은 신에 의해 창조되었습니다."

"맞아. 그런데?"

"무슨 말씀입니까? 신 이외에 그 누구도 사람을 가지치기할 수 없습니다."

"신은 파종자일 뿐 정원사가 아니다. 모든 살인 현장에 나타나 자신의 피조물이 입은 피해를 배상할 것을 요구하는 신을 짐은 본 적이 없다. 신은 전일 근무 가능한 무보수 만능 하인이 아니다. 신에게 아무것도 바랄 수 없다는 가이너 카쉬냅의 그 말에는 신에게 행동의 기준이나 도덕적 판단도 바라면 안 된다는 뜻이 들어 있다는 것을 그대는 모르는가?"

"궤변입니다, 폐하."

"증명해라."

"신의 언어를 제게 주십시오, 폐하. 그러면 증명하겠습니다."

"자가당착에 빠지는군. 그대는 신의 언어를 얻기 전에는 증명이 불가능하다고 말했다. 그렇다면 궤변이라는 주장 또한 불가능한 것 아닌가."

"알겠습니다. 그렇다면 사람의 도덕으로써 거부하겠습니다. 그 누구도 합당한 이유 없이 죽어서는 안 됩니다. 그것은 모듬살이의 약속입니다."

"법 위에 있는 짐은 약속에 구속되지 않는다."

천경유수는 주먹을 움켜쥐었다.

"폐하! 설명해 주십시오. 왜 발케네를 멸망시키려 하십니까?"

치천제는 약간 흘러내린 흑사자 모피를 끌어올렸다. 지알데 락바이는 어쩐지 나약해 보이는 그런 동작이 세상의 지배자에게 어울리지 않는다고 생각했다. 하지만 그런 일탈성과 부조화 때문에 그녀는 더욱 예견할 수 없는 무서운 존재처럼 보였다.

"발케네는 유구한 역사를 지녔음에도 대호왕 이전까지 한번도 통일된 세력을 가지지 못한 땅이다. 도깨비감투를 착복한 세 괴걸이 억지로 이 땅을 통일시켜 놓았지만 공포로 지배하는 그들의 한계는 뚜렷하다. 발케네의 지배자는 몸을 감출 도깨비감투 외에 정치적인 도깨비감투도 필요하다. 그들에게 향할 두려움과 증오의 눈길에서 자신을 감추어 주는 것. 모든 편의주의적 지배자는 그런 경우 항상 외부의 적을 동원한다. 그들이 다른 지방에 있었다면 그런 것을 훨씬 쉽게 찾을 수 있겠지만 안타깝게도 그들은 세상의 북쪽 끝에 있다. 그들이 적으로 삼을 수 있는 것은 제국뿐이다. 주저 없이 십칠만 대군을 몰아 짐에게 오고 있는 락토 빌파를 봐라. 그것은 미래에 기어코 일어날 일을 예고하는 징조다."

지알데는 고개를 가로저었다.

"범죄를 저지를 것 같다는 이유에서 사람을 처벌할 수는 없습니다."

"하지만 그가 주도면밀한 범죄 계획서를 읽으며 예행 연습을 하고 있다면 처벌할 수 있겠지."

"발케네가 불손했다고 말할 수는 있겠지만 제국을 적대했다고 말할 수는 없습니다."

"적대하게 되면 이미 늦다."

"폐하…… 안 됩니다. 그 누구도 출생지 같은 자신이 통제할 수 없는 이유로 불공정한 대우를 받아서는 안 됩니다. 죄를 짓는 일입니다."

"그렇게 받아들여지길 바란다."

"예? 무슨 말씀입니까?"

치천제는 자리에서 일어났다. 그녀의 오른손은 흑사자 모피를, 왼손은 모피 아래에서 쉬크톨의 칼자루를 움켜쥐었다. 대호왕의 권위를 몸에 두르고 원시제의 지명을 받은 아라짓 제국의 통치자는 분명한 어조로 말했다.

"셋이 하나를 상대한다. 나가들이 살 수 없는 이 땅에서 세 명의 나가 지배자는 흑사자 모피로 몸을 감싼 채 북부의 진짜 황제에게 입힐 옷을 준비해 왔다. 대호왕께서 실을 자았고, 원시제께서는 아름다운 베를 짰다. 이제 짐이 마름질을 할 차례다. 차기 황제에게는 더 이상 이런 모피가 필요하지 않을 것이다."

천경유수는 충격 속에서 황제를 바라보았다. 거의 대부분의 사람들과 마찬가지로 지알데 또한 심장을 적출한 황제가 오랜 세월 동안 제국을 다스릴 거라 믿어 의심치 않았다. 그의 남은 생애 동안 매일의 해가 서쪽으로 질 것이 분명한 것처럼 지알데의 황제는 치천제일 것이라는 것이 천경유수의 믿음이었다. 그런데 치천제는 차기 황제에 대해 이야기하고 있었다.

"나뭇가지는 정원사의 머릿속에 있는 나무를 알 수 없다. 천은 옷이라는 차원을 이해할 수 없다. 하지만 정원사는 가지를 치고 재단사는 마름질을 한다. 짐이 그러할 것이다. 그것을 납득해 달라고 요청하지 않겠다. 천만에. 짐이 원하는 것은 정반대다. 그것을 죄로 받아들여다오. 나뭇가지와 천이 말하듯이. 그 정도의 이해면 짐은 만족할 것이다."

치천제는 증오를 이해라고 말하고 있었다. 지알데는 소름이 끼쳤다. 그의 입이 무의식중에 열렸다.

"누가 계승자입니까?"

치천제는 물끄러미 그를 바라보다가 말했다.

"그대는 알 것이다."

지금은 헨로 중대라는 이름으로 더 잘 알려져 있는 제국군 9014 독립 중대의 2소대장 맥키 네미 부위는 자신이 중대장의 술책에 깨끗하게 넘어갔음을 인정했다. 그것은 근사한 속임수였다.

자신들이 얼마나 위험한 작전을 수행했는지 네미는 지금도 짐작밖에 할 수 없는 처지였다. 중대장은 휘하 장병들에게 불안을 안겨 주느니 그들을 무지한 상태로 둔 채 강력한 통솔력을 발휘하기로 결정했다. 거기까지는 다른 장병들과 마찬가지로 중대장에게 놀아난 처지지만, 발케네 출신인 맥키 네미는 그 이상의 배려도 있음을 깨달았다. 니어엘 헨로는 그와 다른 발케네 출신 장병들에게서 갈등의 소지를 원천적으로 제거했다. 이제 맥키 네미는 발케네군에게 뼈아픈 타격을 입힌 독립 중대의 소대장이다.

기분이 나쁘지는 않았다. 아니, 그러기가 힘든 처지다. 주위의 제국군들이 보내는 흠모와 존경의 눈길이 잠시도 멈추지 않는 처지에서 우쭐해지지 않는 것은 힘든 일이다. 하지만 그런 눈길이 없었더라도 네미는 화를 내지 않았을 것이다. 그는 제국군이었다. 또한 장교였다. 네미는 자신이 결국 어떤 선택을 할지 잘 알고 있었다. 니어엘 헨로는 그가 불필요한 시간 낭비를 하지 않도록 해 주었다. 그리고 그것은 그만의 경험이 아니었다. 기회만 오면 서로의 턱이나 갈비뼈를 부술 태세였던 3소대의 릭 몰테이와 소람 퍼기스가 돈독한 우정을 과시하는 모습을 보며 네미는 싱긋 웃으며 3소대장 곁으로 말을 몰아갔다.

"한시름 놓았겠군요. 까는 릿폴."

가리아 릿폴은 도끼눈으로 맥키를 노려보았다.

"전역금 받게 됩니다, 부위."

"억울하면 부위도 식인 부위라고 불러요."

"그게 같습니까? 저는 그 별명 때문에 시집도 못 갈 처지입니다."

"걱정 마요. 입맛대로 골라서 갈 수 있을 테니까. 우리 아들들도 희망 신붓감은 전부 여군이던걸."

릿폴은 미소를 지었다.

"아버님이 훌륭한 군인이니 그렇겠지요."

"저 말입니까? 그렇지 않습니다. 얼마 전까지만 해도 북부는 훌륭한 군인이 필요 없는 땅이었습니다. 적당한 군인만 있으면 되었지요. 자신 있게 말하지만 저는 적당한 군인은 될 겁니다. 그러지 않으면 정말 염치 없는 일이니까. 저보다는 부위가 진짜 훌륭한 군인이겠지요. 그런데 왜 북쪽으로 왔습니까?"

네미는 자신이 충분히 조심스러웠는지 궁금했다. 도시 연합과 대치하고 있는 남부의 군단들은 경험자를 존중하기 때문에 남부의 군인은 퇴역할 때까지 남부에서 돌아다니는 것이 보통이다. 따라서 남부 군단의 군인이 북부로 와야 했다면 대단히 불미스러운 사건이 있었을 가능성이 있다. 가리아 릿폴 부위가 중대에 온 것도 꽤 된 일이지만 이제야 그것을 묻는 것도 그런 가능성 때문이다. 하지만 릿폴 부위는 멋쩍은 투로 말했다.

"일사병에 너무 자주 걸렸습니다. 체질이 더위를 받아들이지 못하는 것 같습니다."

네미는 황당함과 안도감을 동시에 느꼈다. 그는 무례가 될 웃음을 간신히 참으며 말했다.

"아아. 그랬군요. 거참 안타까운…… 아니, 잘됐다고 해야 하나? 어쨌거나 군인이 빛나는 곳은 전쟁터고, 뜻밖에도 제국의 북부에서 연달아 큰 전쟁이 벌어지고 있는 형국이군요. 전쟁이 좋다는 것은 아닙니다만 군인이 자기 기량을 펼칠 수 있는 기회라는 점은 분명하겠지요."

릿폴은 약간 감상적인 표정을 지었다.

"예. 군인은 누군가가 다쳐야만 성공할 수 있는 직업이지요."

네미는 고개를 살짝 끄덕였다.

"사는 것이 그렇지요."

"사는 것이오?"

"세상이라는 떡은 정해져 있고 사람들은 그것을 서로 더 많이 먹으려고 아옹다옹 다투다가 죽는 거죠. 그 다툼이 교양 있는 수준에서 벌어지면 문화고 그렇지 않으면 전쟁입니다. 우리는 솔직한 사람들인 셈입니다."

릿폴은 그 '우리'에 맥키 네미 부위가 포함되는 것은 확실하겠지만 자신도 포함되는지는 의심스러웠다. 그러나 그녀의 반감이 정당한 것인지, 또한 군인에게 어울리는 것인지 확신할 수 없었기에 가리아는 그냥 듣기만 하기로 했다. 하지만 네미는 연설가 기질은 아니었다.

"솔직하게 싸우다가 재수없으면 죽겠지요. 하지만 우리는 멋진 중대장을 모시고 있으니 재수가 좋을 겁니다."

"동감입니다."

네미는 빙긋 웃고 딴청 부리듯 말했다.

"그건 그렇고 호칭 문제인데 말입니다."

릿폴은 한쪽 눈을 가늘게 뜬 채 네미를 바라보았다. 네미는 볼을 긁적이며 말했다.

"아름다운 별명이지만 잘못 불렀다가 예비역 되고 싶지는 않으니, 가리아라고 불러도 될까요?"

가리아는 눈을 세모꼴로 만들었다가 곧 미소를 지었다.

"맥키라고 부르게 해 준다면."

맥키와 가리아는 피식 웃으며 주먹을 가볍게 부딪쳤다. 맥키는 말을 몰아 다시 자신의 소대로 돌아갔고 가리아는 자신의 무엇이 달라졌는지 잠시 생각해 보았다.

두 사람을 주시하고 있던 사람들이 있었다. 중대의 행군로 옆의 언덕에서 말에 탄 채 그들을 내려다보던 니어엘 헨로 수교위와 다미갈 카루스 부위였다. 카루스가 말했다.

"묘한 광경이군요."

"뭐가?"

"수교위님도 아시잖습니까? 부위는 전투를 앞두고 친구를 만들지 않습니다."

"글쎄. 누가 진짜 내 옆에서 싸울 자인지 분명히 해 두려고 하지. 이분법적이라서 조금 문제가 되긴 하지만."

"그건 오래전에 확인되었습니다. 다른 사람은 모르겠지만 저는 분명히 확인했습니다."

"무슨 말을 하고 싶은 거지? 빙빙 돌리지 말고 말해 봐."

카루스는 말갈기를 가만히 바라보면서 말했다.

"수교위님은 저희를 영웅으로 만드셨습니다. 그래서 언제 죽어도 불만 없는 부위가 사라진 것 같습니다."

니어엘은 자상하게 말했다.

"영웅이 싫은가?"

카루스는 자신의 중대장이 무슨 말이든 받아 준다는 것을 알고 있었다. 그는 꾸밈없이 말했다.

"저는 불만을 말하는 것이 아닙니다. 그냥 낯설다는 말을 하고 싶은 겁니다. 이런 건 생각 못해 봤습니다. 예, 이왕이면 무명 부위보다는 영웅이 낫지요. 하지만 저는 이 전쟁의 이유를 모르겠습니다. 이유 없이 싸워서 영웅이 되었다면 그것은 바보입니다. 수교위님은 이 전쟁의 이유를 뭐라고 생각하십니까? 발케네의 낭만적인 철부지가 폐하의 죄수를 탈옥시켰다는 것뿐입니까? 제가 이제껏 잡아먹은 나이가 약간의 살은 되었을 겁니다. 이 세상은 좀 희한해서 한 젊은이의 사랑 때문에 이렇게 많은 사람들이 피를 흘릴 수도 있다는 것도 압니다. 하지만 다른 이유는 없을까요."

"귀관의 짐작부터 말해 봐."

"황당한 생각밖에 안 떠오릅니다."

"괜찮으니 말해."

"발케네 공이 폐하의 심기를 어지럽힐 방법은 많습니다. 그중에서 저는 그가 황위 계승에 관여할 수 있는 지위에 있다는 점에 주목하고 싶습니다. 폐하께서 원하시는 후계자에게 정면으로 반대할 수 있는 사람은 아마도 발케네 공뿐입니다. 물론 폐하께서 후계자에 대한 고려를 하시려면 앞으로 수십 년은 지나야겠지요. 하지만 현 시점에 발케네의 지배자를 친황제적인 성격의 지배자로 교체하신다면 수십 년 후에 일이 쉬워질 수는 있겠지요. 때마침 발케네 가까운 곳에 규리하를 공격한 전력이 그대로 남아 있고 젊은 발케네 공이 황당한 짓으로 전쟁의 빌미도 제공해 주었으니 전쟁을 시작할 수도 있을 겁니다."

"일리 있는 설명이군."

"하지만 그렇다면 대장군께서 계셔야 합니다. 대장군님이 이곳에 계신다면 발케네군은 무향의 정복자에 압박감을 느낄 겁니다. 그것을 포기할 필요는 없습니다."

"그것도 맞는 말이군. 하지만 스카리 빌파가 백화각을 습격하여 부냐 헨로를 훔친 것은 대장군께서 떠난 후의 일이 아닌가?"

"그것도 그렇군요."

니어엘 헨로는 중대의 끝이 다가오고 있는 것을 보았다. 그녀는 턱으로 그쪽을 가리키고 말머리를 돌렸다. 카루스는 그녀의 뒤를 따라 언덕을 내려갔다. 니어엘이 말했다.

"군인의 미덕은 절대 복종이고, 군인은 명령을 판단하면 안 된다고 하지. 하지만 자네가 말했다시피 군인도 사람이야. 자네는 사람으로서 싸워야 한다고 말했지. 그래. 이것이 두 강대한 지배자 사이의 자존심 다툼이라면 김빠지는 일이지. 이왕이면 차기 황제를 위한 싸움이면 좋겠지. 나도 그 편이 더 즐거울 것 같아. 하지만 그것을 자네에게 확인해 줄 수는 없겠군. 내 마음대로 폐하의 뜻을 해석해서 자네에게 말하는 것은 주제넘은 짓일 뿐만 아니라 월권이니까. 그러니 나는 라수 규리하가 왜 싸우느냐고 물었을 때 괄하이드 규리하가 해 줬던 대답을 해 줄 수는 있어."

"죄송합니다. 교양이 부족해서 충의공께서 무슨 말씀을 하셨는지 모르겠습니다."

"아, 그래. 충의공께서는 이렇게 말씀하셨지. 개 좆 같은 적이 저기 있기 때문이라고. 괜찮나?"

"괘, 괜찮습니다."

"말 아래로 좀 빠른 속도로 내려가려는 것처럼 보이던데."

"아닙니다. 그냥 자세를 좀 바꿨을 뿐입니다."

다미갈 카루스는 자신이 왜 충의공 괄하이드 규리하의 전쟁론을 몰랐던 것인지 알 것 같았다. 니어엘은 투구를 고쳐 쓰며 말했다.

"그렇게 착각할 수도 있지만 그분은 포악하거나 멍청한 군인이 아니셨어. 그분이 하고 싶으셨던 말씀은 사랑을 나누면서 사랑에 대한 논문을 구상하는 사람이 없다는 말과 똑같아. 전쟁에 이미 발을 빠트렸다면 싸움의 의미를 고민하는 건 좀 미뤄도 된다는 뜻이지."

"그렇군요. 잘 알겠습니다."

"좋아. 그러면 당면한 일에 대해 이야기를 좀 나누지. 자네는 1소대와 5소대를 이끌고 저 산 중턱으로 올라가. 저기, 바위 보이지? 저 정도면 괜찮겠군. 그리고 북쪽과 북서쪽 방향에 적이 보이면 무조건 공격해. 우리의 기본적인 임무가 뭔지 말해 봐."

기본 전투 계획과 명령 서열에 대한 확인을 끝낸 다음 니어엘과 카루스는 언덕 아래에서 헤어졌다. 잠시 후 헨로 중대는 둘로 갈라져 예정된 전장으로 움직였다.

그와 비슷한 움직임이 드넓은 전장 곳곳에서 일어났다. 물론 의견 교환은 없었지만 제국군의 참모와 발케네군의 참모가 전장으로 합의한 곳은 사라티본 평야라고 불리는 장소였다. 십칠만 명의 발케네군은 사라티본 평야 북서쪽과 북쪽의 완만한 저지에 진을 치고 있었고 구만 명가량인 제국군은 남쪽의 구릉 지역에 진을 치고 있었다. 절대적인 숫자로 따진다면 발케네군은 제국군의 두 배에 가까웠지만 그 사실에 좌절하는 제국군 장교는 거의 없었다. 제국군의 참모들이 주목하는 병력은 발케네군 중앙에 있는 파리조군 팔만 명이었다. 갑충사들이 하늘에서 관찰한 결과에 따르면 발케네 각 지역의 영주들이 이끌고 온 소환군 구만 명은 파리조군의 진격을 방해하지 않고서는 돌격하기 어려운 곳에 서 있었다. 참모들은 그 진형에 따라 파리조군과 소환군 중 하나가 예비대라고 판단했다. 약간의 토의 끝에 마지오 상장군과 참모들은 파리조군이 예비대라고 판단했다. 소환군을 먼저 내보내 제국군과 싸우게 한 다음 얼마 후 파리조군을 전선 측면에서 전장에 투입시키는 것이 암살공의 작전일 것이다. 그렇다면 전투 초반에 제국군이 상대해야 하는 병력은 똑같은 구만이다. 하지만 제국군의 구만 병력에는 쥘칸 장군의 엉겅퀴 여단이 포함되어 있었다.

선봉에 대한 마지오 상장군과 쥘칸 장군의 갈등은 결국 공작의 병력 배치 덕분에 타협책을 찾게 되었다. 쥘칸 장군은 소환군과 제국군이 싸우는 동안 그것을 무시한 채 팔만 명의 파리조군이 지키고 있는 암살공의 본영에 곧장 침투한다는 마지오 상장군의 작전을 받아들였다. 나머지 병력이 방패가 되는 동안 엉겅퀴 여단이 칼이 되는 것이다. 그 칼이 방패 뒤편에 있는 적의 숨통을 공략할 수 있다면 적의 방패인 소환군은 지리멸렬할 것이다. 만에 하나 파리조군에 레콘들에 대한 철저한 방비책이 있어 본영에 뛰어들지 못한다 하더라도 그 경우에 엉겅퀴 여단은 곧 방향을 돌려 소환군의 후방을 공격하면 된다. 그런 작전에 따라 헨로 중대가 향하고 있는 곳은 사라티본 평야 남서쪽의 산지였다. 그곳에서 엉겅퀴 여단의 진격로를 확보하고 파리조군의 투입시 그것을 방해하는 것이 헨로 중대의 목표였다. 헨로 중대 외에도 몇몇 독립 중대가 같은 위치의 근처 지역에 투입되어 있었다. 헨로 중대가 자리를 잡고 나서 얼마 후 레콘들의 모습이 보였다. 니어엘 헨로와 그녀의 중대원들은 산 남서쪽 사면에 조용히 모여드는 엉겅퀴 여단의 레콘들을 내려다볼 수 있었다. 레콘들은 순식간에 산을 넘을 수 있고 산을 넘으면 곧장 사라티본 평야 북서쪽이다. 그곳에서 레콘의 기준으로는 지척인 곳에 암살공의 본영이 있다. 지형을 읽을 줄 아는 것은 발케네군 또한 마찬가지였기 때문에 그곳에는 파리조군 팔만 명이 엄중한 기세로 자리를 지키고 있었다. 하지만 높은 위치에 있기 때문에 수평방킬로미터의 전장을 빠짐없이 볼 수 있었던 니어엘은 파리조군의 위치가 좋지 않다고 생각했다. 그녀 자신이 언젠가 지멘을 추적했기 때문에 니어엘은 레콘을 상대할 경우 고지대의 유리함은 몇 배임을 잘 알고 있었다. 물은 낮은 곳으로 흐르기 때문이다. 하지만 파리조군이 있는 곳은 평야 북쪽의 저지대였다. 그들이 물을 준비했다 한들 그 물은 그들 뒤편으로 흘러갈 가능성이 더 높았다. 니어엘은 겉으로 드러난 병력 배치 면에서는 제국군의 승리라고 생각했다. 물론 전쟁에서는 보이지 않는 많은 것들이 전략가를 좌절시키고 병사의 목숨을 뺏는다.

오전 내내 계속된 진형 구축에서 이미 그런 '보이지 않는 것'의 효과가 나타났다. 각기 구만과 십칠만의 병력을 적절한 장소에 배치하는 것은 간단한 일이 아니다. 시허럭 마지오 상장군과 그의 참모들은 제국군 쪽이 좀 더 빠르게 병력 배치를 마칠 거라고 예측했다. 그들의 숫자가 더 적었고, 그들에게는 하늘누리에서 파견 나온 갑충사들이 있었기 때문이다. 갑충사들은 하늘에서 제국군의 배치 현황을 관찰하여 즉각 참모부에 전달했고 또 참모부의 명령을 각 지휘관들에게 전달했다. 그 때문에 시허릭은 놀라운 속도로 제국군 전체를 섬세하게 조정할 수 있었다. 하지만 발케네군의 병력 배치 또한 빨랐다. 발케네군의 병력 배치에 더 이상 조정이 일어나지 않는다는 갑충사들의 보고는 시허릭과 참모들의 주의를 끌었다. 그것은 병력 배치에 관한 철저한 작전이 수립되어 있다는 의미일 것이다. 그렇다면 발케네군의 명령 전달 체계는 예상외로 튼튼할지 모른다. 시허릭은 그 점에 대해 고민했지만 결국 명령 전달 체계의 완벽성은 급박한 전투 도중에 드러난다는 사실을 믿기로 했다. 암살공에 대한 존경은 진짜 전투에서도 능수능란한 운용을 보여 준 후에 바쳐도 늦지 않을 것이다. 어쨌든 그 덕분에 제국군과 발케네군은 정오가 되기 훨씬 전에 병력 배치를 마치고 진군을 시작했다.

그 시점에서 두 번째 '보이지 않는 것'이 나타났다. 아니, 보이는 것이라고 해야 할 것이다. 마지오 상장군은 적군의 중앙에 돌출하는 것이 팔만 명의 파리조군임을 확인하고 놀랐다. 그의 참모들도 약간 놀란 표정으로 서로를 바라보며 수군거렸다.

"제국군 정예병을 상대하기 위해서는 역시 정예를 내보내는 것이 좋다고 판단한 것일까?"

"그런 것 같군. 줠칸 장군은 아주 신나겠군."

"소환군에 혹시 레콘을 상대할 특수 병과가 있는 것 아냐?"

"레콘을 제압할 수 있는 특수 무기는 물밖에 없어. 그런데 그 옛날의 나가 수호장군들이 아니라면 누가 저런 지역에서 물을 마음대로 다루겠어? 만에 하나 그런 일이 벌어진다 해도 줠칸 장군은 파리조군의 배후를 치기로 되어 있어. 암살공 대신 적의 주축군을 박살 내는 거지."

시허릭은 참모들의 의견에 동의했다. 파리조군의 모습을 확인한 후에도 제국군은 주저 없이 걸어갔다.

전투에 앞서 마지오 상장군은 작지만 파괴적인 계략 하나를 준비해 두었다. 그러나 그 단순한 계략은 제국군이 받은 훈련을 완전히 뒤엎는 것이기 때문에 시허릭은 반장 단위까지 철저한 반복 교육을 실시하도록 했다. 거리를 세심히 관찰하던 시허릭은 잠시 후 그 계략을 발동시켰다.

통상적인 돌격 거리보다 조금 먼 곳에서 제국군들의 나팔수들이 돌격 나팔을 일제히 불었다. 선수를 빼앗길 수 없다고 생각한 파리조군 또한 재빨리 돌격 나팔을 불었다. 파리조군은 일제히 돌격하기 시작했다. 하지만 제국군은 움직이지 않았다. 시허릭은 환호를 외치고 싶은 것을 참느라 목이 간지러웠다.

두 번의 돌격 나팔 후 돌격. 시허릭이 발케네군의 본대와 예비대를 되도록 멀리 떨어뜨려 놓아 쥘칸 장군의 돌격을 쉽게 하기 위해 짜낸 계략이다. 그의 작전대로 파리조군은 순식간에 예비대와의 거리를 떨어뜨려 놓았다. 시허릭은 지체 없이 두 번째 돌격 나팔을 불게 했다.

제국군 중앙에서 3개 군단에서 차출된 육천 기병들이 창을 곧게 세웠다. 대열을 맞추어 걷는 걸음으로 서서히 움직이기 시작한 말들은 그 대열을 유지한 채 속도를 높였다. 투닥투닥 하던 말발굽 소리는 곧 투다다 하는 빠른 연속음이 되었다가 뭐가 뭔지도 모를 혼돈의 굉음으로 높아졌다. 땅이 전율하고 바람이 아우성쳤다. 기병들은 세모꼴 모양을 한 채 몰려오는 파리조군을 똑바로 찔러 들어갔다. 똑바로 세워졌던 창들이 정면을 겨냥했다. 바늘 끝처럼 날카로운 첨단의 기병, 그가 들고 있는 창끝에 수백 미터의 돌격력과 육천 명의 사람, 육천 기의 말의 무게가 모두 집중되었다.

파리조군은 정예 병력답게 달리면서 재빨리 좌우로 흩어졌다. 긴 거리를 정신없이 달려왔는데도 그들의 전환은 빨랐다. 돌격하는 파리조군의 각 열이 말 두 마리가 통과할 만한 간격으로 벌어지는 것을 보며 시허릭은 감탄했다. 방어 밀도를 낮춤으로써 기병을 그냥 통과시키려는 움직임이었다. 하지만 제국 기병들의 공격 밀도는 그 이상이었다.

쇠망치가 속이 빈 호박을 깨트리는 기세로, 제국 기병들은 파리조군을 파괴해 들어갔다.

먼 거리였지만 시허릭은 주먹을 불끈 쥐었다. 기병들의 첨단이 부딪친 곳에서부터 파리조군의 병사들 위로 파문이 거칠게 번져 갔다. 각 열 사이의 거리가 충분히 떨어져 있기에 망정이지 그렇지 않았다면 수만 명이 동시에 쓰러지는 끔찍한 장면이 벌어질 뻔했다. 흥분 때문에 난폭해진 군마들은 보병들의 머리 위로 뛰어올라 달리기까지 했다. 살이 찢기고 뼈가 박살 나며 선혈이 폭풍처럼 일어났다.

파리조군의 낮은 방어 밀도를 본 기병 지휘관 테룸 나마스 하 장군은 아예 파리조군을 관통하기로 결정했다. 파리조군을 양단시켜 배후에서 파리조군을 압박하는 것이다. 그 뜻은 시허릭과 참모들에게도 정확하게 전달되었다. 파리조군이 거대하게 양쪽으로 무너지는 것을 본 시허릭은 지체 없이 보병들에게 돌격 명령을 내리려 했다. 그러나 그의 외침은 그보다 더 날카로운 외침에 묻혔다. 참모 하나가 비명처럼 외쳤다.

"레콘이다!"

"그래! 쥴칸이다! 그걸 모르는가?"

"엉겅퀴 여단이 아닙니다!"

시허릭은 잠깐 동안 웃으려 했다. 재미 없는 농담이지만 어쨌든 농담임이 분명하기 때문이다. 하지만 그 비명을 지른 참모의 얼굴에 농담하는 기색이라곤 없었다. 그녀는 당장이라도 쓰러질 듯한 얼굴로 전장 한 편을 가리켰다. 그쪽을 본 순간 시허릭은 자신이 어떤 악의에 찬 자들이 세심하게 준비한 악몽에 초대되었다고 생각했다.

사라티본 평야 동쪽에서 일만 명의 레콘들이 달려오고 있었다. 바위를 깨고 하늘을 나는 레콘의 모습 그대로였다.

기병을 지휘하던 테룸 나마스 하장군이 처음 느낀 인상은 대해일이 밀려온다는 것이었다.

짐승이든 인간이든 일정수 이상의 무리가 되면 그것은 액체처럼 평면을 따라 움직인다. 인간의 경우라면 2미터에 못 미치는 두께의 액체일 것이다. 하지만 수십 미터씩 뛰어오르며 달려오는 레콘들의 움직임은 조금도 평면적이지 않았다. 그것은 미쳐 광분하는 구름이나 안개처럼 보였고, 뤼도파 출신의 나마스에게는 쟁룡열도의 태풍이 밀고 오는 대해일처럼 보였다. 물을 극도로 싫어하는 레콘들이 들끓는 파도의 기세로 움직인다는 것은 나마스에게 정말 이상하게 보였다. 그러나 의아함은 곧 공포로 바뀌었다. 수를 헤아릴 수도 없는 막대한 레콘들이 명백한 적의를 분출하며 달려오고 있었다. 역사가 기록한 가장 강력한 용이라도 도망쳐야 할 모습이었다. 그리고 그렇게 생각한 것은 나마스뿐만이 아닌 것 같았다. 가까운 곳에서 제국군 교위 한 명이 미친 듯이 외쳤다.

"도, 도망쳐! 도망쳐라!"

나마스는 순간 자신이 무엇인지, 그리고 무엇을 해야 하는지 깨달았다.

"네 이놈!"

그는 창을 매섭게 내뻗어 비명을 지르는 교위의 등을 찔렀다. 두 팔을 들어 올린 채 고함을 지르던 교위는 입에서 피거품을 쏟으며 말 아래로 굴러 떨어졌다. 그 충격적인 모습에 기병들은 물론이거니와 파리조 병사들 또한 멈칫했다. 나마스는 창을 휘둘러 그들과 파리조 병사들의 얼굴에 피를 뿌린 다음 창끝으로 하늘을 가리키며 포효했다.

"황제 폐하께서 보고 계신다!"

자기도 모르게 제국병과 파리조병의 눈이 나마스의 창끝을 따랐다. 하늘누리가 그곳에 있었다. 하늘누리는 지형도 병력도 아니기에 그 누구도 고려하지 않았지만 하늘치는 자신의 압도적 존재감으로 전장의 하늘을 지배하고 있었다. 나마스가 외쳤다.

"너희들의 맹세를 기억해! 제국군이 될 때 너희들 모두 제국과 폐하를 위해 죽겠다고 맹세하지 않았느냐! 드디어 그때가 왔다. 그런데 도망치겠다는 거냐! 제기랄, 폐하께서 보고 계신다. 나는 창피해서라도 도망 못 쳐!"

"개수작 치워!"

발케네의 거친 병사 한 명이 발악하며 나마스에게 달려들었다.

그는 상대방의 계급을 봐 두는 편이 좋았을 것이다. 테룸 나마스는 하장군이며 시허릭 마지오가 기병대의 지휘를 맡긴 인물이었다. 나마스는 다리로 말을 돌진시키며 창을 내찔렀다. 지극히 효율적이고 단순한 동작에 파리조병은 창에 꿰뚫려 몸을 부르르 떨었다. 다음 순간 나마스는 보는 눈을 의심케 하는 짓을 했다.

나마스는 창대를 단단히 휘어잡으며 그것을 들어 올렸다. 창에 꿰인 병사의 몸이 둥실 떠올랐다. 그 발이 땅에서 떨어진 순간 나마스의 목에서 쥐어짜는 괴성이 터져 나왔다.

"폐하께서 나를 보고 계신다!"

믿을 수 없는 광경이었다. 테룸 나마스는 창끝에 꿴 병사를 깃발처럼 꼿꼿하게 들어 올렸다. 달리는 말의 속도와 절묘한 창술 덕분에 가능한 일이었고 나마스는 그 동작을 몇 초도 유지할 수 없었다. 하지만 창끝에 꿰인 시체가 허공에서 팔다리를 출렁이는 충격적인 모습은 바라보는 모든 이들의 망막에 낙인처럼 찍혔다. 나마스가 창대를 떨어뜨리자 시체는 창끝에서 빠져나와 땅을 데굴데굴 굴렀다. 시체에서 떨어뜨린 피로 투구와 얼굴을 흠뻑 적신 채 나마스는 외쳤다.

"내 싸움도 내 죽음도! 폐하께서 보실 것이다! 돌격!"

기병들은 깨달았다. 그들의 황제는 하늘에 있다. 그녀는 그들과 함께 있었다. 그것은 다른 어떤 군주도 할 수 없는 일이다.

"폐하께서 나를 보신다!"

기병들은 제국군의 맹세를 떠올렸다. 기수의 불안 때문에 허둥거리던 말들이 다시 명백한 통제를 느꼈다. 제국군 기병들의 돌격이 재개되었다. 이전보다 훨씬 거친 기세로. 그것이 가능했던 것은 파리조군의 열이 넓은 간격을 두고 있었기 때문이다. 제국군 기병들은 몸부림에 가까운 기세로 파리조군 한가운데를 달렸다.

"폐하께서 나를 보신다!"

테룸 나마스는 단순한 승부욕 때문에 돌격을 재개시킨 것이 아니다. 동쪽에서 접근하고 있는 레콘들에 대한 최선의 방책은 그들과 레콘 사이에 파리조군을 두는 것이었다. 그 이상의 대비책은 시허릭 마지오 상장군의 몫이었다. 저런 말도 안 되는 폭력에 대한 대비책이 상장군에게 과연 있을지는 나마스도 의문이었지만 어쨌든 제국군 전체에 대한 책임은 시허릭에게 있었다. 나마스가 고려해야 하는 것은 자신에게 맡겨진 기병들이었다. 나마스는 셀 수 없는 적병들을 거꾸러뜨리며 파리조군을 돌파했다.

기병대의 뜻밖의 분투를 보며 시허릭은 숨이 콱 막히는 기분과 함께 정신을 차렸다. 나마스가 이미 판단한 것처럼 전장의 상황이 어떻게 돌변하건 그것에 대한 대비책을 세우는 것은 시허릭의 책임이었다. 후퇴 결정밖에 내릴 수 없다 하더라도 그것은 두려움이나 좌절 대신 냉철한 판단에 의해 내려져야 한다. 시허릭은 접근하는 레콘들을 노려보았다. 그리고 그들의 방향이 기병대가 아닌 제국군 본대 쪽을 향하고 있음을 깨달았다.

"소화차는?"

시허릭은 자신의 냉철한 질문에 스스로 놀랐다. 참모들 또한 충격에서 벗어나 말했다.

"본영에 있습니다."

"아무나 빨리 가서 그것들을 다 가져와! 퇴로를 확보하기 위해서라도 필요하다!"

"본대는 어떻게……."

"돌격시켜야지!"

시허릭은 또다시 놀랐다. 자신의 입에서 레콘들의 부대에 인간 부대를 돌격시키라는 말이 나올 거라고는 꿈에도 생각해 본 적이 없었다. 하지만 그것은 무턱대고 내린 결정이 아니었다.

"도주하다가는 더 많은 피해를 입게 된다. 즉각 엉겅퀴 여단에 명령을 전해라. 파리조군의 배후를 돌아 저 정체불명의 레콘들의 좌측을 공격하라고…… 제기랄, 그럴 필요 없겠군!"

갑충사에게 달려가려던 참모는 당황하여 시허릭을 바라보았다. 시허릭은 전장 남서쪽의 산을 바라보고 있었다. 그곳에서는 엉겅퀴 여단의 레콘들이 산봉우리 위로 솟아오르고 있었다. 쥘칸 장군은 바보가 아니었다. 시허릭이 내린 것과 똑같은 결정을 그 또한 내린 참이었다. 엉겅퀴 여단의 움직임을 보던 시허릭은 그것을 깨달았다. '쥘칸 이 멍청아, 빨리 와서 나 좀 살려 줘!' 자신의 명령에 병사들이 폭소를 터뜨리지 않기를 간절히 바라며 시허릭은 외쳤다.

"돌격!"

상장군의 명령은 즉각 제국군에게 전달되었다. 불 속으로 뛰어들라는 명령이 떨어졌어도 이보다 황당하지는 않을 것이다. 제국 병들 중 적지 않은 수가 시허릭이 우려하던 반응을 보였다. 달려오는 레콘들에게 인간을 돌격시키다니, 기가 막혀 말이 안 나오는 명령이다.

하지만 그 순간 전투의 주인들이 눈을 떴다.

제국군은 정렬하고 있던 그들 앞쪽으로 갑자기 한 명의 여성 부위가 말을 몰아 달려 나가는 것을 당혹하여 바라보았다. 그녀 앞쪽에서는 레콘들이 시시각각 거대해지며 홍수처럼 다가오고 있었다. 참나무 군단 114소대장 아소레 메신 부위는 고개를 뒤로 홱 젖혔다.

"하하하!"

맑은 웃음소리에 제국군은 피부가 갈라지는 느낌이었다. 아소레는 웃음을 거두며 외쳤다.

"아소레 메신 부위다! 더 큰 것 없냐!"

두 번째 부위가 전열 앞쪽으로 걸어 나왔다. 땅이 쿵쿵 울렸고 일만의 레콘들이 밀어내는 공기가 얼굴을 짓누르는 듯한 기분마저 들었지만 참나무 군단 331소대장 진 소립튼 부위는 담담하게 말했다.

"나는 자랑스러운 제국군 부위 진 소립튼이다. 황제 폐하 만세!"

고개를 돌린 아소레 메신 부위와 진 소립튼 부위의 눈이 살짝 마주쳤다. 그들은 희미한 미소를 나누었다. 그리고 말발굽 소리와 함께 세 번째, 네 번째 부위들이 앞으로 걸어 나왔다.

"부위 젤피 매그번, 간다!"

"밥맛 없는 깃털 뭉치들아, 이 어른은 카니락 센토멜 부위다!"

얼어붙은 제국군 앞으로 걸어 나온 부위들은 여덟 명이었다. 숨소리조차 내지 못하는 구만 명의 제국병 앞에서 여덟 명의 부위들은 꼿꼿하게 선 채 다가오는 레콘들을 바라보았다. 그들 모두의 생각을 입 밖으로 표현한 사람은 아홉 번째의 부위였다. 졸참나무 군단 125소대장 사리 탄드로 부위는 앞쪽을 바라보는 대신 먼 하늘을 바라보며 중얼거렸다.

"사리 탄드로 부위입니다. 제 자리를 준비해 두십시오."

사리 탄드로의 좌우에 있던 부위들의 눈이 그녀에게 향했다.

그들은 피식 웃거나 미소를 지었다. 탄드로는 허리로 손을 뻗어 제국검을 뽑아 들었다. 다른 부위들 또한 차례로 제국검을 뽑았다. 폭풍처럼 다가오는 레콘들 앞쪽에서 아홉 자루의 제국검이 둔한 빛을 뿌렸다.

아무도 외치지 않았지만 아홉 부위들은 동시에 말을 돌격시켰다.

일만 명의 레콘들을 향해 아홉 마리의 말들은 놀랍도록 고요한 직선을 그리며 달려갔다. 다급하게 맥동 치는 사라티본 평야. 아홉 줄기의 먼지구름이 바람에 나부낀다. 하늘과 땅을 찢어발기며 다가오는 레콘들. 뒤쪽에서 뛰어올랐다가 계속 떨어지는 레콘들의 움직임 때문에 그 모습은 폭포의 진격처럼 보였다. 그리고 아홉 부위가, 그곳을 향해, 분명하기 짝이 없는 죽음으로, 질주하고 있었다.

어느 수전사가 비통하게 절규했다.

"부위님 가신다!"

초현실적인 광경에 혼을 뺏겼던 제국병들이 찬물을 뒤집어쓴 듯한 충격을 느꼈다. 고함을 지르는 수전사는 참나무 군단 114소대의 1분대장이었다. 얼굴을 흉하게 일그러뜨린 수전사는 비틀거리며 달려 나갔다. 그의 입에서 패악스러운 고함이 다시 터져 나왔다.

"씹할 놈들아! 뭐 하고 있냐? 소대장님 가신다!"

순간 114소대가 전열 앞쪽으로 출렁 뛰쳐나갔다. 그 움직임에 이끌리듯 각 부위들의 소대가 미친 듯한 함성을 지르며 돌진했다.

"소대장님! 소대장님!"

"중대 돌격! 부위를 따르라!"

"으아아아!"

더 이상 제국병들의 함성을 의미 있는 말로 바꿔 듣는 것이 불가능해졌다. 구만 명의 제국군은 불꽃의 형상으로 뛰쳐나갔다. 구만 개의 칼날이 폭풍우 속의 벼락처럼 번득였다. 구만 명이 내뿜는 열기로 주위의 공기가 뜨겁게 달아올랐다. 그러나 호흡은 하나도 없다. 구만 명의 제국병은 숨도 쉬지 않은 채 달렸다. 충격 때문에 미처 앞으로 나서지 못했던 부위들은 아홉 전우들의 곁에 서기 위해 자신의 소대마저 포기한 듯한 모습으로 달렸다. 중대장들은 그런 소대들을 독전하며 부위들의 뒤를 따랐다. 그 시간에 관련된 어떤 참혹한 예언이 있었는지는 알 수 없지만, 그 시간은 시작되었다.

전대미문의 살육이 벌어졌다.

가장 먼저 달려간 아홉 부위들은 몇 초 만에 모조리 살해되었다. 진 소립튼 부위가 당한 공격은 특히 끔찍했다. 거대한 칼날이 말의 목과 소립튼 부위의 가슴 윗부분을 단숨에 절단해 버렸다. 사리 탄드로 부위의 몸은 그녀의 마지막 말을 실행하듯 하늘로 치솟았다. 팔다리를 우쭐거리며 하늘누리 위쪽까지라도 솟아오를 것 같은 기세로 튕겨 오른 사체는 뒤쪽에서 뛰어오른 레콘이 성을 내며 휘두른 손에 맞아 다시 땅으로 곤두박질쳤다. 그러나 죽음의 장면이 목격된 것은 그 두 사람뿐이었다. 나머지 부위들은 폭포 아래로 사라지는 조각배처럼 레콘들의 격랑에 부딪히자마자 순식간에 사라졌다. 그리고 그것은 뒤이어 도착한 제국병들의 운명이 되었다.

레콘들은 휘두르고 짓밟고 걷어차고 내리쪼았다. 그 모든 행동 하나하나는 소름 끼치도록 파괴적이었고 두 번을 감당할 수 있는 사람은 아무도 없었다. 그저 달려와 부딪치기만 해도 사람을 죽일 수 있는 거인들이 흉흉한 무기를 휘두르며 살의를 불사르고 있었다. 열 개의 다리를 가지고 있어도 도망칠 수 없는 형세다. 그러나 도망친 병사는 아무도 없었다. 첫 번째 레콘이 경미한 상처를 입을 때까지 수백 명의 제국군 장병들이 죽어야 했다. 돌진하는 제국군은 그 말도 안 되는 비례식에는 관심도 없었다. 그들은 레콘의 무릎을 밟고 뛰어올라 눈을 찌르려 했고 다리에 매달려 칼을 도끼질하듯 휘둘렀다. 무익하고 무익한 행동이다. 레콘들이 계명성을 내지를 때마다 병사들은 우당탕 쓰러졌다. 두 팔을 조금 휘두르기만 해도 제국병들의 목과 척추가 데걱데걱 부러졌다. 주위에서 일어나는 엄청난 피보라와 귀를 멀게 할 것 같은 비명에 제국병들은 미쳐 버렸다.

　시허릭은 눈앞이 하얗게 변하는 것을 느꼈다. 암살공은 어디서 저런 것을 가져왔을까? 일 초에 백 명꼴로 제국군이 쓰러지는 것 같았다. 도대체 왜 발휘되는 것인지 알 수 없는 산수 능력은 시허릭에게 일 초에 백 명이 죽으면 구만 명이 몰사할 때까지 15분밖에 안 걸린다는 답을 가르쳐 주었다. 하지만 그 어이없는 계산은 시허릭에게 중요한 단어 하나를 남겨 주었다. 몰사. 시허릭은 이제 패배를 걱정할 때가 아님을 인정해야 함을 깨달았다. 구만 명의 귀한 목숨들이 순식간에 사라질 형국이었다. 시허릭은 더 이상 전술가일 수 없었다. 그는 구조자가 되어야 했다. 사라티본 평야에서 벌어지고 있는 것은 전쟁이 아니라 재난이었으니까. 하지만 그런 종류의 재난에서 인명을 구조할 수 있는 구조자는 아무도 없을 것이다. 무릎에 힘이 빠져나가는 것을 느끼며 시허릭은 가까이 있던 참모의 어깨를 붙잡으려 했다. 그러나 참모가 먼저 그를 부축했다.

자신의 모습이 누가 보아도 알아볼 수 있을 정도로 나약해졌다는 것은 시허릭을 놀라게 했다. 시허릭은 참모의 손을 뿌리치며 자신의 불안도 뿌리쳤다. 살려 내야 했다. 다만 천 명이라도, 아니 열 명이라도. 시허릭은 전장 북쪽을 가로지르고 있는 쥘칸 장군의 엉겅퀴 여단을 바라보며 목을 놓아 외쳤다.

"쥘칸! 이 익사할 놈아! 빨리 가! 빨리 가라고!"

시허릭의 말이 들렸을 리는 없지만, 쥘칸은 시허릭이 어떤 기분일지 잘 알 수 있었다. 그의 마음과 똑같았으므로. 눈앞에서 쓰러지는 인간 병사들을 보며 쥘칸은 속이 뒤집히는 기분을 느꼈다. 비록 우스꽝스럽게 생각하는 인간 병사들이지만 그들은 같은 제국군이었다. 그 연약하고 멍청한 바보들은 쥘칸의 전우들이었다. 쥘칸 장군은 격분하여 외쳤다.

"제기랄 것들아, 비겁한 짓 그만둬! 레콘끼리 싸우자!"

인간을 기준으로 했을 경우 제국군 여단의 규모는 2개 대대 일만 명이다. 하지만 레콘 여단들일 경우 그 편성은 현저하게 달라진다. 엉겅퀴 여단의 경우 4개 대대 천이백 명 정도다. 벼슬이 찢어질 것 같은 흥분 속에서도 쥘칸 장군은 자신들의 숫자가 상대방의 십분의 일 정도에 불과하다는 것을 놓치지 않았다. 쥘칸은 어쨌든 장군이었다. 지금까지 그런 것이 필요했던 경우는 별로 없었지만, 쥘칸은 순식간에 전술 비슷한 것을 구상했다. 그것은 레콘들도 수행할 수 있는 종류의 것이었다.

"1대대와 2대대—! 옆으로 달려가 좌측을 후려쳐—! 3대대는 천천히 뛰어 중앙 돌파—! 4대대는 계명성을 지르며 천천히 걸어가라—! 너희들은 우측이다—!"

엉겅퀴 여단병들은 쥘칸 장군의 계명성대로 움직였다. 각 대대의 속도가 미묘하게 변하면서 그들은 엉성한 사선진 같은 것을 형성했다. 그 순간 쥘칸 장군의 두 번째 계명성이 터져 나왔다.

"각 소대는 함께 움직여라—! 흩어지지 마—!"

오랜 제국군 생활을 통해 쥘칸 장군은 인간 장수들의 어깨 너머로 배운 것들이 있었다. 쥘칸 장군의 외침은 단순한 소대 전술 개념이다. 인간 병사들이라면 소대 단위로 움직이라는 지극히 상식적인 명령을 전투 도중에 내리는 지휘관에게 어처구니없다는 눈길을 보내겠지만 레콘의 경우에는 사정이 달랐다. 레콘들의 편제는 어디까지나 부대 생활의 편의를 도모한다는 성격이 강했으며 전술과는 별로 상관없는 편이다. 레콘 여단들을 가리켜 부대가 아니라고 말하는 전술 이론가들도 많은데 그들의 지적에 따르면 레콘 여단은 홀로 싸우는 전사들이 많이 모여 있는 것일 뿐 함께 싸우는 부대가 아닌 것이다. 정확한 지적이지만 지금까지 그것이 크게 문제된 적은 없다. 전투력의 면에서 따질 때 레콘은 혼자 있어도 부대니까.

하지만 똑같은 레콘으로 이루어진, 거의 열 배나 많은 악몽 같은 병력 앞에서 쥘칸은 도박을 할 수밖에 없었다. 그의 부하들이 단독으로 무용을 펼치는 것에 더 익숙하다는 것은 쥘칸이 가장 잘 아는 사실이었고 따라서 그들에게 익숙한 움직임 대신 낯선 소대 전술을 실시하라고 명령하는 것은 자칫하면 대혼란을 일으킬지도 모르는 도박이었다. 하지만 쥘칸 장군은 군대 훈련의 성과를 믿기로 했다. 아니면 단체 생활의 효과라도. 그것도 아니면 그의 계명성의 크기라도.

쥘칸의 믿음은 보상받았다.

엉겅퀴 여단의 천이백 레콘들이 부딪친 순간 발케네 측의 일만 레콘은 먼 곳에서 보는 시허릭 마지오 상장군도 단번에 알아볼 수 있는 동요를 일으켰다. 시허릭은 그만 참지 못하고 펄쩍 뛰고 말았다.

"제대로 꽂혔다!"

거대한 검 이쑤시개를 휘둘러 앞쪽의 인간 병사 두 명을 '부순' 힌치오는 무리 오른쪽에서 일어나는 소란에 벼슬을 세웠다. 그는 검을 회수하며 무릎을 구부렸다가 훌쩍 뛰어올랐다.

잠깐 동안의 비행에서 힌치오는 볼 것을 대충 보았다. 엉겅퀴 여단의 병사들이 스카리 요새군의 우익을 두드리고 있었다. 전술 파악을 할 능력이 없기에 쥘칸이 급조한 사선진까지는 파악할 수 없었지만 힌치오는 제국군이 덩어리 지어 움직인다는 인상 정도는 받을 수 있었다. 그것은 전투에 앞서 팔리탐 지소어가 미리 말해 준 것이기도 하다.

'그들도 평소에는 우리 레콘들처럼 움직이지. 같은 레콘이니까 당연하오. 하지만 우리 레콘들의 모습을 목격한 후에는 집단 운영을 시도할지도 모르오. 나라면 그렇게 할 거요. 위험한 시도이긴 하지만 적어도 엉겅퀴 여단병은 우리 레콘들이 절대로 할 수 없는 것을 할 줄 아니까.'

'그게 뭔데?'

'그들은 분열 행진을 할 수 있소.'

'분열 행진? 줄 맞춰 걷는 것?'

모르는 것과 미루는 것 151

'그거요.'

'젠장. 농담하는 것은 아니겠지만, 농담처럼 들려. 그따위 것이 뭐라고.'

'힌치오, 군인은 잘 싸우는 자가 아니오. 줄 맞춰 걸을 수 있으면 군인이고 그렇지 않으면 그들이 얼마나 잘 싸우건 그냥 폭도일 뿐이오. 줄 맞춰 걷는 것에는 군인에게 필요한 덕목이 대부분 포함되어 있소. 물론 집단 운영에 필요한 덕목들도.'

'좋아. 그러면 그 집단 운영이라는 걸 하면 어떻게 되는데?'

'우리는 아주 골치 아파질 거요.'

팔리탐이 우울한 표정을 지었는지는 알 수 없다. 가면으로 얼굴을 가리고 있으니까. 하지만 그 말투는 충분히 우울했다. 그리고 힌치오는 무시하고 싶었던 예측이 들어맞는 것을 보며 언짢음을 느꼈다. 두 번째로 뛰어 볼 필요도 없었다. 스카리 요새군의 우측에서 벌어진 소란은 이제 좌측 끝에 있는 레콘들도 느낄 정도로 커졌다. 미쳐 날뛰는 인간 병사들을 제거하면서도 레콘들은 불안한 얼굴로 우측을 바라보았다. 힌치오는 부리를 딱 부딪쳤다.

'당신이 할 수 있을 만큼 간단하면서 당신이 좋아할 만한 해결책은 여단장을 잡는 거요. 다행인지 불행인지 모르지만 레콘인 쥘칸은 안전한 사령부에 있지 않을 거요. 그를 상대할 수 있겠소?'

힌치오는 이쑤시개를 머리 위로 들어 올려 붕붕 돌렸다.

"너! 너! 너! 날 따라와! 우측으로 간다!"

힌치오는 스카리 요새군의 머리 위로 높이 뛰어올랐다. 그를 따라 세 명의 레콘들도 뛰어올랐다. 힌치오는 훌쩍훌쩍 뛰어가면서 적의 대장을 찾아볼 결심이었다.

"쥴칸을 찾아라! 대장처럼 보이는 놈을 찾아! 쥴칸—! 쥴칸—!"

주위를 둘러보느라 힌치오는 아래쪽에 대한 방비를 게을리했다. 오뢰사수 같은 희귀한 예를 제외하면 투사 무기를 가진 레콘은 별로 없으므로 힌치오가 높이의 안전을 과신했다 하더라도 탓할 일은 아니다. 하지만 제국군에서 날아온 유성추가 발목에 감겼을 때 힌치오는 자신의 높이가 그렇게 안전하지 않음을 알았다.

힌치오는 순식간에 끌어내려졌다. 어떻게 중심을 잡으려 해 보았지만 아래쪽에 레콘이 너무 많았다. 힌치오는 몇 명의 레콘과 부딪친 다음 마지막으로 대지와 장렬한 충돌을 일으켰다. 깃털이 사방으로 흩날렸다. 머리가 띵했지만 힌치오는 몸을 확 부풀리며 일어났다. 그의 발목에 감겼던 유성추는 어느새 풀려 날렵한 호선을 그리며 날아가고 있었다. 힌치오는 유성추를 받아 드는 제국군 레콘을 발견했다. 제국군 레콘은 힌치오의 이쑤시개인 4미터짜리 레콘용 양손검을 보고는 부리를 딱 부딪쳤다.

"정말 저같이 생긴 걸 들고 이렇게 솔래하신 분은 누군가?"

솔래는 조금 늦게 뛰어내린 세 명의 레콘 때문에 하는 말이었다. 4대 1이라는 비례는 힌치오에게 복잡한 추락을 하느라 잠시 잃었던 자신감을 되찾아 주었다. 힌치오는 이쑤시개로 제국군 레콘을 가리키며 질문했다.

"쥴칸이냐?"

레콘은 유성추를 좌우로 세차게 돌려 양쪽 땅에 밭고랑 같은 자국을 만들어 놓았다.

"팡탄 하장군이다."

"팡탄? 젠장. 너하곤 안 놀아."

"쌀쌀맞긴. 좀 놀아 줘. 우리 애들 실망하잖아."

힌치오는 팡탄이 자식들을 전부 데리고 출전했나 하는 생각을 잠깐 했다. 말도 안 되는 생각을 스스로 지우며 주위를 둘러보았다. 그리고 자신과 세 명의 부하가 스무 명쯤 되는 레콘, 즉 레콘 소대 안쪽에 떨어졌다는 것을 발견했다. 힌치오는 벼슬을 꼿꼿하게 세웠다. 머릿속에서 팔리탐의 경고가 다시 떠올랐다.

'우리는 아주 골치 아파질 거요.'

힌치오는 벼락처럼 외쳤다.

"뛰어올라!"

"어딜!"

네 명의 스카리 요새군과 레콘 일개 소대가 동시에 하늘로 뛰어올랐다. 공중에서 레콘의 거병들이 춤을 추었다.

시허릭은 엉겅퀴 여단의 분전에 환호하면서도 초조함을 느꼈다. 쥘칸의 전술적 판단은 옳았다. 소대 단위, 즉 스무 명의 레콘들이 발케네 측 레콘 한 명씩을 상대하는 전술은 적의 우익을 확실하게 깨뜨리고 있었다. 하지만 그 때문에 무자비하게 적진을 가로지르는 레콘 특유의 속도가 나타나지 않았다. 엉겅퀴 여단은 착실하게 적의 우익을 분쇄하고 있었지만 일만이라는 숫자는 엄청난 것이었고 그 때문에 지금도 돌격한 본대는 빠른 속도로 학살당하고 있었다. 쥘칸이 할 수 있는 최선의 활약을 펼쳐 주고 있음은 분명했고, 따라서 책임은 다시 시허릭에게 돌아왔다. 그는 인간 병사들을 전장에서 빼낼 의무가 있었다. 하지만 지금 시허릭이 취할 수 있는 방법은 이미 실시하고 있는 전술, 즉 전열의 병사들이 살해당하는 시간을 이용하여 후열의 병사들의 생존 시간을 버는 방법뿐이었다.

"소화차는 어떻게 됐나!"

"상장군님, 조금 전에 갔습니다. 빨라도 두 시간은 있어야 도착할 겁니다."

"두 시간? 젠장! 두 시간은 안 돼. 그러면 저놈들은 아군을 다 죽이고 내키면 장례까지 치러 줄 수도 있어! 그걸 빨리 가져올 방법을 생각해! 갑충사들을 다 불러모아! 수통이라도 던지게 해!"

시허릭의 임시 방편은 나름대로 합리적인 것이었다. 하늘을 날고 있던 갑충사들은 사령부로 귀환하여 음료수용 물통을 받아 들었다. 물통을 든 갑충사들이 다시 레콘들의 머리 위로 날아가는 모습을 보며 시허릭은 기원했다. 제발 저 불가사의한 레콘들이 물도 무서워하지 않는 괴물은 아니기를.

실현 가능성 있는 소망을 품는 사람은 현명하다.

갑충사들이 물통을 떨어뜨리자 곳곳에서 엄청난 소란이 일어났다. 시허릭은 혹 퇴각로를 얻을 수 있을지도 모르겠다는 가슴 설레는 희망을 느꼈다. 하지만 곧 엄청난 좌절을 느꼈다. 물에 대한 레콘의 고지식한 반응은 정반대로 도망치는 것인데 위에서 떨어지는 물의 경우 정반대로 피할 수가 없다. 따라서 발케네 측 레콘들은 모든 방향으로 도망쳤다. 그런데 그 모든 방향 중에는 제국군 본대의 머리 위로 뛰어오르는 것도 포함되어 있었다. 지금까지 광분하는 것은 제국군뿐이었지만 이제는 레콘들도 광분했고 그 때문에 전선은 끔찍하게 혼란스러워졌다. 그 혼란상에서 제국군을 빼내는 것은 티나한이 돌아오기 전까지는 불가능한 일처럼 보였다.

"제기랄, 물 그만 부어!"

"더 쏟을 수도 없습니다. 물이 다 떨어졌습니다."

한 참모가 질린 얼굴로 말했다. 그때 다른 참모가 외쳤다.

"테룸 하장군이 옵니다!"

시허릭은 눈이 번쩍 뜨이는 것을 느끼며 전장의 서쪽을 바라보았다. 하지만 그곳에는 기병대가 보이지 않았다. 시허릭은 당황하여 눈을 돌렸고 조금 후 북동쪽 방향에서 기병대를 발견했다. 파리조군을 관통한 기병대는 파리조군을 내버려둔 채 발케네 측레콘의 뒤쪽에 집결하고 있었다. 그들이 돌격 태세를 갖추고 있음은 분명했다. 하지만 시허릭은 그것에 찬성할 수 없었다.

"제기랄! 암살공에게는 아직 소환군이 있다! 소환군에게 뒤쪽을 보이게 된단 말이야! 암살공이 예비대를 돌진시키면 끝장이야! 갑충사, 당장 날아가서⋯⋯."

"소환군은 못 올 것 같습니다."

참모의 말에 시허릭은 어안이 벙벙해졌다. 왜냐는 눈으로 바라보는 시허릭에게 참모는 손을 들어 전장의 서쪽 산지를 가리켰다. 남서쪽에서 북서쪽으로 이어지는 야산들의 분수령에서는 제국군 천여 명이 숨가쁘게 달리고 있었다. 시허릭이 외쳤다.

"헨로 중대!"

쥘칸 장군의 엉겅퀴 여단이 전장 한가운데로 돌진했기에 니어엘은 더 이상 그들의 진격로를 보호할 필요가 없었다. 독립 중대의 지휘관답게 니어엘은 냉철하게 전황을 파악한 다음 스스로 전술을 구사하기로 했다. 그녀의 한 차례 명령이 떨어지자 두 개로 양분되었던 헨로 중대는 빠르게 합류했다. 니어엘은 그들을 곧장 분수령을 따라 달리게 했다.

대대 단위에게는 좀 벅찬 지형인 분수령이 헨로 중대 같은 규모의 병력에게는 안성맞춤의 이동로였다. 분수령은 좁지만 대신 산지에서의 평균적인 이동 속도보다 훨씬 빠른 속도로 이동할 수 있다. 분수령을 따라 움직일 경우 평지의 사람들이 보면 놀랄 정도의 이동이 가능하다. 물론 산 아래로 다시 내려가기 위해서는 많은 시간이 소모되니 보통의 경우 분수령은 매력 없는 이동로다. 하지만 니어엘은 산 아래로 내려갈 생각이 없었다. 전장 북서쪽 가까이에 도달한 니어엘은 산사면을 따라 중대를 빠르게 포진시켰다. 쉰 명씩 스무 줄로 늘어선 중대가 팔부 능선쯤을 뒤덮었다. 니어엘은 외쳤다.

"덧살 착용!"

니어엘의 이어진 명령에 따라 천 발의 아기살이 활에 걸렸다. 니어엘은 암살공의 본영과 그 주위를 둘러싸고 있는 소환군 쪽을 가리켰다. 그쪽에서도 헨로 중대를 볼 수 있지만 별다른 방어 동작은 보이지 않았다. 화살이 날아올 수 없는 거리였으니까. 하지만 헨로 중대의 장기인 아기살은 보통 화살의 몇 배나 되는 거리를 날아간다.

"발사!"

일제히 놓인 활줄들의 탄성음은 요란했지만 그 밖에 별다른 것은 보이지 않았다. 어쨌든 장대한 전쟁가를 노래하고 싶어하는 노래꾼들을 설레게 할 장면은 없었다. 하지만 아기살의 무서움은 바로 그 보이지 않는다는 점이다. 눈 좋은 레콘들이라면 하늘을 빠르게 가로지르는 거무스름한 기운 같은 것을 볼 수 있었을 것이다. 하지만 소환군의 구만 병력은 그것을 더 이상 대비할 수 없는 거리에서 가까스로 아기살을 발견했다. 끝까지 아기살을 발견하지 못한 소환군의 병사들은 갑자기 쓰러지는 천 명의 전우들을 보며 기겁했다. 소환군 사이에서 무서운 동요가 일어났다.

니어엘 또한 그들이 쏜 아기살의 궤적을 제대로 볼 수 없었다. 하지만 소환군 사이에서 일어난 혼란을 보고 아기살이 적절한 방향으로 날아갔다는 것을 확신할 수 있었다. 니어엘은 외쳤다.

"좋다! 명령 기다리지 말고 준비되는 대로 연속 사격!"

니어엘의 명령에 따라 헨로 중대원들은 보이지 않는 치명타를 전장의 하늘 너머로 계속해서 날려 보냈다. 과녁이 구만 명이나 되는 병력이니만큼 명중률은 말할 필요도 없이 좋았다. 또한 아기살의 파괴력 때문에 한 발의 화살은 한 명의 사살을 가져왔다. 한 번 발사가 실시될 때마다 정확히 천 명씩 죽어 나가는 형편이었다. 소환군은 방패를 머리 위로 쳐든 채 얼어붙었다.

소환군이 봉쇄된 것을 본 테룸 나마스 하장군은 호탕하게 웃고 북서쪽 산맥을 향해 경례를 보냈다.

"자, 우리 차례다! 가자! 폐하께서 나를 보신다!"

기병대들은 창을 높이 들어 올렸다.

"폐하께서 나를 보신다!"

파리조군을 돌파하느라 조금 줄어들었지만 나마스의 기병대는 아직도 사천오백 정도의 병력을 유지하고 있었다. 나마스는 그 병력을 이열로 배치했다. 사천오백 마리의 말이 발굽을 굴렀다.

"돌격!"

전장의 북동쪽으로부터 거대한 써레가 땅을 갈듯 제국 기병들이 흙먼지와 풀뿌리를 날리며 돌격했다. 그 정면에는 스카리 요새군의 레콘 병사들이 등을 보인 채 서 있었다. 달리는 말의 관통력이 레콘의 등을 꿰뚫었을 때 기병 돌격 예찬자인 시허릭은 잠깐이지만 황홀경을 느꼈다.

 치천제는 하늘누리의 나루터에서 아래쪽의 상황을 냉엄하게 노려보았다. 보안의 필요성 때문에 황제가 그곳에 있다는 것을 알고 있는 사람은 별로 없었다. 그녀의 곁에는 두 명의 금군이 있을 뿐이었다. 각자 이를 갈고 벼슬을 빳빳하게 세우고 있는 두 금군은 구레와 부악타였다.
 흑사자 모피 덕분에 나루터에 서 있을 수 있는 황제와 달리 비스그라쥬 백 데라시는 자신의 벽난로 방에서 나오지 못했다. 보온복은 그렇게 오랜 시간의 활동을 보장해 주지 않으며 그를 위해 도깨비불을 만들어 줄 도깨비도 없었다. 그래서 황제는 자신이 보고 있는 광경을 데라시에게 전달했다. 곧 두 번째 벽난로 방으로부터 데라시의 공포스러워 하는 니름이 전달되어 왔다.
 〈저것이었군요. 암살공의 덫. 저렇게 많은 레콘이라니!〉
 〈암살공의 격에 어울리는 것이군.〉
 〈도대체 어떻게 저런 것을 준비했을까요?〉
 〈그의 영지는 최후의 대장간으로 향하는 레콘들과 그곳에서 무기를 받아서 나온 레콘들이 항상 지나치는 곳이니 어렵진 않았겠지. 그리고 그 스카리 요새라는 것도 마음에 걸리는군. 어쩌면 락토는 요새를 짓는다는 소문을 퍼뜨려 일하러 온 레콘들을 모아들였을지도 모른다.〉

〈그렇겠군요. 어쨌든 어느 정도 세력 균형은 회복한 것 같군요.〉

〈균형이 고작이야. 그것도 오래 가진 않겠지.〉

〈예?〉

황제는 전장을 내려다보며 설명했다.

〈남쪽 본대 병력과 서쪽의 엉겅퀴 여단, 북동쪽에서 기병대가 공격하고 있지만 저 레콘들은 무너지지 않았어. 원래 무너질 것이 없기 때문이야. 레콘의 단점이자 강점이지. 저들은 옆에서 무슨 일이 일어나건 자기 싸움을 수행할 수 있어. 엉겅퀴 여단의 모습에 비하면 효율성이 떨어지지만, 아무리 비효율적이라도 저건 레콘이야. 1 더하기 1로 2밖에 만들지 못한다 해도 그 2가 너무 크군.〉

〈그렇군요, 폐하. 그렇다면 제국군은 궤멸하는 것 아닙니까?〉

〈현재로선 그럴 가능성이 높다는 것이 사실이군.〉

〈폐하!〉

〈짐은 사실을 말하고 있다, 데라시.〉

데라시의 얼굴을 직접 본다면 사실을 말하는 것도 끔찍한 일이라고 니르고 싶은 표정을 볼 수 있었을지도 모른다. 하지만 데라시는 자신의 니름을 통제하려고 애썼고, 따라서 그의 니름에서 데라시의 속마음을 읽기는 어려웠다.

〈죄송합니다, 폐하.〉

〈사과할 것은 없어. 구레와 부악타도 당장 뛰어 내려가고 싶어하는 것 같군.〉

금군의 임무는 황제를 지키는 것이다. 따라서 그들은 제국군의 전투에 별 관심이 없었다. 극단적으로 말한다면 그들은 황제를 지키기 위해 제국을 멸망시켜야 한다면 주저 없이 그렇게 할 자들이다. 하지만 아래쪽 사라티본 평야에서 벌어지는 광경은 그들을 흥분시켰다. 구레는 말할 것도 없거니와 규리하 성을 박살 낼 때도 태연했던 오뢰사수 부악타 또한 흥분으로 몸을 부풀렸다. 아래에서 벌어지고 있는 것은 가소로운 인간들의 싸움이 아니라 레콘들의 싸움이었다. 부악타는 결국 황제에게 고개를 돌렸다. 그러나 그가 부리를 열기도 전에 황제가 말했다.

"안 돼. 고정된 성벽 같은 것이라면 이야기가 다르겠지만 저건 그런 것이 아니야. 너희 다섯 명이 내려간다고 해서 전황이 바뀌지는 않는다. 너희들은 황제의 보호자다."

부악타는 머리를 떨어뜨렸다.

"싸우고 싶어, 황제. 우리 화살은 단창으로 쓸 수도 있어."

"이해한다. 하지만 너희들이 필요한 곳은 따로 있다."

"뭐? 그게 어디지?"

"바로 여기."

부악타는 그 말을 이해할 수 없었다. 구레가 조심스럽게 말했다.

"폐하, 발케네군이 환상 계단을 만들어 하늘누리에 침입할 것을 걱정하시는 겁니까?"

"그런 셈이지."

"그런 셈이라는 것은 무슨 뜻인지요?"

치천제는 아래쪽을 바라보았다.

"저 정도면 어떤 남자가 머리 끝까지 화날 정도는 되는군. 그 남자가 결심했을 때 너희들은 하늘누리를 지켜야 한다."

종잡을 수 없는 말이었다. 구레와 부악타는 서로를 바라보며 고개를 가로저었다. 그때 그들의 의문에 대한 대답처럼 갑자기 맹렬한 종소리가 들려왔다.

금군들은 놀란 눈으로 하늘누리 쪽을 바라보았다. 하늘누리의 중앙 쪽 유수부에서 종소리가 거세게 들려왔다. 낯선 소리였지만 금군들은 그 소리가 무슨 의미인지 알고 있었다. 하늘누리의 시민들은 다 아는 소리다. 조금 늦게 고개를 돌린 황제가 고개를 끄덕였다.

〈시작하는군.〉 "시작하는군."

〈예?〉 "예?"

데라시와 금군들이 동시에 질문했다. 치천제는 데라시의 질문에 대답했다.

〈천경유수 지알데 락바이가 짐을 돕기 위해 움직이는 것이다.〉

〈천경유수를 설득하셨습니까?〉

〈아니.〉

〈예? 설득하지 않으셨다고요?〉

〈그는 짐에게 동의하지 않았다. 아마 끝까지 그럴 것이다. 지알데 락바이는 그런 사람이니까. 하지만 그는 지금 짐을 도울 것이다. 잠시 입을 다문 채 이 전투에서 할 수 있는 모든 것을 다 하고, 전투를 끝낸 다음 다시 짐에게 반대할 것이다. 반대하기 위해서라도 일단은 도울 것이다. 그는 그런 사람이니까.〉

치천제는 희미한 미소를 지었다.

〈아마 지금쯤 머리 끝까지 화가 나 있을 거다. 그는 천성이 그런 인물이다. 전후 사정이 어찌되었건 저런 몰지각한 살해를 눈 뜨고 볼 수 없지.〉

치천제의 예상대로였다. 천경유수는 유수부 천경 통제실에서 뜨거운 분노를 터뜨리고 있었다. 사람의 가치가 그렇게 급속도로 훼손되는 광경은 지알데 락바이를 참을 수 없게 했다.

"보안판(保眼板) 작동!"

주기적으로 보안판을 세심하게 점검했지만, 천경 통제실의 보안판 담당자는 혹여나 바깥에 노출되어 있는 그 물건이 녹슬기라도 해서 작동하지 않으면 어쩌나 하고 걱정했다. 만약 그런 사태가 벌어진다면 천경유수는 틀림없이 그의 머리를 물어뜯을 태세였다. 보안판을 작동시킨 담당자는 자신의 머리를 감싸 쥐고 싶은 충동과 싸우며 작동 현황을 살폈다. 잠시 후 그는 하늘누리의 온갖 기묘한 설비들의 대부분을 설계, 제작한 도깨비 대장장이들에게 그의 아내에게도 바치지 않았던 찬사를 보냈다.

하늘누리의 앞쪽, 하늘치의 머리 부분에 장치된 신묘한 장비들이 움직였다. 가장 작은 구성품도 수십 미터에 달하는 거대한 장비들이 움직이는 모습은 마치 사자가 갈기를 흔드는 것 같았다. 엄청나게 거대하고 지독하게 복잡하지만, 보안판의 기본 원리는 말의 눈가리개와 마찬가지로 단순한 것이다. 그것은 하늘치의 거대한 입 뒤쪽에 흩어져 있는 수천 개의 눈을 외부의 공격으로부터 보호하는 장치다. 하늘치의 유일한 약점이라고 할 수 있는 눈을 보호한다는 것은 황제와 하늘누리라는 제국의 가장 중요한 존재들을 보호하려는 것이거나, 또는 그 존재들에게 닥칠 위험을 무릅쓰고서라도 하늘치가 공세에 나선다는 의미다. 이 경우에는 후자다. 보안판이 수천 개의 눈을 빈틈없이 가린 후 지알데 락바이가 외쳤다.

"하강해라!"

미리 경고 타종이 있었지만 하늘누리의 시민들은 하늘치의 급격한 움직임에 기겁했다. 하늘누리의 이동 담당자들은 어떤 이동에서도 탁자 위에 놓아둔 도깨비지가 떨어지지 않고 그릇에 부어놓은 물이 넘치지 않을 정도의 부드러운 움직임을 자랑으로 삼는다. 하지만 그 순간 하늘치는 하늘누리의 구조적 한계를 시험하는 듯한 속도로 하강했다. 비로소 하늘누리의 시민들은 자신들이 살아 있는 생물의 등 위에 살고 있다는 사실을 체감했다.

유수부 통제실에서 지알데가 외쳤다.

"레콘들의 상공으로 접근해라!"

아래로 하강하던 하늘누리가 거대한 몸을 레콘들의 상공으로 이동시켰다. 갑자기 드리워지는 그림자가 전쟁에 흥분해 있던 병사들을 자극하지는 않았다. 하지만 그 거대한 물체의 이동은 보거나 듣지 않아도 느낄 수 있는 법이다. 분전하고 있던 제국군 본대와 기병대, 스카리 요새군, 엉경퀴 여단은 모두 하늘을 바라보았다. 문득 쥘칸이 끔찍한 예감을 느꼈다. 그는 하늘을 한 번 바라본 다음 다시 스카리 요새군을 보았다. 모든 사실이 명백했다. 쥘칸이 외쳤다.

"모두 도망쳐—! 서쪽으로 도망쳐—!"

지알데 락바이는 엄격한 사람이었다. 그는 레콘 일만 명의 분노가 부당하게 황제에게 향하는 것을 원하지 않았다. 직접 알려줄 수 있다면 그렇게 했겠지만 지알데 락바이는 대신 통제실의 유수부원들에게 외쳤다.

"이것은 천경유수 지알데 락바이의 명령이다!"

유수부원들은 다행히도 얼핏 듣기에 황당하게 들리는 그 명령의 의미를 짐작할 정도의 인물들이었다. 그들은 숨을 멈춘 채 지알데의 명령을 기다렸다. 지알데가 외쳤다.

"수문 개방! 저수를 전량 방류해라!"

어떤 익살스러운 유수부원은 천경유수가 내린 명령이 흘레붙은 개들에게 과부가 하는 짓과 비슷하다는 생각을 떠올리곤 호흡곤란의 고통을 느꼈다. 하늘누리 아래쪽에 있던 레콘들도 비슷한 고통을 느꼈다. 하지만 고통의 원인은 완전히 달랐다. 참혹한 공포 속에서 레콘들은 하늘누리의 옆구리에서 빛나기 시작하는 물방울들을 바라보았다.

하늘누리 시민의 식수원이 그 거대한 수조를 비우기 시작했다.

유수부 수도국원 오니 보는 자신이 하늘누리의 초강력 비밀 병기를 관리하는 사람이었다는 것을 깨닫고 생각했다. '틸러 녀석이 이 이야기를 들으면 숨넘어가겠군.'

오니 보는 하늘누리의 저수조가 그 물을 순식간에 전량 방출할 수 있는 시설을 갖추고 있다는 것을 알고 있었다. 저수조에는 당연히 있어야 하는 시설이다. 고여 있는 물은 상할 수 있고 수인성 질환 같은 것이 발생할 경우 하늘누리는 심각한 타격을 입기 때문에 저수를 완전 방류하고 새로 물을 받아들일 수 있는 체제가 갖춰져 있어야 한다. 오니 보도 그 방류 시설을 점검하곤 한다. 하지만 그 방류 시설이 대(對)레콘 병기로 사용될 수 있다는 사실은 미처 생각지 못했다.

아니, 미리 생각했어야 하는 걸까? 한두 명의 레콘에게 그 많은 물을 쏟을 필요는 없으니 상대가 레콘 부대일 경우에만 저수 방류는 유의미한 공격 수단이 될 터인데, 레콘 부대가 하늘누리를 공격한다는 것부터가 어처구니없는 개념이니 오니 보가 그런 생각을 못한 것은 당연하다고 할 수도 있다. 지금껏 하늘누리를 공격한 레콘은 황제 사냥꾼 한 명뿐이다. 하지만 오니는 레콘 부대가 이미 존재한다는 점을 간과할 수 없었다. 제국군에는 레콘 여단들이 포함되어 있다. 생각만 해도 끔찍한 일이지만, 만약 그들이 반란을 일으킨다면 하늘누리는 그것을 제압할 수단을 가지고 있어야 한다. 오니 보는 그런 만약의 경우를 가정해서 방류 시설이 설계된 것일지도 모르겠다고 추측했다. 하늘누리가 저수를 방류하는 모습은 그의 추측을 뒷받침하는 특이한 것이었다.

초당 방류량 천 톤. 수도국원 오니 보의 머릿속에 들어 있는 수치다. 그 막대한 수량을 일시에 뿜어낼 수 있는 것은 무수히 많은 방류관 덕분이다. 그런데 그 방류관들은 하늘누리 아래쪽의 모든 방향과 모든 각도를 대부분 포함하는 형태로 배치되어 있었다. 수직으로 떨어지는 물줄기부터 수평으로 힘차게 뻗어 나가는 것, 높은 수압을 이용하여 위쪽으로 쏘아지는 것까지 있었다. 그 때문에 하늘누리의 거대한 몸이 덮는 것보다 몇 배나 넓은 지역에 살수가 가능했다. 방류관이 많은 것은 이해할 수 있다. 수도관을 보호하려면 수압을 분산시킬 필요가 있으니까. 하지만 단순한 방류를 위해서라면 그런 복잡한 배치를 할 필요가 없다. 모든 방류관이 일시에 개방된 모습을 보며 오니는 그것이 원래부터 되도록 넓은 지역에 살수를 하기 위한 목적으로 설계되었음을 확신했다. 그 순간 하늘누리는 같은 크기의 구름과는 비교도 할 수 없는 폭우 발생기였다.

오니는 아래쪽의 레콘들이 어떤 반응을 보일지 궁금했다. 하지만 경고 타종이 있은 후에는 급격한 움직임 때문에 추락이 일어날지도 모르기 때문에 하늘누리 외곽으로의 통행이 금지된다. 오

니 보는 다시 생각했다. '본 것이 없다고 말하면 틸러가 나를 잡아먹으려고 할 텐데.'

오니 보라는 유수부 수도국원에게 목격담을 전달하기 위해서는 아니지만, 팔리탐 지소어는 전장에서 눈을 떼지 못한 채 관찰했다.

하늘누리에서 쏟아지는 파괴적인 낙수를 바라보던 팔리탐 지소어는 자신이 기이할 정도로 차분하다는 사실에 놀랐다. 그 차분함의 원인을 찾던 팔리탐은 주군을 돌아보았다. 그리고 깨달았다. 자신이 차분한 것은 주군이 그러하기 때문이다. 암살공의 호인형 얼굴에는 어떤 긴장감도 초조감도 떠오르지 않았다. 팔리탐은 고개를 설레설레 젓고 싶은 기분을 억눌렀다.

자칫하면 모든 것을 잃을 순간이다. 아직 정식 명칭을 부여하지 않았기에 우스꽝스러운 이름으로 불리는 스카리 요새군은 암살공이 긴 시간 동안 구상하여 힘겹게 완성한 회심의 무기다. 그런데 압도적인 제국의 힘에 대항하여 암살공이 사용할 수 있는 유일한 병기가 지금 소멸의 위기에 처해 있다. 공포에 정신을 잃은 레콘들이 사방으로 도주하면 스카리 요새군은 순식간에 와해될 것이다. 그럴 가능성은 충분하다. 아니, 농후하다. 그러면 암살공은 패망한다. 사라티본 평야에서 벌어지는 일은 바로 그런 일이다. 하지만 암살공은 주먹으로 뺨을 받친 채 느긋하기까지 한 태도로 전장을 바라보고 있었다. 그가 말했다.

"시원하게 쏟아 붓는군."

방패를 든 채 뻣뻣하게 경직해 있던 암살공의 참모들이 한숨을 내쉬거나 헛기침을 했다. 어떤 이는 사레가 들려 괴로워하기도 했다. 그러다가 무심히 방패를 내린 참모는 화들짝 놀라 그것을 들어 올렸다. 보이지 않는 아기살은 그것이 계속되고 있는지, 아니면 중단되었는지도 파악하기 어려웠다. 그러고 보니 암살공은 목숨 이외의 모든 것을 잃을 가능성을 바라보고 있었고, 또한 목숨을 잃을 가능성에 노출되어 있었다. 그런데도 그는 부드러운 미소를 짓고 있었다.

락토 빌파는 그 낙수를 기다리고 있었다.

하늘누리가 이동 수도로서 독립 수원을 탑재하고 있다는 것은 주지의 사실이다. 천경유수 지알데 락바이가 일만 레콘의 원한을 사는 것을 두려워할 인물이 아니라는 것 또한 마찬가지다. 따라서 하늘누리의 낙수 공격은 충격적이지만 예상할 수 있는 것이었다. 바로 그렇기에 락토 빌파는 스카리 요새군 일만 명 전원의 출전을 명령했다. 팔리탐은 그것을 반대했다. 이삼천 명으로도 바라는 효과는 충분히 얻을 수 있을 테니 그 정도만 출전시키자는 것이 팔리탐의 주장이었다. 하지만 락토는 받아들이지 않았다.

'이삼천 명이면 잃어도 된다는 건가?'

'칠팔천 명은 남습니다. 각하. 레콘 칠팔천입니다······.'

'그러면 그 다음에도 이삼천 명 정도만 잃으면 되겠군. 그 다음에도. 네 번쯤은 그럴 수 있겠군. 그 다음에는 뭐가 남지? 쥐덤의 재현?'

팔리탐은 나약한 낙관론밖에 제시할 것이 없었다.

'도망친 레콘들이 다시 귀환할지도 모릅니다.'

'나도 얼마나 돌아올지 궁금하군. 전부 내보내.'

팔리탐은 웃기는 전투라고 생각했다. 어마어마하게 거대하고 비장한 전투지만, 웃기는 전투다. 제국군 수뇌부 측에서는 이미 오래전에 이긴다는 생각을 포기했을 것이다. 아마도 최대한 많은 수의 제국병들을 구출해 내는 것으로 전투 목적을 변경한 지 오래일 것이다. 그런데 발케네 측에서는 처음부터 이길 생각이 없었다. 암살공은 낙수의 공포에서도 침착을 잃지 않은 채 돌아오는 레콘만 남기고 나머지는 다 사라져도 무방하다고 생각하고 있었다. 그리고 돌아온 레콘들만 데리고 전쟁을 수행할 작정이다. 따라서 발케네 측의 관점에서 사라티본 전투는 전투라기보다는 대규모 선별 작업이었다. 선별 작업을 통과한 레콘의 숫자에 따라 향후 전쟁의 형태가 결정될 것이다.

팔리탐 지소어가 마음속으로 그어 둔 한계선은 삼천 명이었다. 그 숫자로도 발케네를 보전하는 것은 쉬운 일이 아니겠지만, 그 이하라면 팔리탐이 보기에 발케네 공이 택할 수 있는 최선의 노후 대비책은 자결이다.

'쉽지 않은 도박이지.' 모욕에 가까운 평가다. 모든 것을 건 도박을 하는 어떤 도박꾼도 암살공의 배짱에 자신의 배짱을 비교할 수 없을 것이다. 강인한 의지일까, 자포자기일까. 둘은 사실 구별하기 어렵고 그저 결과에 의해 판정되는 경우도 허다하다. 역사가 기록을 책임지기로 한 모든 위인들 중 자포자기했던 행운아가 몇 할 정도나 포함되어 있는지는 결코 밝혀지지 않겠지만 그 비율은 0보다는 분명히 클 것이다. 만약 자포자기라면 그 원인은 무엇일까.

팔리탐은 스카리와 헤어릿을 생각했다. 암살공의 자녀들. 아버지를 혐오하는 아들과 증오하는 딸. 두 사람은 락토에 대해 자신이 어떻게 생각하는가 그다지 숨기지 않았지만 반대로 락토는 자녀들에 대한 논평을 그다지 하지 않는다. 두 사람에 대한 락토의 태도는 통제가 가능하면 감정은 어떻게 되든 상관없다는 쪽이다.

하지만 그 통제는 실패했다. 팔리탐은 분명히 말할 수 있었다. 두 사람은 락토에게 통제당하지 않는다. 스카리가 부냐 헨로를 데리고 온 행동은 무수히 많은 정치적 의미를 가지고 있지만 빌파 가문에 한정 지어 볼 때는 가문에 생긴 봉합할 수 없는 균열을 상징적으로 보여 주는 사건이다. 팔리탐이 깨달을 수 있는 것이니 락토 또한 알 것이다. 팔리탐은 락토가 그것을 어떻게 생각하는지 궁금했다.

낙수가 멈췄다.

당장 식수를 공급해야 하는 천경 시민들이 있기 때문에 하늘누리는 모든 물을 쏟아 붓지는 않았다. 하지만 파괴적인 낙수가 끝나자 전장은 거대한 수렁으로 바뀌었다. 그 속에 레콘들이 서 있었다.

살수 지역 외곽에 있던 레콘들과 쥘칸 장군의 외침을 들은 엉겅퀴 여단의 레콘들은 간신히 낙수를 피할 수 있었다. 하지만 살수 지역 중앙에 있던 레콘들은 그러지 못했다. 그리고 그 수는 적지 않았다. 적어도 수천은 되는 것처럼 보였다. 살수 지역 바깥으로 도망친 레콘들은 두려움과 걱정으로 그 레콘들을 바라보았다.

엉겅퀴 여단 1대대장 팡탄 하장군 또한 물을 피하지 못한 레콘들 중 하나였다. 서까래 같은 양손검을 들고 날뛰는 레콘과 어울리느라 팡탄 하장군은 하늘누리가 접근하는 것도, 쥘칸 장군의 명령도 제대로 듣지 못했다. 떨어지는 물이 그를 때린 것은 하늘로 높이 치솟았을 때의 일이었다. 그 때문에 그는 물에 맞아 곤두박질쳤다.

팡탄 하장군은 푹 젖은 깃털 속에서 힘겹게 고개를 들었다. 레콘들이 여기저기 기절한 것처럼 쓰러져 있었고 알 수 없는 소리를 내지르며 펄쩍펄쩍 뛰어다니는 레콘도 보였다. 팡탄은 아무런 생각도 할 수 없었다. 이대로 쓰러져 죽는 게 행운일지도 모른다는 생각밖에는. 앞쪽에 있는 커다란 레콘을 보았을 때도 팡탄은 산이나 언덕을 보듯 무감동했다. 그것은 힌치오였다.

힌치오는 이쑤시개의 칼자루를 쥐고 있었다. 그 칼은 땅에 깊숙이 꽂혀 있었고 힌치오는 거기에 매달려 있었다. 칼이 없었다면 그는 당장 쓰러졌을 것이다. 힌치오를 바라보던 팡탄은 머릿속에서 뭔가가 꾸물거리는 기분을 느끼고 벼슬 근처를 헤집었다. 그러나 손에 닿는 젖은 깃털의 감각은 소름 끼쳤다. 팡탄은 손을 떼며 비명을 질렀다. 그 비명에 힌치오가 고개를 들었다. 힌치오의 두 눈 또한 생기를 잃고 있었다. 당장 칼을 휘둘러 자신의 목이라도 자를 듯한 표정을 한 채 힌치오는 구부정하게 서 있었다.

그가 갑자기 몸을 똑바로 세웠다.

방만한 자세로 비스듬히 앉아 있던 암살공이 갑자기 상체를 일으켰다. 호인의 얼굴에서 암살자의 눈이 번득였다. 힌치오를 똑바로 바라보던 락토는 갑자기 의자에서 일어났다. 참모들은 기겁하며 방패의 위치를 옮겼다. 락토는 한쪽 입술을 비틀어 올려 송곳니를 드러내었다. "그래. 해!"

힌치오는 주위를 두리번거렸다. 하지만 자신이 보고 있는 사물을 자신이 알고 있는 사물과 연결 지을 수 없었다. 그 때문에 눈에 들어오는 것은 총체적 무의미였다. 힌치오는 거북했다. 알 수 없는 것들에 둘러싸여 있기 때문에. 질퍽거리는 수렁도 반짝이는 수면도 그가 모르는 것이었다. 힌치오는 물이 무엇인지 몰랐다.

똑바로 선 채 힌치오는 자신이 아는 것을 찾아보기로 했다. 그의 상태는 미로에 갇혀 있는 것과 같았다. 무엇인지 모를 것이 주위를 틀어막고 있었다. 젖어 있는 레콘은 젖어 있는 레콘이 아니었고 하늘에 떠 있는 하늘누리는 하늘에 떠 있는 하늘누리가 아니었다. 전장은 전장이 아니었고 힌치오는 힌치오가 아닐지도 모른다. 힌치오는 자신이 아는 것을 찾기로 했다. 눈은 아무것도 찾아내지 못했다. 그러나 손은 무엇인가를 찾아내었다. 힌치오는 장님처럼 손끝의 감각에 집중했다. 쥔다는 동작이 정확히 무엇인지는 알 수 없었지만 힌치오는 무엇인가 쥐고 있었다. 그것이 무엇인지 알고 싶었다. 힌치오는 고개를 돌렸다. 그러나 아무것도 보이지 않았다. 그는 알지 못했지만, 힌치오는 완전히 엉뚱한 방향을 바라보고 있었다. 자신의 오른손이 어디에 있는지도 몰랐다. 힌치오는 당황하지 않기로 했다. 그는 여러 번 고개를 움직이는 시도를 했다. 몇 번 정도 머리가 아닌 다리나 다른 것들이 움직였다. 하지만 얼마 후 자신의 오른손을 볼 수 있었다.

그것은 거대한 칼을 쥐고 있었다. 힌치오는 반가웠다. 그는 그것이 무엇인지 알고 있었다. 낯설음의 세계 속에서 처음 발견한 낯익음이었다. 그것은 레콘의 무기였다. 최후의 대장간에서, 그의 자부심처럼 녹슬지 않는 별철로 만들어진 양손검이었다. 힌치오는 그것을 움켜쥐었다. 그는 이제 쥔다는 것이 무엇인지 알고 있었다.

하늘누리의 나루터에서 부악타는 지켜야 할 황제를 내버려둔 채 두 눈을 가리고 웅크려 있었다. 그리고 구레는 그런 부약타를 비난할 수 없었다. 그가 발작을 일으키지 않은 것이 고마운 처지였다. 구레는 혹 일어날지도 모르는 레콘의 난동을 걱정하여 치천제에게 말했다.

"폐하, 안전한 곳으로 모시겠습니다. 저것들이 미쳐서 환상 계단을 만들어 내어 돌격할지도 모릅니다."

치천제는 구레의 말을 듣지 않았다. 그녀는 미동도 하지 않는 모습으로 전장 한쪽을 뚫어지게 바라보고 있었다. 구레는 황제가 무엇을 보고 있는지 궁금했다. 그는 황제의 어깨 너머로 그녀의 시선을 쫓았다. 곧 구레의 눈이 수렁 한가운데 있는 커다란 레콘에게 멈췄다. 까마득한 거리 때문에 구레는 조금 후에야 그 레콘이 자신이 본 가장 큰 레콘임을 깨달았다. 감탄과 함께 구레는 약간의 동정심도 느꼈다. 틀림없이 자부심 강한 전사일 그 레콘이 겪은 타격은 끔찍할 테니까. 그때 구레는 그 레콘에게 좀 기묘한 점이 있다는 것을 알았다. 그는 똑바로 서 있었다. 그 평범한 동작은 낙수의 공격을 받은 전장에서 매우 이질적이었다.

황제가 낮고 날카로운 목소리로 중얼거렸다. "안 돼." 그리고 닐렀다. 〈쟁룡해 바닥에 처박혀 있어!〉 그 니름을 들은 데라시는 꽤 당황했다.

힌치오는 팔뚝에 힘을 주었다. 이쑤시개를 뽑으려는 것이다. 깊숙이 박혀 있기는 하지만 그가 뽑아 낼 수 없을 정도는 아니다. 하지만 힌치오는 팔을 제대로 통제할 수 없었다. 그는 자신이 칼을 뽑아 내고 있는지 아니면 땅속으로 더 밀어넣고 있는지도 확신할 수 없었다. 힌치오는 자신을 믿지 않기로 했다. 그는 왼손을 뻗어 오른팔을 받쳤다. 오른팔을 붙잡지는 않았다. 그랬다간 잡아당길지도 모르니까. 힌치오는 왼손이 오른팔을 밀어 올리기를 바라며 두 팔에 힘을 주었다.

오른팔이 갑자기 솟아올랐다. 그와 함께 이쑤시개도 튕기듯 솟아올랐고 하마터면 힌치오는 그것을 놓칠 뻔했다. 힌치오는 허둥거리며 두 손으로 이쑤시개를 부여잡았다. 이쑤시개. 레콘은 이를 쑤시지 않는다. 그 이름은 팔리탐 지소어가 붙여 준 이름이다. 힌치오는 이제 팔리탐이 무엇인지 알고 있었다. 그런 자신을 기특하게 여기며 힌치오는 이쑤시개를 마음껏 바라보았다. 크고 길다.

손에 최후의 대장간에서 받은 무기를 들고 있으며 그것을 자유로이 다룰 수 있는 이상 레콘은 언제나 젊은이고 언제나 투사다. 아무것도 아니었던 힌치오는 젊은이가 되었고 투사가 되었다. 방금 물으로 끌어올려진 물고기처럼 젖어 있어도.

힌치오는 두 팔을 높이 들어 올렸다.

"아아아아아—!"

암살공을 지키던 자들이 알면 대단히 좋아할 일이었다. 헨로 중대의 사격은 멎어 있었다. 하늘누리가 급속히 하강하던 시점부터 그들은 경악에 빠져 사라티본 평원에 일어나는 일을 바라보고 있었다. 니어엘 헨로는 그런 중대원들을 다그치지 않았다. 맹렬히 잡아당기던 활을 잠시 내려놓은 니어엘은 평원을 지그시 바라보았다.

대부분의 레콘들은 정상으로 보이지 않았다. 그들은 쓰러져 꼼짝도 하지 않거나 비틀거리고 있었다. 자신의 깃털을 뭉텅이로 뽑아 내어 팽개치고 있는 레콘들도 있었다. 그냥 제자리에서 펄쩍펄쩍 뛰는 레콘들도 있었는데, 어떻게든 땅에서 벗어나려는 것처럼 보였다. 그중 어떤 레콘들은 하늘누리를 붙잡으려는 듯 팔을 휘둘렀다. 하지만 하늘누리는 그들이 뛰어서 잡을 수 있을 만한 높이에 떠 있지는 않았다. 당장은 한심하거나 슬픈 모습이었고 어떤 폭력이 시작될 기미는 보이지 않았다.

니어엘은 방류 시간이 길었기 때문에 그렇다고 생각했다. 잠깐 동안의 실수였다면 레콘들은 아마도 분노했을 것이다. 하지만 하늘누리는 어마어마한 양의 물을 긴 시간 동안 쏟아 부었다. 인공적인 것이라고 느끼기 어려운 규모의 낙수였다. 레콘들은 폭포나 바다에 대해서는 분노하지 않는다. 다만 두려워하며 피할 뿐이다. 레콘들은 폭우나 해일 같은 자연적 규모의 실수에 노출되었고 그 때문에⋯⋯.

갑자기 들려온 계명성에 니어엘의 사고가 중단되었다.

재빨리 고개를 돌린 니어엘은 눈을 찌푸리며 계명성이 들려온 위치를 가늠했다. 거리가 꽤 멀었지만 유난히 큰 레콘을 발견할 수 있었다. 기시감이 느껴졌다. 니어엘은 다른 시간과 장소에서 본 거대한 레콘을 떠올렸다. 그 레콘은 검었고 강변에 서 있었다. 지금 니어엘이 보는 레콘은 흰빛이었고 거대한 수렁 한가운데 서 있었다. 그녀는 그런 유사성이 무엇을 의미하는지 걱정스러웠다. 동시에 가슴이 묘하게 두근거리는 것을 느꼈다.

검은 레콘 지멘은 그녀가 보는 가운데 기적을 만들었다.

비명을 지르던 팡탄 하장군은 커다란 소리를 내는 물체를 바라보았다. 그것이 무엇인지 모르겠지만 그 소리는 어쩐지 마음에 들었다. 팡탄은 부리를 닫은 채 그 물체를 보았다. 그러자 그것은 조금 전까지 싸우던 덩치 큰 레콘이 되었다.

"아아아아아—! 나는 싫어—! 여기가 싫어—!"

여기가 싫다고? 동감이야. 팡탄은 그렇게 생각했다. 이유를 명쾌하게 설명할 수는 없지만 팡탄은 그곳이 싫었다. 왜 그럴까? 덩치 큰 레콘의 외침이 이유일지도 모른다. 그는 이곳이 싫다고 했다. 따라서 팡탄은 이곳이 싫었다. 팡탄은 그런 논리에서 아무런 오류도 느낄 수 없었다. 말이 된다. 팡탄은 그렇게 생각했다. '그래. 여기가 싫어.'

힌치오가 몸을 부풀렸다. 젖은 깃털들이 강제로 일어났다. 물방울이 튕겼다. 힌치오는 몸을 웅크렸다가 다시 펼치며 깃털을 일으켰다. 뭉쳐진 깃털들이 떨어지며 그의 몸이 크게 부풀었다.

"가자."

절대적인 명령이었다. 갑자기 팡탄에게 잊혔던 세계가 돌아왔다. 정중하다기보다는 뒤통수를 치는 것 같은 모습으로. 팡탄은 눈을 껌뻑거리며 주위를 인지했다. 사라티본 평야였다. 막대한 물이 쏟아져 곳곳에 웅덩이가 펼쳐져 있었다. 레콘인 팡탄의 눈에 그 광경은 유리 기픈골 무사장이 휩쓸고 지나간 페시론 섬이나 다를 것이 없었다. 힌치오의 말이 옳았다. 정말 싫은 곳이었다.

"가자!"

힌치오가 다시 외쳤다. 팡탄은 비틀거리며 일어섰다. 쓰러져 있던 레콘들도 어느새 일어났다. 진구렁 속에서 레콘이 일어났다. 물을 뚝뚝 떨어뜨리며 레콘이 몸을 일으켰다. 주저앉은 채 깃털을 잡아뜯던 레콘이 주먹을 움켜쥔 채 일어났다. 맹목적으로 뛰던 레콘이 힌치오를 보며 똑바로 섰다. 힌치오는 높이 들었던 이쑤시개로 전장 동쪽을 가리키며 세 번째로 외쳤다.

"가자—!"

힌치오가 날아올랐다.

진흙을 뿌리며 힌치오가 날았다. 거대한 하늘누리와 진흙탕으로 바뀐 사라티본 평야 사이의 공간을 가로지르며 힌치오가 날았다. 그리고 레콘들이 날아올랐다. 그들은 철벅거리며 힌치오의 뒤를 따랐다. 수천 명의 레콘들이 달려왔을 때와 마찬가지로 달려갔다. 마른땅으로 날아가는 레콘들을 보며 팡탄은 묘한 충동을 느꼈다. 그도 달려가고 싶었다. 이 축축하고 지저분한 땅에서 벗어나는 그들을 보며 그는 다리에 힘이 들어가는 것을 느꼈다. 황당한 충동이었다. 팡탄은 자신을 이해할 수 없었다. 만약 인간에게 물어본다면 인간은 팡탄에게 그것이 군중심리라고 말해 줄 것이다. 그러나 또한 레콘은 군중심리와 관련이 없다는 대답을 해 줌으로써 자신도 이해하기 어렵다는 것을 고백할 것이다. 어쨌든 그곳에 팡탄의 상담을 받아 줄 인간은 없었다. 팡탄은 달리려 했고 또한 멈추려 했다. 다리가 제멋대로 움직였다. 팡탄은 쏜살같이 달려가는 대신 비틀거렸다. 쓰러지지 않기 위한 몇 번의 서툰 걸음 후에 팡탄은 꽈당 쓰러졌다. 하장군은 진흙탕에 머리와 가슴을 들이받았다.

팡탄은 진저리를 치며 일어나려 했지만 발이 미끄러지며 반대쪽으로 쓰러졌다. 팡탄은 진흙탕에 주저앉았다. 더 이상 일어나려는 시도도 할 수 없었다. 손에 진흙을 잔뜩 쥐고 있다는 사실도 깨닫지 못한 채 팡탄은 마른땅으로 날아가는 레콘들의 뒷모습을 바라보았다. 갑자기 팡탄은 울고 싶었다.

락토 빌파가 외쳤다.
"좋아, 퇴각한다! 퇴각 신호를 보내라!"
넋이 빠진 채 달리는 레콘들을 보던 참모들은 깜짝 놀라서 암살공을 바라보았다. 암살공은 엄한 눈으로 그들을 마주 보았다. 참모들은 황급히 락토의 명령을 실행에 옮겼다. 계속된 충격적인 상황에 넋을 잃고 있던 그들에게 할 일이 생겼다는 것은 어쨌든 환영할 만한 일이었다. 퇴각은 간단하지 않았다. 소환군은 움직이지 않았지만 제국 기병의 돌격에 난자당한 파리조군은 전장 곳곳에 소규모 단위로 집결하여 있었다. 그런데 그들 사이에는 제국군 본대, 기병대, 엉겅퀴 여단 같은 골치 아픈 병력들이 있어서 파리조군이 다시 집결하는 것은 불가능해 보였다. 더군다나 전장 남서쪽에서는 엉겅퀴 여단의 진격로를 확보하기 위해 배치되었던 중대 병력들이 하산하고 있었다. 만약 제국군이 그 시점에서 섬멸 행동에 들어간다면 파리조군을 구해 내기 위해서는 라수 규리하가 부활해야 할 터였다.

하지만 제국군은 섬멸 행동을 개시할 여유가 없었다. 몸을 빼낸 엉겅퀴 여단은 수렁으로 변한 전장에 진입하는 것을 거부했고 무엇보다도 스카리 요새군과 맞닥뜨렸던 제국군 본대의 피해가 심각했다. 너무나도 파괴적인 힘에 노출되었기에 많은 병사들이 즉사했지만 부상병의 숫자도 적지 않았다. 상처의 고통에 갑자기 쏟아진 낙수까지 더해져 부상병들은 명재경각의 상태였다. 그들을 놔두고 전투를 벌였다가는 모두 죽을 것이다. 결국 제국군도 발케네군도 비슷한 움직임을 보이게 되었다. 그들은 서로의 눈치를 보며 조심스럽게 전장 남북쪽으로 물러났다. 그 과정에서 서로 싸우지 말자는 협정이 암묵적으로 맺어졌다. 상대편의 부상병을 옮겨 갈 수 있도록 조심스럽게 옆걸음질 치는 모습이나 말없이 손짓으로 부상병의 위치를 가르쳐 주는 모습, 심지어 부상병을 등에 업을 수 있도록 상대편을 도와주는 모습까지 나타났다. 완전한 선의에서 한 행동이라기보다는 꺼림칙한 상대가 빨리 주위에서 사라지기를 바라는 마음 때문이었지만 어쨌든 놀라운 일이었다. 차마 감사의 말까지 주고받기는 어려웠기에 그들은 눈인사만 나누고 헤어졌다. 부하들의 그런 이적 행위라고도 할 수 있는 행동을 어떻게 평가해야 하는지 알 수 없었던 장교들은 결국 모르는 체하기로 했다. 그런 부상병 수습에 그날의 남은 낮이 다 소모되었다. 하지만 황혼이 찾아올 무렵 발케네군은 대오를 갖추어 물러날 수 있었다. 그리고 제국군의 시허릭 마지오 상장군 또한 본영까지 퇴각하기로 결정했다. 시허릭의 결정이 하늘누리에 전해졌고 하늘누리 또한 남쪽으로 물러났다. 팔리탐 지소어의 예견대로 되었다. 그것은 아무도 이겼다고 말할 수 없는 전투가 되었다.

전장에 황혼이 내려앉았다. 그때까지도 바닥에 앉아 있던 팡탄 하장군은 힌치오와 레콘들이 사라진 동쪽을 망연히 바라보고 있었다. 그의 몸에 묻었던 진흙은 말라붙었고 땅은 다시 건조해진 후였다. 퇴각하기 위해 근처를 지나던 제국군 중대 하나가 하장군의 모습을 발견했다. 그것은 헨로 중대였다. 그들은 가장 북쪽까지 진출해서 고지대를 점령하고 있었다. 시야가 탁 트인 그곳에서 혹 발케네군이 되돌아오지 않는지 감시하느라 퇴각이 늦어진 것이다. 처참한 전장 한가운데 우두커니 앉아 있는 팡탄 하장군을 본 니어엘은 카루스 부위를 불러 중대 지휘를 잠시 맡겼다. 그리고 말을 몰아 팡탄 하장군에게 다가갔다. 그녀는 미처 양측이 수습해 가지 못한 시체들 사이를 가로질러 팡탄에게 다가가 말에서 내렸다.

"팡탄 하장군님."

팡탄은 천천히 고개를 돌렸다. 앉아 있는 그는 서 있는 니어엘을 똑바로 볼 수 있었다. 니어엘이 경례했다.

"니어엘 헨로 수교위입니다. 본영으로 돌아가셔야지요."

팡탄은 고개를 갸웃했다. 니어엘은 그 동작이 왜 엉겅퀴 여단병이 아닌 그녀가 다가온 것인지 묻는 것이라고 생각했다.

"엉겅퀴 여단병들은, 음. 이곳 상태가 안 좋아서 아까 물러갔습니다. 그때 하장군님을 모셔 가지 못한 모양입니다. 저희 중대와 함께 귀환하시지요."

팡탄의 고개가 다시 돌아갔다. 그는 포돗빛으로 변한 동쪽을 물끄러미 바라보았다.

"많이 놀랐어."

"예. 그러셨을 거라 생각합니다. 유수부에서도 워낙 전황이 다급하고 다른 수단이 없어서 그런 수단을 썼을 겁니다."

"아까 그 괴물 같은 녀석."

"예?"

"그 커다란 칼 쓰던 놈 말이야. 잘 뛰던데."

"아아, 예. 레콘들을 이끌고 가던 덩치 큰 레콘 말씀이군요."

"그래. 잘 뛰지?"

"잘 뛰더군요."

팡탄은 자신에게 고개를 끄덕였다. 조금 기다린 후 니어엘은 부드럽게 그를 불렀다.

"팡탄 하장군님?"

"응?"

"가셔야지요."

"아, 가야지."

"팡탄 하장군님?"

"내가 아직 안 일어섰나?"

"아니요. 일어나셨습니다."

"그러면 걷지 않고 있나 보군."

"걷고 계십니다."

"좋아. 내가 졌어. 뭐가 내 문제야?"

"저희 중대에 가서 한잔하시겠습니까?"

"자네는 내가 만난 최고의 군인이야."

"자만하지 않고 더욱 노력하겠습니다."

오른쪽엔 석양, 왼쪽에는 별이 뜬 하늘. 말에 탄 인간 수교위와 뚜벅뚜벅 걸어가는 레콘 하장군 옆으로 늘어진 늘씬한 그림자가 게으르게 휘청거렸다.

아라짓력 31년 2월 30일. 사라티본 평야에서 일어난 제국군과 발케네군의 교전 행위는 전투라 불릴 만한 요건을 거의 가지고 있었다. 따라서 전사학자들은 틀림없이 그것을 전투라고 기록할 것이다. 하지만 해당 행위에 대한 교전 당사자들의 평가는 후대에 씌어질 기록과 상관없이 제각기 달랐다. 그중 가장 이질적인 의견을 가지고 있는 것은 물론 발케네 공 락토 빌파였다. 전후 처리, 즉 전투에서의 논공행상, 또는 다른 말로는 제자리에 서서 날아오는 화살을 막느라 급급했던 봉신들에게 주군을 구하고자 자신의 목숨을 초개처럼 버린 비할 바 없는 영웅적 행위였다는 칭찬을 되도록 공평하게 나누어 주는 귀찮은 의식을 끝낸 후 자신의 천막에 돌아와 팔리탐 지소어의 보고를 받게 되었을 때 암살공은 시험 답안지 채점자와 비슷한 감정을 느꼈다.

"칠천 명?"

"대충 그 정도입니다. 엉겅퀴 여단의 집단 운영은 상당히 파괴적이었습니다."

"그 숫자가 전부 귀환했다는 건가?"

"힌치오가 방향을 가르쳐 주었으니까요. 전부 그를 따라왔습니다. 그리고 힌치오는 이곳으로 왔습니다."

암살공은 싱긋 웃고 나서 탁자 위에 놓인 술병을 집어 들었다. 잔에 술을 따른 암살공은 그것을 들어 올려 보였다.

"좋은 귀환율이군."

팔리탐은 가면을 찌푸려 보일 수 있으면 좋겠다고 생각했다. 무표정한 가면 때문에 팔리탐은 자신의 감정을 입으로 드러내야 했다.

"각하, 만족하신 것처럼 보입니다만. 그러십니까?"

"자네는 만족 못하나?"

"만약 각하께서 그 칠천 명은 앞으로 각하를 위해 센범 폭포에라도 뛰어들 거라 생각하고 계신다면 저는 만족할 수 없습니다."

암살공은 팔리탐의 말에 대해 생각하며 술잔을 비웠다. 그리고 탁자 위에 잔을 내려놓고 의자 앞으로 두 다리를 뻗으며 말했다.

"그렇게 큰 희망은 품고 있지 않은데. 어쨌든 자네도 그들이 그 낙수를 겪은 후에도 통제불가능한 상황에 빠지지 않고 안정적으로 귀환했다는 것은 인정해야 할 것이다."

"그것은 훈련의 결과도 아니고 레콘에게 어울리는 일도 아닙니다. 행운입니다."

"앉아서 설명해 봐."

팔리탐은 주군에게 목례하고 의자를 끌어당겨 앉았다.

"각하, 야생마를 사냥해 보신 적이 있습니까?"

"아니. 말고기를 먹는 지방 이야기인가 보군."

"아닙니다. 야생마를 잡는 것은 그 고기가 필요해서가 아니라 사육하기 위해서입니다. 길들여서 탈 수도 있고, 사육마와 교잡하여 좋은 혈통을 얻을 수도 있습니다. 어쨌든 그러기 위해서는 생포해야 합니다. 하지만 생포한다고 해서 야생마 무리 전부에게 올가미를 던질 필요는 없습니다. 우두머리만 찾아 그놈을 생포해서 끌고 오면 나머지 무리 전부가 그냥 따라옵니다."

"자네가 말하는 것은 무리를 짓는 동물의 특징인 것 같군."

"우두머리가 적을 상대하는 동안 나머지 무리가 도망치는 동물들도 있긴 합니다. 어쨌든 제가 말씀드린 특징이 무엇인지는 아신 것 같군요."

"우리 레콘 무리의 우두머리인 힌치오에 대한 이야기를 하고 싶은 것 같군."

"레콘을 동물적이라고 말하는 사람도 있습니다. 한 명의 수컷이 많은 암컷을 거느리는 것은 동물들이 잘 하는 짓입니다. 그런 식으로 따지면 신부를 얻기 위해 싸우는 건 수컷 동물들의 세력

다툼인 셈이지요. 하지만 그것은 자기가 무서워하는 것을 희화화해서 공포를 감추려는 가소로운 술책입니다. 세상에 숙원을 정하고 추구하는 동물은 없습니다. 레콘은 하등한 동물이 아니고 본능대로 행동하는 자들도 아닙니다. 그들은 충분히 지적인 개인주의자입니다. 하지만 오늘 낮 스카리 요새군은…….”

"이름을 바꾸겠다.”

"예?”

"그 이름을 바꾸겠다. 지금부터 사라티본군이라고 부른다.”

팔리탐 지소어는 무참한 꼴을 당하고 도망쳤던 곳의 이름을 따서 부대명을 붙이는 암살공의 감각을 이해할 수 없었다. 어쩌면 암살공은 그들이 사라티본에서 혹독하게 선별되어 탄생한 정예군이라는 의미로 그런 이름을 붙이는 것인지도 모른다.

"알겠습니다. 오늘 낮 사라티본군은 무리 동물처럼 행동했습니다. 그것은 레콘 같은 지적인 개인주의자에게 어울리는 일이 아닙니다. 다음에도 또 그럴 거라고는 절대로 확신할 수 없습니다. 그리고 혹 사라티본군이 그렇게 행동한다 해도 힌치오가 다음에도 제정신을 유지하며 그들을 이끌어 줄 거라고는 역시 확신할 수 없습니다.”

"요컨대 그건 행운이었다는 건가?”

"각하, 훈련이 부족합니다. 그것은…… 오늘 낮의 그것은 얼핏 보기에 지휘관의 명령에 따라 움직인 것처럼 보입니다. 하지만 그것은 행운이었습니다. 힌치오가 제정신을 유지했고 레콘들이 그들답지 않게 행동했기에 일어난 행운입니다. 쥘칸 장군의 급조한 전술에도 3할이나 되는 병력을 잃은 것을 보면 알 수 있듯이 사라티본군은 절대로 군인이 아닙니다. 각하께서 그들을 쓰시려면 행운을 기대하시면 안 됩니다. 군인이 된 후에 쓰셔야 합니다."

암살공은 다시 술잔을 채웠다.

"싸울 수 있고, 싸운 다음 제자리로 돌아올 수 있으면 돼."

"각하께서 원하시는 수준의 레콘 무리는 이미 있었습니다. 7년 전 쥐덤에 있었지요. 분리주의자들에게도 타이모라는 우두머리가 있었습니다. 하지만 엘시 에더리 대장군이 그들을 격파했습니다. 군인이 되지 않은 레콘은 대장군의 상대가 될 수 없습니다."

"엘시 에더리는 없어."

"시모그라쥬 공이 약속을 지킬 거라고 믿으십니까?"

"그렇게 믿지 않아."

"믿지 않으신다고요?"

"그래. 믿지 않아. 그럴 필요가 없으니까. 시모그라쥬 공은 이미 약속을 지켰어."

팔리탐의 가면이 락토를 똑바로 향했다. 락토는 천막 한쪽의 상자를 가리켰다.

"저 상자를 열고 제일 위의 서신을 가져오게."

팔리탐은 서신을 가져와 탁자 위에 놓았다. 서신 겉봉에는 처음 보는 사람의 이름이 씌어져 있었다. 락토가 말했다.

"그 이름은 신경 쓸 것 없어. 가짜니까. 편지를 꺼내어 읽어 보게."

팔리탐 지소어는 편지를 읽기 시작했다. 그는 곧 읽기에 빠져들었다. 편지를 두 번 읽은 다음 팔리탐은 그것을 다시 접어 피봉 안에 집어넣었다. 암살공이 말했다.

"거기에 씌어져 있는 '그 사람'이 누군지는 알겠지? 그래, 엘시 에더리야. 팔디곤 토프탈은 이미 엘시 에더리의 신병을 확보했어. 엘시는 절대로 한계선을 넘어올 수 없어."

"그렇군요. 살인 기사의 계획대로 되었군요."

락토는 빙글 웃었다.

"엄밀하게 말하면 제이어 솔한의 계획대로 된 것은 아니지. 원래는 아실과 지멘이 모두 하텐그라쥬로 가야 하는데 간 것은 지멘뿐이지. 그리고 엘시 에더리는 그들을 뒤쫓으라는 압력을 넣기도 전에 자발적으로 지멘을 뒤쫓아갔지. 그리고…… 황제는 초대하지도 않았는데 발케네로 왔고."

팔리탐은 빠진 말이 있다고 생각했다. 스카리는 계획대로 비셀스 규리하를 데려오는 대신 부냐 헨로를 데려왔다는 진술이 빠져 있었다. 락토가 말했다.

"하지만 상황은 제이어가 계획했던 대로 되었어. 반드시 계획했던 일을 실패하는 것은 제이어답군. 그리고 칼을 뽑아 휘두른 것도 아닌데 사람이 죽는 것은 살인 기사답고."

팔리탐은 신중하게 말했다.

"각하, 칼리도 백이 알려지기 전에는 아무도 엘시 에더리 같은 사람이 있을 거라고 예상하지 못했습니다. 지금도 각하께서 예상하실 수 없는 인물이 제국군이나 하늘누리에서 레콘들을 물리칠 방도를 준비하고 있을지도 모릅니다."

"지금은 전쟁 중이야, 팔리탐. 어떻게 그들을 훈련시킨다는 건가? 내 생각엔 실전으로 훈련시키는 것이 유일하게 가능한 방법 같군. 다른 방법이 있나? 설마 휴전하자고 말하지는 않겠지. 이쪽에서 휴전하자고 해도 황제가 받아들이지 않을 거야. 사라티본 군의 모습을 보았으니까."

"포로 송환을 조건으로 휴전을 신청하면 됩니다."

"포로?"

"원래는 부냐 헨로를 생각했습니다. 하지만 이제는 더 좋은 포로가 있습니다."

락토는 얼굴을 찡그리며 팔리탐을 바라보았다.

"엘시 에더리를 돌려보내고 휴전하자는 건가?"

"예. 제게 시간을 더 주신다면 칼리도 백이 와도 어떻게 할 수 없는 레콘 군대를 만들 수 있습니다. 이미 사라티본군은 집단 활동에 상당히 익숙해져 있습니다. 많은 시간이 필요하지는 않을 겁니다. 길어야 반년 정도입니다."

"재미있는 의견이었어."

"각하……."

암살공은 고개를 가로저었다.

"황제가 엘시를 돌려받은 후에도 반년을 기다려 줄 것 같나? 그럴 리 없어. 혹 기다린다면 다른 이유로 기다리겠지. 엘시 에더리를 규리하 변경백으로 만들어서 발케네를 칠 준비를 갖추게 하느라 그 시간을 쓰겠지. 그렇게 되면 안 돼. 자네의 훈련을 믿게, 팔리탐. 사라티본군은 군인이 될 거야."

팔리탐의 머릿속에 낮에 떠올렸던 단어가 다시 떠올랐다. 자포자기. 물론 전쟁을 일으킨 것은 발케네 공이 아니라 황제다. 발케네 공이 자포자기로 전쟁을 일으킨 것은 아니다. 하지만 이제 발케네 공은 그 전쟁에 매달리고 있었다. 정성 들여 레콘 군대를 만들고 끈질기게 황제의 주의를 발케네로 끌어 오던 때와는 많이 달랐다.

팔리탐은 암살성을 떠날 때 락토가 한 일에 대한 이야기를 떠올렸다. 공작은 스카리에게 끔찍한 창피를 줬다고 한다. 아들의 성격을 잘 알면서 그렇게 한 것은 어떤 대책이 있기 때문일까? 팔리탐은 그 대책이 무엇일지 짐작할 수 없었다. 오늘 낮에도 암살공은 아무런 대비책이 없는 상황에서 억수 속에 일만 명의 레콘을 노출시켰다. 성공하면 물을 극복한 레콘 전사들을 얻게 되지만 실패하면 모든 것을 잃는 도박이었다. 역사가들은 이것을 과감한 결단력이라고 표현할까? 팔리탐은 한 가지 사실을 확신할 수 있었다.

그런 평가를 받으려면 이겨야 할 것이다.

발케네 측의 논공행상은 많은 봉신들의 위신을 세워 주어야 하는 구성 특징 때문에 복잡했다. 하지만 제국군의 논공행상은 어렵지 않았다. 공을 논할 사람은 거의 죽거나 자신이 공을 세웠다고 주장하지 않은 탓이다. 누구나 인정할 수훈자인 아홉 명의 부위는 모두 살해당했다. 그 예측 불능의 위험한 전장에서 기병들을 이끌고 분전했던 테룸 나마스 하장군은 자신이 파리조군을 완파하지도 못했고 정체불명의 레콘들에게 절대적 타격도 입히지 못했다는 이유를 들어 포상을 거부했다. 그의 주장이 틀린 것도 아니었는데, 기병대를 완전히 통제하여 안전하게 복귀한 것만으로도 위대한 전과지만 그 전과는 제국군이 입은 끔찍한 피해에 비하면 소박했다. 발케네 측 레콘을 측면 공격하여 상당한 전과를 올렸던 쥘칸 장군도 자신이 적전 도피 행위 비슷한 것을 했다고 주장했다. 하늘누리의 저수 방류 직전에 쥘칸 장군은 도망치라고 외쳤던 것이다. 레콘의 특성을 감안하면 그것은 훌륭한 통솔 행위지만 쥘칸 장군은 그렇게 생각하지 않았다.

"그거 뿌리지 않았으면 우리가 그놈들 다 때려잡았을 거 아냐."

제국군 장교들은 반론하기도 귀찮았다. 쥘칸 장군도 홧김에 그렇게 말했을 뿐 그 주장을 되풀이하지는 않았다. 만에 하나 천이백 명이 일만 명을 물리치는 말도 안 되는 전과가 이루어졌다 하더라도 그때 제국군 본대는 몰살당한 후였을 것이다.

사람들이 주목한 것은 니어엘 헨로 수교위였다. 그녀는 분명한 전과를 올렸고 도망치기는커녕 마지막까지 제국군의 퇴각을 지켰다. 제국군 장교들은 니어엘 헨로의 전과를 대대적으로 부각시켜 상처 입은 제국군에게 위로를 주면 어떨까 하는 발상을 떠올렸다. 영웅의 탄생 방식에는 그런 것도 있으니까. 하지만 헨로 중대의 행위는 전투에 참가한 사람들에게 감정적으로 와 닿지 않는 것이었다. 헨로 중대는 전투에 참가하지 않은 병력에게 사격을 가했던 것이다. 물론 전술적으로는 매우 바람직한 행동이었지만, 레콘들에게 끔찍한 폭행을 당한 자들에게 다른 폭행을 막아 줬다고 주장해 봐야 분노밖에 끌어낼 수 없는 것 또한 사실이었다.

결국 본대의 피해가 지나치게 컸다는 것이 문제였다. 가장 치열한 전투가 벌어졌지만 본대의 경우엔 수훈자를 찾을 수도 없었다. 모두들 정신이 나간 상태에서 싸웠기 때문에 무슨 일이 일어났는지 뚜렷하게 기억하는 병사가 별로 없었다. 사망자의 숫자는 막대했고 살아남은 병사들도 정신적 충격 때문에 도저히 병사라고 부를 상태가 아니었다. 아무리 군인 정신을 부르짖는다 해도 사람의 정신력에는 한계가 있다. 무자비한 폭력에 노출된 그들 중 적지 않은 수가 망상이나 우울증, 공황장애, 대인기피증 같은 것을 보였다. 그런 병사들 중에는 복무 기간이 긴 고참 병사들도 상당수 포함되어 있었다. 지휘관들도 그런 그들을 군인답지 못하다고 꾸짖을 수 없었다. 졸참나무 군단 1대대장 우르마 커 하장군이 병사들의 상태를 간략히 요약했다.

"전쟁 경험자가 아니라 재난 생존자 같습니다. 사고나 치지 않고 얌전히 있으면 좋겠군요."

십 년은 더 늙어 버린 것 같은 초췌한 모습의 시허릭 마지오 상장군이 결론을 내렸다.

"그렇다면 당분간은 전투가 불가능하다는 것이군."

"그런 정신 상태를 가진 병사들을 데리고는 진지 구축도 하기 어렵습니다. 삽을 가지고 무슨 짓을 할지 모르니까요."

"갑충사들은 그 정체 불분명한 레콘들이 암살공의 본진 근처에 합류했다고 보고했습니다. 무사히 귀환했으니 다시 공세가 있을지도 모릅니다."

시허릭은 날카로운 눈으로 쥘칸을 바라보았다.

"레콘의 의견이 필요하군. 쥘칸 장군, 귀관의 부하 장병들이라면 오늘 낮에 있었던 것 같은 공격을 받고 제대로 귀환할 수 있겠나? 그리고 다시 하늘누리 쪽으로 공세에 나설 수 있겠나?"

쥘칸은 이것이 의견 요구인지 살수를 피해 도망친 자신에 대한 비웃음인지 궁금했다. 평소 그와 시허릭의 관계에 비춰 본다면 후자일 가능성도 꽤 높았다. 그리고 도발하는 것인지 아닌지 불분명하게 말하는 시허릭의 말투는 쥘칸이 그를 싫어하는 이유 중 하나였다. 시허릭의 철저한 준비성은 그 말투에도 드러나는데, 그는 모든 경우를 다 대비할 수 있는 말을 즐긴다. 항상 변명할 준비가 되어 있지. 약삭빠른 놈.

"팡탄은 제대로 귀환했어. 발광하지도 않았고 눈 뒤집고 돌아다니지도 않아."

"그게 정상인가?"

쥘칸은 솔직하게 말했다.

"모르겠어. 돌아오면서 내가 무슨 생각을 했는지 알아? 천경유수의 멱살을 붙잡고 한번만 더 내 전장에 그걸 뿌리면 죽이겠다고 경고해야겠다는 생각이었어. 간신히 참았어. 나는 그놈들이 그 꼴을 당하고 다시 하늘누리 근처에 다가올 거라고는 정말 믿고 싶지 않아. 암살공이 어떻게 훈련시켰건 레콘은 레콘이야."

쥘칸의 말투는 시허릭이 그를 싫어하는 이유 중 하나였다. 쥘칸은 한 번에 한 가지밖에 말하지 않는다. 그리고 발언의 주체가 되는 것은 보통 그 자신이다. 자신의 뜻을 명확하게 표현하는 것은 물론 덕목이지만 이 경우 쥘칸은 자기 기분을 표현하는 것에만 관심이 있었을 뿐 삼고인 천경유수가 받아야 할 경의 같은 것은 안중에도 없었다. 따라서 다른 사람이 그를 대신하여 천경유수의 권위를 회복하는 귀찮은 일을 해야 한다. 혀를 조금만 더 놀리면 말하는 사람도, 듣는 사람도 만족시킬 수 있을 것을. 게으른 놈.

"잘 참았다, 쥘칸 장군. 귀관도 잘 알겠지만 자네들 레콘에 대한 우리의 생각은 모든 생을 통틀어 한 사람의 레콘도 적으로 두고 싶지 않다는 거야. 하지만 그분은 용감하게도 일만 명의 레콘을 적으로 돌렸지. 그리고 그분의 결단 덕분에 4개 군단이 궤멸되는 참사를 피할 수 있었다."

시허릭은 유수부에서 파견 나온 갑충사 대표에게 목례했다.

"제국군 전체를 대신하여 그분께 감사를 표한다고 전해 주겠나?"

"그러겠습니다."

시허릭은 그 행동으로서 쥘칸에게 이곳에 유수부의 귀도 있으니 제발 조심하라는 뜻을 전달했지만 쥘칸은 딴 곳을 바라볼 뿐이었다. 미련한 놈이라고 생각하며 시허릭은 말했다.

"일단은 중요 시설들을 강 남쪽으로 옮기도록 한다. 그리고 본영 곳곳에 물통을 비치하도록 해라. 되도록 큰 물통이 좋겠다."

쥘칸이 놀라서 말했다.

"이봐!"

"엉겅퀴 여단은 높은 지대로 이동하면 되겠군. 귀관이 직접 적당한 장소를 고르도록 하게, 쥘칸 장군."

물통이 즐비한 본영에 갇힐 것을 우려했던 쥘칸 장군은 시허릭의 말에 불만을 가라앉혔다. 하지만 시허릭이 준비한 충격은 따로 있었다.

"충분히 넓은 장소를 고르는 것이 좋을 것이다. 고추냉이 여단과 왜솜다리 여단, 민들레 여단이 합류할지도 모르니까."

명성 높은 레콘 여단들의 이름을 들은 쥘칸은 부리를 쩍 벌렸다. 엉겅퀴 여단이 이미 있는데 다른 레콘 여단이 온다는 것은 그의 자부심에 대한 모독이었다. 하지만 시허릭은 쥘칸이 항의할 기회를 주지 않았다.

"본관은 이 전쟁을 평가할 위치에 있지 않다. 폐하의 군인으로서 나는 그분의 명령에 따라 싸울 뿐이니까. 하지만 약이 오르는군. 발케네 공이 아주 큰 착각을 하고 있는 것 같은데그래. 제국군의 진짜 힘을 볼 수 있었던 자는 아무도 없으니까 그럴 수도 있겠지. 공작에게 그런 영광을 주는 것에 대해 진지하게 고려해 봐야겠군."

주눅이 들어 있던 장교들의 얼굴에 희색이 돌아왔다. 쥘칸은 시허릭이 의도적으로 그런 말을 꺼낸 것을 깨달았다. 서로에게 지독하게 짜증을 내는 두 사람은, 그래서 서로를 잘 안다. 시허릭이 꺼낸 4개 여단 동원령은 실현 가능성이 별로 없는 것이다. 제국의 존망에 관련된 심대한 위기 상황이 아니라면 4개 레콘 여단이 한꺼번에 동원되는 일은 불가능하다. 도시 연합에서 보낼 미친 듯한 항의는 둘째 치더라도 귀족원이 가만히 있지 않을 것이기 때문이다. 하지만 시허릭은 바닥에 떨어진 장병들의 사기를 진작시키고 장교들에게 제국군의 자부심을 되돌려줄 필요성을 느끼고 있었다. 시허릭이 실현 가능성이 없는 계획을 꺼내 놓은 것은 그 때문일 것이다. 또한 시허릭은 그 자신의 것이 아닌 권위도 잠시 빌려오기로 했다.

"대장군님께서는 말씀하셨다. 더 강한 자가 이긴다. 그것이 전쟁의 진리다. 패배는 군인의 죄악이다. 그것이 전쟁의 도덕이다. 그리고 전쟁이 구현할 수 있는 최선의 아름다움은 빨리 끝나는 것이다. 그것이 전쟁의 예술이다. 더 강한 전력을 투입해서 최대한 빠른 시간 내에 이기는 것이 전쟁에 임한 군인의 사명이다. 다른 건 없다. 귀관들에게 요청한다. 상처 입은 병사들을 추슬러 최대한 빨리 더 강한 전력으로 만들어라. 그리고 이기자. 대장군께서 돌아오셨을 때 자랑스러운 모습으로 맞이할 수 있도록 하자. 빌어먹을. 귀관들은 어떨지 모르겠지만, 우리가 변변찮게 행동해서 그분이 돌아오셔야 한다면 나는 견딜 수 없을 거야."

쥘칸이 싫어하는 시허릭의 특징이 다시 발휘되었다. 시허릭은 장교들에게 대장군이 없기 때문에 잠깐 주춤한 것이라는 변명 거리를 주면서 또한 대장군이라는 희망이 있음을 강조했다. 그리고 동시에 대장군에게 창피를 보일 수 없으니 분발하라는 뜻도 전달했다. 하지만 이번만큼은 쥘칸도 그 말투에 짜증을 낼 수 없었다. 필요한 일임을 인식했으니까.

장교들의 얼굴에 군인다운 표정이 돌아오는 것을 본 시허릭은 그 정도만 해 두기로 했다. 주로 부상자 처리와 본영 재배치에 대한 이야기를 나누면서 시허릭은 다음 전투에 대해서는 일절 함구했다. 또 레콘 일만 명과 싸워야 한다는 사실을 인식시키려면 더 나은 시간이 있을 테니까.

힌치오는 또 하늘누리에 가까이 가야 할지도 모른다는 가능성에 대해서는 생각도 하고 싶지 않았다. 다른 레콘들 또한 마찬가지였기에 그들은 주로 엉겅퀴 여단에 대해 이야기했다. 아무도 하늘누리가 퍼부은 낙수에 대해서는 이야기하지 않았다. 그런 일은 일어나지도 않은 것 같았다.

하지만 팔리탐 지소어는 힌치오가 딴청을 피우도록 내버려두지 않았다. 야산의 완만한 사면을 따라 이리저리 피워져 있는 모닥불을 바라보던 팔리탐은 고개를 돌려 힌치오에게 말했다.

"하늘누리의 낙수를 또 견딜 수 있겠소?"

힌치오는 몸을 움츠렸다. 팔리탐의 말을 못 들은 척하고 싶었다. 하지만 주위는 고요했고 팔리탐은 그를 뚫어지게 바라보고 있었다. 힌치오는 신경질적으로 말했다.

"그래야 해?"

팔리탐은 대답하려다가 힌치오가 대답을 원하지 않으리라는 것을 떠올렸다. 그는 허리에 손을 얹은 채 다시 산 아래쪽을 보았다.

발케네군의 주둔지는 산 아래쪽, 꽤 떨어진 곳이었다. 십칠만 명이 주둔하고 있는 거대한 규모의 주둔지는 밤의 어둠 속에서도 한눈에 알아볼 수 있었다. 곳곳에 피워져 있는 횃불과 화톳불 덕분이다.

이제 사라티본군이라는 이름으로 불리게 된 레콘들이 머물러 있는 곳은 주둔지에서 꽤 떨어진 야산이었다. 팔리탐은 왜 그렇게 멀리 떨어진 곳에 자리를 잡았는지 묻지 않았지만 대충 짐작할 수 있는 일이다. 물은 낮은 곳으로 흐른다. 레콘들은 높은 곳을 원했다. 힌치오가 앉아 있는 곳은 가장 높은 곳이었다. 그는 정상에서 얼마 떨어지지 않은 곳에서 옆에 이쑤시개를 꽂아 놓은 채 앉아 있었다. 그 거대한 칼은 바람에 떠밀리며 자라난 나무처럼 비스듬하게 서 있었다.

팔리탐은 타고 온 말의 갈기를 쓸어 주고 말했다.

"소환군의 영주들은 꽤 놀라고 기뻐했소. 맹세 때문에 어쩔 수 없이 군사를 이끌고 참전했지만 맹세에 대한 책임감이 제국군에 대한 두려움까지 몰아내는 것은 아니니까. 하지만 오늘 낮 당신들이 보여 준 모습을 보고 그들은……."

"도망치는 모습?"

"아니요. 제국군 4개 군단을 섬멸할 뻔했던 모습 말이오."

"인간들 깬 것은 자랑거리도 아냐. 네가 경고했던 것처럼 쥘칸은 꽤 골치 아프게 굴더군. 팡탄이라는 녀석에게 걸렸을 때 나도 조금 아찔했어."

"팡탄 하장군은 훨씬 더 무서웠을 거요."

힌치오는 부리를 딱 부딪쳤다. 팔리탐은 계속 말했다.

"어쨌든 공작 각하의 봉신들은 이제 승리의 예감을 느끼고 있소. 참전하는 대신 군량이나 군자금을 보낸 영주들에 대한 조롱도 나오는 것 같더군. 몸 사리다가 영광을 얻을 기회를 놓쳤다는 거지. 모두 당신들 덕분이오. 어쩌면 더 많은 봉신들이 황급히 군사를 이끌고 참전할지도 모르겠소."

"그 녀석들이 오면 또 하늘누리 아래로 가서 그걸 맞아야 하나? 그 녀석들 기운 나게 해 주려고?"

"힌치오."

"팔리탐, 너는 몰라. 나는 그때 죽었어."

힌치오는 갑자기 옆으로 팔을 뻗었다. 이쑤시개의 칼몸을 때려 그것을 자기 쪽으로 쓰러지게 한 다음 그 칼자루를 붙잡았다. 힌치오는 그것을 단단히 붙잡아 어두운 밤하늘을 겨냥해 보았다.

"이놈이 아니었으면 나는 다시 살아나지 못했을 거야."

레콘은 납병을 해야 노인이다. 노인은 죽음을 대비하는 사람이다. 바꿔 말하면 레콘의 무기는 음식이나 수면처럼 죽음에 대항하는 생명의 방어 수단인 것이다. 팔리탐은 힌치오의 말을 이해할 수 있었다.

"그렇소. 그 칼을 쥐고 있는 한 당신은 죽지 않소. 최후의 대장간에서 받은 한 자루 무기를 손에 쥐고 있는 이상 레콘이 두려워할 것이 뭐가 있겠소?"

힌치오는 주춤했다. 그는 이쑤시개를 내려 그 칼끝을 땅에 짚었다. 팔리탐이 말했다.

"당신은 저들을 이끌고 그 끔찍한 곳에서 무사히 빠져나왔소. 어떤 레콘도 그렇게 할 수 없소. 당신이 그 일을 해냈지."

"무작정 달린 걸 가지고 흰소리는."

"당신만 무작정 달릴 수 있었소. 이제 당신은 사라티본군의 구원자요."

"얼씨구."

"발케네의 구원자라고 할 수도 있지."

"절씨구."

"그리고 당신 자신의 구원자요."

힌치오는 부리를 부딪쳤다. 팔리탐은 가면 뒤쪽에서 웃으며 땅바닥에 주저앉았다. 힌치오의 곁에 앉은 팔리탐은 아래쪽에서 수군거리는 레콘들을 바라보았다.

"사실 개소리였소."

"잘 짖더라."

"나의 주군께서는 사라티본군이 빠짐없이 귀환했다는 사실에 기뻐하고 계시오. 그분에게 이제 사라티본군은 무엇이든 돌파할 준비가 되었다고 말할 수 있으면 좋겠소."

"락토가 기뻐한다고?"

"그렇소."

"조금 이르군. 오늘 밤은 지난 다음에 기뻐해야 하는데."

"오늘 밤?"

"이보라고, 팔리탐. 저기들 누워 있지? 불도 피워 놓고 이야기도 나누고 있지? 하지만 밤이 오면 머리가 식는단 말이야. 저렇게 누워서 차가운 머리로 이런 생각 저런 생각을 하는 거야. 그러다가 더럭 겁이 나는 거지. 어이쿠, 그 꼴을 또 당하면 어쩐다? 발케네 공이 나한테 뭘 해 줬다고? 안 되겠다. 도망쳐야지. 그러면 내일 아침에 볼 수 있는 것은 타 버린 재뿐일 거야. 그때도 락토가 좋아할 수 있을까?"

팔리탐은 그것은 탈영이라고 말하려 했다. 그러나 암살공 앞에서 사라티본군의 레콘들이 아직 군인이 아니라고 말했던 것은 그 자신이었다. 군인이 아니라면 탈영도 성립되지 않는다. 힌치오는 수염볏을 만지작거리며 말했다.

"그렇게 도망친다고 해도 별 도리 없지. 그 꼴을 겪었으니."

"안 되오. 지금 레콘들이 도망치면 간신히 기세가 오른 봉신들도 당황할 거요. 아무 희망도 없을 때보다 약간의 희망이 있었을 때 좌절이 더 큰 법이오. 그러면 우리 군은 자멸할 거요. 절대로 레콘들이 도망쳐서는 안 되오."

팔리탐의 다급한 말에 힌치오는 수염볏을 벅벅 긁으며 퉁명스럽게 대답했다.

"몇 놈 지키게 해 뒀어."

"지키게? 무슨 말이오?"

"크락스, 파미, 야키보로, 그리고 또 누구더라? 아, 비시올. 그놈들에게 부하들 단속하라고 말해 놨어."

팔리탐은 그 이름을 알고 있었다. 사라티본군의 레콘들 중 파벌을 이룬 중심 인물들로 팔리탐이 마음속으로 대대장이라고 부르는 자들이었다. 그들 모두는 나머지 셋을 싫어하고 힌치오에게 협조하기 위해 경쟁한다는 점에서 인간과 비슷하다. 하지만 힌치오는 심드렁했다.

"하지만 거꾸로 그놈들 중 하나가 도망쳐야겠다고 결심하면 그 파벌 전체가 전부 사라질 거야. 무슨 소용이 있나 싶어."

팔리탐은 소름이 끼쳤다. 힌치오는 단순한 전투력의 손실을 걱정하고 있었지만 팔리탐은 그렇게 분리된 자들이 어떻게 행동하는지 알고 있었다. 인간들이 많은 예를 남겨 두었기 때문이다. 그들 네 명은 장악력이 강하기 때문에 우두머리들이 될 수 있었던 자들이다. 분리된 무리는 간단히 해체되지 않을 것이다. 그 경우 그들이 제국군에 투항하는 것은 차라리 반가운 일이 될 것이다. 이천 명쯤 되는 레콘 산적 떼가 생긴다면 발케네는 초토화될지도 모른다. 발케네 공의 희망이었던 것이 발케네의 재앙으로 바뀌는 것이다. 직면한 위험을 인지한 팔리탐의 목소리가 조금 날카로워졌다.

"그들 네 명을 불러들이시오."

"뭐? 이봐. 말했잖아. 부하들 지키게 해 뒀다니까."

"아니. 불러들여야 하오. 하지만 동시에 불러들이지는 말고 한 번에 한 명씩 부르시오. 그렇게 네 명을 차례로 불러서 이야기를 나누시오. 그러면 모두들 내일 아침까지 남아 있을 거요."

"남아 있어 달라고 부탁하라는 거야?"

"그런 이야기는 꺼낼 필요도 없고 꺼내서도 안 되오."

"이거야 원 무슨 말인지 모르겠군. 그러면 뭐 하러 부르는 거야?"

"아무 이야기나 상관없소. 어디서 태어났냐거나 어떤 여자가 좋으냐, 무슨 술을 좋아하냐. 뭐, 아무 이야기라도 좋소. 내가 도와줄 테니 걱정 말고 웃기나 하시오."

힌치오는 불가사의하다는 얼굴로 팔리탐을 바라보았다.

"웃어?"

"웃으시오. 내가 웃기는 이야기를 하면 그냥 마음 놓고 웃으면 되오."

"쓸모 있는 일인 것 맞지?"

"어서 부르시오. 계명성으로."

힌치오는 뭐가 뭔지 모르겠다는 표정으로 외쳤다.

"크락스—! 여기 좀 와 봐—!"

조금 후 레콘 하나가 성큼성큼 달려왔다. 크락스가 가까이 오자 힌치오는 막막해지는 기분을 느꼈다. 하지만 팔리탐이 약속대로 그를 도와주었다. 팔리탐은 크락스로 하여금 자연스럽게 잡담을 늘어놓게 했고 힌치오도 거기에 동참하도록 했다. 힌치오는 팔리탐 지소어가 상상할 수 없을 만큼 수다스러운 인물임을 알고 놀라워했다.

데라시는 치천제가 수다로 자신의 심리적 긴장감을 완화하는 인물이었으면 좋았을 거라고 생각했다. 하지만 치천제에게는 그런 습관이 없었다. 정신의 언어라고 할 수 있는 니름을 사용하는 나가들은 다른 나가의 정신 상태를 예민하게 느낄 수 있다. 정신을 닫을 경우 그런 탐지는 불가능하지만 황제는 정신을 닫지 않았다. 그래서 데라시는 황제의 긴장감을 잘 느낄 수 있었다. 황제가 좀 니르기라도 하면 그 긴장감에서 주의를 돌릴 수 있겠지만 황제는 아무 니름도 하지 않았다. 그녀는 벽난로 앞에 서서 불꽃만 뚫어지게 바라보았다. 결국 데라시는 무례가 될 것을 각오하고 닐렀다.

〈시키실 일이 없으면 물러가겠습니다.〉

황제는 지체 없이 대답했다.

〈거기 앉아서 짐의 침묵을 견디는 것이 네가 할 일이다.〉

〈……알겠습니다.〉

데라시는 참을성 있게 기다렸다. 벽난로 속에서 나무와 함께 시간도 불타는 것 같았다. 치천제는 동상처럼 꿈쩍도 하지 않았다. 아무런 자극이 없자 데라시는 주의력을 잃었다. 어쩔 수 없이 데라시는 마주하고 싶지 않은 치천제의 긴장감을 관찰했다. 묘한 느낌이었다. 황제는 무엇인가에 집중하고 있었지만 그것에 대한 감정은 보이지 않았다. 마치 어려운 국면에 도달하여 장고하는 기사 같았다. 정신적으로 굉장히 긴장해 있지만 증오나 희열, 고통 같은 감정은 없었다. 황제를 관찰하면서 데라시는 읽을 수 없는 글자로 씌어진 책을 펼쳐 놓고 글자 수를 세는 것 같은 느낌을 받았다.

또 한 명의 치천제가 그의 앞에 서 있었다.

데라시는 깜짝 놀라 황제를 올려다보다가 벽난로 쪽을 보았다. 벽난로 앞의 황제는 더 이상 보이지 않았다. 당황하던 데라시는 자신이 잠시 졸았다는 것을 깨달았다. 황제가 닐렀다.

〈피곤한가.〉

〈죄송합니다, 폐하. 용서하십시오.〉

〈방 안에서 전쟁 치르느라 힘든 모양이군.〉

방 밖으로 나오지도 못하지만 데라시는 자신의 방 안에서 전쟁을 치르고 있었다. 전쟁은 적대하는 두 세력만으로 이루어지는 것이 아니다. 비스그라쥬 백 데라시의 전쟁은 제국 곳곳의 동정을 파악하거나 동정을 만들어 내는 일이었다. 그래서 데라시는 비나간의 퍼스 노후작이 귀족원 임시 회의를 소집하려 애쓴다는 점, 회의가 개최되면 틀림없이 발케네 전쟁 이야기가 나올 거라는 점, 그리고 이 전쟁을 어떻게 규정해야 하는지 아직 알 수 없었던 귀족들이 회의 개최에 시큰둥한 반응을 보이고 있다는 점등을 알고 있었다. 그중 일부는 그가 그렇게 되도록 조작한 일이었다. 데라시는 이 전쟁을 사람들이 어떻게 해석해야 하는지 아직 결정하지 못했기에 다른 사람들도 결정하지 못하도록 방해하고 있었다. 화려한 일은 아니다. 하지만 피곤한 일이기는 했다.

〈그래, 귀족원 임시 회의는?〉

〈열리지 않을 가능성이 더 큽니다. 퍼스 후작이 상당한 물질적, 정치적 영향력을 소모한다면 억지로 개최할 수도 있지만 그 경우에도 회의 전개는 그가 원하는 대로 되지는 않을 겁니다. 차라리 퍼스 후작이 고집을 부려 주면 더 좋겠군요.〉

〈노후작이 원하는 것은?〉

〈발케네 공을 용서하기를 바란다는 귀족원 성명을 내는 것입니다. 위기 의식을 느낄 정도의 정치 감각은 있는 모양입니다.〉

간단한 이치지만, 누군가가 힘센 말썽꾼들을 상대하고 있을 땐 작은 말썽꾼은 내버려두게 된다. 그리고 힘센 말썽꾼이 사라지면 작은 말썽꾼은 큰 말썽꾼이 되거나 사라져야 한다. 이 경우 힘센 말썽꾼은 서약 지지파의 우두머리였던 규리하 변경백과 공공연히 규리하 변경백의 딸을 원했던 발케네 공 락토 빌파다. 그들 모두가 황제에게 무너진다면 퍼스 후작은 마음 놓고 불평을 할 수 없다. 그는 큰 말썽꾼이 되기엔 배짱이 부족한 인물이다.

〈그가 야심가라면 반황제 세력의 유일한 주도자가 될 수 있는 기회를 반기겠지요.〉

〈글쎄. 퍼스가 귀족원을 동원하여 발케네 공을 구하면 그것은 상징적인 일이 될 테지. 그러면 자연스럽게 귀족원의 권위가 높아질 테고, 권위가 높아진 귀족원 내에서 퍼스의 영향력도 높아질 테고, 락토는 그에게 정치적 채무를 지게 되는 거지. 설령 실

패한다 한들 별다른 피해도 입지 않고. 그에게 어울리는 방식이지.〉

〈그에게 시대를 읽는 눈이 없다는 것이 문제군요. 다른 때라면 그것도 나름대로 괜찮은 방식이겠지만 지금은 아니니까요.〉

〈지금이 어떤 시대지?〉

무심히 니르던 데라시는 치천제의 갑작스러운 질문에 조금 당황했다. 치천제를 올려다보던 데라시는 곧 반항심 같은 것을 느꼈다.

〈실력의 시대지요. 칼로 부딪혀 해결을 보는 시대입니다. 가장 안정된 것 같고 가장 번영하는 것 같지만 사실 가장 피비린내 나는 시대입니다.〉

치천제는 빙긋 웃었다. 그녀는 자신의 책상으로 다가가 의자에 앉았다.

〈불만이 많은 것 같군, 데라시.〉

〈저는 폐하의 선택을 따를 겁니다. 하지만 불안은 어쩔 수 없습니다. 엘시 에더리는 군사적 재능밖에 보여 주지 못했습니다. 칼리도를 안정되게 다스리고 있는 것은 그의 모친입니다.〉

〈그리고 그는 자신을 잘 다스리고 있지.〉

〈그가 자기 통제에 철저한 인물이라는 것은 부인하지 않겠습니다. 하지만 지배자는 타인을 통제해야 하는 사람이잖습니까? 타인은 자기와 다르기 때문에 타인입니다. 외람되지만 질문하겠습니다. 폐하께서 그의 적이 될 인물을 모두 제거하시는 것은 그를 완전히 신뢰할 수 없기 때문은 아닙니까?〉

〈데라시, 짐을 자극해서 무엇을 보고 싶은 거지?〉

데라시는 정신적인 한숨을 내쉬었다. 어떤 사람의 적을 완전히 제거해 주는 것은 불가능하다. 기어코 다시 생기니까. 치천제가 그것을 모를 리 없다. 데라시는 그녀의 동기일 리 없는 이유를 고의로 거론함으로써 황제를 자극해 보려 했지만 황제는 그것을 쉽게 간파했다.

〈폐하께서 그를 변호하시는 것을 듣고 싶습니다.〉
〈왜?〉
〈폐하께서는 수십 년 동안 제국을 더 다스릴 수 있습니다.〉
〈그 수십 년을 왜 엘시에게 주느냐는 말이군.〉
〈폐하보다 그가 낫기 때문에 그러시는 것이겠지요. 하지만 구체적으로 어떤 점이 낫습니까?〉
〈아무것도.〉
〈예?〉
〈그는 나보다 나은 점이 없어.〉

데라시의 충격은 복합적이었다. 데라시는 황제가 니른 내용에 놀랐고 황제가 '나'라는 대명사를 사용했다는 것에 놀랐다. 데라시는 갑자기 깨달았다. 그 니름은 완벽한 황제의 진심이었다. 데라시를 속이려면 속일 수 있지만 그러지 않겠다는 의사 표시였다. 하지만 데라시는 그 내용을 받아들이기 어려웠다.

〈나은 점이 없다고 하셨습니까?〉
〈있으면 닐러 봐.〉
〈예?〉
〈닐러 보라고, 어서. 그의 장점이 뭐지?〉

데라시는 당황했다.

〈그는…… 어, 그는 세습 황조의 시조가 될 수 있습니다. 나가인 폐하와 달리 그는 북부에서의 활동이 자유롭습니다. 그는 좋

은 배필을 얻어 안정적인 세습 체제를 만들 수 있습니다.〉

〈또?〉

〈북부인들이 갈등에서 해방될 수 있습니다. 오랜 세월 동안 북부의 최대 적은 나가였는데, 그 나가들 중 한 명이 현재 그들을 다스리고 있다는 것은 어쨌든 제국인들을 곤혹스럽게 하는 일입니다. 하지만 그들의 지배자가 인간이라면 곤혹스러움은 필요 없지요.〉

〈또?〉

〈일단 떠오르는 것은 그 두 가지뿐입니다.〉

황제는 고개를 조금 갸웃했다.

〈돌멩이는 안 되나?〉

데라시는 넋이 빠질 것 같았다.

〈무슨 니름이신지…….〉

〈돌. 바위 말이다. 바위도 네가 니른 장점은 다 가지고 있다. 세습 체제라는 것은 황위의 안정성을 말하는 것이겠지. 바위는 안정적이지 않느냐? 절대로 죽지 않을 테니. 죽지 않는다면 계승 투쟁이 벌어질 일도 없지. 참으로 안정적이지. 그 다음으로 너는 북부인들의 곤혹스러움을 닐렀지. 결국 북부인들이 그들의 나가 지배자를 사랑해야 할지 증오해야 할지 쉽게 판단할 수 없다는 것이 문제라는 니름이겠지. 하지만 바위는 아무도 증오하지 않겠지. 이 땅에 살아 있는 그 누구보다도 오랜 세월 북부의 땅에 있었던 북부의 바위가 북부의 황제가 된다면 정통성 면에서도 문제가 없겠군. 네 니름대로라면 나보다 훨씬 뛰어난 장점들을 가진 바위를 옥좌에 앉혀 두면 되겠구나.〉

데라시는 황제의 농담 같은 니름에 담긴 의미가 무엇인지 필사적으로 생각해 보았다. 하지만 도무지 파악할 수 없었다. 어쩔 수 없이 데라시는 상식적으로 대답했다.

〈바위는 사람을 다스릴 수 없습니다, 폐하.〉

〈그것은 문제가 되지 않는다. 황제도 사람을 다스리지 않으니까.〉

점입가경이다. 데라시는 힘겹게 닐렀다.

〈폐하, 이해할 수 없습니다. 폐하는 만물의 지배자이십니다.〉

황제는 웃으며 고개를 가로저었다.

〈그것은 네 머릿속에 있는 황제다. 내가 아냐. 만물을 지배한다면 나는 산에게 일어나 춤추라고 명령할 수 있어야 하고 바다에게 몸을 갈라 밑바닥을 보이라고 할 수도 있어야 한다. 데라시, 내가 그럴 수 있을 거라고 생각하나? 아마 그렇지 않겠지. 너희들의 머릿속에 황제가 있고 그 황제가 너희를 지배하니, 실제의 황제는 돌이라도 상관없지 않느냐. 물론 엘시 에더리라도 상관없겠지.〉

〈엘시 에더리가 아무렇게나 고른 후계자라는 니름이십니까?〉

〈절대로 그렇지 않다.〉

〈그렇다면…….〉

〈그는 나보다 낫기 때문에 선택된 것이 아니다. 나와 다르기 때문에 선택되었지. 그리고 그 다른 점은 돌이 가지고 있지 않은 것이다.〉

〈어떤 점이 다른지요?〉

〈짐은 대답하지 않겠다.〉

다시 '짐'이 되었다. 데라시는 니르지 못할 안타까움을 느꼈다. 귀한 시간을 헛된 질문으로 낭비한 것만 같았다. 데라시는 감히 추궁해 보기로 했다.

〈폐하, 모든 것을 폐하께 바치고자 하는 이자의 소망을 부디 들어주십시오. 왜 엘시 에더리입니까? 아니, 이것만 닐러 주십시오. 그것이 제국에게 가장 좋은 선택입니까?〉

〈최선의 선택이다.〉

데라시는 안도하려 했다. 하지만 의혹이 생겼다. 그것이 짐의 대답인지 나의 대답인지 알 수 없었다. 그것을 따져 물을 수 있을까? 데라시는 그럴 수 없다고 생각했다. 결국 그는 다른 사람들보다 황제에게 아주 약간 더 가까울 뿐이다. 갑작스러운 무력감이 데라시를 짓눌렀다. 치천제가 닐렀다.

〈바다를 가른다는 니름을 하고 보니 쟁룡해 밑바닥에서 튀어나온 타이모의 망령이 떠오르는군.〉

황제는 전장을 보지 못한 데라시에게 힌치오의 모습에 관한 그녀의 기억을 보냈다. 데라시가 힘없이 닐렀다.

〈대단한 모습이군요.〉

데라시의 풀죽은 모습을 잘 알아볼 수 있었지만 황제는 그것에 대해 니르지 않았다.

〈그자에 대해 알아내라. 락토에게 레콘 일만 명이 있다는 사실보다 그 일만 레콘에게 그자가 있다는 것이 더 중요한 사실이다. 타이모처럼 그자는 구심점이 될 수 있다. 전쟁이라는 급박한 상황에서는 그것이 더욱 빠르게 이루어질 수도 있지. 그러면 분리주의 운동의 부활을 보게 될지도 모른다.〉

데라시는 할 일이 생긴 것에 감사해야겠다고 생각했다. 황제의 집무실을 떠날 수 있으니까. 황제는 닐렀다.

〈가라. 그리고 구레에게 천경유수 지알데 락바이를 부르라고

전해라.〉

〈알겠습니다.〉

데라시는 일어나서 보온복을 입고 밖으로 나갔다. 황제는 의자를 돌려 벽난로 쪽을 향하게 했다. 불꽃에 고정된 그녀의 눈은 깊었고 아무런 감정도 보이지 않았다.

얼마 후 집무실의 문이 열렸다. 찬 기운이 들어오는 것을 느낀 황제는 문 쪽을 돌아보았다. 천경유수 지알데 락바이가 두 손에 무엇인가를 든 채 서 있었다. 쟁반에 담긴 커다란 물건처럼 보였다. 두꺼운 천으로 덮여 있어서 정확히 무엇인지 알 수 없었지만 위험한 물건일 리는 없다. 그랬다간 구레가 통과시키지 않았을 테니까. 황제는 그 물건을 보다가 지알데에게 말했다.

"와서 앉아라."

지알데는 뚜벅뚜벅 걸어와 손에 든 쟁반을 앞으로 조금 내밀었다.

"책상 위에 놓아도 되겠습니까?"

"그렇게 해라."

지알데는 그 물건을 내려놓았다. 의자에 앉는 지알데를 보며 황제는 그가 그 물건에 대해 설명할 거라 기대했다. 하지만 지알데의 첫마디는 황제의 기대와 달랐다.

"폐하, 전쟁을 중단하십시오."

황제는 놀랄 필요도 없는 일이라고 생각했다.

"그대가 무덤에 들어가는 날까지 이 일을 반대할 것임은 잘 안다."

"오늘 낮, 극히 짧은 시간 동안 죽은 이가 만 명을 넘습니다. 도시 하나가 통째로 사라진 셈입니다. 죽은 이의 가족들이 느낄 고통을 생각한다면 슬픔은 그 이상입니다."

"그대가 더 큰 피를 부를 뻔했지."

그런 지적은 지알데를 조금도 당황하게 하지 않았다. 지알데는 엄격하게 말했다.

"레콘들이 광란하여 난동을 부릴지 도주할지 알 수 없었다는 것은 인정합니다. 하지만 그것은 제가 시도할 수 있는 유일한 해결책이었습니다. 그리고 난동을 부린다면 그들이 도망치는 것이 낫다고 판단할 때까지 방류할 작정이었습니다."

황제는 고개를 끄덕였다. 그리고 한 번의 인생이 감당하기엔 너무 많은 레콘 원수를 만든 기분이 어떠냐고도 묻지 않았다. 추호의 후회도 두려움도 없다는 대답을 들을 것이 분명하기 때문이다. 엄격한 천경유수가 말했다.

"폐하께서 저에게 하신 말씀을 숙고해 보았습니다. 그리고 폐하께서 제위를 양위하시기로 결심하셨다고 판단했습니다. 계승자가 누군지 짐작하는 것은 어렵지 않았습니다. 칼리도 백 엘시 에더리입니까?"

"그의 계승을 반대하나?"

"백작은 좋은 천품을 가지고 있는 사람입니다. 만약 폐하께서 그를 계승자로 지명하시고 저에게 협조를 명령하신다면 저는 보잘것없는 능력으로나마 최대한 그가 좋은 계승자가 될 수 있도록 협조하겠습니다."

"반가운 말이군."

지알데는 웃지도 않고 말했다.

"백작이 어떤 피도 발에 묻히지 않고 황위에 오를 수 있도록 돕겠다는 뜻입니다."

"짐의 천경유수답군."

"폐하. 먼저 그를 후계자로 지명하셔야 했습니다. 그리고 제게 그러신 것처럼 의견을 구하셔야 합니다. 만약 반대 의견이 있다면 설득하십시오. 그리고 그 반대의 사유가 옳은 것이라면 귀담아 들은 후 백작에게서 그 사유가 될 것을 제거하십시오. 그것이 순리입니다. 하지만 폐하께서는 그를 후계자로 지명하기도 전에 아직 반대하지도 않은 반대자를 찾아내어 처단하시려 하십니다. 부도덕합니다. 폐하께서는 모든 증오를 직접 받으시고 대신 후계자가 도덕적으로 순결한 상태로 황위에 오르시길 바라십니다. 불합리합니다. 그리고 그런 폐하의 결정 때문에 많은 사람들이 죽었고 앞으로도 죽게 될 겁니다. 부당합니다."

"부도덕에 대해서는 이미 설명했다. 발케네는 반드시 반대하게 될 거라고 말했고, 반대하게 되면 이미 늦다고도 말했다. 한 번 더 말하지는 않겠다. 불합리에 대해서는 그대가 미래를 예언할 수 없다고 대답하겠다. 무시무시한 폭군의 후계자는 우유부단함이 신중함으로, 난폭함이 용기로, 고집이 의지로 해석될 가능성이 높지 않은가? 게다가 그대는 백작이 좋은 천품을 가지고 있다고 했다. 그것은 백작이 우유부단하거나 난폭하거나 고집스럽다는 뜻은 아니겠지. 그는 좋은 황제로 받아들여질 것이다. 부당함에 대해서는, 짐의 결정이 옳지 않다는 것을 그대가 증명하기 전까지는 부당하다고 말할 수 없다. 그리고 그대는 아직 증명하지 못했다."

지알데는 여전히 웃지도 않은 채 무뚝뚝하게 말했다.

"그리고 불가능합니다."

황제는 웃었다.

"그 불가능에는 왜 서설이 붙지 않는 것이지?"

"보여 드리겠습니다."

"그 물건이 그 불가능의 이유인 모양이군. 보여다오."

지알데는 천을 들어 올렸다. 그 아래에서 나온 것은 새장 비슷한 물건이었다. 그리고 안쪽에는 갑작스러운 빛에 놀란 조그마한 동물이 불안한 듯 움직였다. 황제는 물끄러미 그것을 보다가 천경유수를 쳐다보았다.

"다람쥐인가?"

"날다람쥐입니다."

"그 날다람쥐가 엘시 에더리의 황위 계승을 반대한다면, 굉장히 정치적인 날다람쥐임이 분명하겠군."

"이 날다람쥐의 정치적 견해에 대해서 저는 모릅니다. 제가 아는 것은 이것이 날다람쥐이며 동시에 편지지라는 것입니다."

치천제는 고개를 끄덕였다.

"라보 태위의 사임 요청서로군. 그 동물이 서식하는 곳이 어디지?"

"유수부에는 동물학에 밝은 이가 없습니다만 날다람쥐는 여러 종류가 있고 꽤 여러 곳에 살고 있다고 들었습니다. 이 날다람쥐는 아마도 한계선 남쪽에서 온 것 같습니다."

치천제는 이전에 왔던 사임 요청서에 대해 생각했다.

"태위는 황금해를 따라 남하하고 있었지. 그렇다면 한계선 아래로 내려갔을 수도 있겠군. 그런데 라보 태위의 사임 요청서와 우리가 나누던 이야기의 연관성을 짐은 아직 짐작할 수 없군."

"이 동물의 몸에 씌어져 있는 것은 사임 요청서가 아닙니다."

황제는 고개를 갸웃했다. 지알데는 직접 보여 주기 위해 새장의 문을 조심스럽게 열었다. 그리하여 황제는 동물들에게는 유능한 행정가이며 제국 수도의 지배자인 자를 알아볼 능력이 없다는 것을 알게 되었다. 황제는 그녀의 엄격한 천경유수에게 말했다.

"그냥 비명을 질러도 돼."

"괜찮습니다."

"손가락에서 피 나는데."

"괜찮…… 습니…… 다."

황제는 지알데 락바이를 구해 주기로 했다. 손가락을 난자당하면서도 무뚝뚝한 얼굴을 조금도 변화시키지 않는 천경유수를 보고 있는 것은 즐거운 일이 아니었다. 그리고 근시일 내에 우리 안의 날다람쥐가 협조적으로 바뀔 것 같지도 않았다.

"이미 읽었다면 그대가 말하는 편이 낫겠군."

지알데 락바이는 안도의 한숨을 내쉬고 싶은 것처럼 보였다. 물론 그러지는 않았지만. 그는 우리를 조심스럽게 닫고 상처 난 손을 뒤로 감추고는 말했다.

"태위가 이 난폭한 동물에게 어떻게 글을 썼는지 궁금하군요."

"어떻게 읽었나?"

"젊은 유수부원들이 도와주었습니다."

"그렇다면 그들도 태위의 서신을 보았겠군."

"아닙니다. 태위는 암호로 써서 보냈습니다. 그래서 유수부원들은 내용을 알지 못합니다."

황제는 탁자 위에 손을 얹으며 우리 안의 날다람쥐를 바라보았다.

"암호라고?"

"그렇습니다. 여기 그 암호와 해석본을 적어 왔습니다……."

품속으로 손을 집어넣던 천경유수는 갑자기 얼굴을 빨갛게 물들였다. 그리고 황제는 적어 왔다면 왜 날다람쥐를 꺼내느라 그런 고생을 했냐고 묻지 않았다. 원본과 복사본, 해석본의 순서대로 제시해야 한다는 생각 때문에 엄격한 사람이 저지를 만한 실수니까. 황제는 기막히다는 내색을 조금도 하지 않은 채 천경유수가 내민 두 장의 도깨비지를 받아 들었다. 하지만 그녀는 천경유수를 위해 암호부터 보지는 않았다. 시간 낭비니까.

황제는 해석본을 벽난로 앞쪽에 들어 올린 다음 도깨비지를 통과하는 빛을 통해 그 글을 읽었다. 내용은 짧았다.

'폐하, 대장군이 시모그라쥬 공에게 억류되었습니다.'

천경유수 지알데 락바이는 황제가 느낀 충격이 무엇이건 그것은 나가들만 알아볼 수 있는 것이리라고 생각했다. 치천제의 모습은 조금도 변하지 않았다. 하지만 그녀는 꽤 오랫동안 침묵했다. 지알데는 초조함을 엄격함으로 단속하며 기다렸다.

얼마 후 황제는 그 해석본을 구겨 벽난로 안에 던져 넣었다. 그녀는 우리 안의 날다람쥐를 조용히 바라보았다. 다시 짧지 않은 시간이 지난 후 황제가 말했다.

"팔디곤이 왜 그랬을까."

그녀의 아름다운 목소리에서도 충격의 흔적은 찾을 수 없었다. 지알데는 머리를 조아리며 말했다.

"이 서신만으로는 알 수 없습니다. 하지만 만약 시모그라쥬 공이 발케네 공과 손을 잡았다면, 폐하, 황위 계승자가 적의 수중에 있는 셈입니다."

"그래서 전쟁이 불가능하다는 것이군."

"그렇습니다, 폐하. 폐하께서 후계자를 지명하지 않으신 것은 이 경우에는 다행입니다. 그들은 자신들이 억류하고 있는 사람이 차기 황제 내정자라는 것을 알지 못하니까요. 하지만 만약 저들이 그 사실을 눈치 챈다면 백작은 인질이 되거나 최악의 경우 해를 입을지도 모릅니다. 어쩌면 벌써 그랬는지도 모릅니다. 날다람쥐가 이곳까지 오는 데 걸린 시간을 고려하면 이 날다람쥐는 꽤 오래전에 출발했으리라는 것을 알 수 있습니다. 조속히 전쟁을 중단하고 백작을 구출해야 합니다."

지알데는 잠시 쉬었다가 말했다.

"폐하, 저들이 그 사실을 모른다 해도 제국군 총지휘관이 억류된 상황에서 전쟁을 할 수는 없습니다. 대장군이라는 지위만 해도 이미 훌륭한 인질입니다."

황제는 물끄러미 날다람쥐를 바라보다가 갑자기 생각난 것처럼 암호가 씌어져 있는 도깨비지를 집어 들었다. 그녀는 그 종이도 벽난로 안에 넣었다. 불길 속에서 종이는 순식간에 재가 되었다. 황제는 똑바로 앉아서 말했다.

"전쟁 중단은 없다."

"폐하?"

"이 전쟁은 계속되어야 한다, 지알데."

"폐하, 무슨 말씀이십니까? 황위 계승자를 위한 모든 준비를 끝마친다 하더라도 계승자가 없다면 소용이 없습니다."

"모든 준비가 끝났을 때 엘시는 돌아올 것이다."

"어떻게 돌아온다는 말씀이십니까?"

"그가 돌아오도록 해 줄 사람이 있으니까."

"그런 사람이 어디에 있다는 말씀이십니까?"

"엘시 가까운 곳에."

천경유수는 시모그라쥬에 어떤 사람이 있는지 머릿속으로 더듬어 보았다. 하지만 그는 하늘누리의 관리자였고 지상의 일에 대해서는 그렇게 해박한 편이 아니었다. 천경유수는 남부에 있는 제국군을 말하는 것인가 하는 생각을 하다가 갑자기 엉뚱한 생각을 떠올렸다.

"설마…… 하텐그라쥬에 계시는 그분을 말씀하시는 겁니까?"
"그분이 거기에 있다는 것은 비밀이다."
"모르겠습니다, 폐하. 누가 백작을 구한다는 말씀이십니까?"
치천제는 허리를 꼿꼿하게 폈다.
"설명은 그가 돌아온 후로 미루겠다. 그때까지는 모르는 것이 낫다."
"하지만 폐하, 이 전쟁은……."
"부도덕하고 불합리하고 부당하다는 것이겠지. 돌아가라."
천경유수는 오랜 시간 치천제를 모셔 왔다. 황제는 지상에 내려서는 것을 극도로 피하고 그는 하늘누리의 관리자였으니 제국의 다른 관료들과 비교도 안 되는 시간 동안 그녀를 접한 셈이다. 따라서 천경유수 지알데 락바이는 황제가 더 이상 어떤 말도 하지 않을 작정임을 분명히 알 수 있었다. 지알데는 황제가 들을 생각이 있든 없든 자신의 주장을 철회하지 않겠다고 생각했지만, 곧 그녀가 입은 타격을 떠올렸다. 그녀가 선택한 황위 계승자가 위험에 처해 있는 것이다. 오랜 시간 황제를 모신 지알데 락바이는 그 순간 황제에게 모질게 굴 수 없었다.

"폐하, 늦은 시각이니 오늘은 물러가도록 하겠습니다. 내일 다시 찾아뵙겠습니다."
그리고 지알데는 우리를 들어 올리려 했다. 황제가 말했다.

"그 동물은 놔두고 가거라."

지알데 락바이는 고개를 갸웃했다. 날다람쥐에게 무슨 용도가 있을지는 어렵잖게 짐작할 수 있었다. 치천제는 다른 나가들처럼 산 것을 먹는다. 하지만 지알데는 별로 찬성하고 싶지 않았다.

"폐하, 이 동물은 좀 난폭합니다."

"괜찮아."

지알데는 목례하고 집무실을 나갔다. 지알데가 나가고 나서 치천제는 한참 동안 가만히 앉아 있었다. 하지만 날다람쥐를 바라보고 있었던 것은 아니다. 황제는 집무실 한쪽을 물끄러미 바라보았다.

그녀 외에 아무도 볼 수 없는 것을 바라보던 황제는 한참 후에야 의자에서 일어났다. 그녀의 손끝이 우리를 스쳤고, 황제는 잠시 방기해 두었던 날다람쥐를 떠올렸다. 해석본도 복사본도 없앴으니 그 다음은 원본일 것이다. 그녀는 우리로 손을 뻗었다.

황제는 천경유수만큼 고생하지 않았다.

제 13 장

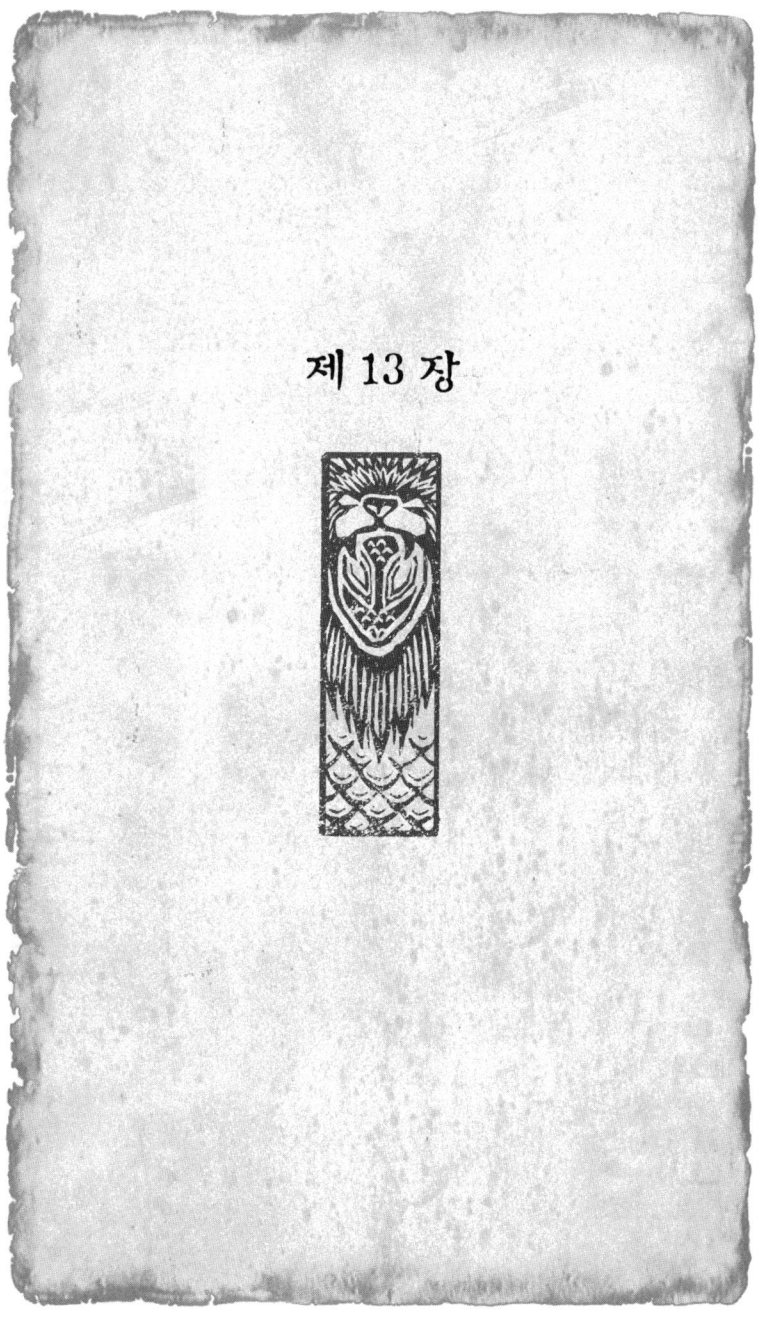

"말에서 떨어진 사람은 말에 탄 사람이다. 패배한 장수는 전쟁에 참가한 장수다. 익사한 레콘은 물에 들어간 레콘이다……. 모든 패배자는 패배하기 직전까지 승리를 거듭한 자다. 삶은 패배하기 위한 긴 여정이다. 삶은 승리하기 위해서가 아니라 패배하기 위해서 사용해야 한다." ─ 원시제 그리미 마케로우

비밀의 불씨

이레 달비는 의심의 눈으로 앞쪽의 나무를 바라보았다. 나무 중간쯤에 진흙이 발라져 있었고 거기엔 무엇인가로 긁은 듯한 자국이 나 있었다.

자취와 흔적의 의미를 파악하는 데 능숙한 사람이 아니라도 평균적인 추리력만 가지고 있다면 그 자취를 남긴 존재에 대해 몇 가지 사실을 짐작할 수 있을 것이다. 그 자취를 남긴 것이 동물일 가능성은 별로 없었다. 동물이 동그라미 같은 자국을 만들기는 어려울 테니까. 바닥에서의 높이로 미루어 보건대 아주 어린 레콘이나 도깨비, 또는 성인 인간이나 나가의 크기를 가진 사람일 것이다.

그리고 전설적 몸종인 이레는 몇 가지 사실을 더 알 수 있었다. 신장은 190센티미터가량, 왼손잡이일 것이며 인간이다. 깊은 발자국을 남기는 무거운 체중, 따라서 상당한 신장이지만 휘청거리지 않는 체형, 남자이며 이십 대 후반, 검은 머리, 그리고 이름은 이레 달비다. 모든 수수께끼를 풀고 나니 자신의 추리력을 칭찬할 수가 없었다. 대신 욕설을 잘근잘근 씹었다.

자신이 남겨 둔 표식이었다. 하지만 그것은 그 자리에 있어서는 안 되는 것이었다. 주위를 한참 둘러본 이레는 겨우 묵직해 뵈는 돌멩이 하나를 찾아낼 수 있었다. 이레는 그것을 앞으로 집어던졌다.

첫 번째 돌멩이는 주위의 빽빽한 나무에 부딪혀 이레가 원하던 방향으로 날아가지 않았다. 이레는 한 번 더 시도했다. 다행히 두 번째 돌멩이는 똑바로 땅에 부딪혔다. 그러자 땅이 출렁하다가 위로 솟구쳤다.

위로 뛰쳐나온 것은 악어였다. 악어는 허공을 물어뜯고 제 성질을 못 이겨 몸을 뒤틀었다. 처음 보는 일이었다면 질겁했겠지만 이레는 차분하게 도망쳤다. 좌절감마저 느끼며. 그곳은 이레가 표시해 둔 것처럼 늪이었다.

악어에게서 안전한 거리까지 떨어진 이레는 지긋지긋하다는 표정으로 머리를 쓸어 넘겼다. 지난 며칠 동안 집어던진 돌멩이가 몇 개인지도 알 수 없었다. 그것은 말 그대로의 표현인데, 모두 늪과 수렁이 삼켜 버렸기 때문에 셀 수가 없다. 빠져나갈 길은 어디에도 없었다. 하지만 길은 분명히 있어야 한다. 그들에게 식량을 가져다주는 수레가 늪 위를 굴러오는 것은 아닐 테니까. 수레바퀴가 굴러왔으니 분명히 바퀴 자국이 남아야 하는데 이레는 그 자국도 찾지 못했다. 결론은 간단하다. 분명히 어딘가에 이레가 찾지 못한 길이 있을 테고 그 길에는 바퀴 자국도 있을 것이다. 하지만 해결책은 간단하지 않다.

이레는 이곳이 자신의 고향이라는 사실을 받아들일 수 없었다. 가만히 앉아 있는 것만으로도 탈진할 것 같은 더위였다. 밀림은 바람을 고사시켰지만 태양에게는 협조적이었다. 내리 찌르는 햇살 때문에 머리에 구멍이 날 것 같다. 위쪽만 빼고 모든 방향으로 자라고 있는 듯한 나무들은 균형 감각을 왜곡시킨다. 극히 짧은 시계 때문에 이곳에서 지형을 관찰하는 것은 지난한 일이었다. 처음 얼마 동안 자신의 기억에만 의지하던 이레가 결국 나무에 표시를 남겨 두기로 한 것이 벌써 며칠 전이었다. 하지만 이제는 자신의 표시도 믿을 수 없는 처지다.

그는 머리를 싸매고 싶은 기분으로 몸을 돌렸다. 길이라고 부를 수도 없는 곳을 따라 힘겹게 레콘들이 있는 곳으로 돌아왔다. 레콘들을 본 순간 동정심보다 혐오감이 들었다. 이레는 자신을 억누르며 레콘들을 지그시 바라보았다.

주테카는 사지를 펼친 채 땅에 드러누워 있었다. 그는 루시닌이 점점 더 많은 술을 가져오는 이유를 잘 알고 있었다. 하지만 스스로 어떻게 할 수 없는 분노 때문에 주테카는 술을 줄일 수 없었다. 그것은 함께 갇혀 있는 동료들에 대한 배려이기도 했다. 신경이 날카롭게 곤두선 레콘들은 사소한 일에도 죽일 듯한 시선을 교환하곤 했다. 누군가를 다치게 하느니 차라리 자신이 망가지기로 결정한 주테카는 깨어 있는 동안 계속 술을 마셨다. 주테카의 주변에는 빈 술병이 가득했고 그의 진득진득한 부리 주변에는 파리들이 윙윙거렸다.

론솔피는 말없이 밧줄을 꼬고 있었다. 벗겨 낸 나무껍질과 넝쿨을 이용하여 론솔피는 이레의 팔뚝보다 더 굵은 밧줄을 꼬고 있었다. 이레는 그 밧줄의 용도를 누차 질문했지만 론솔피는 한 번도 대답하지 않았다. 하지만 이레는 그 밧줄이 레콘을 매달아도 됨 직한 굵기라는 점이 마음에 걸렸다. 몸을 좀 움직이거나 그냥 부풀리기만 하더라도 낡은 깃털이 빠질 테지만 론솔피는 앉아서 꿈쩍도 하지 않았고 그래서 그의 모습은 지저분하기 짝이 없었다.

론솔피에 비하면 준람은 꽤 통이 큰 편이다. 준람은 거대한 규모의 구조물을 만들고 있었다. 굳이 이름을 붙인다면 이동교가 될 그 구조물은 만약 완성된다면 토목공학의 전설이 될 물건이다. 준람은 들고 다닐 수 있는 다리를 만들어 늪지를 빠져나갈 결심을 하고 있었다. 그 결심을 처음 들었을 땐 이레도 반신반의했다. 실제로 그런 물건은 존재하는데, 이동식 공성탑이 바로 그것이다. 공성탑은 수직적 간격을 극복하는 물건이고 준람의 이동교는 수평적 간격을 극복하는 것이지만 그 기본 개념은 비슷하다. 그래서 이레는 약간의 희망을 가지고 준람의 대역사를 관찰했다. 하지만 지금은 준람의 고안품에 어떤 희망도 품지 않았다. 준람은 적절한 연장 없이 두 손과 부리만 쓸 수 있었기 때문에 그의 이동교는 완성된다 해도 들고 다닐 수 없을 정도로 거북한 물건이 될 처지다. 이레는 이동이 가능할 정도로 가볍게 만들라고 조언했지만 물 위에 놓일 구조물을 경량화하는 것은 레콘에게 불가능한 일이었다. 보급품을 가져다놓던 자들도 이레와 같은 결론을 내린 듯 준람의 작업에 아무 제재를 가하지 않았다.

애써 한심하다는 심정을 억누르며 레콘들을 보던 이레는 쵸지가 보이지 않는다는 것을 깨달았다.

"준람, 왕벼슬은 어디 있죠?"

준람은 말없이 손을 들어 한쪽 방향을 가리켰다. 이레는 그쪽으로 걸어갔다. 몇 분쯤 걸어가니 쵸지의 커다란 몸이 보였다.

쵸지는 땅에 앉아 앞쪽을 물끄러미 바라보고 있었다. 그가 이 며칠 동안 가장 많이 보여 준 모습이다. 그리고 이레는 그 모습이 마음에 들지 않았다. 계속 취해 있는 주테카나 밧줄을 꼬는 론솔피는 다른 사람들을 공격하지 않으려고 그러는 것이다. 그리고 어쩌면 준람도 그럴 가능성이 높다. 누군가를 다치게 하고 싶지 않아서 그 불가능한 작업에 매진하고 있으리라.

하지만 쇼지는 아무 일도 하지 않았다. 그렇다고 해서 그가 누군가에게 시비를 걸거나 벼슬을 세우는 일은 일어나지 않았다. 이레 달비는 그가 고도의 정신 노동 속에서 다른 세 명의 레콘처럼 자신을 통제할 방법을 찾아낸 것이 아닌가 의심했다. 그렇다면 가만히 앉아 있기만 하는 그의 모습은 설명된다. 또한 그가 누군가를 공격하지 않는 것도. 하지만 이레는 도대체 레콘을 바닥에 가만히 앉아 며칠씩 사유하게 할 수 있는 주제가 무엇일지 알 수 없었다. 이레는 위험을 무릅쓰고 그를 방해해 보기로 했다.

"왕벼슬?"

쇼지는 천천히 고개를 돌렸다.

"아. 이레. 그만해."

이레는 당황했다.

"뭘 그만하라는 거죠?"

"응? 그거. 아, 이런. 미안해."

이레는 뒤로 한 걸음 물러났다. 그리고 자연스럽게 보이도록 애쓰며 두 걸음 더 물러났다. 쇼지가 말했다.

"쓸데없는 짓이니까…… 그렇잖아?"

"그런가요?"

"그렇지. 아, 너도 알아차렸나? 그러면 왜 그러지?"

이레는 자신이 왜 그런 가설을 세우지 못했는지 알 수 없었다. 아무 행동도 하지 않는 것 또한 광증의 증상일 수 있다. 그리고 사방이 늪으로 둘러싸인 곳에서 오랜 시간을 보낸 레콘보다 더 미치기 쉬운 레콘도 없을 것이다. 이레는 도망치는 것이 나을지 주테카와 준람을 불러들이는 것이 나을지 고민했다. 쵸지가 다시 말했다.

"왜 그러냐고 물었잖아."

"아…… 저, 그러니까……."

"다른 길을 찾고 있는 거야? 우리도 데리고 나가려고? 그런 건 있을 리 없지."

"없다고요?"

"그래. 다른 길이 있을 리 없잖아. 혼자 가도록 해."

"어디를요?"

"글쎄. 어디라도 여기보다는 낫지 않겠어?"

이레는 혼란 속에서 쵸지를 바라보았다. 쵸지가 말했다.

"일단 밖으로 나간 다음에 우리를 구할 방법을 생각해 봐."

이레는 눈을 부릅떴다. 헛된 희망을 갖지 않으려 애쓰며 이레가 말했다.

"밖으로 나갈 방법이 있어요?"

"어? 몰랐어?"

"예. 무슨 방법이죠?"

"다리로 가면 되잖아. 수레 들어오는 다리 말이야."

"다리라뇨? 다리가 어디 있다는 거죠?"

"그야 저기 있지."

쵸지는 앞쪽을 가리키다가 손을 옆으로 뻗었다. 그러고는 기다란 나무 작대기 하나를 집어 이레에게 건넸다. 얼떨결에 그것을 받아 든 이레는 묻는 눈으로 쵸지를 바라보았다. 쵸지가 말했다.

"저기 가서 찔러 봐."

이레는 다시 작대기를 보다가 쵸지를 보았다. 그러다가 문득 무엇인가를 떠올렸다. 이레는 화들짝 놀라서 쵸지를 보다가 황급히 그가 가리킨 방향으로 달려갔다. 얼마 후 이레가 몇 번이나 지나쳤던 늪이 나타났다. 주위에는 이레가 남겨 둔 표시가 몇 개 보였다. 이레는 쵸지가 준 작대기로 흙탕물을 때렸다.

대여섯 번 정도 찔렀을 때 손목이 홱 젖혀지는 충격이 있었다. 이레는 작대기를 들어 올렸다가 좀 더 조심스럽게 수면을 찔렀다. 확실한 감촉이 있었다.

"제기랄, 이런 방법이었군!"

이레는 작대기를 팽개치고는 팔을 수면 아래로 집어넣었다.

한 시간 후, 이레는 팔다리를 깨끗이 닦아 내고 쵸지에게 돌아왔다. 쵸지는 한 시간 전과 같은 자세로 앉아 하늘을 바라보고 있었다. 이레는 그에게 가까이 다가가서 단도직입적으로 말했다.

"왜 제게 알려 주지 않으셨지요?"

"난 네가 이미 찾아냈을 거라고 생각했어. 너는 그 속에 조금 들어가는 것이 어렵지 않잖아."

"어렵습니다. 악어 때문에 물에 들어갈 엄두도 내지 못했습니다."

"악어? 아아, 악어. 그 생각을 못했군."

"그리고 악어가 없었다고 해도 설마 다리가 있을 거라고는 생각 못했습니다."

"수레가 날아오는 것이 아닌 바에야 다리는 당연히 있어야 해. 수레바퀴와 여기 오는 녀석들 발이 항상 젖어 있는 것 못 봤어?"

이레는 사람들이 자신에 대한 평가를 재조정해야 한다고 생각했다. 빈틈없는 전설적 몸종이라니, 말도 안 된다.

"보긴 봤습니다만 늪지라서 그런 거라고 생각했습니다. 솔직히 상상하기 어려웠습니다. 어떤 사람이 다리를 수면 아래 10센티미터에 만들겠습니까?"

수면 아래에 있는 돌다리를 만져 보았을 때 이레는 그 건설자에게 진심으로 경의를 보냈다. 누구인지 모를 그 건설자는 다리가 물 위를 건너게 해 주는 물건이라는 상식을 뒤집음으로써 평범한 다리를 놀라운 비밀 통로로 바꿔 놓았다. 대장군의 몸종이 보내는 경의를 받을 만하다. 쵸지가 말했다.

"깊군."

얕군을 잘못 말했다고 생각하던 이레는 곧 상대가 레콘임을 깨달았다.

"상관없습니다. 당신들은 20미터 정도는 뛰실 수 있지요?"

"20미터?"

"예. 다리 길이는 그 정도입니다. 그 너머는 난로처럼 메말라 있습니다. 바로 떠나도록 하지요. 시모그라쥬까지만 가면 됩니다. 저는 그 도시 출신입니다. 지금도 거기는 손바닥처럼 훤합니다. 숨어들 수 있을 겁니다. 거기서 가주님을 구출할 방법을 찾든지 제국 정부에 현 상황을 알릴 방법을 찾아보지요. 아무래도 남쪽의 제국군은 신뢰하기 어려우니까……."

이레는 쵸지가 자신의 말을 듣지 않는다는 것을 깨닫고 말끝을 흐렸다. 쵸지는 깊은 고뇌에 빠진 얼굴로 중얼거렸다.

"20미터라."

"도움닫기를 하면 그 정도는 뛰실 수 있잖습니까. 좀 짧긴 하지만 도움닫기 할 만한 공간도 있습니다."

"한번 가 보자."

이레는 활기차게 쵸지를 안내했다. 숲을 헤치고 돌다리가 있는 곳까지 걸어간 이레는 그 위를 찰박찰박 뛰어갔다. 발목이 잠기는 깊이여서 조금 힘들었지만 이레는 곧 다리 건너편의 땅에 도달했다. 그곳에서 이레는 늪 반대편을 돌아보았다.

쵸지가 보이지 않았다.

이레는 당황하여 다시 다리를 건너갔다. 온갖 생각과 상상을 하면서 수풀을 헤치고 걸어간 이레는 원래 자리로 돌아와 있는 쵸지를 발견했다. 그는 바닥에 웅크리고 앉아 큼직한 두 손으로 머리를 감싸고 있었다. 이레는 난처한 얼굴로 그를 바라보았다.

"왕벼슬?"

"못 보고 있겠다. 젠장. 왜 그렇게 철벅거리는 거냐? 꼭 빠져 죽는 것처럼 보이잖아."

자신이 물 위를 달리는 것처럼 보이리라 믿었던 이레는 당황했다.

"아, 죄송합니다. 다리가 튼튼하다는 것을 보여 드리기 위해서 그랬습니다. 다시 가시죠."

"됐어. 보고 싶지 않아. 혼자 가."

"예?"

"혼자 빠져나가라고."

"말도 안 되는 소리 마세요. 여러분은 여기 더 계셔서는 안 됩니다. 같이 가셔야 합니다."

쵸지는 말없이 땅바닥만 바라보았다. 두 손으로 머리 양쪽을 누르고 있는 모습은 마치 떨어뜨리면 깨지는 물건을 조심스럽게 쥐고 있는 것처럼 보였다.

이레는 레콘이 자기 합리화를 하는 성격이었으면 좋겠다고 생각했다. 쵸지가 타인에게 이해되고 싶다는 욕구를 가지고 있다면 자신을 설명하기 위해 말문을 열 테고 그러면 이레는 대화를 이끌어 나갈 수 있을 것이다. 하지만 쵸지는 다른 사람이 자신을 어떻게 보건 신경 쓰지 않는 레콘의 태도로 침묵한 채 앉아 있었다. 의기소침해진 레콘은 도대체 어떻게 다뤄야 할까.

"저는 주인님을 구해 드려야 합니다. 왕벼슬. 도와주십시오."

쵸지의 머리가 조금 움직였다. 그는 수풀과 나무 사이로 먼 곳을 바라보았다.

"다 버린 줄 알았는데."

의미를 알 수 없는 말이었다. 이레는 간절한 눈으로 쵸지의 옆모습을 바라보았다. 쵸지가 웅얼거렸다.

"이레, 우리끼리 여기 남겨 두면 서로 때려죽일까 봐 걱정돼서 함께 가자는 거지?"

"아닙니다."

"거짓말하지 마. 레콘 네 명이 몰려다니면 장님도 알아차릴 수 있을 거다. 어떻게 숨어 다니겠다는 거야?"

"어렵긴 하겠지요. 하지만 주인님을 구출하려면 망고 군단 전체를 상대해야 할지도 모릅니다. 거기엔 나가들이 많습니다. 소드락 먹은 나가들을 상대하려면 여러분이 반드시 계셔야 합니다."

"소화차만 나타나면 꼼짝 못하는데 무슨 쓸모가 있다고?"

"그러면 돌아가면 됩니다. 세상에서 가장 빠른 소화차도 앙감질하는 레콘보다는 느립니다."

쵸지는 신음을 흘리며 일어섰다. 이레는 기운 없는 걸음으로 걸어가는 그를 재빨리 따라갔다. 쵸지는 조금 전 도망쳤던 돌다리가 있는 곳으로 다가갔다.

"건너 봐."

이레는 물을 철벅거리지 않으려 애쓰면서 다리 위를 천천히 걸었다. 열대의 햇살을 담뿍 빨아들인 물은 미지근했다. 이레는 몇 걸음 걷고 나서 뒤를 흘끔 돌아보았다. 쵸지는 나뭇가지에 팔을 얹은 채 그를 바라보고 있었다. 긴장한 그의 벼슬이 꼿꼿하게 서 있었다. 이레는 다시 걸어갔다. 발목에 감기는 물이 거추장스러웠지만 물방울이 튀지 않도록 미끄러지듯 움직였다. 뒤쪽에서 거대한 것이 움직이는 소리는 들려오지 않았다. 이레가 다리 끝까지 다가섰을 때였다.

요란한 소리가 들려왔다. 밀림의 새들이 일제히 날아오르고 원숭이들이 꺅꺅거리며 나뭇가지 사이를 뛰었다. 이레는 기겁하여 뒤를 돌아보았다. 쵸지가 보이지 않았다. 이레는 포악한 욕설을 중얼거리며 뒤로 돌아 달려갔다. 쵸지는 없었다. 거대한 것이 정신없이 달려간 자취만 남아 있을 뿐이었다. 이레는 머리끝까지 치솟은 분노를 그대로 둔 채 다른 레콘들이 있는 곳으로 뛰어갔다. 달려가는 동안에도 계속 꽝꽝 하는 소리가 들렸다. 공터에 도달한 이레는 큼직한 통나무를 망치 삼아 나무를 때리고 있는 준람을 보고 잠시 살해 충동을 느꼈다.

"준람!"

준람은 돌아보지 않았다. 쓰레기 더미처럼 보일 뿐 절대로 효용이 있어 보이지 않는 그의 고안품을 쾅쾅 때리는 준람을 보다가 이레는 고함을 빽 질렀다.

"집어치워요, 준람! 물 끼얹어 버리기 전에!"

준람은 휘두르던 통나무를 놓치고 말았다. 론솔피는 고개를 들어 올리다가 얼굴로 날아온 통나무를 낚아채서 으스러뜨렸다. 그

나무 조각들이 일어나던 주테카의 머리 위에 떨어졌다. 복잡한 의식 같은 행동을 끝낸 세 레콘은 험상궂은 얼굴로 이레를 노려보았다. 준람이 말했다.

"너. 방금 뭐라고 했냐?"

주테카는 말이 필요 없다고 생각한 것 같았다. 그는 벌떡 일어나서 이레에게 다가갔다. 이레는 꽉 움켜쥔 주테카의 주먹을 보곤 얼굴을 일그러뜨렸다.

"흠. 주정뱅이에게 죽을 운명이라고 생각해 본 적은 없는데."

"뭉개질래?"

"해 보시죠."

주테카는 부리를 딱 부딪치고는 주먹을 폈다. 때렸다간 죽을 테니 손가락으로 허리나 튕겨 줘야겠다고 생각하며 주테카는 이레의 허리 쪽으로 손을 뻗었다.

주테카가 손가락을 튕긴 순간 이레는 몸을 휙 비틀었다. 이레는 주테카의 손가락 끝을 왼손으로 떠받쳤다. 그리고 오른쪽 팔뚝으로는 손가락 윗부분을 내려치며 그대로 쓰러졌다. 손가락이 위로 꺾인 주테카는 괴상한 소리를 내며 주저앉았다. 떨어지는 주테카의 위험한 부리를 피하기 위해 이레는 두 손으로 땅을 짚으며 훌쩍 자반뒤집기를 했다. 론솔피가 눈을 껌뻑였다.

"저놈 봐라?"

론솔피의 목소리를 들은 순간 이레는 세차게 몸을 돌렸다. 그는 두 팔을 옆으로 던져 둔 채 몸을 최대한 낮추었다. 만약 이레에게 꼬리가 있었다면 그것은 굵게 변해서 하늘을 찔렀을 것이다. 그것이 싸움을 대비하는 자세임을 알아보는 것은 어렵지 않았고 레콘인 론솔피는 당연히 흥분했다. 론솔피는 벼슬을 세웠다. 그때 준람이 외쳤다.

"그만해. 똑바로 봐. 인간이다."

론솔피는 못마땅한 표정으로 준람을 돌아보았다. 주테카는 손을 세차게 흔들었다. 손가락이 부러지지는 않은 듯하다. 하긴 주테카의 손가락을 부러뜨리려면 이레가 몇 명 더 있어야 할 것이다. 충격을 받은 손가락을 주무르며 주테카가 말했다.

"제법인데."

"저한테 손대지 마십시오. 당신하곤 다릅니다."

"무슨 소리지?"

"제 몸은 주인님을 구해야 할 몸입니다. 당신처럼 한가롭게 망가뜨릴 수 없단 말입니다."

"이 자식이 보자보자 하니까……."

이레는 주테카의 말을 듣지 않았다. 그는 준람을 돌아보았다.

"그리고, 준람. 당신도 마찬가지입니다. 무익하다는 점에서 당신의 그 물건은 주테카의 술과 다를 것이 하나도 없어요. 당신도 거기에 취해 있죠. 그리고 취기가 사라질 때쯤 되면 술처럼 남는 것이 아무것도 없을 겁니다."

준람은 벼슬을 뻣뻣하게 경직시켰다. 론솔피가 사납게 말했다.

"나한테도 한마디해 보시지그래, 요 꼬마야. 죽을 각오를 한 것 같으니까."

"당신의 그 밧줄에 대해서는 말도 하고 싶지 않습니다. 당신은 레콘도 아닙니다."

"뭐야, 이 자식아?"

"자살하고 싶으면 늪에 몸을 던지세요. 그게 훨씬 간단하니까. 또 그렇게 하면 오해받을 일도 없을 겁니다. 나 사고 칠지도 모르는 놈이니까 신경 써 달라고 떼쓰는 걸로 말입니다."

론솔피는 격노로 벼슬을 벌겋게 물들였다. 준람은 이레가 죽을 작정을 한 것이 분명하다고 생각했다. 난폭한 레콘 세 명을 동시에 적대하는 행동은 다른 설명이 필요 없는 자살 기도다. 하지만 이레의 말대로 주인을 구해야 하는 몸이라면 그런 행동은 앞뒤가 맞지 않는다. 어쨌든 이레는 죽고 싶어하는 사람처럼 보이지 않았다. 그는 세 명의 레콘을 동시에 보기 위해 포식 곤충처럼 빠르게 머리를 움직이고 있었다.

"사람은 별것 아닙니다. 죽을 만큼 배가 고프면 어린애 손에 있는 음식도 뺏어 먹습니다. 목에 칼을 겨누고 바지를 까라고 하면 누구나 허리띠를 풉니다. 그게 사람입니다. 당신들이 자기 수준을 떨어뜨리고 있는 거야 놀랄 일도 아닙니다. 이 땅은 당신들에겐 죽을 것 같은 허기나 목을 찌르고 있는 칼 같을 테지요. 그리고 아무리 힘세고 튼튼하다 해도 당신들도 사람이죠. 좌절은 누구나 할 수 있습니다."

세 명의 레콘은 이레의 말을 이해하지 못했다. 그리고 이레도 자기 말이 좀 헷갈린다고 생각했다. 급하게 말을 쏟아 낸 탓만은 아니다. 감히 하기 어려운 말이기 때문이다. 하지만 더 이상의 혼란은 진의 전달에 아무런 도움이 안 될 것이라는 판단 하에 이레는 자신이 하고 싶은 말을 곧장 꺼냈다.

"당신들이 레콘이라는 말을 하고 싶은 겁니다."

세 레콘은 몸을 약간 부풀렸다. 이레는 말했다.

"동정해 줄 벗이 필요합니까? 레콘이? 당신들은 혼자 일어서서 혼자 걸어가잖습니까. 좌절은 할 수 있어요. 좌절은 절대로 나쁜 것도 아니고 창피한 것도 아닙니다. 하지만 레콘이 혼자 일어나지 않으면 나쁜 일이고 창피한 일입니다. 제가 이렇게 다그쳐야 한다는 것 자체가 우습습니다. 이런 꼴을 피하려고 지금까지 당신들을 내버려둔 제가 불쌍합니다. 당신들이 레콘이 될 수 있는 기회를 주려 했던 것이 후회스럽습니다."

"혀 때문에 죽은 자들의 묘지에 네 자리를 예약해 뒀나 보구나."

험악한 경고를 중얼거렸지만 주테카의 말에는 미심쩍어 하는 기운이 섞여 있었다. 이레가 응수했다.

"제발 그러기를 바랍니다."

"뭐?"

"저를 죽여 보세요. 그러려면 저를 따라와야겠지요. 당신들이 그럴 수 있을까요?"

론솔피는 갇혀 있는 처지에 무슨 말도 안 되는 소리를 하는 거냐고 되물으려 했다. 그러나 이레가 고함을 질렀다.

"쵸지! 저는 떠나겠습니다! 함께 가고 싶었습니다. 하지만 안 되는군요. 또 만나길 바랍니다!"

세 레콘은 당황했다. 선언을 마친 이레는 그대로 뒤로 두어 걸음 물러나다가 몸을 홱 돌렸다. 정신없이 뛰어가는 이레의 모습을 걸맞은 것으로 만들려면 세 레콘이 그 뒤를 추적해야겠지만 준람과 론솔피, 주테카는 서로의 당혹한 얼굴을 바라볼 뿐이었다. 그때 론솔피가 벌떡 일어섰다.

"떠난다고 했지?"

론솔피의 말과 행동 중 어느 것에 자극받았는지는 불분명하지만 주테카와 준람도 따라 일어섰다. 그들은 바람 같은 속도로 이레의 뒤를 따랐다. 주테카가 자신을 망치고 있다는 이레의 비난

비밀의 불씨 233

은 사실과 약간 다른 것인지도 모른다. 긴 시간 동안 폭음을 일삼았던 주테카도 다른 두 레콘과 마찬가지로 민첩하게 움직였다. 그들은 지상 최강의 종족 레콘인 것이다.

 그래서, 이레의 모습을 목격한 세 사람은 얼어붙었다.

 이레는 몸 일부를 물에 담근 채 전진하고 있었다. 그리고 몸 일부가 물속에 있다 해서 그것을 수영이라고 부르기는 어려웠다. 당혹스러웠지만 세 사람은 그것이 물 위를 걷는 것이라고 받아들여야 했다.

 날카로운 햇빛 속에서 이레는 흙탕물 위를 죽죽 걸어갔다. 준람이 만들어 내던 소음도 사라진 한낮의 밀림은 고요했다. 그악스러운 곤충의 울음이나 쾌활한 새 노래도 들려오지 않았다. 밀림은 무겁도록 고요했다. 그리고 이레는 물 위를 소금쟁이처럼 가볍게 걸어갔다.

 넋 빠진 세 사람이 바라보는 가운데 이레는 건너편 뭍으로 올라섰다. 그는 뒤돌아서서 세 사람과 눈을 마주했다. 이레는 피로감에 가까운 표정을 지어 보였다. 그러나 그것은 피곤함이 아니었다. 주테카와 론솔피, 준람은 어쩐지 그 표정을 해석하고 싶지 않았다.

 이레의 모습이 나뭇가지와 덩굴 사이로 사라졌다.

 준람은 나발칸 출신답게 눈을 비비는 전통적인 방법을 사용했다. 주테카는 물을 의심스럽다는 듯이 바라보았다. 어쨌든 물이 사람을 떠받친다는 것은 정의롭지 못한 일이다. 론솔피는 한 발 더 나아가서 주테카를 물 위에 집어던지면 어떨까 하는 생각까지 해 보았다. 지나치게 끔찍한 일이라서 곧 포기하긴 했지만. 그렇게 세 사람이 각자의 방식으로 당혹감을 표현하고 있을 때 어디선가 스르르 나타난 쵸지가 세 사람을 구해 주었다.

"아래에 다리가 있다."

"다리? 다리라고?"

"그래. 수레가 들어오는 다리다."

"다리가 왜 저 아래에 있는 거야? 그게 다리야?"

"숨은 다리지. 여긴 감옥이잖아."

주테카는 쵸지가 이곳의 관리자인 양 거듭 질문했다.

"그러면 저기만 건너면 빠져나갈 수 있는 거야?"

"해 봐."

주테카는 다리가 있는 방향을 돌아보았다. 오랫동안 집념에 찬 눈으로 수면을 응시하던 주테카는 심호흡을 하고 움직였다.

뒤쪽 방향이었다. 아무도 정의를 사랑하는 그들의 동료를 야유하지 않았다. 주테카는 수염볏을 꽉 움켜쥐었다. 네 사람을 비추는 햇살이 참 투명했다.

사과 표면을 아무리 핥아도 사과 맛을 느낄 수 없다는 것을 아는 자들이 세상의 움직임에 대해서는 같은 논리를 적용하지 않는 안타까운 사례들이 많다. 그런 자들에게 시모그라쥬는 그 부의 규모에 있어 한계선 이남 최대라는, 그리고 제국 전체로 따져도 다섯 손가락 안에 들어간다는 평판이 어울리지 않는 구질구질한 도시다.

전통적인 나가 건축의 철학은 다른 종족들의 철학과 좀 다르다. 자신들에게 최적의 장소와 그렇지 않은 장소를 구분 짓기 위해 한계선이라는, 지리학적이라기보다는 기후학적인 개념을 사용하는 나가들은 외부의 환경으로부터 거주민을 보호한다는 건축 개념이 희박하다. 그들이 사는 땅은 그들에게 가장 잘 맞는 땅이다. 외부의 환경으로부터 거주민을 보호할 필요가 없는 것이다. 따라서 두꺼운 벽이나 난방 시설, 작은 창문 따위는 나가 건축가들에게 말도 안 되는 개념이다. 다만 수평적으로 개방적인 그들도 수직적으로는 갈등에 직면한다. 비는 나가들의 체온을 떨어뜨린다. 그리고 비는 수직으로 이동한다. 그런데 햇빛 또한 주로 위쪽에서 아래쪽으로 이동한다. 햇빛은 나가들의 체온을 상승시킨다. 나가들의 건축물들을 위쪽에서 보면 독특한 느낌이 드는 것은 그런 갈등의 흔적 때문이다. 건물 내의 방과 방을 잇는 복도가 개방되어 있는 식으로 개방과 폐쇄가 정신없이 반복된다. 그러나 하늘 위쪽에서 내려다보는 전경까지 신경 쓰는 건축가들은 별로 없고, 나가 건축가들도 수평적으로는 꽤 아름다운 도시를 만들 수 있다. 시모그라쥬도 원래는 그런 아름다운 도시였다. 물론 지금도 다른 나가들의 도시에서 볼 수 있는 위풍당당한 석조 건물들은 고스란히 남아 있다. 하지만 오래된 석조 건물들에 기대어 있는 온갖 종류의 가건물들은 미인의 얼굴에 난 부스럼처럼 곤혹스럽다. 가건물들은 오래된 이끼처럼 도시의 이마와 가슴과 정강이를 뒤덮고 있다. 원래 쾌적한 대로였던 곳은 난립한 가건물들 때문에 두 사람이 어깨를 부딪치지 않고는 지나기 어려운 미로로 바뀌었고 장려한 건물의 벽은 가장 깊은 곳에 있는 가건물의 방 안쪽에서나 만나 볼 수 있는 것이 되었다. 가건물 위에 가건물들이 쌓여 있고 공중의 가건물들을 잇는 판자 다리나 사다리 같은 것이 얼기설기 얽혀 있어 시모그라쥬의 혼란상은 입체적인 완벽성을 추구하고 있었다.

물론 시모그라쥬의 통치자들이 자신의 도시를 실험 대상으로 삼아 도시가 구현할 수 있는 혼란의 최대치를 연구하고 있는 것은 아니다. 그들에게도 난립한 가건물들은 골칫거리였다. 시모그라쥬가 그렇게 된 것은 또한 그 이름 높은 부 때문이다. 제2차 대확장 전쟁 말기, 궤멸 직전의 북부를 규합하여 권토중래한 대호왕이 무서운 기세로 남쪽을 향해 치달릴 때 시모그라쥬의 통치자였던 칸비야 고소리 의장은 그 누구도 내릴 수 없었던 현명한 결정을 내렸다. 시모그라쥬는 중립을 선언했다.

나가들은 이를 배신으로 여겼지만 그 정도는 다른 종족들이 생각하는 것보다 약했다. 나가들은 원래 도시 단위의 생활권에 익숙하며 다른 도시의 내정에 간섭하지 않는 편이다. 물론 북부군은 이 결정을 열렬히 환영했다. 서로를 멸망시키겠다는 기세로 싸웠던 치열한 전쟁에서 중립이라는 놀라운 개념을 떠올리고 그것을 완강하게 실천에 옮긴 칸비야 고소리 의장은 결국 시모그라쥬를 온전히 보호했다. 하지만 칸비야 고소리 의장의 진정한 위대함은 그녀 자신이 창안해 내다시피 한 중립이라는 개념을 주저 없이 포기했던 사건 때문이다. 천일 전쟁이 시작되자 고소리 의장은 자신을 배신자로 규정할 나가들의 도시에 스스로를 변명해 보이는 대신 재빨리 원시제에게 충성을 맹세했다. 그 행동의 결과는 인상적이었다. 시모그라쥬는 또다시 아무런 참화를 겪지 않은 것이다.

고소리 의장의 행동을 기회주의적인 행태라고 비난할 수도 있을 것이다. 그러나 기회주의와 합리주의의 구별은 언제나 어렵다. 그리고 이겼기에 정당하다는 논리를 아는 자들은 정당하기에 이겼다는 논리를 패자의 피로 써서 후손에게 전할 불가침의 권리를 얻는다. 시모그라쥬는 그런 권리를 획득했다. 두 번의 대전을 겪은 후에도 아무런 참화를 겪지 않은 시모그라쥬는 한계선 남쪽과 북쪽의 재화를 마음대로 유통시키며 막대한 부를 축적했다. 그리고 그 부는 재건 사업을 통해 더욱 커졌다.

시모그라쥬의 부스럼투성이 얼굴은 바로 그런 찬란한 역사 때문에 생겨난 것이다. 부를 쫓아 몰려든 막대한 유입 인구 앞에서 나가들은 당혹했다. 나가들의 도시가 폐쇄적이었다고 말할 수는 없다. 전통적인 나가의 성 역할에서 나가 남자들은 방랑자다. 가문과 재산을 소유한 여성들의 집을 전전하며 보살핌을 받고 그 대신 여성이 아이를 가질 수 있도록 도와주는 것이 남자들의 역할이었다. 따라서 그들은 도시를 드나드는 나가 남자들에게 익숙하다. 바꿔 말한다면 그들은 재생산과 아무 관련이 없는 인간이나 도깨비, 레콘 유입자들을 상대할 준비가 전혀 되어 있지 않았다.

물론 심리적인 충격 또한 컸다. 1차 대확장 전쟁과 2차 대확장 전쟁 사이의 긴 기간 동안 북부의 사람들에게 나가가 전설적 존재가 된 만큼 나가들에게도 다른 세 종족은 낯설어서 신비한 종족으로 변해 있었다. 그들은 갑자기 그들의 도시로 들어와 '육성'이라는 낯선 방식으로 의사 소통을 요구하는 방문자들을 난처한 표정으로 바라볼 수밖에 없었다. 다행히도 심각한 갈등은 일어나지 않았다. 원시제는 북부의 사람들이 나가들의 도시에 들어가서 점령군처럼 구는 것을 용납하지 않았다. 그리고 그런 제지가 없었다 하더라도 나가들의 경악스러울 만큼 아름다운 목소리를 들으며 방문자들은 주눅이 들 수밖에 없었다.

하지만 도시는 몸살을 겪었다. 제한된 공간에 너무 많은 물건을 집어넣는 경험을 해 본 사람은 쉽게 짐작할 수 있는 일이 벌어진 것이다. 도시는 급속히 혼란스러워졌다. 이대로 놔둬선 안 되겠다는 판단을 내렸을 땐 이미 돌이키기 어려운 상태였다. 도시를 확장하는 것이 가장 온건한 방법이겠지만 '나무 도살'에 신경질적인 반응을 보이는 나가들을 달래는 것은 불가능했다. 유입 인구를 차단하는 것은 유통을 통해 부를 축적하는 시모그라쥬의 성격 때문에 또한 불가능했다. 시모그라쥬의 위정자들은 할 수 없이 완전 해결책의 추구에서 연속적인 미봉책으로 선회해야 했다. 막대한 부를 가진, 후줄근한 도시의 탄생이었다.

지더미는 시모그라쥬와 비슷한 인간이었다.

시모그라쥬의 번화가, 양지바른 곳에 지저분한 돗자리 하나 깔아 놓고 뭉기적거리는 지더미의 모습은 어떻게 보아도 햇빛에 돈을 지불할 필요가 없다는 사실에 감사하는 거지였다. 남루한 옷차림과 지저분한 몸, 구부정한 자세는 거지가 갖추어야 할 요건을 완벽하게 만족시키고 있었다. 오직 이 독특한 도시 구성원에 대해 남다른 식견을 가진 사람만이 지더미의 모습에서 독특한 점을 발견할 수 있을 것이다. 정확하게 말하자면 독특한 것은 지더미의 영업 장소였다. 오래전에 자리를 박차고 떠났어야 마땅할 위치였다. 통행인이 부족한 곳은 아니다. 하지만 통행인들이 멈출 일이 거의 없는 자리였다. 자신의 앞에 멈춰 서서 그림자를 떨어뜨리는 사람을 보자마자 지더미가 다른 거지보다 몇 배나 더 정중하게 굽실거린 것은 평소에 그럴 일이 적었기 때문일 것이다.

앞쪽의 동냥 그릇에 뭔가가 떨어졌다. 지더미는 다시 굽실거리고는 그것을 조심스럽게 들여다보았다. 동냥 그릇에 든 돌멩이를 보았을 때 지더미는 낙담하지 않았다. 주먹이 근질거려 아무에게

나 시비를 거는 취객들에게 욕을 당한 경험이 그를 자제시켰을 것이다. 지더미는 조금도 상심하지 않은 태도로 돌멩이를 집어 조심스럽게 옆으로 치웠다. 그러자 적선자가 말했다.

"더 괜찮은 것을 받고 싶지 않습니까?"

"주신 걸로 충분합니다."

"저를 도와주시면 노인장께서 절대로 잊지 못할 저녁 식사를 대접하겠습니다."

아마 눈 감고 이 악물기만 하면 충분히 도와주는 것이라는 말이겠지. 지더미는 슬픈 일이라고 생각했다. 절대적 빈곤보다 더 괴로운 것은 상대적 빈곤이다. 시모그라쥬에 흐르는 막대한 부의 흐름에 자신의 손을 담그지 못한 자들은 언제나 욕구불만이다. 물론 지더미는 그런 자를 위해 자신의 얼마 남지 않은 치아를 위험에 빠트리고 싶은 생각은 없었다.

"저는 도와드릴 것이 없습니다."

"아뇨, 있을 겁니다. 염소가 어디에 있는지 알려 주시면 됩니다."

염소? 지더미는 어이가 없었다. 혹 미친놈에게 걸린 것이 아닌가 하는 불안한 생각을 한 지더미는 상대방의 공격 수단을 알아둬야겠다고 생각했다. 지더미는 고개를 들어 상대를 살폈다. 그리고 더 큰 혼란을 느꼈다. 상대방은 키 큰 인간 남자였고 제국군의 복장을 하고 있었다. 지더미는 그것이 부위의 차림새라는 것을 알아보았다. 무턱대고 폭력을 행사할 자는 아니라는 사실에 안도하며 지더미는 말했다.

"염소야 농장에 있겠지요, 부위님."

부위는 약간 곤혹스러운 얼굴을 했다. 그는 거지와 이야기를 나누는 모습이 부위의 체통을 손상시키지는 않나 걱정하는 눈으로 주위를 둘러보고 나서 갑자기 웃었다. 몹시 재미있는 이야기라도 들은 것 같은 표정이었다. 지더미는 눈살을 살짝 찡그렸다.
 부위가 웃음 띤 얼굴로 말했다.
 "죄송합니다. 요즘은 뭐라고 부르는지 모르겠습니다. 저 어릴 적엔 염소라고 불렀지요. 좀 산문적인 표현을 쓸 수밖에 없군요. 저는 지금 이 도시의 음성적인 조직에 접촉하고 싶다고 말하는 겁니다."
 "도무지 무슨 말씀이신지······."
 "그만해. 지금은 가락이 다 바뀌어서 이렇게 장단도 못 맞추고 변변찮게 굴고 있지만, 이렇게 앉아 노랫말 사고 파는 것은 나도 해 본 일이야. 촌수 따져 보면 노인장은 내 손자뻘 이하일걸."
 지더미의 눈빛이 약간 바뀌었다.
 "피소 아십니까?"
 "몰라."
 "듀리는?"
 "몰라."
 지더미는 씩 웃었다.
 "나도 몰라."
 부위도 덩달아 웃었다. 지더미는 이제 할 일 없는 통행자와 농담을 주고받는 거지의 모습을 잘 구현하고 있었다. 부위가 바라던 바였다. 지더미는 손을 활기 있게 움직이며 말했다.
 "손바닥 한번 볼까?"
 부위는 손을 펴 보이지는 않았다. 그런 뜻이 아니니까.
 "이 바닥에서는 허수아비라고 불렸어. 혹시 곰발이나 못대가리를 아는지……."

부위는 말끝을 흐렸다. 지더미의 표정이 심각해졌기 때문이다. 거지는 부위의 위아래를 훑어보고 말했다.

"허수아비? 공작님의 몸종?"

칼리도 백 엘시 에더리의 몸종인 이레 달비는 안도하며 지더미의 오류를 교정해 주었다.

이레는 안도했지만, 완전히 안도한 것은 아니었다. 끔찍한 밀림을 빠져나와 간신히 시모그라쥬에 들어선 후에도 이레는 모든 것을 이루었다는 착각에 빠지지 않았다. 이제부터 시작이라고 하는 편이 훨씬 옳았다. 그가 상대할 자들은 사람을 자연과 하나되게 해 주길 꺼리지 않는 자들이다. 그리고 이레는 인적 드문 숲 속에서 흙이 되고 물이 되고 바람이 될 계획이 없었다.

아직 자신을 소개하지 않은 사내는 흥미롭다는 표정으로 이레가 자신의 생존 의지를 마음껏 표현하는 모습을 감상했다.

"제대로 못 드시고 지냈소?"

"그렇기도 하고, 먹을 수 있을 때 꽉꽉 채워 두는 것이 좋을 것 같아서."

몇 번의 복잡한 인계 끝에 이레는 음식점에서 사내와 마주하게 되었다. 초로의 사내는 입구에서 나타나는 대신 주방에서 음식 접시를 들고 나타남으로써 이레를 약간 당혹시킬 뻔했다. 하지만 이레는 음식에만 관심을 보였다.

접시를 들고 나타나긴 했지만 사내는 주인이나 종업원처럼 행동하지는 않았고 종업원들은 그를 못 본 척했다. 사내의 영향권

안에 들어와 있음이 분명했지만 이레는 그것을 감수해야 한다고 생각했다. 이곳에 그의 영향력이라고는 아무것도 없다. 오히려 누군가의 세력권에 들어감으로써 상대에게 부담을 주는 편이 낫다. 이레는 그런 식으로 자신의 무기를 하나 둘 만들기로 했다. 하지만 사내가 까다로운 질문을 던졌다.

"그런데, 그 옷은?"

질문에는 질문으로.

"빌렸습니다. 그런데 나는 누구 밥을 먹고 있는 거죠?"

"내가 사는 거요."

"이름을 알아야 갚을 텐데."

사내는 약간 뜸을 들였다가 말했다.

"위체 파림. 위츠면 되오."

모르는 이름이다. 이레는 잠자코 식사에 열중했다. 위츠라 불리길 바라는 남자가 말했다.

"나중에 알면 속였다고 생각할까 봐 말해 주겠는데, 나는 당신이 찾는 부류가 아니오."

"음?"

"허수아비 이레의 이름은 이 바닥에서 아직 잊히지 않았소. 하지만 그거야 워낙 별난 이야기라서 기억되고 있는 거지. 즉 당신이 아니라 당신 이야기가 기억되고 있는 거요. 허수아비의 이름으로 할 수 있는 것은 별로 없을 거요."

"저도 통할 거라고 생각하진 않았습니다. 시간이 많이 지났죠. 그런데 제가 찾던 부류가 아니라고 하셨습니까?"

"그렇소. 난 손 털었소. 난 당신이 여기저기 찔러 보다가 무슨 곤란한 사고라도 일으킬까 봐 이리로 데려오게 한 거요. 또 옛날 생각도 나고. 못대가리 후미조하고 난 죽이 잘 맞았거든. 같이 작업도 꽤 여러 번 했소. 후미조가 당신 이야기를 해 줬소."
"아아. 어떻게 지내죠?"
"몇 년 전에 죽었소. 어떻게 죽었을지 맞혀 보시오."
"추락사했군요."
위츠는 고개를 끄덕였다.
"못대가리만 있어도 밟고 올라간다던 벽타기꾼이 내 돌아가신 노모도 타고 올라갈 만한 나무에서 떨어져 목이 부러졌소. 웃기는 노릇이지."
 적당히 고개를 끄덕이며 이레는 빠르게 생각했다. 위츠가 옛친구에 대한 의리 때문에 밥 한 끼 사주고 아무 데나 머리 들이밀지 말라는 쓸데없는 충고를 후식으로 대접한 다음 그를 돌려보낼 작정인지, 그렇지 않으면 뭔가 다른 것을 바라고 있는 것인지 알아야 했다. 이레는 자신이 시모그라쥬의 범죄 집단에 대해 아는 것을 떠올렸다.
 범죄자들에도 온갖 유형이 있는데, 시모그라쥬의 범죄자들은 이레 달비가 그렇듯이 수백 년 만에 열린 한계선을 거리낌 없이 넘어온 자들의 후손인 경우가 많다. 그리고 모험가에 가까웠던 그들의 선조는 미지의 땅에서 살아갈 그들에게 자신만을 믿으라고 가르쳤다. 그리하여 중립과 생존에 관한 칸비야 고소리 의장의 철학은 시모그라쥬 공 팔디곤 토프탈보다는 시모그라쥬의 범법 집단에서 더 잘 살아남았다. 이들의 좌우명은 절대 중립이다. 어느 수준 이상으로 세력이 커지면 권력가들과 결탁하여 생존권을 보장받으려는 다른 범죄 집단과 달리 시모그라쥬의 범죄 집단은 시모그라쥬 공을 가장 통렬하게 비웃는 자들이다. 암흑 경제에 종사하고 있긴 하지만 이들은 진정한 정경 분리주의자라고 할 수 있다.

많은 재화가 유통되면서도 난잡하기 짝이 없는 시모그라쥬의 도시 구조는 범죄 집단에게 좋은 환경이지만 이들은 대단히 조심스럽다. 그리고 나누어 먹을 것이 풍부하기 때문에 시모그라쥬 공이 골치 아파할 만큼의 분쟁은 일어나지 않는다. 그러니 상황을 잘 모르는 사람에게는 시모그라쥬가 괜찮은 치안 수준을 유지하는 도시라고 오해될 법도 하다. 하지만 단지 일 처리가 조용할 뿐 이들의 일이 보잘것없는 수준은 아니다. 시모그라쥬에 유통되는 부의 많은 부분이 불분명한데, 그 배후에는 이들 범죄 집단들이 있다.

한편 조용한 일 처리 방식에 대한 선호는 이들로 하여금 서로의 세력을 비교해야 할 불가피한 상황에서 상대적으로 덜 시끄러운 방식을 선택하게 만들었다. 이레가 주력으로 삼던 일도 그것이었다. 이레는 일종의 절도범이었는데, 금붙이나 보석 대신 주로 사람을 절도 대상으로 삼았다. 하지만 금붙이나 보석과 달리 기억력을 가지고 있고 원한을 품을 능력도 갖춘 사람은 다루기 어려운 대상이다. 따라서 그런 직업은 범죄자들에게도 최후의 선택이고 언제나 뒤끝이 좋지 않다. 백작의 몸종이 된 이레의 이야기가 인구에 회자되는 것은 당연하다.

이레는 결론을 내렸다. 단지 옛 추억과 옛 의리 때문에 만나기에 이레는 너무 위험한 인물이다. 이레에게 원한을 가지고 있는 인물은 많을 테고 그런 그와 접촉한다면 위츠는 그 자신이 언급했던 평지풍파에 빠질 가능성이 크다. 이레는 위츠가 원하는 것이 무엇일지 알아내기로 했다. 그는 빈 식기들을 옆으로 치우고 탁자 위에 두 팔꿈치를 얹으며 위츠에게 몸을 기울였다.

"손을 터셨다면, 지금은 무슨 일을 하십니까?"

"아, 유기를 팔고 있소. 여기서 얼마 떨어지지 않은 곳에 내 가게가 있지."

"그리고 부업 삼아 식당에서 종업원으로 일합니까?"

위츠는 빙긋 웃을 뿐 그 질문에 대답하지 않았다. 아직 무기를 충분히 모으지는 못했지만 이레는 일단 부딪치기로 했다.

"장차 일어날 전쟁에 대한 이야기를 좀 해 볼까요."

위츠는 눈초리를 살짝 올렸다.

시모그라쥬 공작 팔디곤 토프탈은 시모그라쥬를 지배하지 않는다. 궤변을 즐기는 자의 좋은 소재가 될 수 있는 이 명제는 여러 가지로 해석될 수 있지만 그중 좀 공식적인 해석도 있다. 팔디곤 토프탈은 시모그라쥬의 공작이라기보다는 시모그라쥬 시민의 첫 번째 벗이다.

이 명칭은 칸비야 고소리 의장의 충성 맹세에서 그 기원을 찾아볼 수 있다. 원시제에게 충성을 맹세했을 당시 칸비야가 시모그라쥬 가문 평의회의 의장이었다는 사실은 분명하다. 하지만 칸비야가 개인의 자격으로 충성을 맹세했는지 아니면 평의회 의장의 자격으로 맹세했는지는 불분명하다. 또한 후자의 경우라 하더라도 그 자격에 과연 무슨 의미가 있는지는 또 다른 논쟁 거리다. 나가들의 가문 평의회는 입법, 사법, 행정 중 어느 부분에 속하는지 따지기 어려운 정치 체제이며 굳이 범주를 규정짓는다면 그 모든 것에 해당한다고 해야 할 것이다. 그러나 가문 평의회가 도시 전체에 대한 지배권을 가지고 있는 것은 아니다. 그것은 어디까지나 자신의 가문 내에서 무소불위의 권력을 휘두르는 가주들 또는 그녀들의 대리인들이 모여 의견을 교환하는 자리일 뿐 어떤 공적 구속력도 발생시키지 않는다. 각 가주가 가문 내에서 절대 권력을 가진다는 말은 바꿔 말하면 어떤 가주도 다른 가문의 구성원에게 영향력을 행사할 수 없다는 뜻도 된다. 따라서 구속력이 없는 것은 당연하다. 쇼자인테쉬크톨처럼 둘 이상의 가문들이 공통된 문제에 결부되어 해결책이 필요한 경우가 아니라면 평의회 의결 사항은 각 가주들의 양해 하에 가문의 구성원들, 그러니까 시민들에게 적용되는 것이다. 가주가 양해하지 않는다면 그것은 적용되지 않는다.

바로 그 사실이 제국 정부를 골치 아프게 하는 일이었다. 한 명의 통치자와 서약을 맺어 통치자에게는 권위를 주고 동시에 그의 피통치인 전부를 황제의 영향력 안으로 끌어들이는 전통적인 방식이 훨씬 간단하고 효율적인 일이지만 나가들의 사회에서는 그런 방식을 적용할 수 없었다. 간단히 말하자면, 황제에게 충성을 맹세한 칸비야 고소리는 시모그라쥬의 지배자가 아니라 가문 평의회의 사회자에 가깝고 비록 고소리가 의장에 있는 동안은 간접적으로 행사할 수 있는 황제의 시모그라쥬에 대한 통제권이 고소리가 의장 자리에서 물러날 경우 사라지게 된다.

재미있는 점은 제국 정부뿐만 아니라 시모그라쥬 시민들 또한 그런 상황에 불안해했다는 점이다. 시모그라쥬 시민들은 이왕 북부에 기원한 새로운 질서에 편입되기로 결정했으니 확실히 편입되어야 한다는 것에는 공감했다. 평의회 의장이 황제에게 충성을 맹세하는 어정쩡한 방식은 그들에게도 안정적으로 보이지 않았다. 하지만 가주들의 전통적인 권한을 축소시키는 형태의 새로운 정치 체제를 받아들이는 것도 쉽지 않았다. 이 갈등을 해결한 것은 원시제의 결정이었다.

대호왕의 시절부터 공신인 세미쿼가 원시제의 명을 받아 시모그라쥬의 공작이 되었다. 하지만 시모그라쥬 공 세미쿼는 미심쩍게 바라보는 시모그라쥬 시민들 앞에서 자신이 모든 가주들의 친구로 온 것이며 주된 임무는 가주들과 황제를 연결 짓는 것이라는 태도를 취했다. 본질적으로는 시모그라쥬 대사였던 데오늬 달비의 일과 비슷하다. 하지만 시모그라쥬는 더 이상 외국이 아니므로 대사는 둘 수 없고 다른 지역에 대해 시모그라쥬의 권위를 세우려면 공작이 필요하다는 것이 세미쿼의 설명이었다. 그것은 또한 원시제의 설명이기도 했다. 시모그라쥬의 가주들은 그 태도에 만족했다. 그리고 가주들이 만족한 이상 시민들도 만족했다.

시모그라쥬의 공작이 된 세미쿼는 에시올 산맥의 고산족인 자신의 부족을 시모그라쥬로 불러들였다. 그중에는 2차 대확장 전쟁에 복무하느라 처남에게 맡겼던 그의 아들도 포함되어 있었다. 아들의 이름은 팔디곤. 그러나 아버지와 아들의 관계는 서먹서먹했다. 아버지는 자신이 전쟁에서 죽을 가능성을 고려하여 유복자가 될지도 모를 아들의 이름을 짓는 것을 기피했기 때문에 팔디곤이라는 이름은 외삼촌이 지어 주었다. 부족의 풍습상 낳아 준 자보다는 이름을 지어 준 자가 보호자에 가깝다. 팔디곤은 느닷없이 만나게 된 아버지라 불리는 사람을 어떻게 대할지 알 수 없었고 아버지 또한 아들을 처남의 피보호자로 해석했다. 하지만 머지않아 두 사람은 서로가 다 살아남았으니 부자의 운명을 건 도박은 성공이라는 결론을 내렸다. 팔디곤이 성이 필요하다는 판단 하에 키워 준 외삼촌의 이름을 성으로 쓰겠다고 조심스럽게 제안했을 때 세미쿼는 웃으며 그렇게 하라고 했다. 시모그라쥬 공 계승권자 팔디곤 토프탈의 탄생이었다. 그러나 세미쿼의 흔적이 완전히 사라지지는 않았다. 세미쿼의 무기였던 가위가 토프탈 가문의 문장에 남았으니까.

세미쿼가 사냥 중 사망하고 팔디곤 토프탈이 시모그라쥬 공이 되었을 때 공작의 외척들은 머나먼 남부로 와서 마침내 권력의 정점에 서게 되었다고 좋아했다. 하지만 팔디곤에게 이름을 붙여 주고 자신의 이름을 성으로 물려준 외삼촌 토프탈은 인격자였다. 그는 자신의 매부가 아들도 목숨도 포기한 채 대호왕 휘하에서 북부의 운명을 위해 싸웠던 영웅임을 친지들에게 상기시킨 다음 그의 유훈이 지켜지도록 해야 한다고 설득했다. 세미쿼의 유훈은 '시모그라쥬 공작은 시모그라쥬 시민의 첫 번째 벗이 될 것'이었다. 그러기 위해선 권력을 탐할 친지들이 젊은 공작의 주위에 있어 봐야 좋을 것이 없었다. 토프탈은 담담하게 말했다. "고향의 산봉우리를 다시 봅시다." 원래 산의 민족이었던 그들은 씩 웃고는 토프탈의 인도 하에 북부로 돌아갔다. 그리고 팔디곤의 어머니도 낯선 기후에서 건강을 상하고 있었기 때문에 고향으로 향하는 그들과 함께 떠났다.

이야기꾼이라면 이야기를 끝낼 시점이다. 하지만 역사는 휴식도 중단도 없다.

토프탈은 담백한 인격자였지만 권력 구조에 대해서는 무지한 편이었다. 원래부터 친가 쪽의 혈통은 끊어졌고 어머니와 그를 키워 준 외가 쪽 사람들도 떠나자 팔디곤의 주변에는 그를 제어할 만한 사람이 아무도 남지 않게 되었다. 토프탈은 자신의 교육이면 충분하다고 생각했을지 모르지만 그 교육은 산사나이의 교육이었고 재화가 넘치는 열대의 땅 시모그라쥬에서의 처신에 도움이 되지 않았다. 팔디곤은 자신을 스스로 만들어 가야 했다.

그의 자기 구현에 도움이 될 수 있는 것은 두 개의 지위뿐이었다. 시모그라쥬 공작과 시모그라쥬 시민의 첫 번째 벗. 팔디곤은 둘 중 어느 것을 자신의 추구 대상으로 삼아야 하는지를 놓고 고민했다. 아버지가 바라는 것이 무엇인지는 알고 있었다. 그런데 팔디곤은 아버지에 대해 레콘이 아버지에게 느끼는 감정과 비슷한 감정을 느꼈다. 세미쿼는 생물학적으로만 팔디곤의 아버지일 뿐, 토프탈을 성으로 쓴 것만 보더라도 알 수 있지만 팔디곤의 정신적 아버지는 외삼촌 토프탈이었다. 그런데 그 토프탈은 북부로 돌아갔다. 팔디곤은 차례로 자신을 떠난 두 아버지에 대한 섭섭함을 느꼈고 그 반항심은 '시모그라쥬 시민의 첫 번째 벗'이라는 지위에 대한 거부감으로 이어졌다. 팔디곤 토프탈이 자신을 시모그라쥬 공이라고 지칭하기 시작했을 때, 그것이 당연한 권리인데도 시모그라쥬 시민들은 난처하고 우스꽝스러운 기분을 느꼈다. 보통 그러하듯 자질 시비가 일어났다.

'당신은 대호왕을 모시고 불침의 키보렌을 꿰뚫었던 아버지가 아니다. 당신은 나무가 된 자, 하늘로 올라간 자, 죽은 채 싸웠던 자 등과 같은 반열에 설 수 없다.'

앞쪽의 지적은 사실이지만 뒤쪽은 가혹한 것이었다. 팔디곤의 아버지 세미쿼 자신이라 해도 뇌룡공 류 페이나 승천한 티나한, 충의공 괄하이드 규리하 같은 희대의 영웅들에 비교되면 난감했을 테니까. 하지만 세미쿼는 그들과 함께 싸웠고 그들에게 전우라는 말을 들을 수 있는 인물이었다. 팔디곤은 아니었다.

팔디곤은 바보가 될 생각은 없었다. 무익한 싸움에 뛰어들어 온몸에 피 칠을 한 채 이겼노라고 울부짖는 자가 아니라는 뜻이다. 그는 자기 변호를 하지 않았고 자신의 권위를 높이기 위한 어떤 정책도 시행하지 않았다. 아무리 좋은 정책이라도 악의로 해석될 가능성이 높으니까. 팔디곤은 그저 묵묵히, 고집스럽게 자신을 시모그라쥬 공이라고 지칭했다. 그리고 시모그라쥬에 고집 센 사람이 그만 있는 것은 아니었다. 시모그라쥬 인들은 고집스럽게 새해가 올 때마다 '벗에게'라는 명목으로 팔디곤에게 새해 선물을 보냈다. 용솟음치는 부와 정신 없는 난잡함의 도시 시모그라쥬는 유쾌함과 재치를 사랑하는 사람들의 땅이기도 했다.

위츠라 불리는 위체 파림의 유기점으로 자리를 옮긴 이레 달비는 팔디곤 토프탈이 시민들 모두의 조롱을 받는 즐거운 지배자에서 무서운 원한의 대상이 될 수 있음을 피력했다. 뜨거운 햇살 속에서 따끈하게 달아오른 유기를 보던 위츠는 미심쩍은 어투로 말했다.

"우리 팔디곤 토프탈 각하께서 제왕병자라는 이야기를 하려는 거요?"

"그건 인간의 병입니다. 시모그라쥬 공은 인간이지요."

"정리해 봅시다. 공작은 대장군을 납치했소. 당신은 그 이유가 새로운 대장군을 선출하기 위한 음모라고 보는 거요?"

위츠는 약간 지체한 다음 덧붙여 말했다.

"그건 전문가의 의견이오?"

이레는 아랫입술을 살짝 깨물었다. 그러고는 상식적으로 대답했다.

"그 밖에 무슨 이유가 있겠습니까? 저희 가주님이 가진 것 중에 시모그라쥬 공이 탐낼 것은 그것밖에 없습니다. 칼리도령은 계승할 수 없습니다. 만병장의 지위는 양도할 수 없는 것입니다. 대장군일 겁니다. 그리고 어쩌면 그 다음엔 차기 황제일지도 모르지요."

"어, 너무 나가는 것 같은데."

"너무 나간다고요? 주인님의 몸종으로 있으면서 제가 알게 된 사실이 하나 있습니다. 권력에는 너무라는 것이 없습니다. 추락할 때까지 도약하는 거죠. 중단은 없습니다. 만일 중단했다면 도약을 방해하는 것이 있거나 힘을 모으기 위해서 그러는 것이지 그 높이에 만족하는 것은 절대로 아닙니다."

"그 이야기는 좀 천천히 합시다. 어쩌면 영원히 안 할지도 모르겠군. 어쨌든 당신은 주인의 소재 파악과 구출을 위해 시모그라쥬 잡놈들의 도움을 받기로 한 것이군? 하지만 거래가 되려면 오가는 것이 있어야 할 텐데."

"글쎄요. 당신은 손을 털었다고 하셨는데."

"호기심이야 있으니까."

"젠장, 모르겠습니까? 대장군이 이곳에 억류되었다는 사실이 밝혀지면 전쟁이 일어납니다. 폐하께서는 그분의 위신 때문에라도 그러실 수밖에 없습니다. 그 사실이 공공연한 것이 되기 전에 대장군님은 구출되어야 합니다. 그러면 시모그라쥬가 불타는 대신 팔디곤 토프탈만 처형되는 것으로 끝날 겁니다."

"폐하께서는 그러실 수 있을 것 같지 않소."

"예?"

위츠는 옆으로 몸을 기울여 부채 하나를 집어 들었다. 그는 그것을 이레에게 내밀었지만 이레는 고개를 가로저었다. 위츠는 느굿하게 부채질을 하며 오가는 사람을 바라보았다.

"전쟁은 시작되었소. 암살공과 폐하의 전쟁이지."

이레의 눈에 불똥이 튀었다. 이레는 생각의 갈피들을 정신없이 정리하며 위츠의 말에 집중했다.

"표면적으로는 죄수 반환 전쟁이오. 스카리 빌파가 백화각을 파옥하고 부냐 헨로를 구출하여 발케네로 도망쳤거든. 좀 더 본질적인 이유는 당신이 생각해 보시구려. 어쨌든 놀랄 일이 하나 있소. 위풍당당하게 발케네로 진공한 제국군 앞을 막아선 것은 암살공이 길러 낸 일만 레콘 병사였소."

이레는 숨이 막힐 것 같은 충격을 받았다.

"일만이라고요?"

"그래요. 일만이오. 권력에 관한 당신의 철학이 적용되는 사례라고 할 수 있겠군. 암살공이 설마 발케네를 평안히 다스리기 위해 그런 무지막지한 병력을 모은 것은 아니겠지. 암살공은 이 전쟁을 준비하고 있었소. 당신은 이 사실에 당신이 아는 사실들을 끼워 넣을 수 있겠지."

"하늘을 잡기 위해 땅의 북극과 남극이 손을 잡았군요."

이레는 놀랐다는 듯이 고개를 가로저으며 유기들의 진열 상태를 가늠했다. 가게의 위치는 개방적이었다. 어느 쪽으로 달리든 인파 사이로 뛰어들 수 있었다.

"대장군은 7년 전 쥐딤에서 무수한 레콘을 격파했소. 살아 있는 사람 중에 암살공의 병력을 직접적으로 위협할 수 있는 유일한 사람이지."

"시모그라쥬 공이 주인님을, 암살공이 폐하를 맡은 것이군요."

"그런 것 같소. 우리 토프탈 각하가 상당한 사고를 치신 거지."

"맙소사……."

이레는 어지럽다는 듯이 오른손으로 이마를 짚었다. 그렇게 상대방의 눈을 자신의 이마로 끌어오며 왼손으로는 놋그릇 하나를 잽싸게 움켜쥐었다.

이레는 몸을 튕기며 위츠에게 놋그릇을 집어던졌다.

위츠는 엉겁결에 부채를 내밀어 그릇을 쳐냈다. 부채는 부서졌지만 그 덕분에 위츠는 머리가 깨지는 일을 모면했다. 이레는 훌쩍 뛰어 가게 밖으로 나섰다.

기대하던 공격이 이레에게 날아들었다. 가게가 그렇게 개방되어 있으니 당연히 보초가 있어야 한다. 하지만 공격은 이레가 미처 포함시키기 어려운 위치에서 다가왔다. 이레의 머리 위, 가게의 이층 창문을 통해 누군가가 뛰어내렸다. 이레는 어깨를 짓밟는 충격에 휘청했다.

사람들은 비명을 지르면서도 도망가지 않았다. 폭력을 둘로 나누어 그중 자신에게 피해가 오지 않는 폭력에 대해 관대한 것은 시모그라쥬 시민들 또한 마찬가지였다. 그들은 이레가 앞으로 고꾸라질 뻔하다가 용케 균형을 잡고 몸을 똑바로 세우자 환호까지 보냈다. 그중 어떤 이는 공격자를 찾는 이레에게 조언도 해주었다.

"어이, 청년! 왼쪽이야!"

"고맙습니다!"

이레는 되는 대로 몸을 오른쪽으로 돌리며 왼쪽을 후려찼다. 100킬로그램의 체중이 가득 실린 무서운 타격이었다. 발 끝부분에 뭔가 반응이 있었다. 이레는 재빨리 발끝을 보았다. 그리고 얼이 빠졌다.

어떤 인간 처녀가 코를 감싸쥔 채 비틀거리며 물러나고 있었다. 얼굴을 감싸쥔 손 아래로는 빨간 피가 흘러내리고 있었다. 보지도 않고 가한 공격으로 애꿎은 처녀 코를 내려앉혔으니 이토록 무안한 일도 따로 없을 것이다. 이레는 황급히 다가갔다.

"죄송합니다! 이런 결례가…… 퍽!"

하늘이 새파랗다. 처녀는 이레의 사죄를 우아한 발따귀로 거절했다. 목이 홱 젖혀지는 바람에 하마터면 등 뒤를 볼 뻔한 이레는 두 팔을 맹렬히 휘둘러 가까스로 쓰러지지 않았다. 턱과 얼굴을 만져 본 이레는 손바닥이 벌게진 것을 발견했다. 처녀는 코 아래를 쓱 닦고 나서 미소를 지어 보였다. 관중들이 폭발적인 함성을 내뱉었다.

"둘 다 비각술꾼이다!"

"발따귀 멋지다! 여자한테 걸었다!"

"저 청년 몸 좀 봐. 나는 남자!"

이레는 어처구니없다는 표정으로 주위를 둘러보다가 앞쪽의 처녀에게 말했다.

"아가씨는 누구한테 걸 겁니까?"

"물론 저요."

"저도 아가씨에게 걸죠."

이레는 뒤도 돌아보지 않고 도망쳤다. 아니, 도망치려 했다. 하지만 시모그라쥬 시민들은 이레가 도망치도록 내버려두지 않았다. 그들은 재미있다는 표정으로 어깨를 바짝 붙여 이레를 밀어냈다.

"좀 비켜 줘요!"

"붙어! 붙어라!"

행인들은 이구동성으로 외치며 이레를 안으로 밀어붙였다. 이레는 붉으락푸르락하는 얼굴로 뒤를 돌아보았고 더욱 의기소침해지는 광경을 발견했다. 이레와 눈이 마주치자 처녀는 소맷자락으로 코 아래를 쓱 닦고는 갑자기 발재주를 펼쳐 보였다. 몸놀림이 보통 가볍지 않았다. 허공에서 들리지 않는 비명이 울려 퍼지는 것 같다. 가상의 적 열 명 정도를 때려잡은 처녀는 비스듬히 서서 새침하게 말했다.

"섰거라."

행인들이 '와!' 하는 환호를 올렸다. 이레는 일단 위츠의 동태를 살피려 했다. 하지만 어느새 그들을 둘러싼 인파 때문에 위츠의 모습을 볼 수 없었다. 잠깐 고민한 이레는 이렇게 많은 사람이 있다면 차라리 잘된 일이라고 생각했다. 적당히 어울리다가 기회를 봐서 몸을 빼내야겠다고 생각한 이레는 처녀에게 다가섰다. 그냥 다가선 것은 아니다. 이레는 두 손과 두 발을 적당히 흔들다가 갑자기 휙 뛰어올랐다.

투계가 두 날개를 펼치고 날카로운 발톱으로 상대를 후려차는 듯한 동작으로 이레는 허공을 걷어찼다. 사람들은 지대한 관심으로 이레의 몸놀림을 살폈고 그것은 처녀도 마찬가지였다. 그리고 처녀는 잘못 맞았다간 뼈가 무사하기 어렵다는 것을 인정했다. 실려 있는 힘이 보통이 아니었다. 처녀와 마찬가지로 보이지 않는 상대들을 몰살시키며 걸어간 이레는 가슴까지나 올까 말까 한 처녀를 내려다보며 정중하게 말했다.

"섰다."

압도적인 체격 차에도 처녀는 주눅 들지 않았다. 처녀는 우아하게 오른쪽 발목을 내보였다. 이레는 그 발목을 슬쩍 걷어찼다.

그 조그마한 충돌이 일어나자 두 사람은 재빨리 뒤로 물러났다. 관중은 다시 환호를 보냈다.

바야흐로 조금 전 보이지 않은 자들을 멸종시켜 버린 두 사람의 치명적인 발기술이 서로에게 펼쳐지려는 찰나 누군가의 찢어지는 외침이 들려왔다.

"그만해라, 세레지!"

처녀는 흠칫하며 물러섰다. 이레도 재빨리 몸을 빼고 고함이 들려온 곳을 보았다. 사람들 위로 펄쩍펄쩍 뛰고 있는 것은 위츠였다. 위츠는 팔꿈치로 사람을 가격하다시피 하는 동작으로 인파를 헤치고 들어왔다. 이레는 다시 도망쳐야겠다고 생각했지만 그 순간 위츠가 찢어지는 목소리로 외쳤다.

"그 사람이 바로 네 오라버니다!"

이레의 사고가 딱 멎어 버렸다. 이레는 이 해괴한 선언을 어떻게든 자신의 의식 구조에 끼워 맞추려는 애처로운 노력을 경주했다. 실패했다. 세레지는 이레보다는 훨씬 적응력이 우수했다. 그녀는 울음을 터뜨릴 것 같은 얼굴로 훌쩍 다가왔다. 이레가 째차기라도 날아오는 게 아닐까 하고 긴장했을 때 세레지는 울먹이며 외쳤다.

"어릴 때 원숭이들에게 유괴되셨다는 오빠군요! 어쩐지 발놀림이 익숙했어요. 돌아오셨군요!"

그리고 세레지는 이레에게 매달렸다. 간단한 일은 아니었다. 두 사람의 키 차이가 엄청나기 때문이다. 하지만 세레지는 이레를 끌어내리듯이 하여 강제로 그 목을 끌어안았다. 엉거주춤한 동작으로 서 있던 이레의 귀에 세레지의 속삭임이 들려왔다.

"빨리 맞장구쳐."

이레는 졸도할 것 같은 심정으로 주위를 둘러보았다. 행인들은 감동한 표정으로 두 사람을 바라보고 있었다. 뭐라고 말하기 힘든 압박감 속에서 이레는 중얼거렸다.
"우우…… 꺄꺄……."
시모그라쥬는 참으로 놀라운 도시다.

이레 달비는 그것이 유치하고 조악하고 천박하고 통속적인 수법이라고 평가했다. 위체 파림은 그 평가를 겸허하게 수용했다.
"맞소. 그래서 효과적이지."
이레는 끙 하는 소리를 낼 수밖에 없었다. 위츠의 말처럼 그 유치하고 조악하고 천박하고 통속적인 연극은 싸움 구경에 신이 난 인파를 단숨에 물리치고 이레를 가게 안으로 끌어들이는 놀라운 효과를 발휘했던 것이다.
"그렇군요, 아버님."
"뭣 때문에 도망쳤는지 대충 짐작하오. 내가 공작의 사람이라고 추측한 거지?"
"결정적인 반대 증거가 제기되기 전까지는 안전을 위해 그 믿음을 계속 견지할 작정입니다. 그렇잖으면 까마득하게 먼 제국 북부의 소식을 그렇게 소상하게 알고 있을 이유가 없잖습니까."
이레는 유기점 지하에 있는 거대한 규모의 방을 의심에 찬 눈으로 둘러보았다. 무슨 물건인지 알 수 없는 것들이 잘 포장되어 쌓여 있고 벽에는 서가가 꽉 들어차 있었다. 서가 한쪽에는 뱀단지로 보이는 물건도 놓여 있었고 그 앞에는 뱀들을 풀어 놓을 가장자리가 약간 올라간 탁자도 있었다. 유기점 지하에 있을 필요가 없는, 수상쩍기 짝이 없는 공간이었다. 위츠가 말했다.

"내가 손 털었다고 했지? 그건 사실이오. 난 더 이상 시모그라 쥬의 범죄 조직과 관련이 없소. 가끔 거래를 하긴 하지만. 그리고 이 위쪽에 있는 유기점이 내 호구지책이라는 것도 사실이오. 비스그라쥬 백 데라시는 피고용인들에게 일정 수준의 자립 능력을 갖출 것을 요구하거든."

위츠를 일부러 무시하며 주위를 둘러보던 이레는 데라시라는 말에 고개를 홱 돌렸다. 그러자 세레지가 불평했다.

"아빠, 이 사람 놀라게 하지 마. 베일 것 같잖아."

이레는 깜짝 놀라서 세레지의 목을 누르고 있던 제국검을 뗐다. 이레가 안심하고 지하까지 따라 내려올 수 있도록 인질이 되어 준 세레지는 이레에게 목을 내준 채 의자에 앉아 있었다. 이레는 세레지에게 사과하고 나서 다시 위츠에게 말했다.

"비스그라쥬 백 데라시라고 하셨습니까?"

"비스그라쥬 백 데라시는 제국 전역에 자기 눈을 두고 있다는 이야기 듣지 못했소? 그리고 비스그라쥬에서 나는 황금은 전부 그 눈들을 유지하는 용도로 사용된다는 이야기도? 그거 다 진짜요."

"제가 어떻게 그걸 믿을 수 있지요?"

"내가 시모그라쥬 공의 사람이라면 왜 이런 지하 본부 같은 것을 만들겠소?"

맞는 말이다. 이런 장소는 적성 지역에서 활동해야 할 지하 운동가에게나 필요한 장소일 것이다. 하지만 지하 운동가들은 남의 이목을 끌지 않는 것이 상식이다.

"그 유치하고 조악하고 천박하고 통속적인……."

세레지는 '대단한 고집'이라고 중얼거렸고 위츠도 피식 웃었다. 이레는 두 사람의 반응에 개의치 않은 채 말했다.
"그 이야기는 오늘 일몰 전에 모든 시모그라쥬 인들에게 퍼질 겁니다. 당장 원숭이 사이에서 자라났다는 청년을 보러 사람들이 몰려올 겁니다. 지하 운동을 하는 사람이 그렇게 주목을 끄는 것이 말이나 됩니까?"
"옳은 지적이오. 하지만 우리는 이곳을 떠날 테니 상관없소."
"떠난다고요?"
세레지는 고개를 살짝 끄덕였다. 위츠는 아쉽다는 얼굴로 주위를 둘러보고 나서 단조롭게 말했다.
"우리도 갑자기 소식이 사라진 대장군을 수색하고 있었소. 망고 군단 쪽에서 뭔가 미심쩍은 이야기들이 흘러나오고 있어서 주의하고 있었지만 설마 대장군이 제국군에게 납치되었을 거라고는 상상하지 못했지. 나는 온갖 가설들을 검토해 봐야 했소. 당신 이야기를 들은 후에야 겨우 이해가 되더군."
"그 우리가 누구죠?"
이레는 대답을 기대하지 않은 채 질문했다. 하지만 위츠는 선선히 말했다.
"나와 내 딸, 두 사람이오."
"겨우 둘이오?"
"둘이면 충분하지. 우리가 무슨 파괴 공작을 하는 것도 아니고 그저 정보 수집만 하니까. 게다가 이곳은 시모그라쥬요. 정보를 파는 사람이 가득하니 많은 인력은 필요 없소. 정보를 사들일 돈만 있으면 되오. 하지만 대장군을 구출하고 나면 여기 더 있을 수 없소."

이레는 그 말에 대해 생각했다. 조금 후 이레는 세레지의 목을 누르고 있던 칼을 치우고 나서 그녀에게 고개를 꾸벅했다.

"실례가 많았습니다."

세레지는 목을 만질 뿐 별다른 말 없이 일어섰다. 그녀는 가게에 가 있겠다고 말하곤 위로 통하는 계단을 통해 사라졌다. 위츠가 말했다.

"이제 믿는 거요?"

"하신 말씀이 거짓말이라면 대장군의 몸종 한 명을 붙잡기 위한 것치곤 너무 장황한 거짓말이니까요."

이레는 위츠와 세레지가 이중 간첩일 가능성을 버리진 않았다는 말까지는 하지 않았다. 할 필요가 없는 말이니까. 위츠는 고개를 끄덕였다.

"저 뱀단지를 보면 알겠지만 우리는 하늘누리로부터 지령을 받을 수 있소. 하지만 보내는 것은 훨씬 시간이 많이 걸리지. 뱀부리미들이 과묵하긴 하지만 그래도 이곳에 끌어들일 수는 없으니까. 그래서 나는 급박한 상황에선 스스로 판단해야 하오. 평소 그런 상황에 대한 여러 가지 계획을 가지고 있긴 하지만 군단 전체를 상대하며 대장군을 구출해야 할 거라고는 생각도 못했군. 그러니 당신 계획부터 듣고 싶소. 어떻게 할 작정이었소?"

이레는 세레지가 앉아 있던 자리에 앉았다.

"일단은 가주님의 소재를 파악할 작정이었습니다. 할 수 있으십니까?"

"목표를 정확하게 알았으니 한 시간 안에는 할 수 있을 거요."

"한 시간? 굉장하군요. 망고 군단 내부에 조력자를 구할 수 있겠습니까?"

"흐음. 아까 말했지만 우리는 정보 수집만 하고 누군가를 포섭해 두거나 하는 일은 하지 않소. 당신이 말한 조력자는 지금부터 만들어 내야겠군. 잠시만 기다리시오."

자리에서 일어난 위츠는 벽의 서가로 다가가서 두툼한 장부 같은 것을 꺼냈다. 위츠는 그것을 탁자 위에 놓고 말했다.

"망고 군단 장교들에 관한 분석 자료들이오. 아마 망고 군단의 인사 기록도 이것보다는 덜 상세할걸. 약점을 잡거나 매수할 수 있는 요건이 있는 자들이 있는지 알아봅시다. 지금 몇 명 떠오르는 사람이 있으니 우선 그들의 기록부터 보도록 하지."

"잠깐만요. 평소에 기초 작업 같은 것을 전혀 해 두지 않았다는 말씀입니까? 친교를 터 두거나 돈을 빌려 주거나 하는 일 말인데요."

"해 두지 않았소."

"그러면 관두지요. 지금 망고 군단은 상당한 경계 태세에 있을 테니 서툴게 접근했다가는 역탐지당할지도 모릅니다."

위츠는 약간 머쓱한 표정을 지었다. 자신이 모아 놓은 자료들을 자랑하고 싶었던 것이다. 아무리 과묵한 사람이라도 자신이 이룩한 일을 널리 알리고 싶다는 유혹은 느끼게 마련이다. 하지만 위츠는 불만을 표시하지 않았다.

"대장군의 몸종은 역시 다르군. 아니면 이건 그 유명한 허수아비의 솜씨인 거요? 어쨌든 꽤 믿음직하게 보이는구려. 그러면 어떻게 하면 좋겠소?"

위츠는 또 현명한 대답을 기대한다는 표정으로 이레를 바라보았다. 하지만 이레는 대답하지 않았다. 그는 뱀단지를 멍하니 바라보았다. 특별히 그것이 보고 싶어서라기보다는 아무 곳에나 던진 시선이 그곳에 떨어지고 있는 것처럼 보였다. 위츠는 충분히 기다린 다음 조심스럽게 말했다.

"이레?"

"예? 예, 죄송합니다. 잠시 딴생각을 좀 했습니다."

"무슨 생각이오?"

"별것 아닙니다. 일단 가주님의 현 상황에 대해 알아야겠군요. 그 다음에 구출 방법을 궁리하도록 하지요."

"음, 알겠소. 그러면 쉬도록 하시오. 그런데 한 가지 물어 두 겠는데 그 옷의 원래 주인은 어떻게 되었소? 당신이 제국병 한 명을 제거하고 탈출했다면 군단은 발칵 뒤집혔을 테니까 알아 둬 야겠소."

"제 탈출로에 있더군요. 도리가 없었습니다. 머리를 호되게 때 렸는데, 죽지 않았기를 바랍니다."

"알겠소. 그러면 더욱 서둘러야겠군. 당신이 제국병의 복장을 하고 시모그라쥬에 잠입했을지도 모른다는 것을 저들이 알고 있 으니까. 한 시간 후에 돌아오겠소. 아, 참. 저기 상자 보이오? 그 상자에는 바닥이 없소."

위츠는 그렇게 말하고 나서 떠났다. 이레는 위츠가 가리킨 상 자에 다가가서 뚜껑을 열어 보았다. 위츠의 말과 달리 안에는 바 닥이 있었지만 이레는 당황하지 않고 그것을 더듬었다. 조금 후 상자 바닥이 통째로 들려 올라왔다. 그 아래로 검은 굴이 이어졌 다. 이런 공간에 출입구가 하나뿐일 리는 없다.

이레는 상자를 도로 닫아 두고 나서 의자에 걸터앉았다. 갇혔 다는 생각은 들지 않았다. 위츠가 공작의 부하들과 함께 돌아올 작정이라면 비밀 통로의 위치를 굳이 알려 줄 필요는 없다. 이레는 이렇게 끝없이 누군가를 의심해야 한다는 것이 지겨웠다. 두 가지 상념이 동시에 떠올랐다. 시모그라쥬에 돌아왔다는 것이 실감 난다는 생각과 네 명의 레콘들이 그립다는 생각이었다. 그들 오만한 거인들에 대해서는 의심할 필요가 없었다. 그들이라면 누군가를 속이느니 때려서 자기 말을 듣게 할 것이다. 속이는 것과 억압하는 것 중 어느 것이 더 도덕적이냐는 비교는 우스운 것이지만 후자의 대상이 될 경우에는 정신력 소모가 필요 없다.

이레는 후회스러웠다. 끝까지 설득해서 함께 나왔어야 했다. 이레는 엘시보다 그들을 먼저 구출하는 것에 대해 생각해 보았다. 그들의 전력이라면 엘시를 구출하는 것에 큰 도움이 될 것이다. 하지만 어떻게? 네 사람을 가두고 있는 것은 그들 자신의 공포다. 물리적인 장애는 없다. 어쨌든 이레의 발목을 적시는 얕은 물은 물리적 장애가 될 수 없다. 그들을 가두고 있는 것은 그들 자신이고 제국군 전체가 동원된다 해도 누군가를 그 자신으로부터 구출할 수 없다. 그보다는 하늘누리를 침입하는 것이 훨씬 쉬울 것이다. 실제로 지멘이 그렇게 한 이상 하늘누리 침입을 불가능하다고 말할 수는 없으니까…….

이레는 어리둥절한 얼굴로 일어났다. 그는 어느새 탁자에 엎드려 잠들어 있었다. 그런데 각성의 순간 무의식 속에서 무엇인가를 가지고 나온 것 같았다. 이레는 그것이 무엇인지 골똘히 생각했다. 그러자 갑자기 위츠의 질문이 떠올랐다.

'대장군의 몸종은 역시 다르군. 아니면 이건 그 유명한 허수아비의 솜씨인 거요?'

이레를 상념에 빠트린 질문이었다. 이레는 자신이 그 질문에 대답할 수 없었다는 것을 깨달았다. 대장군의 몸종으로 일하며 그는 많은 것을 배웠지만 그 전에도 그는 일종의 전문가였다.

암살자라는 말은 장사꾼이나 군인, 농부와 같은 말처럼 사용된다. 하지만 납치자라는 말은 취침자나 보행자, 고객 같은 말처럼 사용된다. 즉 납치라는 말에는 해당 행위의 전문가가 없다는 선입관이 들어 있는 것이다. 하지만 보행 전문가는 없을지언정 납치 전문가는 존재할 수 있다. 이레가 그런 사람이었으니까. 보수를 받고 어떤 사람을 다른 장소로 옮기는 것이 시모그라쥬에서 이레가 하던 일이었다. 같은 맥락에서 이레는 구조 전문가이기도 하다. 이레의 작업 대상들은 둘 사이에 엄청난 차이가 있다고 느끼겠지만 이레에겐 똑같은 일이었다. 허수아비라는 별명은 이레가 했던 무수한 납치 및 구조에서 단 한 번 일어났던 사건 때문에 붙은 별명이다. 납치 대상이 사라졌다는 것을 오랜 시간 동안 들키지 않아야 하는 일이 있었다. 이레는 잠자리에 허수아비를 집어넣어 대상으로 위장했다. 딱 한 번뿐이었다. 하지만 전설은 그런 사건에서 생기는 법이다.

'누군가가 감쪽같이 사라지고 대신 그 자리에 허수아비가 남아 있다면, 그가 다녀간 것이다.'

사람들은 이야기를 너무도 좋아한다. 이레는 피식 웃었다. 위츠의 유치하고 조악하고 천박하고 통속적인 수법은 사람들의 본성을 꿰뚫는 교활한 수법인 셈이다.

이레는 이제 위츠에게 대답할 수 있다고 생각했다. 당신은 납치 전문가 허수아비를 본 것이라고. 허수아비 이레는…….

'허수아비 이레가 누구지?'

이레는 갑자기 몸이 싸늘해지는 것을 느꼈다. 귓불이 화끈거리고 관자놀이가 뒤로 당겨지는 기분, 뱃속을 차가운 면도칼이 훑고 지나가는 것 같은 느낌. 이레는 주먹을 움켜쥔 채 주위를 재빨리 둘러보았다. 변한 것은 아무것도 없다. 그러나 낯선 풍경이다. 이곳에 익숙해질 만큼 오래 있었던 것은 아니니까. 그 묘한 불일치가 이레를 불안하게 했다.

이레는 자신이 어떻게 허수아비 이레를 모를 수 있는지 생각했다.

어처구니없는 일이다. 이레는 자신이 어떤 사람이었는지 잘 알고 있었다. 이레는 기억이 희미해지는 가장 먼 옛날까지의 기억을 대부분 떠올릴 수 있었다. 그런데 그 느낌이 기묘했다. 그것은 마치 다른 사람의 일대기를 쓴 책을 완벽하게 기억하고 있는 것 같았다. 동일시가 이루어지지 않았다. 이레는 이레 달비가 어떤 일을 했고 어떤 말을 했다는 것은 알고 있지만 '내'가 그렇게 했다는 느낌은 가질 수 없었다.

내가 많이 바뀌었나? 그럴 법도 하다. 시모그라쥬의 범죄자에서 칼리도 백 엘시 에더리의 몸종이 되었으니 모든 제국을 통틀어도 찾아보기 힘든 극적인 인생 전환인 셈이다. 사고와 가치관이 바뀌는 것도 있을 법한 일이다. 하지만 개운치 않았다. 그 설명은 무엇인가를 빠트리고 있는 것 같았다. 이레는 미간을 찡그린 채 위츠가 돌아올 때까지 상념에 잠겼다.

루시닌 수교위는 주테카를 매섭게 노려보았다. 하지만 주테카는 흥미롭다는 표정으로 루시닌의 손을 바라볼 뿐이었다. 이레에게 잘렸던 손은 이제 조금씩 자라나고 있었다. 아직 손가락이라 부를 만한 것은 없었지만 조막손이라고 할 만한 것이 팔목 아래에 달려 있는 것은 분명했다. 주테카는 진심으로 말했다.

"거참 편리하겠네."

루시닌은 비늘을 부딪치며 옆으로 손을 뻗었다. 그 손이 물통을 들어 올리는 모습을 본 주테카는 벼슬을 뻣뻣하게 세웠다. 루시닌은 물이 출렁 넘치도록 물통을 세차게 내려놓고 나서 말했다.

"편리하지요. 완전히 부숴 놓지 않으면 기어코 재생합니다. 저를 겁줄 수는 없을 겁니다. 그런데 저는 제가 당신을 겁줄 수 있는지 궁금해졌습니다."

자존심 때문에 주테카는 도저히 물러날 수 없었다. 깃털을 부풀리는 주테카를 보며 루시닌이 말했다.

"언제 도망쳤습니까?"

주테카는 대답하지 않았다. 그는 부리를 꽉 닫은 채 루시닌을 바라볼 뿐이었다. 루시닌은 압박의 강도를 높이기로 했다. 그는 허리를 굽혀 물통을 집어 들었다. 다시 허리를 폈을 때 수교위는 레콘이 두 명으로 늘어나 있다는 것을 알았다.

주테카의 곁에는 왕벼슬 쵸지가 서 있었다. 쵸지는 팔짱을 낀 채 루시닌을 물끄러미 바라보았다. 놀라운 일이었다. 주테카가 물러서지 않는 것보다 더. 루시닌은 당혹감을 드러내지 않으려 애쓰며 쵸지를 바라보았다. 쵸지가 조금 쉰 목소리로 말했다.

"해 봐."

"예?"

쵸지는 주테카의 어깨를 붙잡아 뒤로 슬쩍 밀었다. 주테카가 비틀거리며 물러나자 쵸지는 그 앞을 가로막듯이 섰다. 주테카는 부리를 벌린 채 쵸지의 뒤통수를 바라보았다. 쵸지가 말했다.

"해 보라고. 내가 그 꼴을 당하면 어떻게 되는지 알고 싶어졌어. 미친다면, 뭐 미친 사람이야 자기가 미쳤다는 걸 모르니 상관없겠지. 안 미친다면, 그것도 좋은 일이지. 어느 쪽이라도 상관없을 것 같으니 해 볼 만한 가치가 있어."

쵸지는 자신의 초조감과 두려움을 구태여 숨기지 않았다. 그는 부들부들 떨리는 수염볏을 내버려둔 채 말을 이었다.

"그런데 네게도 가치가 있을지 모르겠군. 미친다면 내가 너를 어떻게 할지는 나도 몰라. 하지만 안 미친다면 나는 너를 하나 더하지도, 덜하지도 않게 딱 백 토막 내겠어."

루시닌은 비늘이 빠질 것 같은 두려움을 느꼈다. 그런 두려움은 이레에게 손을 잘린 이후 처음 느껴 보는 것이었다. 통제할 수 없는 공포 속에서 루시닌은 자신이 지상 최강 종족과 마주하고 있다는 사실을 갑작스럽게 자각했다. 한 그릇의 물에도 두려움에 젖지만 맨손으로 소의 머리를 뽑아 낼 수 있는 자들. 이 기묘한 불균형. 비록 좋아하는 예술 양식은 많이 다르지만 나가도 다른 종족들도 미학에 대해서는 같은 관념을 공유한다. 균형은 아름답다. 불균형은 아름답지 않다. 아름답지 않을 뿐만 아니라 혐오스럽고 때론 무섭다. 레콘에게는 극단의 나약함과 강인함이 공존한다. 그들은 무섭다.

루시닌은 말했다.

"가치가 없겠군요."

쵸지는 아무 말 하지 않았다. 루시닌은 물통을 들어 다시 수레 위에 올려놓았다. 그의 주변에 있던 병사들은 이 결과에 만족해야 할지 말아야 할지 알 수 없었다. 그 광경은 루시닌이 패배한 것처럼 보였지만 레콘에게 물을 뿌리고 미치는지 그렇지 않은지 실험하는 것이 바람직한 일인가는 확신할 수 없었다. 루시닌은 자존심을 회복하려는 헛된 시도를 했다.

"차라리 잘된 일이군요. 이 손목의 빚을 갚아야 하는데, 갇혀 있는 자를 괴롭힐 수는 없지요. 그를 추적하면서 빚을 갚을 수 있겠군요."

나가의 목소리는 아름답지만 루시닌의 말에서는 아름다움을 느낄 수 없었다. 그 말에 도대체 무슨 쓸모가 있는가 하는 루시닌 자신의 의심이 담겨 있었기 때문이다. 루시닌은 그만두고 물러나기로 했다. 그는 소리 없이 손으로 명령을 내렸고 병사들은 빈 수레를 챙겨 물러났다. 하지만 떠나는 방향은 지금까지와 달랐다. 루시닌은 다리가 있는 방향으로 곧장 떠났다. 이레가 이미 다리를 찾아낸 이상 다리의 위치를 감추기 위해 돌아가는 것은 의미가 없다.

루시닌과 빈 수레, 병사들이 떠난 것을 확인한 주테카는 조심스럽게 쵸지의 앞으로 다가섰다. 쵸지는 딱딱하게 굳은 얼굴로 수교위가 떠난 방향을 노려보았다. 주테카가 말했다.

"젠장. 누가 너에게 도와달라고 했어?"

쵸지는 어리둥절한 얼굴로 주테카를 바라보다가 고개를 살짝 가로저었다.

"아냐. 너 도와주려고 한 게 아냐. 나는 진짜 궁금해졌어."

쵸지가 허풍을 친 거라고 믿고 있었던 주테카는 기가 막히다는 눈으로 쵸지를 바라보았다. 미치지 않고서야 그런 것을 궁금해할 까닭이 있는가. 주테카는 쵸지의 위아래를 죽 훑어보고는, 다시 아래위를 훑어보았다. 쵸지는 주테카의 가슴을 살짝 밀어내고 메마른 목소리로 말했다.

"주테카, 난 안 미쳤어. 그 사실이 아쉽긴 하지만."

"뭐?"

"길은 있어. 분명히 있어. 이레가 떠난 길, 그리고 저놈들이 떠난 길."

"왕벼슬, 그건 길이 아냐."

"미치면 지나갈 수 있을지도 모르지. 약간만 미치면."

주테카는 고개를 강하게 가로저었다. 그가 부정의 말을 하려 할 때 쵸지가 말했다.

"주테카, 세상에 나늬가 있다고 믿어?"

"나늬?"

"저 바깥에 나늬가 있을까?"

쵸지는 그 질문을 준람에게도 한 적이 있다. 준람은 그것이 전설이라고 일축했다. 하지만 정의를 사랑하는 동료의 의견은 달랐다.

"있어."

"있어? 어떻게 확신하지?"

주테카는 부리를 딱 부딪치고는 루시닌이 가져다 놓은 수레로 다가갔다. 그리고 언제나처럼 술병을 꺼내어 물끄러미 바라보다가 말했다.

"어떻게는 필요 없어."

"필요 없다고?"

"필요 없어. 이봐, 세상이 완벽하게 정의로워질 거라고 내가 진짜 믿는 줄 알아? 그런 상태가 올 것 같아? 현실 감각이 전무한 몽상가나 그런 걸 믿어. 하지만 나는 정의가 중요하다고 믿기 때문에 그걸 추구하고 있어. 네가 대답해 봐. 네게 나늬가 중요해?"

"중요하다고 생각해."

"그러면 네 나늬는 있어."

주테카는 술병을 단숨에 비웠다. 쵸지는 그 병이 비는 것을 넋놓고 바라보았다. 주테카는 빈 술병을 휙 집어던지고 투덜거렸다.

"젠장. 쓸데없는 소리를 했더니 술맛도 별로군…… 응? 이봐, 뭐 해?"

"뭐 하는 것처럼 보여?"

주테카는 대답할 수 없었다. 쵸지가 갑자기 물통으로 다가가 그것을 물끄러미 들여다보고 있다고 말할 수 없었다. 대신 주테카는 몸을 확 부풀렸다. 쵸지는 중얼거렸다.

"나늬는 있어."

쵸지의 손이 물통으로 뻗어 갔다.

검푸른 저녁 하늘. 암적색 파도가 서쪽 하늘을 부드럽게 때린다. 화끈 달아올랐던 공기 속으로 희미하지만 시원한 바람 줄기가 흐른다. 열대림이 사스락거림으로 밤의 재래를 예고하고 성급하게 떠오른 별이 민망하게 반짝거리는 열대의 황혼이다.

이레는 무릎에 팔을 얹은 채 망고 군단을 물끄러미 바라보았다. 군단 사령부의 아름다운 건물들은 이레의 앞쪽 낮은 곳에 펼쳐져 있었다.

비록 건물들은 군사적인 용도보다는 연회장으로 쓰이는 것이 적합할 만큼 아름다웠지만 경계는 여느 병영과 마찬가지로 철저했다. 돌담이나 목책들이 충분히 배치되어 있었고 그 주위에는 소리가 나는 장치들이 빽빽이 늘어서 있었다. 인간 초병들이 있기 때문이다. 높은 곳의 감시탑에는 나가 감시병들이 있을 것이다. 그들은 열을 본다. 열을 보는 나가와 소리를 듣는 인간이 함께 있을 경우 밤에도 높은 수준의 경계망을 펼 수 있다. 이레는 밤이 깊어지면 나가 감시병들의 몸이 식을 거라는 점을 지적했지만 위츠는 그들이 몸이 식기 전에 교대한다고 알려 주었다. 하긴 당연히 그래야 한다. 한마디로 소리와 체온을 한꺼번에 없애지 않고서는 잠입이 어려운 곳이다.

이레는 왜 자신이 이런 우직한 방법밖에 선택할 수 없는지 안타까웠다. '철통 같은 경계를 뚫고 몰래 잠입하여 목표물을 데리고 쥐도 새도 모르게 빠져나온다.' 낭만적이라는 평가를 내릴 사람이 있을지는 모르지만 이레가 보기엔 구출 활동의 가장 한심하고 저급한 형태다. 엄청난 현금을 일시에 투입하여 모든 감시자들을 매수한 다음 그들이 직접 구출 대상을 데려오게 한다면 이레는 그것이 가장 화려한 구출 작전이라고 평할 것이다. 구출의 목적은 결국 구출 대상에게 안전을 돌려주는 것이다. 자유가 아니다. 구출받은 사람은 구출의 빚을 지게 되므로 자유롭지 못하다. 오직 안전이 중요하며, 그렇다면 가장 안전한 방법이 구출의 본질과 통하는 것이다.

하지만 위츠는 망고 군단 전체를 매수할 만한 현금을 동원할 수 없었다. 그런 일은 자유무역당의 지테를 시야니 당주나 가능한 일일 것이다. 그리고 필요한 몇몇 사람을 매수하는 것은 위험한 일이었다. 망고 군단의 보안 책임자들이 바보가 아니라면 그런 접촉을 예측하고 있을 테니까. 결국 이레는 가장 저급한 수단을 쓸 수밖에 없었다.

다행히 대장군의 현 위치는 간단히 파악할 수 있었다. 대장군이 베로시 토프탈 상장군에게 저지른 좀 몰상식한 폭행은 도저히 덮어 둘 수 있는 이야기가 아니었다. 위츠에게 그 이야기를 전해 들은 이레는 즐거움을 느꼈다. 두억시니 상장군이 당한 봉변도 즐거운 일이었지만 그가 즐거워하는 이유는 따로 있었다.

'가주님은 자기 소재를 알려 주신 겁니다. 혹 있을지 모르는 구출을 대비하기 위해.'

위츠는 오 하듯 입술을 둥글게 말았다.

'음. 죄수의 난동에 지나지 않는 일을 지나치게 호의적으로 해석하는 거 아니오?'

'난동이지요. 하지만 저희 주인님이 난동을 부린다면 그건 필요하기 때문입니다. 기분풀이 삼아 그러지는 않으십니다. 그분은 점잖으신 분입니다. 속상하면 곡차를 드시고 목검이나 좀 휘두르시거나, 그것도 여의치 않으면 한숨을 내쉬는 것이 전부입니다.'

이레는 신이 나서 말했지만 위츠는 못마땅하다는 얼굴로 아래를 내려다보았다. 이레는 왜 그러냐고 물었다. 위츠가 대답했다.

'글쎄. 나이를 먹으면 사람살이가 어떻게 이루어지는지도 조금 보이지. 내가 대장군이라면 정말 답답하겠다는 생각이 들었소.'

'무슨 말씀입니까?'

'어떤 사람의 주변에서 그가 이런 사람이다, 저런 사람이다라는 말이 많이 들릴수록 그 사람은 사는 것이 답답하지.'

대장군은 줏대 있는 사람이라고 반박하려던 이레는 갑자기 자신의 옛 별명을 떠올렸다. 허수아비라는 별명은 그가 단 한 번 했던 일 때문에 붙은 것이지만 사람들은 이레가 언제나 그러는 것처럼 말한다. 대장군에 대해 별로 아는 것이 없는 위츠는 그가 홧김에 그러했을 거라고 생각하고 있었다. 그리고 이레는 그 행동이 주도면밀한 계획 하에 이루어진 영리한 구조 요청이라고 해석하고 있었다. 어느 것이 사실일까. 위츠가 말했다.

'하긴 그런 것을 답답하게 여기지 않을 수 있으니 나처럼 빌빌거리는 대신 젊은 나이에 황제의 대장군이 된 것이겠지. 그런 사람이 우리 같은 범인하고 같겠소. 당신 말처럼 그분이 일부러 그랬는지도 모르지. 어쨌든 그 때문에 그분이 계신 곳은 확실해졌소. 어떻게 하시겠소?'

'밧줄을 준비해 주십시오.'

위츠가 준비해 준 밧줄은 둥글게 말려 이레의 어깨에 걸려 있었다. 이레는 혼자 들어갈 작정이었다. 이왕 저급한 수단을 쓴다면 피해는 최소화하는 것이 낫기 때문이다. 하지만 엘시의 현재 상태를 알 수 없었다. 엘시가 밧줄을 몸에 묶을 수도 없는 상태라면 누군가가 우물 아래로 내려가야 한다. 그런데 이레가 내려가면 끌어 올려줄 사람이 없다. 위츠는 그것을 해결할 방법을 내놓았다.

이레의 상념 속으로 그 방법이 나타났다. 주위를 둘러보고 온 세레지 파림이 이레를 보며 활기차게 말했다.

"이레, 싸러 가자."

"세레지, 난 남자야. 볼일 보러 같이 가는 건 여자들의 특권이고."

"무슨 소리야? 쳐들어가려면 몸 가볍게 해야 할 거 아냐."

옳은 말이다. 이레는 몸을 일으켰다. 몇 걸음 걸어 으슥한 수풀 속에 들어가자 세레지는 별 거리낌 없이 허리띠를 풀고 쭈그려 앉았다. 이레는 정중하게 몸을 돌려 나무에 방뇨했다. 잠시 쏴 하는 시원한 소리의 이중창이 두 사람의 존재를 대변했다. 좀 실례였지만 이레는 뒤에서 들려오는 소리에 귀를 기울였다. 그 소리가 끝날 때까지 기다리기 위해. 조금 후 이레는 몸을 돌렸다. 세레지는 바지끈을 묶으며 걸어가고 있었다.

 세레지는 이레가 서 있던 자리로 돌아와 망고 군단을 내려다보았다. 하늘엔 태양의 항적이 반짝이고 있었고 잠입하기엔 너무 밝았다. 이레는 일몰 직후를 잠입 시간으로 선택했다. 나가 감시병들의 몸이 아직 따끈할 때를 굳이 선택한 것은 상대방의 의표를 찌른다는 의미도 있었고 망고 군단의 아름다운 석조 건물들의 도움을 받는다는 실제적인 이유도 있었다. 하루 동안 달궈진 돌 건축물들이 아직 뜨거울 때 그 열기를 이용할 생각이었다. 얼마나 도움이 될지는 미지수지만 없는 것보다는 나을 것이다. 하지만 아직은 밝았다. 세레지는 잡담을 늘어놓았다.

 "이레, 하늘누리 이야기를 해 봐. 시골 처녀 가슴에 바람 좀 불어넣어 보라고."

 "응? 시모그라쥬가 시골이야?"

 "하늘누리에 비하면 전부 시골이지."

 의외로 정확한 표현이다. 하늘누리에 비교될 수 있는 도시는 지상에 없으니까. 하지만 이레는 하늘누리에 대해 자랑할 것이 없었다.

 "거기는 젊은이들에겐 별로 재미 없는 도시야. 엄숙하고 진지하고 따분해. 술도가도 겨우 하나 들어와 있지. 술 익는 냄새를 맡고 싶어 몸살이 난 도깨비들이 몽화각에서 술을 빚자 애주가인 대신들이 극성을 부려서 하나 생긴 거야. 정치에 관심이 많다면 무지무지하게 재미있는 곳이겠지만."

"환상 계단 이야기 좀 해 봐."

"아. 그게 있구나. 그건 처음 보면 정말 신기하지. 하지만 그건 어떻다고 이야기해 줄 수 없어. 내가 만드는 건 네가 보지 못하고 네가 만드는 것은 내가 보지 못하니까. 각자 자기 계단을 만드는 거지. 내가 이런 것을 만들었다고 자랑하고 싶어도 상대에게 보여 줄 수가 없고…… 같은 환상 계단에 대해 서로 이야기를 나눌 수 없으니까 아예 이야기를 하지 않아. 그래서 나도 그걸 이야기한다는 생각을 못했어."

"나는 그 이야기 들을 때마다 머리가 이상해지는 것 같아. 정말 아무것도 안 보여?"

"자기가 만든 건 자기 눈에는 보여. 그러니까 밟고 다니지."

"하지만 다른 사람에겐 안 보이고?"

"그렇지."

"그게 헷갈린단 말이야. 만약 내가 다른 사람에게 보이는 계단을 상상하면?"

이레는 놀라지 않았다. 환상 계단에 대한 설명을 처음 들은 사람은 비슷한 생각을 한다. 이레도 그러했다.

"안 보여. 만약 보인다면 그건 네 설명을 듣고 다른 사람이 네가 밟고 있는 계단을 상상했기 때문이야. 하지만 그건 네가 상상한 계단이 아니라 그 사람이 상상한 계단이지. 그런 일이라도 일어나려면 설명을 아주 잘해야 할 거야."

"그러니까 다른 사람이 내가 밟고 있는 계단을 본다면 그것은 내가 밟고 있는 계단을 상상한 그 사람의 계단이라는 거지? 그리고 나는 내가 밟고 있는 계단을 상상한 그 사람의 계단을 밟고 있는 것이 아니고?"

"아마 그렇겠지?"

"아마는 뭐야?"

"미안. 네 말이 어지러워서 이해를 못했어."

"뭐가 어지럽다는 거야? 그러니까 내 말은 내가 내가 밟고 있는 계단을 다른 사람도 볼 수 있는 계단으로 상상한다고 하더라도 다른 사람은 내가 내가 상상한 계단을 밟고 있는 것을 상상한 것이고 그것은 내가 상상한 계단이 아니라 그 사람이 상상한 내가 상상한 계단이니까……."

"용서해 줘. 나는 어렸어. 원숭이들을 감당할 수 없었어. 아버지와 둘이 살기 힘들었지?"

"오빠를 원망하지 않아요. 우리, 앞으로 다시는 헤어지지 마요."

이레와 세레지는 싱긋 웃었다. 세레지는 오른발을 높이 올려 발뒤꿈치를 근처의 나무에 기댄 다음 가슴으로 무릎을 내리눌렀다. 몸을 푸는 동작이었다. 이레가 질문했다.

"비각술은 어떻게 배웠지?"

"아빠 지키려고."

"네 아버지는 정보만 모았다고 들었는데. 그게 원한 가진 사람이 습격할 만큼 위험한 일은 아니잖아."

"맞아. 그런데 아빠가 이름만 무시무시한 간첩이고 사실 양지 바른 곳에 앉아 동네 소식 모으는 할머니와 별로 다를 게 없다는 것을 알았을 때는 이미 비녀를 찰 수 있게 된 후였거든."

세레지는 오른발을 내리고 왼발을 올렸다.

"그리고 배워 두니까 써먹을 곳은 있더라. 시모그라쥬가 좀 험하잖아. 그건 네가 더 잘 알지? 건달이 아니라 진짜 전문가였다고 하던데. 납치 전문가?"

"응."

"그게 무슨 일이야?"

"글쎄…… 어떤 조직을 이끄는 부두목쯤 되는 이가 경쟁 조직에게 납치당하면 그 사람들은 나를 찾아. 사실 그 부두목을 납치해서 경쟁 조직에게 넘겨준 것이 나일 수도 있어. 하지만 그렇지 않다면 나는 그 부두목을 구해다 주지. 양쪽으로 다 돈을 벌 수 있는 거야. 그런 식이야."

"모르겠어. 그런 일을 특별히 잘하려면 무슨 능력이 필요한데?"

"옛날 이야기는 별로 하고 싶지 않아. 지금 나는 주인님의 몸종이야."

"하지만 지금부터 하려는 일은 옛날에 네가 하던 일이잖아. 도움될 이야기 좀 듣자. 어떻게 하면……."

"인생 포기하면 돼."

세레지는 정강이에 뺨을 댄 채 이레를 물끄러미 바라보았다.

"왜?"

"뒤끝이 안 좋아. 보통 사람은 납치를 당하면 본때를 보여 주고 싶어하지. 힘 있는 사람일수록 자기 권위가 위험하기 때문에 꼭 보복을 해. 그 때문에 되도록 친절하게 대하는 편이지만, 사람 마음이 그렇지가 않아."

"사람 마음이 어떤데?"

이레는 무덤덤한 표정으로 어두워지는 하늘을 바라보았다.

"사냥감에게 친절하기 어렵다는 거야. 상대를 얕잡아보게 되지. 이 자식아, 너는 내 손안에 있다. 이런 마음이 든다고. 아무리 친절하게 대하려고 해도 그런 속마음은 무의식중에 드러나지. 그리고 신경이 곤두서 있는 사람은 그런 걸 쉽게 알아차려. 그래서 더 화가 나서 복수하려고 하지."

"무슨 말인지 알 것 같아."

"어떤 미친 놈들은 구조를 해 줘도 죽이려고 들지. 자기가 도움 받았다는 사실이 창피하다는 거야. 할 만한 일이 못 돼. 그러니 말종이나 그런 일을 하는 거지. 그리고 나는 말종이었어. 다른 재주는 필요 없어."

"미안해. 괜히 물어본 것 같네."

"괜찮아."

세레지는 왼발을 내렸다. 그리고 이레의 곁으로 다가와 바닥에 앉으며 짐짓 활기차게 말했다.

"그런데 궁금하다. 어떻게 그런 말종이 대장군님의 몸종이 되었어?"

"내가 몸종이 되었을 땐 대장군님이 아니셨지."

"어쨌든 백작님의 몸종이 된 것은 맞잖아. 어떻게?"

"폐하께서 나를 주인님에게 선물하셨지."

세레지의 눈이 휘둥그레졌다.

"너 황제 폐하도 만나 봤어?"

"아니. 폐하께서는 나를 알지도 못하실 거야. 아, 지금은 혹 아실지도 모르지만 그때는 모르셨을 거야. 주인님이 쥐딤에서 큰 공훈을 세우신 직후 폐하께서 무슨 상을 바라냐고 하문하셨지. 그때 주인님은 연고 없는 죄수들 중에 모범적인 이가 있으면 하인으로 쓰겠다고 하셨어."

"오, 근사하신 백작님이로군. 죄수 갱생을 맡겠다는 거 아냐."

"뭐 그런 셈이지. 주인님이 맡은 죄수들 중 하나가 나였어. 사실 전부 칼리도로 데려갈 작정이셨겠지. 그분은 전쟁이 끝났으니 고향으로 돌아갈 생각이셨거든. 하지만 그렇게 되지 못했어. 그 후로 계속 제국군에 매달려야 했거든. 우습게도 주인님이 받은 죄수들만 칼리도로 가게 되었지. 하지만 나는 몸종이 되어 주인님 곁에 남았지."

해가 졌다. 빠르게 어둠이 내리는 것을 본 이레는 몸을 일으켰다. 세레지 또한 가벼운 동작으로 그의 뒤를 따라 걸었다.

미리 파악해 둔 우물의 위치에 가장 가까운 돌담으로 다가가며 이레는 감시탑의 위치를 살폈다. 우물이 있는 곳을 시야에 둘 수 있는 감시탑은 하나뿐이었다. 그나마 다행이었다. 하지만 돌담의 모든 부분은 최소 두 개 이상의 감시탑에서 볼 수 있도록 배치되어 있었다. 넘어가는 것이 쉽지 않았다. 이레는 돌담을 바라보며 어떻게 들키지 않고 넘어갈 것인지 고민했다. 그때 세레지가 그의 어깨를 두드렸다.

"저기 좀 봐."

세레지는 손가락을 뻗었다. 조금 떨어진 곳에 거대한 나무가 돌담 바깥에 있었다. 세레지는 그 나무의 가지 중 돌담 안쪽을 향해 뻗어 있는 커다란 가지를 가리켰다. 그 가지의 연장선상에는 마구간으로 쓰이는 것 같은 헛간이 있었다. 조금 더 생각해 본 이레는 세레지의 의도를 이해했다.

"확실하지 않잖아."

"거의 확실해."

"일단 가 보자."

그들은 몸을 낮춘 채 나무로 다가갔다. 나무에 도착하자 세레지는 아무 말 없이 나무를 기어 올라갔다. 조금 전 가리켰던 나뭇가지에 올라탄 세레지는 그곳에서 헛간 쪽을 바라보았다.

창문 안쪽은 보이지도 않을 것이다. 하지만 세레지는 고민하지 않았다. 그녀는 가지 위에 발을 조심스럽게 끌어올렸다. 커다란 부엉이 같았다. 용케 균형을 잡은 세레지는 앞쪽을 매섭게 바라보았다. 그리고 어느 순간 그녀의 몸이 앞으로 휙 뻗었다.

아마도 병사들은 그런 짓을 할 수 있는 사람이 없을 거라는 판단 하에, 아니, 판단은커녕 상상도 못했기에 나무를 내버려두었을 것이다. 하지만 몇 미터쯤 되는 거리를 날아간 세레지는 마구간 창문으로 뛰어들었다. 이레는 비명이 들리지는 않는다는 것을, 그리고 감시탑 쪽에서 고함이나 종소리 같은 것이 들리지 않는다는 것을 확인한 다음 나무 위로 올라갔다.

병사들의 생각이 옳았다. 쉬운 도전이 아니었다. 앞쪽에 보이는 창문은 너무 작았고 거리는 너무 멀었다. 하지만 세레지는 가능하다는 것을 보여 주었다. 이레는 자신이 세레지보다 훨씬 무겁고 나가 감시병에게 포착될 가능성도 훨씬 크다는 것을 떠올리고는 빨리 가지에서 떠나야겠다고 생각했다. 이레는 앞쪽의 창문을 향해 훌쩍 뛰었다.

짧은 순간 동안 엄청난 후회를 한 끝에 이레는 건초 더미에 떨어졌다.

세레지가 예상한 것처럼 그 창문 너머는 마구간 이층이었고 그곳에는 건초들이 잔뜩 쌓여 있었다. 이미 일어나 있던 세레지는 손을 뻗어 이레가 일어나도록 도와주었다. 아래쪽에서 말들이 뜻밖의 손님에 놀라 콧김을 툴툴 내뱉는 소리가 들렸다. 냄새나 소리로 느꼈을 것이다. 그들은 아래로 내려가는 사다리를 찾기 위해 잠시 더듬거렸다. 조금 후 이레가 그것을 발견했다. 그들은 어둠 속에서 아래로 내려갔다.

말들이 불안해하는 소리가 지척에서 들렸다. 그들은 어둠 속에서 방향을 가늠한 다음 마구간 입구 쪽으로 걸어갔다. 만약 문이 밖에서 잠겨 있다면 꽤 곤란할 테지만 이레는 그럴 리가 없다고 생각했다. 아무리 간 큰 말도둑이라도 군마를 훔치지는 않을 테고 급하게 출동할 때를 대비해서 마구간 문은 열어 둔다. 그의 예상대로 쪽문은 열려 있었다. 그들은 머리를 마주한 채 마구간 바깥의 동정을 살폈다.

어둠에 눈이 익숙해지자 꽤 먼 곳까지 살펴볼 수 있었다. 엘시가 갇혀 있는 우물은 그들이 있는 마구간에서 대략 30미터쯤 떨어져 있었다. 원래는 말들의 식수를 담당하는 우물이었던 모양이다. 마구간과 우물 사이를 가로막는 장애물은 없었지만 곤란하게도 우물 주위에 네 명의 병사들이 보초를 서고 있었다. 감시탑의 시야가 부족하기에 보초병들이 배치되어 있는 것 같았다. 이레는 어떻게 그들을 조용히 제거할지 고민했다. 이번에도 해결책을 찾아낸 것은 세레지였다.

어디론가 달려간 세레지는 곧 안장 아래에 까는 담요를 들고 돌아왔다. 그녀는 웃옷을 걷어올리고 그 속에 담요를 쑤셔 넣었다. 이레가 당황한 눈으로 바라보는 가운데 옷 아래 담요를 채워 넣은 세레지는 똑바로 서서 불룩해진 배를 내밀었다.

"어때?"

"애 아버지가 레콘이야?"

"너무 불룩한가."

세레지는 옷 속에 손을 집어넣어 담요의 위치를 재조정했다.

그럭저럭 만삭의 몸이 만들어지자 세레지는 쪽문을 조심스럽게 열고 밖으로 나갔다. 그리고 갑자기 비틀거리며 우물을 향해 뛰어갔다.

병사들은 깜짝 놀라 칼자루를 움켜쥐었다. 비틀거리며 달려간 세레지는 그들이 '누구냐!' 같은 통상적인 말조차 외칠 기회를 주지 않았다.

"부위님을 찾아왔어요!"

병사들은 당황했다. 그중 선임자로 보이는 상전사가 말했다.

"뭐?"

"부위님이오! 부위님을 만나게 해 주세요. 제발요. 그 사람이 여기 계신다고 했어요."

"도대체 무슨 말을 하는 겁니까. 여긴 부위가 한두 명이 아닌데."

"괜찮아요. 다 만나게 해 주세요."

"아니, 내 말은 그런 뜻이 아니라……."

"아무리 많아도 저는 알아볼 수 있어요! 그 사람의 아이를 가지고 있으니까!"

그리고 세레지는 배를 불쑥 내밀었다. 상전사의 얼굴에는 당혹감이, 병사들의 얼굴에는 웃음이 떠올랐다. 킥킥거리는 병사를 본 세레지는 억울하다는 얼굴로 말했다.

"이건 정말 그 사람의 핏줄이에요! 확실해요. 날짜도 맞고 발놀림을 봐도 그 사람을 닮은 아들이 분명해요. 그 사람은 아들을 갖고 싶어하셨다고요. 늘 베갯머리에서 그 사람은……."

상전사는 간신히 자신의 당황을 옆으로 치워 놓았다.

"자, 잠깐만. 무슨 말인지 알겠는데, 그렇다고 해서 부대에 숨에 앉아 있는 모습으로 만들었다. 돌아온 이레는 홀쭉해진 세레지의 배를 보며 진지하게 질문했다.

"파림 가문의 가풍은 다른 사람의 인생 가지고 이야기 만들기였냐?"

"도움되는 가풍이지."

"무서운 가풍이야."

농담은 그쯤하기로 하고 이레는 우물 뚜껑을 붙잡았다. 꽤 무거웠다. 소리가 나지 않도록 움직이느라 더욱 힘들었지만 이레는 그것을 들어 올려 우물 옆에 내려놓았다. 세레지는 감탄했다.

"힘 좋네. 윽. 이게 무슨 냄새야?"

이레가 뚜껑을 옮겨 놓자 끔찍한 악취가 퍼져 나왔다. 인간이든 나가든 모두 알아차릴 수 있을 냄새에 이레는 조바심을 느꼈다. 그는 황급히 우물 안쪽으로 고개를 들이밀었다. 안쪽은 캄캄했다. 이레는 조심스럽게 말했다.

"가주…… 주인님?"

대답은 없었다. 이레는 목소리를 조금 더 높였지만 여전히 대답이 없었다. 안쪽에 사람이 없는 것이 아닌가 의심스러웠다. 이레는 세레지에게 숨소리를 낮추라는 손짓을 보내고는 우물 안쪽에 귀를 기울였다.

희미하게 숨소리 같은 것이 들려왔다. 거칠고 불안정한 숨소리였다. 우물 안쪽에 사람이 있는 것이 분명했다. 이레는 세레지에게 안에 사람이 있다는 손짓을 해 보였다. 세레지는 고개를 끄덕였다.

"내가 내려가지. 더 가벼우니까."

"알았어. 잠깐. 여기 등롱이 있군."

이레는 병사들이 순찰할 때 쓰는 등롱을 집어 들었다. 세레지는 허리에 밧줄을 묶고 등롱을 들었다. 이레는 밧줄을 허리에 감고 팔뚝에도 감고는 우물 바깥벽에 발을 받치고 몸을 뒤로 기울였다. 만약 감시탑 쪽에서 본다면 완전히 들통날 자세였다. 세레지 또한 그렇게 판단했기에 빠르게 우물 안으로 들어갔다.

세레지는 바닥을 몇 번 차고 곧 아래쪽에 도달했다. 떨어지는 것에 가까운 속도였다. 바닥에 선 세레지는 악취에 정신이 다 몽롱해지는 것 같았다. 코와 입을 틀어막고 나서 그녀는 등롱을 눈높이로 들어 올렸다.

그리고 세레지는 호흡을 멈췄다. 후각이 아닌 시각적 충격 때문에.

"이봐, 세레지? 어때?"

위에서 이레가 속삭이는 소리가 들려왔다. 하지만 세레지는 대답하지 못했다. 그녀는 눈을 크게 뜬 채 우물 벽을 바라보았다.

벽 가득히 사람들이 있었다. 처음 그것을 보았을 때 무수히 많은 사람들에게 주시당하는 기분을 느낀 세레지는 말을 할 수 없었다. 조금 후에야 세레지는 그것이 벽에 그려진 그림임을 깨달았다. 하긴 진짜 사람이라기엔 크기 차이가 너무 크다. 어떤 것은 실물대에 가까운 크기였지만 어떤 것은 조그마했다.

세레지는 등롱을 서서히 돌렸다. 그녀는 그림에 둘러싸여 있었다. 원형 벽화였다. 시작도 끝도 찾을 수 없는 그림 속에 인간과 레콘, 도깨비, 나가들이 있었다. 많은 사람들이 웃고 떠들고 진지한 이야기를 나누고 걷고 달리고 있었다. 그림에 둘러싸여 있다 보니 그녀 또한 그림의 일부가 된 것 같았다. 기묘한 혼란 속에서 세레지는 그림을 바라보았다. 투박하고 거친 그림이었다.

조명이 시원찮았기 때문에 선은 마구 어긋나 있었다. 하지만 무엇인지 모를 감정이 절제 없이 표현된 그림이었다.

분변과 피와 땀과 침과 때로 그린 그림이었다.

가슴이 뻐근해지는 것을 느낀 세레지는 황급히 숨을 몰아쉬었다. 위쪽에서 다시 초조한 속삭임이 들려왔다.

"세레지?"

"조금 기다려."

세레지는 힘겹게 등롱을 내렸다. 바닥을 살피니 곧 웅크리고 있는 남자가 보였다. 처음에는 그 이상한 모습 때문에 사람처럼 보이지 않았다. 조금 후에야 세레지는 바닥과 닿은 우물 벽의 아랫부분에 손을 댄 채 쓰러진 사람을 알아보았다. 세레지는 그가 엎드려서 그림의 아랫부분을 그리다가 그대로 잠들었음을 알 수 있었다. 세레지는 무릎을 구부렸다.

헝클어진 머리와 덥수룩한 수염 속에서 세레지는 겨우 사람의 눈 같은 것을 찾아내었다. 차마 만지고 싶지 않은 얼굴이었다. 세레지는 남자를 불렀다.

"엘시 백작님?"

반응이 없었다. 세레지는 자신이 무슨 행동을 하는지도 모르는 채 갑자기 손을 내뻗어 그의 어깨를 찰싹 두드렸다.

"엘시 백작님!"

눈꺼풀이 꿈틀거렸다. 조금 후 남자가 눈을 떴다. 그러자마자 그는 황급히 눈을 가렸다. 등롱의 빛이 그의 눈을 찔렀기 때문이다. 세레지는 등롱을 옆으로 치웠다. 그녀가 사죄하려 했을 때 남자는 쉰 목소리로 말했다.

"소속은?"

세레지는 놀랐다.

"세레지라고 합니다. 이레 달비와 함께 왔어요."

"이레가 왔군. 그렇다면 조용히 나가야 하는 것이군."

"예?"

되물었던 세레지는 곧 엘시의 추리를 짐작했다. 이레가 직접 내려오지 않았다면 끌어올리기 위해 남았다는 뜻이고 그가 끌어 올려야 한다면 이것이 소규모의 비밀 작전이라는 뜻이 된다. 세레지는 고개를 끄덕였다.

"아, 예. 그래요, 백작님."

엘시는 힘겹게 몸을 일으켰다. 그는 세레지의 얼굴을 자세히 보려 하다가 고개를 가로저었다.

"얼굴을 똑똑히 볼 수 없군. 시력이 안 좋아졌나 봐. 밧줄을 내 손에 쥐어 줘야겠어."

세레지는 자신의 허리에 감겨 있던 밧줄을 풀어 엘시에게 건넸다. 엘시는 그것을 몸에 묶으려 꿈틀거렸다. 하지만 손아귀에 힘이 제대로 들어가지 않는 것 같았다. 세레지는 묵묵히 엘시의 몸에 밧줄을 묶어 주었다. 엘시가 말했다.

"고맙다. 밧줄을 잡고 먼저 올라가거라."

"먼저요?"

"내 힘을 자신할 수 없군. 두 사람이 끌어올리는 편이 쉽겠지."

세레지는 고개를 끄덕였다가 엘시가 제대로 볼 수 없음을 깨닫고는 알았다고 말했다. 밧줄을 붙잡으려던 세레지는 문득 생각난 것처럼 등롱을 들어 올려 벽화를 보았다. 뚫어지게 그것을 바라보던 세레지는 고개를 가로젓고 밧줄을 움켜쥐었다.

"이레, 올라갈게. 꽉 붙잡아. 하지만 당기지는 마. 반대쪽 끝을 백작님에게 묶어 놨어."

그리고 세레지는 밧줄을 타고 올라가려 했다. 그러나 그때 이상한 목소리가 들려왔다.

"꽉 잡아. 둘 다 끌어올릴 테니까."

세레지는 놀라서 위쪽을 쳐다보았다. 그때 밧줄이 무서운 힘으로 끌어올려졌다. 세레지는 엉겁결에 밧줄에 매달렸다.

우물 가에 서 있던 이레는 놀란 눈으로 갑자기 나타난 레콘을 바라보았다. 그가 어떻게 반응하기도 전에 레콘은 이레의 손에 있던 밧줄을 움켜쥐었다. 엉겁결에 밧줄을 뺏긴 이레는 레콘의 얼굴을 올려다보았다. 그리고 레콘의 얼굴 옆으로 늘어진 커다란 벼슬을 발견했다.

"왕벼슬!"

쵸지는 고개를 돌려 이레에게 미소를 지어 보였다. 그때 세 명의 레콘이 더 나타났다. 고개를 돌린 이레는 주테카와 준람, 론솔피의 모습을 확인했다.

"빠져나왔군요!"

주테카가 씩 웃으며 말했다.

"따라와서 죽여 보라며? 이제 죽은 목숨인데 기분이 어때?"

죽을 때가 되면 기분이 아주 좋아지는 모양이다. 이레는 더없이 즐거운 기분으로 그들을 바라보았다. 이제 이레는 왜 감시탑 쪽이 조용했는지 알 수 있었다. 네 사람이 감시병들을 침묵시켰던 것이다. 그것을 확인하려던 이레는 갑자기 더 중요한 사실을 깨달았다. 네 사람은 섬에 갇혀 있었다. 그런데 지금 그들은 이곳에 있다. 물이라고 말할 뻔했던 이레는 가까스로 그것을 대명어들어 오시면 안 됩니다. 아니, 도대체 여기가 어디라고 그 몸을 하고 들어온 겁니까?"

"만나 주지 않잖아요! 이 애가 그걸 원해요. 아버지를 만나고 싶어한다고요. 저는 알 수 있어요!"

어머니는 정말 강하구나 하는 아름다운 생각을 끝으로, 세레지의 말을 꼬박꼬박 받아주던 상전사는 앞으로 고꾸라졌다. 웃음을 참느라 정신이 없었던 하전사들은 조금 늦게야 상전사의 모습에 반응했다. 무슨 일인가 돌아보던 하전사의 얼굴에 큼직한 발이 날아들었다. 병사는 데굴데굴 굴러갔다. 놀라서 칼자루를 뽑아 든 두 번째 하전사는 끔찍한 모습에 숨을 멈췄다. 눈앞에 있던 임산부가 갑자기 몸을 옆으로 내던진 것이다. 하전사가 놀란 것은 이해하지만 바람직한 태교의 측면에서 권장할 수 없는 동작이라는 뜻의 비명을 지르려 했을 때 임산부의 왼발이 그의 허리를 찼다. 그리고 거의 인식할 수 없는 순간이 지난 후 뒤따라온 오른발이 그의 얼굴을 걷어찼다. 날카로운 휘몰차기다. 몸을 팽그르르 돌린 세레지가 똑바로 섰을 때 하전사는 얼굴이 뭉개져 뒤로 쓰러졌다.

이레와 세레지는 기습의 효과를 낭비하지 않았다. 네 명의 병사들은 반항 한번 못해 보고 혼절했다. 그들은 재빨리 근심스러운 얼굴로 감시탑 쪽을 바라보았지만 여전히 아무 반응이 없었다. 나가 감시병들은 모두 바깥을 보고 있었던 모양이다. 세레지는 병사들의 투구를 거꾸로 씌웠고 이레는 그들의 손발을 재빨리 묶었다. 그들은 혹 감시탑 쪽에서 보더라도 의심을 사지 않도록 두 명의 병사들을 빼냈다. 이레가 두 명의 병사들을 감시탑에서 보이지 않는 곳으로 옮겨 놓는 동안 세레지는 그들을 우물 주위사로 바뀠다.

"그걸 극복하셨습니까?"

세 레콘의 얼굴이 조금 굳었다. 밧줄을 끌어올리던 쵸지가 말했다.

"아냐."

"아니라고요?"

"아냐."

밧줄을 쓱쓱 잡아당기며 쵸지는 얼마 전의 일을 떠올렸다.

주테카는 그래서는 안 된다고 외치려 했다. 하지만 말이 제대로 나오지 않았다. 그는 부릅뜬 눈으로 쵸지의 손끝을 바라보았다. 돌로 만들어진 것처럼 생기 없이 움직인 그 손이 이제 물통 근처에 떠 있었다. 몇 센티미터만 더 움직이면 물통에 손이 닿을 것 같았다.

그때 벽력 같은 고함이 들려왔다.

"됐어! 왕벼슬, 주테카! 이리 와 봐!"

쵸지는 깜짝 놀라 손을 끌어당겼다. 주테카는 기뻐하면서도 뭔지 모를 아쉬움을 느꼈다. 쵸지는 멍한 표정으로 고함이 들려온 쪽을 바라보았다. 그것은 론솔피의 외침이었다. 뒤이어 준람의 외침도 들려왔다.

"빨리 오지 않고 뭐해?"

주테카는 자신이 무슨 행동을 해야 할지 알 것 같았다. 그는 쵸지의 어깨를 감싸쥐며 끌어당겼다. 급한 움직임 때문에 쵸지는 몇 걸음 비틀거렸다. 주테카가 말했다.

"빨리 가 보자, 왕벼슬!"

쵸지는 고개를 갸웃하다가 뭐가 뭔지 모르겠다는 얼굴을 한 채 달려갔다. 그가 달려가는 모습을 본 주테카는 안도하며 뒤를 돌아보았다. 거기엔 물통이 있었다. 주테카는 물통을 향해 부리를 한 번 딱 부딪쳐 준 다음 쵸지의 뒤를 따라 달렸다.

그쪽은 다리가 있는 방향이었다. 주테카는 론솔피와 준람이 왜 기뻐하는지 알 수 없었다. 설마 그 다리가 물 위로 떠오르기라도 했나? 자신의 생각에 웃음을 터뜨릴 뻔했을 때 주테카는 물가에 도달했다. 그리고 주테카는 웃음을 터뜨리고 말았다. 즐거워서가 아니라 어처구니가 없었기 때문이다.

다리가 물 위로 떠올라 있었다.

정신없이 웃으며 주테카는 생각했다. 이게 환상 계단인가? 생각한 대로 변하네? 하지만 겨우 웃음을 멈춘 주테카는 그것의 정체를 깨달았다. 물 위를 가로지르고 있는 것은 준람의 이동교였다. 준람은 자신의 이동교 일부를 해체하여 수면 아래에 있는 돌다리 위에 얹어 놓은 것이다. 그러자 그것은 나무다리가 되었다.

물 위에 있는 나무다리였다.

시커먼 것이 앞으로 뛰어나갔다. 론솔피였다. 론솔피는 다리를 밟지는 않았다. 대신 그 위를 날아갔다. 이레의 말처럼 그들은 20미터 정도는 손쉽게 뛸 수 있었다. 도약하는 공간 아래쪽에 무엇이 있느냐가 문제일 뿐이다. 론솔피는 건너편에 내려서서 주먹을 힘껏 들어 올렸다.

"빠져나왔어! 젠장. 너무 쉬워서 화가 나네!"

이동교의 제작자인 준람도 자신의 다리를 밟지는 않았다. 그는 론솔피처럼 앞으로 훌쩍 뛰었다. 그리고 다리 위를 붕 날아가서 가볍게 땅에 내려섰다. 나발칸의 레콘 준람은 점잖게 자신의 기쁨을 표현했다.

"같은 바람이 불어도 이쪽의 냄새가 더 좋군."

주테카는 껄껄 웃었다. 두 사람을 따라 앞으로 뛰려던 주테카는 문득 쵸지를 떠올렸다. 고개를 돌린 주테카는 쵸지의 커다란 벼슬을 보았다. 그것은 주테카가 있는 쪽으로 늘어져 있어서 쵸지의 얼굴을 조금 가렸다.

"어이, 왕벼슬?"

쵸지는 흠칫하며 주테카를 돌아보았다. 주테카의 눈 속에서 자기 얼굴을 보던 쵸지는 웃으며 주먹을 들어 올렸다. 주먹을 우두둑우두둑 꺾은 쵸지가 말했다.

"가자, 주테카."

쵸지는 땅을 박찼다. 물 위로 힘차게 날아오른 쵸지는 앞의 두 레콘처럼 건너편에 도달했다. 하지만 두 사람과 달리 그는 그대로 달려갔다. 준람과 론솔피는 당황하여 쵸지의 뒤를 따랐고 주테카도 물 위를 건넜다. 세 사람이 쵸지를 따라잡았을 때 쵸지가 기운차게 외쳤다.

"어어이, 아직은 한 토막!"

쵸지의 앞쪽에는 조금 전 보급품을 가져다 놓고 떠나던 루시닌 수교위와 병사들이 있었다. 쵸지의 외침을 들은 루시닌은 황급히 뒤로 돌았고 쵸지를 발견하자마자 온몸의 비늘을 부딪쳤다. 쵸지는 무도한 인물은 아니었다. 하지만 두 손으로 무엇인가를 갈가리 찢는 시늉을 해 보이는 장난을 포기하지도 않았다.

"그리고 두 토막, 세 토막, 네 토막……."

그 동작과 외침에 혼이 빠져 버린 루시닌은 가지고 있던 소드락을 모두 입에 털어넣어 버렸다. 굉장한 속도로 도망치기는커녕 발작을 일으켜 그 자리에 고꾸라지는 루시닌을 보며 쵸지는 약간의 미안함을 느꼈다.

준람의 다리를 돌다리 위에 놓고 빠져나왔다는 주테카의 설명을 들은 이레는 손뼉을 딱 쳤다. 이레는 준람에게 말했다.
"당신의 다리가 쓸모 있었군요."
"네가 그 다리를 찾아 준 덕분이지."
이레는 그제야 네 사람이 모두 자기 무기를 들고 있다는 것을 깨달았다. 그는 론솔피의 도끼창을 가리켰고 론솔피가 말했다.
"아. 루시닌을 좀 협조적으로 만들어 줬지. 술술 말하더군."
레콘들이 무기부터 찾은 후에 이곳으로 왔다는 것을 알게 된 이레는 그 사실에 섭섭해하지 않아야 한다고 생각했다. 레콘에게 무기가 얼마나 중요한지 알기 때문이다. 그리고 먼저냐 나중이냐 하는 것이 항상 중요한 것은 아니다.
그때 황당한 표정을 한 세레지와 엘시가 우물 밖으로 끌려 나왔다. 세레지는 밧줄을 놓고 우물 가장자리를 밟으며 가볍게 뛰어내렸지만 엘시는 쵸지가 내려 줄 때까지 밧줄 끝에서 대롱거렸다. 그리고 똑바로 서지도 못하고 그대로 땅에 쓰러졌다. 이레는 작은 비명을 지르며 엘시에게 달려들었다.
"가주님?"
엘시는 움직이지 못했다. 이레는 그를 조심스럽게 돌려 놓았다. 덥수룩한 수염과 지저분한 머리, 피폐해진 주인의 얼굴을 본 이레는 눈물이 핑 도는 것을 느꼈다. 그는 엘시의 어깨를 붙잡았다. 엘시가 눈을 떴다.

"주인이다, 이레."

이레는 목이 메었다.

"주인님……."

"나를 좀 앉혀다오."

이레는 엘시를 부축하여 앉혔다. 엘시는 주위에 서 있는 네 사람을 어렵게 돌아보았다.

"어두운 곳에 오래 있어서 내 시력이 좀 좋지 않습니다. 준람과 론솔피, 주테카, 왕벼슬인 것 같은데 알아볼 수는 없군요. 와줘서 고맙습니다."

긴장하고 있던 세레지는 엘시가 레콘들의 이름을 말하는 것을 보고 안도했다. 준람이 말했다.

"우리가 늦어서 눈이 상했군. 미안해."

"아니요. 여러분은 내 마음의……."

"침입자다!"

네 레콘과 세 인간은 얼빠진 얼굴로 외침이 들려온 곳을 보았다. 그곳에는 이레가 기절시켰던 병사가 고함을 빽빽 지르고 있었다. 엘시가 한숨을 내쉬듯 말했다.

"뭔가 좀 묘하게 낭만적인 말이 된 것 같군. 도망갑시다."

다음 순간 엘시를 제외한 여섯 사람은 법석을 떨었다. 쵸지와 준람이 동시에 엘시를 집어 드느라 하마터면 엘시를 찌그러뜨릴 뻔했다. 론솔피는 주테카를 집어 들어 비명을 지르는 병사에게 집어던졌다. 아마 병사를 침묵시키기 위한 조처였겠지만 개미 잡으려고 아스화리탈을 부른 격이다. 게다가 서두르느라 겨냥도 맞지 않았다. 주테카는 병사 옆의 벽을 뚫고 들어가 버렸다. 기겁한 병사가 입을 다물긴 했지만 건물 무너지는 소리는 병사의 외침 이상이었다. "이런, 젠장! 건물 좀 조용히 못 부수나, 주테카!" 론솔피는 정말 뻔뻔한 레콘이라는 듯이 바라보는 세레지의 눈길을 무시한 채 외쳤다. 그동안 쵸지와 준람 사이에서는 겨우 타협이 일어났다. 쵸지가 "네 무기는 쌍병이잖아!"라고 지적했기 때문이다. 그래서 쵸지가 엘시를 어깨에 메었고 준람은 이레를 론솔피에게 던졌다. 세레지는 그 모습을 보더니 무너진 벽 쪽으로 달려갔다. 잔해 속에서 주테카가 걸어 나오자 세레지는 두 팔을 들어 올렸다. "저를 집어 들 사람은 당신인가 보네요. 잘 부탁해요." 그렇게 쵸지가 엘시를, 론솔피가 이레를, 주테카가 세레지를 집어 들자 준람이 쌍창을 서로 부딪치고는 앞으로 뛰어나가며 외쳤다. "내가 길을 열지!" 용감한 외침이었지만, 이레는 방향이 잘못되었다고 말해 주고 싶었다. 준람은 이레가 넘어왔던 담과 정반대 방향으로 달려간 것이다. 가까운 곳에 담이 있다고 외치려 했지만 론솔피가 후닥닥 달렸기 때문에 이레는 말을 할 수 없었다. 하긴 네 명의 레콘이 그들의 무기와 함께 있으니 그것을 막을 자는 많지 않을 것이다.

  그리고 지셀 수교위는 그 많지 않은 사람에 포함되는 인물이었다. 지셀 수교위는 침입이 일어난 곳이 어디인지 짐작할 수 있었다. 아마도 높은 확률로 대장군이 갇혀 있는 우물 쪽일 것이다. 그리고 뒤이어 들려온 굉음을 듣자 그는 그런 소리를 일으킬 수 있는 것은 레콘밖에 없다고 생각했다. 갇혀 있던 레콘들이 어떤 방법으로 도망쳤거나 다른 레콘이 온 것이다. 지셀은 둘 중 어느 쪽이 옳을지 고민하는 대신 그들이 레콘이라는 사실에 집중하기로 했다. 그래서 지셀은 밤 동안 내려간 체온 때문에 밖으로 나와 침입자를 확인하기는커녕 옷도 제대로 챙겨 입지 못한 상태에서 고함을 질렀다.

"저기 온다, 물을 뿌려라!"

그의 외침이 끝나자마자 들려온 엄청난 소음에 지셀은 자신의 행동이 과연 최선의 선택이었는지 궁금해하기 시작했다.

지셀의 외침을 들은 순간 준람은 자신을 겨냥하고 있는 살수관을 보았다. 사실 그것은 살수관이 아니라 정원에 피어 있던 양란이었고 준람도 곧 그 사실을 깨달았다. 하지만 그 사실을 알아차렸을 때는 이미 몸을 옆으로 날린 후였다. 준람은 흙벽을 부수고 건물 안으로 뛰어들었다. 주테카의 어깨 위에서 그 모습을 보던 세레지는 이 레콘들이 망고 군단에 상당한 적개심을 가지고 있는 것이 분명하다고 생각했다. '그래서 도와주러 왔나?' 엘시가 힘겹게 말했다.

"긴장하지 마시오! 저건 그냥 질러 보는 함성일 겁니다. 벌써 소화차를 끌고 나왔을 리 없습니다!"

레콘들은 엘시의 지적이 합리적이라고 생각했다. 하지만 무의식적인 두려움은 합리성이라는 친구를 소개받은 적이 없다. 주테카와 론솔피가 달리던 기세를 잃고 주위를 불안하게 두리번거릴 때 엘시를 메고 있던 쵸지가 앞으로 나섰다.

"가자, 엘시의 말이 맞을 거야. 준람!"

하지만 어느 군단에나 있는 노련한 교위들은 망고 군단에도 있었다. 나가인 지셀이 벌써 일어났을 리 없다는 사실을 깨달은 교위들은 지셀의 의도를 눈치 챘다. 곧 여러 곳에서 물을 뿌리라고

나 물통을 뒤엎으라거나 소화차를 굴려 버리라는 등의 외침들이 들려왔다. 앞으로 나서던 쵸지도 당혹하여 걸음을 멈췄다. 쵸지는 커다란 벼슬을 꼿꼿이 세웠다. 그는 자신에게 속삭였다. '나늬는 있어.' 하지만 그 순간 상상력이 풍부한 어느 교위가 물독을 깨트렸다. 물독 깨지는 소리에 쵸지의 발이 다시 멈췄다. 그때 검은 레콘이 더 난폭하다는 속설의 신봉자가 보면 좋아할 일이 벌어졌다.

이레를 떠메고 있던 론솔피는 불안하게 두리번거리다가 도끼창에 부리를 부딪혔다. 그 순간 론솔피는 자신에 대해 분노했고, 곧 그 분노를 외부로 돌렸다. 이것은 도저히 참을 수 없었다.

"말장난으로 레콘을 이길 작정이냐!"

론솔피가 거세게 뛰어올랐다.

론솔피의 어깨에 있던 이레는 숨이 턱 막혔다. 까마득한 높이로 솟아오른 론솔피는 도끼창을 옆으로 휙 뿌렸다. 지지점이 없는 공중에서 그는 도끼창의 무게를 평형추 삼아 자신을 회전시켰다. 그러면서 그렇게 주위를 둘러보았다. 어둠 속에서 보이는 것은 별로 없었다. 하지만 론솔피는 보이지 않는 것은 존재하지 않는다는 식으로 생각하기로 했다. 그는 담백한 사람이었다. 쿵 소리를 내며 떨어진 론솔피가 외쳤다.

"아무것도 없다! 바보들아, 달려!"

무너진 건물에서 뛰쳐나오던 준람은 자신의 앞을 휙 지나치는 론솔피를 보았다. 그 뒤를 따라 쵸지와 주테카도 달렸다. 세 사람의 거침없는 달리기를 본 준람은 기세 좋게 몸을 부풀렸다. 그는 흙먼지를 날려 보내고 다른 사람들을 따라 달려갔다.

그러나 그들은 이미 많은 시간을 지체한 후였다. 그리고 망고 군단의 대비는 충분했다. 맹렬히 달려가던 론솔피는 어디선가 들려오는 쿠르르 하는 소리를 들었다. 수레바퀴 소리였다. 그 소리가 의미하는 바는 누군가에게 물어볼 필요도 없었다. 론솔피는 욕설을 중얼거리며 앞쪽에 있던 단층 건물을 뛰어넘었다. 그것이 앞을 막고 있었기 때문에 뛴 것이지만 그 때문에 그는 곧장 부대 정문에 도달하게 되었다. 정문을 확인한 론솔피는 환호를 내질렀다. 그곳에는 공포에 질린 몇몇 제국병들이 있었지만 그 제국병들은 론솔피가 멈춰 서서 상황을 고려하게 할 만한 요소는 아니었다. 론솔피는 정문으로 성큼성큼 걸어갔다.

동시에 정문 바깥으로부터 소화차들이 굴러 들어왔다.

론솔피가 우뚝 멈춰 섰다. 그를 따라 건물을 뛰어넘은 세 레콘도 소화차들의 모습을 발견했다. 소화차를 담 안쪽에 둘 경우 밖으로 물을 쏘아 내기가 어렵기 때문에 베로시 토프탈은 부대 바깥에 두 대의 소화차를 배치하여 위장해 두었다. 그 소화차들이 부대 안쪽의 소란을 듣고 급히 이동하는 것이었다.

레콘들이 멈춰 서는 것을 본 제국병들은 재빨리 소화차에 접근했다. 소화차 위에서는 드센 병사들이 이를 악문 채 살수관을 내밀고 있었다. 레콘들은 재빨리 좌우를 돌아보았다. 고무적인 광경은 보이지 않았다. 부대 안쪽에 있던 소화차들이 그들을 향해 다가오고 있었다. 키보렌 유료도로에서 겪었던 일의 재현이었다. 론솔피는 억울함과 분노 때문에 정신을 차릴 수 없었다. 똑같은 일을 두 번 당할 수는 없다.

이레가 그의 어깨에서 떨어져 내렸다.

화를 내고 있던 론솔피는 조금 후에야 이레가 떨어진 것을 깨달았다. 이레는 바닥에 서서 이를 악문 채 말했다.

"소화차들을 상대해 보겠습니다."

"네가? 맨손으로?"

"다른 방법이 없잖습니까. 우물쭈물하다간 완전히 포위됩니다. 어떻게든 그걸 뿌리는 것은 막아 보겠습니다. 그 사이에 도망치십시오. 주인님을 부탁합니다."

"이레."

"괜찮습니다. 저도 죽을 생각은 없습니다. 여러분이 감시탑을 처리해 줘서 화살은 날아오지 않습니다. 칼싸움이라면……."

"뭐? 감시탑은 네가 처리했잖아?"

이레는 어리둥절하여 론솔피를 돌아보았다. 론솔피 또한 이상한 것을 느끼고는 높이 솟아 있는 감시탑들을 바라보았다. 부대 내에서 소동이 벌어지고 있는데도 감시탑은 고요했다. 그곳에 있는 감시병들이 누군가에게 공격당해서 침묵하게 되었다는 것은 분명하다. 이레는 의아하여 말했다.

"당신들이 한 것 아닙니까?"

"아냐. 감시탑은 비어 있던데."

"예?"

"달려오다가 잠깐 봤어. 모두 비어 있었어. 그래서 우리는 네가 들어와 있다고 생각했는데."

레콘은 눈이 좋다. 희미한 빛이 있다면 먼 곳에서도 감시탑 내부를 볼 수 있었을 것이다. 이레는 론솔피의 말이 무슨 뜻인지 생각해 보았다.

"우리 외에 다른 자들이 있다는 겁니까? 그럼 누구……!"

이레는 말을 삼키고 경악한 얼굴로 밤하늘을 바라보았다. 론솔피는 이레의 시선을 좇았다. 이레가 보고 있는 것은 감시탑이었다.
 새파란 달빛이 떨어지는 감시탑 위에 무엇인가가 서 있었다.
 그것은 무엇이라고밖에 말할 수 없었다. 사람도 아니고 동물도 아니었다. 그런 그림자를 떨어뜨리는 동물은 어디에도 없다. 하지만 그것은 움직이고 있었다. 날개인지 뒷다리인지 꼬리인지 알 수 없는 것을 기운차게 움직이며 자신의 생명성을 공고한 것으로 만들고 있었다.
 그것이 우렁차게 외쳤다.
 "행복은 불타는 이단옆차기!"
 론솔피는 펄쩍 뛸 뻔했다. 주테카는 괴상한 소리를 냈고 준람은 휘청하다가 하마터면 쓰러질 뻔했다. 그리고 쵸지는 부리를 쩍 벌렸다. 세레지와 이레도 뒤통수를 맞은 듯한 얼굴로 감시탑을 바라보았다. 소화차를 끌고 오던 병사들 또한 깜짝 놀라서 황당해하며 감시탑을 바라보았다. 그리고 감시탑 위에서 꿈틀거리는 기묘한 존재에 다시 놀랐다. 외침의 여운이 사라질 무렵 다른 감시탑 쪽에서도 기괴한 외침들이 들려왔다.
 "흥미로운 거미줄의 어금니!"
 "동쪽이 세 개! 우, 송아지! 늦가을은 빨래집게의 맹장을 따라!"
 감시탑마다 기괴한 존재들이 벌떡 일어섰다. 그것은 다른 것들과 달랐다. 그리고 모두 기묘했다. 이치에 맞지 않고 상황에 맞지 않고, 어쨌든 총체적으로 불합리한 외침들은 사람들의 넋을 빼 버렸다. 그때 쵸지의 어깨에 있던 엘시가 충격 때문에 약간 날카로워진 목소리로 속삭였다.
 "저게 뭔지 알 것 같군요. 하지만 그럴 리 없는데. 저것은……."

엘시는 말을 잇지 못했다. 베로시 토프탈 상장군의 경악에 찬 비명 또는 전문가의 진단이 대장군의 말을 덮었다.
"두억시니!"

베로시 토프탈 상장군은 몸이 둘로 나뉘는 기분을 느꼈다. 그녀의 상반신은 희열을, 하반신은 공포를 느꼈다.

제대로 옷이나 갑옷도 갖춰 입지 못한 상태에서 칼만 들고 나온 베로시 토프탈은 달빛 찬란한 열대의 밤하늘을 뚫어지게 바라보았다. 그곳에 그들이 있었다. 감시탑 위, 지붕과 담 위에 그것들이 있었다.

두억시니였다. 그 무엇과도 닮지 않았기 때문에 두억시니였다. 무엇이라고 말할 수 없기 때문에 두억시니였다. 아무것도 아니기 때문에 두억시니였다. 그 순간 베로시는 자신이 평범한 인물임을 깨달았다. 범용한 자의 슬픔 같은 것을 느꼈다는 말은 아니다. 제국군 계급에 공짜는 없고 상장군의 재목이 아닌 자에게 상장군의 계급은 주어지지 않는다. 상장군 베로시 토프탈이 깨달은 자신의 평범함은 두억시니에 대한 반응이었다. 그녀는 거부감을 느꼈다.

놀라운 일이었다. 베로시는 그런 자신에 슬픔마저 느꼈다. 두억시니에 대한 열렬한 애호로 두억시니 장군이라는 별호까지 얻은 그녀가 예고 없이 나타난 두억시니에 기쁨을 느끼지 못한다는 것은 슬프고 억울한 일이었다. 왜 하필 지금이고 이곳인가. 베로시는 조건을 탓해 보았다. 대장군이 있는 장소에서는 안 돼. 만족감은 느껴지지 않았다. 그러나 할 일은 떠올랐다.

"두억시니는 내버려둔 채 침입자들을 잡아!"

부하 장병들에게 명령하며 베로시 또한 자신의 명령을 받아들였다. 누군지도 모를 병사가 말을 끌고 왔고 베로시는 그 위에 뛰어올랐다. 그녀는 말을 몰아 부대 정문 쪽으로 달려갔다. 말발굽의 굉음은 최면 상태에 빠져 있던 병사들을 일깨웠다. 망고 군단의 장병들은 말발굽 소리를 따라 달렸다. 어쨌든 그곳은 군단 사령부였고 얼마 있지 않아 발소리는 수천 배로 늘어났다. 말을 달리던 베로시는 가까이 다가온 작전 참모를 보고 외쳤다.

"군단장으로부터 2, 4대대에 명령! 전투 태세로 출동이다. 2대대, 펠데그! 4대대, 키보렌 유료도로 시모그라쥬 징수소! 거기로 출동해서 다음 명령을 기다리라고 해!"

작전 참모는 경례도 생략한 채 달려갔다. 베로시는 또 다른 장교를 보았다. 그녀는 상대의 이름이 무엇인지, 직책이 무엇인지도 확인하지 않은 채 생각나는 대로 외쳤다.

"시모그라쥬 공에게 시모그라쥬를 봉쇄하라고 연락해라!"

정문으로 달려가면서 베로시는 그런 식으로 장교를 볼 때마다 명령을 내렸다. 혼란에 빠져 제멋대로 외치는 것처럼 보였지만 그것은 시모그라쥬 주변을 촉발 경계 태세로 만들어 놓는 명령들이었다. 상장군의 처신이었다. 전투는 수교위나 교위들이 맡아야 하는 것이다. 상장군은 수교위나 교위가 그러지 못할 때 엄벌을 내릴 뿐이다.

망고 군단의 수교위와 교위들도 그것을 알고 있었다. 그들은 억류되어 있던 대장군이 부대에서 빠져나갈 경우 향후 정국에 미칠 영향을 가늠하거나 그것을 저지하기 위한 저지선을 펼치는 문제에 대해 고민하지 않았다. 지셀 수교위는 비로소 목격한 네 명의 레콘과 세 인간을 현 위치에서 움직이지 못하도록 하는 것에 주안점을 두고 병력을 배치했다. 창을 꼬나든 경비대 병사들이 통로들을 막았다. 장애물도 설치되었다. 수레와 의자와 탁자 등이 쌓인 것이 아니라 급히 가져온 물동이나 물그릇, 물주전자 등이 병사들 앞에 죽 늘어섰다. 그리고 더 많은 용기들이 서둘러 운반되었다.

정문에 도달한 베로시가 본 것은 일곱 사람이 완전히 포위되어 있는 광경이었다. 그 주변은 수천 명의 병사들과 충분한 물이 에워싸고 있었다. 베로시는 잠시 한숨을 내쉬고는 두억시니들이 어떻게 되었는지 보기 위해 고개를 들었다. 그러자 두억시니가 그녀에게 다가왔다.

위쪽에서 거대한 무엇이 무서운 기세로 떨어졌다. 쾅 하는 소리에 땅이 내려앉을 것 같다. 말이 발길질을 하는 바람에 베로시는 결사적으로 고삐에 매달려야 했다. 병사들은 비명을 가까스로 억누른 채 위에서 떨어진 것을 바라보았다. 병사들의 시선 속에 바닥에 웅크리고 있던 그것이 몸을 폈다. 몸을 펴자 그것은 레콘과 같은 크기였다. 그리고……

괴상했다.

그것은 두 다리와 두 팔을 가지고 있었다. 그것만큼은 상당히 정상적으로 보였다. 물론 두억시니의 정상은 아니다. 두억시니에겐 정상이라는 것이 없으니까. 선민 종족과 비슷하다는 의미다. 하지만 그 나머지는 완전히 두억시니적이었다. 그 두억시니의 두 무릎은 뒤로 꺾여 있었다. 다리 끝에 있는 발에는 발가락들이 불가사리처럼 사방으로 뻗어 있었다. 두 팔 끝에는 손 대신 덥수룩한 수염 같은 것이 붙어 있었다. 왼팔 끝에 붙어 있어야 할 왼손은 엉뚱하게도 사타구니에 붙어 있었다. 그리고 오른팔 끝에 붙어 있어야 할 오른손은 어깨 중간, 그러니까 보통은 머리가 붙어 있어야 하는 곳에 있었다. 오른손에게 자리를 뺏긴 머리가 어느 것인지는 불분명하다. 그 두억시니에겐 머리가 두 개 있었으니까.

왼쪽 어깨에 붙어 있는 머리가 베로시를 보며 말했다.
"여자 인간."
그러자 오른쪽 어깨에 붙어 있는 머리가 말했다.
"인간 여자."
두 머리는 터무니없다는 표정으로 서로를 바라보았다. 그리고 맞고함을 질렀다.
"여자 인간!"
"인간 여자!"
제국 신민들에겐 전설적인 모습이다. 론솔피는 숨넘어가는 표정으로 주테카에게 속삭였다.
"이런 세상에! 저게 뭔지 알 것 같아. 너도 알지?"
"갈바마리지? 그래. 저건 진짜 대호왕의 갈바마리야!"
주테카 또한 눈은 부릅뜨고 부리는 최대한 붙인 채 속삭였다. 그들 거친 두 레콘도 느닷없이 나타난 과거의 권세 앞에서는 자신도 모르게 목소리를 낮출 수밖에 없었다. 하늘누리의 대로에 그 이름을 남겨 놓은 두억시니. 위대한 두억시니라는 어쩐지 꽤나 모순적으로 들리는 호칭의 주인. 대호왕을 지키던 스물두 두억시니의 우두머리 갈바마리였다. 그 사실을 깨닫자마자 사람들은 무의식중에 두억시니의 숫자를 세기 시작했다.

눈이 좋고 시야가 높은 레콘이 조금 유리했다. 준람은 순식간에 두억시니들의 숫자를 셌다. 좀 기묘했다. 그가 파악한 숫자는 스물셋이었다. 하지만 이 두억시니들이 정말 대호왕의 이십이금군이라면 그 숫자는 스물둘이어야 한다. 준람은 다시 세어 보았다. 마치 레콘처럼 생긴 것까지 포함하여 스물셋이 분명…… 레콘처럼 생긴 것?

"너는!"

레콘과 인간, 그리고 나가들은 소스라치듯 놀라 준람을 바라보았다. 높은 곳에서 준람이 빳빳하게 세운 벼슬과 부리로 방향을 가르쳐 주고 있었기 때문에 그들은 어느 쪽을 보아야 하는지 알 수 있었다. 둘러선 병사들의 머리보다 훨씬 높은 곳에서 큼직한 머리가 다가오고 있었다. 그 머리 아래쪽에는 검고 거대한 몸이 있었다. 엘시가 신음을 흘렸다.

"지멘."

황제 사냥꾼 지멘이 그들을 향해 걸어오고 있었다.

명령을 받지는 않았지만 제국병들은 자신도 모르게 좌우로 벌어졌다. 지멘은 병사들 사이를 뚜벅뚜벅 걸었다. 좌우로 벌려 선 병사들의 가장 앞줄에 있던 병사들은 자신의 코앞을 지나가는 그 거대한 몸에 생침을 삼켰다.

병사들 사이를 빠져나온 지멘은 그들이 만들고 있던 공터에 들어섰다. 그곳에는 네 명의 레콘과 세 인간, 자신과 싸움 중인 두억시니가 있었다. 지멘은 네 레콘들을 죽 둘러보고는 눈높이를 조금 낮춰 인간들을 보았다. 다른 사람들을 빠르게 지나쳤던 지멘의 눈은 엘시의 얼굴에서 조금 지체했다. 엘시는 지멘의 눈길을 해석할 수 없었다. 지멘은 인간이 아닌 그 무엇을 보는 눈으로 그를 쳐다보고 있었다.

지멘이 엘시의 얼굴에서 눈을 뗐다. 그는 자신과 싸우고 있는 갈바마리에게 말했다.

"둘 다."

갈바마리는 몸을 돌렸다. 삐거덕 하는 소리가 났다. 그의 몸 곳곳에는 금속 부착물들이 붙어 있었다. 몸에 붙어 있어서 얼핏 보면 갑옷처럼 여겨지지만 자세히 보면 무기로도 생각되는 물건들은 그 옛날 도깨비 대장장이들이 이십이금군을 위해 만들어 준 것이다. 정교한 솜씨로 제작된 것이지만 세월의 얼룩이 묻어 군데군데 녹슬거나 마모되어 있었다. 하지만 초라해 보이지 않았다. 그것은 갈바마리가 어깨에 지고 있는 아라짓 제국의 역사를 드러내는 흔적이었다. 지멘이 다시 말했다.

"둘 다."

오른쪽 머리가 지멘의 말을 따라 했다.

"둘 다."

지멘은 재빨리 왼쪽 머리 쪽을 향해 말했다.

"맞아."

왼쪽 머리가 따라 했다.

"맞아."

지멘은 부리를 닫았다. 갈바마리의 두 머리는 서로를 쳐다보며 말했다.

"둘 다."
"맞아."
"둘 다."
"맞아."

갈바마리는 싸움을 멈췄다. 엘시는 경이에 휩싸여 지멘을 바라보았다. 그것 또한 전설의 광경이었다. 하지만 그 전설에는 거대한 레콘 대신 우아한 나가 여인이 있었다. 난폭한 갈바마리를 달랠 수 있는 것은 오직 대호왕뿐이었다고 한다.

엘시는 숨을 깊이 들이쉬었다. 몸이 얼어붙은 것처럼 무거웠지만 혼란을 뿌리치며 생각했다. 지멘은 하텐그라쥬로 향하고 있었고 하텐그라쥬에는 사모 페이가 있다. 그리고 갈바마리와 두억시니 금군들은 사모 페이의 수호자들이다. 그들은 황제의 수호자가 아니라 사모 페이의 수호자였기에 사모가 왕위를 떠났을 때 그녀와 함께 사라졌다. 엘시는 지멘이 대호왕을 해치고 두억시니들을 포섭했을 가능성에 대해 생각해 보았다. 가능성이 없다. 만약 그런 일이 벌어졌다면 갈바마리는 지멘을 공격했을 것이다. 말도 제대로 통하지 않는 갈바마리와 두억시니들은 그 때문에 배신도 모른다. 대호왕의 의지를 위장하여 그들을 속이는 것은 가능할지 모르지만 지멘이 그럴 것 같지는 않다. 그렇다면 지멘과 두억시니들이 함께 행동하는 것의 이면에는 대호왕의 의지가 있다고 보아야 할 것이다. 하지만 엘시는 대호왕의 이름을 거론해도 되는지 알 수 없었다. 그래서 그는 아무 말도 못한 채 지멘을 바라보았다. 그런데 주테카가 말했다.

"어, 지멘. 어떻게 네가 대호왕의 두억시니들과 함께 있지?"

모든 사람이 기대하던 질문이었다. 여기저기 두리번거리던 사람들의 시선이 지멘에게 집중되었다. 지멘은 주테카를 바라보다가 다시 엘시를 보았다. 조금 전 엘시를 향하던 그 이상한 눈길이 다시 나타났다.

지멘은 누구에게 말하는 것인지 불분명한 태도로 말했다.

"키보렌의 어두운 밀림을 걷던 중, 홀연히 나타난 안개 속에서 꿈인지 생시인지 알 수 없는 공간을 방황하다가 나는 대호왕과 마주쳤다."

아마도 가풍 탓이겠지만 세레지는 지멘이 거짓말을 하고 있음을 쉽게 파악했다. 그녀가 아닌 다른 사람이라도 그 지나치게 현란한 서두가 꾸며 낸 것임을 파악하는 것은 어렵지 않을 것이다. 하지만 군단이 발칵 뒤집히고 네 명의 레콘이 난동을 부리고 키보렌의 밤하늘에서 전설이 느닷없이 떨어져 고함을 지를 경우에는 판단력이 흐려지는 것이 당연하다. 사람들은 정신없이 지멘의 말을 경청했다. 세레지는 그들 대부분이 지멘의 말을 믿게 되리라 확신했다. 수만 명을 속여 넘길 이야기를 꾸며 내는 지멘을 보며 세레지는 아빠가 보면 정말 좋아했을 거라고 생각했다. 지멘의 말이 계속되었다.

"나는 니름을 들었다."

"뭐?"

론솔피와 주테카가 동시에 외쳤다. 다른 사람들도 어이없다는 표정을 지었지만 세레지는 웃음을 참기 위해 애썼다. 전문가로서 세레지는 거짓말은 어처구니없는 것일수록 더 잘 받아들여진다는 거짓말의 기본 법칙을 잘 알고 있었다. 세레지의 예상대로 지멘이 니름을 들었다는 식의 이야기는 사람들을 매료시켰다. 청중들은 지멘에게 완전히 몰입했다.

"어떻게 된 영문인지 모르겠지만 나는 대호왕이 하는 니름을 들을 수 있었다. 안개 속에서 대호왕은 내게 황제의 대장군을 구출하라고 닐렀다. 내가 그들이 사용하는 어떤 액체가 두렵다고 말하자 대호왕은 이들을 소환하여 나를 돕게 하셨다. 그래서 함께 오게 된 것이다."

지멘은 엘시에게 척척 다가갔다. 엘시의 곁에 있던 쵸지는 긴장했다. 지멘은 쵸지가 적대적으로 바뀌지 않을 거리에 멈춰 서서 엘시를 가리켰다. 그는 아마도 심판을 내리는 듯한 단호한 동작을 하려는 것 같았다. 세레지가 보기엔 어색하기 짝이 없는 동작이었고 누군가가 가르쳐 준 것을 엉성하게 되풀이하는 것이 분명한 몸짓이었다. 하지만 사람들은 놀란 표정으로 지멘을 바라보았다. 지멘이 말했다.

"들어라. 나는 대장군과 그 일행을 데리고 이곳을 나갈 것이다. 그것은 대호왕의 뜻이다. 이곳에 있는 위대한 갈바마리와 두억시니들이 그 증거다. 따라서 나와 대장군을 방해하는 자는 세세손손 대호왕의 저주를 받을 것이다."

세레지는 갈바마리에게도 배역이 있었음을 알게 되었다. 갈바마리는 갑자기 떠올랐다는 듯이 지멘의 말을 반복했다.

"대호왕의!"

"저주를!"

두억시니와 권위라는 말도 어울리지 않는 짝이지만, 제국 전체를 통틀어서 지금 갈바마리가 내뿜고 있는 것 같은 권위를 흉내낼 수 있는 존재는 거의 없을 것이다. 그 우스꽝스럽고 거친 외침은 대호왕의 갈바마리가 내뿜는 선언이었다. 병사들은 하얗게 질렸고 혹 엘시 일행에게 손끝이라도 닿으면 당장 그 부분이 시커멓게 타들어 갈 거라는 식으로 행동했다. 망고 군단의 지휘자들은 몸을 뒤로 밀어 대는 병사들을 보며 제지할 엄두도 내지 못했다. 지멘이 말했다.

"정문을 비워라."

정문에 있던 소화차들과 병사들이 서둘러 자리를 비웠다. 엘시는 어두운 표정으로 지멘을 바라보다가 말했다.

"갑시다."

엘시가 먼저 걸음을 뗐다. 이레가 그에게 다가와 부축했고 세레지 또한 반대편에 섰다. 네 레콘은 엘시의 전후좌우에 섰다. 그들이 정문 쪽으로 걸어갈 때였다.

"배신자!"

날카로운 소리가 들려왔다. 베로시는 그 목소리를 알고 있었다. 고개를 돌린 베로시는 아쉬존 토프탈을 발견했다. 그 어린 소년은 손을 마구 흔들었다. 지멘을 가리키려는 것이었지만 통제가 잘 안 되는 것 같았다. 소년은 목이 찢어져라 외쳤다.

"배신자! 당신이 배신을······."

"닥쳐라, 아쉬존!"

베로시의 외침에 아쉬존의 얼굴에 당혹감이 번졌다. 베로시는 갑자기 아쉬존이 너무 어리다고 생각했다. 하지만 흥분한 소년이 토프탈 가문의 위엄을 더럽히는 것은 용납할 수 없는 일이었다. 그녀는 계획이 탄로나는 것을 두려워하는 것은 아니다. 가위와 감투의 연합은 이미 엘시 에더리에게 간파되었다. 엘시를 유인하여 남쪽으로 끌고 왔던 지멘이 엘시를 도로 구출해 가겠다는 것은 분명히 놀랄 일이었지만 어차피 엘시에겐 시간이 없다. 발케네 공과 황제의 전쟁은 시작되었고 엘시가 쇠약한 몸을 이끌고 제국을 종단할 때쯤이면 전쟁은 끝날 것이다. 지금은 위엄을 지켜야 할 때였다. 베로시는 말을 몰아 아쉬존에게 다가갔다. 그리고 말 옆으로 상체를 기울여 팔뚝으로 아쉬존의 목을 감쌌다. 비틀거리며 반항하는 아쉬존을 가까이 끌어 온 베로시는 그 귀에 대고 속삭였다.

"토프탈 가문은 배신당했다고 칭얼거리지 않는다! 여기엔 목격담을 남길 수많은 병사들이 있다. 당당하고 냉혹하고 무자비한 것은 좋지만 칭얼거리는 것은 절대 안 돼!"

"하, 하지만 종고모님, 저 신의도 없는 레콘이……."

"멍청한 놈. 네가 지금 수백 마디의 말을 떠든다 해도 그 말 때문에 지멘의 깃털 하나라도 빠지는 것은 아니다. 네가 아무리 옳다 해도 힘없는 자의 불평밖에 되지 않는다. 분풀이는 이럴 때 하는 것이 아니다. 상대의 손발을 다 끊어 놓고 꼼짝할 수 없을 때 하는 거다."

베로시는 아쉬존의 목을 감싼 팔에 더욱 힘을 주었다. 그녀는 이마를 맞부딪친 채 말했다.

"지금이 무슨 때인지 아느냐? 소년이 더 이상 소년으로 있을 수 없는 시대가 시작되는 때다. 억울하다고 칭얼거리는 소년 대신 칼을 들고 나서는 남자가 필요하다. 그 외에는 다 죽을 거다. 절대로 정의를 말하지 마라! 정의는 그것이 자기 발도 묶는다는 것을 모르는 바보의 도구다. 칼을 들고 큰소리로 말해라!"

베로시는 아쉬존을 놓아주었다. 아쉬존은 눈을 껌뻑거리며 종고모를 바라보았지만 베로시는 그에게 더 이상 주의를 기울이지 않았다. 베로시는 안장 위에 똑바로 앉아 엘시를 향해 말했다.

"가십시오, 대장군님."

엘시는 날카로운 눈으로 베로시를 응시했다.

"가서 폭군의 파멸을 보십시오. 당신은 황제의 대장군이니까요."

엘시는 베로시의 대담함과 교활함에 마음속으로 씁쓸한 찬사를 보내었다. 황제의 병사들인 제국병 앞에서 하는 발언이다. 놀라운 배짱이다. 병사들은 놀랍다는 말로는 제대로 표현할 수도 없는 충격을 받았다.

그리고 아쉬존은 아무도 비명을 지르거나 거부의 외침을 말하지 않는 것을 보고 종고모의 말을 이해했다. 바르기 때문에 받아들여지는 것이 아니다. 단호하게 말하기 때문에 받아들여지는 것이다. 베로시 토프탈이 대담하게 황제를 부정한 순간 망고 군단의 병사들은 자신이 반역자가 되었음을 그리고 치천제가 폭군임을 받아들이고 있었다. 그것은 어떤 소년이 지혜로운 자의 조용한 말보다는 권위 있는 자의 큰 목소리를 따르는 사람의 특징을 알게 되는 순간이었다. 그러나 그곳에 한 소년의 변화를 감상하고 있을 만큼 여유로운 관찰자는 없었다.

"잘된 일입니다. 황제가 없다면 황제의 대장군도 필요 없습니다. 폭군 대신 당신이 창피를 당할 필요는 없지요. 자기가 싼 똥이나 뭉개고 있는 대신 어서 달려가서 폭군의 종말을 지키십시오. 역사는 당신을 멋진 패배자로 기억해 줄 겁니다. 나는 그러기 어렵겠지만."

엘시는 부축하던 이레를 밀어내고 싶은 것처럼 보였다. 하지만 그러기엔 몸이 너무 쇠약했다. 엘시는 어쩔 수 없이 이레의 팔에 매달려 말했다.

"폐하께서 왜 폭군인가."

"위대하신 선황께서는 제국이라는 아름다운 건물을 물려주셨습니다. 그런데 그 기둥과 벽에 매일 피가 마르지 않는 것은 누구 때문입니까? 누가 매일 무고한 자의 피를 짜내어 제국을 치장하고 있습니까?"

"폐하께서 무슨 피를 그토록 받아 내었다는 건가."

베로시는 엄하게 말했다.

"당신도 폭군과 마찬가지군요! 하긴 그러니 대장군이 될 수 있었겠지요. 당신 자신이 한 일도 편리하게 망각하는군요. 북부에서 사라진 왕을 대신하여 수백 년 간 왕의 땅을 지켰던 규리하 가문이 누구의 손에 파괴되었습니까! 선황을 위해 죽은 채 싸웠던 충의공께서 이 사실을 아신다면 죽어서도 편히 눈을 감지 못하실 겁니다!"

"아이저 규리하는 폐하께 공공연히 반항했소."

"사람이기에 그러신 겁니다! 그분은 사람다워질 수 있는 길을 선택하셨습니다. 고귀한 충성 서약을 거부하여 제국 신민을 개돼지 취급하는 폭군에 사람으로서 대항하신 겁니다!"

엘시는 고개를 가로저었다. 그는 다시 베로시를 바라보았다. 그때 그의 시력이 약간 회복되며 베로시의 얼굴을 볼 수 있었다. 다른 것은 잘 보이지 않았지만 베로시의 두 눈은 똑똑히 보였다. 그 눈을 들여다보던 엘시는 입을 다물었다. 그가 말했다.

"가자, 이레."

이레와 세레지는 엘시를 부축하여 정문 쪽으로 걸었다. 그리고 네 레콘도 그들을 호위하며 걸어갔다. 뒤쪽에 있던 지멘은 그 뒷모습을 지그시 바라보았다.

지멘은 베로시를 잠깐 돌아보았다. 베로시는 그 시선을 피하지 않았다. 지멘은 부리 끝을 한 번 부딪치고 발을 뗐다.

"갈바마리. 가자."

갈바마리는 뜻없는 짧은 외침을 내뱉었다. 그러자 감시탑 쪽에서 괴성이 들려왔다. 병사들은 저마다 기겁하여 감시탑 쪽을 바라보았다. 밤하늘을 향해 괴성을 지르던 두억시니들은 감시탑에서 내려왔다. 어떤 것은 이해하기 어려운 동작으로 기둥을 붙잡고 내려왔고 어떤 것은 대수롭지 않다는 듯 훌쩍 뛰어내렸다. 나는 것과 비슷해 보이는 동작으로 내려서는 것도 있었다. 잠시 후 두억시니들이 모두 사라졌다. 그리고 병사들이 고개를 돌렸을 때 지멘과 갈바마리의 모습도 더 이상 보이지 않았다.

베로시는 말고삐를 붙잡은 채 똑바로 앉아 정문 쪽을 바라보았다. 아쉬존이 그녀에게 다가왔다. 베로시는 고개를 돌려 어린 종조카를 바라보았다. 아쉬존이 속삭였다.

"종고모님. 제게 정의를 말하지 말라고 하셨잖습니까."

"그랬지."

"그런데 왜 종고모님께서는……."

아쉬존은 말끝을 침과 함께 삼켰다. 토프탈 가문의 어린 소년은 종고모의 희미한 미소를 보았다. 그는 눈으로 질문했다.

'황제가 폭군이라고 생각하지 않으시는군요?'

'내 생각은 중요하지 않아. 내가 그렇게 말했다는 것이 중요하지.'

아쉬존은 불과 몇 분의 시간 동안 자신이 몇 번이나 바뀌는 것 같았다. 베로시는 말 옆으로 손을 뻗어 그의 어깨를 붙잡았다.

불과 피의 시대가 올 것이다. 행복한 소년은 도태된다.

베로시는 똑바로 일어섰다. 망고 군단의 장병들이 혼란의 여운 속에서 침묵한 채 그녀를 바라보고 있었다. 베로시가 그들에게 정체를 주어야 하는 시간이었다.

베로시는 그들에게 폭군에 대항하여 일어선 정의로운 병사라는 정체를 주었다.

단호한 연설이었다.

계곡의 머리 위로는 아직 해가 떠오르지 않았지만 하늘은 이미 투명하다. 위츠는 마차가 있는 쪽을 물끄러미 바라보았다. 마차에 특별히 관심이 있었던 것은 아니다. 시모그라쥬에서의 생활을 정리하고 남은 것은 마차의 반도 채우지 못했다. 조금이라도 필요 없거나 다시 구입할 수 있는 것은 모두 남겨 두고 왔기 때문이다. 아쉬움을 느낄 수도 있겠지만 위츠는 그러지 않았다. 언젠가 겪을 일이라고 믿어 왔고 실제로 겪게 되자 생각했던 것보다 간단해서 좀 우스꽝스러웠다. 그의 곁에 서 있던 세레지 또한 같은 생각이었다.

"아빠, 우리 정말 시모그라쥬를 떠나는 것 맞아?"

"응. 맞아."

"이럴 때는 섭섭해하고 아쉬워해야 하는 거지? 그런데 나는 그런 기분이 안 드네. 소풍 떠나는 것 같아."

"그러면 계속 그렇게 생각하자. 그 편이 재미있잖아?"

"에이, 그게 뭐야."

세레지는 헛웃음을 지었다. 위츠는 다가오고 있는 두억시니들을 바라보았다.

두억시니들은 왜 그래야 하는지 알 수 없는 동작을 취하며 다가오고 있었다. 하긴 두억시니들에게 이유를 따지는 것은 무의미할 것이다. 그들의 기묘한 동작들은 아침을 맞이하는 기쁨을 몸으로 표현하고 있는 것일 수도 있고 인간이나 레콘이 미처 도달하지 못한 경지의 이해를 알려 주려 애쓰는 것일 수도 있고 그저 시간을 때우기 위한 동작일 수도 있다. 어쨌든 그들은 기묘한 자세를 취하며 걸어오고 있었다. 그나마 좀 이해하기 쉬운 것은 갈바마리였다. 조금 전 곳곳에 흩어져 있던 두억시니들을 찾으러 떠났던 갈바마리는 대장군에게 똑바로 걸어왔다.

엘시는 바위에 걸터앉아 있었다. 그의 뒤편에는 이레가 서 있었고 쵸지와 준람, 그리고 주테카와 론솔피가 좌우에 서 있었다. 조금 떨어진 곳에는 지멘이 커다란 바위에 기대어 서 있었다.

갈바마리가 엘시 앞에 섰다. 엘시는 그를 올려다보았다.

"용기를 가지고."

"패배해라."

위츠는 이것이 영락없는 두억시니 화법이라고 생각했다. 세레지는 어이없다는 표정을 지었다. 엘시도 고개를 약간 갸웃한 채 갈바마리를 바라보았다. 갈바마리는 반복했다.

"용기를 가지고."

"패배해라."

엘시는 갈바마리에게 질문해 봐야 대답을 얻기 어렵다고 생각했다. 그는 고개를 끄덕였다.

"대호왕…… 사모 페이에게 전하십시오. 주신 말씀을 확실히 전해 들었다고."

갈바마리는 두 머리를 동시에 끄덕였다. 그는 몸을 돌렸다. 자신을 학대하는 것이 아닌가 의심스러운 동작을 취하고 있는 두억시니들에게 다가간 갈바마리는 그들을 지나쳐 달려갔다. 그러자 두억시니들은 여전히 몸을 괴상하게 비틀며 그 뒤를 따랐다.

엘시는 계곡 아래편의 밀림 속으로 사라지는 두억시니들을 바라보았다. 바위벽에 기대어 서 있던 지멘이 부리를 열었다.

"처음부터 약속한 거야. 사모 페이는 내가 두억시니들을 전부 데려가도 좋다고 말했지. 어떤 액체를 싫어하는 내게 도움이 될 거라고. 하지만 나는 너를 구한 다음 돌려보내겠다고 했어. 사모 페이는 좋을 대로 하라더군."

 지멘은 엘시와 마찬가지로 두억시니들의 뒷모습을 바라보고 있었다. 엘시의 뒤편에 서 있던 이레가 정말 궁금하다는 투로 말했다.

 "지멘, 대호왕께서 정말 이 근방에 생존해 계십니까?"
 "그래."
 "그런데 왜 직접 오지 않으셨습니까?"
 "그녀는 나타나면 안 되지."
 "왜죠?"
 "그녀는 북부가 위기에 빠졌을 때 북부의 왕이 되어 북부를 구한 전설적인 존재니까. 그런 전설적인 존재가 나타나면 틀림없이 그녀를 옹위하여 황제에게 도전하려는 사람들도 나타날 테지."

 이레는 눈을 끔뻑이며 엘시를 내려다보았다. 그는 엘시의 흐트러진 머리밖에 볼 수 없었다. 이레는 지멘에게 말했다.

 "설마 그럴 리가…… 자의로 왕위를 떠나신 분인데……."
 "황제에게 도전하기 위해 충성 서약의 권위를 옹위한 사람도 있잖아. 엘시가 무너뜨렸지."

 이레는 입을 다물었다. 그는 지멘의 말을 생각해 보았다. 쵸지가 벼슬을 긁적거리며 말했다.

 "지멘, 너 많이 똑똑해진 것 같군?"
 "사모 페이가 많은 이야기를 해 줬지."
 "왜 사모 페이야? 대호왕이라고 부르지 않고."
 "그녀가 그렇게 부르라더군. 자기는 더 이상 왕이 아니라고."

 말을 끝낸 지멘은 몸을 똑바로 세웠다. 그는 엘시를 향해 뚜벅뚜벅 걸어왔다. 그쪽에 서 있던 쵸지와 준람은 조금 긴장하여 지멘을 노려보았다. 지멘은 공격할 의사가 없다는 듯 망치를 바닥에 내려놓았다. 그리고 엘시를 물끄러미 바라보았다. 엘시가 질문했다.

"왜 그렇게 나를 보는 겁니까?"

"황명을 뭐라고 붙이면 좋을지 생각해 보고 있었어."

"황명?"

"취검제는 농담처럼 들리겠지. 만병제도 이상하군."

지멘의 말뜻을 이해한 사람들은 깜짝 놀랐다. 사람들은 엘시와 지멘을 번갈아 바라보았다. 엘시가 말했다.

"황위는 농담의 대상이 될 수 없습니다, 지멘. 그리고 나 또한 당신의 농담에 이용되고 싶지 않습니다."

"나는 사모 페이에게서 설명을 들었어."

엘시는 말해 보라는 듯이 턱을 조금 내밀었다. 지멘이 말했다.

"사모는 그러더군. 제국의 황위는 아마도 인간에게 이어질 것이다. 그러므로 황제는 후사를 두지 않을 것이다. 후사는 그 인간 계승자에게 경쟁자가 될 테니까. 그리고 이미 존재하는 경쟁자들도 단호하게 제거될 것이다. 하지만 한 명의 인간만은 황제의 보호를 받으며 아마도 제국에서 한 사람이 가질 수 있는 최고의 권위를 얻을 것이다. 그런 인간이 있다면 그가 바로 차기 황제다. 그것이 사모의 설명이었어. 놀랐어. 죽은 사람처럼 지내던 사람이 설명한 것이 맞았어. 나는 그런 인간을 알아."

이레는 숨이 턱 막히는 것 같았다. 그의 주인이 황제로부터 받은 것을 일일이 셀 필요도 없었다. 만병장이라는 가공할 권한 하나만 보더라도 황제가 엘시에게 보내는 감정을 충분히 짐작할 수 있었다. 이레는 그것이 엘시의 인품과 능력을 귀하게 여기는 황제의 뜻이라는 사람들의 해석에 대강 동의하고 있었다. 그런데 지멘은 그것을 다른 방식으로 해석할 수 있다고 말하고 있었다.

"나는 말했어. 그런 인간이 있기는 한데, 시모그라쥬 공에게 잡혀 갔다고. 그러니까 사모는 가서 차기 황제를 구하라더군. 내가 왜 그래야 하냐고 물었어. 그러자 사모는 내가 무시할 수 없는 설명을 하더군."

"무슨 설명이오?"

"내가 차기 황제를 구해서 황제에게 데려가면 황제는 내게 죽어 줄 거라는 거야. 네가 황제가 되기 위해선 모든 경쟁자가 제거되어야 하는데, 치천제 또한 그런 경쟁자이기 때문에 제거되어야 한다는 거야. 내가 듣기엔 말이 되는 것 같더군."

엘시는 입술을 깨물었다. 쵸지는 벼슬을 움켜쥔 채 준람을 바라보았고 준람은 땅바닥만 쳐다보았다. 주테카는 무슨 말이든 하고 싶었지만 무슨 말을 해야 할지 알 수 없었다. 그때 론솔피가 말했다.

"잠깐만! 지멘, 엘시가 차기 황제라면 황제는 엘시를 보호해야 해. 왜 엘시가 위험하게 너를 쫓아가게 놔둔 거야?"

"나도 그 질문을 했지."

"대호왕의 대답은?"

"황위 계승자가 잠깐 자리를 비운다면 그건 그가 도덕적 책임을 피해야 할 일이 있다는 거라고 하더군."

"무슨 이야기야?"

"무수히 많은 피가 흐를 거라더군."

이레는 주인이 무릎 위에 놓아둔 주먹을 바라보았다. 그것은 미미하게 떨리고 있었다. 이레는 주인의 어깨를 붙잡아 주고 싶은 충동을 느꼈다. 지멘이 말했다.

"전쟁이야. 엄청난 전쟁이 벌어질 거야. 그런 전쟁을 막을 수 있는 위치에 있었으면서도 그것을 막지 않았다는 비난을 받지 않으려면 차기 황제는 다른 일에 바빠서 그러지 못했다는 변명거리를 만들어 둬야 된다더군. 남부에서 황제 사냥꾼을 쫓느라 바빴다는 식으로."

레콘들은 전쟁이라니 무슨 이야기인지 모르겠다는 표정을 지었다. 그때 위츠가 갑자기 엘시에게 걸어갔다. 놀란 세레지는 아버지를 따라갔다. 위츠는 헛기침을 하여 엘시의 주의를 끌고는 말했다.

"각하, 끼어들어도 되는지 모르겠습니다만 지멘의 이야기가 맞습니다. 큰 전쟁이 벌어졌습니다."

"발케네 공이 폐하께 대적했는가?"

엘시는 메마른 목소리로 반문했다. 위츠는 당황하여 말했다.

"예? 어떻게…… 예. 그렇습니다. 제국군은 발케네령에 진공했습니다만 뜻밖의 장애를 만나 고전하고 있는 것으로 알고 있습니다. 발케네 공은 일만 명의 레콘을 양성해 두었습니다."

"일만!"

론솔피가 비명처럼 외쳤다. 다른 레콘들도 경악한 얼굴로 서로를 바라보았다. 그들은 군대를 경험한 예비역 레콘들이지만 그들이 소속되어 있던 레콘 여단은 천이백 명 정도가 보통이다. 그런데 일만 명의 레콘은 레콘 여단 여덟 개에 해당한다. 레콘들은 그 숫자를 받아들일 수 없었다. 하지만 지멘은 다짐하듯 말했다.

"내가 그걸 봤지."

준람이 황급하게 되물었다.

"뭐? 봤다고?"

"봤어. 발케네령을 떠나기 전에 우연히 스카리 요새에 가 본 적이 있어. 아실이 그게 수상하다고 하더군."

그리고 지멘은 스카리 요새에서 일어났던 일, 아실과 갑자기 헤어진 일, 그리고 아실의 부탁 때문에 하텐그라쥬로 달려왔지만 그 부탁은 사실 살인 기사에게 이미 받았던 것이라는 이야기를 했다. 살인 기사라는 이름에 엘시의 눈이 번득였다. 엘시는 침통하게 말했다.

"그자가 벼락을 끌어내렸군."

사람들은 그것이 무슨 뜻인지 알 수 없었다. 그것을 좀 더 평범한 말로 바꿔 말한 것은 주테카였다. 주테카는 자기 머리를 딱 치고는 말했다.

"아! 전쟁이 벌어졌을 때 황제 옆에 대장군이 없도록 하기 위한 술책이었군!"

론솔피가 고개를 갸웃했다.

"주테카, 왜 대장군이 황제 옆에 없어야 하지?"

"엘시는 제국군의 우두머리잖아. 그리고 발케네 공의 무기가 레콘이라면 엘시보다 신경 쓰이는 사람도 없지. 엘시가 쥐딤에서 했던 일을 생각해 봐."

타당한 설명이다. 그리고 쥐딤에서의 일을 가슴 깊이 묻어 두고 있는 지멘이 그 자리에 있음을 조금도 신경 쓰지 않는 것도 레콘다운 태도였다. 지멘은 그들을 잠깐 노려보았지만 두 사람은 알아차리지 못했다. 오히려 엘시가 그 눈길을 알아차렸다. 엘시는 지멘의 주의를 돌릴 겸 말했다.

"당신은 살인 기사의 팻감이었군요. 지멘, 살인 기사는 내가 당신을 수습하기 위해 제국 하변에 신경 쓰도록 해 두고 제국 상변에서 대마를 잡으려는 것입니다."

위츠가 고개를 끄덕였다. 그들 중 바둑을 둘 줄 아는 사람이 누구인지 분명해졌다. 바둑을 모르는 지멘은 미심쩍은 어투로 말했다.

"잘 모르겠지만 내가 너를 잡기 위한 미끼로 사용되었다는 뜻인 것 같군."

"그런 뜻입니다."

지멘은 침중하게 고개를 끄덕였다. 주테카와 론솔피는 여전히 자기들끼리 이야기를 나누었다.

"그래, 맞아. 두 사람의 뜻이 맞아떨어진 거야."

"암살공은 껄끄러운 엘시를 치워 두고 황제를 상대할 작정이었지. 그래서 지멘을 이곳으로 보내어 엘시가 뒤쫓아오길 바랐던 거야."

"그런데 황제도 엘시를 잠시 치워 두고 직접 암살공을 작살낼 작정이었지. 후계자의 손에 피가 묻으면 안 되니까. 그래서 옳다구나 하고는 지멘을 따라가도 좋다고 한 거야."

"그래. 그 뜻이 서로 희한하게 맞아떨어진 것이군. 이거 기막힌데."

"그러면 시모그라쥬 공은 뭘까?"

"암살공과 손잡은 거지. 황제가 없어진 후에 제국을 나눠 먹을 작정으로 도와준 거야."

세레지는 졌다는 기분을 느꼈다. 그녀와 그녀의 아버지가 꾸며낸 온갖 흥미진진한 이야기들도 지금 거론되고 있는 이야기와 비교될 수가 없었다. 세레지는 '파림 가문은 더욱 노력해야겠네.'

하는 실없는 생각을 하며 싱긋 웃었다. 그녀가 웃을 수 있는 것도 도무지 현실감을 느낄 수 없기 때문일 것이다.

하지만 엘시는 충분한 현실감을 느꼈다. 상황을 따져 본 엘시는 로세이즈 징수소장 마리번 도빈에게 들었던 이야기를 떠올렸다. 그는 위츠에게 질문했다.

"전쟁의 명분은 부냐 헨로의 탈옥 때문인가?"

"그렇습니다, 각하."

그 순간 엘시의 내부에서 데라시는 확정범이 되었다. 스카리빌파는 분명히 데라시에게 조종당했다. 그리고 데라시가 그렇게 한 것은 엘시를 파혼시키기 위해서이기도 하지만 그보다는 발케네 침공의 명분을 얻기 위해서다. 엘시는 자신이 왜 그 생각을 못했는지 알 수 없었다. 규리하는 발케네의 지척이다. 그런데 규리하에는 아이저 규리하를 토벌하기 위해 제국군이 모여 있었다. 데라시가 이런 호기를 놓칠 리가 없다.

그렇게 주도면밀하게 준비한 데라시가 지금 곤경을 겪고 있는 것은 발케네 공 또한 그런 기회를 노리고 있다는 것을 알지 못했다는 것, 그리고 일만 레콘에 대해 알지 못했다는 것이다. 제아무리 데라시라도 알 수 없는 일일 것이다. 하지만 그 때문에 엘시는 데라시를 용서하지는 않았다. 처음부터 전쟁을 벌이지 않았다면 겪을 필요가 없는 곤경이다. 이제 황제는 굴욕적인 퇴각이나 상처뿐인 승리 외에 얻을 것이 없게 되었다.

엘시는 황제가 둘 중 어느 것을 선택해야 하는지 생각했다. 그러자 갈바마리가 남겨 둔 대호왕의 전언이 떠올랐다.

'용기를 가지고 패배해라.'

그것은 빨리 황제에게 돌아가서 황제가 퇴각할 수 있도록 도우라는 뜻일지도 모른다. 하지만 엘시는 대호왕이 발케네 전쟁이나 일만 레콘에 대해서도 알고 있는지 알 수 없었다. 엘시는 지멘에게 말했다.

"지멘, 일만 레콘에 대해 대호왕께 말했습니까?"

"했던 것 같아."

"확실하지 않다는 겁니까?"

지멘은 대답이 곤궁했다. 그는 대호왕과 함께 보낸 시간들을 설명할 수가 없었다. 대선풍의 웅웅거림이 아스라하게 들려오고 아스화리탈이 떨어뜨리는 빛이 반짝이는 가운데 지멘은 대호왕과 온갖 이야기를 나누었다. 그것은 지멘이 처음 경험하는 시간이었다.

지멘은 고개를 끄덕였다. 긴 시간 동안 이야기를 나눴으니 그 이야기도 했을 것이다.

"했을 거야."

엘시는 그 불확실한 대답으로는 사태를 단정하기 어려웠다. 제국군이 발케네에서 겪고 있는 곤경을 대호왕이 알지 못했다면 대호왕의 전언은 다른 뜻으로 해석되어야 한다. 하지만 엘시는 그것을 어떻게 해석해야 하는지 알 수 없었다. 엘시는 결국 급한 일부터 해결하기로 했다.

"일단 북부로 돌아가야겠군요."

사람들의 시선이 엘시에게로 향했다. 엘시는 말했다.

"나는 발케네로 가야 합니다. 이레는 나를 따를 것이고 위즈파림과 세레지 파림 또한 함께 가야겠지요. 하지만 여러분은 나와 함께 갈 의무가 없습니다. 여러분은 지멘을 체포하는 것을 돕기 위해 왔는데, 미안합니다만 그 임무는 잠시 보류해야겠습니다. 지금은 더 급한 일이 있기 때문입니다. 하지만 여러분이 발케네까지 나를 호위해 준다면 크게 사례하겠습니다. 아무래도 지멘 또한 발케네로 향할 생각인 것 같군요. 맞습니까?"

"맞아. 황제가 거기 있으니까."

지멘은 아실도 거기 있다는 말은 하지 않았다. 엘시는 그 말이 마음에 들지 않았지만 계속 말했다.

"그리고 내가 발케네에 가는 것을 방해하기 위해 암살공의 사주를 받은 다른 자들이 공격할지도 모르겠습니다. 내 몸도 지금은 좋은 상태라 하기 어렵고 망고 군단에 뺏긴 딱정벌레들도 빼오지 못했습니다. 북부로 돌아가는 길은 훨씬 힘들 것 같습니다. 여러분이 도와주면 좋겠군요."

론솔피가 먼저 고개를 끄덕였다.

"그러지. 황제를 만날 수 있을까? 황제가 전쟁을 벌이고 있다면 괜찮은 금군이 필요할 거야."

"폐하를 배알할 수 있도록 하겠습니다."

론솔피는 만족했다. 주테카는 두 번 생각할 것도 없다는 듯이 말했다.

"여기까지 같이 왔고 함께 거기서 빠져나왔으니 돌아갈 때도 같이 가야지."

"재미있겠군. 나도 가겠어."

쵸지의 대답이었다. 엘시는 고개를 끄덕이고는 준람을 바라보았다. 준람은 지멘을 물끄러미 바라보았다. 그는 자신이 지멘과 맺은 것을 아직 풀지 못했다고 생각했다. 그냥 돌아가서 죽을 때까지 아쉬워한다면 그의 첫째 부인 란쉐는 걱정할 것이다.

"간다."

"고맙습니다."

그들은 떠날 채비를 갖췄다. 위츠는 마차에서 짐을 내려 네 등분했다. 마차로 발케네까지 가려면 시간이 너무 많이 걸린다. 그래서 네 명의 레콘이 각자 짐 한 더미와 인간 한 명씩 들고 달리기로 했다. 짐이 얼마 되지 않았기에 레콘들에게 큰 부담이 되지는 않았다. 그들은 북쪽을 향해 달렸다.

베로시 토프탈 상장군은 악취를 더 이상 느끼지 못했다. 후각은 무뎌진 지 오래였고 이젠 시각도 조금 피로했다. 베로시는 눈을 깜빡였다. 그만 나가야 한다고 생각했지만 그녀는 다시 우물 벽을 바라보았다.

엘시가 그려 놓은 그림은 어떻게 보아도 심미적이라고 하기 어려웠다. 기교 같은 것은 꿈도 꿀 수 없는 암흑 속에서 아무렇게나 그려 놓은 그림이었다. 사용된 물감은 역겨운 것이었다. 하지만 베로시는 그 그림을 오랜 시간 동안 바라보았다. 걱정이 된 병사들이 위에서 가끔 그녀를 부를 만큼 긴 시간이었다.

사람들. 다른 것은 없었다. 엘시가 그려 놓은 것은 모두 사람들이었다. 인간과 나가, 레콘, 도깨비. 베로시는 무엇이 엘시로 하여금 그토록 절박하게 그림을 그리게 하였는지 궁금했다. 엘시는 자신이 그린 그림을 볼 수도 없었을 것이다. 그저 정신을 붙잡기 위해, 시간을 보내기 위해 그린 것이라고 해석할 수도 있다. 하지만 베로시는 그 소재 선택에 신경이 쓰였다.

'차기 황제는 왜 자신의 주위를 사람으로 둘러 놓은 것일까.'

베로시가 보기에 엘시는 차기 황제였다.

원시제는 제국을 만들었다. 아무도 생각해 낼 수 없었던 위대한 제국이었다. 치천제는 자신이 선황의 작품에 더하거나 뺄 것이 없음을 누구보다 잘 알고 있을 것이다. 결국 치천제는 선황의 작품에 내구성만 부여하기로 결정했을 것이다. 원시제가 짧은 수명 때문에 달성하지 못한 것, 세습 황조가 그것이다.

그러나 황제는 아이를 갖지 않았다. 아이를 낳고 기르는 귀찮은 일을 해야 할 필요가 없기 때문이다. 그녀에겐 이미 아들이 있다. 베로시는 자신의 생각에 미소를 머금었다.

엘시 에더리는 황제의 정신적 아들이다. 나가는 이성적인 종족이고 치천제도 그러하다. 피붙이가 아닐 뿐 그 외 필요한 모든 조건을 갖추고 있는 후보가 있는데 미래가 불확실한 자식을 낳아 기르는 바보짓을 할 필요는 없다. 엘시가 차기 황제다. 그에게 주어진 것은 황위 계승자에게만 주어질 수 있는 것들이다. 또 그렇게 해석해야만 엘시가 받은 것들이 설명된다.

베로시는 엘시를 놓친 것에 대한 아쉬움을 곱씹었다. 엘시는 치천제를 압박할 강력한 인질이 될 수 있다. 황태자보다 더 좋은 인질은 없다. 하지만 엘시는 이미 떠났다.

베로시는 자신을 위로하기로 했다. 냉철한 황제라면 엘시를 주저 없이 포기하고 다른 후보를 찾아 나설지도 모른다. 그리고 암살공이 황제를 제대로 상대한다면 치천제가 내정한 차기 황제는 그다지 의미가 없다. 엘시가 후계자임을 공포했다면 문제가 좀 달랐겠지만 황제는 그러지 않았다. 어떤 공식적인 후계자도 없다. 환란이 뒤따를 것이다.

베로시는 환란이 일어날 것임을 확신했다. 발케네에서 일어나는 전쟁은 끝이 아니라 시작이다. 암살공은 치천제로부터 제국을 고스란히 빼앗는다는 몽상을 꿈꾸고 있을지 모르지만 베로시는 그렇게 될 리 없다고 믿었다. 황제 파멸 후 제국은 사분오열될 것이다. 시모그라쥬 공이 암살공과 손을 잡은 것도 그런 전망 때문이다. 제국을 고스란히 물려받을 수 있다면 대장군을 억류해 두는 소극적인 역할만 맡을 필요가 없다. 암살공이 지금 그러는 것처럼 황제를 처단하는 역할을 맡는 편이 훨씬 타당하다. 하지만 시모그라쥬 공은 장차 도래할 환란에 대비하여 전력을 비축해 두기로 결정했다. 역사는 암살공을 환란의 주모자로 기록할 것이다. 그리고 같은 붓이 시모그라쥬 공을 환란의 구원자로 기록할 것이다. 그것이 시모그라쥬 공의 심모원려다.

모든 것이 팔디곤 토프탈의 계획대로 되고 있었다. 베로시는 기꺼워해야 한다고 생각했다. 그런데 우물 벽에 있는 지저분한 그림이 그녀를 주춤하게 하고 있었다.

베로시는 고개를 가로저었다. 신경이 쓰인다면 없애면 된다. 그녀는 우물 벽에 기대어 놓은 사다리를 타고 올라갔다.

밖으로 나오자 코가 뻥 뚫리는 것 같았다. 심호흡을 하던 베로시는 병사들이 곤혹스러워 하는 것을 눈치 챘다. 그녀에게서 나는 냄새 때문일 것이다. 차마 코를 막지는 못했지만 대신 그들은 숨을 쉬지 않으려고 애썼다. 베로시는 피식 웃고 말했다.

"그래. 지독하군."

병사들의 얼굴이 조금 붉어졌다. 베로시는 우물을 가리켰다.

"흙으로 메워라. 그리고 우물 벽은 없애라. 여기를 평지로 만들어라. 지금 당장."

병사들은 즉각 베로시의 명령을 실행했다. 베로시는 북쪽을 잠깐 바라보았다. 도망치고 있는 황태자는 어쩌면 다가올 환란에서 좋은 불씨가 될지도 모른다. 만약 발케네 공이 패하면 팔디곤 토프탈의 배신을 안 황제가 다음 목표를 시모그라쥬로 정할지도 모르지만 베로시는 그것이 두렵지 않았다. 아무리 치천제라도 규리하와 발케네를 연달아 깨트린 후 그것을 배후에 둔 채 제국의 남쪽 끝으로 날아올 수 없다. 황제는 당분간 북쪽을 떠날 수 없다. 그리고 발케네 공이 승리한다면 황태자는 바로 암살공이 불태운 재 속에서 일어나 그를 공격할 멋진 불씨가 될지도 모른다.

베로시는 즐거운 기분으로 우물 곁을 떠났다.

제 14 장

제국의 동쪽 끝을 막고 있는 처용 산맥 너머는 어떤 사람들의 오해와 달리 네 번째 바다가 아니다. 그곳에는 넓은 미답지가 있다. 분리주의가 요구하는 것은 바로 그 땅이다. 따라서 레콘이 배타적 독립국을 만든다면 기존의 제국민들과 마찰을 일으킬 거라는 우려는 무의미하다. 분리주의자가 바라는 특권은 해가 떠오르는 땅에서 누구보다도 먼저 햇빛을 맞이한다는 것뿐이다. 그 외에는 미답지를 새로 개간하는 고통이 있을 뿐이다. 아무도 살지 않는 땅에서 나라를 만드는 것이 누군가의 기득권을 침해하는 일은 아니다. 오히려 그 반대다. 전술했듯이 레콘 독립국은 그 종말이 정해져 있는 특이한 정치 단위다. 제국에서 분리되어 나온 레콘 독립국은 장차 제국에 다시 편입될 것이다. 그때가 되면 제국민들은 레콘들이 개간해 놓은 광활한 땅을 선물받게 될 것이다. 부디 단순하게 생각하라. 먼 곳으로 떠나서 자기들끼리 살겠다는 사람들을 그냥 보내 주면 안 될 것 없잖은가? 더군다나 여러분의 도움 없이 그 땅을 개간해 놓고는 여러분의 후손에게 개방하겠다는데? 후손에게 주는 선물로 이만 한 것도 없을 것이다. ─쥐딤 선언문 중

부드러운 돌, 단단한 바람

"헤어릿? 슬픈 얼굴을 하고 있네요?"

말의 갈기를 쓸어 주던 헤어릿 에렉스는 목소리가 들려온 곳을 돌아보았다. 아실이 울타리 아랫단에 발을 올린 채 울타리에 매달려 그녀를 보고 있었다.

"내가 슬퍼 보였어?"

"예. 말들을 보면서 한숨을 푹푹 쉬고 있었어요. 안 좋은 일이라도 있어요?"

말 등에 앉아 있던 헤어릿은 목장 여기저기서 풀을 뜯는 말들을 바라보았다.

"전쟁터로 보낼 말들을 고를 수가 없네."

"물어보지 그래요? 발케네의 물로 피를 삼고 발케네의 풀로 살찌운 그대들이여, 발케네가 그대들의 힘찬 다리를 원하노라. 선착순."

"어두운 농담이구나."

아실은 울타리를 사다리 타듯 올라가 제일 높은 단에 걸터앉았다. 예민한 말의 심리를 읽을 수 있는 노련한 기수에게만 허락되는 자리지만 헤어릿은 내버려두기로 했다. 지상 3미터쯤 되는 높이에서 제국을 주유한 소녀에게 울타리 꼭대기는 그리 위험하지 않을 것이다.

목장은 울타리 반대편이 보이지 않을 정도로 광활했다. 구름이 살짝 낀 하늘은 낮았고 조금 높은 구릉 꼭대기에 오르면 하늘에 손자국을 낼 수도 있을 것 같았다. 구릉의 틈바구니나 사면에서는 수말들이 가볍게 싸움을 하고 있었다. 락토 빌파의 봉신들 중에는 병사 대신 말을 보낸 영주들도 있었다. 낯이 선 말들이 서로의 힘을 알아보느라 티격태격하고 있다.

말은 병사보다 훨씬 비싸고 돌려받는 것도 거의 불가능하므로 군마 지원은 일반적인 경우라면 지극한 경애의 표시다. 하지만 헤어릿은 다르게 해석했다. 말을 보내는 것은 암살공에겐 확실히 체면을 세우는 일이고 황제에게도 직접적인 저항 의지를 드러내지 않는 교묘한 처사다. 돈 몇 푼 아끼기 위해 병사들을 보낸 자는 더 큰 것을 도박에 건 셈이지만 거대한 재산을 아끼지 않은 자는 좀 더 안정되게 미래를 가늠해 볼 자격이 있다. 그러나 후자는 헤어릿의 호의를 얻기 어려울 것이다. 헤어릿은 말들이 자신과 무관한 전쟁에서 다칠 것이 화가 났다.

구릉을 따라 달려온 바람이 헤어릿과 아실을 스쳤다. 아실은 바람에 대비하여 울타리를 꼭 움켜쥐고 있었다.

"발케네 공의 주력은 힌치오의 일만 레콘이잖아요. 말들은 위험하지 않을 거예요."

"아실, 나는 말이 레콘보다 쓸모없다는 것이 더 겁나. 일만 레콘을 먹이는 일은 쉽지 않을걸."

"아? 아아."

"락토 빌파는 쓸모도 없는 말이 얼쩡거리는 것을 보면 모두 잡아서 레콘에게 주라고 말할 사람이지."

"공작님을 싫어하시는 것 같네요."

헤어릿은 쓰게 웃었다. 싫어한다는 말은 부정확하다. 그 표현으로는 부족하다.

락토는 공작과 사랑에 빠진다는 것이 한 여자에게 어떤 의미인지 몰랐을까? 그 어떤 남자도 암살공의 여자를 받아들일 만큼 용감하지는 못했다. 만약 락토가 내연의 연인에서 후원자가 될 정도의 아량을 가졌다면 그녀의 어머니 셀소 에렉스는 괜찮은 남자와 결혼할 수도 있었을 것이다. 실제로 셀소는 암살공에게 그것을 요구했다. 셀소 자신은 한번도 입 밖에 내어 말하지 않았지만 몰락한 남작가의 말예인 헤어릿의 외조부 그림터 에렉스는 자주 취하는 사람이었고 취하면 온갖 이야기를 다하는 사람이기도 했다.(그림터가 취한 채 밤길을 걷다가 개울에 빠져 죽었을 때 놀란 사람은 아무도 없었다.) 헤어릿은 외조부에게 들은 이야기로 자신의 출생 즈음에 일어났던 일을 하나 빠짐없이 재구성할 수 있었다. 셀소는 발케네의 공작과 결혼한다는 생각은 꿈도 꾸지 않았지만 암살공이 연인과 혈육에게 좋은 바람막이가 되어 줄 남자 정도는 제공해 줄 거라고 기대했다. 그것은 그림터의 기대이기도 했다. 헤어릿은 셀소가 원했던 남자가 팔리탐 지소였다는 이야기까지 들었다. 공작가의 충신이고 망가진 얼굴 때문에 독신으로 지내던 팔리탐이라면 주군의 여자와 혈육을 잘 거둬 줄 것이라는 것이 어머니와 외조부의 판단이었다.

하지만 락토는 어떤 남자에게 자신의 혈육을 맡겨 부채를 지거나 심지어 인질을 잡히는 처지에 빠지는 것은 발케네의 공작이 할 만한 짓이 아니라는 판단을 내렸다. 헤어릿도 거기까지는 자신의 친부를 이해할 수 있었다. 암살공이 무정했다고 말할 수는 있겠지만 그녀의 어머니도 처신이 현명하지는 않았다. 락토는 그녀의 어머니를 겁탈한 것이 아니다. 어차피 발케네의 공작과 결혼할 수 없다는 것을 알고 있었다면 애초에 락토를 뿌리치던가, 그렇지 않으면 남편감을 미리 요구했어야 했다.

게다가 뒤늦은 겨냥은 지나치게 먼 것이기도 했다. 그녀의 어머니가 빼어난 미인이라는 것은 사실이다. 그리고 팔리탐이 전과자이며 얼굴을 가린 채 죽어야 할 사람이라는 것 또한 사실이다. 하지만 팔리탐을 알게 된 후 헤어릿은 팔리탐에게 은혜나 베푸는 것처럼 굴던 어머니와 외조부의 태도가 옳은 것이 아니라고 생각하게 되었다. 팔리탐 지소어는 그저 다른 사람보다 가면을 하나 더 가지고 있을 뿐이다. 그리고 두 개의 가면 아래의 인물은 고상했다. 결국 셀소는 처신도 서툴렀고 처세도 시원찮았다. 그런데도 헤어릿은 아버지를 용서할 수 없었다.

어머니의 병을 알리기 위해 훔친 말을 타고 생전 처음 친부를 향해 달려가던 소녀는 무슨 생각을 했나? 헤어릿은 그 혼란스럽고 기묘한 밤을 기억할 수 없었다. 많은 사람을 만났던 것도 같고 그 여정의 모든 과정을 함께한 것은 자신의 그림자뿐이었던 것 같기도 하다. 논리적으로 생각한다면 몇몇 사람들과 마주쳤다고 보아야 할 것이다. 누군가에게 암살성의 위치를 물었을 테고, 또 암살공을 만나기 위해 층층시하의 사람들을 거쳐야 했을 테니까. 하지만 헤어릿이 기억하는 것은 갑자기 나타난 아버지의 얼굴뿐이었다. 친절하고 부드러운 얼굴이었다. 락토가 자신을 소개하기도 전에 헤어릿은 그 남자가 친부임을 알 수 있었다. 락토는 걱정 말고 쉬라고 했다. 격한 흥분과 급격한 안도감 때문에 헤어릿은 탈진해 쓰러졌다. 아버지의 꿈을 꾸기를 바라며.

며칠이 지나 겨우 거동할 수 있게 되었을 때 헤어릿은 셀소가 죽었다는 것을 알았다.

 존경하거나 연모하기보다는 동정하고 비웃음을 보내던 어머니였지만 그래도 셀소는 어머니였다. 헤어릿은 어머니의 임종을 지키지 못했다는 사실에 슬퍼하기로 했다. 그러나 갑자기 찾아드는 고독감 속에서 헤어릿은 자신이 철저하게 암살공의 손에 떨어졌다는 사실을 깨달았다. 헤어릿은 자신에게 질문했다. 그녀에겐 왜 아버지가 없는 걸까? 어머니는 정말 죽을 병에 걸렸던 것일까? 외조부는 정말 술 때문에 죽은 것일까? 혼란스러워 하던 헤어릿은 자신의 얼굴에서 답을 찾았다. 헤어릿 에렉스는 어느새 어머니를 닮은 미인이 되어 있었다. 헤어릿은 그 사실에 진저리를 쳤다. 놀라운 미모를 뒷받침할 정신적 역량을 갖추지 못했던 어머니가 어떻게 되었는지 바로 곁에서 보았던 헤어릿에게 미모는 파멸의 낙인이었다.

 암살공은 헤어릿에게 자신의 말을 돌보라고 말했다. 헤어릿은 그것을 핏줄에 대한 부양 책임을 다하려는 것이라고 착각하지 않았다. 그것은 적절한 대가를 제시할 구매자가 나타날 때까지 귀중품을 금고에 보관해 두는 처사와 비슷한 것이었다. 하지만 헤어릿은 그 금고를 빠져나가지 못했다. 그녀는 혼자였고 자신을 죽이기 전까지는 떼어 낼 수 없는 두 가지 짐까지 지고 있었다. 탁월한 미모와 암살공의 혈육이라는 짐. 모두 락토로부터 온 것이다. 헤어릿은 그렇게 판결했다. 그리고 죽은 어머니의 책임은 무시했다. 그녀가 혼자라는 것, 미인이라는 것, 사람들을 경계하게 하는 핏줄이라는 것은 모두 락토 때문이다.

 "나는 그 남자의 주검을 보고 싶어."

 아실은 눈을 가늘게 뜬 채 헤어릿을 바라보았다. 헤어릿은 쓰게 말했다.

"내 눈으로."

그리고 말했다.

"무슨 일로 왔지, 아실?"

아실은 웃지도 외면하지도 않았다. 그녀는 고개를 까딱거리며 말했다.

"말 타는 법 좀 배우려고요."

"여기서 도망치려고?"

"저는 암살성의 주인이에요. 제가 왜 암살성에서 도망치겠어요?"

헤어릿은 마냥 웃을 수는 없었다. 출정식 날 일어났던 사건은 헤어릿에게 아직 고찰 대상이다. 결론이 나오지 않은 것이다. 꼭 스카리를 곯려 주고 싶었다면 스카리에게 전권을 넘겨주는 척하고 실제로는 아무 짓도 못하게 만드는 것이 훨씬 암살공다운 수법이다. 그렇다면 지금처럼 스카리에 대한 동정론이 일어나는 일은 없었을 테니까. 발케네의 차기 지배자가 당한 모욕은 스카리 본인에겐 혀를 깨물고 죽고 싶은 비극이겠지만 그에 대한 사람들의 평가를 호의적으로 바꾼 계기이기도 했다. 헤어릿이 보기에 락토는 자신을 싫어하는 사람들에게 스카리라는 결집 대상을 선사한 셈이다. 암살공이 그것을 내다보지 못했을 리 없다.

설마 이것이 암살공류의 권력 이양 방식인가? 제국군에 복무하고 하늘누리에서 근무하느라 오랫동안 발케네를 떠나 있었던 스카리에게는 발케네 내의 지지 세력이 희박하다. 만약 암살공이 후계자에게 힘을 주고 싶었다면 자신을 악역으로 만드는 식의 연출도 해 봄 직하다. 좀 더 평화로운 시기라면 그렇다는 말이다.

하지만 지금은 전쟁 상황이다. 발케네의 힘은 암살공에게 집중되어야 한다. 그리고 후계자를 영웅으로 만들고 싶다면 전쟁 상황 내에서 얼마든지 그렇게 할 수 있다. 좋은 부관을 붙여 준다면, 아니, 제국군 군단장까지 올랐던 스카리이니 혼자서 전공을 세우는 것도 어렵잖을 것이다. 헤어릿은 암살공의 속내를 알 수 없었다. 그리고 헤어릿이 아는 암살공은 얼굴에 진흙이 튈 것을 알면서도 홧김에 진흙탕을 걷어차는 사람이 아니다.

아실이 대답을 기다리고 있기에 헤어릿은 상념을 잠시 치워 놓으며 말했다.

"재미있는 현실이군. 규리하령의 지배자도 열아홉 살의 여자인데 발케네령 또한 그렇단 말이지."

"아아? 정말 그러네요. 하지만 입장은 다르군요. 비셀스 규리하는 탐스러운 신붓감이지만 저는 수배자니까."

헤어릿은 주춤하여 아실을 바라보았다. 다른 사람들도 그렇겠지만 헤어릿이 보는 아실은 제국이라는 목장의 울타리 바깥을 떠돌며 울타리 안쪽을 노리는 고독한 맹수다. 아실에 대해 헤어릿은 어떤 가정의 한쪽 날개가 된다는 평범한 생각은 아예 할 수가 없었다. 난관이 너무 많다. 하지만 헤어릿은 그렇게 말할 수 없었다. 눈 가리고 아옹 하는 짓이 되겠지만 그것은 헤어릿의 성격이었다.

"네 처지는 네가 결혼을 포기해야 하는 조건은 되지 않아."

아실은 황당하다는 표정으로 헤어릿을 바라보았다. 헤어릿은 자신의 바보 같은 이야기에 아실이 실망한 거라고 생각했다. 아실이 말했다.

"어, 우습네요."

"뭐가 우습지?"

아실은 머뭇거렸다. 헤어릿은 그녀에게 어울리지 않는 태도라고 생각했다. 아실이 말했다.

"당신을 위로하려고 했죠. 그런데 오히려 당신이 저를 위로하는군요. 흐음. 여기엔 위로받고 싶은 사람이 한 명도 없나 보군요."

이번에는 헤어릿이 당황했다. 그녀는 아실이 비셀스를 부러워할 거라고 생각했다. 그런데 아실 또한 헤어릿에 대해 비슷한 생각을 하고 있었던 것이다. 헤어릿은 아실이 왜 그런 생각을 했는지 알 수 없었다. 그녀는 비셀스가 조금도 부럽지 않았다. 비셀스에 대해 느낄 수 있는 것은 공감이었다. 아버지를 찾아왔다가 규리하 성에 붙잡혀 있는 비셀스의 처지는 파리조 성에 붙잡혀 있는 헤어릿의 처지와 비슷했다. 헤어릿은 생각을 조금 바꿨다. 아실은 어쩌면 헤어릿이 그녀 자신을 부러워한다고 믿는 것인지도 모른다. 아실은 아버지의 이름에 붙잡혀 있는 두 딸과 달리 자유로웠으니까. 헤어릿은 길벗과도 말을 제대로 나눌 수 없는 도망자 처지가 부러워할 만한 것인지 생각해 보았다. 그러나 아실이 그녀의 생각을 방해했다.

"그런데, 말타기 가르쳐 줄 거예요?"

"왜 그걸 배우려는 건지 듣지 못했어. 목에 머리카락 난 동물은 절대로 안 탄다고 했잖아?"

"지금도 그 생각엔 변함이 없어요. 하지만 전 무엇을 타는 게 어떤 것인지 알고 싶어요. 그런데 개나 염소 같은 걸 탈 수는 없잖아요."

헤어릿은 고개를 갸웃했다. 아실이 말했다.

"지멘? 아뇨. 지멘은 자기 뜻대로 움직여요. 저는 제 뜻대로 움직이는 것을 탄 적이 없어요."

"뭘 잘못 생각하고 있는 것 같네, 아실. 말도 살아 있는 생물이야. 감정이 있어. 신발이나 바둑돌처럼 네 마음대로 움직일 수는 없어."

"좋아요. 시작이군요. 제가 뭘 잘못 알고 있는지 알려 주고 제가 뭘 알아야 하는지 알려 주길 바라요. 그렇게 해 주겠어요?"

"나는 말 관리자이지 승마 선생이 아냐. 둘이 비슷할 거라고 생각하겠지만 조금 달라."

"또 하나 알게 되었네요. 말 관리자에게 배우고 싶어요."

그리고 아실은 뒤쪽을 잠깐 돌아보는 시늉을 했다.

"성안에서 시간 보내다간 무슨 사고를 칠지도 모르겠어요."

헤어릿은 이해했다. 스카리의 증오를 받을 충분한 조건을 갖춘 아실에게 스카리와 같은 건물 안에 있다는 것은 몹시 신경 쓰이는 일일 것이다.

"좋아. 넌 높은 곳은 무서워하지 않을 테지. 옷차림도 그 정도면 괜찮지만 장갑은 끼어야겠군…… 뭐 하는 거니?"

아실은 행동으로 대답했다. 울타리 위에 발을 올리는 아실을 본 헤어릿은 그녀가 안장 위로 건너올 작정이라는 것을 깨달았다. 헤어릿이 재빨리 말했다.

"그만둬. 위험해."

"아, 저는 괜찮아요. 이 정도 높이는 아무것도 아니에요."

"너를 걱정하는 것이 아냐. 말과 나를 걱정하는 거야. 말은 뒤쪽도 볼 수 있어. 그렇게 다가오면 겁 먹는단 말이야."

아실은 머쓱해진 얼굴로 헤어릿을 태우고 있는 말을 바라보았다. 그 표정을 본 헤어릿은 갑자기 웃고 싶었다. 그녀는 잔잔한 미소를 짓고 말했다.

"또 하나 배웠지?"

"예. 그러네요. 시작한 지 얼마 되지도 않았는데 벌써 몇 개나 배웠어요. 대단한 스승이네요."

"그 생각이 오래가진 않을 거야. 저기 마구간 보이지? 그쪽으로 가. 나도 따라갈 테니까."

아실은 울타리에서 내려서서 마구간 쪽으로 쪼르르 달려갔다. 그 모습을 바라보던 헤어릿은 문득 아실이 어떤 일에 즐거워하는지 궁금해졌다.

창가에 서 있던 제이어는 문 열리는 소리를 듣고는 고개도 돌리지 않은 채 말했다.

"어서 오십시오, 각하."

아이저는 문가에 서서 제이어를 바라보았다. 한참 동안 그렇게 제이어의 뒤통수를 보던 아이저는 한숨을 내쉬고 문을 닫았다.

"여긴 내 방인데, 솔한."

"알고 있습니다."

제이어는 천천히 몸을 돌렸다. 못마땅한 눈으로 제이어를 바라보던 아이저는 그의 손에 들린 것을 보고 숨을 급하게 들이쉬었다. 제이어는 아이저의 반응을 무시한 채 자신의 손에 들린 책을 한가롭게 넘겼다.

"각하의 종조부께서는 이름 높은 저술가였습니다. 저술가는 사상가와 다르지요. 전자는 읽히는 글을 쓸 줄 안다는 뜻입니다. 그런데 이 책은 저술가 라수 규리하의 명성에 도무지 부합하지 않는군요. 아무래도 고의로 이렇게 쓰신 모양입니다."

"내 생각도 그래, 솔한."

"탁월한 저술가가 고의로 알아보기 어렵게 쓴 것이니만큼 이것을 해석하는 것은 당연히 쉽지 않겠지요. 저는 포기하겠습니다."

제이어는 책을 탁 덮어 아이저에게 내밀었다. 마치 아이저가 그것을 읽어 보라고 권하기라도 했다는 듯한 동작이다. 아이저는 묵묵히 책을 받아 들어 책상 위에 놓았다.

"또 누가 알지?"

제이어는 빙그레 웃었다. 아이저는 허리를 똑바로 펴 그를 노려보았다.

"또 누가 알지?"

"아실이 알고 있습니다. 이미 읽었지요."

"그 아이가 황제의 간자일 리는 없으니 다행이군."

"아실이 그 책을 해석했을 거라는 생각은 못하십니까?"

아이저는 팔짱을 꼈다.

"해석했다고 하던가?"

"이제 그 책을 더 볼 필요가 없다고 하더군요."

"더 볼 필요가 없다고?"

"예."

아이저는 신경 쓰이는 말이라고 생각했다. 그것이 해석의 포기인지, 아니면 책 없이도 해석할 수 있다는 뜻인지 알 수 없었다. 아이저는 아실에게 주의를 기울여야겠다고 생각했다. 제이어가 말했다.

"각하, 왜 황제가 그 책을 회수하길 원한다고 생각하십니까? 그 제목처럼 거기에 정말 하늘누리에 관한 놀랄 만한 비밀이라도 들어 있는 겁니까?"

"반환 요구가 있었으니까."

"황제가 그것을 요구했습니까?"

아이저는 의자에 앉았다.

"숭문각의 요청이었다. 라수 규리하의 서적을 전부 구비하고 싶으니 협조해 달라고 하더군. 규리하 성에 보관하고 있는 종조부의 책 목록을 보내 달라고 했어. 그렇게 했지. 그런데 빠진 것이 있는 것 같다면서 재조사를 해 달라고 하더군. 하지만 빠진 것은 없었어. 이상하다고 생각하다가 라수의 방을 떠올렸지."

"거기서 그 책을 발견하셨습니까?"

"그래. 보다시피 조야한 제목이지. 나는 종조부께서 그런 비결서 같은 것을 집필하셨다는 사실을 믿기 어렵더군. 어떤 시답잖은 인사가 종조부의 권위를 훔치기 위해 그런 저자명을 사용했고 규리하 가의 어떤 부주의한 자가 그것을 구해 종조부의 유품에 포함시켰다는 것이 내 결론이었어. 만일 그렇다면 이런 물건을 굳이 내보일 필요는 없지. 그래서 나는 이 책이 정말 종조부의 것인지 확인한 후에 공개해야겠다고 생각하고 빠진 책이 없다는 회신을 보냈지. 그런데 돌아온 대답이 인상적인 것이더군.『천경비록』이라는 책이 없냐는 것이었어."

그래서 아이저는 그런 책이 있긴 하지만 라수의 책이 맞는지 알 수 없다고 대답했다. 그러자 숭문각에서는 자신들이 확인해 줄 테니 책을 보내라고 했다. 아이저는 라수의 방에 보관된 물건을 밖으로 꺼낸다는 것이 탐탁지 않았고 수상하다는 생각도 떠올렸다. 아이저 자신도 존재를 알지 못했던 책의 이름을 숭문각이 정확하게 알고 있다면 그들은 라수 규리하가『천경비록』이라는 책을 썼다는 믿을 만한 증거를 가지고 있다는 의미다. 그렇다면 그 증거부터 라수의 후손인 아이저에게 공개하는 것이 상식이다. 결국 아이저는 보낼 수 없다는 대답을 보냈다. 당시는 황제와 그의 사이가 악화되던 시점이었다. 아이저는 황제에게 무엇인가를 보낸다는 것 자체가 별로 마음에 들지 않았다. 그리고 전쟁이 일어났다.

"그렇다면 전쟁과 그 책의 상관 관계는 불확실한 것이잖습니까."

"전쟁 자체가 이 책의 특별함을 증명하는 것이지. 『천경비록』을 요구하던 시점에 이미 전쟁 준비는 진행되고 있었을 테지. 그렇다면 하늘누리의 입장에서 생각해 볼 필요가 있지. 하늘누리가 전쟁을 준비하면서 하늘누리의 비밀스러운 기록이라는 책을 원한다면 그 책이 보통 책일 리는 없잖은가."

아이저의 말대로다. 수상한 일이다. 하지만 제이어는 반론가의 위치를 아직 포기할 생각이 없었다.

"전쟁 때문에 사료적 가치가 충분한 책이 소실되는 것을 우려한 것일 수도 있잖습니까."

"솔한, 나는 바보가 아니야. 자기 생각을 의심해 볼 줄은 안다는 말이지. 전쟁 직전 나는 숭문각을 무시한 채 데라시에게 직접 서신을 보냈지. 그 책을 돌려보낸다면 어떻게 하겠냐고 물었어. 공격 일시를 늦추겠다는 암시를 담은 대답이 오더군. 재미있는 이야기잖은가?"

데라시의 대답을 받은 아이저는 『천경비록』을 원하는 것이 라수 규리하의 전집을 완성하고 싶은 사서가 아니라 최소한 비스그라쥬 백 데라시, 또는 황제 자신일 거라고 판단했다. 만약 아이저가 상대하고 있던 것이 숭문각의 사서였다면 데라시가 '그 책'이라는 말에 반응할 수 있을 리가 없다. 제이어는 아이저의 판단을 더 반박할 수 없었다.

"그렇다면 그 책에는 황제나 데라시가 중요하다고 믿는 내용이 들어 있는 모양이군요. 그것이 무엇인지 알아내셨습니까?"

"아니. 그리고 앞으로도 알아내고 싶은 생각이 없군."

제이어는 놀랐다.

"알아내고 싶지 않으시다고요?"

아이저는 희미한 분노를 드러내며 『천경비록』을 노려보았다.

"비밀스러운 책이나 수수께끼, 비결, 전설 따위에 매달리는 것이 치졸하다는 생각을 내가 왜 못했는지 궁금하군. 그것은 인생을 우습게 만들길 좋아하는 자들의 태도야. 마법의 말 한마디로 인생의 모든 문제를 해결해 버릴 수 있다는 식의 나태함과 몽상이지. 이 정도 나이를 먹었으면 진작에 알아차렸어야 하는 일이야. 산다는 것은 그런 것이 아니잖나."

아이저는 책상 위에 올려놓은 두 손을 움켜쥐었다.

"산다는 것은 끝이 없는 싸움이야. 모든 적을 일격에 거꾸러뜨리는 무적의 무기 같은 것이 없는 것처럼 사는 것을 쉽게 만드는 최후의 비결도 없어. 그런 것을 바라며 물러나는 것 자체가 이미 싸움에서 지는 것이야. 칼을 움켜쥐고 한 발 더 걸어 나가는 것이 낫지."

"그러면 그 책은 포기하셨습니까?"

"이 책은 규리하의 물건이니 내가 지켜야겠지. 하지만 더 읽지는 않겠다. 내 칼을 벼리거나 내 아들에게 용서를 구할 시간도 부족할 것 같으니까."

제이어는 이채롭다는 표정으로 규리하의 전 변경백을 바라보았다. 아이저는 의자 등받이에 몸을 던지고 말했다.

"내 아들이 더 큰 반항을 했더라면 차라리 좋았을 것 같다. 하지만 그 착한 애의 반항은 아버지의 귀한 책을 다른 사람에게 몰래 보여 주는 것이었군. 게다가 그것은 사실 아버지에겐 더 이상 귀한 책도 아니었다. 몰락한 아버지를 곁에서 보면서 그럴 수 있는 아들이 세상에 또 있을지 모르겠지만, 내가 아는 범위 내엔 한 명뿐이다. 나는 이이타가 이 책을 빼돌렸다는 것이 기쁘다."

놀라운 추리는 아니다. 『천경비록』의 존재를 노출시킬 사람은 이이타 말고 없는 형편이다. 제이어는 다른 사실에 깊은 인상을 받았다.

"자식을 가진다는 것은 참 특이한 경험인 것 같군요."

아이저는 늙은 독신자를 바라보았다.

"후회되나?"

"다른 사람과 결혼하지 못한 것은 후회되지 않습니다, 각하."

과거 오세느 시야니라는 한 명의 여자를 두고 대립했던 두 남자는 서로를 지그시 바라보았다. 서로의 얼굴을 보며 자신이 얼마나 늙었는지 깨달을 수 있을 정도의 시간이 지난 후의 일이다. 그리고 아이저가 해묵은 매듭을 풀기로 결심할 정도의 시간이 지난 후이기도 하다.

"아직도 취해 있군, 살인 기사."

제이어는 무표정하게 아이저를 바라보았다. 아이저는 차분하게 말했다.

"오세느가 나를 택한 것은 아버지의 뜻을 따르기 위해서가 아니다. 물론 그녀는 아버지의 뜻을 거부하게 된다면 몹시 상심했겠지. 하지만 다행히도 오세느는 현명했다. 경쟁심에 눈이 먼 나는 알지 못했지만 오세느는 네가 원하는 것이 사랑의 승리자가 아니라 화려한 패배자임을 알아보았다. 그녀는 아버지를 거역할 필요가 없었지.”

"부인께서는 보기 드문 여자였지요. 저를 받아들인 것도 부인의 뜻이었습니까?”

"그래. 오세느는 네가 위험한 남자라고 말했다. 나는 우습다고 생각했지. 그것이 신혼의 신부에게 생길 수 있는 불안증이라고 생각했다. 하지만 오세느는 어수룩한 남편에게 부인을 존중하는 법을 알려 주었어. 나는 그녀의 말을 귀 기울여 들었다. 오세느는 네가 위험하긴 하지만 그 위험을 피하는 것 또한 어렵지 않다고 하더군. 그냥 네 뜻을 따라 친하게 지내라고 했다. 네가 원하는 것이 화려한 패배자에서 과거의 연적과 우정을 나누는 멋진 남자로 바뀌었다고 하면서. 나는 그녀를 존중했고 또 어려운 일은 아니었기에 그렇게 했다.”

제이어는 서늘한 웃음을 지어 보였다.

"그 우정은 가짜였군요.”

"내게 죄책감이나 부채감 같은 것은 없다. 두 가지 이유에서 그렇다. 우선 네가 우정을 나누고 싶었던 대상은 아이저 규리하가 아니라 과거의 연적이었으니까 나는 우정을 교환할 의무가 없었지. 너는 내 연적이 아니었다.”

"아니라고요?”

"네가 원한 것은 실패였잖나.”

"두 번째 이유는 뭡니까?”

"의무가 없는데도 나는 진짜 우정을 주었다. 따라서 죄책감은 없다."

제이어는 고개를 갸웃했다.

"진짜였다고요?"

"삶에 대한 너의 태도를 내 것으로 만드는 것은 절대로 불가능하다. 몸과 마음을 상하게 할 것을 알면서도 술을 마시는 주당처럼 너는 실패할 것을 알면서 그 실패를 즐긴다. 나는 그렇게 할 수 없다. 하지만 그런 네 모습이 흥미로웠다. 패배주의라고 단정 지을 수도 없었다. 패배주의자는 아무것도 시도하지 않는다. 패배가 두렵기 때문이지. 하지만 너는 실패할 것을 알면서 시도한다. 오세느가 말한 너의 위험성이 무엇인지 대강 짐작하게 되면서 나는 네게 매혹되었다. 나는 너와 인연을 맺을 수 있어서 기쁘다."

제이어는 조금 전에 군령자가 된 사람처럼 행동했다. 자신의 몸이 낯선 듯 이리저리 몸을 비틀던 제이어가 한숨을 내쉬었다.

"바라시는 것이 무엇입니까?"

"너는 오세느를 사랑하지 않았다. 하지만 오세느의 아들을 부탁한다고 말하면 너는 옛 연인의 아들을 결사적으로 지키겠지. 네 인생을 소재로 명작을 연출하는 것이 네 방식이니까. 하지만 나는 그렇게 부탁하지 않겠다. 친구의 아들을 지켜 달라고 말하겠다. 그것이 내 방식이니까."

제이어는 아이저의 말이 무슨 뜻인지 알았다.

"규리하로 돌아가실 생각이군요."

"그곳에는 약간의 수비 병력만 남아 있다. 승전보다 더 어려운 뒤처리를 게을리한 황제는 대가를 치를 것이다."

"앞뒤로 전쟁을 벌이게 된다면 보통은 괴롭지요. 하지만 안타깝게도 하늘누리에는 앞뒤가 없습니다. 모두 아래지요."

"맞아. 그래서 그것은 갈팡질팡할 수 있는 유일한 도시지."

제이어는 그것이 재미있는 농담이면서 동시에 날카로운 지적이라고 생각했다. 하늘누리의 최대 강점으로 일컬어지는 이동 능력을 거꾸로 약점으로 삼겠다는 태도는 탁월한 발상의 전환이다. 아이저가 지적한 연출하는 버릇이 발휘되는 것인지도 모르지만, 제이어는 안전한 망명지에서 적의 약점을 탐지하는 것보다는 칼을 뽑아 들고 강대한 적의 지배 하에 있는 고토로 되돌아가는 것이 아이저에게 훨씬 어울린다고 생각했다. 그것이 규리하니까.

그리고 이이타도 규리하다.

"아드님을 데려가시지 않는 이유가 무엇입니까? 공자님은 이곳까지 아버님을 따라왔습니다. 각하를 모시지 못할 수완은 아닐 거라 생각합니다."

"그 아이를 못 믿어서 데려가지 않는 것은 아니다. 이이타는 내 후계자다."

제이어는 기대하던 말이라고 생각했다. 그런데도 약간의 충격을 느꼈다. 아이저의 선언은 딸과 아들을 대립시킨다는 뜻이다. 아이저는 어두운 얼굴로 말했다.

"나는 비셀스를 세 번 죽였다. 태어났을 때 그 애를 포기했지. 그리고 규리하 성 낙성 당시에 그 애를 포기했다. 그리고 이제 세 번째로 그 애를 죽이려고 한다. 한 번도 할 수 없는 일을 세 번이나 해야 한다는 것은 너무 끔찍하군."

"각하, 이이타 공자님에게 대립시키기 위해 황제는 비셀스를 더욱 보호할 겁니다. 각하의 결정은 결국 공녀님을 보호하는 것이 될 겁니다."

"고맙군, 솔한. 내 후계자를 지켜 주겠나?"

제이어는 결심했다.

"그러겠습니다."

"고마워. 내일부터 나를 볼 수 없을 거야."

"그렇게 빨리 떠나십니까?"

"암살공과 황제의 전투가 결판나기 전에 되도록 많이 움직여야 하니까."

"그렇군요. 알겠습니다."

"그런데 네 용건은 뭔가?"

제이어는 고개를 끄덕이고는 품속에 손을 집어넣었다. 그는 중요한 것을 건네듯 주위를 살피고 나서 아이저에게 다가갔다. 살인 기사는 속삭이듯 말했다.

"이제야 제 용건을 물어보시는군요."

제이어는 부드럽게 웃으며 손을 꺼냈다. 거기에는 날이 새파랗게 선 단검이 쥐어져 있었다.

쥘칸 장군은 얼어붙은 얼굴로 시허릭 마지오를 바라보았다. 사람들은 그렇게 착각할지도 모르지만 쥘칸 장군과 시허릭 마지오 상장군이 서로를 증오하는 사이는 아니다. 그저 서로를 싫어할 뿐이다. 하지만 지금 쥘칸은 시허릭을 증오하게 될지도 모르겠다고 생각했다. 쥘칸은 벼슬을 빳빳하게 세운 채 말했다.

"농담이겠지."

시허릭은 콧방귀를 뀌고 탁자 위의 지도를 무심히 바라보았다.

"군령에 희언은 없다, 쥘칸 장군."

"그런 말도 안 되는······."

"아니, 충분히 말이 된다. 귀관의 부하 장병들 중에도 성채 매장자의 지휘를 받아 하룻밤 만에 성을 파묻은 장병들이 있다. 또 여기에는 없지만 과거 고추냉이 여단은 유료도로당과의 계약에 따라 시구리아트 산맥의 허리를 뚫었다. 같은 일을 또 못한다는 법이 어디에 있나."

"그게 같은 일이냐?"

"똑같은 토목공사다. 그리고 공사의 난이도를 보면 그리미 유료 수도의 경우보다 훨씬 용이한 일이다."

시허릭은 갑자기 손을 뻗어 바라보던 지도를 짚었다.

"귀관과 귀관의 여단은 파리조까지 운하를 파야 한다."

제국군의 장교들은 신음을 흘리거나 깊은 생각에 빠져 고개를 끄덕였다. 그곳에 쥘칸이나 시허릭을 거들고 나서려는 사람은 아무도 없었다. 그리고 레콘인 쥘칸은 누가 자신을 거들어 주길 기다리지 않았다.

"운하는······ 그게 흐르는 길인데?"

"귀관에겐 미안하지만 전술 용어로서 대명사는 적합하지 않으니 나는 직접 말하겠다. 운하는 물이 흐르는 길이다."

어떤 수교위는 쥘칸의 주먹에 박살 나는 시허릭의 머리를 보는 것 같다고 생각했다. 쥘칸은 당장이라도 그 수교위의 몽상을 현실로 만들어 줄 기세였다. 온몸의 깃털을 세운 채 쥘칸은 시허릭을 무섭게 노려보았다. 시허릭은 말했다.

"소화차의 기동력은 형편없다. 그리고 물을 안정적으로 공급할 수 없다면 소화차는 무용지물이다. 소화차가 전장과 멀리 떨어진 수원 사이를 왕복하게 할 수는 없다. 소화차를 위한 용수 공급은 용이해야 한다."

쥘칸은 제국군의 장성으로서 타의 모범을 보여야 하는 자신은 참아야겠지만 자기 주먹은 더 참을 필요가 없다고 생각했다. 그는 주먹을 움켜쥐었다. 그때 시허릭이 담담하게 말했다.

"그리고 레콘과 싸우려면 강을 접하는 편이 좋다. 적당한 강이 없다면 강을 가져가면 된다."

시허릭의 말은 쥘칸의 주먹을 붙잡았다. 그리고 사태를 예의 주시하던 장교들의 입에서 신음을 뽑아 내었다. 쥘칸은 주먹을 내려놓으며 말했다.

"가져간다고?"

"강을."

그 말의 호방함은 쥘칸의 마음에 들었다. 시허릭에게 기대했던 적이 없는 성격이기 때문에 쥘칸은 약간의 충격도 느꼈다. 쥘칸은 팔짱을 끼고 시허릭의 말에 대해 생각했다. 그리고 장군들은 희미한 두통을 느끼며 같은 일을 시도했다.

전장은 선택하는 것이다. 그것도 대부분의 경우 매우 좁은 선택폭 안에서. 상대가 바보가 아닌 이상 절대 불리한 전장에서의 전투를 받아들일 리 없기 때문에 약간의 불리함이라도 줄 수 있는 방법을 찾아내기 위해 최선을 다해 머리를 짜내는 것이 전장 선택이다.

고금의 어떤 군대나 명장도 자신에게 유리한 전장을 가지고 다닐 수는 없었다. 시허릭은 그저 평범한 운하를 파자고 말했지만 그것은 전쟁의 기본적인 상식을 무너뜨리는 발언이었다. 그런데 더 놀라운 것은 그것이 가능하다는 것이다. 아스캄에서 하룻밤 만에 성채를 파묻기 위해 필요했던 물리력은 엉겅퀴 여단의 1대대였다. 모든 엉겅퀴 여단병이 동원된다면 운하를 파는 것이 어려울 까닭이 없다.

물에 대한 레콘의 절대적인 거부감을 논외로 했을 경우 그렇다는 말이다. 그리고 세상의 어떤 현명한 자도 레콘에게서 물에 대한 거부감을 제거할 방법을 찾아내지는 못했다. 그에 비하면 고양이가 헤엄치기를 좋아하게 만드는 것이 훨씬 쉬울 것이다. 고양이는 주먹을 휘둘러 사람을 죽이지는 않으니까. 쥘칸은 풀이 죽어서 말했다.

"나는 내 부하들에게 그런 것을 만들자고 말할 자신이 없어."

시허릭은 퉁명스럽게 말했다.

"어째서? 운하가 물속에서 땅을 파는 일인 줄 아나? 운하를 만드는 도중에는 물과 만날 일이 전혀 없다. 공사에 방해되니 오히려 물이 없어야 하지. 운하에 물이 흐르는 것은 공사가 끝난 후 수문을 열었을 때의 일이다. 그리고 수문을 여는 것은 인간 병사들만으로도 얼마든지 할 수 있다. 결국 귀관들은 바싹 마른 땅만 파면 된다."

"그래서?"

"귀관은 부하 장병들에게 땅을 파라고 말하고, 부하 장병들은 그 명령을 따라 땅을 파면 된다. 물과는 아무 관련이 없다. 땅만 다룰 뿐이다."

"웃기는 소리를. 내 부하들이 자기가 파는 것이 무엇인지 짐작하지 못할 까닭이 없잖아. 땅을 파는 도중에 그, 어, 문이라는 것이 터지기라도 하면 어떡해?"

"그 밖에 다른 불만은 없나?"

"다른 불만?"

"그래. 수문이 터질지도 모른다는 걱정 외에 다른 걱정은 없는 거지? 그렇다면 됐군. 가서 부하 장병과 함께 수문의 형태를 결정해 오도록. 기술적 조언을 해 줄 사람을 초빙해 두었다."

그 순간 쥘칸은 시허릭이 자신의 반응을 이미 예상했다는 것을 알았다. 그리고 시허릭은 그것을 어떻게 해결할지도 결정해 두었다. 레콘에게 강압이 통할 리도 없지만, 강압적으로 밀어붙이는 대신 안심할 수 있는 방법을 직접 찾아오도록 명령하는 것이 시허릭의 해결책이었다. 그리고 쥘칸은 자신이 그 해결책을 거부하기 어렵다는 것을 알았다.

시허릭이 자리에서 일어나 어딘가로 명령을 보내자 곧 제국병들이 민간인으로 보이는 사람을 데리고 회의실 안으로 들어섰다. 체구가 굉장히 좋은 인간이었다. 그 인간은 시허릭 마지오 상장군에게 가볍게 목례하고 나서 그 곁에 섰다. 시허릭은 그의 얼굴을 보려면 올려다보아야 한다는 것을 깨닫고는 얼굴을 보는 것을 포기했다.

"이 사람은 유수부 수도국에서 온 오니 보다."

오니 보는 다시 고개를 꾸벅했다.

"안녕하십니까."

"유수부의 수도국은 하늘누리 시민들 전체가 쓸 물을 하늘누리에서 흘러내리지 않도록 보관하는 곳이다. 따라서 물을 가둬 두는 안전한 방법에 대해서는 많은 경험과 지식을 가지고 있다. 하늘에 뜬 저수지를 만들거나 관리하는 사람이 많지는 않을 테니까 유수부 수도국의 국원들은 아마도 수리학에 관해서는 제국 내의 최고 전문가들이겠지. 따라서 그들에겐 지상에 있는 운하의 수문을 튼튼하게 만드는 것 정도는 어렵지 않을 것이다. 이 사람이 귀관을 도와줄 것이다."

오니 보는 이 뻔뻔한 거짓말이 참 낯간지럽다고 생각했다. 하늘누리의 저수 시설이 경이적이긴 하지만 그것을 설계한 사람은 유수부 수도국원이 아니라 도깨비 대장장이와 목수, 건축가들이었다. 유수부 수도국은 그저 그것을 관리할 뿐이며, 제국 최고의 수리 전문가 어쩌고 하는 말은 사실이 아니다. 오니 보는 자신이 그런 식으로 소개되는 것을 거부하고 싶었다. 하지만 마지오 상장군은 레콘들을 안심시키기 위해서 그래야 한다고 주장했다. 그리고 상장군의 말처럼 운하의 수문을 설계하는 것 정도는 오니 보에게도 불가능한 일이 아니었다. 오니는 쥘칸 장군이 마지오 상장군의 거짓말을 받아들이는지 궁금해하며 그를 바라보았다.

오니는 불안함을 느꼈다. 쥘칸은 의심스러운 눈빛으로 그를 노려보았다. 당장이라도 호통을 칠 것 같은 표정에 오니는 조바심을 느꼈다. 그때 시허릭이 약간 울리는 목소리로 말했다.

"암살공은 일만 명의 레콘을 준비해 두고 우리에게 한 방 먹일 기회를 기다리고 있었겠지. 이젠 우리가 암살공에게 한 방 먹일 차례다. 나는 정말 그러고 싶다, 쥘칸 장군. 전장을 가지고 가는 우리를 보고 암살공이 어떤 표정을 짓는지 보고 싶다."

쥘칸이 벌떡 일어섰다. 그는 탁한 목소리로 말했다.

"언제까지 결정하면 돼?"

시허릭은 웃지 않았다. 다만 신발 속에서 발가락을 꽉 움츠렸을 뿐이다. 그는 진지하게 말했다.

"최대한 빨리."

"알았어. 따라와, 오니."

쥘칸은 회의실 밖으로 나갔다. 오니는 시허릭을 한 번 바라보고 나서 그 뒤를 따라갔다. 시허릭은 큰 한숨을 내쉬고 싶은 것을 참으며 자리에 앉았다.

쥘칸을 분기시키기 위해 한 말이지만, 그것은 시허릭의 진심이기도 했다. 쥘칸도 그것이 진심이라는 것을 알기에 그를 분기시키려는 의도를 짐작하면서도 묵인했을 것이다. 시허릭은 정말 암살공에게 한 방 먹이고 싶었다. 통쾌하고 짜릿하게.

그리고 그것은 사라티본 평야에서 끔찍한 재난을 당해 사기가 바닥으로 떨어진 제국군에게도 필요한 일이었다. 나머지 회의를 주관하며 시허릭은 부하 장병들에게 말해야 할 내용을 알려 주었다. 제국의 수도는 통치상 필요하면 직접 그곳으로 간다. 그리고 제국군은 전략상 필요하면 전장을 가지고 간다. 우리는 황제 폐하의 군인이니까.

우리는 황제 폐하의 영광 아래 반드시 이긴다.

제이어 솔한은 단검을 잘 보이도록 들어 올리며 말했다.

"이것을 당신 몸 어딘가에 꽂아 생명이 새어 나오게 하는 것이 제 용건이었습니다."

규리하의 변경백은 제이어를 감동시켰다. 아이저는 눈썹을 약간 꿈틀할 뿐 무표정한 얼굴로 말했다.

"암살공이 자신의 손을 쓰지 않는다는 것이 기묘하군."

"제가 요청했지요."

"그랬군."

제이어는 단검을 뒤집어 날 부분을 잡고는 손잡이 쪽을 아이저에게 내밀었다. 아이저는 그것을 받아 들며 말했다.

"칼날에 독을 발랐어야지. 단검에 능숙하지는 않을 텐데."

"저는 독 같은 것은 다룰 줄 모릅니다. 그리고 단검은 어지간히 다룰 줄 몰라도 목을 찌르면 확실하다더군요."

아이저는 목을 한 번 쓸어 만지고 싶은 것을 참았다.

"암살공이 벌써 패전 대비를 한다는 것은 기묘하군. 그럴 사람이 아닌데."

"패전을 생각하는 건 아닙니다. 모든 것을 대비할 뿐이지요."

"모든 것을 대비한다면 내가 살아 있는 편이 좋지 않나?"

"아닙니다."

"아니라고?"

"각하에겐 가치가 없습니다. 각하와 같은 자격을 가지고 있으면서도 다루기는 훨씬 쉬운 공자가 있습니다."

"이이타가 나와 같은 자격을 가지고 있나."

"규리하에서는 이방인이나 다름없는 공녀께서도 규리하의 통치자 노릇을 하고 있습니다, 각하. 원래대로라면 규리하에서 반란이나 폭동 같은 것이 일어났어야 합니다. 하지만 규리하는 평온합니다. 규리하를 안정시키기 위해서 필요한 것은 규리하라는 이름 하나뿐입니다. 그렇다면 그것이 아이저 규리하일 필요는 없습니다."

명심해 둘 만한 지적이었다. 아이저는 콧등을 살짝 만지며 말했다.

"내 백성들은 당황했겠지. 규리하는 왕이 돌아올 때까지 변경 백령을 지켰다는 전통을 자랑스럽게 여기고 있어. 왕이 황제로 바뀌긴 했지만 그 변화의 중심에는 충의공도 계셨고, 따라서 왕에 대한 규리하 사람들의 애정은 그대로 황제에게 이어졌어. 내

백성들은 그들의 지배자가 황제와 다툰다는 사실을 받아들이기 어려웠을 거야. 그리고 그들의 지배자를 위해 황제에게 반기를 든다는 것은 더욱 어렵지. 그래서 조용한 거지."

"그렇군요. 어쨌든 비셀스 규리하가 규리하에서 반황제 세력의 결집을 차단할 수 있다면 이이타 규리하도 그럴 수 있을 겁니다. 그렇다면 규리하 사람들을 포섭할 수 있다는 당신의 가치는 그다지 특별한 것이 아니게 됩니다. 혹 그 책을 해석할 수 있다면 또 모르지만 당신은 그러지도 못했습니다. 당신이 살아 있을 경우의 가치는 그 정도입니다. 하지만 죽으면 상당한 가치가 발생하지요."

아이저는 이해했다. 발케네 공이 상황이 나빠져서 휴전이라도 벌여야 한다면 황제에게 보낼 선물로는 살아 있는 아이저보다 죽은 아이저가 낫다. 살아 있는 아이저는 규리하의 전 통치자를 죽인다는 부담감을 가지고 죽여야 하지만 죽은 아이저는 그럴 필요가 없다. 그리고 아이저가 죽으면 이이타를 통제하는 것은 더욱 간단해진다. 아이저는 암살공과 살인 기사 중 누가 적극적으로 주장했을지 짐작해 보는 것은 관두기로 했다. 어쨌든 결행을 맡기로 한 자는 살인 기사다. 그리고 살인 기사는 지금 자신의 실패담을 하나 늘린 상태였다.

"그러면 왜 나를 가치 있게 만드는 것을 포기했지?"

"저는 친구를 죽이지 않습니다."

연출이다. 아이저는 지나치게 단정적으로 생각하는 것이 아닌가 의심스러웠지만 제이어의 얼굴을 보며 그런 생각밖에 떠올릴 수 없었다. 성공 대신 연출할 수 있는 가장 화려한 실패를 선택하고 마는 제이어의 버릇이 다시 고개를 들고 있었다. 그러나 아이저는 그것을 경멸할 수 없었다. 대신 일어나서 손을 내밀었다. 제이어의 말은 거짓이다. 아이저는 제이어의 친구가 아니다. 하지만 제이어는 아이저의 친구다. 앞으로 내민 아이저의 손에 부끄러움은 없었다.

제이어는 그 손을 마주 잡았다.

"암살공에겐 당신이 저를 때려눕히고 도망쳤다고 하겠습니다."

아이저는 말했다.

"행운을 바란다, 친구."

"동감입니다."

제이어는 몸을 돌려 떠났다. 평범해서 화려한 몸짓이다.

세 시간 뒤, 아이저 규리하의 모습은 암살성 어디에서도 보이지 않게 되었다. 아실은 반쯤 쓰러진 자세로 그 이야기를 전해 들었다.

"그 이야기를 왜 제게 하시죠, 시종장님?"

방 안에 두 사람밖에 없기 때문에 시종장은 편한 자세로 앉아서 말했다.

"네가 암살성의 주인이니까."

"스카리에게 '아실에겐 이미 보고했습니다.'라고 말해 주기 위해서군요. 그런 방식이 좋다고 생각하세요? 스카리는 굉장히 고집 센 사람인데."

"나도 가끔 헷갈리긴 하지만 내가 상대해야 할 사람은 어린애가 아니라 서른두 살 먹은 남자다."

"모르겠어요. 어쨌든 말은 맞춰야겠군요. 제가 허술한 성의 보안 태세에 대해 무엇을 지적하고 무엇을 보완하라고 명령한 거죠?"

시종장 주보 네서파는 빙긋 웃었다. 세인들의 눈에 아실에게 황금 열쇠를 넘긴 락토의 행동은 파격적인 인사지만 네서파 시종장은 이제 그렇게 생각하지 않았다. 아실은 영리하고 말이 통하는 사람이다. 가장 야박하게 평가한다 해도 그 행적이나 대외적 숙원을 보고 추측할 수 있는 것처럼 통제가 안 되는 미치광이는 절대로 아니었다. 자신을 풍요롭게 만드는 것에 그 역량을 쓴다면 남부럽지 않게 살 수도 있었을 소녀를 보며 주보는 약간의 동정심을 느꼈다.

"네가 굳이 알아 둘 필요는 없을 것 같군. 공자가 네게 질문하러 오지는 않을 테니까. 혹 그런다 해도 몸이 아파서 만날 수 없다고 말하면 될 거야. 그런데 몸은 괜찮니?"

"말은 네 발 달린 것 중에 가장 환멸스러운 동물이에요. 저는 높은 곳에서 흔들리는 것쯤은 아무렇지도 않아요. 그런데 이렇게 아프다니."

"힘으로 통제하려고 하니까 그렇지. 말한테 네 힘이 통할 리가 없으니 결국 네 몸을 스스로 아프게 한 거야. 말 때문이 아니야."

"헤어릿도 그렇게 말하더군요."

"그래서 포기했니?"

"아니요. 헤어릿은 제가 빠르다고 하더군요. 아무래도 높이와 흔들림에 익숙한 것이 좀 도움이 되나 봐요. 마지막엔 혼자서 좀 달리기도 했어요. 그땐 기분이 그럭저럭 괜찮았는데 지금은 머리카락 끝까지 아파요."

"말타기를 꼭 배우겠다면 나는 솜씨 좋은 궁수들을 배치해야 한다. 괜찮겠어?"

아실은 피식 웃었다.

"지멘이 돌아올 때까지는 여기서 떠날 생각이 없어요. 하지만 안심하라고 말씀드려도 배치하실 테니, 좋도록 하세요."

"걸어서 도망치는 거야 어렵잖게 잡아 올 수 있지만 말 타고 도망치면 어쩔 수 없잖아."

"괜찮아요. 신경 쓰지 않아요. 그런데 급하지 않으신 것 같은데 전황 이야기 좀 해 주실 수 있으세요? 일만 레콘은 제국군을 박살 냈나요?"

"지금은 일만이 아냐. 육천이지."

"예? 육천이오? 왜 그렇게 된 거죠?"

"전투 중 사망자와 탈영자들이 있으니까."

"그래도 어떻게 반이나 없어졌죠?"

"하늘누리에서 물을 부었다."

아실은 눈을 빛냈다. 주보는 탐탁지 않은 표정으로 말했다.

"하늘누리를 전장 바로 위로 이동시킨 다음 하늘누리의 용수를 한꺼번에 방류했다. 굉장한 소나기였던 모양이야. 아래에서 싸우던 사라티본 부대는……"

"사라티본 부대?"

"스카리 요새군의 새 이름이야. 사라티본 부대는 정통으로 물벼락을 맞았지. 엉경퀴 여단과 싸우느라고도 사상자가 많이 생겼지만 그 물벼락이 결정적이었어. 많은 레콘이 도망쳤지. 남은 숫자를 끌어모아 보니 그 정도가 된 모양이다. 현재 발케네 공께서는 그 병력과 함께 라이옥 성에 물러나 계시지."

"그렇다면 그 육천 명은 물벼락을 맞고도 도망치지 않았다는 것이군요?"

"전장에서는 이탈했어."

"하지만 탈영하지는 않았고?"

"맞아."

"기적적인 성공이네요."

"전쟁이 시작되자마자 가장 강력한 부대가 반 토막 난 것을 성공이라고 표현하는 거냐?"

"시종장님, 저는 한 명의 레콘과 함께 황제를 잡을 생각이었어요. 그런데 공작님에게는 육천 명이나 있어요. 육천 명의 지멘인 셈이죠."

"육천 명의 지멘?"

"도망치지 않은 이상 그들은 자신들이 당한 일에 정당한 대가를 받아 내고야 말 테니까요. 무엇이 그들을 막을 수 있을까요?"

머나먼 북쪽에서 아실이 던진 질문을 힌치오가 들었다면 대답해 줄 수 있을 것이다. 사라티본 부대를 막을 수 있는 것은 운하를 파는 레콘들이다.

얼어붙은 듯 미동도 하지 않는 힌치오의 곁에는 팔리탐 지소어가 말에 탄 채 서 있었다. 팔리탐은 자신의 감정을 어떻게 규정해야 할지 알 수 없었다. 팔리탐은 고민 속에서 말고삐를 손목에 감았다 풀었다 했다.

그들이 서 있는 높은 산등성이에서는 저 먼 곳의 평야에 펼쳐져 있는 불야성이 뚜렷하게 보였다. 무수히 많은 횃불과 화톳불로 밝혀져 있는 그곳에서는 여느 공사장과 비교도 할 수 없는 규모의 공사가 이루어지고 있었다. 폭 5미터, 그리고 지형에 따라 바뀌긴 하지만 평균적으로 깊이가 3미터인 운하가 마치 풍경화를 그리는 듯한 빠른 속도로 평야 위에 드러나고 있었다. 제국군 측에 질의서를 보낸 것은 아니지만 팔리탐은 그 가공할 속도가 어떻게 가능한지 알 것 같았다. 엉겅퀴 여단의 레콘들은 대대 단위로 교대 작업을 하고 있었고 자신들의 할당 구간을 빨리 끝낼수록 운하 공사 현장에서 빨리 떠날 수 있는 것 같았다. 그들도 운하 공사가 내키는 것은 아니다. 하지만 그 때문에 공사 속도는 매우 빨랐다. 팔리탐이 말했다.

"자신들에게 유리한 전장을 선택하는 것이 아니라 유리한 전장을 가지고 오겠다는 뜻이군. 사라티본에서 그런 일을 겪었지만 시허럭 마지오 상장군은 대장군에게 낯을 세울 수 있을 것 같소."

힌치오는 퉁명스럽게 말했다.

"제국군에 대장군 한 사람만 있는 것은 아니군."

"그렇소. 대장군이 없어도 제국군은 여전히 제국군이오."

그럴 기세처럼 보이긴 해도 제국군이 파리조까지 운하를 팔 수는 없을 것이다. 팔리탐은 측량 지식이 없었고 파리조의 고도에 대해 알아본 적도 없지만 파리조가 고지대임은 분명하다고 생각했다. 만약 저지대라면 밀려 들어온 물이 오래전에 파리조의 바위들을 침식시켰을 테니까. 하지만 파리조 가까운 지점까지 운하를 팔 수 있다면 그것만으로도 충분히 위협적이다. 그리고 심리적인 영향력은 이미 현실화되고 있다. 파리조까지 운하를 파서라도 진격하겠다는 제국군의 태도는 아라짓 제국의 강대한 힘을 유감없이 드러내는 대역사였다. 암살공의 소환에 응한 소영주들은 그 모습을 보면서 사라티본군의 맹전에 고무되었던 것만큼이나 빠르게 의지를 잃었다. 이미 불안한 표정과 불쾌한 잡음들이 감지되고 있다.

그들을 다시 안심시키려면 운하 공사를 중단시켜야 한다. 레콘들의 공사를 방해하려면 당연히 레콘들이 동원되어야 한다. 하지만 힌치오는 사라티본 부대가 투입되는 것을 거부했다. 이유를 물어볼 필요도 없다. 팔리탐 자신이라도 공사장에 적의 레콘이 나타난다면 수문을 열어 버리고 싶은 유혹을 느낄 것이다.

하지만 암살공은 힌치오를 몰아붙였다. 운하를 파는 것도 레콘인데 그것을 방해하는 일을 왜 못하냐는 락토의 질책은 힌치오를 몹시 동요시켰다. 힌치오는 잡아먹을 듯한 눈으로 락토를 노려보았다. 결국 팔리탐이 타개책을 내야 했다. 락토는 팔리탐의 요청을 받아들여 그와 힌치오가 공사 현장을 직접 보고 오는 것에 동의했다.

공사 규모가 워낙 거대했기 때문에 안전한 거리에서도 충분히 관찰할 수 있었다. 밤이었고 휴월의 희미한 빛밖에 없었기 때문에 그들이 포착될 가능성은 별로 없었다. 팔리탐은 만약 자신들이 포착된다면 어떻게 될지 궁금했다. 운하 공사의 경비 태세를 알면 공격 가능성도 알 수 있을 것이다. 하지만 팔리탐은 힌치오에게 어떤 이상이 생길 경우 사라티본 부대의 통제가 불가능해진다는 사실을 간과할 수 없었다.

팔리탐은 불안하게 툴툴거리는 말의 목을 쓸어 주었다. 그가 보기에 이 전쟁은 정말 불가사의한 것이 되고 있었다. 한쪽에는 물벼락을 맞고도 안전하게 귀환한 육천 명의 레콘들이 있다. 그런데 그 레콘들의 맞은편에는 다른 레콘들이 운하를 파고 있었다. 레콘이 물을 싫어한다는 것은 공리다. 해석의 기초가 되는 공리가 무시되고 있기 때문에 해석은 불가능했고 따라서 전망도 어려워지고 있었다.

그리고 팔리탐은 전쟁의 흐름을 예측하기 어렵다는 불안감 이상의 것을 느꼈다. 그의 주위에서 일어나는 일은 자연계의 질서가 바뀌는 일이었다. 레콘은 개인주의자이고 세상의 흐름에 큰 관심이 없다. 하지만 그들도 세상의 일부이며 막대한 힘을 가지고 있다. 비록 조그마한 것이라도 그들 모두가 변화를 일으킨다면 세상 자체도 직간접적으로 커다란 영향을 받을 것이다. 팔리탐은 황제가 왜 분리주의 운동을 허용하지 않았는지 알 것 같았다. 그것은 이전과 다른 새로운 세상을 무턱대고 만들어 내는 일이다. 물론 새로운 세상의 구축은 원시제도 행한 일이었고 그 결과는 위대한 제국의 탄생이었다. 하지만 모든 사람이 원시제 같은 천재는 아니다. 아라짓 제국의 탄생은 일어나기 힘든 행운이었을 가능성이 더 높다.

'이 전쟁은 위험하군.'

팔리탐은 그렇게 생각했다. 위험에 처한 것은 암살공이나 황제가 아니라 그보다 더 큰 것인지도 모른다. 락토가 먼저 시작했고 이제는 제국군도 그렇게 하고 있듯이, 그들은 승리를 위해 레콘을 함부로 변화시키고 있었다. 그리고 진 쪽은 물론이거니와 이긴 쪽도 승리로 상쇄시킬 수 없는 끔찍한 피해를 입을지 모른다. 전쟁은 빨리 끝나야 한다.

힌치오가 뭐라고 말했다. 깊은 상념에 빠져 있던 팔리탐은 알아듣지 못하고 되물었다.

"뭐라고 하셨소?"

"가까이 가 보자."

팔리탐은 놀란 얼굴로 힌치오를 바라보았다. 힌치오는 이쑤시개를 어깨에 걸친 채 앞으로 걸어가고 있었다. 팔리탐은 말을 재빨리 움직이며 말했다.

"어디까지 가려는 거요? 여기서도 잘 보이는데."

힌치오는 대답하지 않았다. 그는 단단한 걸음으로 운하 공사장 쪽을 향해 걸어갔다. 팔리탐은 미심쩍은 눈으로 휴월을 바라보았다. 그리고 힌치오의 크고 하얀 몸이 어둠 속에서 얼마나 잘 보일지 생각해 보았다. 지금이 충분히 어두울까?

팔리탐이 이 정도면 충분하다고 두 번째 생각했을 때도 힌치오는 멈추지 않았다. 이제 가장 가까운 공사장과의 거리는 몇 백 미터에 불과했고 레콘에게 그것은 먼 거리가 아니다. 팔리탐은 당황하여 힌치오를 불렀다.

"힌치오!"

힌치오는 걸음을 멈췄다. 그는 어깨에 걸쳐 두었던 이쑤시개를 내려 두 손으로 단단히 붙잡았다. 팔리탐은 어쩐지 그것이 돌격 자세처럼 보였다. 힌치오가 말했다.

"시험해 봐야겠어."

"시험? 무엇을?"

"두고 봐."

팔리탐은 불야성을 이루고 있는 공사장과 힌치오를 번갈아 쳐다보았다. 그가 다시 설명을 요구하려 했을 때 힌치오가 이쑤시개를 높이 들어 올렸다.

힌치오는 하늘을 찌를 듯이 꼿꼿하게 세운 이쑤시개를 잠시 그대로 두었다가 앞쪽의 바위를 내리쳤다. 귀가 멀 것 같은 충격음에 팔리탐은 기겁했다. 흥분하여 난동을 부리는 말에서 떨어지지 않기 위해 팔리탐은 고삐에 결사적으로 매달려야 했다. 그때 힌치오가 커다란 계명성으로 외쳤다.
"수문이 터졌다—!"
팔리탐은 기어코 말에서 떨어졌다. 고삐를 놓지 않은 것은 오랜 세월의 훈련 탓이다. 고삐를 놓칠 경우 크게 다치거나 말에게 밟힐 수도 있다. 힌치오가 손을 옆으로 뻗어 말의 고삐를 낚아챈 후에야 팔리탐은 몸을 굴려 말 주위에서 벗어났다. 그리고 팔리탐은 몸의 아픔을 돌볼 생각도 못한 채 운하 공사장에 펼쳐진 난동을 정신없이 바라보았다.
땅이 길게 갈라지며 불꽃이 솟아오르는 것 같았다. 기다란 운하에서 작업하던 레콘들이 한꺼번에 뛰어올랐다. 장관이라면 장관이고 비극이라면 비극일 텐데, 어쨌든 엄청난 구경거리라는 점은 분명했다. 비명과 발 구르는 소리는 태풍의 한가운데 들어선 것 같다. 레콘들답게 장관은 입체적으로 펼쳐졌다. 레콘들은 서로를 걷어차며 더 높이 뛰어오르려는 놀라운 시도를 했다. 자갈들을 넣은 커다란 통을 위아래로 흔드는 것 같았다. 결과적으로 무수히 많은 깃털들이 하늘에서 떨어져 마치 폭설이 쏟아지는 듯한 형국이 되었다.
최초의 도약 이후 용케 다른 레콘들을 걷어차며 아직까지도 하늘에 머물러 있는 재주 좋은 레콘도 있었지만 그렇지 못한 레콘들은 하나 둘 아래로 떨어졌다. 대부분은 다시 뛰어올랐지만 어떤 레콘들은 자신이 운하에서 충분히 떨어졌음을 깨닫고는 운하의 상류 쪽을 바라보았다. 그리고 뭔가 기묘하다는 것을 느꼈다. 수문이 정말 터졌다면 지금쯤 물이 쏟아져 흐르고 있어야 했다. 그들은 미심쩍은 표정으로 운하를 바라보았다. 그 모습은 다른 레콘들의 주의를 끌었다. 운하에서 멀리 떨어진 레콘들부터 제자리에 멈춰 서서 상류 쪽을 바라보았다. 몇 분 후에는 모든 레콘들이 멈춰 섰다.

급류가 흘러오는 소리는 들리지 않았다. 땅이 울리지도 않았다. 레콘들은 어이없다는 표정으로 운하나 서로의 얼굴을 쳐다보았다. 그때 어떤 레콘이 분에 못 이기는 목소리로 외쳤다.

"속았다! 근처에 발케네 레콘이 있어—!"

제국군의 레콘들은 멈칫하다가 조금 후에야 그 계명성의 의미를 깨달았다. 그들은 두 번째 소동을 일으켰다. 고함을 지른 괘씸한 레콘을 찾아내기 위한 소동이었다.

그들에겐 불행하게도 근처에 발케네 레콘이 있다는 지적은 정확한 것이 아니었다. 레콘들이 첫 번째 소동을 부리는 동안 힌치오는 팔리탐을 허리에 끼고 말고삐를 끌며 원래 위치로 돌아가고 있었다. 그리고 제국군 레콘들의 두 번째 소동이 일어날 때는 이미 충분히 먼 거리에서 팔리탐을 내려놓고 공사장 쪽을 만족스럽게 바라보고 있었다. 팔리탐은 바닥에 주저앉아서 급한 움직임 때문에 비틀어진 가면을 바로잡아 시야를 확보했다. 힌치오를 볼 수 있게 되자 팔리탐은 놀란 눈빛으로 그를 쳐다보았다.

"힌치오!"

"생각대로군. 이런 식으로 방해할 수 있겠어."

어쩌면 폭발적으로 웃을 수도 있을 것이다. 겉모습만 놓고 본다면 꽤 유쾌한 장면이니까. 하지만 팔리탐은 그러지 못했다. 자신만만한 표정으로 수염볏을 쓰다듬는 힌치오를 보며 팔리탐은 고통과 비슷한 거부감을 느꼈다. 물에 빠졌다가 돌아온 레콘도 보았고 운하를 파는 레콘도 보았다. 하지만 팔리탐은 물을 무기로 이용하는 레콘을 보며 감당키 어려운 충격을 느꼈다. 그것이 비록 거짓이라 하더라도 그런 생각을 떠올렸다는 것 자체가 이미 충격적이다.

하지만 락토는 그것을 충격으로 받아들이지 않았다. 몇 시간 뒤 라이옥 성에서 힌치오와 팔리탐의 보고를 받은 락토는 크게 웃었다.

밤새 정찰을 하고 돌아온 두 사람을 위해 락토는 회의실로 음식을 가져오게 했다. 두 사람이 음식을 먹는 동안 락토는 회의실 한쪽에 있는 발케네의 지도를 들여다보며 생각에 잠겼다. 팔리탐과 힌치오가 식사를 끝낸 후에 락토는 빠르게 말했다.

"좋아. 그런 식으로 전진 속도를 늦추며 기다리도록 하자."

"무엇을 기다립니까?"

"조만간 펜스터에서 레드마 브릭이 올 것이다."

"정체 모를 제국군에게 봉쇄되어 있었다고 들었습니다만."

"그래. 얼마 전에 그 정체를 알았다. 그들은 아기살로 공격당했다고 하더군."

"헨로 중대였군요. 하지만 그 중대는 이곳에 있는데?"

"맞아. 헨로 중대는 오래전에 펜스터를 떠났고 레드마를 막고 있었던 것은 소규모의 분견대였다. 그 분견대는 정체가 노출되자 곧 도망쳤고 레드마는 군사를 정비하여 이곳으로 출발했다. 노바일과 군스, 미차도의 병력도 올 것이다. 그들이 도착하는 대로 공격하지."

"공격입니까?"

"제국군을 더 전진시킬 수는 없지. 그러면 후방에서 항구적인 전략 거점을 구축할 수 있을 테니까. 운하를 가져오겠다는 배짱은 마음에 들지만 그러면 제국군도 엉겅퀴 여단을 전장에 투입시킬 수 없다. 인간끼리 싸우게 될 텐데, 인간의 숫자만 놓고 보면 우리는 적의 세 배다. 사라티본 부대가 엉겅퀴 여단을 붙잡아 두고 있는 동안 본대를 처리하면 돼."

암살공의 계획은 단순했지만 단순한 만큼 허점도 별로 없었다. 압도적 병력이 있는데 전술 숙지가 제대로 되지 않을 경우 아군에 혼란을 일으킬지도 모르는 복잡한 전술을 굳이 구사하는 것은 무의미한 일이다.

암살공의 결정에 따라 발케네군의 행동이 정해졌다. 사라티본 부대의 목청 좋은 병사들이 번갈아 운하 공사장 주변으로 찾아가 엉겅퀴 여단병들을 혼란시키고 도망치는 일이 시작되었다. 끔찍하게 화를 내는 쥘칸을 달래기 위해 오니는 수문이 혹 열릴 경우 종소리로 신호한다는 안을 내었다. 그것은 하늘누리에서 급격한 기동이 있을 때 사용되는 방법이었다.

얼마 후 힌치오는 운하 공사장으로 갔던 병사들로부터 제국군이 아무런 동요도 보이지 않는다는 보고를 들었다. 힌치오는 지나치게 거짓말을 많이해서 제국군이 이제는 믿지 않게 된 것인가 생각했지만 팔리탐은 제국군이 신호를 바꿨을 거라고 추측했다. 운하 상류의 수문에 대한 정찰 활동이 강화되었다. 얼마 후 수문 근처에 종이 있음이 보고되었다. 힌치오는 큼직한 종을 준비하여 직접 운하 공사장으로 갔다. 밤중에 들려온 귀가 멍멍한 종소리는 작업 중이던 레콘들을 발작하게 만들었다.

시허릭은 고민했다. 상대방이 라이옥 성에 틀어박힌 채 그저 제국군의 전진 속도만 늦추고 있다면 그것은 무엇인가를 기다리고 있다는 의미다. 아마도 추가 병력의 합류일 것이다. 그런 합류를 저지하려면 광정면(廣正面) 분산 배치를 해야 할 터였지만 이곳은 발케네 땅이다. 적지에서 든든한 근거지도 부족한 상태에서 광정면 분산 배치를 하기는 어려웠다. 그리고 운하 근처를 떠날 경우 적의 레콘 부대에 기습당할 위험도 있었다. 어디까지나 대회전으로 가야 한다. 결국 시허릭은 운하의 건설 속도를 높여서 발케네 공이 견디지 못하고 성을 빠져나와 싸움에 나서도록 유도하는 것이 가장 적합하다고 결정했다. 고지대에 있는 라이옥 성에는 해자가 없으므로 레콘의 공격에는 취약하다. 따라서 발케네 공이 라이옥 성에 의지하여 농성을 시도할 가능성은 별로 없었다. 결론을 내린 시허릭은 쥘칸에게 섬세하게 짜증을 부렸다.

쥘칸은 시허릭의 짜증을 견딜 수 없었다. 그는 오니와 함께 머리를 짜내어 봉화를 만들기로 했다. 수문 방향에서 피어오르는 연기를 목격하는 경우를 제외하고는 어떤 신호에도 동요하지 말라는 명령이 엉겅퀴 여단병에게 전달되었다. 하지만 그동안 많은 시간이 지체되었다. 락토 빌파는 더 이상 운하 공사를 방해할 필요가 없다고 생각했다. 제국군이 파내는 운하가 라이옥 성 남동쪽 4킬로미터까지 도달했을 때 락토 빌파는 모든 방해를 중단한 채 기다리기로 했다.

이틀 뒤, 기다리고 있던 발케네군의 눈앞에 펜스터 자작 레드마 브릭의 깃발이 나타났다. 하지만 레드마 브릭이나 그의 병력은 보이지 않았다. 찢어진 브릭의 깃발을 들고 나타나 제국군에 합류하는 고추냉이 여단과 왜솜다리 여단에 대한 보고를 받으며 락토는 아랫입술을 피가 나도록 깨물었다.

〈물어볼 필요가 없는 것을 묻는군. 짐이 그들을 불렀다. 두 여단이 황제의 명령 외에 누구의 명령을 듣겠는가.〉

치천제의 니름을 들으며 데라시는 이마를 짚고 싶었다. 하지만 그는 혼자 있지 않았다. 벽난로가 활활 불타오르는 방 안에는 사도 락신 치올과 천경유수 지알데 락바이가 앉아 있었다. 그리고 지알데 락바이는 데라시로 하여금 벽난로의 불을 꺼도 되지 않을까 의심하게 할 만큼 열기를 뿜어내며 그를 노려보고 있었다. 데라시는 조심스럽게 말했다.

"그들은 폐하의 명령을 받고 온 것입니다."

지알데는 어금니를 깨물었다. 황제가 접견을 거부하자 데라시의 방으로 찾아와 황제에게 니르라고 강요했던 이 삼고의 일원은 그런 대답을 이미 예상하고 있었다.

"귀족원에서 결코 좌시하지 않을 것이다, 백작. 폐하께서는 어떻게 그들을 진정시킬 작정이신지 여쭤봐 주게."

데라시는 자신이 뱀단지나 된 것 같았다. 하지만 분노하고 있는 천경유수에게 불평을 늘어놓아 봤자 통할 리가 없기 때문에 순순히 황제에게 닐렀다. 조금 후 데라시는 고개를 가로저으며 벽난로 옆의 의자에 앉았다.

"죄송합니다, 천경유수님. 폐하께서는 천경유수의 뱀단지 노릇은 그만두라고 하셨습니다."

지알데는 주먹을 꽉 움켜쥔 채 데라시를 노려보았다. 사도가 말했다.

"지알데, 이미 온 것을 어쩌겠나. 또 발케네 공이 일만 명의 레콘이라는 흉악한 준비를 해 두었으니 이쪽에서도 그에 어울리는 대비를 갖추는 것이 마땅하겠지. 귀족원은 레콘 여단 세 개가 동원되었다는 것에 분노하기에 앞서 일만이라는 맹랑한 숫자의 레콘 병사를 기른 발케네 공을 지탄해야 해."

지알데는 기막히다는 표정으로 락신을 바라보았다.

"락신! 일만이라는 소리는 집어치우게. 그것은 육천이야. 그리고 실제 전투력으로 따지면 그 절반에도 미치지 못할 거야. 그것은 그냥 많은 숫자의 레콘일 뿐이야. 그냥 폐하의 신민이 많이 모여 있을 뿐이라고! 하지만 레콘 여단은 전투를 위해 훈련받은 병사들이야. 어떻게 숫자가 비슷하다는 이유로 그 둘을 비슷하게 보는 망발을 할 수 있는 건가?"

"레콘은 레콘이야. 그들은 혼자 있어도 군대라고 하지. 자네 말이 틀린 것은 아니지만, 그렇게 주장하는 자네도 암살공이 데리고 있는 병력이 인간 육천 명이 모여 있는 것과 같은 거라고 말하지는 않겠지."

"그렇다고 해서 그들을 도륙할 이유는 되지 않아! 게다가 이것은 선례가 된단 말이야. 아라짓 제국의 황제는 외적에 대비하여 제국군이라는 고금에 없었던 막강한 병력을 거느릴 수 있는 거야. 두 번의 대확장 전쟁과 천일 전쟁을 통해 북부에 엄청난 위험이 될 수 있음을 입증한 나가들이 저 남쪽에 있기 때문이지. 그 엄청난 무기를 제국 내부에 쓸 권리는 없어!"

락신은 눈을 부릅떴다.

"말 조심하게, 지알데. 자네가 폐하의 권리를 정할 수는 없어."

"나는 도덕을 말하는 거야, 락신! 폐하께서 법 위에 있다 하셔도 도덕 위에 있으실 수는 없어. 대호가 날카로운 발톱으로 자기 배를 찢던가? 용이 자신의 몸을 불사르던가? 그런 일은 일어날 수 없고 일어나서도 안 돼! 자신을 소중히 여긴다는 것은 도덕의 기본 중의 기본이야. 그것을 파괴할 수 있는 존재가 혹 있다면 아무 규칙도 없는 두억시니뿐이야. 폐하께서 제국을 두억시니로 만드실 수는 없어!"

데라시는 두 고귀한 대신이 나가는 소리에 둔하기 때문에 대화에서 제외해도 괜찮은 거라고 생각하는지 궁금했다. 이곳은 그의 방이고 다른 사람의 방에서 주인을 제외한 채 언쟁을 벌이는 것은 분명히 무례다. 천경유수의 도무지 자제할 줄 모르는 말에 곤혹스러워 하던 락신도 그것을 깨달은 듯 데라시를 논의에 초청했다.

"비스그라쥬 백, 그대의 생각은 어떠한가?"

물어볼 필요도 없는 말이다. 데라시는 사도가 원하는 것이 천경유수를 설득하는 일임을 깨달았다. 그는 차분하게 말했다. 나가의 목소리에 정말 사람들을 매혹시키는 마법이 들어 있기를 바라며.

"저는 지금 저들을 돌려보낸다면 폐하께서 웃음거리가 되실 것임을 말하고 싶습니다."

마법은 없는 모양이다. 지알데는 못마땅하다는 얼굴로 데라시를 노려보았다.

"웃음거리가 되고 싶지 않아서 범죄를 저지르는 얼간이들에 대해 나는 아주 많이 들었네, 백작."

효과가 잘 알려져 있는 몸짓의 마법을 기대하는 것이 나을 것 같았다. 데라시는 겸손한 몸짓을 해 보였다.

"무슨 말씀이신지 알겠습니다. 예, 그저 웃음거리가 되고 싶지 않다고 해서 잘못된 일을 고집하는 것은 어리석은 일입니다. 하지만 귀족원의 귀족들 모두가 그렇게 선의로 해석해 줄지 의문스럽습니다. 특히 퍼스 후작 같은 이가 어떻게 나올지 정말 걱정됩니다."

 퍼스 후작의 이름은 지알데를 입 다물게 했다. 지알데는 퍼스 후작을 입과 욕심만 크고 나머지는 모두 작은 위인 정도로 취급하지만 큰 입이 물어뜯으면 때론 큰 상처가 남는 법이다. 데라시는 조용히 말했다.

 "그리고 제국군의 사기에도 좋지 않습니다. 말씀하신 것처럼 제국군은 외적에 대비하여 제국을 지킬 책임이 있는 황제의 군대입니다. 그들의 주인이 귀족들에게 굴하여 그들을 위험에 빠트린다면 크게 실망할 겁니다."

 "위험이라고?"

 "시허릭 마지오 상장군은 부하 장병에게 땅을 뒤덮은 채 달려오는 레콘들을 향해 돌격하라고 명령할 수 있었습니다. 전투의 주인인 부위들이 있었기 때문이지요. 하지만 지금은 많은 부위들이 죽었고, 곁에 레콘 여단이 없는 상태에서는 상장군이 두 번째 돌격 명령을 내릴 수 있을 것 같지 않습니다."

 "그렇다면 후퇴하면 돼."

 간단한 대답이었다. 단지 그 단순함의 아름다움 때문은 아니나, 데라시도 그 의견에 동조하고 싶을 지경이었다. 하지만 그럴 수 없었다. 부질없는 희망을 담아 데라시는 잠시 닐러 보았다.

 〈천경유수는 후퇴하면 된다고 하는군요, 폐하.〉

 대답이 없었다. 데라시는 소맷자락을 가다듬는 척하며 잠시 생각을 정리했다.

 "후퇴는 안 된다고 생각합니다. 발케네 공이 진지하게 사과하고 부냐 헨로를 돌려보낼 때, 그리고 제국에 큰 위험이 될 수도 있는 레콘 부대를 자진 해산할 것을 약속했을 때라면 물러날 수 있습니다. 하지만 후퇴는 불가능합니다. 현재의 도덕을 지키기 위해 미래의 분란을 조장하는 것도 바람직한 일은 아니라고 생각합니다. 발케네 공은 대가를 치러야 하지 않습니까?"

지알데는 날카로운 눈으로 데라시를 바라보다가 말했다.

"자네도 이 전쟁의 이유를 알고 있나?"

데라시는 비늘이 약간 부딪치려는 것을 느꼈다. 지알데는 꿰뚫을 듯한 눈으로 비스그라쥬 백을 바라보며 말했다.

"아무래도 그런 것 같군. 자신도 믿지 않는 이야기를 하는 것을 보니."

락신 치올 사도는 눈을 가늘게 뜬 채 지알데를 바라보았다. 지알데는 거침없이 말했다.

"이것은 황위 계승 전쟁이야. 백작도 그것을 아는 것이지? 그리고 락신, 자네도 짐작하고 있지?"

데라시와 락신은 대답하지 않았다. 지알데는 고개를 끄덕였다.

"에두르는 이야기는 관두지. 이 이야기가 밖으로 흘러나가서는 안 되겠지만 우리 사이에도 벽을 세우는 것은 귀찮고 혼란스러운 일이야. 자네들은 그런 것을 좋아하는지 모르지만 나는 싫어. 그러니 이 고집 센 늙은이가 툭 털어놓고 말하는 것을 용서하게. 폐하께서는 엘시 에더리를 차기 황제로 내정하셨어. 그리고 차기 황제에게 방해자가 될 인물은 모두 제거하실 작정이야. 그리고 모든 사람들이 미워하는 황제가 되실 작정이지. 선황제를 증오할수록 차기 황제에 대한 애정이 높아질 테니까."

데라시는 불편한 얼굴로 천장을 바라보았다. 천경유수를 익히 아는 락신은 그저 한숨을 내쉬는 듯한 표정을 지어 보이며 말했다.

"나쁘지 않은 선택이라고 생각해. 엘시 에더리는 좋은 황제가 될 수 있겠지. 어쩌면 위대한 황제가 될 수 있을지도 모르고."

"나는 절대로 그럴 수 없다고 생각해."

락신은 물끄러미 지알데를 바라보았다. 지알데는 단호하게 말했다.

"황제는 자신을 사랑하는 사람만의 황제가 아니야. 자신을 증오하고 미워하는 사람에게도 황제여야 해. 그리고 그렇게 될 수밖에 없어. 폐하께서는 엘시를 사랑하는 자들만 남겨 줄 작정이신 것 같지만 그것은 말이 안 되는 이야기야. 언젠가 또 황제에게 거역하는 자들이 나타날 거야. 황제를 깔보고 미워하고 혐오하는 자들이 나타날 거라고. 그것은 절대로 막을 수 없어. 그러니 황제는 그것을 없애려고 해서는 안 돼. 그것을 놔두어야 해."

락신은 고개를 끄덕였다.

"원칙은 그렇지."

"실제는 다르다?"

"지알데, 엘시의 계승을 반대하는 자가 즉위 초기에 나타나는 것을 막는 데에는 의미가 있어. 원시제께서 그 엄청난 일을 해낼 수 있으셨던 것은 대호왕이라는 선임자가 있었기 때문이지. 북부는 돌아온 왕을 반겼고, 그 왕이 지명한 후계자에게 만장일치의 지지를 보냈어. 만약 원시제께서 자신의 지배권을 확립하는 일에 시간을 소모해야 했다면 지금 우리가 보고 있는 것 같은 업적은 불가능했을지도 몰라."

"단 하나의 예일 뿐이야! 만약 엘시가 황위에 적합하지 않은 인물이라면? 그렇다면 그는 즉위 초기에 반대 세력에 의해 물러나야겠지. 하지만 폐하께서 반대 세력이 될 자들을 모두 없애 버리셨기에 폭군을 막을 자가 아무도 없다면, 그러면 어쩔 텐가?"

"엘시가 폭군이 될 것 같지는 않군."

"자네가 예언가인가?"

"나는 확률을 믿을 뿐이야. 확률 외에 무엇이 있나? 자네도 엘시가 폭군이 될 확률이 많다고 믿지는 않겠지."

지알데는 기분 나쁜 표정으로 입술을 깨물었다. 락신 치올은 허허한 표정으로 말했다.

"그리고 어쩌면 내게 엘시가 좋은 황제가 될 수 있도록 도울 시간 정도는 남아 있을지 모르지. 자네에게도 마찬가지일 거야. 폐하께서는 황위 이양을 서두르시는 것 같으니."

지알데는 무력감을 느꼈다. 락신은 이미 황제에게 찬성하고 있었다. 삼고의 마지막 일원인 태위가 있다면 세력 차를 만들어 낼 수 있을지도 모르지만 지금으로선 완고한 대립각 외에는 세울 것이 없다. 그리고 지알데는 대립 자체의 의의는 믿지만 그것이 소비하는 시간에 대해서는 호의적이지 않았다. 그는 데라시를 바라보았지만 황제의 첩이 그를 도와줄 것 같지는 않았다.

지알데의 생각은 틀렸다. 데라시가 그를 도와주었다.

"엘시 본인에게 물어보면 어떻겠습니까?"

"뭐?"

"결국 황위를 받을 사람은 엘시입니다. 그가 모든 정적을 제거하고 황위를 이양받는 방식에 찬성하는지 반대하는지 아는 것은 중요하다고 생각합니다."

지알데는 두말 할 것 없이 엘시가 반대할 거라고 생각했다. 하지만 그는 기뻐할 수 없었다. 엘시는 현재 시모그라쥬 공에게 억류되어 있으니까.

그 사실을 말하려던 지알데는 문득 황제의 말을 떠올렸다. 치천제는 엘시가 돌아오도록 해 줄 사람이 엘시 가까운 곳에 있다고 말했다. 만약 치천제의 말이 맞다면 엘시는 억류에서 벗어나 돌아올지도 모른다. 그리고 그것이 상식적이었다. 치천제가 엘시를 계승자로 내정했다면 그에게 안전 보장을 해 줬을 것이 분명하니까.

지알데는 데라시의 말에 동의했다. 데라시의 말대로 황위를 받는 것은 엘시 자신이다. 따라서 엘시의 의사는 황제로서도 함부로 할 수 없을 것이다. 그 자신의 백 마디 주장보다는 엘시의 한 마디가 황제에게 더 큰 영향을 끼칠 것이다. 자리에서 일어서며 지알데는 엘시가 빨리 돌아오기를 기원했다. 다른 두 사람의 생각도 같았다.

산공부사 파라말 아이솔은 머리를 들어 하늘을 올려다보았다. 그리고 하늘에 검고 흰 돌이 나타나는 것을 보고 당황했다. 눈을 비비고 다시 하늘을 바라보자, 자신의 곤경을 타파하기 위해 어디에도 없는 신이 신수를 가르쳐 주고 있는 것이 아니라 오랫동안 바둑판을 들여다본 탓에 망막에 잔영이 남아서라는 것을 알았다. 파라말은 목을 몇 번 비튼 다음 그를 장고하게 했던 바둑판을 다시 내려다보았다.

바둑판은 끝내기 단계 직전에 느닷없이 전개된 일련의 큰 바꿔치기 때문에 한 치 앞을 내다보기 힘든 짙은 안개 속에 잠겨 있었다. 바로 옆에서 뻗어 나온 그림자가 한낱 나뭇가지인지 목을 노리는 칼날인지 알 수 없는 형국이었다. 승부가 미세하다고 보고 끝내기 단계에 정신을 집중하던 파라말은 황당하기 이를 데

없었다. 하변의 대마가 자칫하면 양단될 처지였고, 만약 그렇게 된다면 계가까지 갈 필요도 없을 것이다. 하지만 대마를 수습하면서 동시에 중앙에 있는 상대의 집을 삭감할 방도가 무엇인지 뚜렷하게 떠오르지 않았다. 중앙에서 느닷없이 출현한 상대의 집은 십여 호. 적다면 적은 집이겠지만 승부가 미세했기 때문에 결정적인 크기다.

"시허릭 마지오 상장군은 기뻐하겠군."

느닷없는 말에 파라말은 깜짝 놀랐다. 건너편의 상대는 바둑판에는 아무 관심이 없다는 듯 무심한 어조로 말했다. 파라말은 다시 정신을 집중하여 바둑판을 내려다보았다. 지나가는 말처럼 대답하려던 파라말은 자신이 승부에 집중하여 버릴 것을 버리지 못하는 것이 아닌가 하는 의심을 느꼈다. 파라말은 한 번 바둑판을 힐끗 바라보고는 곧 뇌리 속에서 바둑에 대한 생각을 지웠다.

"그렇습니다. 평소보다 더 독한 양파 냄새를 풍겼다고 하더군요."

상대방은 점잖게 웃었다.

"고추냉이와 왜솜다리가 펜스터의 깃발을 들고 나타났다고 하던데."

"이곳으로 오던 도중 브릭 자작의 군대를 발견하고는 기분풀이 삼아 부수고 온 모양입니다. 우아한 맹주 레드마 브릭에게 이 전쟁은 지나치게 가혹한 것이군요. 발케네에서도 다섯 손가락 안에 드는 걸물이고 이번 전쟁에 큰 활약을 할 거라고 자타 공인하던 위인인데 전쟁이 시작되고 지금까지 말도 안 되는 적만 만나서 명예를 쌓기는커녕 수모만 겪는군요."

"전사했나?"

"아닙니다. 살아났습니다만 전쟁에 대한 의욕을 완전히 잃은 채 펜스터에 틀어박힌 모양입니다. 그리고 출정 준비를 갖추었던 노바일과 미차도, 군스의 병력 또한 성문을 걸어 잠그고 모든 교섭에 불응하고 있습니다."

"중립 선언이군."

"그런 셈이지요."

그렇게 화려하게 도착했지만 고추냉이 여단과 왜솜다리 여단은 자신들의 업적이 별로 무용담이 되지 못한다고 생각했다. 그래서 그들은 엉겅퀴 여단이 하는 일에 관심을 보였다. 그리고 엉겅퀴 여단이 만들고 있는 것이 운하라는 것을 알고는 그들의 정신 상태를 의심했다. 시허릭은 두 여단장에게 강을 가지고 가기 위해서라고 설명했다. 그 설명은 두 여단장의 마음에 들었다. 특히 고추냉이 여단은 땅을 파는 일에 특별한 자부심이 있었다. 시구리아트 산맥을 관통하는 그리미 유료 수도를 만든 것이 바로 그들이기 때문이다. 현재의 고추냉이 여단병 중 유료 수도 공사에 참가했던 자들은 일부 고급 장교뿐이지만 그들은 자신의 경험을 생생히 간직하고 있었고 그것을 레콘 병사들에게 가르쳤다. 대대 단위로 교대되던 작업 방식은 이제 여단 단위로 교대되었다. 운하의 건설 속도는 엄청나게 빨라졌다. 운하는 곧 라이옥 성 동쪽의 저지대를 관통했다. 그리고 성을 뒤에 내버려둔 채 파리조를 향해 똑바로 뻗어 갔다.

암살공은 어쩔 수 없이 라이옥 성에서 빠져나왔다. 전투를 시도하기 위해서는 아니다. 고추냉이 여단과 왜솜다리 여단이 합류하는 바람에 제국군의 레콘은 삼천오백 명 정도가 되었고 그 숫자는 사라티본군의 병력보다 이천오백 명 정도가 적었다. 하지만 병력 차가 열 배에 가까웠던 사라티본 평야에서도 엉겅퀴 여단은 사라티본군을 상대로 상당한 출혈을 강요했다. 따라서 이천오백 명의 격차는 도저히 승리를 담보할 수 없는 차이다. 락토 빌파가 라이옥 성을 떠난 것은 파리조에 더 가까우며 규모도 훨씬 큰 코네도 성으로 이동하기 위해서였다. 하지만 락토가 휘하 병력의 사기를 온전히 유지할 수 있다면 그는 하늘에서 내려온 티나한이거나 다시 사람으로 바뀐 뇌룡공 륜 페이 또는 죽은 채 싸우러 온 충의공 괄하이드 규리하일 것이다. 파라말은 담담하게 말했다.

"저쪽은 악몽을 그리고 있을 겁니다. 레콘 여단 3개의 실전 투입이 현실화되었다면 200만 제국군 전부가 동원되지 말라는 법도 없습니다."

"그 무슨 말도 안 되는 소리를."

"말도 안 되는 소리가 아닙니다. 군대에는 온갖 상황을 대비한 전쟁 계획이 구비되어 있고 그중에는 상식적으로 말이 안 되는 농담처럼 보이는 것도 버젓이 극비 표시를 단 채 보관되어 있습니다. 200만 제국군의 총동원도 그런 계획 중의 하나입니다. 역시 농담 같은 이야기 하나 더 해 볼까요? 2차 대확장 전쟁 당시 궤멸에 가까운 피해를 입었던 유료도로당이 오늘날 제국 전역에 자신의 도로를 낼 수 있게 된 이유가 무엇이라고 생각하십니까?"

"그들의 근면함이나 투철한 애당심 외에 다른 이유가 있는 모양이군."

"진지하게 듣지는 마십시오. 어떤 가설에 따르자면 유료도로당은 제국군 측으로부터 도로 이용료를 선불로 지급받고 도로를 건설했다더군요. 200만 제국군을 제국 내부의 특정 지점에 집결시켜야 하는 경우 제국군은 제국 전역으로 뻗어 있는 이동로가 필요합니다. 그래서 유료도로당에 도로 이용료를 주고 도로를 만들게 했다는 거지요."

"자네는 그 이야기를 믿나?"

"그 이야기를 만들어 낸 자는 아마도 그리미 유료 수도의 이야기에서 발상을 얻었을 겁니다. 그것은 제국군이 유료도로당의 사업을 도왔던 경우지요. 저는 믿지 않습니다. 제국군에게 그렇게 많은 돈이 있을 것 같지는 않습니다. 하지만 그 이야기에서 취할 것은 있다고 생각합니다. 제국 전역에 훌륭한 도로망이 건설되어 있는 이상 제국군은 마음먹으면 200만 제국군 전부를 빠른 시간 내에 제국 내 특정 지점에 집결시킬 수 있습니다."

"남부의 적은 어떻게 하고?"

"남부의 군사력을 총동원할 경우 시련에 대한 저지력을 잃는 것은 사실입니다. 하지만 시련이 혹 군사적 모험을 시도한다 해도 한계선이라는 절대적 장벽이 있는 이상 제국은 최악의 경우에도 한계선 이남만 잃을 뿐입니다. 한계선 북부에서 오랜 시간 동안 차분하게 반격전을 준비한 후 재침공해서 탈환할 수 있다는 것이지요."

상대방은 완전히 침착을 잃었다. 그의 창백한 얼굴을 보며 파라말은 말했다.

"그러나 할 수 있다는 것과 한다는 것은 명백히 다릅니다. 그것은 손실이 너무 크며 위험한 일이지요. 무슨 일이 일어날지 짐작하기 어렵기 때문에 더욱 위험합니다. 현실적으로만 말한다면 제가 말씀드린 이야기는 불가능합니다. 도르 자작."

도르 헨로 자작은 무거운 한숨을 내쉬었다.

"이곳에 내 딸이 있네, 부사."

파라말은 고개를 숙여 바둑판을 바라보았다. 도르는 힘겨운 얼굴로 말했다.

"내 딸 때문에 제국군이 싸우고 있어…… 이곳이 하늘누리라서 다행이라고 생각하고 있네. 만약 지상의 어느 도시였다면 밤중에 흉한 물건들이 날아들거나 급습이 있었을지도 모르지."

파라말은 무슨 말인지 알 것 같았다. 사람들이 모여 사는 곳에는 질서나 예의를 파괴함으로써 조직에 대한 자신의 충성심을 드러내려는 바보들이 반드시 있다. 하지만 하늘누리에는 철없는 젊은이들의 숫자가 적었고 그 시민들은 대부분 품위를 중히 여기는 높은 신분의 사람들이었다. 그리고 수도의 치안을 책임지는 유수부 야경꾼들의 순찰은 엄하다. 도르의 말처럼 다른 곳보다는 차라리 하늘누리에 있는 것이 봉변 당할 위험을 피하는 것이다. 하지만 제국의 이동 수도는 일반적으로 전쟁터와 멀찌감치 떨어져 있게 마련인 수도와 다르다. 발아래에서 전쟁이 벌어지고 있었다. 헨로 가문 사람들의 심적 고통을 능히 짐작할 수 있었다.

그 때문에 파라말은 헨로 가문에 계속 출입하고 있었다. 원래 비스그라쥬 백 데라시와 파라말 아이솔은 헨로 가문에 대한 암살 기도가 있을지도 모른다고 예측했다. 제국 정부가 부냐 헨로의 탈옥에 분개하여 죄없는 헨로 가문 사람들을 해쳤다는 식의 누명이 조장된다면 암살공은 자신의 정치적 부채를 일거에 해소할 수 있다. 하지만 뜻밖에도 황제가 암살공의 빚을 전쟁으로 해결하겠다고 나섰기 때문에 오히려 도르 헨로와 그의 가솔들은 안전해졌다. 암살공이 힘들여 도르 헨로를 제거할 이유가 별로 없는 것이다. 따라서 파라말은 더 이상 헨로 가문을 돌볼 필요가 없었다.

하지만 도르 헨로의 몸은 안전해졌을지언정 정신적으로는 이미 죽은 것이나 다름없었다. 대외적으로 볼 때 이 전쟁은 부냐 헨로의 탈옥 때문에 일어난 것이기 때문에 헨로 가 사람들은 떳떳하게 머리를 들고 다닐 수 없는 수치를 느끼는 것이다. 불행한 그들에게 위안거리가 있다면 니어엘 헨로의 분전과 산공부사 파라말이 그들을 찾아온다는 사실뿐이었다. 부냐 헨로의 탈옥을 조장했던 파라말은, 도의적 책임감의 호소에 귀를 많이 기울이는 성격은 아니지만 기가 꺾일 대로 꺾인 도르를 외면할 정도로 모질지도 못했다. 그리고 어쩌면 발케네가 헨로 가에 접촉하려고 나설지도 모르는 일이다. 발케네로부터 딸의 목숨을 위해 하늘누리에 혼란을 일으키라는 밀명을 받으면, 옥좌 앞에서 자살 시위를 기도하기까지 했던 도르가 무슨 일을 저지를지 알 수 없다. 그래서 인정과 실효 양자를 위해 파라말은 헨로 가에 대한 출입을 유지하고 있었다. 그리고 서글픈 도르의 얼굴을 본 파라말은 그를 위로하기로 했다.

"제국군의 전설이 된 다른 따님도 있습니다, 자작."

도르의 얼굴에 약간의 기쁜 빛이 떠올랐다. 자식에 대한 아버지의 숨길 수 없는 자랑스러움이었다.

"그래. 그 애 때문에 우리가 숨이라도 쉴 수 있지."

"그 정도가 아닙니다. 만약 자작께서 아래로 내려가 제국군에게 니어엘 헨로의 아버지라고 말씀하시면 병사들은 자작의 옷깃이라도 만져 보려고 난동을 부릴 겁니다."

"위로해 주려고 애쓰는군. 고맙네, 부사."

"발케네 공이 뜻밖의 무기를 꺼내어 서전에 상당한 기세를 올린 것은 분명합니다. 하지만 이미 말씀드렸듯이 제국군의 힘은 강대합니다. 200만 제국군의 일시 동원은 물론 가능성이 없는 일이지만 이곳에 도착한 두 여단만으로도 저 곤혹스러운 발케네 공의 레콘들을 물리치는 것은 어렵지 않을 겁니다. 제국군은 승리할 것입니다. 그리고 승리의 공과를 따질 때 니어엘의 배분은 결코 작지 않을 겁니다. 작은 따님을 생각하면 속상하시겠지만, 기운 내십시오."

파라말의 말은 혹 발케네의 밀명이 있더라도 부화뇌동하지 말라는 경고였지만 도르는 그저 위로로 받아들이는 듯했다. 밀명이 있을지도 모른다는 것은 지나친 헤아림일지도 모른다. 하지만 과유불급은 전쟁에서 통하지 않는 말이다. 그리고 정치 또한 전쟁이다.

하지만 얼마 있지 않아 파라말은 과유불급에 대해 재고하게 되었다. 그의 위로가 좀 지나쳤던 게 분명하다. 도르 헨로는 제국 정부의 유명한 형제 부사가 모두 미혼이라는 사실에 갑자기 관심을 드러내기 시작했다. 제국군의 영웅이 된 딸이 율형부의 수장이나 산공부의 수장과 결혼한다면 가문의 안전은 확실해질 터였기에 도르는 꽤 집요하게 두 형제의 여성 관계를 추궁했다. 파라말에게 그것은 일종의 위기였다. 파라말은 자신의 이성관에 대해서는 잘 알고 있었지만 형의 이성관에 대해서는 아무것도 확실하게 말할 수 없었고, 형에 대해 설명하려고 시도했다간 사라말을 동생에게도 이해받지 못하는 기인으로 확정 지을 가능성이 높았다. 하지만 파라말이 애쓰지 않아도 사라말의 평가는 이미 공식화되어 있었다. 파라말은 도르의 질문에서 그의 형이 어떤 여자를 좋아하는지 궁금한 것이 아니라 여자를 좋아하긴 하는지 궁금하다는 의도를 읽을 수 있었다. 파라말은 자신도 궁금하다고 말하고 싶었지만 결국 바둑판 위에 까다로운 착점을 하는 것으로 대답을 대신했다. 도르는 꽤 장고해야 했다.

"그래서 여쭙는 건데, 여자를 좋아하십니까, 형님?"

율형부사 사라말 아이솔은 동생을 지그시 바라보다가 파라말의 얼굴에 떠올라 있는 장난기를 싹 사라지게 만드는 대답을 했다.

"다른 남자를 찾아봐."

"……제가 그렇다는 것이 아닙니다."

사라말은 게으르게 고개를 끄덕이고 서류를 들여다보았다. 파라말은 좀 더 부정하고 싶었지만 주장을 덧붙여 봐야 더 괴상하게 꼬여서 되돌아올 것임을 알기에 관두기로 했다. 그래서 그는 사라말이 들여다보고 있는 서류에 관심을 두었다.

"집까지 무슨 일감을 가져온 겁니까?"

"전범 때문에 정리할 일이 있구나."

"예? 벌써 발케네 전쟁의 전범을 정하는 겁니까?"

"아니. 규리하다."

"아아."

"규리하 공 비셀스께 보낼 물건이다. 떠나오기 전에 전해 드렸어야 하는데 그럴 시간이 없었군. 별로 대단한 것은 없다. 대장군이 대부분의 죄인에 대한 처벌은 끝냈으니까. 다만 몇 가지 미진한 항목이 있긴 하다."

"예를 들자면?"

"아이저 규리하와 이이타 규리하에 대한 항목."

정우의 아버지와 남동생이다. 파라말은 미진한 것이 아니라 곤란한 항목이라고 생각했다.

"어떻게 되죠?"

"물론 사형이지."

"규리하 공 비셀스가 아버지와 남동생의 사형을 주관해야 하는 겁니까?"

"설마. 반역자는 폐하께서 처벌하신다. 나는 공에게 아버지와 남동생을 위해 항소할 수 있는 기회가 있음을 알려 주는 거야."

"반역에도 항소가 가능합니까?"

"일반적으로는 불가능하지만 변경백령의 특징 때문에 좀 까다롭다. 너도 알겠지만 고아라짓 왕국 시절 변경백령은 왕의 힘이 미치기 어려운 곳에 설치되었지. 그 때문에 변경백은 자기 땅에 대한 사법권을 가진다. 그리고 아라짓 제국은 현재의 법과 충돌하지 않는 한 고아라짓과 신아라짓의 법률을 인정한다. 그런데 법리 해석 결과 아무래도 변경백령의 법 서열은 공작의 그것보다 더 높은 것 같다."

"더 높다고요?"

"그래. 변경백은 험지를 다스리기 때문에 현지 사정에 따라 자의적으로 대처할 수 있도록 하자는 취지였던 것 같다. 따라서 반역자에 대한 항소권도 인정될 수 있을 것 같다. 하지만 큰 의미는 없을 것 같군. 항소는 가능하겠지만 판결은 바뀌지 않을 테니까. 항소는 변경백의 권위를 인정해 주기 위한 절차가 될 거야."

"재미있군요. 그러면 발케네의 경우는 어떻습니까? 스카리 빌파는 탈옥 교사죄입니까, 납치입니까?"

"탈옥죄라는 것은 없다. 도주죄라고 하지. 그리고 탈옥 교사죄라는 것도 없다. 도주 원조죄라고 해야겠지. 그리고 스카리 빌파라면 순진죄다."

파라말은 웃었다.

"왜 순진죄지요?"

"산공부사의 손에 놀아났으니까."

파라말은 주춤하며 뒤로 물러났다. 사라말은 서탁 뒤에서 차분한 눈으로 동생을 바라보았다.

"묻지 않았지만 네 경우에 대해서도 알려 주지. 부냐 헨로 도주 사건에서 네 역할은 법률에 의해 체포 구금된 사람의 도주를 야기하거나 용이하게 한 것에 해당하므로 도주 원조죄로 볼 수 있다. 그리고 사건이 일어난 장소가 하늘누리 위였으니 규리하의 법 대신 폐하의 법으로 처벌된다. 10년 이하의 징역이지."

파라말은 약간 창백한 얼굴로 형을 쳐다보았다. 비록 그가 사라말의 동생이었으나 형이 농담을 하는 것인지 진담을 하는 것인지 알 수 없었다. 파라말은 조심스럽게 물었다.

"왜 그렇게 생각하십니까?"

"네가 스카리 빌파의 집에 드나들었다는 것을 알고 있다. 핑계가 뭐였나?"

"바둑을 가르쳤습니다."

"재미있군."

"농담이 아닙니다. 스카리가 정말 그렇게 요청했습니다."

파라말은 스카리 빌파가 왜 바둑을 배우고 싶어했는지 설명했다. 사라말은 잠시 회상하는 얼굴을 했다.

"그러고 보니 지난 몇 년 동안 네 자금 사정이 괜찮았던 것 같군. 봉급 내놔."

"형……님."

"목적이 이 전쟁이었냐?"

"예? 아, 아니요. 아닙니다. 엘시 에더리 파혼 작전이라고 해야겠군요. 이 전쟁은 저도 뜻밖입니다."

"용에게 날개를 주려는 것이었군."

언젠가 비슷한 말을 들었던 스카리와 달리 파라말은 사라말이 말하는 용이 누구인지 짐작했다. 사라말은 계속 말했다.

"그리고 지금 이 아래에서 벌어지고 있는 것은 용근을 탐내는 자들을 쫓아내는 일이고. 그렇다면 너와 비스그라쥬 백 모두 폐하께 조종당한 것인지도 모르겠군."

"비, 비스그라쥬 백이오?"

"다른 남자 찾아보라니까."

"예?"

"아무것도 모르는 척하며 내숭 떠는 건 아직도 나를 노린다는 뜻이잖아."

파라말은 입을 다물었다. 사라말은 선고하듯이 말했다.

"네가 혼자 그 일을 꾸몄을 리 없고, 누구랑 손발을 맞췄는지 짐작하는 것은 어렵지 않아. 그러니 내숭은 그만둬. 그런데 내가 보기에 백작과 너는 모두 폐하께 조종당한 것 같군. 그러니 네 도주 원조죄는 원인 무효다. 무죄."

"감사합니다. 앞으로 똑바로 살겠습니다."

"그래. 봉급 삭감당한 형에게 돈도 좀 나눠 주고."

"집요하시군요. 그런데 이 모든 것 뒤에 폐하가 계시다는 것은 확실합니까?"

"아니, 그냥 짐작이다."

파라말은 맥이 빠졌다. 하지만 사라말이 아래쪽을 바라보는 시늉을 하며 말했을 때 그는 머릿속이 환해지는 것을 느꼈다.
"하지만 어떻게 레콘 여단들이 왔는지는 알 것 같군."
파라말은 자신도 그 이유를 알 것 같았다.

운하는 코네도 성을 향해 줄기차게 뻗어 갔다.
세상이 처음 만들어지는 시간을 보는 듯한 광경이었다. 여기엔 산을, 여기엔 호수를 만들자. 이곳엔 흘러 들어온 물이 모이는 진흙탕을 만들어 늦봄이 오면 개구리들이 목이 터져라 노래 부르게 하자. 그리고 이곳엔 강을 만들자. 마치 그런 의지가 현실로 나타나듯 대지 위에 굵은 운하가 만들어졌다. 그리고 운하 양쪽으로는 파낸 흙을 이용하여 튼튼한 제방이 만들어졌다. 황당한 수준의 물리력이 서슴없이 동원되다 보니 복잡한 건축 기술은 별로 필요 없었다. "파라!" 땅이 죽죽 패어 나갔다. "구보 시작!" 파낸 운하 밑바닥에서 레콘 여단들을 몇 번 뛰게 하면 그대로 달구질이 되었다. 건축학과 수리공학에 뜻을 품은 자들이 보면 인생 설계를 잘못했다는 공학적인 좌절감을 느낄 광경이었다. 그 대공사에 사용되는 도구들의 면면은 더욱 놀라웠다. 공사의 실무 책임을 맡은 오니 보는 병사들의 창검을 제작하고 수리하던 대장장이들이 특별한 물건들을 만들어 내게 했다. 그에 따라 대형 방패의 아랫부분에 금속 이빨이라 할 만한 것이 부착되고 양쪽에 긴 쇠사슬이 연결되어 레콘용 가래가 만들어졌다. 외발수레의 바퀴를 떼어 낸 후 금속판으로 보강하고 손잡이를 달아 레콘용 삽이 제작되었다. "파라!" "구보 시작!"

운하에 충분한 수량을 공급하기 위해 두 개의 강이 흐름을 바꾸게 되었다. 흐름이 바뀐 강 하류 지역의 발케네 인들은 꽤 황당한 경험을 하게 될 것이다. 물 흐름에 방해가 되는 지형을 변경하기 위해 야산 몇 개가 사라졌다. 발케네의 지도 제작자들은 당분간 지도 제작을 그만두는 것이 좋을 것이다. 지형이 매일 변경되니까.

　공사의 진척 상황을 보며 감독을 맡은 오니는 약간의 아쉬움을 느꼈다. 분명 제국의 토목공학사에 길이 남을 규모의 운하 공사였지만 건축의 가장 중요한 요건인 내구성이 결여되어 있었다. 물론 운하의 엄청난 흔적은 오랜 세월 동안 남을 테지만 운하 자체는 몇 년 내에 운하로서의 기능을 상실할 것이다. 그들이 만드는 운하는 소화차에 물을 안정적으로 공급하며 제국군에게 적절한 방어력을 주기 위한 것이었지 항구적인 수리 시설은 아니었다. 따라서 오니는 토목공학보다는 전사학에 이름을 남길 것이다. 자신을 공학자로 생각하는 오니는 그 사실이 만족스럽지 않았지만 스스로를 위로할 줄 아는 성인답게 곧 위안거리를 찾아내었다. 오니는 갑충사들의 등 뒤에 앉아 공사 현장의 하늘을 날아다니며 후세의 전사학자들이 틸러 달비의 이름은 몰라도 오니 보의 이름은 알게 될 거라는 내용의 농담을 가장 통렬하게 할 수 있는 방법을 연구했다.

　코네도 성을 지척에 둔 거리에서 운하는 미리 예정해 둔 계곡을 향해 방향을 바꿨다. 운하가 계곡과 연결된 다음 레콘 여단들이 공사 현장에서 물러났다. 봉화가 올랐고, 두 개의 강에 건설되어 있던 수문이 개방되었다. 물론 그 작업에는 인간 병사들이 동원되었다.

그리고 제국군이 만든 것이 마침내 대지 위에 아로새겨졌다.
까마득한 하늘 위에서 바라본다면 이루 말할 수 없는 장관일 것이다. 세세년년 변함없는 지형이 느닷없이 변화되는 광경이었으니까. 서로 멀찌감치 떨어진 두 강에서 흘러나온 물줄기는 대지 위에 푸른 선을 남기며 뻗어 나갔다. 합류 지점은 세심한 계산 하에 깊이 패어 있었으므로 범람은 없었다. 경쾌한 속도로 흘러간 강물은 코네도 성 근처에 도달한 후 계곡 쪽으로 머리를 돌렸다. 곧 우레 같은 소리가 울려 퍼지며 계곡 바닥을 향해 떨어지는 거대한 폭포가 나타났다. 폭포 위에 걸리는 무지개를 보며 오니는 그만 눈물이 찔끔하는 것을 느꼈다. 그들이 강을 만들어 내었다.

시허릭 마지오 상장군은 조용히 먹을 갈았다. 벼루에 먹물이 흥건하게 고이자 그는 종이를 펼쳐 일필휘지로 글을 써내려 갔다. 먹물이 마르길 기다려 그것을 고이 접은 다음 시허릭은 기다리고 있던 니어엘 헨로 수교위에게 주었다. 최고 사수의 자격으로 대기하던 니어엘은 그것을 화살에 묶었다. 아기살을 쓰지는 않았다. 덧살을 쓰는 아기살에는 종이를 묶을 수 없기 때문이다. 그래서 니어엘은 식인 부위라는 아름다운 별호를 쓰는 맥키 네미 부위의 강궁을 빌려온 참이다. 화살이 시위에 걸리고 힘껏 잡아당겨졌다. 그리고 화살은 낮하늘에 뜬 별이 되었다.

화살은 대단한 거리를 단숨에 날아갔기 때문에 시력이 변변찮은 자들은 화살의 궤적을 쫓기 어려웠다. 그러나 코네도 성에서는 유성처럼 날아오는 화살을 똑똑히 볼 수 있었다. 그리고 얼마 후 화살에 묶여 있던 편지는 몇 사람의 손을 거쳐 발케네 공 락토 빌파의 손에 들어갔다. 락토는 종이를 펼쳤다.

항복은 군인의 불명예지만 지배자에겐 과감한 결단일 수도 있습니다. 문 앞에 도달해 있는 운하를 보십시오. 에둘러 말할 필요도 없이 각하는 지셨습니다. 불행을 자초하지 마십시오. 침착하게 생각하면 알 수 있으실 겁니다. 을러메는 짓은 통하지 않습니다. 쏘아진 화살이 하늘을 덮은 후는 이미 늦습니다. 아쉬운 마음 한량없음을 짐작합니다. 주먹으로는 아무것도 받을 수 없습니다. 마음을 비우고 손을 펴 들어 올리면 하늘의 그분이 주시는 것을 받을 수 있을 겁니다.

그 어색한 글을 물끄러미 들여다보던 락토는 각 문장의 첫글자만 읽어 보았다. 그리고 발케네 공은 시허릭 마지오 상장군이 사라티본에서 겪은 일에 상당히 상심했음을 알게 되었다. 락토는 편지를 고이 접어 놓은 다음 말했다.

"회답을 보내야겠군."

락토의 명령에 따라 힘 좋은 레콘이 성루 위에 뛰어올랐다. 잠시 후 거대한 바윗덩이가 제국군을 향해 날아갔다. 자칫하면 병사 수십 명을 다치게 했을지도 모르는 바윗덩이는 일시에 뛰어오른 몇 명의 레콘들에 의해 허공에서 붙잡혀 끌어내려졌다. 시허릭은 그 회답의 의미를 고민하느라 시간을 보내지는 않았다.

아라짓력 4월 2일, 코네도 성 공략전이 시작되었다.

시허릭 마지오 상장군은 오뢰사수의 출동을 요구했지만 황제는 받아들이지 않았다. 황제의 대답은 '금군은 황제를 위해 봉사한다.'는 것이었다. 규리하 전쟁 당시 엘시의 요청이 있었을 때 치천제가 오뢰사수들을 주저 없이 내주었던 것과 비교하면 좀 기묘한 대답이었다. 하지만 시허릭은 크게 실망하지 않았다. 그에겐 엉겅퀴 여단 외에도 고추냉이 여단과 왜솜다리 여단이 있었다. 제국군의 역사에서 이토록 강력한 병력을 지휘한 사람은 아무도 없었다. 시허릭은 여기에 오뢰사수까지 요구하는 것은 좀 염치없는 일인지도 모른다고 생각했다. 그리고 그에겐 오뢰사수의 공격보다는 덜 극적이지만 살상력은 오히려 그 이상인 부대도 있었다. 시허릭의 첫 번째 명령은 바로 그 부대에 떨어졌다.

원래 헨로 중대의 위치는 가장 안전한 곳으로 믿어지는 운하 바로 곁으로 예정되어 있었다. 하지만 니어엘은 독립 중대는 자기 판단에 따라 기동성 있게 움직여야 함을 이유로 들어 넓은 배후지를 원했다. 따라서 제국군의 첫 번째 공격은 그들의 머리 위로 세차게 날아가는 수많은 아기살이었다. 검은 구름처럼 날아간 아기살이 코네도 성 안쪽에 떨어지는 것을 보며 제국군은 가슴이 설레었다. 시허릭은 지체 없이 레콘 여단들에게 돌격 명령을 내렸다.

엉겅퀴 여단은 성 동쪽에서, 왜솜다리 여단은 성의 남쪽에서 일거에 쇄도해 들어갔다. 땅이 쿵쾅쿵쾅 울렸고 자욱한 먼지구름이 수십 미터 이상 피어올랐다. 그러나 그들의 움직임은 조금 기묘했다. 성으로 다가갈수록 발소리는 커졌지만 보폭은 오히려 줄어들었다. 따라서 전진 속도는 현저하게 떨어졌다.

코네도 성벽에서는 장대한 물줄기가 분수처럼 뿜어져 나왔다. 락토 빌파는 일을 대충하는 사람이 아니었고 그가 배치한 소화차는 성벽이 넓은 폭포로 보일 지경으로 촘촘히 배치되어 있었다. 하지만 그 물줄기는 이미 속도를 늦추고 멈춰 있는 레콘들에게 닿지 않았다.

시허릭은 땀 때문에 미끌미끌해진 손바닥을 비비며 그 모습을 바라보았다. 레콘들의 돌격에 대한 반응은 틀림없이 수공일 것이다. 엉겅퀴 여단장 쥘칸과 왜솜다리 여단장 무타루는 모두 그 예상에 동의했다. 그리고 물을 쏘도록 유인하라는 시허릭의 요구에 대해서는 굉장히 난감한 반응을 보였다. 작전대로 진행되는 상황을 보면서도 시허릭은 레콘들이 과연 흥분하지 않고 안전하게 퇴각할 수 있을지 고심했다.

그리고 시허릭은 쾌재를 올렸다.

왜솜다리 여단과 엉겅퀴 여단은 침착하게 뒤로 물러났다. 미리 어떤 상황이 벌어질지 철저하게 교육시킨 것이 보람이 있었다. 시허릭은 젖어 있는 바닥을 향해 제국군 본대를 진격시켰다. 성으로 다가가는 것이지만 또한 젖은 땅으로 들어가는 것이기에 제국군 본대는 기운차게 돌격했다. 젖은 땅으로 들어가면 사라티본 부대의 공격을 받지 않는다. 거대한 함성이 천지를 진동시켰다.

돌격하는 제국군 사이에서 사다리들이 머리를 세우는 뱀처럼 들어 올려졌다. 독을 뿜을 듯 머리를 들어 올린 사다리들이 성벽에 걸렸다. 쿵, 쿠쿵!

만족한 표정으로 그 모습을 보던 시허릭은 조금 후 고개를 갸웃했다. 사다리가 내는 소리치곤 들려오는 소리가 너무 컸다. 참모들도 의아한 얼굴로 서로를 바라보았다. 하지만 이미 첫 번째 제국병이 사다리를 타고 오르고 있었다. 그리고 곧 헤아릴 수 없이 많은 제국병들이 그 뒤를 따랐다. 쿵, 쿵!

시허릭은 다시 당황했다. 코네도 성에서는 아무런 반격이 없었다. 화살이 날아오지도, 돌을 던지거나 기름을 붓지도 않았다. 사다리를 타고 올라가는 병사들도 약간 당황한 표정으로 위를 쳐다보았다. 하지만 아무 반격이 없다고 해서 도로 내려갈 수는 없었다. 뒤쪽에서 올라오고 있는 병사들 때문에라도 그것은 불가능했다. 쿵!

돌격이 시작되었기에 사격을 멈춘 니어엘 헨로도 기묘하다는 표정으로 코네도 성을 바라보았다. 이미 병사들의 물결이 성벽을 뒤덮었지만 성에서는 아무런 반응이 없었다. 들려오는 것은 제국병들의 함성과 원인 모를 충격음뿐이었다. 쿵! 쿵! 쿵! 그때 니어엘 헨로의 근처에 있던 가리아 릿폴 부위가 의아해하는 목소리로 말했다.

"중대장님, 레콘들이 또 돌격하기로 되어 있습니까?"

"왜?"

"땅이 흔들리는 것 같습니다. 어쨌든 저 성은 분명히 흔들리는데요."

니어엘은 그 말에 당황하여 코네도 성을 주의 깊게 바라보았다. 그리고 가리아의 지적이 옳다는 것을 알았다. 성은 흔들리고 있었다. 그것도 쿵 하는 소리가 들릴 때마다 그러했다. 순간 니어엘은 모든 것을 깨달았다.

"전령! 사령부로 즉각 전달해! 후퇴해야 해!"

니어엘이 비명을 지른 순간 일이 벌어졌다.

먼저 성벽에 걸쳐져 있던 사다리들이 아래로 쓰러졌다. 제국병들은 자신의 머리 위로 떨어지는 전우들에 놀랐다. 그리고 혼란에 빠진 제국병들의 머리 위로 코네도 성이 서서히 기울었다. 먼 곳에 있는 헨로 중대원들이 보기엔 마치 거대한 손바닥이 개미 떼를 누르는 듯한 광경이었다. 그리고 그 개미 떼는 제국군 본대였다.

아래로 기울어지는 성벽을 보며 시허릭은 니어엘이 깨달은 것을 그대로 깨달았다. 성벽이 무너지고 있었다. 그 앞에 집중되어 있는 제국병들의 머리 위로. 시허릭의 극도로 흥분된 의식 속에서 성벽은 지독하게 느리게 움직이는 것처럼 보였다. 그래서 시허릭은 그것이 기울어지다가 그냥 멈출지도 모른다는 소망마저 품어 보았다. 하지만 멈추기는커녕 성벽은 점점 빠르게 움직였다. 실제로는 이삼 초에 불과한 시간이었으나 시허릭에겐 이삼 년 같았다.

시허릭의 3년이 지났을 때 성벽은 돌의 급류가 되어 제국병들을 난타했다.

"안 돼!"

어떤 명령도 불가능했다. 어떤 판단도 할 수 없었다. 시허릭은 덜덜 떨면서 코네도 성을 바라보았다. 절규는 들리지 않았다. 성이 무너지는 굉음 때문에 모든 소음이 묻힌 탓이다. 아무것도 보이지 않았다. 거대한 먼지구름이 모든 것을 뒤덮은 탓이다. 비명도 피도 없었다. 그저 땅이 흐느끼는 소리와 자욱한 먼지구름뿐이었다. 눈앞이 캄캄해지는 것을 느끼며 시허릭은 그 먼지구름이 가라앉지 않기를 기원했다.

굉음에 말을 멈춰 세운 락토 빌파는 매서운 눈으로 코네도 성이 있던 방향을 바라보았다. 화산에서 뿜어져 나오듯 먼지구름이 뭉게뭉게 일어나 성이 있던 자리를 뒤덮고 있었다.

그가 서 있는 곳은 코네도 성 북쪽의 산마루였다. 그의 주위에는 별다른 병력이 없었다. 파리조군과 소환군은 그의 북쪽에서 파리조를 향해 진군하고 있었다. 락토는 산마루에서 성안에 남아 있던 사라티본군과 소화차 부대가 합류하기를 기다렸다.

곧 먼지구름 사이에서 움직임이 포착되었다. 사라티본군의 레콘들이 소화차를 작동시켰던 인간 병사들을 데리고 먼지구름의 북쪽으로 빠져나오고 있었다.

코네도 성의 주민들은 제국군에게 무조건 항복하라고 명령해 두었다. 어차피 성벽의 전면부가 완전히 사라졌으니 저항할 수도 없을 것이다. 락토는 제국군이 무방비의 주민들을 어떻게 대할지 궁금했다. 도덕적인 군대라는 말은 모순이고 끔찍한 타격을 입은 부대의 지휘관은 애꿎은 피로 부하들의 공포를 닦아 내는 일을 시도하기도 한다. 무너진 성벽에 깔려 죽은 제국병보다 더 많은 숫자가 살해될까?

락토는 생각했다. 그러려면 시허릭은 꽤 오랜 시간을 소모해야 할 거라고. 락토는 쾌활한 기분으로 말머리를 북쪽으로 돌렸다.

하늘누리와 제국군은 충격에 빠졌다.

코네도 성을 무너뜨린 기술은 꽤 정교했다. 일반적으로 건축물은 아래로 붕괴되게 되어 있지만 코네도 성은 앞쪽으로 비스듬하게 쓰러졌다. 되도록 많은 타격을 입히기 위해 의도적으로 그렇게 무너뜨린 것이 분명했다. 성벽을 그런 식으로 무너뜨리기 위해 정확히 어떤 기술이 사용되었는지는 당장 알아낼 수 없었다. 무너진 잔해 아래에 혹 있을지도 모르는 생존자를 구출하는 일이 더 급했기 때문이다.

그 때문에 시허릭은 락토가 예상한 보복 행위에 돌입하지 않았다. 레콘 여단이 모두 동원되어 잔해를 치우는 작업에 투입되었다. 운하를 팔 때 사용되던 기술과 도구들이 모두 동원되었다. 하지만 잔해를 안전하게 치우는 것은 무작정 땅을 파는 것과 완전히 다른 일이다. 이차 붕괴를 막으려면 세심한 작업이 필요하다. 그 때문에 레콘의 무지막지한 힘에도 불구하고 잔해를 치우는 속도는 느렸다. 잔해 속에서 발견된 것은 형체를 알아볼 수 없는 시체가 대부분이었다. 그리고 겨우 발견된 생존자들은 오히려 죽은 전우들을 부러워했다. 몸 이곳저곳이 으깨진 상태로 죽여 달라고 외치는 병사들 때문에 일찍 찾아온 밤은 무시무시했다.

그리고 그 무서운 밤의 절정은 하늘누리로부터 보복 명령이 내려왔을 때 이루어졌다. 9세 이하의 아동과 59세 이상의 노인을 제외한 모든 코네도 성 주민을 처형하라는 명령을 받았을 때 분노에 미쳐 있던 시허릭은 그 부당성에 대해 의심조차 할 수 없었다. 한쪽에서 구조 작업이 펼쳐지는 동안 다른 쪽에서는 무차별 살해가 벌어졌다. 나이를 확인하고 죽이는 귀찮은 일은 대부분 생략되었다. 누가 봐도 젖먹이로 보이는 아이나 지팡이 없이는 걷지도 못하는 노인만이 안전했다. 그리고 비명은 구조 현장에서도, 살해 현장에서도 똑같이 처절했다.

아침은 죽은 이들에겐 영원히 찾아오지 않았다.

그리고 살아남은 이들에게도 찾아오지 않았다.

파라말 아이솔은 추위를 느꼈다. 4월이었다. 제국 최북단의 이 땅에도 여름이 찾아든 지 오래였다. 미지근하다는 말이 어울리는 여름이지만 어쨌든 여름이었다. 하지만 파라말은 옷을 더 입고 올걸 하는 느낌을 받았다.

제국 정부의 고위 대신이 걸어가고 있는데도 제국병들은 방만한 자세를 고치지 않았다. 그들은 양지바른 곳에 드러누워 하늘을 보고 있거나 옷을 벗어 바느질을 했고, 어쨌든 똑바로 서서 대신에게 예의를 표할 생각을 가진 사람은 별로 없는 듯했다. 그도 그럴 것이, 그들의 휴식을 방해하지 않기 위해 파라말은 신분을 나타낼 만한 것은 아무것도 가지지 않은 채 왔다. 그래서 제국병들은 파라말이 함께 걸어가고 있는 자들과 마찬가지로 기술자쯤 될 거라고 생각했다.

발 앞쪽으로 투구가 굴러 왔을 때 파라말은 그것을 확인할 수 있었다. 파라말이 투구를 주워 들자 옆에서 걸걸한 목소리가 들려왔다.

"어, 젊은 양반, 고마워. 이쪽이야."

파라말은 하늘누리에서 도저히 들을 수 없는 호칭에 미소를 지으며 고개를 돌렸다. 그리고 그의 미소는 일그러졌다. 산공부사를 향해 손을 흔들고 있는 늙은 제국병에게는 반대편 팔이 없었다. 팔 없는 전사라는 것은 눈 없는 화가만큼이나 어이없고 슬픈 존재다. 파라말은 감정적 동요를 애써 누르며 그를 향해 걸어갔다. 척 보기에도 30년 근속 휘장쯤은 가지고 있을 것 같은 교위였다. 파라말은 그에게 투구를 건네려다가 생각을 바꿔 그의 무릎에 내려놓았다. 교위는 씩 웃으며 투구에 손을 얹었다.

"이거, 무겁지는 않은데 부피가 있어서 한 손으로는 다루기가 버겁단 말이야."

"이번 전투에서 그렇게 되셨습니까?"

"그렇다고 볼 수 있지."

"예?"

"돌 틈에서 찔찔 울고 있는 하전사 녀석을 꺼내려다가 돌이 무너져 팔이 끼었거든. 하전사 놈이 교위님 팔을 잘라 먹은 거지.

못된 놈."

"그 하전사는 어떻게 되었습니까?"

교위는 턱으로 하늘 쪽을 가리켰다.

"내 팔 가지고 저 위로 갔어. 두 배로 못된 놈이지. 카악, 퉤!"

교위는 가래를 탁 뱉고는 입 주위를 쓱 닦았다. 그러자 투구가 무릎 아래로 굴러떨어졌다. 파라말은 재빨리 그것을 붙잡아 다시 원래 자리에 놓아 주었다. 교위는 머쓱한 표정을 지었다.

"어, 산공부에서 온 기술자지? 성벽을 어떻게 무너뜨렸는지 알아보려고 말이야."

"그렇습니다. 알아야 또 당하지 않지요."

"알아내면 우리도 그렇게 할 수 있을까?"

파라말은 감탄했다. 고참 교위의 발언에는 경험에서 체득한 것이 분명한 전술적 통찰력이 담겨 있었다. 산공부에서도 암살공이 코네도 성을 무너뜨린 방법이 쉽게 재현 가능한 것이라면 성에 의지한 방어 전략이라는 것이 전쟁사에서 영원히 사라질 것임을 직감하고 기술자를 파견하기로 결정한 것이다.

"예. 성이라는 것이 사라지겠지요. 아니면 전혀 새로운 축성술이 고안될지도 모르고요."

교위는 파라말의 말에 약간 멍한 표정을 지었다.

"뭐, 그럴 수도 있겠지. 하지만 중요한 건 우리가 암살성을 안쪽으로 무너뜨려 빌어먹을 암살공 놈을 돌무덤에 묻어 버릴 수 있다는 거 아닌가?"

파라말은 가슴이 철렁했다. 교위는 복수를 말하고 있었다. 똑같은 방식으로 상대에게 돌려주길 바라는 것이다.

그것은 파라말이 예상치 못했던 것이다. 코네도 성 낙성 직후 일어났던 무차별 살육은 하늘누리에서 엄청난 파장을 일으켰다. 천경유수 지알데 락바이는 시허릭 마지오 상장군을 체포하여 즉각 처형해야 한다고 주장했다. 전쟁을 진행 중인 장수에 대한 처벌은 불가능하다거나 제국군 장교에 대한 처벌은 태위청의 소관이라는 사실은 격분한 천경유수에겐 고려 대상이 되지 않는 것 같았다.

그러나 시허릭은 자신이 하늘누리로부터 명령을 받았음을 증언했다. 하늘누리가 대명사로 사용될 때는 물론 황제의 뜻을 의미한다. 황궁은 시허릭의 증언에 대해 아무 말도 하지 않았고 그 침묵은 긍정으로 해석되었다. 아무도 황제의 뜻을 위조할 수는 없으니 긍정일 수밖에 없다. 그 길로 황궁으로 달려간 지알데 락바이는 앞을 막아서는 금군 구레에게 노성을 질렀지만 구레는 꿈쩍도 하지 않았다. 구레는 삼고의 지위를 존중하여 폭력은 사용하지 않았지만 자신에겐 그럴 권리도 있음을 시사했다. 천경유수는 그 경고에 겁을 집어먹기는커녕 더욱 화를 냈지만 뒤따라간 유수부원들은 겁을 먹었다. 그들은 천경유수를 강제로 끌고 나와야 했다..

지알데 락바이의 행동은 그의 유별난 성격을 드러내는 것이 아니라 비극의 밤에 대한 하늘누리의 견해를 웅변적으로 나타낸 것으로 해석해야 할 것이다. 무차별 살육은 범죄다. 입 밖으로 꺼내어 말하지는 않았지만 모두 황제가 심했다고 생각했다. 그런 사람들의 일원으로서 파라말은 이곳에 내려와 죄의식에 시달리는 병사들을 볼 것이라고 예상했다. 파라말은 파괴된 자신을 필사적으로 추스르는 병사들 사이를 걷게 될 거라 예상했다. 그런데 그의 앞에 있는 교위는 보복을 말하고 있었다. 그 많은 피로도 부족하다는 태도를 그는 이해할 수 없었다. 이 증오는 도대체 어떤 것이기에 그 많은 피를 삼키고도 아직도 불타고 있는 것일까.

파라말은 아직 이름을 모르는 교위를 바라보았다. 팔을 잃은 것이 아직 실감나지 않는 모양이다. 투구를 제대로 붙잡기 어렵다는 것 이상의 많은 불편과 고통을 겪고 나면 자신의 상실에 대한 절절한 분노를 느끼게 될 것이다. 하지만 지금은 아니다. 교위는 잃어버린 팔에 대해 분노하고 있지 않았다. 그러나 파라말에겐 발케네 공이 행한 일 자체에 대해 분노한다는 것은 걸맞지 않는 일처럼 느껴졌다. 발케네 공은 최선을 다해 승리의 방법을 찾아내었을 뿐이다. 그것은 전쟁에서 당연한 일이고 덕목이기까지 하다. 발케네 공의 행동 또한 분노의 대상이 되기 어렵다. 전우의 희생? 성벽 붕괴는 극적이긴 하지만 사상자는 이천 명에 못 미친다. 그것이 결코 작은 숫자는 아니다. 그러나 코네도 성에서 희생당한 사람의 숫자는 그 열 배가 넘는다. 파라말은 열 배의 민간인 희생자를 강요하고도 아직 분노할 수 있다면 몰염치한 수준을 넘어 죄악이라고 생각했다.

그러나 파라말은 교위에게 무엇에 대해 분노하고 있는 것이냐고 물어볼 수는 없었다. 전투를 치른 직후의 군인에게 그것은 너무도 어울리지 않는 질문이 될 수 있다. 파라말은 의심과 불만 속에 교위를 떠났다. 그는 다시 추위를 느꼈다. 기술자들을 현장에 남겨 놓고 다시 하늘누리로 올라온 후에도 한기는 사라지지 않았다.

하늘누리는 분주했다. 그것은 정치 도시이고 전쟁이 벌어지면 위축되는 시장이나 극성을 띠게 되는 암시장 같은 것은 없다. 하늘누리의 분주함은 전쟁 업무 때문이다. 평소와 다른 모습은 곳곳에서 달려가는 제국병들의 모습뿐이었다. 하늘누리에서 이용할 수 있는 이동 수단은 자신의 두 발뿐이므로 병사들은 씩씩하게 달려갔다. 그리고 파라말 또한 자신의 두 발을 이용하여 태화각을 향해 걸어갔다. 자신의 집무실에서 데라시의 전언을 발견한 파라말은 황궁을 향해 역시 두 발로 걸어갔다.

하늘누리의 다른 지역과 달리 황궁의 분위기는 고요했다. 다만 금군들의 모습이 많이 보였다. 사람들에게 꽤 알려져 있는 오뢰사수나 구레 외에 평소엔 잘 보이지 않던 다른 금군들도 모습을 드러낸 것 같았다. 파라말은 황제가 왜 황궁 경비를 강화시켰는지 생각해 보았다. 아래쪽에서 일어난 일과 일어날 일에 대해 해명도 변명도 하지 않겠다는 뜻일까? 그래서 접근을 금하는 것일까? 아니면 단순히 전쟁 때문에 황궁 경비가 강화된 것일까? 파라말은 그것에 대해 데라시에게 질문해 보리라 생각했다. 하지만 데라시의 방으로 들어가 무더운 공기를 쐬니 머릿속이 멍해지는 것 같았다.

4월. 계절은 분명 여름이었지만 데라시의 방 벽난로는 기운차게 불꽃을 펄럭였다. 파라말은 근처에도 가기 싫은 벽난로 바로 앞자리에 데라시가 앉아 있었다. 파라말은 어깨를 으쓱였다.

"되도록 멀리 떨어져 앉고 싶군요."

"덥겠지요. 하지만 제 귀가 어두우니 그건 안 되겠군요."

둘 다 과장이다. 방 안에서 아무리 거리를 둔다 한들 시원해질 리도, 목소리가 잘 안 들릴 리도 없다. 파라말은 데라시에게 다가가 의자에 앉았다.

"무슨 일로 부르셨습니까? 코네도 성 파성에 대해서는 조금 전

조사를 시작했고 잔해 때문에 적절한 설명을 찾으려면 시간이 많이 걸릴 겁니다."

"부사가 아래로 내려갔기에 부른 겁니다. 아래의 분위기를 좀 전해 듣고 싶군요."

"분위기요?"

"예. 병사들의 분위기."

문득 파라말은 자신의 대화 상대가 한 명이 아닐지도 모른다고 생각했다. 어쩌면 데라시와 니름으로 연결되어 있는 치천제가 이 대화에 참석하고 있는지도 모른다. 하지만 황제가 파라말에게 보고를 받고 싶다면 직접 불러서 대화할 수도 있다. 파라말은 자신이 왜 그런 생각을 했나 궁금해하며 입을 열었다.

"간략히 말씀드리자면, 병사들은 락토 빌파에게 받을 것이 많이 남았다고 여기는 것 같더군요. 저는 이해하기 어려웠습니다."

"이해하기 어렵다고요?"

"분풀이는 이미 있었습니다. 지나친 분풀이였지요. 분풀이할 것이 뭐가 더 남았는지 모르겠습니다."

데라시는 갑자기 괴로운 표정을 지었다. 파라말은 놀라서 그가 허물벗기라도 하나 생각했다. 데라시는 벽난로 쪽을 돌아보며 목의 비늘을 살짝 부딪쳤다.

"예, 지나친 분풀이였지요."

파라말은 다시 이곳에 황제가 참가하고 있다는 가설을 떠올렸다. 파라말은 황제에게 질문하듯 말했다.

"왜 그런 일이 일어난 겁니까? 그 파성 때문에 제국군이 입은 피해는 이천여 명 정도입니다. 그 이천여 명 중 귀하지 않은 목숨이야 있겠냐마는, 그 정도 피해는 이런 거대한 규모의 전투에서 일어날 수도 있습니다. 그런 피해 때문에 제국군이 민간인을 주살한 예는 없습니다. 제국군이 살인귀가 되었습니다.”

"그리고 아직도 분풀이가 부족하다고 생각하고 있지요.”

마치 누군가의 앞에서 파라말을 거들듯이 말하는 데라시를 보며 파라말은 자신의 직감이 맞을지도 모르겠다고 생각했다. 파라말은 좀 더 따져야겠다고 생각했다. 하지만 데라시가 그를 돌아보며 단호하게 말했다.

"부사가 할 일이 있습니다. 헨로 가를 관찰하는 일은 그만해도 됩니다.”

파라말은 입맛을 조금 다시고 말했다.

"무슨 일입니까?”

데라시는 옆으로 손을 뻗어 두루마리를 집어 올렸다. 파라말은 그 호화스러운 두루마리를 보며 고개를 갸웃했다. 데라시는 그것을 파라말에게 내밀었다. 파라말이 얼떨결에 그것을 받아 들자 데라시가 말했다.

"부사는 유수부차사에 임명되었습니다. 즉각 유수부 경비국을 장악한 다음 천경유수 지알데 락바이를 자택에 유폐하도록 하십시오. 죄명은 황궁 내 소란입니다. 그리고 유수부차사로서 천경유수의 직무를 대행하도록 하십시오.”

파라말의 손에서 두루마리가 툭 떨어졌다. 데라시는 그를 물끄러미 바라보다가 허리를 숙여 두루마리를 집어 들었다. 그가 다시 허리를 폈을 때 파라말이 말했다.

"뭐라고 하셨습니까?”

"알아들었을 텐데요.”

"유, 유수부차사라는 것은 없습니다. 유수부는 사도의 휘하에 있는 것이 아니며……."
"새로 생겼습니다."
"저는, 어, 제가 어떻게……."
"금군이 유수부를 장악하도록 도와줄 겁니다."
파라말은 넋이 나간 채 생각했다. 왜 금군이 많이 나와 있는지 알 것 같았다. 파라말은 갑자기 사고가 명료해지는 것을 느꼈다. 그는 쥐어짜듯 말했다.
"이 전쟁은 무엇입니까?"
데라시는 두루마리를 파라말의 무릎에 툭 던졌다. 파라말이 엉겁결에 그것을 붙잡자 데라시는 말했다.
"가서 명령을 수행하십시오, 유수부차사."
데라시의 얼굴을 뚫어져라 바라보던 파라말은 몸을 일으켰다.

암살성의 주인에게 주어지는 상징인 황금 열쇠에는 짧은 야사가 숨겨져 있다. 무법의 땅 발케네를 통일하고 그룸 성을 건축했던 그룸 빌파는 발케네의 전통에 호의적이었다. 즉 속이고 훔치고 빼앗을 수 있는 것은 그렇게 해야 한다는 것을 삶의 철학으로 삼은 인물이라는 뜻이다. 그런 그에게 보관과 수호의 의미인 열쇠는 어울리지 않는 물건이었다. 그리고 그 어울리지 않는다는 점이 그룸의 마음에 들었다. 성안 어디에도 맞지 않는 황금 열쇠는 보관과 수호의 상징이라기보다는 속임수와 기만의 상징이다. 그리고 그런 의미는 발케네의 지배자에게 어울린다.
목검으로 타격대를 후려갈기고 있는 스카리는, 따라서 자신이 암살성을 수호할 수 없기 때문에 화를 내고 있는 것이 아니다.

그는 속임수와 기만의 권위를 갖지 못해 화를 내고 있는 것이다.

퍽퍽 하는 소리가 방을 가득 울렸다. 꽤 긴 시간의 몸부림이었다. 스카리 주변에는 떨어진 땀 때문에 바닥이 질퍽질퍽했다. 발이 미끄러질 지경이 되면 스카리는 목검으로 바닥을 치며 고함을 질렀다. 자신이 타격대 꼴이 될지도 모른다는 걱정에 휩싸인 하인이 냉큼 달려와 바닥을 닦고 나면 스카리는 다시 목검으로 타격대를 후려갈겼다. 하인은 탈수 증상과 손목 골절, 타격대 완파 중 어느 것이 가장 먼저 일어날지 궁금했다. 그리고 그중 하나가 일어나기 전에는 이 광란이 끝나지 않을 거라는 우려도 느꼈다.

굳이 따진다면 세 번째 경우에 가까운 일이 일어났다. 스카리가 힘껏 내찌른 목검이 사람 모습을 하고 있는 타격대의 배에 콱 꽂혔다. 스카리는 목검을 다시 뽑기 위해 타격대를 걷어찼지만 목검은 타격대에서 빠져나오는 대신 스카리의 손을 떠났다. 땀 때문에 손바닥이 미끄러웠던 탓이다. 타격대는 목검을 배에 꽂은 채 바닥에 쿵 쓰러졌다. 하인은 장렬한 전사라고 생각했다. 하지만 스카리는 적장에 대한 예우를 다하지 않았다.

"네 녀석이 내 칼을 뺏어 가!"

스카리는 쓰러진 타격대를 걷어찼다. 광태였다. 스카리가 몸을 돌렸을 때 하인은 아무것도 보지 못했다는 투로 딴청을 피웠다. 스카리는 그런 하인을 무시한 채 연습실 한쪽에 있는 음료수용 물통을 집어 들었다. 그리고 고개를 뒤로 젖힌 채 그것을 쏟아 부었다. 급하게 목으로 넘어간 물은 굉장한 기침을 유발했다. 스카리는 정신없이 기침을 했고 그것이 겨우 끝나자 몸이 아파 오는 것을 느꼈다. 싸늘해진 몸이 경련을 일으켰다. 스카리는 물통을 내팽개치고 바닥에 주저앉았다.

벽에 등을 기댄 채 주저앉아 있는 스카리에게 하인이 황송해하며 다가왔다. 하인이 건넨 수건을 받아 들고 스카리는 물러가라는 손짓을 했다. 그러자 하인이 말했다.

"죄송합니다. 부냐 아가씨로부터 전갈이 있었습니다."

스카리는 부냐라는 말에 이를 악물었다.

"뭐냐?"

"저녁 식사를 함께할 수 있는지 알고 싶어하셨습니다."

스카리는 수건을 깨물고 싶었다. 그는 평온한 목소리를 내려 애쓰며 말했다.

"도저히 미룰 수 없는 바쁜 일이 있어서 안 된다고 전해라."

하인은 되묻지 않았다. 요 며칠 동안 여러 번 겪은 일이기 때문에 그런 대답을 예상하고 있었다. 하인은 쓰러진 타격대에 묘한 감정 이입을 느끼며 연습실을 떠났다. 넓은 연습실에 홀로 남은 스카리는 수건으로 얼굴을 닦다가 그것을 내팽개쳤다.

몸이 아팠다. 녹초가 될 정도로 시달려 뜨거워진 몸에 찬물을 쏟아 부은 탓에 살갗이 찢어지는 것 같았다. 스카리는 머리를 뒤로 젖혀 돌벽에 부딪혔다. 쿵. 머리의 충격 때문에 다른 곳의 통증이 잠시 잊혔다. 눈앞에 가물거리는 광점들을 바라보며 스카리는 마음속의 통증도 그런 식으로 덮을 수 있으면 좋겠다고 생각했다.

이런 것을 원하지는 않았다. 스카리가 부냐와 함께 오고 싶어 했던 발케네는 이런 것이 아니었다. 나의 성, 나의 영토, 나의 힘. 그것이 부냐에게 스카리가 보여 주고 싶었던 것이다. 이곳은 발케네다. 이곳에서만큼은 대장군도 대단한 대우를 받지 못한다. 발케네의 주인은 빌파다. 그리고 빌파는 스카리다. 지금은 아니더라도 그렇게 될 것이다. 스카리는 부냐가 인생의 패배자를 따라온 것이 아니라 발케네의 공작 후계자에게 온 것임을 확인시켜 주고 싶었다.

그런데 발케네가 그를 배신했다.

오랫동안 발케네를 떠나 있었던 그에게 이 땅을 맡기기 어려워서 이 땅에 더 익숙한 자에게 잠시 맡기는 것이라면 받아들일 수도 있었을 것이다. 하지만 황제 사냥꾼과 함께 다니던 정신 나간 여자애가 그의 자리를 뺏는다는 것은 이해할 수 없다. 아실이 스카리보다 발케네를 더 잘 알 거라고 말하는 것은 농담도 되지 않는다. 스카리는 이해하고 싶지 않았다. 락토의 행동에는 아들을 모욕하려는 의도 외엔 아무것도 없다.

이런 꼴을 부냐에게 보일 수는 없다. 사나이라면 사랑하는 여자에게 이런 모습을 보일 수 없다. 그것은 사랑하는 여자를 모욕하는 짓이다. 스카리는 어금니가 내려앉도록 이를 깨물었다.

"왜 그러시죠, 스카리?"

스카리는 머리를 들었다. 그리고 부냐 헨로의 얼굴을 보고는 질겁했다.

"부냐!"

부냐는 깜짝 놀라며 뒤로 물러났다. 그녀의 얼굴이 공포에 물드는 것을 보며 스카리는 당황하여 일어났다. 그 동작은 적절하지 않았다. 부냐가 두 걸음 더 물러난 것이다. 스카리는 두 손을 펼쳐보였다.

"부냐, 왜? 내가 당신을 놀라게 했나?"

"아, 저, 미안해요. 저를 때리려는 줄로…… 왜 그런 이상한 생각을…… 죄송해요."

"왜 그런 어이없는 생각을? 왜 그러는 거야?"

스카리는 그만 다그치는 투로 말했다. 부냐는 아랫입술을 꼭 깨문 채 고개를 도리질했다. 스카리는 뭔가가 속에서 부글거리는 것을 느끼며 애써 조용히 기다렸다. 조금 후 부냐가 손을 어디론가로 던지며 말했다.

"저것."

부냐가 가리킨 것은 쓰러진 타격대였다. 목검이 꽂혀 있는 모습이 마치 사람이 죽어 있는 모습처럼 보였다.

"화가 많이 나신 것 같아서요."

"당신에게 화난 것은 아냐."

"정말이에요? 저를 피하시는 것 같던데요."

스카리는 이를 악물었다.

"바빴어."

부냐는 스카리를 조심스럽게 바라보았다. 스카리가 보기에 그 눈길은 성의 주인도 아니면서 바쁠 일이 뭐가 있느냐고 묻는 것 같았다. 여기서 타격대나 두드려 부수는 일이 바쁜 일이냐고 묻는 것 같기도 했다. 그러나 부냐는 다른 말을 꺼냈다.

"무서웠어요. 저는, 그러니까 여기서 저는 혼자예요, 스카리. 당신의 여동생은 저를 무시해요."

"헤어릿?"

"아, 죄송해요! 여동생이 아니죠. 제가 실수했어요."

스카리는 눈 주위가 뜨거워지는 것을 느꼈다. 부냐는 주눅 들어 있었다. 마치 이곳이 발케네가 아니라 하늘누리의 백화각이고 자신이 발케네 공의 연인이 아니라 여전히 수인인 것처럼. 스카리는 분노했다.

"실수가 아냐! 당신은 실수하지 않았어. 그 애의 아버지는 그 미친 노인네가 맞아. 그 애는 내 여동생이야. 당신 말이 맞아!"

스카리의 확언은 부냐를 안심시키지 못했다. 부냐는 금방이라도 눈물이 터져 나올 것 같은 눈으로 젊은 발케네 공을 바라보았다.

"스카리?"

"왜?"

"제발 소리 지르지 마요."

"나는 소리 지르지 않았어."

부냐는 치맛단을 움켜쥐었다. 크게 호흡하느라 어깨가 들썩이는 것이 보였다. 그녀는 속삭이듯 말했다.

"예, 알겠어요."

부냐는 몸을 돌렸다. 놀란 스카리를 뒤로 한 채 그녀는 종종걸음으로 걸어갔다. 스카리가 그 뒤를 따라가며 말했다.

"어디 가는 거야?"

"죽으러요."

"뭐?"

"죽으러 가요."

"빌어먹을, 무슨 소리야!"

스카리는 부냐의 팔을 잡아당겼다. 갑작스러운 충격에 부냐는 휘청해서 바닥에 주저앉았다. 머리카락이 크게 출렁여 얼굴을 덮었다. 스카리는 부냐의 팔을 놓았고 그러자 부냐는 두 손으로 얼굴을 가렸다. 그녀는 어깨를 떨며 소리 없이 울었다.

스카리는 어찌할 바를 모른 채 그녀 앞에 한쪽 무릎을 꿇었다. 그는 손을 뻗어 부냐의 어깨를 짚었지만 그녀는 뒤로 몸을 빼어 그 손에서 빠져나갔다. 스카리는 부냐를 놓친 손을 주먹 쥐어 바닥에 짚었다.

"부냐? 부냐, 울지 마. 왜 우는 거야?"

부냐는 헐떡였다. 그녀는 울음소리를 애써 삼키며 동시에 말을 꺼내려고 애썼다. 한참 후에야 겨우 말소리 같은 게 나왔다.

"기, 그, 그거, 예. 알아요. 저 때문에 아버지와, 예, 공작님과 사이가 나빠지셨죠. 저 때문에 전쟁이, 전쟁이 일어났죠. 저 때문이라는 거 알아요. 제가 없어지면, 없어지면 되겠지요. 그러면 모두 깨끗하게 끄, 끄, 끝나겠지요. 하지만, 하지만 당신이 저를 데려왔잖아요. 억울해요. 저는 너무 억울해요. 제가 잘못했다는 것은 알지만, 예, 제가 그 편지가 간자의 것인 줄 어떻게, 제가 어떻게 알았겠어요? 당신이 제 마루나래가 되어 줄 거라고 생각했어요. 믿었어요. 아니에요. 저는 그럴 자격이 없어요. 제가 없어지면 돼요."

"아니야, 부냐."

"아니에요. 저 때문에 아버지와 사이가 벌어지셨죠. 수치를 당했지요. 저 때문이에요."

"빌어먹을, 아니야! 당신과 미친 노인네라면 내게 선택은 쉬워! 당신이 내 선택이야. 당신이!"

부냐는 두 손을 입 앞에 깍지 낀 채 스카리를 바라보았다. 스카리는 다급하게 말했다.

"그걸 몰라? 왜 모르는 거야? 나는 당신 때문에 유수부원의 자리를 포기했어. 그리고 아버지의 명령을 어겼어."

스카리는 자신이 언제부터 유수부원 자리에 애정이 있었는지, 아버지의 명령을 귀하게 여겼는지 떠올릴 수 없었다. 그리고 그것은 중요하지 않았다. 중요한 것은 부냐가 믿고 싶다는 얼굴로 바라보고 있다는 사실이었다.

"그리고 부냐, 나는 비셀스 규리하를 포기했어. 비셀스 규리하와 결혼하면 규리하의 지배자가 될 수 있어. 하지만 나는 규리하를 포기했어!"

비셀스 규리하가 그와의 결혼에 대해 아무런 약조를 한 바 없으며 대부분의 관련자들이 그 결혼에 반대했다는, 즉 그 결혼이 실현 가능성이 없다는 사실 또한 스카리에겐 중요하지 않았다. 그에겐 부냐의 떨리는 입술과 파르르 떨리는 속눈썹만이 중대사였다. 부냐의 얼굴은 정말 그 모든 것을 포기했냐고 묻고 있었다. 스카리는 그녀가 왜 의문스러워 하는지 알 수 없었다. 그가 엄청난 희생을 치렀음에 대해서는 생각 있는 사람이라면 누구나 찬성할 것이다. 사람들은 말할 것이다. 스카리 빌파는 오직 한 여인을 위해 모든 것을 버렸다고.

"당신을 위해서야."

"정말이에요?"

"정말이야. 믿어 줘."

스카리는 부냐가 믿는다고 말하길 애타게 기원했다. 하지만 그녀는 아무 말도 하지 않았다. 그녀는 깍지 낀 두 손을 스카리의 무릎 위에 포갰다. 그리고 그 손등에 이마를 얹었다.

그리고 요청했다.

"믿게 해 주세요."

스카리는 그렇게 하기로 결심했다.

아실은 황제를 비평했다.

"미친년."

별다른 미사여구가 없는 소박한 비평을 들으며 주보 네서파는 고개를 끄덕였다. 품위 있는 말이라고는 할 수 없지만 완전히 동의하고 싶은 말이었다. 코네도는 주보의 고향이다. 지금도 그곳에는 주보의 친척과 지인들이 많이 있었다. 아니, 이제는 없다. 발케네 공 락토 빌파의 시종장 주보 네서파는 참담한 기분으로 말했다.

"코네도에서 물러난 공작님께서는 파르바리 계곡에 진을 치셨다. 여기서 남쪽으로 150킬로미터쯤 떨어진 곳이지. 공작님은 그룸 성이 지원을 맡으라고 명령하셨다. 우선 지원품은……."

아실은 벌떡 일어섰다. 주보는 입을 다문 채 그녀를 바라보았다. 그녀의 오른쪽 눈은 분노로 이글이글 타오르고 있었다.

"미친년, 미친년, 미친년! 그 많은 사람들을, 그 많은 사람들을!"

"아실, 내 말 듣고 있니?"

"안 들어요! 상관없잖아요!"

아실의 말이 맞았다. 실제로 그룸 성을 통치하고 있는 것은 시종장 주보 네서파였고 주보는 형식적으로 아실에게 보고하러 온 것이었다. 그리고 그는 형식적인 보고를 계속했다. 그는 암살성에서 징발하거나 구입해야 하는 것들과 그것을 보관, 운송할 방법들에 대해 말했다. 아실은 그의 말을 들은 척도 하지 않은 채 방 안을 빙글빙글 돌았다. 황제에 대한 포악한 말들을 쏟아 내면서. 두 사람이 각자 떠들었기 때문에 방 안이 꽤 시끄러웠다.

먼저 침묵한 것은 주보였다. 주보는 할 말을 다했다. 하지만 아실의 욕설은 동어반복적으로 계속되고 있었다. 주보는 아실을 지그시 바라보다가 말했다.

"그만해라, 아실. 그렇게 욕설을 내뱉어서 죽은 이들이 돌아온다면야 나도……."

"모든 발케네 인들을 죽이겠다고!"

주보는 머리끝이 쭈뼛 서는 것을 느끼며 아실을 바라보았다. 살해당한 것은 코네도의 주민들이지 '모든 발케네 인'이 아니다. 아실은 제자리에 서서 발을 쾅쾅 구르며 말했다.

"그럴 기회를 기다리고 있었겠지. 제국군을 집단 살인마로 바꿀 기회를 기다리고 있었겠지! 어려운 것은 한 번이야. 그래, 처음이 어렵지. 그 다음은 쉬워. 이제 죽이라고 말하면 주저 없이 죽일 병사들을 얻었군. 그걸로 발케네 인들을 다 조질 작정이지!"

주보는 숨이 가빠 오는 것을 느꼈다. 그는 아실의 말을 이해할 수 있었다. 이미 피가 묻은 손에는 또 피가 묻어도 별로 두드러지지 않는다. 아실은 광포한 혼잣말을 계속했다.

"쥐덤에선 레콘들을 쓸어 버리더니 이젠 발케네 도둑놈들이야? 네 마음에 들지 않는 건 다 없앨 작정이야? 그것이 일원주의야?"

주보는 더 참지 못하고 벌떡 일어섰다.

"아실! 발케네 인들이 다 죽는다는 거냐?"

"예!"

명쾌하기까지 한 대답에 주보는 할 말을 잃었다. 시종장은 손을 옆으로 뻗어 탁자를 짚었다. 아실도 자신의 대답에 놀란 듯 당황한 표정으로 그를 바라보았다. 그녀는 흠칫흠칫하며 주보에게 다가왔다. 그러나 그 걸음은 곧 멈췄다. 아실은 분노를 오랫

동안 억누르지 못한다. 다시금 피어오른 노기에 그녀의 목소리가 높아졌다.

"다 죽을 거예요, 다! 노인과 아이는 살았다고요? 씨를 말리겠다는 것이군요. 노인은 곧 죽겠지요. 아이는 발케네 도둑이 아닌 사람으로 자라겠지요. 그래요, 제국인이 되겠군요. 그러면 발케네 인은 다 죽는 거지요. 사라지는 거예요! 분리주의를 없애 버렸던 것처럼 그년은 발케네 도둑도 없앨 생각이에요!"

"그런 일은 불가능해. 황제가 그럴 리 없어."

"천만에요. 그렇지 않으면 왜 제국군을 통제하기도 어려운 살인자 집단으로 바꿔 놓았겠어요?"

"살인자 집단……."

"죄의식 없는 살인자 집단이지요. 황제의 드높은 권위가 있으니 그들은 죄의식을 느낄 필요가 없어요. 아라짓만을 위해 싸우는 전사…… 아라짓 전사! 황제는 아라짓 전사를 부활시킨 거예요!"

아실이 말한 것은 유사 이래 가장 잔인했던 전투 집단의 이름이었다. 고아라짓 시절 아라짓의 왕을 위해 싸웠던 아라짓 전사는 사람이 할 수 없는 일을 해내는 자들이었다. 그들은 강하고 난폭했으며 자비를 모른다는 사실을 자랑스러워했다. 주보는 미칠 듯한 기분을 느꼈다.

"그건 옛날 이야기야."

"시종장님, 그 옛날의 아라짓 전사는 우리와 종족이 다른 자들이었던 것 같아요? 그들도 지금의 우리와 똑같은 사람들이었어요. 사람은 누구나 아라짓 전사가 될 수 있어요. 앞다리를 걷는 데 쓰지 않는 짐승은 그 다리로 다른 짐승을 죽일 수 있어요."

주보는 그 말을 부정할 수 없었다. 그도 난폭하고 잔인하다고 알려진 발케네 인이었다. 그의 성격과 무관하게 주보는 발케네에서 일어나는 소름 끼치는 일을 목격하며 늙어 왔다. 그는 사람이 어떤 짓을 할 수 있는지 알고 있었다. 하지만 그 짓이 자신에게 일어난다는 것은 인정하기 어려웠다. 주보는 다시 부정하려고 했다. 그것이 옳지 않아서가 아니라 받아들일 수 없기 때문에.

하지만 주보는 말하지 못했다. 아실이 심상치 않은 얼굴을 하고 있었기 때문이다.

아실의 얼굴은 자신이 임신했다는 것을 알게 된 여인과 다가오는 땅을 바라보는 투신자의 얼굴을 뒤섞어 놓은 것 같았다. 주보가 난생처음 보는 얼굴이었다. 아실을 좀 더 바라보다가 주보는 그녀가 숨을 쉬지 않는다는 것을 깨달았다. 그가 당황해서 걸어갔을 때 아실이 갑자기 말했다.

"앞다리를 걷는 데 쓰지 않아."

그것은 그녀가 조금 전 했던 말이다. 말을 미친 사람처럼 반복하고 있었다. 주보는 아실의 얼굴 앞에서 손을 흔들고 싶은 충동을 느꼈다. 그때 아실이 다시 말했다.

"지느러미를 헤엄치는 데 쓰지 않아."

비록 먼젓번보다는 조금 명료한 목소리였지만 여전히 괴이한 말이었다. 주보의 긴장감 때문에 방 안의 공기마저 무겁게 가라앉는 듯했다. 주보는 그 긴장감이 싫었다.

갑자기 아실이 펄쩍 뛰어올랐다.

주보는 그렇게 느꼈다. 아실이 위로 치솟는다고. 아니었다. 다시 바라본 주보의 눈에 탁자 쪽으로 달리듯 걸어가는 아실의 모습이 들어왔다. 빠르게 달려간 아실은 탁자를 짚으며 간신히 멈취 섰다.

 탁자 위에는 주보가 들어오기 전에 그녀가 휘갈겨 쓰던 도깨비지 뭉치가 놓여 있었다. 아실은 도깨비지를 탁자 아래로 던졌다. 그렇게 수십 장의 종이들을 내팽개치다가 갑자기 손을 멈추었다. 그녀는 눈앞에 나타난 종이를 똑바로 노려보았다. 그 모습을 바라보던 주보가 조금 후에 말했다.

"아실?"

 아실은 대답하지 않았다. 대신 다른 종이를 가져와 앞쪽에 놓았다. 아무것도 씌어 있지 않은 백지였다. 아실은 붓을 들어 그 위에 무엇인가를 휘갈겨 썼다. 그리고 붓을 던지듯 내려놓고 자신이 쓴 글을 뚫어져라 바라보았다.

 주보가 더 이상 기다릴 수 없어 일어나려고 할 때 아실이 말했다.

"시종장님."

"응?"

"솜씨 좋은 궁수들이 지금도 배치되어 있나요?"

 주보는 조금 후에야 아실이 말을 타고 도망칠 경우 저격하기 위해 그런 병사들을 배치할 거라고 경고했던 것을 떠올렸다. 그것은 사실이 아니었다. 노련한 병사들이 암살성 주위를 경계하고 있긴 하지만 그것은 전쟁 때문이지 아실을 저격하기 위해서는 아니다. 주보는 그 사실을 말해 줄 필요가 없다고 생각했다. 하지만 곧 그는 아실이 그런 질문을 하는 이유가 더 중요하다고 생각했다. 주보는 아실의 하나뿐인 눈을 바라보았다. 그리고 그 눈에 떠오른 결의를 읽었다. 그 순간 주보는 무엇인지 모를 두려움 같은 것을 느꼈다.

이이타는 멍한 눈빛으로 아버지의 가신들을 바라보았다.
아이저가 남기고 떠난 자들이고 그에게 맡겨진 가신들이었다. 능력이 부족해서 남은 것은 아니다. 오히려 능력이 과한 것이 문제일 것이다. 아이저는 규리하에 잠입할 작정이었으므로 규리하에 얼굴이 널리 알려져 있는 사람들은 데려갈 수 없었다. 아이저 자신은 오히려 얼굴이 알려져 있지 않은 편이다. 규리하 성에서 일하는 자들이 아니라면 나라님의 얼굴을 아는 사람은 거의 없을 테니까. 하지만 아이저의 능력 있는 가신들은 얼굴이 많이 알려져 있다. 그리고 한 가지 이유가 더 있다면 그들의 나이다. 아이저는 적의 점령지에 숨어 들어갈 작정이었으므로 상당 수준의 활극을 감당할 수 있는 민첩한 이들을 데려갈 수밖에 없었다. 지금 이이타의 곁에 남아 있는 사람들은 그런 활극이 부담스러운 연배였다.

이이타는 이들의 나이에 감사하고 싶었다. 그런 늙은이들을 장악하기 위해 애쓸 필요는 없었다. 장악할 수도 없는 연배니까. 이이타에게는 그들로 하여금 자신을 인정하게 하여 아버지에게 향하고 있는 그들의 충성심을 자연스럽게 자신에게 끌어오는 정치적 묘기를 펼칠 여유가 없었다. 아이저는 이이타에게도 작별 인사를 하지 않고 떠났다. 이이타는 지금 상황을 받아들이는 것이 이미 힘겨웠다.

규리하의 늙은 가신들은 그런 이이타의 처지를 잘 짐작했다. 다행히도 이이타는 위로를 받으면 안 된다는 것을 자각할 정도의 정신은 가지고 있었다. 그들에게 상심한 소년을 달래는 일까지 맡긴다면 실례가 될 것이다. 그래서 이이타는 자신감을 강조하지도 않지만 축 늘어지지도 않은 담담한 목소리로 말했다.

"두르사 돌 하장군."

자신의 사병들에게 제국군의 계급 명칭을 부여하는 귀족은 없었지만 규리하 변경백에게는 그것이 가능했다. 고아라짓이 사라진 후에도 왕의 것을 지키며 남았던 규리하 변경백령은 고아라짓의 많은 것을 보관해 왔고 그것은 대호왕의 신아라짓과 그 뒤를 이은 원시제의 아라짓 제국에 전달되었다. 계급 명칭도 그런 고대의 유산 중 하나였다. 따라서 원조를 따진다면 제국군이 규리하 변경백령의 계급 명칭을 모방한 셈이다. 무향의 군인다운 절도 있는 태도로 그를 바라보는 두르사 돌에게 이이타는 질문했다.

"코네도 성의 일을 어떻게 생각하지?"

"미친 짓입니다, 공자."

"설명해 줘."

두르사 돌은 '그래, 미친 짓이지.' 하는 맞장구 대신 솔직하게 설명을 요구하는 이이타의 태도가 마음에 들었다.

"도덕적인 문제에 대해서는 말하지 않겠습니다. 설명할 필요도 없으니까요. 그것은 귀족원과의 극한 대립을 각오하지 않고서는 할 수 없는 짓입니다. 발케네 공은 귀족원에 상당한 영향력을 가지고 있습니다."

"귀족원은 우리도 돕지 않았어."

"그것은 변경백께서 귀족원에 도움을 요청하지 않았기 때문입니다. 그리고 그들의 비근한 자격지심 때문이기도 합니다. 귀족원에 소속된 모든 귀족의 역사를 다 합쳐도 고아라짓 시대까지 이어지는 규리하 변경백의 장구한 역사에는 미치지 못합니다."

이이타는 생각했다. '그 계보가 수상쩍은 과텔과 케나린 시대를 무시한다면 말이지.' 과텔 규리하가 사라질 뻔한 규리하 가문을 재건한 것은 분명하지만 그가 규리하 가문의 적통을 잇고 있는지에 대해서는 논란이 많다. 물론 이이타도 대외적으로는 자신의 가문이 고아라짓 시대까지 이어진다고 주장한다. 그리고 그런 태도가 다른 귀족들을 자극한다는 것도 알고 있다.

"변경백께서는 그들을 제국의 같은 귀족으로 공정하게 대하셨지만 그들은 변경백을 시기했습니다. 벼락출세한 그들이 진짜 귀족을 시기하는 것은 당연합니다. 그래서 그들은 규리하를 돕지 않은 것입니다. 하지만 발케네는 다릅니다."

이이타는 사태를 지나치게 간략화해서 이해하려는 시도라고 생각했다. 두르사 돌의 설명에는 서약 지지파에 대한 이야기가 빠져 있다. 그리고 지테를 당주와 굴도하 남작 부인의 침묵에 대한 이야기도 빠져 있다. 만약 두 사람 중 한 사람이라도 공개적으로 규리하를 지원했다면 귀족원도 그 뒤를 따랐을 것이다. 하지만 그들 모두가 침묵했고, 그러자 그들의 영향력이 닿는 귀족들도 침묵했다. 또한 두르사는 엘시 에더리의 경이적인 전쟁 수행 속도에 대해서도 이야기하지 않았다. 엘시 에더리는 한 달이 채 안 되는 기간에 규리하를 굴복시켰다. 그에 비하면 치천제는 새해 초 규리하를 떠난 이래 4월이 되도록 아직 발케네를 정복하지 못했다. 하지만 이이타는 두르사의 설명을 바로잡는 대신 그것을 계속 경청했다.

"귀족원에서 반전 여론이 형성되어 황제가 회군할 때까지 버틸 수 있다면 발케네 공은 승리하는 셈입니다. 발케네 공이 코네도 성을 무너뜨린 것은 제국군에게 타격을 주기보다는 코네도 성 주민들을 무방비 상태로 만들려는 것이 더 큰 이유였을 겁니다. 그런데 황제는 그 미끼를 덥석 물었습니다. 귀족원에게 빌미를 주게 될 것이 분명한데도 말입니다. 황제는 아무래도 이성을 잃고 있는 것 같습니다. 하긴 우리에게 거둔 승리에 취해서 발케네에 싸움을 걸 때부터 황제는 자제력의 징후를 보이지 못하고 있었습니다. 그런데 규리하 전쟁은 황제의 승리가 아니라 엘시 에더리의 승리였지요."

가신들은 두르사의 말에 고개를 끄덕였다. 이이타는 문득 기묘한 느낌을 받았다.

이들은 무향인이었다. 그런데 황제가 아닌 엘시 에더리에게 진 것은 수치가 아니라고 생각하는 것 같았다. 이들의 반응을 보면 엘시 에더리에 대한 평가는 황제에 대한 평가 이상이었다. 무향인이 그렇게 생각한다면 다른 사람들은 그 이상일 것이다. 이이타는 대장군이 그토록 위험하다면 시모그라쥬 공은 반드시 그를 붙잡고 있어야 할 거라고 생각했다.

이이타가 잠시 상념에 잠겨 있는 동안 엘시 에더리에 대한 이야기가 계속 진행되었다. 이이타는 가신들의 이야기에 주의를 기울였다.

"그래. 엘시 에더리가 있었다면 미끼를 물지는 않았겠지."

"영리해서가 아니라, 그는 원래 그런 짓을 할 수가 없어."

"옳은 지적입니다. 바르지 않은 일은 하지 않지요."

"발케네 공이 끝까지 버텨서 황제를 물러나게 한다면, 황제는 지도력에 상당한 타격을 입을 거야."

"양위?"

"압력이 충분히 높다면요."

"그러면 발케네 공이?"

"비약이야. 우리가 누구 이야기를 하고 있었지?"

"엘시 에더리?"

"가능할까요?"

"생각해 보니 가장 강력한 후보라는 것은 분명해."

"대장군이고 만병장이니까요."

이이타는 이들이 엘시 에더리의 황위 계승에 대해 이야기하고 있다는 것을 알았다. 이이타는 충격을 받았다. 그들을 무너뜨리고 도망치게 만든 사람을 차기 황제감으로 생각한다는 것은 이이타에게 이율배반으로 여겨졌다. 그것은 그에게 패배한 것은 수치가 아니라는 생각과 차원이 달랐다. 이이타가 말했다.

"지금 엘시 에더리가 차기 황제가 된다는 이야기를 하는 것인가?"

규리하 가의 가신들은 이이타를 돌아보았다. 이이타는 조금 부드럽게 표현하기로 했다.

"치천제의 나이는 많지 않다. 황제가 죽을 무렵이면 엘시도 늙은이가 될 텐데."

두르사가 말했다.

"하지만 공자, 이 전쟁에서 패배한다면 황제는 퇴위 압력을 받을지도 모릅니다. 어쩌면 우리가 그것을 조장할 수도 있겠지요. 그녀를 대신할 수 있는 더 나은 황제감이 있다면 퇴위 주장은 설득력을 가지게 됩니다."

"황제가 퇴위한다고?"

"제국 역사상 첫 번째 퇴위가 되겠군요."

가신들의 얼굴에 즐거움이 떠올랐다. 이이타는 고개를 갸웃했다.

"이 전쟁에서 진다면 그럴 수도 있다는 말이지?"

"그렇습니다. 무리한 전쟁이었고 끔찍한 살해였습니다."

"하지만 이긴다면?"

"예?"

이이타는 생각을 조금 정리해서 말했다.

"내가 궁금한 것은 이거야. 지는 것을 좋아하는 사람은 없지. 황제도 그럴 테고. 황제는 자신이 지지 않을 방법을 알고 있어. 시련을 막을 최소한의 병력만 남겨 두고 제국군을 전부 발케네로 소환하면 돼. 그럴 방법이 있는데 황제가 왜 일부러 패배를 선택하지?"

두르사의 얼굴이 굳었다.

"그런 방법이 분명히 있습니다, 공자."

"그렇다면 차기 황제 이야기는 너무 많이 나간 것 같군."

이이타는 되묻는 얼굴로 두르사를 바라보았다. 두르사는 괴로운 표정을 지었다.

"예…… 그런 방법이 있습니다. 그런 방법을 쓴다면, 제국을 지키기 위해 존재하는 제국군을 제국 신민을 도륙하기 위해 소환한다면, 그것을 막을 수는 없습니다. 하지만 그렇다면 황제는 자신이 제국에 대한 범죄자가 되는 것 또한 막을 수 없을 겁니다."

"제국에 대한 범죄자?"

"그렇습니다."

하늘치의 등 위에 있는 하늘누리에서도 여름의 긴 오후는 저물고 있었다.

오전까지 산공부사였지만 이제는 유수부차사가 된 파라말 아이솔은 힘겨운 걸음으로 집 안으로 들어섰다. 그를 마중했던 하인에게 손짓으로 물러가라고 명령한 다음 파라말은 마당을 가로질러 마루 쪽으로 비틀비틀 걸어갔다. 마루에 이르자 그는 털썩 주저앉았다. 그리고 중얼거렸다.

"끔찍합니다."

그의 옆에서 대답이 들려왔다.

"뭐가?"

파라말은 고개를 돌려 형의 모습을 확인하지는 않았다.

"무슨 일이 벌어졌는지 소문이 쫙 퍼졌지요?"

"천경유수 지알데 락바이가 의자를 들고 금군과 싸우려 했다는 이야기까지 들었다."

"소문이 퍼지는 속도뿐만 아니라 진실이 왜곡되는 속도도 놀랍군요. 상관을 지키기 위해 의자를 집어 들고 대적한 것은 한 용감한 유수부원이었습니다. 천경유수께서는 근엄하게 서서 우리를 꾸짖는 눈으로 바라보셨지요. 자신의 우매함을 부디 자각하라는 눈빛으로……"

"작문이냐?"

"의자를 휘두른 건 천경유수셨습니다. 제 머리가 깨질 뻔했지요."

"머리가 안 깨져서 끔찍한 것이구나."

"형님, 형님!"

"말해라, 아우야."

파라말은 고개를 돌려 사라말을 바라보았다. 사라말은 별 표정 없는 얼굴로 동생의 눈빛을 받아들였다. 형을 한참 쳐다보다가 파라말은 고개를 떨어뜨리고 한숨을 내쉬었다.

"폐하께서는 폭군이 되기로 하셨습니다."

"그래."

"폭군은 명군만큼이나 되기 어렵지요. 많은 피가 필요합니다."

"그래."

"끔찍합니다."

"그것도 끔찍하지."

파라말은 고개를 들었다.

"그것도? 더 끔찍한 것이 있단 말입니까?"

"있다."

"그게 뭡니까?"

사라말은 일어섰다. 그는 마당 쪽으로 한 발 걸어가 붉게 물든 하늘을 올려다보았다. 율형부사는 단조롭게 말했다.

"레콘."

"예?"

"이 전쟁에서 드러나고 있는 레콘의 위협. 나는 그것 때문에 뼈가 저리도록 무섭다, 아우야."

파라말은 그 표현에 놀랐다. 그가 아는 형이 사용할 법한 표현이 아니었다. 파라말은 약간 당황하여 말했다.

"예. 암살공은 정말 상상할 수 없는 군대를 만들어……."

"이 전쟁에 참가하고 있는 모든 레콘이 끔찍하다."

사라말이 사라티본군에 대한 이야기를 하고 있는 것이 아님을 깨달은 파라말은 눈을 끔뻑이며 그 말을 생각해 보았다. 이 전쟁에는 사라티본군 외에도 엉겅퀴 여단과 고추냉이 여단, 왜솜다리 여단의 레콘들이 참가하고 있으며 큰 활약을 펼치고 있다. 사라말은 그 레콘들 전부가 끔찍하다고 말하고 있었다. 율형부사는 팔짱을 끼며 말했다.

"레콘이 끼어들면 모든 것이 바뀌어."

"모든 것이 바뀐다고 하셨습니까?"

"성채 매장자는 성을 파묻었고, 시허릭 마지오 상장군은 전장을 휴대 가능한 것으로 만들었다. 그리고 발케네 공은 성을 공격 무기로 바꿔 버렸어."

파라말은 입을 조금 벌렸다. 형의 말처럼 락토 빌파는 수비 시설인 성을 공격 무기로 바꾸는 폭거를 감행했다. 파라말은 폭거라는 말이 적절한 표현임을 깨달았다. 그것은 명백한 폭거다.

"그런데 그것이 성채 매장자나 마지오 상장군, 또는 발케네 공이 한 일인가? 그들이 결정한 일이긴 하지. 하지만 누가 힘을 제공했지?"

"레콘입니다."

"집단을 이룬 레콘은 상식과 전례와 법을 뛰어넘는다. 그런데 그것은 사람의 자산이지. 법은 물론 편리한 생활을 위한 도구지. 도구에게 바치는 것 이상의 존중을 법이 받을 필요는 없어. 하지만 물도 살아가는 데 필요한 도구야. 그것이 없어져도 될까? 사람이 사회적인 동물인 이상 사람에게 법은 물과 같은 수준의 도구야. 레콘들이 아무리 물을 싫어한다 해도, 그들 또한 물을 마셔야 해."

아라짓 제국의 모든 법 사무를 관장하는 남자는 선언했다.

"레콘은, 원래 그러했던 것처럼 개인주의자여야 한다. 그렇지 않으면 사람이 사라진다."

살인 기사는 문을 두드리지 않았다. 그냥 열어젖혔다. 그리고 눈살을 찌푸렸다.

방 안의 모습은 정갈함과는 아주 멀었다. 황혼의 붉은 빛이 떨어지고 있는 방 안에는 여기저기 팽개쳐진 도깨비지들이 바닥을 뒤덮고 있었다. 좀 더 자세히 관찰한 제이어는 그 도깨비지들 때문에 마치 큰 싸움이라도 일어난 것 같은 인상이지만 다른 가구들은 정확한 위치에 똑바로 놓여 있다는 것을 알았다. 이곳에 싸움은 없었다. 다만 성질 급한 저술가가 있었을 뿐이다. 그리고 덧붙여 제이어는 아실이 방 안에 없다는 사실도 알았다.

제이어는 턱을 만지작거렸다. 그는 아실이 이곳에 있기를 기대하고 있었으므로, 현재의 상황은 받아들일 수 없는 것이었다. 제이어는 종이들을 밟으며 방 안으로 걸어 들어갔다.

탁자 앞에 도달한 제이어는 시선을 끄는 종이를 발견했다. 그 종이는 다른 종이들을 내팽개친 후 마지막에 쓴 것 같았다. 종이 위에 떨어져 있는 먹물 자국들이 그대로 벼루까지 이어져 있었다. 제이어는 그 종이에 쓰여진 글을 읽으려 했다. 하지만 탁자 위는 너무 어두웠다. 옆으로 길게 늘어진 황혼의 그림자들이 탁자 위를 덮고 있었기 때문이다. 제이어는 그 종이를 들어 올린 다음 창가 쪽으로 다가갔다. 그때 제이어는 말이 달리는 소리를 들었다.

제이어는 창문에 서서 아래를 바라보았다. 큰 말 한 마리가 정문 쪽으로 달려가고 있었다. 제이어는 말에 탄 기수가 혹 아실이 아닐까 생각했지만 아실치고는 기수의 체격이 크다는 것을 알았다. 아래쪽의 조명도 좋지 않아서 제이어는 기수의 정체를 알아볼 수 없었다. 제이어는 성의 그림자 속으로 사라지는 기수를 잠시 바라보다가 손에 든 도깨비지를 떠올렸다. 그는 빛이 잘 비치는 각도로 몸을 돌렸다.

제이어는 종이를 옆으로 기울여 빛이 잘 떨어지도록 했다. 급하게 휘갈겨 쓴 글이 보였다. 제이어는 그것을 입속으로 읽었다.

'환상 계단, 부드러운 돌, 혹은 단단한 바람.'

제이어는 두 번 더 그 글을 읽었다. 그리고 숙고에 들어갔다.

그가 숙고를 끝냈을 땐 황혼의 빛도 사라져 주위는 어두웠다. 사물의 윤곽만 겨우 확인할 수 있는 검푸른 어둠 속에서 제이어는 고개를 조금 가로저었다.

제이어는 쥐고 있던 도깨비지를 접어 품속에 넣었다. 그리고 방을 나왔다.

제 15 장

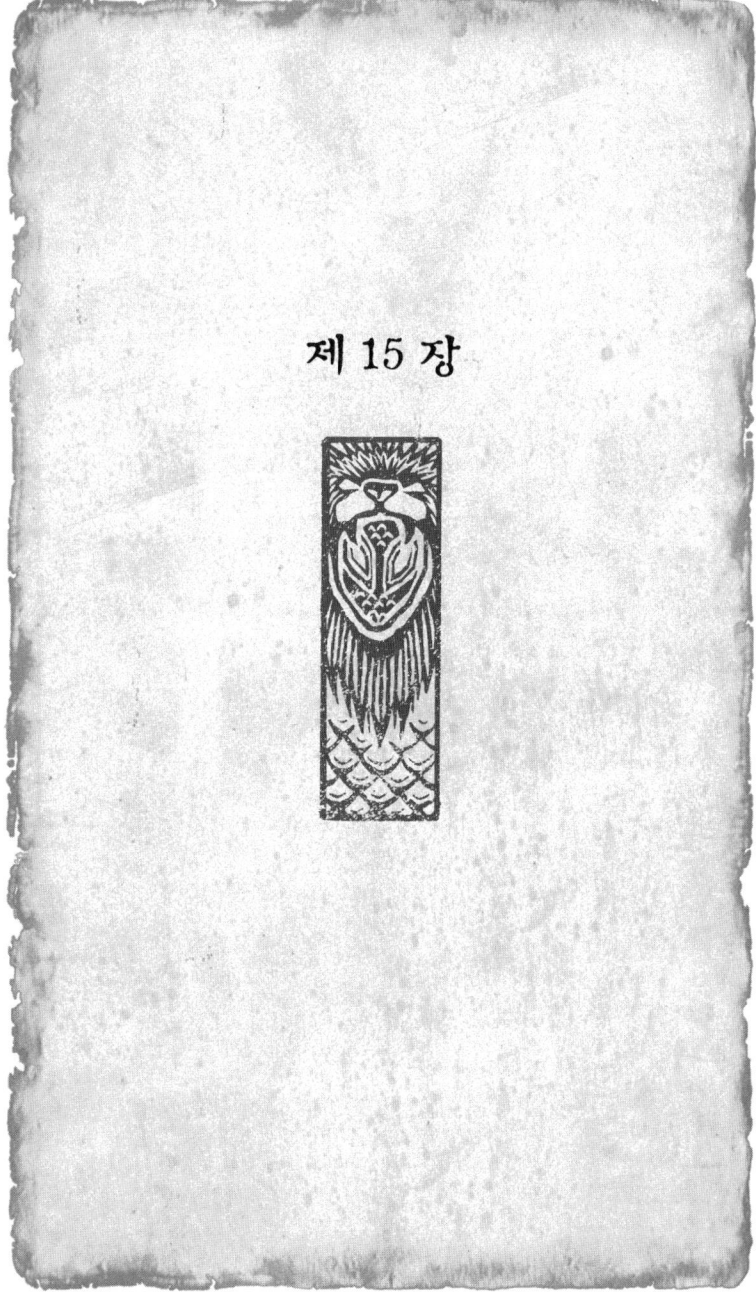

"그렇다면 하늘치의 환상 계단은 상상하지 않은 사람에겐 존재하지 않는 것이군요?"

"그렇습니다, 공작."

"원 참. 재미없군요. 어떤 것을 만들어도 보여 줄 수 없다면."

"아닙니다, 공작. 대단히 다행한 일이지요."

"다행이라고요? 잘못 말씀하신 것 아닙니까?"

"아니요. 큰 다행입니다."

— 발케네 공 그룸 빌파와 사도 라수 규리하의 대화 중

파멸을 경배하는 태도

　두 개의 수문이 닫혔다. 코네도 성을 향해 뻗어 나간 긴 운하는 얼마 후 바닥을 드러내었다. 공사가 재개되었고, 머리를 비트는 뱀처럼 운하의 진로가 바뀌었다.
　파헤쳐진 땅에서 뿜어 나오는 지하의 냄새들. 살갗에 진득하게 달라붙는 것 같은 끈끈한 햇빛. 바람은 노역자와의 오랜 갈등 관계를 청산함으로써 발케네에 지방색을 부여할 계획은 없었다. 다른 모든 세계와 마찬가지로 발케네에서도 지친 노역자들에게 부는 바람은 무풍이나 흙먼지를 날려 보내는 돌풍뿐, 그 중간은 없다. 무풍일 때는 운하 공사장에서 피어오른 흙먼지 때문에 주위가 온통 뿌옇다. 그래서 돌풍 쪽이 조금 더 호평을 받는다. 하지만 바람에 의미를 부여하기 위해 애쓰는 노역자가 많았냐 하면, 그렇지는 않았다. 그들에겐 파헤쳐진 땅과 파헤칠 땅이 있을 뿐이다. 세상, 단순했다.
　두더지들에겐 암울한 나날이었다. 그들의 세계에 닥쳐온 이 비극적 참사를, 두더지들은 한 편의 장대한 서사시로 재구성하여 훗날의 고전이 되게 할 것이다. 삽날에 머리를 맞아 갑자기 그 종족에게 알려지지 않았던 재능들이 동시다발적으로 발생한다면 그럴 거라는 말이다. 어쩌면 그런 일이 벌어졌을지도 모른다. 삽날에 뒷다리를 잘린 채 흙더미와 함께 팽개쳐진 한 두더지가 있다. 빛은 두더지에게 무의미했고 냄새는 혼란스러웠다. 뾰족한 주둥이 끝에 돋아 있는 수염은 텅 빈 공간이라는 무서운 관념을 두더지에게 강요하고 있었다. 그 순간 두더지는 매우 격이 높은 생물이 되었다. 미친 것이다. 그것을 사람의 광기와 완전히 일치하는 것으로 여기기는 어렵겠지만 어쨌든 두더지는 미쳤다. 햇빛에 타들어 가다가 날아든 새매에게 찢겨질 여생이 기다리고 있을 땐 그것도 괜찮다. 그리고 아마도 태생적 한계 때문이겠지만 그렇게 많이 미친 것도 아니다. 제국군의 상장군이 되지는 않았으니 딱 알맞게 미쳤다고 할 수 있다.

시허릭 마지오 상장군의 견해는 그러했다.

군인이 되기로 한 것은 아주 미친 결정이었다. 왜 장제사가 되지 않았을까. 말을 사랑하는 살본 사람들은 아무리 고집 세고 괴팍한 성벽을 자랑한다 하더라도 장제사 앞에서는 겸손해진다. 장제사가 되었다면 성질 고약한 말에게 걷어채는 것보다 더 큰 불행은 겪지 않았을 것이다. 그리고 시허릭은 말에게 걷어채는 것이 이 북부의 동토를 파헤치고 있는 것보다 더 큰 불행인지 확신할 수 없었다.

빌어먹을 운하, 빌어먹을 발케네, 빌어먹을 암살공. 빌어먹을 눈.

'눈?' 시허릭은 고삐를 움켜쥐었다. '눈? 누구의 눈?'

그 꼬마의 눈이다.

개벼룩만큼이나 평범해 빠진 꼬마였다. 다시 권할 것을 기대하며 사양하고 어른의 비위를 맞추기 위해 기뻐하는 아이였다. 시허릭은 그런 부류에게 별다른 애정이 없었으며 그들이 애용하는 가소로운 전략들에 마음이 흔들린 적도 없었다. 하지만 그날 아침, 시체를 파묻을 병력을 지원해 달라는 말을 가지고 온 꼬마 전령의 눈은 시허릭의 심사를 복잡하게 만들었다. 코네도에는 시체를 처리할 만한 노동력도 남아 있지 않았기에 그들은 학살자들에게 그것을 요청해야 했다. 한편 그것은 얼마 남지도 않은 목숨을 아까워하는 늙은이들과 그런 늙은이들에게 자신의 가치를 증명하고 싶어하는 꼬마의 속셈이 맞아떨어져 만들어 낸 촌극이었다. 늙은이들은 차마 아이를 죽이지는 않을 거라 믿고 꼬마를 보냈을 것이다. 그리고 아빠와 엄마는 물론이거니와 옆집 아저씨까지 사라진 상황에서 꼬마는 자신을 인정해 줄 수 있는 자들이 그런 늙은이밖에 없다는 것을 깨달았을 것이다. 그런 꼬마에게 인정받는 것은 중요하다. '걱정 마세요. 제가 갈게요. 저는 착한 어린이잖아요.' 교활하고 미련한 눈빛이었고 거대한 슬픔이나 형언할 수 없는 두려움, 잔혹한 복수의 결심 같은 노래꾼이나 좋아할 것들은 담겨 있지 않았다.

그 때문에 시허릭은 흔들렸다. 그 꼬마가 살고 싶어한다는 것을, 그것이 무슨 의미인지도 모르면서 삶에 천착하고 있음을 느낄 수 있었기 때문이다. 물론 그 꼬마가 자신의 근거로 살기를 원할 리는 없다. 사는 것이 무엇인지도 모를 테니까. 그것은 모방이다. 꼬마는 사는 것이 무엇인지 알았고 열심히 살았던 부모들을 흉내 내고 있었다. 자신이 죽인 자들이 품었던 삶의 갈망을 죽은 이의 자식에게서 목격할 수 있는 것. 상장군의 소박한 여흥이다. 장제사 쪽이 백번 낫다.

말고삐를 잡아채며 시허릭은 생각했다. '이 전쟁을 끝내고 퇴역해야겠군.' 단순히 감상적인 결정은 아니다. 발케네 공이 보여주었고 그 자신도 일조했듯 이 전쟁은 집단화된 레콘의 힘이 부각된 전쟁이었다. 전쟁의 모든 규칙이 바뀌고 있었고 전쟁은 옛 규칙을 고집하는 자들에게 너그러운 분야가 아니다. 기병 돌격의 예찬자인 늙은 군인은 물러나는 것이 좋을 것이다.

물론 원활하게 죽음을 준비하기 위해서는 코네도의 학살자보다는 발케네의 정복자인 편이 좋을 것이다.

딱정벌레 뒤편에 탄 채 아래를 내려다보던 오니 보는 뒤통수를 긁적였다. 발케네군이 진을 치고 있는 파르바리 계곡 앞까지 운하를 끌고 가는 것은 어렵지 않았다. 계곡 아래쪽의 선단 부분을 흐르는 강에 운하를 연결시키는 것이 현재 오니의 계획이었다. 하지만 유량의 문제가 만만치 않았다. 선단에서 서쪽으로 흐르는 강은 계곡에서 흘러 내려온 물만으로 이미 포화 상태인 듯했고 만약 그곳에 운하를 연결시킨다면 경사가 완만한 선단을 따라 범람이 일어날 우려가 있다. 긴 거리를 따라 이어진 운하는 이제 완만한 유속을 보이고 있었으므로 단위 시간당 유량이 많지는 않았다. 하지만 오니는 작은 위험도 무릅쓰고 싶지 않았다. 레콘들의 전장을 진흙탕으로 만들어 놨다간 제명에 죽기 어려울 것이다.

수도국의 더 많은 지원이 필요했다. 하지만 오니는 지원 요청을 할 엄두를 내지 못했다. 정확하게 말한다면 지원 요청을 하고 싶지 않았다. 혼자 해결하겠다는 공명심은 아니었다. 오니는 자신의 상관과 약간의 문제를 일으키고 있었다.

오니의 상관인 수도국장은 자신이 천경유수의 총애를 받고 있었다고 생각했다. 오니가 보기엔 마음속으로만 즐기면 무방한 환상의 일종이었지만 국장은 진지했고, 따라서 천경유수가 자택에 연금된 현재의 상황은 그에게 일생일대의 위기였다. 후원자를 잃은 야심가가 선택할 수 있는 길은 보통 세 가지다. 몸을 낮추거나 다른 후원자를 찾거나 실각한 후원자의 복권을 위해 애쓰는 것. 국장의 선택은 세 번째였다. 국장은 수도국에도 잘 나타나지 않은 채 하늘누리 이곳저곳을 정신없이 돌아다니고 있었다. 국장의 갸륵한 정성으로 천경유수의 복권이 이루어진다면 천경유수가 수도국장의 진짜 후원자가 되어 줄지도 모르지만, 오니는 그런 날이 레콘 뱃사공이 부리는 배를 타고 올 거라고 확신했다. 산공부사가 있지도 않은 지위를 가지고 나타난 것을 보면 알 수 있듯 천경유수가 갈등을 일으킨 상대는 황제다. 그리고 황제와 갈등을 일으킨 자들이 어떻게 되는지 알기 위해서는 그저 하늘누리 아래쪽을 잠시 보는 것만으로 충분하다. 그러므로 국장은 벼락을 떨어뜨리는 것이 누군지 모르니 위를 볼 줄 모르는 것이고 발에 채는 시체에 자신의 미래를 대입하지 못하니 아래도 볼 줄 모르는 것이다. 오니는 오직 동정심 때문에 국장에게 그것을 암시해 주었다. 그리고 국장은 오니의 거대한 체구에 대해 평소 가졌던 의심을 기괴하게 비틀어 놓았다. 오니를 '저 세력'의 첩자로 규정한 것이다. 오니는 저 세력이 무엇인지 알 수 없었고 틀림없이 국장도 모를 테지만, 아무래도 국장은 오니가 천경유수의 실각을 일으킨 세력의 첩자라고 생각하는 듯했다. '그렇다면 내 배후는 황제 폐하로군.' 오니 보는 노력을 귀하게 여기는 사람이었다. 오니는 틸러 달비 같은 종자가 제국군 부위가 된 것을 노력이 이루어 낸 아름다운 쾌거로 여겼다. 하지만 오니는 노력에도 한계가 있다는 것을 알고 있다. 사람이 아직도 팔을 휘저어 하늘을 날지 못하는 것은 노력이 부족해서가 결코 아니다. 사람은 노력과 상관없이 하늘을 날 수 없다. 그리고 바보는 노력해도 바보다. 오니는 국장이 즐거운 바보의 인생을 즐기길 기원하고는 국장과의 교류를 끊었다. 그 때문에 그는 적절한 지원을 요청하기 껄끄러운 상태에 빠졌다. 국장은 수도국원 전원이 천경유수의 구명을 위해 결사 항쟁의 정신으로 노력해야 한다고 믿었다. 도무지 운하 같지도 않은 운하를 설계하기 위한 지원 인력을 요청할 분위기가 아닌 것이다.

그리고 실제로 그것은 운하 같지도 않은 운하였다. 전투가 남기는 것 중 영구한 것은 무덤뿐이다. 피 흘려 확립한 경계선조차 얼마든지 바뀔 수 있으니까. 그리고 오니의 운하 또한 영구성과는 관련이 없다. 오니가 쓰는 말로 그저 전투 용수를 안정적으로 공급하기 위한 것이며, 전쟁이 끝난 후에는 붕괴되든 말든 상관없다. 그런 엉성한 구조물을 설계하기 위해 인력을 지원해 달라고 말하면 국장은 천경유수 구명 운동을 방해하려는 술책으로 여길 것이다. 오니가 반길 수 없는 오해였다.

'아래를 볼 줄 모르면 내려와서 보라고. 여기 분위기가 어떤지.'

제국군은 살기가 등등했다. 운하 설계를 잘못해서 전장을 진구렁텅이로 만든 공학자쯤은 눈도 깜빡이지 않고 목을 부러뜨려 놓을 것 같았다. 그들이 코네도에서 학살한 민간인의 숫자는 아직 파악할 수도 없다. 그 생각을 떠올리니 오니는 몸에 한기가 도는 것 같았다.

불쾌한 의혹이 떠올랐다. 오니는 앞쪽에서 딱정벌레를 조종하는 갑충사의 등을 두드려 내려가자는 신호를 보냈다. 그리고 땅으로 내려오면서 그의 고향 친구 틸러가 코네도에서 학살을 벌인

자들과 같은 제국군이라는 사실을 생각하지 않으려 애썼다.
그리고 자신이 그들과 같은 사람이라는 사실도 애써 잊었다.

니어엘 헨로는 새끼손가락을 들여다보았다. 긁힌 상처에서 피가 배어 나오고 있었다. 그녀는 새끼손가락을 입에 넣고 빨았다.
니어엘은 아픔보다는 황당함을 느끼며 전통을 바라보았다. 거꾸로 꽂혀 있는 화살이 핏방울을 머금은 채 반짝이고 있었다. 보통의 궁사처럼 니어엘도 자신의 활과 화살을 스스로 관리한다. 전통에 화살이 거꾸로 꽂혀 있다면 자신이 그렇게 했을 것이다. 하지만 니어엘은 자신이 그런 실수를 저질렀다는 것을 믿기 어려웠다.
니어엘은 거꾸로 꽂혀 있는 화살을 꺼내어 잠시 들여다보고는 똑바로 꽂아 넣었다. 주인의 피를 먹은 재수 없는 화살에 대한 거리낌은 없었다. 니어엘은 입에서 꺼낸 새끼손가락을 바라보았다. 큰 상처는 아니었다. 니어엘은 새끼손가락이라 다행이라고 생각했다. 시위를 당기는 것에는 무리가 없었다. 시험 삼아 공현을 퉁겨 본 다음 자신이 활을 쏠 수 있다고 판단했다. 니어엘은 전통을 다시 허리에 찼다.
"다쳤니?"
니어엘은 머리끝이 쭈뼛 서는 것을 느꼈다. 그리고 그런 자신에 대해 화가 났다. 니어엘은 새끼손가락을 바라보며 차분하게 말했다.
"별것 아니에요, 어머니."
"정말이야?"

니어엘은 눈을 질끈 감았다. 눈 안쪽이 뜨거웠다. 니어엘은 내면을 향해 한숨을 쉬고 눈을 떠 목소리가 들려온 곳을 바라보았다.

헨로 자작 부인 모디사가 기운 없는 눈으로 그녀를 바라보고 있었다. 니어엘은 어머니를 만날 거라는 기대를 조금도 품지 않았다. 지금쯤이면 어머니는 낮잠을 잘 시간이다. 그 직후 니어엘은 모디사 헨로가 요즘 들어 '정상적'인 움직임을 하나도 보이지 않는다는 것을 떠올렸다. 그렇다면 모디사 헨로는 이 시간대에 낮잠을 자고 있었을 가능성이 없다. 그보다는 원숭이를 붙잡고 털 고르기를 해 주고 있었을 가능성이 결단코 더 높다.

니어엘의 암담하기까지 한 상상과 달리 모디사 헨로는 원숭이를 껴안고 있지 않았다. 그녀가 들고 있는 것은 물뿌리개였다. 화분을 돌보고 있었던 모양이다. 니어엘은 그것이 날아올지도 모르겠다는 상상을 하기 시작했다. 모디사가 말했다.

"자세히 살펴봐. 넌 활을 쏘잖아. 손가락을 다치면 활쏘기 어렵잖아."

"괜찮아요. 활 쏘는 데 지장 없는 손가락이에요."

"똑바로 보고 말해."

니어엘은 고개를 숙여 새끼손가락을 바라보는 척했다.

"괜찮아요."

"기어코 네 동생에게 활을 쏘겠다는 거야?"

모디사의 질문은 내게 활을 쏘겠냐는 것 같았다. 니어엘은 틀린 인상은 아니라고 생각했다.

"동생에게 쏘는 것이 아니라 폐하의 적에게 쏘는 거예요, 어머니."

"폐하의 적? 내 딸의 은인을 그런 식으로도 부르는 모양이군."

"어머니, 저 이만 내려가야 해요."

"제국군 수교위는 낳아 준 어미를 무시해도 되나 보지?"

"무시하는 게 아니에요. 저 정말 바빠요. 다음에 이야기해요."

"다음은 없어, 니어엘. 코네도에서처럼 파리조에서도 다 죽을 거야. 네 동생이 죽는다고. 네가 바라는 것이 그런 거야?"

"그러면 절더러 어떻게 하라는 거예요?"

"이제는 대드는구나. 못된 병정놀이에 빠져 지내더니 천륜을 무시하는구나."

니어엘은 어쩔 수 없다고 생각했다. 그녀가 어머니에게 반항하려고 원추리문에 가지 않은 것은 아니다. 그녀는 참한 신붓감이 될 생각도 없었고 하늘누리 위에 화분 대신 진짜 화단을 꾸밀 수 있는 능력자에게 시집 갈 생각도 없었고 그럼으로써 어머니를 위로할 생각도 없었다. 아버지와 결혼한 것을 후회한다면 그것은 어머니의 자유다. 하지만 그 때문에 딸이 어머니를 대신할 수는 없다. 부냐를 또 한 명의 모디사라고 생각하는 것은 모디사의 자유다. 하지만 그 때문에 니어엘이 부냐를 모디사처럼 대해야 하는 것은 아니다. 어머니는 그것을 알아야 한다. 니어엘은 입을 열었다.

"죄송해요, 어머니. 제가 잘못했어요."

"마음에도 없는 소리는 그만둬!"

"어머니, 저는 어쩔 수가 없어요. 저는 제국군이에요. 싸워야 한다고요. 속상하신 것은 알아요. 하지만 폐하의 군인이 전투를 거부하는 것은 반역이에요. 그러면 우리는 멸문을······."

실언했다는 것을 깨달은 니어엘은 입을 다물었다. 끝까지 말하는 편이 차라리 나았을 것이다. 실수를 인정하는 듯한 모습은 보이지 않았을 테니까. 하지만 니어엘은 그런 모습을 보였고 모디사는 물어뜯을 듯이 말했다.

"뭐? 네 은공을 알라는 거야? 오호, 그것이군. 그러면 네 발이라도 핥을까?"

모디사는 불안정한 걸음으로 니어엘에게 다가왔다. 니어엘의 지척에 선 모디사는 니어엘의 발을 핥기 위해 허리를 숙이는 대신 턱을 꼿꼿이 들어 올렸다.

"그래? 네가 원하는 것이 이런 거였어? 그랬군. 아주 신이 나겠지. 기어코 얄미운 어머니를 무릎 꿇릴 수 있게 되었다는 것이겠지. 천만에! 나는 절대로 그러지 않아. 네가 어떻게 생각하든 네 힘이 얼마나 세지든 나는 내 배로 낳은 딸에게 무릎 꿇지 않아!"

"어머니가 제게 무릎 꿇길 바란 적 없어요."

"닥쳐, 이 못된 년!"

피할 수 있었지만 니어엘은 그냥 어머니의 손이 뺨을 후려갈기도록 내버려두었다. 뺨은 아프기보다 차라리 시원했다. 하지만 가슴속은 뜨거웠다. 니어엘은 눈을 감았다.

"무슨 짓이오!"

아버지의 목소리였지만 니어엘은 눈을 뜨지 않았다. 그녀는 눈앞을 맴도는 무수히 많은 반딧불이를 보며 서 있었다. 아버지의 말이 들려왔다.

"집안을 지키기 위해 목숨을 걸고 싸우는 아이에게 감사는 못할망정 이 무슨 해괴한 짓이오?"

"말은 똑바로 하셔야지요. 집안 말아먹을 년이라고요."

"뭐요?"

"이 애가 동생을 망가뜨리고 있어요. 집안을 망가뜨리고 있는 거죠."

"어째서 그렇다는 거요?"

"부냐는 발케네 공작 부인이 될 거예요!"

아버지의 신음이 들려왔다. 눈을 뜨지 않았지만 니어엘은 아버지의 파랗게 질린 얼굴을 보는 듯했다.

"천만에. 그 애는 반역자가 될 거요. 그 애가 빠져나갔던 곳으로 돌아올 수 있다면 큰 행운이겠지."

"황제가 이긴다면 그렇겠지요."

"말조심하시오! 폐하를 함부로 부르지 마시오!"

"하지만 발케네가 이긴다면 그렇게 될 리 없어요. 그 애는 발케네 공작 부인이 될 거예요. 저는 발케네 공의 사부인이 되는 거죠. 이 동생 질투할 줄밖에 모르는 못된 년이 그악스럽게 날뛰지만 않으면 그렇게 될 거라고요! 저도 귀가 있어요. 모두 다 그래요. 이 애가 없었다면 제국군이 여기까지 올 수 없었을 거라고! 이년이 동생 신세 망칠 자들을 안내한 거라고요!"

"물러가시오."

"그리고 이제 이년은 동생에게 활을 쏘려고······."

"물러가시오!"

니어엘은 눈을 떴다. 어머니는 당장이라도 허물어질 구조물처럼 서 있었다. 그리고 그녀의 시선 끝에는 더 나을 것이 없어 보이는 아버지가 서 있었다. 니어엘은 두 사람에 대한 참기 어려운 환멸감을 느꼈다. 그때 모디사가 몸을 돌렸다. 그녀는 물뿌리개를 집어던지듯 팽개치고 집 안으로 들어갔다. 니어엘은 아버지를 물끄러미 바라보았다.

아버지는 마당을 구르는 물뿌리개를 노려보고 있었다. 그의 어깨가 미미하게 떨렸다. 니어엘은 피로한 눈으로 아버지를 바라보았다. 도르 헨로가 말했다.

"네 어머니는 많이 힘들어서…… 네가 이해를……."

"저 이만 내려갈게요, 아버지."

도르는 무엇인가를 더 말하려는 듯 딸의 눈을 바라보았다. 하지만 그는 이 상황을 더 악화시키는 것만 가능하리라는 것을 깨달았다. 그는 고개를 끄덕였다.

"그래. 몸조심해라."

니어엘은 고개만 한 번 까딱였다. 그리고 아버지의 곁을 떠났다. 어디선가 '미안하다.'는 말이 들려온 것 같았지만 그녀는 뒤를 돌아보지 않았다.

나루터를 향하던 니어엘은 어두운 얼굴을 한 채 바쁘게 달려가는 유수부원을 보았다. 유수부의 분위기는 말이 아닐 것이다. 유수부가 산공부사의 지휘를 받게 되었다는 것은 끔찍한 기분을 들게 할 것이다. 니어엘은 제국 정부에 쓸 만한 정보망을 가지고 있지 않았지만 천경유수가 강경한 반전주의자라는 것이 문제의 발단이라는 것은 대강 알고 있었다. 그것은 지각 있는 시민들을 근심하게 하는 처사였다. 제국 정부를 통괄하는 사도나 제국군의 수장인 태위에 비하면 하늘누리만을 통제하는 천경유수가 영향력을 발휘할 수 있는 범위는 조금 협소하지만 그 또한 삼고의 일원이다. 그리고 하늘누리가 실제로 제국의 두뇌이자 심장의 역할을 하고 있다는 점을 본다면 천경유수의 무게감은 다른 두 명의 삼고에 결코 뒤떨어지지 않는다. 그런 인물을 모호한 근거로 자택에 유폐하는 것은 황제가 모든 타협을 거부한다는 의미이다. 이미 충성 서약을 거부한 황제가 제국 관료들과의 타협 또한 거부한 채 제국을 통치할 수 있을까? 이 전쟁 초기에 니어엘은 부하 장교들의 어떤 협조도 받지 않은 채 그들을 영웅으로 만들었다. 하지만 그것은 전쟁이라는 특수한 상황이었고 군대라는 특수한 조직이었으며 또한 단기간 동안의 일이었다. 제국은 지상에 알려진 가장 거대한 규모의 집단이다. 니어엘은 황제가 중간 관리자들의 도움 없이 그 거대한 집단을 지배할 수 있을지 의문스러웠다.

유수부 수도국장 푸타르 만룩스는 조금 떨어진 곳을 걸어가는 제국군 수교위가 누군지 짐작할 수 있었다. 상당히 강해 보이는 활과 짧은 아기살이 가득 담긴 전통 외에도 확실한 증거가 하나 있었다. 그녀는 헨로 가에서 나왔다. 푸타르 만룩스는 그녀가 니어엘 헨로일 거라고 확신했다.

잠깐 동안 만룩스 국장은 그녀에게 말을 걸고 싶은 충동을 느꼈다. 니어엘은 상당히 저명한 인사였고 그녀가 천경유수의 구명 운동에 동참한다면 막강한 위력을 발휘할 것이다. 하지만 그녀가 전쟁 영웅이라는 사실이 마음에 걸렸다. 천경유수 지알데 락바이는 반전주의자였기에 유폐당했다. 그런 천경유수에게 전쟁 영웅이 호감을 가질 것 같지는 않았다. 결국 만룩스 국장은 니어엘을 그냥 보내기로 했다. 수도국에도 상대편의 첩자가 잠입해 있는 상황이니 조심해서 나쁠 것은 없다. 만룩스는 자신의 결정을 기특하게 여기며 다시 걸어갔다.

얼마 후 만룩스는 천경유수와 독대하게 되었다. 금군이 지알데 락바이의 집을 지키고 있는 동안에는 감히 상관을 만날 엄두를 내지 못했지만 금군은 곧 황궁으로 돌아갔고 지금 락바이의 집을 지키고 있는 것은 유수부 경비국원들이었다. 그들은 같은 유수부 소속의 국장에게 모질게 대하지는 않았다. 하지만 지알데 락바이는 그를 모질게 대했다.

"황명에 의해 유폐된 죄인에게 사사로이 찾아오다니, 네가 죽고 싶은 게로구나."

서슬이 퍼런 질타에 만룩스는 목을 움츠렸다. 예의 삼아 하는 말이나 농담이 아니었다. 만룩스는 재빨리 사과했다.

"죄송합니다, 유수님. 제 분을 참을 수 없어서 그만 큰 무례를 범했습니다."

당장 돌아가라고 외칠 채비를 하던 지알데 락바이는 분이라는 말에 눈썹을 꿈틀거렸다.

"분이라니, 무엇이 분이라는 거냐?"

"유수님께서 저 주전론자들의 계략에 억울하게 희생되는 모습을 보고 분을 느끼지 않을 자가 어디에 있겠습니까?"

"나는 지엄한 황궁의 기율을 어지럽혔기에 벌을 받는 것이다."

"아닙니다, 유수님. 폐하의 대전에서 광태를 부렸던 율형부사와 산공부사도 매를 몇 차례 맞았을 뿐입니다. 그런데 어찌 삼고의 일원을 자택에 유폐한단 말입니까?"

"더 큰 자중을 해야 할 자가 받는 벌은 더 크다."

"유수님, 옳으신 말씀입니다만, 이 전쟁에는 주전론자들의 입김이 분명히 작용하고 있습니다. 대장군이 아니 계신 틈을 타서 이 전쟁을 일으킨 자들이 있습니다."

"뭐라고 했느냐?"

"예? 에더리 대장군님이 아니 계신 틈을 타서 전쟁을 일으켰다고 했습니다만? 제가 실언이라도……."

"아니다. 계속해 보아라."

지알데 락바이는 만룩스 국장을 내쫓는 것을 잠시 보류했다. 그의 말에 흥미를 느꼈기 때문이다.

만룩스 국장은 제국 정부 내에 주전론자들이 있다고 주장했다. 태위의 실종은 어쩌면 그들의 공작 때문일지도 모른다. 그리고 규리하 전쟁 또한 그들의 활약일 것이다. 그리고 만약 하늘누리에 있었다면 반드시 반대했을 엘시 에더리가 마침 자리를 비운 틈을 타서 그들은 황제를 미혹하여 발케네 전쟁에 나선 것이다. 그들이 왜 싸우려는 것인가? 그들은 황제와 제국군을 두 축으로 삼는 강력한 제국 정부를 원하는 자들이고 따라서 귀족원의 실력자들을 모두 제거할 작정인 것이다. 아마도 그 중심에는 비스그라쥬 백 데라시가 있을 것이다.

근거 없는 추리와 매혹적이라는 것 외엔 쓸모가 없는 음모론이 지나치게 많이 들어 있는 이야기였다. 지알데는 그 내용에 아무런 관심도 두지 않았으며 심지어 짜증도 조금 느꼈다. 만룩스가 말하는 주전론자들이 있다면 그 중심에는 비스그라쥬 백 대신 치천제가 있다고 보는 것이 옳으리라.

하지만 지알데는 '엘시 에더리가 없는 틈을 타서'라는 말이 마음에 걸렸다. 만룩스 수도국장은 엘시 에더리가 있었다면 틀림없이 전쟁에 반대했을 거라고 말했다. 지알데는 어떻게 그런 생각이 가능한지 알 수 없었다. 엘시의 위명은 전쟁을 잘 수행해서 얻은 것이지 전쟁을 반대했기 때문에 얻은 것은 아니다. 엘시 에더리가 공정한 인물이라는 것에는 지알데도 동의했다. 하지만 엘시가 이곳에 있었다면 묵묵히 그리고 효과적으로 전쟁을 수행했을 거라는 추측이 더 자연스럽지 않을까? 지알데의 생각은 그러했다. 하지만 만룩스는 자신의 말을 확신하는 듯했다.

만약 만룩스의 생각이 일반적인 여론이라면 황제의 황위 이양 계획은 성공적으로 수행되고 있는 것이다. 지알데는 마음속 깊은 곳에서 놀라움을 느꼈다. 무적장군을 평화주의자로 인식되게 했다면 도대체 어느 정도의 소리 없는 선동이 있었던 것일까? 지알데는 어쩌면 황위 계승 작업이 최근에 결정된 것이 아닐지도 모르겠다고 생각했다. 엘시는 7년 전 쥐딤에서 느닷없이 나타나 도무지 상식적이지 않은 속도로 대장군이 되었다. 지알데는 엘시가 젊은 장군들에게 맡기지 않는 보훈국장 같은 좀 기묘한 직위도 거쳤다는 것을 떠올렸다. 그것은 어떻게 보아도 좋은 장수를 만들어 내는 경로가 아니었다. 그렇다면 그것은 좋은 황제를 만들어 내는 경로였을지도 모른다.

생각을 거듭할수록 지알데는 자신이 엘시의 황위 계승을 찬성하는 쪽으로 기운다는 것을 깨달았다. 반드시 반대해야 할 이유가 없었다. 적어도 자신에게는 없었다.

'하지만 엘시는 시모그라쥬 공에게 붙잡혀 있단 말이야.'

치천제는 엘시를 구할 사람이 그의 가까운 곳에 있을 것이라고 말했다. 하지만 아직 레이헬 라보 태위로부터 엘시가 탈출했다는 소식은 오지 않았다. 엘시의 피랍 소식을 가장 먼저 알려온 것이 레이헬 라보 태위였으니 탈출 소식도 태위가 알려오는 것이 마땅해 보였다. 그의 소식이 없다면 엘시는 아직 탈출하지 못했을 수도 있다.

만에 하나 엘시 에더리에게 주어진 안전 보장책이 불확실한 것이라면, 이 전쟁은 황위 계승자를 위한 전쟁이며 동시에 황위 계승자를 잃는 전쟁이 될지도 모른다.

지알데는 소름이 돋는 것 같았다. 도덕적으로 이미 불합격점을 받은 이 전쟁은 실용적인 측면에서도 불합격의 위험에 처해 있다. 아무런 소득 없이 무수한 사람이 사망하는 것이다. 그리고 지알데가 보기에 사람의 죽음을 정당화하는 소득은 없다.

지알데는 푸타르 만룩스를 바라보았다. 그는 유수부의 국장이고 바깥에 있다. 지알데는 그것이 무엇인가를 도모해 볼 만한 근거가 된다고 생각했다.

그리고 지알데는 자신이 무엇을 도모해야 할지 생각했다.

운하가 완공되었다. 전장을 크게 휘감아 도는 운하는 강에 연결되었다. 수문에 서 있던 오니는 제대로 말도 할 수 없는 흥분 때문에 간략한 수신호를 보냈다. 수문이 다시 열렸고 긴 시간 동안 고였던 물이 터져 나갔다. 오니는 즉각 대기하고 있던 딱정벌레에 올랐다. 갑충사는 명령도 듣지 않은 채 상승했다.

딱정벌레는 운하 위를 따라 비행했다. 급류의 첨단을 따라 나는 딱정벌레 위에서 오니는 물살의 흐름을 살폈다. 아직까지 그 기세는 강했다. 땅이 좀 더 완만해지는 지역에 도달하면 유속이 느려질 것임을 알고 있었지만 그 거친 기세는 마음에 들지 않았다. 오니에게 범람이라는 말은 지난 며칠 동안 금기어였고 새삼스럽게 그 말을 반추할 생각도 없었다. 그래서 오니는 도주나 은둔 같은 말에 대해 생각했다. 대륙을 가로질러 쟁룡열도쯤으로 도망치는 것이 그나마 분노한 레콘으로부터 몸을 지키는 최선책이 될 것이다. 고향에 소식을 전하는 것은 틸러에게 맡겨야지.

예상 전장 가까이 다가왔을 때 오니는 의기소침해지는 광경을 보았다. 레콘들이 있었다. 물론 운하에서 상당히 멀리 떨어진 곳이었고 어떻게도 물이 그 높이까지 올라갈 리는 없는 고지대였다. 그곳에서 레콘들 몇 명이 서서 운하를 쳐다보고 있었다. 물론 더 많은 인간 병사들이 만약의 사태를 대비하여 운하 주변에 서 있었지만 오니는 그 레콘들만 바라보았다. 정확하게는 그 레콘들 주위에 던지기 알맞은 바위들이 있는지 살폈다. 다행히 그런 바위는 보이지 않았다. 하지만 오니는 갑충사가 좀 더 높은 고도로 올라가 줬으면 하고 바랐다.

딱정벌레가 상승했다. 오니는 경이감에 사로잡혀 갑충사의 등을 바라보았다. 그리고 조금 후 오니는 자신의 속마음이 갑충사에게 전달된 것이 아니라 적에게 가까운 곳이기에 저격의 위험을 피하기 위해 딱정벌레가 상승했다는 것을 깨달았다. 오니는 머쓱한 기분으로 아래쪽의 운하를 살폈다.

급류가 강에 도착했다. 오니는 뜻밖의 고요한 합류에 놀랐다. 그제야 오니는 유속이 상당히 느리다는 것을 깨달았다. 기나긴 운하가 끝난 그 지점에서 유속은 초당 반 미터도 되지 않았다. 오니는 자신이 걱정해야 했던 것이 범람이 아니라 운하가 멈추는 것임을 깨달았다. 다행이군. 오니는 그렇게 생각했다. 운하는 끊이지 않고 강까지 이어졌으며 범람은 일어나지 않았다. 오니는 전장을 휘감아 도는 물길을 만들었다. 시허릭 마지오 상장군이나 줠칸 장군으로부터 상세한 전술 계획을 들은 것은 아니지만 오니는 자신이 만든 것이 무엇인지 알 수 있었다. 이제 제국군은 배후나 우회 기습을 걱정할 필요 없이 파르바리 계곡에 진을 친 발케네군의 정면에 설 수 있다.

오니는 할 일을 다 끝냈다는 사실에 안도했다. 국장에게 우는 소리를 할 필요도 없고, 설계 실수로 처벌받을 필요도 없고, 쟁룡열도로 도망치지 않아도 된다. 살육은 다른 사람의 일이다. 살육에 필요한 무대를 제공했다는 죄책감을 느낄 수도 있겠지만 오니는 인생을 너무 까다롭게 만들고 싶지 않았다. 그는 명령받은 일을 수행했을 뿐이다. 그리고 그것은 제국병의 희생을 줄이는 일이 될 것이다. 오니는 오래간만에 한숨을 내쉬었다.

아라짓력 31년 4월 24일. 제국군은 파르바리 계곡에 주둔한 발케네군을 공격할 채비를 마쳤다. 전장은 시각적으로 뚜렷하게 드러나는 편이었다. 제국군은 크게 휘감아 도는 운하로 자신들의 배후와 좌측 측면을 보호했다. 물론 레콘들의 기습을 막기 위한 수단이었다. 우측에는 강이 없었지만 대신 소화차들이 빈틈없이 배치되었다. 그리고 제국군의 전면에는 레콘들이 있었다. 그런 배치에 대응하기 위해 발케네 측에서도 레콘을 정면에 배치할 수밖에 없었다. 우회 기습이 불가능한 상황에서 레콘들을 두 부대 이상으로 분할시키는 것은 의미가 없기에, 발케네 공은 가장 거센 공격이 집중될 전면에 똑같이 레콘들을 배치시켰다. 그것은 시허릭 마지오 상장군이 바라던 바였다. 시허릭의 복안은 한 가지 더 있었는데 그것은 현 단계에선 잠시 보류된 상태였다. 4월 24일 오후, 제국군 사령부에서 엉겅퀴 여단 1대대로 간 명령은 시허릭의 복안과 관련 없는 내용이었다. 그리고 이해하기 쉬운 것이었다.

엉겅퀴 여단 1대대장 팡탄 하장군은 도열한 대대원들 앞으로 나왔다. 대대원들은 팡탄에게서 눈을 떼지 않았다. 팡탄은 그들에게 등을 보인 채 앞쪽을 잠시 바라보았다. 넓은 개활지 저편의 계곡 입구에는 사라티본군이 서 있었다. 그들을 바라보던 팡탄은 조금 후 몸을 돌려 대대원들을 향했다.

팡탄은 자신의 유성추를 머리 위로 휘두르다가 땅을 내리쳤다. 소름 끼치는 바람 소리가 사라지자 팡탄은 벼슬을 날카롭게 세운 채 말했다.

"싸우고 싶냐!"

팡탄 앞쪽에 서 있던 대대원들은 번득이는 눈으로 상관을 바라보았다. 팡탄은 유성추를 두 손으로 쥐어 양쪽으로 확 잡아당겼다. 쇠사슬들이 부딪치며 예리한 소음들이 부서져 나갔다.

"미치도록 싸우고 싶냐! 피가 끓어서 몸이 부풀어 오르냐! 정말 강한 상대와 죽을 힘을 다해 싸운 다음 상대의 머리를 잘라내어 발로 뻥 걷어차고는 하늘을 향해 고함지르고 싶냐!"

레콘들은 벼슬을 빳빳하게 세우는 것으로 팡탄의 질문에 대답했다. 그중 성급한 레콘은 몸을 부풀리고 발을 구르기까지 했다. 팡탄은 말했다.

"보라고! 내가 이겼다고 외치고 싶냐!"

거대한 함성이 터져 나왔다. 레콘 대대원들은 자제력 없이 계명성을 뿜어내었고 그 때문에 조금 가까운 곳에 있던 인간 병사들과 군마들은 약간의 소란을 일으켰다. 물론 레콘들의 소란에 비하면 아무것도 아니었다. 팡탄은 쇠사슬을 움켜쥔 두 팔을 머리 위로 높이 들어 양쪽으로 잡아당겼다.

"내가 이겼다고—!"

"이겼다! 이겼다!"

레콘들은 팡탄의 말을 되풀이했다. 함성은 곧 우레 같은 뜻없는 외침으로 바뀌었다. 팡탄은 거대한 유성추로 양쪽 땅을 후려쳐 외침을 가라앉혔다. 대대원들은 미처 추스르지 못한 흥분 속에서 팡탄을 바라보았다. 팡탄은 씩 웃으며 말했다.

"가서 이기자!"

팡탄은 몸을 돌리며 뛰어올랐다. 레콘들이 그 뒤를 따라 뛰어올랐다. 곧 엉겅퀴 여단 1대대원들은 개활지 저편의 레콘들을 향해 질풍처럼 치달렸다. 그들은 이길 것이다. 일생에 한 번 만날 수 있는 강한 상대와 죽을 힘을 다해 겨뤄 이길 것이다. 그들은 확신했다.

그들의 선두에서 달리는 한 명의 레콘만 제외하고 그렇게 생각했다.

락토 빌파는 파르바리 계곡을 바라보았다. 빌파 가문의 수장이자 발케네의 통치자인 락토 빌파는 당연히 리버즌을 떠올렸다. 그 용감한 도둑은 태양 대신 다른 것을 훔쳐야 했다.

그룸 빌파는 발케네의 지배자와 용감한 도둑의 친구라는 호칭 사이에서 재미있는 타개책을 내었다. 파르바리 계곡에서 붙잡힌 리버즌에게 태양을 훔치면 살려 주겠다는 조건을 제시했을 때 그룸이 일식을 알고 있었는지는 아직도 논쟁 거리다. 락토 자신도 그것에 대해 질문했지만 그룸은 대답하지 않았다. 발케네에는 일식을 예측할 만한 기관이나 시설이 없었지만 그룸이 원했다면 하늘누리에 도움을 청했을 수도 있다. 어쩌면 하늘누리에서 일식이 일어날 테니 놀라지 말라는 경고를 미리 보냈을지도 모른다. 어쨌든 일식은 일어났고 대도 리버즌은 자유의 몸이 되었다. 다행히 리버즌은 자제력 있는 인물이었다. 그는 자신이 발케네 공의 은덕을 입었음을 잘 알고 있었고 그 이후로 두 번 다시 발케네 공을 곤혹스럽게 할 만한 절도 행각을 벌이지 않은 채 은둔하며 지냈다. 그것이 세상에 알려진 유쾌한 이야깃거리이고, 락토가 아는 이야기는 조금 달랐다.

락토가 보기에 리버즌은 대도라는 이름에 어울리는 도둑이 아니었다. 영리한 도둑은 훔칠 가치가 있는 물건을 알아볼 줄 알아야 하며 또한 훔치면 안 되는 물건을 구분할 줄 알아야 한다. 하지만 욕심만 대도급인 리버즌은 공개되면 안 될 물건을 훔쳤다. 공교롭게도 리버즌은 체포될 당시 그 물건을 지니고 있었고 따라서 그룸은 그를 체포할 수 없었다. 그를 체포하면 그가 지니고 있던 물건 또한 공개되어야 하기 때문이다. 그룸이 짜낸 묘안 덕분에 리버즌은 다시 자유를 얻었다. 그리고 한나절도 지나기 전에 으슥한 숲 속에서 리버즌은 더 큰 자유를 얻었다. 날카로운 단검이 그를 육체에서 해방시켜 준 것이다. 락토가 추측하는 바는 대충 그러했다. 그룸은 그 이후로 리버즌에 대해 더 이상 신경 쓰지 않는다는 태도를 보였으니까.

계곡 아래쪽에서 들려오는 소음을 무시하며 락토는 리버즌에 대해 생각했다. 리버즌이 훔쳐야 할 것은 태양이 아니라 하늘누리였다. 물론 리버즌이 살아 돌아온다 해도 그것은 불가능할 것이다. 락토는 고개를 숙였다.

사라티본 부대와 엉겅퀴 여단 1대대가 정면으로 부딪치고 있었다. 전술 같은 것은 별로 찾을 수 없는 대결이었다. 그 증거로 제국군의 다른 병력은 후열에서 꼼짝도 하지 않았다. 락토 또한 다른 병력은 내보내지 않기로 했다. 상대가 유인한다는 느낌이 들었기 때문이다. 전황을 바라보면서 락토는 시허릭을 비난했다.

"이제는 여유도 없군."

락토의 말에 몇몇 참모들이 고개를 돌렸다. 락토는 씩 웃었다.

"시허릭 마지오 말이다. 사라티본에서 두 번의 돌격 신호를 보낼 때는 재치 있었다. 그리고 전장을 가지고 올 때는 당당했다. 그때만 해도 조야하지만 농담을 담은 편지 한 통 보낼 여유가 있었지. 하지만 이젠 아무것도 없군."

"각하께서 재치와 당당함과 농담을 암살하셨습니다."

대답한 것은 조금 떨어진 곳에 홀로 서 있던 팔리탐 지소어였다. 참모들은 그것이 지나치게 대담한 말이 아닌가 의심했다. 하지만 락토는 마음에 든 듯했다. 락토는 애정을 담은 눈으로 팔리탐의 가면을 바라보았다. 하지만 별다른 말 없이 그는 팔짱을 꼈다.

"적당히 어울리다가 제국군이 물러나면 그에 호응하여 물러나도록 해라."

팔리탐은 묵묵히 고개를 끄덕였다. 하지만 참모들은 약간 당혹하여 말했다.

"물러납니까?"

"우리가 고지대에 있지만, 저들은 우리보다 더 높은 곳에 있으니까."

"예?"

"우리를 떠보는 거다. 우리가 모든 레콘 병사들을 계곡 아래로 내려보내는지 알아보려는 거지. 그렇다고 판단되면 다음 전투 때는 하늘누리를 계곡 위쪽으로 이동시켜 물을 붓겠다는 것이겠지.

사라티본 부대의 뒤편으로 물이 흘러내려 가도록. 시허릭은 밑천이 다 드러났군."

참모들은 고개를 끄덕였다. 락토가 몸을 돌렸다.

"그들이 그렇게 판단하도록 내버려두어라."

참모들은 락토가 상대를 다시 속여 넘길 작정을 하고 있음을 깨달았다. 그들은 기분 좋은 미소로 락토를 배웅했다. 하지만 미소를 지을 수 없는 팔리탐은 무표정하게 락토의 뒷모습을 바라보았다.

전투의 소음을 뒤로 한 채 자신의 천막으로 돌아온 락토는 뜻밖의 손님이 온 것을 알았다.

락토는 그 여인을 바라보았다. 주위의 장병들 또한 그러했다. 주군에 대한 충성심 때문에 모방 심리가 발휘된 것은 아니다. 그 증거로 병사들은 락토와 달리 넋이 빠진 얼굴을 하고 있었다. 그것은 말 그대로 '병사들'이었는데, 여자 병사들 또한 남자들과 별로 다르지 않은 모습을 보이고 있었기 때문이다. 헤어릿의 눈부신 외모는 남녀 모두에게 영향을 미치고 있었다.

그런 압도적인 주목을 받고 있었지만 헤어릿은 정확하게 방관자적인 거동을 하고 있었다. 그녀는 공작의 천막 앞에 놓아둔 안장에 걸터앉아 승천한 티나한이 돌아오는 것과 같은 사건이 벌어지기 전까지는 어디에도 주의력을 낭비하지 않겠다는 태도로 무심하게 허공을 바라보고 있었다. 헤어릿이 자신에게 절대로 눈길을 주지 않을 작정이라는 것을 파악한 락토는 먼저 말했다.

"헤어릿, 여기 어쩐 일이지?"

목소리를 듣자 헤어릿은 공작을 한 번 돌아보고는 안장에서 몸을 똑바로 세웠다. 그리고 공작의 가슴 언저리를 바라보며 말했다.

"아실을 호위하기 위해 왔습니다."

"아실? 호위?"

"아실이 이곳에 오고 싶어했습니다. 그 애는 말타기를 연습하고 있지만 아직 서툰 편이라서 제가 따라왔습니다."

"네가 따라왔기 때문에 저격이 없었던 건가, 그렇지 않으면 주보가 허락한 건가?"

"네서파 시종장이 저격병들을 치워 주었습니다."

"아실이 주보를 설득했다는 말이군. 그렇다면 아마 나도 설득할 수 있을 것이다. 지금 내 앞에 있다면. 그 애는 어디 있지?"

헤어릿은 대답 대신 위쪽을 가리켰다. 락토는 위를 올려다보았지만 아무것도 볼 수 없었다.

"뭐지?"

"좀 더 자세히 보십시오."

"새와 구름, 태양밖에 안 보이는데."

"그 새 중에 하나가 아실입니다."

락토는 눈꺼풀을 꿈틀했다. 헤어릿이 말했다.

"작년에 아실과 지멘이 하늘누리에 침입했다는 것을 아실 겁니다. 그 침입을 성공시키기 위해 지멘은 10킬로미터나 되는 환상 계단을 상상해야 했습니다. 그리고 그것은 아실이 가르쳐 준 겁니다."

락토는 하늘을 올려다보았다. 그리고 조금 후 빙글빙글 돌지 않는 점을 발견했다. 락토는 다시 헤어릿을 바라보았다. 그리고 헤어릿이 안장에 앉아 허공을 보고 있었던 것은 아버지를 무시하기 위해서가 아니라 아실을 보느라 경외감에 사로잡혀 있었기 때문임을 깨달았다.

그들의 머리 위 까마득한 곳에서 아실이 전장을 내려다보고 있었다.

아실은 넓은 계단을 상상했다. 상공의 바람은 거셀 것이고 그녀를 붙잡아 줄 지멘이 없다면 꽤 위험할 거라고 예측했기 때문이다. 그리고 그녀의 예측은 틀리지 않았다. 어떤 것에도 저항을 받지 않고 제멋대로 치닫는 상공의 바람은 무시무시했다. 하지만 복잡한 계단을 상상하고 싶지 않았던 아실은 난간 같은 것을 배제했다. 그리고 아실은 그것을 후회하지 않았다. 계단에 대한 생각을 할 겨를이 없었기 때문이다.

아실은 자신이 분노할 거라고 생각했다. 그 예측은 맞지 않았다. 아실은 분노가 아니라 기쁨과 비통함과 공포를 느꼈다. 그녀는 자신의 감정에 혼란스러워 하며 밑에서 싸우는 레콘들을 내려다보았다. 하나의 목표 아래 결집하면 지형을 바꿀 수도 있는 자들이 서로에게 흉흉한 기세로 무기를 휘두르고 있었다.

아실은 기뻤다. 그것은 레콘이었다. 레콘만이 그렇게 싸울 수 있다. 레콘만이 모든 냉엄한 시간들에게 멈춰 서서 나를 보라고 외치듯이 싸울 수 있다.

아실은 슬펐다. 레콘들이 싸우고 있었다. 자신의 이유가 아닌 이유로. 숙원을 위해서도 신부를 위해서도 아니었다. 그들은 어떤 황제와 어떤 공작을 위해 싸우고 있었다.

아실은 무서웠다. 섬뜩한 기시감에 그녀는 몸을 떨었다. 이전에 그런 모습을 본 적이 있었다. 다시 경험해야 한다면 차라리 튼튼한 밧줄을 요구하게 될 시간. 그 여름 쥐띰에서 혼란에 빠진 레콘들은 서로를 공격했다.

"그만해. 제발."

아실은 계단에 주저앉았다. 손으로 입을 틀어막은 아실은 곧 주먹을 쥐어 입속에 쑤셔 넣었다. 그녀는 손등을 깨물었다. 얇은 살갗을 사이에 두고 뼈와 이가 부딪쳤다.

제발 계속해.

환호하고 싶으며 동시에 안타까운 것을 더 볼 수 없었다. 아실은 눈을 감았다. 그러자 그렁해진 눈물이 볼을 타고 흘러내렸다. 볼이 얼어붙는 것 같았다. 아실은 얼굴을 훔쳤지만 이젠 손까지 차가웠다. 아실은 고개를 뒤로 젖혔다. 그리고 웃었다. 소리 없는 웃음이었다.

그러다가 아실은 갑자기 고개를 획 돌렸다.

그곳에 하늘누리가 떠 있었다. 그녀가 만든 계단을 따라 계속 걸어가면 하늘누리에 닿을 것이다. 하지만 한참 걸어야 할 것이다. 거리는 엄청났다. 하늘누리가 그녀의 손가락보다도 작아 보였다. 하지만 아실에겐 충분한 거리였다. 아실은 증오에 차서 하늘누리를 노려보았다. 그리고 자신이 무엇을 보기 위해 하늘 위로 올라왔던 것인지 떠올렸다. 아실은 재빨리 하늘누리 주변을 살폈다. 아무것도 없는 허공이었다. 아실은 조금 더 가까이 가는 것에 대해 고려해 보았다. 무의미했다. 거리는 상관없었다. 아실은 자신의 가설을 다시 검토했다. 그리고 확신했다. 아실은 하늘누리를 노려보았다.

그곳에 그것이 있었다.

끓는 물속에 담겨 있는 물체처럼 괴상하게 보였지만 아실은 무엇인가를 보았다. 아실은 환호를 억누르기 위해 애썼다. 그것은 환상 계단의 일종일지도 모른다. 아실이 보고 싶다고 생각했기에 나타난 것일 가능성을 배제할 수 없었다. 다행히 아실은 이곳까지 달려오면서 궁리해 둔 논리 실험이 있었다. 그 실험에 성공하면 아실의 가설은 증명된다. 하지만 그 실험을 실시하면 하늘누리에게 탐지당할 것이다. 아실은 애달픈 눈으로 하늘누리를 바라보았다. 맥박이 빠르게 뛰어 머릿속에 굉음이 울려 퍼졌다.

아니었다. 굉음이 들려오고 있는 것은 머릿속이 아니라 그녀의 등 뒤쪽이었다. 아실은 뒤를 돌아보았다.

그리고 아실은 갑충사와 똑바로 눈을 마주쳤다.

그녀에게서 이십 미터쯤 떨어진 곳에 딱정벌레가 떠 있었다. 그리고 그 위에 남자 갑충사가 타고 있었다. 그는 잘 맞는 비행복을 입고 있었다. 머리를 감싸고 있는 모자 탓에 어쩐지 타고 있는 딱정벌레와 비슷한 인상을 주었다. 그리고 노출된 얼굴은 충격으로 딱딱하게 굳어 있었다. 멀다면 먼 곳이지만 아실은 그의 충격을 정확하게 읽을 수 있었다. 아실은 그 충격이 무엇 때문일지 생각해 보았다. 그리고 답을 얻었다. 이 까마득한 고도에서 아무런 도움도 없이 떠 있는 소녀의 모습. 불가지론의 영토에 거주하는 자들에 관한 오래된 기억을 되새기기에 적합한 소재다. 어쨌든 이곳은 환상 계단을 떠올리기엔 하늘누리에서 너무 먼 곳이다. 따라서 갑충사가 아실의 모습에서 허공에서 만난 망령을 보는 것은 그리 탓할 일은 아니다.

물론 갑충사의 모습은 아실에게 조금도 기괴하게 보이지 않았다. 아실은 냉큼 몸을 돌려 계단을 달려 내려갔다. 그 모습이 비명을 지르려던 갑충사를 진정시켰다. 갑충사는 도망치는 망령에 대한 이야기를 들어 본 적이 없었다. 아실의 다리를 본 갑충사는 그 움직임이 계단을 달려 내려가는 것과 비슷하다는 것을 깨달았다. 그리고 갑충사는 갑자기 환상 계단과 하늘누리 침입자와 황제 사냥꾼에 대한 모든 사실을 떠올렸다. 갑충사는 격분해야 할지 환호해야 할지 알 수 없었다. 다행히 그의 몸은 재빨리 딱정벌레를 전진시켰다. 앞에서 도망치는 아실의 모습은 갑충사의 추적 본능을 자극했다. 갑충사는 등에 매고 있던 제국검을 뽑아 들었다.

헤어릿은 안장에서 벌떡 일어났다. 락토 또한 그 모습을 보았다. 명령을 외치려던 락토는 자신이 무슨 말을 해야 하는지 모른다는 것을 깨달았다.

아실은 굴러떨어지는 속도로 계단을 내려오고 있었다. 그리고 갑충사의 딱정벌레는 그런 아실에게 쉴 새 없이 접근했다. 딱정벌레가 가까이 다가올 때마다 아실은 머리를 감싸 쥐며 쭈그려앉았다. 아실에게 일방적으로 불리한 술래잡기처럼 보였지만 갑충사에게도 만만찮은 도전이었다. 딱정벌레 날개 쪽에 아실이 부딪히기라도 하면 아실은 당연히 크게 다치겠지만 자신도 안전하기 어려울 것이다. 한 가지 좋은 점은 아실이 상상한 계단이 갑충사에게는 무의미하다는 점이었다. 아실을 떠받치는 계단은 갑충사에게 아무런 장애가 되지 못했다. 존재하지 않기 때문이다. 그래서 갑충사는 아래쪽에서 치고 올라가는 방식으로 공격하기로 결심했다.

아실은 상대의 의도를 깨달았다. 그녀는 뛰는 속도를 불규칙적으로 변화시켰다. 하지만 떨어지면 바닥에 닿기도 전에 죽을 것 같은 까마득한 높이에서 계단을 내려오는 상황이라면 동작이 불안정한 것은 당연하다. 그런 상태에서 자신의 속도를 급격하게 변화시키자 불안정은 더욱 커졌다. 아실은 자신이 매우 복잡한 자살 시도를 하고 있다고 느꼈다.

그 모습을 보던 락토는 아실의 근처로 뻗어 올라가는 환상 계단을 상상하려 했다. 하지만 그에겐 불가능한 일이었다. 락토는 하늘누리의 위치를 찾았지만 그가 서 있는 높이에서는 나무들에 가려 하늘누리가 보이지 않았다. 락토는 도대체 어떻게 아실이 계단을 상상할 수 있었는지 짐작도 할 수 없었다. 이를 갈며 주위를 보던 락토는 헤어릿이 얼굴을 굳힌 채 허공을 멍하니 바라보고 있는 모습을 목격했다. 헤어릿 또한 락토와 같은 시도를 하고 있었다. 그리고 지상을 딛고 있는 그녀의 두 발을 보건대 그녀의 시도 또한 실패인 듯했다. 활을 쏠 수는 없다. 제국군의 니어엘 헨로 같은 명궁이라면 그런 일이 가능할지도 모르지만 이곳에는 까마득한 고도에서 미친 듯 내달리는 소녀를 피해 이리저리 획획 움직이는 딱정벌레를 맞힐 만한 궁사가 없었다. 누군가가 올라가서 구해야 했다. 헤어릿 또한 그런 결론을 내렸다. 그녀가 갑자기 눈을 떠서 외쳤다.

"내 목소리가 들리는 자들은 모두 계단을 상상해 주세요! 이곳에서 저 소녀가 있는 곳까지 이어지는 계단입니다! 계단을 만들어 아실을 구하는 자에겐 그의 투구에 금편을 가득 담아 주겠습니다!"

락토는 눈을 가늘게 떠 헤어릿을 바라보았다. 헤어릿의 명령이라면 무엇이든 따를 채비가 되어 있던 병사들과 금편의 매력에 이끌린 병사들이 헤어릿의 요청을 시도했지만 그들 중에서도 성공자는 나타나지 않았다. 헤어릿은 초조하게 주위를 둘러보았지만 갑자기 위로 뛰어오르는 병사는 없었다. 절망적으로 두리번거리던 헤어릿의 눈이 락토에게 멎었다.

헤어릿은 분노와 원망으로 락토를 노려보았다. 락토는 그 시선에 의아함을 느꼈다. 이 상황 어디에도 그가 개입한 바는 없다. 그러나 조금 후 락토는 그 개입 없음에 대해 헤어릿이 원망하고 있음을 깨달았다.

락토는 헤어릿과 닮은 어떤 여인을 떠올렸다.

락토는 옆으로 몸을 돌렸다. 가까이 있던 병사에게 다가가 창을 빼앗아 들었다. 기병 저지용의 길고 튼튼한 창이었다. 그것을 몇 번 휘둘러 본 락토는 갑자기 달리기 시작했다.

헤어릿은 숨이 멎는 충격 속에서 아버지를 바라보았다. 아버지의 발은 땅에 닿지 않았다.

그리고 그 발은 점점 땅에서 멀어졌다.

아실은 더 이상 자신의 다리를 신뢰할 수 없었다. 이리저리 비틀거리는 그녀의 다리는 아실을 떨어뜨리기로 결의한 것 같았다. 그녀의 눈에 분명히 보이는 계단은 딱정벌레의 내습은 막지 않았다. 딱정벌레가 그녀의 계단을 뚫고 날아다니는 모습은 아실을 질리게 했다. 이성으로 아실은 눈에 보이는 현상을 설명할 수 있었지만 감성이 자아내는 공포를 억누르기엔 상황이 지나치게 나빴다. 도와줄 사람은커녕 몸을 숨길 곳 하나도 없는 까마득한 높이에서 거대한 딱정벌레의 공격을 받고 있다면 침착을 유지하는 것 자체가 놀라운 일이다.

급강하한 딱정벌레가 다시 아래에서 치고 올라왔다. 아실은 몸 어디가 다칠 것을 각오하며 뒤로 벌렁 쓰러졌다. 딱정벌레의 속날개가 뿜어내는 무서운 굉음이 다가올 때는 심장이 멎을 것 같았다. 그러나 그녀가 쓰러졌기에 갑충사는 목표를 잃고 말았다. 아실은 딱정벌레가 그녀의 발 바로 아래를 지나가는 모습을 볼 수 있었다. 그리고 그 위에 타고 있는 갑충사의 얼굴도. 갑충사는 화를 내고 있었다. 도깨비가 키워 낸 딱정벌레라면 그녀를 붙잡아 올리는 일도 가능하겠지만 그의 딱정벌레는 그런 재주를 부릴 수 없었다. 물론 그도 도깨비 기수만큼 우수한 조종술을 가지고 있지는 않았다. 하지만 그가 노리는 목표는 황제 사냥꾼의 동료인 아실이다. 감히 하늘누리를 침입했던 당돌한 범죄자가 그의 손이 닿을락 말락 하는 곳에서 비틀거리고 있었다. 절대로 놓칠 수 없는 목표였다. 갑충사는 자신의 기술을 모두 끌어모아 딱정벌레를 통제했다.

다시 날아드는 딱정벌레를 보며 아실은 황급히 일어섰다. 그러나 그 순간 다리에서 숨이 턱 막히는 고통이 전해져 왔다. 휘청하던 아실은 환상 계단 밖으로 머리를 내밀며 쓰러졌다. 저 아래의 땅을 본 아실은 정신이 번쩍 들어 뒤로 물러났다. 그리고 발목이 삔 것 같다는 생각이 들었다. 운이 나쁘면 부러졌을지도 모른다. 하지만 아실은 다리를 살필 겨를이 없었다. 딱정벌레의 위치를 찾는 것이 급했다. 아실은 다가오는 굉음을 향해 고개를 돌렸다.

딱정벌레는 몇 미터쯤 떨어진 조금 낮은 위치에 떠 있었다. 갑충사는 힘겹게 딱정벌레를 통제하고 있었다. 아실은 어리둥절한 표정으로 갑충사를 바라보다가 무서운 사실을 깨달았다. 아실의 다리가 성치 않다는 것을 알아차린 갑충사가 생포하기로 마음먹은 것이다. 그래서 갑충사는 허공에 떠 있는 아실에게 조심스럽게 접근하고 있었다. 아실은 다시 일어서려 했지만 발목이 끊어지는 아픔 외엔 별다른 소득이 없었다. 얼굴을 잔뜩 찡그린 채 그녀는 단검을 뽑아 들었다. 그리고 계단에 무릎을 꿇은 채 갑충사를 향해 단검을 내밀었다.

갑충사는 아실을 비웃지 않았다. 지상이라면 다리를 다친 소녀가 내밀고 있는 단검쯤이야 조금도 두렵지 않겠지만 이곳은 서툰 동작이 꽤 시간이 걸리는 추락사를 일으킬 수 있는 높이였다. 그리고 갑충사는 아실이 딱정벌레의 민감한 부분으로 단검을 집어던질까 봐 걱정스러웠다. 갑충사는 아실의 손동작을 주의 깊게 바라보며 딱정벌레를 통제했다. 진땀 나게 어려운 일이었다. 따라서 갑충사는 밑에서 다가오는 위험을 발견하지 못했다.

딱정벌레가 갑자기 진동했다. 위로 훌쩍 떠오른 갑충사는 죽을힘을 다해 딱정벌레에게 매달렸다. 그리고 자신이 매달린 것이 안전한 구명책이 아님을 직감했다. 아래를 볼 수는 없었지만 딱정벌레의 날개가 기묘하게 움직이는 것을 느꼈다. 딱정벌레에게 무슨 일이 일어난 것이다.

아실은 갑충사에게 일어난 일을 정확하게 볼 수 있었다. 긴 창이 딱정벌레의 커다란 몸 아래를 꿰찌르고 있었다. 그리고 그 창 물미 쪽에서는 암살공이 창을 감아쥐고 있었다. 락토를 떠받치고 있는 것이 무엇이든 그것은 아실의 눈에 보이지 않았으므로 그녀가 보기엔 락토가 딱정벌레에 매달려 있는 것처럼 보였다. 하지만 다음 순간 일어난 딱정벌레의 움직임 때문에 그런 인상은 사라졌다. 딱정벌레는 고통에 몸부림치며 빙글빙글 돌았다. 그 중심에 락토가 서 있었다. 그래서 아실의 눈에는 락토가 창끝에 딱정벌레를 꿰어 휘두르고 있는 것처럼 보였다. 창끝에 꿰어 휘두르기엔 지나치게 큰 물체이긴 하지만.

락토는 모험을 하지 않았다. 그는 딱정벌레가 아실의 반대 방향으로 올 때까지 버티다가 창을 놓아주었다. 암살공의 손에서 해방된 딱정벌레는 배에 창을 꽂은 채 비틀거리며 날아갔다. 락토는 어지러운 궤도를 그리던 딱정벌레가 산 저편으로 사라질 때까지 그 모습을 바라보았다.

딱정벌레가 돌아올 리 없다는 확신을 가진 락토는 아실에게 다가갔다. 그의 계단은 꽤 넓었다. 싸움이 일어날 것을 대비했기 때문이다. 각도가 약간 맞지 않았지만 다행히 락토는 아실의 몸에 손이 닿는 위치를 찾아낼 수 있었다. 락토는 아실의 어깨를 건드렸고 아실은 몸을 돌렸다. 락토를 본 아실은 두 사람의 위치 관계를 깨달았다. 아실은 다리에 무리를 주지 않기 위해 옆으로 기는 동작으로 락토에게 다가왔다. 곧 락토는 선반 위의 물건을 내리듯 아실을 끌어내릴 수 있었다. 아실을 두 팔로 받쳐 안은 락토는 무의식중에 그녀를 똑바로 세워 주려 했지만 그 순간 아실이 결사적으로 그의 목에 매달렸다.

"공작님! 이건 공작님 계단이에요!"

락토는 아실이 자신의 계단에 설 수 없다는 것을 깨달았다. 그는 어깨를 으쓱이고는 그대로 내려가려 했지만 아실을 가슴 앞에 받쳐 안은 자세로는 계단을 내려가는 것이 여의치 않았다. 발아래가 잘 안 보였다. 락토는 아실을 한쪽 어깨에 둘러메었다.

락토의 사정을 이해한 아실은 몸을 축 늘어뜨린 채 암살공의 엉덩이를 물끄러미 내려다보는 자세를 감수하기로 했다. 하지만 곧 아실은 신음을 흘렸다. 암살공의 다리가 움직이는 모습을 보는 것이 끔찍했다. 그녀가 보는 락토의 다리는 허공에서 움직이고 있었다. 그리고 그 밑으로 저 아래쪽의 땅이 똑바로 내려다보였다. 아실의 불평을 접수한 락토는 다시 자세를 바꿨다. 최종적으로 락토는 아실을 등에 업게 되었다. 마침내 두 사람 모두 만족했다. 아실이 말했다.

"대단하시네요, 공작님. 어떻게 여기서 환상 계단을 만드셨지요?"

"너도 한 일이잖아."

"물론 저도 대단하죠."

"그래, 대단한 스승. 도대체 무슨 생각으로 여기 올라왔지? 이곳이 전쟁터라는 것이 그렇게 큰 비밀 같지는 않은데."

"하늘누리를 좀 보려고요."

"하늘누리? 전에도 봤을 텐데. 거기에 발도 디뎌 봤을 테고."

"볼일이 생겼어요."

"무슨 볼일?"

"비밀."

암살공은 멈춰 서서 말했다.

"놓는다."

아실은 콧방귀를 뀌었지만 팔로는 암살공의 목을 꼭 끌어안았다. 락토는 피식 웃고 다시 걸음을 뗐다. 아실이 말했다.

"『천경비록』을 읽었어요."

잠깐 동안 락토의 걸음이 멈췄다. 그리고 다시 움직이며 말했다.

"네가 숙녀가 아니라는 것은 잘 알고 있었지. 변경백의 허락은 없었을 테지?"

"예."

"그래서 뭐 재미있는 거라도 읽었니?"

락토는 자신의 목소리가 갈망에 차 있는 것처럼 들리지 않기를 바랐다. 아실은 조금 기다렸다가 말했다.

"공작님, 비꼬는 것이 아니라 궁금해서 묻는데, 승리할 수 있다고 생각하세요?"

"그게 중요하니?"

"예?"

지상으로 내려올수록 바람의 영향은 줄어들었다. 하지만 락토는 계곡을 타고 느닷없이 불어올지도 모르는 돌풍에 주의하며 발디딤을 단단하게 유지했다.

"아냐. 나는 진다는 생각은 하지 않는다."

"제국군에게 후퇴를 강요할 수 있다면 성공이겠지요. 그렇게 된다면 공작님은 귀족원을 강화시키면서 동시에 그것을 장악할 수 있으실 거예요. 국정 중심이 귀족원으로 옮겨 오게 할 수도 있겠지요. 하지만 공작님의 전쟁이 제국을 갈기갈기 찢을 것 같지는 않군요. 공작님은 제게 왕의 시대로 돌아간다고 말씀하셨어요. 그것이 가능할까요?"

"황권이 약화되면 귀족들의 세력은 자연히 강해진다. 그렇다면 왕이 나타날 수 있어."

"추상적이잖아요."

"더 많은 실제 계획을 네가 알아야 하니?"

"예."

"왜지?"

아실은 입을 다물었다. 하지만 그들은 어느새 땅에 가까워지고 있었다. 모여선 채 놀란 표정으로 올려다보는 발케네 병사들의 얼굴이 보였다. 아실은 약간 빠르게 말했다.

"언젠가 제게 협조할 거냐고 물으셨지요?"

"셋을 세겠다고 했지."

"지금 대답하겠어요. 그동안 많이 생각해 봤어요. 그리고 제가 황제를 여전히 싫어한다는 것을 깨달았어요. 그녀는 발케네를 멸망시킬 작정이에요."

락토의 어깨가 꿈틀했다. 설명을 길게 할 시간이 없었던 아실은 요약해서 말했다.

"각하를 돕겠어요. 대신 제국의 레콘들이 저와 함께 처용 산맥 너머 우리의 나라를 만들 수 있도록 도와주세요. 그것이 조건이에요."

락토 역시 남은 계단이 얼마 되지 않는다는 것을 깨달았다.

"제국의 모든 레콘이 너를 따라가게 해 달라고?"

"그건 불가능하겠지요. 대신 각하께서 모아들인 레콘들과 제국군 레콘 포로들 중에 저를 따라오겠다고 말하는 사람들을 전부 넘겨주세요. 그리고 우리가 처용 산맥 너머에 쓸 만한 것을 만들어 놓을 수 있을 때까지 후원자가 되어 주세요."

"요구가 지나친데."

"생각할 시간이 필요하시면 셋을 세겠어요. 하나, 둘. 생각이 정리되면 대답해 주세요."

락토는 피식 웃었다. 하지만 그 웃음은 곧 사라졌다.

병사들은 환호를 보내고 싶어했다. 그들의 주군은 하늘에서 딱정벌레를 퇴치하고 젊은 처녀를 구해서 돌아온 영웅이었으니까. 하지만 그들도 분위기가 좀 기묘하다는 것을 느끼고 당황한 얼굴로 서로를 쳐다보았다. 락토는 그 기묘한 분위기가 시작되는 곳을 물끄러미 바라보았다.

헤어릿 에렉스가 어찌할지 모르겠다는 얼굴로 서 있었다. 그리고 그 곁에는 먼지투성이의 남자가 서 있었다. 말을 타고 긴 거리를 정신없이 달려온 듯 머리와 어깨엔 흙먼지가 자욱했다. 남자는 사나운 눈빛으로 락토를 노려보고 있었다. 락토는 아실이 등에서 빠져나가려 하는 것을 느끼곤 우선 그녀를 내려주었다. 그리고 똑바로 서서 말했다.

"네가 여기 왜 있는 거냐, 스카리."

스카리는 락토의 말에 대답하는 대신 아실을 노려보았다. 헤어릿에게 다가가려던 아실은 그 시선을 느끼고 주춤했다. 무시하기엔 너무 차가운 시선이었다. 그때 헤어릿이 앞으로 걸어 나왔다. 헤어릿은 아실에게 다가와 그녀를 살짝 끌어안았다.

"이런 일이 일어날 줄 알았다면 올라가지 못하게 했을 텐데. 무서웠지?"

"아뇨. 괜찮아요."

"왜 업혀 내려온 거지? 다리를 다쳤어?"

"예. 조금 삔 것 같아요."

"내게 기대. 좀 자세히 살펴보자. 공작님, 괜찮으시다면 공작님의 천막을 좀 이용해도 될까요?"

락토는 고개를 끄덕였지만 눈길은 여전히 스카리에게 못 박은 채였다. 헤어릿은 아실을 부축하여 천막 안으로 사라졌다. 스카리는 끝까지 그 뒷모습을 바라보다가 그들의 모습이 완전히 사라진 후에야 아버지에게로 눈을 돌렸다.

몰려선 병사들을 의식한 스카리는 간단히 경의를 표했다. 락토는 거기에 답하지 않았다. 대신 회의실로 쓰이는 큰 천막 쪽으로 걸어갔다.

"따라오너라. 병사들은 각자의 위치로 돌아가라."

병사들은 심상치 않은 기분을 느끼고 재빨리 자리를 떠났다. 스카리는 아버지의 뒷모습을 노려보다가 걸음을 뗐다.

락토는 탁자 끝에 걸터앉아 있었다. 천막 안에는 그 외에 아무도 없었다. 스카리는 주위를 잠깐 둘러보았지만 서서 회의를 진행하는 듯 의자는 없었다. 락토가 말했다.

"저기 상자에라도 앉아라."

"말을 한참 탔습니다."

"그런 것 같군."

스카리는 상자로 다가가 걸터앉았다. 그는 어정쩡한 방향을 가리키며 말했다.

"전투가 진행 중인 것 아닙니까? 저 소리도 그렇고 여기에 지휘관들이 없는 것을 봐도 그렇게 생각되는군요."

순간 락토는 어떤 희망을 느꼈다. 락토는 아들의 모습을 세심하게 살폈다. 아버지의 곁에서 싸우러 온 것이라면 갑옷과 무장을 챙겨 왔겠지만 스카리의 모습에는 그런 것이 없었다. 하지만 빨리 달려오기 위해 가벼운 차림으로 왔을 수도 있다. 무장은 이곳에서 구하거나 혹 뒤에서 따라오게 해도 되니까. 락토는 기대감을 드러내지 않는 어투로 담담하게 전황을 설명했다.

"제국군은 저 너머 계곡 아래쪽에 진을 치고 있다. 지금 들리는 이 소음은 엉겅퀴 여단과 사라티본군이 싸우는 소리다. 하지만 다른 병력은 움직이지 않는다. 제국군도, 우리도."

스카리는 약간의 호기심을 드러내었다.

"왜 그렇습니까?"

"제국군은 우리가 사라티본군을 어떻게 움직이는지 떠보려고 하는 것이다. 우리는 고지대에 있으므로 아래에서 올라오는 쪽보다 더 빨리 내려갈 수 있다. 만약 우리가 사라티본군을 충분히 전진시킨다는 것을 확인하면, 그들은 다음 전투에서 우리 본대와 사라티본 부대를 절단하려고 할 것이다. 하늘누리를 전장 상공으로 보내어 물을 뿌리겠지."

"그러면 사라티본 부대는……."

"그래. 등 뒤에서 흘러 내려오는 물과 앞쪽의 제국병들에게 포위당하겠지."

"무서운 작전이군요. 그러면 아버지는 어떻게 대응하실 생각이십니까?"

"이곳에서 기다리면 직접 볼 수 있을 거다."

스카리는 싸늘하게 웃었다.

"제가 부냐를 위험하게 할 것 같습니까?"

락토는 가슴이 철렁하는 것을 느꼈다. 무표정한 얼굴을 가까스로 바꾸지 않은 채 락토는 말했다.

"그 계집을 죽이려면 벌써 죽였다. 그리고 내가 그렇게 결정했다면 네가 그 계집 옆에 있거나 없는 것은 상관없다. 주제를 알고 착각에서 깨어나라."

스카리는 궤짝에서 벌떡 일어났다. 피로와 노기로 핏발 선 눈을 부라리며 아버지를 쏘아보았다. 그 눈을 조용히 마주 보며 락토는 아들이 무슨 말을 하건 꿈쩍도 하지 않으리라 생각했다. 하지만 스카리의 말은 뜻밖의 것이었다.

"그 애꾸 계집애는 업고 다니면서, 친아들이 사랑하는 여자에겐 왜 그러시는 겁니까!"

락토는 눈을 꿈틀거렸다. 스카리는 쏟아 내듯 말했다.

"생전 그런 모습 처음 봤습니다! 손녀딸 업고 다니는 할아버지처럼 보이더군요. 제가 헛것을 보는 줄 알았습니다!"

"환상 계단에 대해서라면 네가 더 잘 알 텐데. 그 애는 다리를 다쳤고 내가 만든 계단을 밟을 수 없다."

"그 전에 아버지는 그 애를 구하러 올라가셨습니다!"

락토는 입을 다물었다. 그는 헤어릿이 그를 어떻게 바라보았는지 말하고 싶지 않았다. 어쨌든 헤어릿은 셀소 에렉스를 죽게 내버려두었듯이 아실을 죽게 내버려둘 참이냐고 말하지는 않았으니까. 그녀는 다만 락토를 쏘아보았을 뿐이다. 스카리가 말했다.

"저를 좋아해 달라고 말하지 않겠습니다. 아버지가 설사 그러셔도 제가 아버지를 좋아할 수 없으니까요. 하지만 부냐는 제가 아닙니다. 저를 미워하는 것은 얼마든지 감수할 수 있지만 부냐를 미워하지는 마십시오. 무릎을 꿇을까요? 그러겠습니다."

스카리는 바닥에 무릎을 꿇었다. 진부한 동작이지만 언제나 충격적이다. 그리고 락토는 아들이 자신에게 무릎 꿇는 광경을 꿈에서도 상상할 수 없었다. 어쨌거나 그는 스카리의 아버지였고 아들이 자신의 일로 아버지에게 무릎 꿇지는 않을 것임을 분명히 말할 수 있었다. 락토는 헛기침을 하고 말했다.

"무엇을 바라는 거냐."

"제게 열쇠를 주십시오."

"황금 열쇠를 말하는 거냐?"

"그렇습니다. 부냐를 위해 그렇게 해 주시길 바랍니다. 그룸성은 지금까지처럼 시종장이 다스려도 좋습니다. 그것에 대해서는 항의하지 않겠습니다. 하지만 부냐에게 열쇠를 보여 주고 싶습니다. 불쌍하지 않습니까? 그녀는 의지가지없는 이 땅에서 두려움에 떨고 있습니다. 불쌍한 그녀가 의지할 수 있는 것은 저밖에 없습니다. 부디 동정심을 베풀어 주십시오."

도저히 예상할 수 없던 행동에서 느낀 충격은 여전했지만, 락토는 마음 한구석에서 역겨움이 끓어오르는 것을 느꼈다. 암살공은 차갑게 말했다.

"불쌍하다고 했느냐?"

"그렇습니다. 세상에 그보다 더 가련한……."

"닥쳐라."

스카리는 입을 다물었다. 끓어오른 흥분을 아직 가라앉히지 못한 스카리는 혼란스러운 표정으로 아버지를 올려다보았다. 락토는 살의에 가까운 분노를 느꼈다.

"그년이 염치가 있었다면 칼 한 자루 들고 싸우려 했을 것이다. 그년을 위해 죽어 가는 병사들의 곁에서. 그년이 용기가 있었다면 창밖으로 몸을 던졌을 것이다. 그년 때문에 한 번 파괴된 가족들이 두 번 파괴되지 않게 하기 위해서. 하지만 부냐는 아무것도 하지 않았다. 부냐가 염치와 용기를 가지고 있건 없건 나와는 상관없다. 나는 아무런 관심이 없으니까. 하지만 그년이 불쌍하다고는 말하지 마."

스카리의 얼굴이 붉으락푸르락했다. 락토는 단어 하나하나에 힘을 주어 말했다.

"부냐가 얼빠진 네 녀석과 함께 도망침으로써 헨로 가에 사망 선고를 내렸는데도 그 가족들이 왜 아직까지 살아 있는지 아느냐? 부냐의 언니가 가족을 구하고 있다. 부냐의 언니 니어엘 헨로는 제국군의 영웅이 되었다. 물론 너는 니어엘이 헨로 가 사람들을 이끌고 발케네로 도망쳤어야 했다고 말하겠지. 그건 중요한 것이 아냐. 중요한 것은 니어엘이 결정을 내리고 그것을 실행하고 있다는 거다. 부냐는 무엇을 하고 있냐? 그년이 주보를 죽이고 황금 열쇠를 뺏어 그룸 성을 장악했다는 이야기를 들어도 지금처럼 화가 나지는 않았을 거다. 아니, 만일 그랬다면 나는 박수를 쳤을 거다. 하지만 부냐는 아무것도 하지 않았어. 세상이 그녀를 위해 바뀌기만을 바라고 있어."

"그런 말도 안 되는 중상을……."

"언제 부냐가 자기를 위해 행동했지? 스스로 백화각에서 탈출했나? 엘시가 구해 주기만 넋 놓고 기다렸지. 스스로 내게 자기 가치를 증명해 보였나? 나를 찾아오지도 않았어. 스스로 암살성에서 자기 입지를 만들었나? 네가 입지를 가지기만 바라고 있어."

"시체 보관소에서 노역하느라 몸과 마음이 피폐해진 사람을……."

"그 애꾸눈 소녀는 6년 동안 제국과 싸웠다. 아이저 규리하와 내가 황제와 싸운 기간을 합쳐도 그 애가 싸운 기간의 10분의 1에 지나지 않는다. 하지만 그 애가 시체 같은 꼴을 하고 있더냐?"

스카리는 달려들듯 가슴을 불쑥 내밀었다.

"그런 막 굴러먹은 애를 누구에게 비교하십니까? 부냐는 귀족입니다! 아실인지 뭔지 하는 미친 꼬마와 다릅니다. 헤어릿의 어미인 가짜 귀족과도 다릅니다! 부냐는 진짜 귀족입니다!"

다음 순간 스카리는 천막 밖으로 튕겨 나갔다.

스카리는 황금 열쇠의 전달식이 있었던 날 일어난 사건으로 짐작했어야 했다. 비록 누군가에게 보여 주는 일은 없지만 암살공락토 빌파가 꾸준하게 비각술을 수련하고 있음을. 스카리는 자신이 어디를 어떻게 맞았는지도 모르는 채 천막 밖의 바닥에 나동 그라졌다. 흙먼지가 자욱이 피어올라 스카리의 상체를 뒤덮었다.

주위를 지나거나 가까이 있던 발케네 병사들이 깜짝 놀라서 스카리를 부축하러 달려왔다. 하지만 락토가 먼저 천막 밖으로 나왔다. 그리고 그는 스카리의 옆구리를 걷어차기 시작했다. 이것이 가족사임을 깨달은 병사들은 주춤하다가 물러났다. 락토는 아무 방해도 없이 아들의 갈비뼈 강도를 시험할 수 있었다. 하지만 스카리는 젊었다. 몇 번 걷어차인 다음 스카리는 아버지의 발을 피해 몸을 굴렸다. 그는 재빨리 일어났고 괴성을 지르며 아버지에게 덤벼들었다. 그러나 암살공은 칼을 뽑아 들고 있었다. 목 끝에 와 닿은 칼날에 스카리의 동작이 얼어붙었다. 스카리는 터질 것처럼 시뻘게진 얼굴로 락토를 노려보았다. 락토가 묘하게 차분한 목소리로 말했다.

"당장 그룸 성으로 돌아가라."

스카리는 어깨로 숨을 쉬며 락토를 바라보았다. 락토의 선고가 계속되었다.

"도착하는 즉시 부냐 헨로와 함께 그룸 성을 떠나라."

이 세상의 평화로움을 믿어 의심치 않는다는 태도를 보이던 발케네 병사들도 그 이야기에는 깜짝 놀라 고개를 돌리고 말았다. 스카리의 낯빛도 새하얗게 질렸다.

"말 두 필과 사흘 먹을 식량을 허락한다. 그 밖에는 그 무엇도 그룸 성에서 가지고 나가면 안 된다. 이후로 너나 부냐가 내 눈에 띄면 그 즉시 죽이겠다."

스카리는 기가 막혀 말도 못했다. 그리고 락토는 최후 변론은 생략했다. 그는 자신의 선고를 완강하게 실행에 옮겼다. 곧 지휘관 한 명이 불려 왔다. 불려 온 것은 발케네 국경 수비대의 텡 마바노 조장이었다. 그는 조원들을 데리고 락토의 선고가 실현되도록 하는 중책을 맡았다. 조치는 신속했다. 채 몇 분도 지나지 않아 스카리는 비무장 상태로 말 위에 오르게 되었다. 그리고 말을 탄 텡 마바노의 조원들이 그를 둘러쌌다. 스카리는 끝까지 아무 말도 하지 않은 채 락토를 노려보았다. 하지만 락토는 아들에게 아무런 시선도 낭비하지 않았다.

"가라."

텡 마바노는 단호한 태도로 경례하고 나서 스카리를 돌아보았다. 스카리가 움직이지 않는 것을 본 텡은 주저 없이 칼을 뽑아 스카리가 타고 있는 말의 볼기를 후려쳤다. 말은 기겁하여 출발했고 스카리는 낙마하지 않기 위해 몸을 낮추어야 했다. 락토는 떠나는 아들의 모습을 보지 않았다.

스카리 빌파가 발케네군 본영을 떠나던 시각, 사라티본군과 어울리던 엉겅퀴 여단은 뒤로 물러났다. 발케네군의 참모들은 암살공이 남겨 둔 지시에 따라 사라티본 부대를 물러나게 했다. 사라티본 부대의 레콘들은 더 싸우고 싶어했지만 힌치오는 그들을 잘 통제했다.

본영으로 돌아온 락토의 참모들은 그들이 없는 동안 일어난 일을 전해 듣고 깜짝 놀랐다. 어떤 장수는 발케네가 내부에서부터 무너지고 있다는 암시를 했고 어떤 장수는 발케네 공이 강력한 지휘력을 발휘하기 위해 어려운 결단을 내렸다고 평가했다. 중론은 후자 쪽에 가까웠다. 비록 패주하고 있는 것이 사실이지만 발케네 공은 제국군을 자기 식으로 끌어들이고 있었다. 그날의 전투만 해도 발케네 공이 내다본 대로 진행되었다는 사실은 그들에게서 의혹과 불안을 제거하기에 충분했다. 다만 팔리탐 지소어는 아무런 말도 하지 않았고 가면으로 감춰진 그의 얼굴에서 표정을 읽을 수 있는 사람도 없었다.

얼굴을 내비치지 않던 암살공은 그날 저녁 늦게 지휘관들 앞에 나타났다. 그는 묻는 눈길을 무시한 채 내일 사용할 작전에 대해서만 간략하게 말하고 전달이 끝나자마자 다시 사라졌다. 지휘관들은 당황한 채 락토를 배웅했다.

다음 날, 전투는 이른 아침부터 속개되었다. 제국군의 움직임이 포착되자 발케네 측에서도 신속하게 전투 태세에 들어갔다. 파르바리 계곡 앞에 펼쳐진 제국군의 진형은 전날과 같았다. 다만 발케네군의 진형은 조금 달랐다. 그들은 제국군의 진형을 거울에 비추기라도 한 듯 똑같은 배치를 선택했다. 단지 좌우가 바뀌어 있을 뿐이었다. 앞쪽에 레콘들이, 뒤쪽에 보병대가, 좌측에 소화차들이 배치되었다.

전투는 제국군 측에서 먼저 시작되었다. 제국군 뒤쪽에 조용히 떠 있던 하늘누리가 갑자기 종소리를 울리고는 파르바리 계곡 쪽을 향해 움직였다. 그리고 그와 동시에 제국군의 선봉에 서 있던 왜솜다리 여단과 고추냉이 여단의 레콘 병사들이 계곡 위쪽을 향해 달렸다. 발케네 측에서도 그에 대응하여 앞쪽에 있던 사라티본 부대가 달려 나왔다. 그런데 사라티본 부대의 움직임은 제국군 레콘 병사들의 움직임과 달랐다. 사라티본 부대는 둘로 크게 갈라지듯 하며 레콘 제국병들의 양쪽으로 치달렸다.

발케네군 사령부의 참모들과 지휘관들은 아래를 바라보며 쾌재를 올렸다. 그것은 사라티본 부대가 쉽게 실현할 수 있는 가장 간단한 움직임이었다. 그들 중에는 어느새 나타난 락토 빌파도 포함되어 있었다. 잠을 제대로 못 잤는지 얼굴이 조금 상한 암살공은 아무런 말도 없이 전장과 하늘을 번갈아 응시했다.

둘로 나뉜 사라티본 부대는 제국병들의 양쪽을 스치듯 달렸다. 그리고 발케네군의 좌측에 있던 소화차들이 재빨리 우회하여 사라티본 부대가 있던 위치로 이동했다. 둘로 나뉜 사라티본 부대의 가운데를 지나친 제국군들은 앞쪽에 나타난 소화차들과 맞닥뜨렸다. 그리고 사라티본 부대는 그들의 좌우를 스쳐 제국군 본대를 향해 달려들고 있었다. 하늘누리는 어느새 전장의 상공에 도달했지만 이제 계곡에 물을 쏟아 부었다가는 사라티본 부대가 아니라 그들과 자리를 바꾸듯이 움직이게 된 제국군 레콘들에게 물벼락을 씌울 형국이었다. 발케네 사령부에서는 환호가 올랐다. 어제의 좋지 않은 사건으로 상심해 있을 암살공을 위해 그들은 의도적으로 더 크게 흥분했다. 그들의 환호에도 불구하고 암살공은 굳은 얼굴을 하고 있었다. 그들이 암살공의 기분이 쉬 풀어지지 않을 것 같다고 생각했을 때 갑자기 락토가 벌떡 일어났다.

락토는 목을 부들부들 떨며 전장을 내려다보았다. 참모들은 의아해했지만 전장의 상황은 그들이 예상한 그대로였다. 사라티본 부대가 그들 뒤편으로 돌아갔지만 그 대신 소화차가 있기 때문에 제국군 레콘들은 발케네군을 공격할 수 없다. 그들은 몸을 돌려 사라티본군의 배후를 공격하는 것이 고작일 것이다. 하지만 사라티본군은 앞을 가로막은 소화차가 없기에…….

참모들은 질겁했다. 제국군 또한 발케네군과 똑같은 움직임을 보였다. 레콘 병사들이 뛰쳐나간 자리에는 우측에서 이동해 온 소화차들이 서 있었다. 사라티본 부대 또한 제국군 레콘들처럼 상대방의 본대를 공격할 수 없는 것이다. 발케네군 지휘관들이

어제와 마찬가지로 레콘들의 싸움이 되겠다고 생각했을 때 락토가 피를 토하듯 외쳤다.

"시허릭!"

통분의 외침이 혹 공간적 한계를 뛰어넘을 수 있는지도 모르지만 시허릭 마지오 상장군에게 일어난 일은 그런 것이 아니었다. 발케네 공 락토 빌파가 외친 직후 제국군 사령부에서 시허릭 마지오 상장군이 입을 연 것은 혼잣말을 하기 위해서였다. 하지만 시허릭 마지오 상장군은 자신의 말이 발케네 공에게 들린다고 가정했다.

"각하는 통치자입니다. 각하께서는 누구와, 왜, 어디서 싸우는지를 결정할 수 있습니다. 저는 그런 것들을 결정할 수 없습니다. 저는 군인입니다. 누구와, 왜, 어디서 싸우는지는 제 손 밖에 있습니다. 하지만 제게도 고통스러운 경험과 평생을 바친 훈련으로 얻은 한 가지 사소한 능력이 있습니다."

시허릭 마지오 상장군은 손을 높이 들어 올렸다. 그것은 신호였고 그 뜻은 곧 사라티본군 배후로 이동해 있던 왜솜다리 여단과 고추냉이 여단에 전달되었다. 자신의 명령이 일사불란하게 전달되는 것을 보며 시허릭은 말했다.

"저는 어떻게 싸워야 하는지 압니다."

이동을 끝낸 하늘누리는 전장의 상공에 대단히 낮게 떠 있었다. 그리고 왜솜다리 여단병과 고추냉이 여단병들 중 환상 계단을 상상할 줄 아는 레콘들이 환상 계단을 뛰어오르기 시작했다.

환상 계단에 대한 종족별 적응력을 연구한 사람은 없다. 불쾌한 종족 차별의 의혹 때문은 아니다. 학문적 요구와 정치적 요구를 혼동하는 사람은 많지만 제국의 모든 학자가 그런 것은 아니다. 정치적 온당성을 발휘하기 위해 닭도 새처럼 날 수 있다는 태도를 취하는 것은 희극일 뿐이다. 그리고 닭에겐 비극이 될 수도 있을 것이다. 닭은 날 수 없다. 그것을 인정하는 것은 닭 차별이 아니다. 그리고 서로 다른 것이 분명한 네 종류의 사람들에게 구분 가능한 차이점들이 있다면 그것을 밝히는 것은 학문적 사명이 될 것이다. 공평함은 다름을 인정할 때 발휘될 수 있으므로 그것은 또한 진정한 정치적 온당성이기도 하다. 그런데도 어떤 종족이 환상 계단을 더 잘 다루고 어떤 종족이 다른 종족에 비해 좀 뒤떨어지는지를 연구한 학자는 없다. 환상 계단의 경험은 학문적으로 정량화하기 어려운 개인의 경험이기 때문이다. 관찰자는 피실험자가 만든 계단을 볼 수 없다.

하지만 학문적 엄격함에서 비교적 자유로운 하늘누리 시민들에게는 경험적으로 알려진 사실이 있다. 비행의 경험이 풍부하고 도깨비불을 다루는 도깨비들이 조금 더 능숙하리라는 것이 일반적인 선입견이지만 하늘누리 시민들의 경험에 따르면 놀랍게도 환상 계단에 대한 각 종족의 적응성에는 괄목할 만한 차이가 없다. 어떤 종족이든 환상 계단을 능숙하게 다루는 자들과 도무지 그러지 못하는 자들의 비율은 비슷하게 나타난다.

그리고 왜솜다리 여단과 고추냉이 여단의 레콘들의 경우에도 그 비율은 비슷했다. 그 비율은 절반보다 많이 낮다. 환상 계단을 만들어 낼 수 없는 병사들이 더 많았다. 하지만 시허릭은 그 문제를 간단하게 해결했다. 시허릭의 계획에 따라 환상 계단을 상상할 수 있는 레콘들이 두 사람씩 짝을 지어 허공에 자리를 잡았다. 각자 상상한 계단은 달랐지만 비슷한 고도에 자리 잡은 그들은 허리를 굽히고 서로의 어깨를 붙잡은 채 단단히 버티어 섰다.

그리고 오래된 야사가 재현되었다.

과거 대호 별비의 습격을 지긋지긋하게 여겼던 자보로는 대호가 감히 뛰어넘을 수 없는 성벽으로 도시를 둘러쌌다. 제2차 대확장 전쟁 당시 그 장대한 성벽은 무너졌지만 자보로 성벽에 얽힌 온갖 놀라운 전설은 지금까지도 남아 있다. 그리고 그중에는 돌아온 북부의 왕, 대호왕에 관한 전설도 있다. 한계선을 넘은 대호왕이 자보로에 이르렀을 때 그녀는 온당치 못한 대우를 받게 되었다. 대호왕은 그들을 공격하는 대신 그들의 오만함의 근원인 성벽을 공격하기로 결심했다. 그리하여 대호왕의 왕명이 된 위대한 대호 마루나래가 자보로 성벽을 넘었다. 그런 놀라운 위업을 가능하게 한 대호왕의 재치는 그녀 스스로 대호를 위한 도약대가 되는 것이었다. 그녀는 성벽 중간에 암살자의 검 쉬크톨을 꽂아 넣고는 그 칼자루에 매달려 대호에게 등을 내주었다. 그리고 도약한 마루나래는 그녀의 등을 밟고 재도약하여 별비 이후로 그 어떤 호환도 겪지 않았던 자보로 사람들이 대호의 공격에 대한 옛기억을 떠올리게 해 주었다. 파르바리 계곡 상공에서 벌어지는 일은 그때의 일과 비슷했다.

"가자—!"

레콘들이 도약했다. 전우들이 허공에 만들어 준 도약대를 밟으며 레콘들은 하늘누리 위로 뛰어올랐다. 레콘들이 짓밟는 힘은 무지막지했지만 같은 레콘인 전우들은 그 힘을 거뜬히 견뎌 내었다. 허공에 떠 있는 자들을 밟으며 하늘로 일제히 상승하는 레콘 병사들의 모습은 어떤 의미에선 소름 끼쳤다. 하지만 그 모습을 바라보던 제국병들은 피부가 잔뜩 당겨지는 듯한 희열 속에서 입이 찢어져라 웃으며 외쳤다.

"레콘 계단이다!"

"올라가! 올라가!"

인간 제국병들의 응원을 받으며 레콘들은 순식간에 하늘치 위로 뛰어올랐다. 전우들을 위해 받침대 역할을 해 주던 병사들이 마지막으로 계단을 올랐다. 사라티본 부대는 어처구니없는 표정으로 그 광경을 바라볼 수밖에 없었다.

천경 통제실에서 모든 레콘 여단병의 탑승을 알리는 보고가 울려 퍼지자 유수부차사 파라말 아이솔은 가장 겸손한 표정으로 말했다.

"판단에 따라 전진해라, 통제국장."

통제국장은 파라말의 언동에 감탄했다. 젊은 유수부차사는 지상에서 가장 거대하고 가장 신비한 탈것을 자유로이 움직일 수 있는 권한을 가지고 있었다. 그리고 전황은 노련한 통제관도 가슴이 설렐 정도로 극적이다. 위대한 승리의 역사에 족적을 남길 수 있는 상황에서 파라말은 권위를 포기하고 화합을 택했다. 아직 천경유수의 추억을 잊지 못하는 통제국원들과 국장에게 그런 모습은 인상적이었다. 국장은 짧게 고개를 끄덕이고 말했다.

"경계 타종 실시. 고도 유지한 채 전진."

하늘누리에 다시 종소리가 울렸다. 그리고 하늘누리의 거체가 레콘들을 태운 채 파르바리 계곡의 위쪽으로 움직이기 시작했다.

지상에서 올려다보는 이들에겐 폐소공포증을 일으킬 것 같은 광경이었다. 계곡의 밝기는 순식간에 떨어졌고 주위는 가장 짙은 먹구름이 끼었을 때보다 더 어두워졌다. 다른 때보다 밤이 일찍 찾아왔나 놀란 야행성 동물들이 갑자기 뛰쳐나오는 모습은 몽환적이었다. 넋이 나가 버린 상태에서 팔리탐 지소어는 파르바리 계곡에 이런 일이 처음은 아니었을 거라고 생각했다. 리버즌이 태양을 훔친 날도 이러했을 것이다. 그날도 사물이 보름달 아래 빛을 내뿜고 혼란에 빠진 부엉이들이 울부짖었을 것이다. 발케네 병사들은 침묵했다. 귀가 따가운 침묵이었다. 그 고요 속에서 발케네 공 락토 빌파의 처절한 외침이 울려 퍼졌다.
"소화차! 소화차! 짝수열 즉시 후방으로 이동해! 제기랄, 물 대신 레콘을 퍼부을 작정이다!"
발케네 공의 외침에 참모들의 얼굴이 사색으로 바뀌었다. 전장을 선택하는 대신 휴대하고 왔던 적의 장수가 이제 무기 대신 병사를 던지려 하고 있었다.

힌치오는 깃털을 뻣뻣하게 세운 채 하늘을 올려다보았다. 이곳에 모여 있는 전쟁 전문가들의 숫자는 엄청났고 그자들 대부분은 소화차 방어진 돌파를 위해 하늘누리를 이용한 시허릭 마지오 상장군의 전술에 감탄하거나 두려워하고 있었다. 그 작전의 완성을 위해 시허릭은 겉으로는 간단하지만 내부적으로는 매우 복잡한 심리전을 구사했다. 작일의 전투에서 시허릭은 의도적으로 레콘들만 싸우게 함으로써 발케네 측에게 그들의 레콘 운용을 탐지하려 한다는 인상을 주었다. 사라티본 부대가 발케네 본대와 충분히 분리되면 그 사이를 하늘누리의 낙수로 단절하는 것이 제국군의 계획이라는 락토의 판단은 혜안이었다. 하지만 시허릭이 바란

것이 그 혜안이었다. 그 때문에 시허릭은 의심받지 않고 하늘누리를 전쟁터 상공으로 이동시킬 수 있었다. 하늘누리가 충분히 가까이 다가왔기에 왜솜다리 여단과 고추냉이 여단의 레콘들은 순식간에 탑승을 완료할 수 있었다. 그리고 지금 하늘누리는 두 여단을 태운 채 발케네 본대 뒤편으로 날아들고 있었다. 뒤편에 두 여단이 투하되면 발케네군은 파르바리 계곡에 갇힐 것이다.

하지만 힌치오는 전쟁 전문가라기보다는 전투 전문가였고 그가 깊은 인상을 받은 부분 또한 다른 자들과 달랐다. 힌치오는 하늘누리에 탑승하는 두 여단의 움직임에 충격을 받았다.

어떤 레콘이 다른 레콘을 위해 계단이 된다는 것. 힌치오에겐 어처구니없는 관념이었다. 힌치오는 이것이 분열 행진을 할 수 있는 레콘의 기적이 아닐까 생각했다. 그리고 힌치오는 팔리탐이 왜 줄 맞춰 걷는 것을 그렇게 높이 평가했는지 알 것 같았다. 줄을 맞춰 걸으려면 옆 사람의 걸음걸이를 관찰해야 한다. 그리고 전체의 걷는 방식을 위해 자기가 걷는 방식을 잠시 포기해야 한다. 그 포기가 중요한 것이다.

"힌치오! 어떻게 하지요?"

힌치오는 고개를 돌렸다. 야키보로가 초조한 표정으로 그를 쳐다보고 있었다. 힌치오는 새로운 놀라움으로 야키보로를 바라보았다. 왜 스스로 판단하여 움직이지 않고 내게 물어보는 거냐. 힌치오는 물론 야키보로가 그렇게 행동해야 한다고 생각했다. 그리고 크락스, 파미, 비시올도 그렇게 행동해야 한다. 팔리탐이 그렇게 만들어 두었고 힌치오도 그것을 납득했다. 하지만 그 순간 힌치오는 신기하다는 표정으로 야키보로를 바라보았다. 어떻게 해야 할지는 너무도 분명하기 때문이다.

계곡 아래쪽의 제국군은 소화차를 좍 깔아 놓았다. 힌치오는 그쪽으로 갈 마음이 없었고 그것은 사라티본 부대 전부가 마찬가지일 것이다. 그리고 하늘누리는 바야흐로 발케네 본대 뒤편에 파괴적인 공대지 공격을 퍼부으려 하고 있었다. 당연히 뒤로 돌아가 발케네 본대를 구해야 한다. 야키보로도 그것을 알 것이다. 따라서 그가 원하는 것은 해답이 아니라 명령하는 권위였다.

힌치오는 그것을 주었다.

"뒤로 돌아간다! 애들 데리고 나를 따라와!"

일단 명령을 시작하자 힌치오는 말하는 것이 점점 쉬워지는 것을 느꼈다. 발케네 본대 오른쪽을 향해 달리며 그는 머릿속에 빠르게 떠오르는 생각을 그대로 토해 내었다.

"파미—! 크락스—! 너희 애들을 데리고 왼쪽으로 돌아 본대 뒤편으로 가라—!"

힌치오는 계곡 아래쪽에 있는 제국군 본대도 잊지 않았다.

"비시올은 여기 남아—! 계곡 아래쪽의 제국군이 밀고 올라오면 뭐든 집어던져서 전진 속도를 늦춰—!"

비시올은 질겁했다. 계곡 아래쪽의 제국군이 올라온다는 것은 곧 소화차가 올라온다는 뜻이었다. 힌치오는 그를 안심시켰다.

"명심해—! 우리가 높은 쪽에 있다—! 소화차를 부수면 그건 제국군 쪽으로 흘러간다—!"

비시올은 부리를 조금 벌렸다가 황급히 고개를 끄덕였다. 그가 부하들에게 바위를 주워 모으라고 명령하는 것을 들으며 힌치오는 고개를 끄덕였다.

하지만 발케네 본대의 상황은 좋지 않았다. 전면에 배치되어 있던 소화차의 절반이 방어를 위해 황급히 본대 뒤편으로 이동하고 있었고 그들이 본대를 헤치자 쟁기가 땅을 헤치듯 본대 전체에 엄청난 혼란이 일어났다. 발케네 병사들에게 주위를 살필 여유가 있다면 좋았겠지만 그들 대부분은 머리를 짓누를 것 같은 하늘누리의 모습을 올려다보느라 정신이 없었다. 계곡 양쪽의 산과 위쪽의 하늘누리 때문에 계곡 안쪽은 폭우가 쏟아질 때만큼이나 어두웠다. 누가 횃불을 켜 든다 해도 이상하지 않은 상태였고, 그 어둠과 혼란 속에 사라티본 부대까지 들어간다면 발케네군은 자멸할지도 모른다. 본대에 이르러 그 모습을 본 힌치오는 고민에 빠졌다. 하지만 지체했다가는 돌이킬 수 없는 피해를 입을지도 모른다. 힌치오는 할 수 있는 유일한 친절을 베풀었다.

"비켜! 비켜라!"

그리고 힌치오는 이쑤시개를 좌우로 휘두르며 발케네군 안쪽으로 뛰어들었다. 그때 발케네군 뒤쪽에 도달한 하늘누리가 레콘 병사들을 투하하기 시작했다.

탑승할 때와 같은 모습이 반대로 진행되었다. 환상 계단을 상상할 수 있는 레콘들이 먼저 허공에 자리를 잡았고 그 후에 계단을 상상할 수 없는 병사들이 뛰어내렸다. 하지만 하늘누리에 오를 때보다 훨씬 빠른 속도였다. 게다가 아래에 충분한 숫자의 레콘들이 내려선 후에는 그냥 바닥으로 곧장 뛰어내리는 과감한 레콘들도 있었다. 아래에 서 있던 레콘들이 뛰어올라 그렇게 떨어지는 전우들을 받아 주었다. 그렇게 레콘들이 내려선 곳은 발케네 본대 뒤편이었다. 선봉과는 거리가 먼 위치에 배치된 것에 안도하던 발케네 병사들은 하늘에서 내려온 가공할 운명에 경악했다. 뒷걸음치는 그들에게 제국군 레콘들이 달려들었다.

사라티본 평야에서 일어났던 일과 똑같은 일이 발케네군 배후에서 일어났다. 차이점은 두 가지였다. 발케네군에는 아홉 부위가 없었다는 것, 제국군은 훨씬 조직적인 살해를 했다는 것이다.

제국군은 무작정 인간들 틈에 뛰어들어 홍분하여 펄쩍펄쩍 뛰던 사라티본 부대와 달랐다. 그들은 자신들의 무기를 별로 쓰지 않았다. 대신 정연하게 열을 맞춰 서서 발케네군을 향해 걸어갔다. 그들이 뛰어오르는 것은 발케네 병사를 붙잡았을 때뿐이었다. 그들은 발케네 병사를 붙잡으면 뛰어올라서 그것을 집어던졌다. 그렇게 병사들이 쓰러지면 제국군 레콘들은 그들을 짓밟으며 걸어갔다. 화려함은 부족할지 모르지만 살상 속도는 훨씬 높았다. 그리고 거병을 휘두르느라 아까운 힘을 낭비하지도 않으니 효율적이었다. 투석전이라는 말 대신 투인전이라는 말이 만들어져야 할 것 같았다. 다가오는 우악스러운 손과 주위를 획획 날아다니는 병사들의 모습, 그리고 앞뒤에서 일어나는 혼란에 발케네 병사들은 미치고 말았다.

병사가 날아온다. 골통이 부딪친다. 깨진 두개골이 흩어진다. 받아 주려는 시도는 포기한 지 오래고 이제는 옆으로 피하기 바쁘다. 그러다가 서로 엉킨다. 넘어지면 안 되지만 기어코 넘어진다. 일어서려는 몸부림은 주위의 더 많은 병사들을 쓰러뜨린다. 넘어진 그들의 몸을 짓밟는 레콘의 피에 젖은 발. 물에 넣으면 가라앉는 레콘의 몸은 그 크기 이상으로 무겁다. 하지만 제국군 레콘들은 확실한 것을 선호했다. 그들의 다리는 평소보다 훨씬 높이 올라갔다가 거세게 떨어진다. 우지끈우지끈 뼈가 부러진다. 복부가 터져 내장이 흘러나온다. 심장이나 간이 짓밟혀 터질 땐 어마어마한 피가 주위로 팍 튄다. 속이 뒤집히는 피 냄새. 짓밟혀 터진 병사들을 그 뒤의 레콘이 짓밟고, 다시 그 뒤의 레콘이 짓밟는다. 시체는 잘 다져진다. 그들의 부모는 그렇게 죽을 자식을 키울 생각이 없었겠지만, 어차피 자식들은 부모의 바람대로 살아가지 않는다. 결손 가정이 경이적인 속도로 생산된다.

사람이 죽는다. 사람이 죽는다. 사람이 죽는다. 너의 아들이 죽었다. 다시는 웃지 마라. 너의 아버지가 죽었다. 절대로 돌아오지 않는다. 너의 어머니는 이제 존재하지 않는다. 다시는 그녀가 웃는 모습을 볼 수 없다. 왜 죽었냐고? 네가 누워서 빈둥거리며 씹을 것과 네가 친구들에게 보여 주려고 입을 것을 공급하기 위해 싸우다가 레콘에게 밟혀 죽었다. 사람이 죽는다. 사람이 죽는다. 사람이 죽는다. 울어라. 숨이 막혀 기절할 정도로 울어라. 이럴 때는 우는 법이다. 죽은 사람은 어떻게 하나. 산 사람이라도 잘 살아야지. 잊어버리자. 언젠가는 다 죽는 법이다. 원래부터 존재하지 않았던 사람처럼 생각하자. 머릿속으로 만지작거릴 추억이 있잖아. 남는 것은 추억뿐이지. 다른 것 있나. 다 그렇게 살다가 가는 거야.

그것뿐이다.

사라티본 부대의 레콘 비시올은 부하들을 이열 횡대로 배치했다. 충분한 간격을 두었지만 제국군의 진격을 저지할 수 있는 간격이었다. 그리고 모아들인 바위들은 후열 뒤편에 배치했다. 전열이 바위를 던지고 후열이 바위를 공급하는 방식이었다. 급조한 것이지만 그 정도면 소화차의 진격을 막는 것은 어렵지 않을 것 같았다. 비시올은 자신을 치하해도 무방하다고 생각했다.

하지만 비시올의 판단은 성급했다. 그 엉성한 진형은 그의 예상처럼 소화차를 막는 것에는 부족하지 않았다. 하지만 아기살에 대해서는 이야기가 다르다. 제국군 뒤편에서 거무스름한 기운이 확 퍼져 올랐을 때 비시올은 바위를 던지는 대신 무릎을 꿇고 그걸로 얼굴을 가리라고 외쳐야 했다. 레콘들은 그의 명령에 따라 바위들을 들어 올렸다. 그러자마자 바위에 아기살이 부딪히기 시작했다.

멀리서 보는 제국군에게 보이는 것은 불꽃뿐이었다. 아기살의 화살촉이 바위에 부딪혀 번쩍거리는 불꽃들이 파바박 피어났다. 제국군에서 헨로 중대의 이름이 크게 터져 나왔다.

신나게 아기살을 날려 보내는 헨로 중대 안에서 니어엘 헨로 수교위는 쾌활하게 행동했다. 그녀는 부하들의 이름을 하나하나 부르며 독려했고 그 독려 중간중간에 커다란 웃음을 집어넣었다.

"까는 릿폴! 뭐 하냐? 덧살에 불이 나도록 쏴라!"

"중대장님, 제발 시집 좀 갈 수 있게 해 주세요!"

"젠장, 무슨 군대가 이 모양이야? 네 상관도 아직 시집 못 갔다고!"

"결혼도 계급순입니까?"

"아니, 미모순이다. 그러니까 내가 먼저지. 음? 이봐, 미친 개 카루스. 뭐가 불만이지?"

"월월월."

"윽. 그건 뭐야?"

"개는 사람 말 못한다는 뜻입니다, 수교위님."

"귀엽기도 해라. 턱 긁어 줄까?"

"가까이 오시면 벼룩 옮겨 버릴 겁니다."

"하하하! 자, 열심히 쏴라! 이제 곧 소화차가 움직일 거다!"

니어엘의 말처럼 소화차가 움직이기 시작했다. 소화차들은 계곡 위편을 향해 느리게 굴러갔다. 비시올은 그 모습을 똑똑히 보았지만 아기살의 강습 속에서는 몸을 일으키기도 어려웠다. 벌써 몸 여기저기에 아기살이 박혀 쓰라렸다. 비시올은 넌더리를 내며 뒤로 물러나라는 명령을 내릴 수밖에 없었다. 그들은 모아 놓은 바위를 내버려둔 채 계곡 위쪽으로 물러났다. 그러자 그 다음에는 제국군 본대가 움직였다. 니어엘은 사격 중지 명령을 내렸다.

뒤를 힐끔 돌아본 힌치오는 비시올이 물러나는 모습을 목격했다. 소화차들을 앞세운 채 제국군이 올라오고 있었고 비시올에겐 던질 물건이 없었다. 물론 힌치오는 비시올이 부하들과 함께 소화차로 돌격하기를 바라지는 않았다. 퇴로를 뚫는 수밖에 없었다. 힌치오는 노성을 지르며 발케네 병사들의 머리 위로 뛰어올랐다.

착지했을 때 힌치오는 도열한 레콘 여단 앞에 떨어졌다. 하지만 힌치오는 레콘들을 보지 않았다. 그는 바닥을 바라보았다. 굉장한 바닥이라고 할 수 있었다. 시체가 가득한 전장과는 달랐다. 짓밟혀 으깨진 시체들이 촘촘히 깔려 있는 바닥이었다.

"이런 바닥에서는 처음 싸워 보는군."

힌치오는 벼슬을 빳빳하게 세우고 레콘들에게 달려들었다. 제국군 레콘들은 힌치오의 바람과 달리 혼란을 일으키지 않았다. 힌치오와 가까운 곳에 있는 레콘들은 자신의 무기를 집어 들고 힌치오와 맞섰지만 다른 지점에서는 인간 병사에 대한 학살이 중단 없이 계속되었다. 힌치오는 시체의 무도장 위에서 제국군 레콘들과 함께 춤을 추었다.

어디선가 굉음이 들려왔다. 싸움의 흐름에서 순간을 힘겹게 짜낸 힌치오는 소리가 들려온 곳을 돌아보았다. 소화차가 옆으로 기울고 있었다. 어떤 제국군 레콘이 집어던진 병사가 일으킨 파문이 소화차를 전복시키고 있었다. 급경사를 오르던 소화차는 옆으로 기울다가 뒤로 넘어졌다. 그리고 계곡 아래쪽을 향해 두어 바퀴 데굴데굴 굴렀다. 깔린 병사들이 애처로운 신음을 흘렸다. 그런 전복 사고는 여러 곳에서 일어났다. 발케네 본대를 가로질러 오던 소화차들 중 많은 수가 공포에 질린 병사들에게 붙잡혀 오도 가도 못하게 되거나 뒤집혔다. 소화차가 와서 힌치오를 도와주기는 어려울 것 같았고, 힌치오는 거기에 대해 많이 아쉬워하지는 않았다. 소화차가 다가와 물을 뿌리는 것은 그에게도 달가운 일이 아니었다. 하지만 소화차가 엉뚱한 곳에서 구르는 것은 심각한 문제였다. 그를 따라오던 사라티본 부대의 레콘들이 소화차가 전복된 장소에서 급정지를 했다. 힌치오는 짧지 않은 시간 동안 혼자 싸워야 함을 깨달았다. 힌치오는 이쑤시개가 길어서 다행이라고 생각했다.

하지만 힌치오를 상대하고 있는 레콘들 중 일부도 꽤 큰 무기들을 들고 있었다. 그중 곤혹스러운 것은 긴 철극이었다. 그 길이만 해도 골칫거리였지만 극에 달린 부속날들은 금방이라도 이쑤시개를 잡아챌 것 같았다. 다행히 이쑤시개보다 더 무겁기 때문에 철극의 공격은 간헐적이었지만 힌치오가 쉴 틈은 없었다. 철극이 물러난 시간에는 다른 제국병들이 그를 몰아붙였다.

결국 힌치오는 어깨가 찢어지는 부상을 입었다. 한 번 상처를 입어 몸이 주춤하자 상처는 빠르게 늘어났다. 힌치오는 자신이 이곳에서 죽을지도 모르겠다고 생각했다. 싸우다가 죽는 것이니 나쁘지는 않다. 힌치오는 피식 웃으며 빈틈을 보였고, 그 빈틈에 매혹된 제국병의 머리를 쪼개어 놓았다. 제국병들은 좀 더 경의를 가지고 힌치오를 대하기로 했다. 시간을 조금 번 힌치오는 싸움의 시간을 연장하기 위해 잠시 물러나서 호흡을 가다듬었다. 정신없는 싸움의 끝에 갑자기 찾아온 고요가 힌치오와 그의 상대들을 약간 어리둥절한 기분에 빠트렸다. 맥이 풀리는 느낌과도 비슷했다. 철극을 들고 힌치오를 괴롭히던 레콘이 말했다.

"다시 싸울까?"

"음. 숨 좀 더 고르고."

"곡차나 한잔 마시고 싸우면 더 좋겠다. 쩝."

"아아, 곡차. 괜찮네. 내가 죽으면 내 몫까지 좀 마셔 줘."

"이름이 뭐야?"

"힌치오."

"알았어. 힌치오에게 한잔. 기억했다."

"고마워."

힌치오는 핏 웃으며 이쑤시개를 들어 올렸다. 그때 힌치오의 눈에 엉뚱한 것이 들어왔다. 철극을 들고 있던 레콘은 힌치오가 왜 기묘한 표정으로 자신을 바라보는지 알 수 없었다. 그때 힌치오가 말했다.

"나늬?"

철극을 든 레콘은 부리를 쩍 벌렸다.

"내가 나늬라고?"

"무슨 그런 술맛 떨어지는 농담을."

철극을 든 레콘은 그제야 힌치오의 시선이 자신의 얼굴이 아닌 다른 쪽을 향하고 있다는 것을 깨달았다. 그와 다른 레콘들은 힌치오의 시선을 쫓았다. 그리고 곧 벼슬을 경련시켰다.

그들의 뒤편 하늘에 어떤 소녀가 떠 있었다. 소녀는 불타오르는 눈과 검은 안대로 바닥에 깔린 시체들을 바라보고 있었다.

세레지 파림은 허리에 손을 얹은 채 나무 위를 노려보았다.
"백작님, 놀라서 죽을 뻔했어요."
엘시는 물끄러미 아래를 내려다보았다. 황혼도 사그라지는 시각이었고 주위는 어두웠다. 팔 하나로 나무에 매달려 있는 사람이 목을 매단 시체처럼 보이는 것은 당연하다. 세레지는 그런 엘시를 보자마자 주저앉았다. 그리고 엘시가 자신의 몸을 팔 하나로 끌어올리는 것을 보고 겨우 사태를 이해했다.
도저히 더 끌어올릴 수 없다고 판단한 다음 엘시는 손을 놓았다. 그는 나무 아래로 살짝 떨어졌다. 두 팔을 주무르며 엘시가 말했다.
"몸을 회복해야 하는데, 레콘들의 등 위에선 그러기 어렵군."
"너무 애쓰지 마세요. 대장군께서 칼 들고 앞에서 싸우실 것도 아니잖아요. 대장군은 명령만 잘 내리면 되는 것 아닌가요?"
"병자의 명령에는 장악력이 없다, 세레지. 너도 아픈 사람이 내리는 명령을 귀담아듣기는 어렵겠지."
"아아. 그런 문제가 있었네요."
엘시의 말에 동의했지만 세레지는 여전히 팔 하나로 턱걸이를 할 필요까지는 없다고 생각했다. 나무 아래에 똑바로 서서 옷차림을 가다듬는 엘시의 모습은 충분히 건강해 보였다. 우물에서 나왔을 때와는 다른 사람 같았다. 우물 속에서 지낸 시간이 어떤 것이든 그것이 엘시에게 지울 수 없는 영향을 주지는 않았다. 엘시가 말했다.

"다른 사람들에게 가자. 가면서 갔던 일에 대해 말해 줘."

세레지는 고개를 끄덕였다. 지멘을 포함한 다섯 명의 레콘들은 정보 수집에 적합하지 않았고 엘시는 자신을 노출시킬 수 없었다. 제국 남북극의 두 공작이 손을 잡았고 제국 전체가 그 두 사람 사이에 있다. 어디서 엘시를 노리는 공격이 있을지도 모른다. 하지만 북부의 상황을 알아야 했으므로, 다른 사람들이 근처의 야산에 몸을 숨기고 있는 동안 세레지가 렐스리로 갔다. 렐스리에서 한나절 정도 보내고 돌아온 세레지는 자신의 모험에 대해 말했다.

"이곳 사람들에 비하면 제 얼굴이나 손발은 많이 탔잖아요. 그래서 좀 위험할지도 모르지만 한계선 남쪽에서 왔다고 말했어요. 그러면 이런저런 일 물어보는 것도 이상해 보이지 않을 테고요."

엘시는 조금 주저하다가 말했다.

"이레는 네가 틀림없이 북부로 떠난 남편을 찾아 달려온 아내로 위장했을 거라고 말하더군."

"아니요. 아버지와 싸우고는 제국군이 되겠다면서 집을 뛰쳐나간 남동생을 찾으러 온 누나였어요. 죽어 가는 아버지께서 마지막 순간이 오기 전에 아들과 화해하고 싶어하거든요. 그리고 현명한 누나인 저는 남동생이 필요로 하는 것이, 그 나이의 남자애가 흔히 그렇듯 명분이라는 것을 잘 알지요. 누나가 부탁해서 돌아간다는 명분이면 남동생은 아버지에게 돌아갈 수 있어요."

"대단하군. 사람들이 많이 도와줬어?"

"예. 제가 말한 이름의 제국병을 봤다는 이야기까지 들었어요. 남동생 하나 생길지도 모르겠어요. 어쨌든 제국병의 추가 소환이 있었던 모양이에요."

"추가 소환? 어떤 부대지?"

"고추냉이 여단과 왜솜다리 여단이에요."

엘시는 걸음을 멈췄다가 다시 걸었다. 그는 주먹을 꼭 움켜쥔 채 세레지를 돌아보았다.

"확실해?"

"확실해요. 나무 이름이 아니라 풀이름을 쓰니까 레콘 부대죠?"

"그래, 레콘 부대다."

"백작님, 왜 제국군은 나무 이름이나 풀이름 같은 것을 쓰죠? 대호 부대나 왕독수리 부대, 천둥벼락 부대 같은 무서운 이름을 붙일 수도 있을 텐데."

엘시는 상념에 잠겨 건성으로 대답했다.

"그건 천일 전쟁을 거치며 생긴 전통이다. 나가들이 나무 이름을 쓰기 때문에 똑같이 나무 이름을 붙이면 나가들이 혼란스러워 할 거라고 생각했지. 물론 나가들은 자신들이 노획한 서류에 나타난 나무 이름의 부대 명에 몇 번 당황하긴 했다. 몇 번뿐이었지. 하지만 전통은 이미 만들어진 거지. 레콘 여단이 편성되었을 때는 이해를 편하게 하기 위해 풀이름을 쓰기로 했고."

"그래요? 저는 뭐 엄청난 비밀이 있는 줄 알았어요."

"그래."

"저, 안 좋은 소식인가요, 백작님? 저는 발케네 공이 레콘을 준비했으니까 제국군도 레콘을 모으나 보다고 생각했는데요. 레콘 말고 다른 걸로는 레콘을 상대할 수 없잖아요."

세레지는 고개를 약간 가로젓고 말했다.

"아, 백작님은 빼고요. 백작님은 레콘 없이도 레콘을 이기셨지요. 하지만 백작님이 없으니까 제국군은 레콘들을 데려와야 할 테죠."

"그렇겠지."

"백작님, 저는 설명을 들었으면 좋겠어요. 그리고 백작님도 제게 설명하다 보면 생각을 더 잘 정리하실 수도 있지 않을까요? 저는 그렇던데요."

엘시는 세레지를 잠깐 돌아보았다.

"네 말처럼 레콘을 상대하려면 레콘이 필요하지. 그렇다면 그건 상대를 물리치겠다는 거다."

"전쟁은 상대를 물리치기 위해 하는 것 아닌가요?"

"전쟁은 절대 우위가 아니라 상대 우위를 구축하는 작업이다. 엄청난 강력함은 필요 없어. 낭비지. 상대방보다 조금 더 강하면 된다. 그래도 이기는 것은 마찬가지니까. 호랑이를 키운다면 근사하긴 하겠지만, 쥐를 잡기 위해서라면 그건 낭비야. 고양이를 키우면 충분하다."

"여자들은 잘 아는 이야기네요."

"그런가?"

세레지는 빙긋 웃었다.

"호랑이를 키우는 것이 멋있다고 생각하는 건 아마 남자일 거예요."

조금 생각해 본 엘시는 고개를 끄덕였다.

"그런 것 같군. 어쨌든 상대 우위만 구축할 수 있다면 상대방이 온전하게 남아 있어도 상관없어. 하지만 레콘 2개 여단의 추가 소환이라는 것은 상대를 남겨 두지 않겠다는 뜻이군."

세레지는 엘시의 말투가 스산하게 느껴졌다. 그리고 엘시의 말을 생각해 본 세레지는 그렇게 말할 수밖에 없다고 판단했다.

"제국군이 발케네를 멸망시키려 한다는 말씀이세요?"

엘시는 침울하게 질문했다.

"귀족들이 불평한다는 이야기는 듣지 못했나?"

"불평이오?"

"그러니까 폐하께서 제국 안위를 위해 쓰여야 할 강대한 병력을 제국 내부에 쓰고 있다는 식의 불평을 말하는 거다. 더 조야하게 말하자면 다음 차례는 나일지도 모른다는 불안감."

"저는 귀족들 이야기는 듣지 못했어요."

"듣지 못했다고? 아무 이야기도? 퍼스 후작이나 규리하 변경백의 이야기 같은 것도 없었나?"

"예. 아무런 이야기도 없었어요."

엘시는 그것이 무슨 의미인지 알 수 없었다. 어디선가 분명히 목소리가 있어야 한다. 이 전쟁을 중재하기 위해 나선다거나 황제가 발케네를 용서하기를 바란다거나, 하다못해 황제의 뜻을 지지한다는 이야기라도 있어야 한다. 하지만 침묵은 있을 수 없다. 기묘한 일이다.

엘시는 데라시에 대해 생각했다. 비스그라쥬 백이 고명한 솜씨로 귀족들을 모두 침묵시킨 것일까? 데라시를 지나치게 과대평가하는 것일지도 모르지만 엘시는 그럴 가능성을 부정하지 않았다. 하지만 레콘 여단 2개의 추가 소환이 일어난 시점까지 귀족들을 침묵시킬 방법은 데라시에게도 없을 것이다. 엘시의 예측대로 레콘 여단 두 개가 더 동원되었다는 것은 전쟁의 목표가 발케네에 승리하는 것이 아니라 발케네에 멸망에 가까운 타격을 주는 것이라는 의미가 된다.

'어차피 레콘 일만 명의 숙원이 발케네 공을 위해 싸우다 죽는 것일 가능성은 희박하다. 그들이 원하는 것은 숙원 사업이나 신부 탐색에 필요한 돈벌이다. 필요한 것은 제국 금고다. 더 많은 돈을 제공하면 그 레콘들은 발케네 공에게 미안하다고 한마디하고는 돌아설 것이다. 그렇다 해도 제국군처럼 탈영의 죄를 짓는 것도 아니다. 그런데 왜 엉뚱하게도 레콘 여단 두 개의 추가 소환이냐, 데라시. 도대체 무엇을 바라지?'

엘시는 자신을 기만하고 있다는 것을 깨달았다. 데라시일 리가 없다. 태위도 없고 대장군도 없는 상황에서 왜솜다리 여단과 고추냉이 여단이 움직였다면 그들을 움직이게 한 명령은 첫 번째 벽난로 방에서 나왔을 것이다. 이 전쟁은 황제의 뜻에 따라 진행되고 있었다. 그리고 엘시는 황제의 진정한 의도를 이해하기 어려웠다.

또는 이해하고 싶지 않았다.

힌치오는 아실이 환상 계단을 밟고 서 있다는 것을 깨달았다. 하지만 왜솜다리 여단과 고추냉이 여단에는 환상 계단을 이용할 수 있는 병사들이 많았다. 따라서 그녀의 위치는 안전하지 않았다. 힌치오는 위험하다고 외치려 했다. 그러나 선뜻 부리를 열지 못했다. 아실은 노여움에 가득 찬 얼굴로 시체로 포장되다시피 한 땅을 바라보고 있었다.

아실이 천천히 고개를 들어 올렸다. 그녀의 위쪽에는 조금 전 레콘 제국병들을 내려놓은 하늘누리가 떠 있었다. 아실은 하늘누리를 뚫어지게 노려보았다.

그 시각, 하늘누리의 유수부 통제국에서는 사건이 일어났다. 사건의 규모는 작았고 파장도 별로 크지 않았다. 하지만 그 사건은 한 통제국원을 몹시 당혹하게 했다.

통제국장은 시허릭 마지오 상장군에게 받은 부탁에 따라 하늘누리를 뒤로 돌리라는 명령을 내렸다. 그의 명령은 하늘누리를 우회전시키는 것이었다. 하지만 하늘누리가 움직이기 시작하고 얼마 후 통제국장과 통제국원들은 당황했다. 유수부차사 파라말 아이솔이 고개를 갸웃거리며 말했다.

"통제국장, 우회전이라고 하지 않았나? 그런데 아무래도 왼쪽으로 돌고 있는 것 같은데."

통제국장은 잡아먹을 듯한 얼굴로 하늘치의 회전을 맡고 있는 통제국원을 노려보았다. 통제국원은 얼굴이 창백해진 채 말했다.

"죄, 죄송합니다. 제가 하늘과 하늘치를 헷갈린 것 같습니다."

유수부차사 파라말 아이솔은 그 말을 이해할 수 없었지만 통제국장은 이해했다. 그는 파라말에게 고개를 숙이며 말했다.

"죄송합니다. 이것은 하늘누리를 움직일 때 가끔 발생하는 실수입니다. 하늘누리를 움직이는 것이 아니라 세상을 움직이는 것처럼 착각하는 일입니다. 정말 가끔 일어나는 일입니다."

"아아. 그러면 눈에 보이는 하늘이 오른쪽으로 가도록 했다는 건가? 그래서 하늘누리는 왼쪽으로 움직였고?"

"예. 그렇습니다."

"재미있는 실수군. 지금 다시 되돌려 봐야 시간 낭비고 어차피 뒤로 도는 것이 목적이니까 어느 쪽으로 돌아도 상관없겠지?"

"지금은 상관없습니다만 하늘누리를 엉뚱한 방향으로 움직였다는 것은 용서할 수 없는 실수입니다."

파라말은 어깨를 으쓱한 다음 통제국의 관습을 존중하기로 했다.

"이 경우 통제국이 일반적으로 시행하는 처벌이 있겠지. 판단에 따라 처벌하게, 통제국장."

회전 담당 통제국원의 얼굴이 일그러지는 것을 보고 파라말은 그 처벌이 꽤 무서운 것인가 보다고 생각했다. 그의 추측은 틀리지 않았다. 통제국원은 자신이 받을 처벌을 걱정하고 있었다. 하지만 걱정거리는 그것만이 아니었다. 다른 사람들이 드물게 그런 실수를 하는 경우를 목격했기에 그는 자신이 무슨 실수를 저지른 것인지 알 수 있었다. 바꿔 말하면 그는 한번도 하늘누리의 통제를 실수하지 않았다. 통제국에 들어온 이후로 하늘누리를 움직이는 것에 있어서 한번도 실수하지 않았다는 것이 그의 자부심이었고, 따라서 작금의 사태는 그에게 꽤 당혹스러웠다.

하늘누리가 뒤로 돌았다. 하늘누리는 천천히 계곡 아래로 움직였다. 시허릭 마지오 상장군은 파르바리 계곡 전투를 섬멸전으로 가져갈 생각은 없었다. 일반적으로는 부활을 꿈꾸는 잔당들의 끝없는 보복과 재정복의 악순환을 피할 수 있는 섬멸전이 합리적인 수단이다. 하지만 이 경우에는 좀 다른 정치적 고려가 필요하다. 발케네 공이 회생 불가능한 타격을 입는다면 그의 봉신들이 반란을 일으킬 것이다. 그렇다면 발케네 전체가 혼란에 빠질지도 모른다. 엄격한 지배 구조를 가지고 있는 규리하와 억압으로 묶여 있는 발케네를 처리하는 방법은 달라야 했다. 시허릭 마지오 상장군은 발케네 공이 발케네의 지배자인 채로 제국군에게 항복해야 한다고 판단했다.

하늘누리가 자신의 머리 위로 온 것을 확인한 레콘들은 몰살을 기다리고 있는 발케네군을 내버려둔 채 뒤로 물러났다. 철극을 든 레콘 또한 물러나며 말했다.

"어이. 힌치오, 돌아가야겠어."

"그래? 왜?"

"원래 명령이 그거야. 너희들을 적당히 때려 죽이고 물러나는 거. 하늘누리가 왔지? 난 올라갈 거야."

"알았어. 아, 곡차는 잊어도 돼. 난 안 죽었으니까."

"알았어."

힌치오는 물러났다. 제국군 레콘들은 계곡 아래쪽에서 그러했던 것처럼 레콘 계단을 만들었다. 발케네군 본대를 때려눕히고 있던 제국군 레콘들은 얼마 후 모두 하늘누리에 탑승했다. 그러자 하늘누리는 계곡 아래쪽, 제국군 본대가 있는 곳으로 유유히 날아갔다.

힌치오는 그 모습을 보다가 문득 아실을 떠올렸다. 힌치오는 자신의 머리를 찰싹 두드렸다. 하늘누리가 움직였으니 환상 계단에 서 있던 아실은 상상했던 것을 잃고 떨어졌을지도 모른다. 힌치오는 걱정스러운 표정으로 아실이 떠 있던 곳을 바라보았다. 불길하게도 아실은 그곳에 없었다. 하지만 주위를 둘러보고 나서 멀찍감치 떨어진 땅에 똑바로 서 있는 아실을 발견했다.

힌치오는 그쪽으로 성큼성큼 달려갔다. 힌치오를 바라보던 아실의 얼굴이 일그러졌다. 힌치오는 고개를 갸웃하다가 곧 그녀가 왜 그러는지 깨달았다. 바닥을 살핀 힌치오는 시체가 없는 곳을 밟으며 아실에게 다가갔다. 아실은 몸을 부르르 떨고 힌치오의 발 쪽에서 눈을 뗐다.

"아실, 괜찮아? 어쩌려고 싸움터에 온 거야?"

아실은 힌치오의 얼굴을 바라보았다. 그 얼굴은 어떤 표정을 지어야 할지 알 수 없어서 온갖 표정이 뒤섞인 것 같았다.

아실이 몸을 돌렸다. 그녀는 계곡 뒤쪽을 향해 비틀비틀 걸어갔다. 힌치오는 그녀를 한 번 더 부를지 그렇지 않으면 가도록 내버려둘지 고민하다가 내버려두기로 했다. 힌치오는 사라티본 부대의 현황을 살피기 위해 몸을 돌렸다. 그때 찢어지는 비명이 들렸다.

힌치오는 어깨 너머를 돌아보았다. 아실이 바닥에 쭈그리고 앉아 머리를 감싸 쥐고 있었다. 그녀는 자신의 가슴을 향해 비명을 질렀다. 두 번, 세 번. 몇 번인가 비명을 지르던 아실은 다시 일어섰다. 그리고 저편을 향해 뒤도 돌아보지 않고 달려갔다.

힌치오는 다시 몸을 돌렸다. 사라티본 부대를 수습해야 했다. 하지만 앞으로 달려가려던 힌치오는 잠깐 멈췄다. 그는 바닥을 살폈다. 그리고 시체가 없는 곳을 골라 밟으며 걸어갔다.

발케네군의 지휘관들은 본대 뒤편을 유린하던 레콘 여단병들이 갑자기 떠난 사태를 이해할 수 없었지만 그 기회를 놓치지 않았다. 그들은 계곡 뒤편의 탈출로를 통해 파르바리 계곡에서 빠져나갔다. 빠져나간 숫자는 원래 있었던 숫자의 2할에도 미치지 못했다.

추격의 유혹은 강렬했지만 시허릭은 냉정하게 자신을 억눌렀다. 그는 계곡 뒤편에 있던 발케네군의 진지를 접수하고 가득히 남아 있던 전리품을 수거하는 것에 만족했다. 병장기와 군수품은 산을 이룰 지경이었고 수거한 소화차들은 소화차 중대를 만들 수 있을 정도였다. 그것은 사라티본 부대를 대적하기 위한 좋은 병기였고, 고지대인 파리조까지 운하를 팔 수 없었던 시허릭에게 대단히 반가운 전리품이었다. 크나큰 승리를 거둔 시허릭 마지오 상장군에게 바치는 찬사가 드높았다.

발케네군이 남겨 놓은 진지에 대한 보수 작업을 명령한 시허릭은 유수부 통제국에 사의를 표하기 위해 하늘누리 위로 올라갔다. 통제국에서는 유수부차사 파라말 아이솔과 통제국원들이 기다리고 있었고 그들은 박수로 시허릭을 환영했다. 시허릭은 겸손한 표정을 지었고 그들의 조력에 감사했다. 예의 바른 대화가 오간 다음 파라말이 시허릭에게 말했다.

"올라오면 즉시 내방하라는 폐하의 황명이 있었습니다."

"내방이오?"

"그렇습니다. 첫 번째 벽난로 방으로 가십시오. 수행인 없이 홀로 오라 하셨습니다."

시허릭 마지오 상장군은 뜻밖의 일에 놀랐다. 아직 전쟁은 끝나지 않았다. 사라티본 평원과 코네도에서 겪은 일을 몇 배로 되돌려 주긴 했지만 이 또한 한 번의 전투일 뿐이다. 시허릭은 치하를 받는 일은 아닐 것 같았다. 그렇다면 대전이 더 어울릴 테니까. 시허릭은 뭔가 비밀스러운 작전 변화가 있나 보다 생각하며 수행 장교들에게 내려가라고 말했다. 그리고 시허릭은 황제의 집무실로 갔다.

집무실에는 금군 구레가 언제나처럼 기다리고 있었다. 시허릭은 차고 있던 제국검을 풀어 구레에게 넘겨주었다. 무기를 받아 든 구레는 방 안쪽을 향해 말했다.

"시허릭 마지오 상장군이 왔습니다."

"들여보내."

치천제의 아름다운 목소리가 들리자 구레는 문 앞에서 비켜섰다. 시허릭은 그를 지나쳐 황제의 집무실로 들어갔다.

방 안은 어둡고 열기로 가득했다. 시허릭은 반갑잖은 열기에 불쾌해하는 기색을 보이지 않으려 애쓰며 황제의 모습을 찾았다. 치천제는 방 안의 유일한 조명 역할을 하는 벽난로 앞에서 그에게 등을 보인 채 앉아 있었다. 시허릭은 헛기침을 했다. 황제가 고개를 돌리지 않은 채 말했다.

"가까이 와."

시허릭은 조심스럽게 방을 가로질러 의자 뒤편으로 다가갔다. 경의를 표시하기 위해 시허릭이 선택한 거리는 2미터였다. 치천제가 말했다.

"짐은 탁월한 지도력으로 큰 승리를 거둔 그대를 치하한다."

"과찬의 말씀이십니다."

"그대가 전투를 끝내는 방식에 약간 의문을 느낀다. 왜 섬멸전을 펴지 않았는지 설명해라."

시허릭은 자신 있게 말했다.

"발케네의 지배 구조는 발케네 공 락토 빌파의 장악력에 의해 유지됩니다. 이곳 사람들의 성정은 사납고 야비합니다. 만약 발케네 공의 무력이 갑자기 약화된다면 그 구조는 무너질 겁니다. 봉신들의 반란이 일어나면 발케네 공의 몰락은 더 빨라지겠지만, 향후 전후 복구를 책임져야 할 제국 정부의 입장에서는 곤혹스러운 일이 될 것입니다. 저는 발케네 공이 발케네를 장악한 채 항복해야 한다고 판단했습니다. 그래서 그가 최소의 병력을 가지고 파리조로 돌아가도록 배려했습니다."

"그래. 이곳은 도둑놈들의 땅이지."

"그렇습니다."

"하지만 발케네 공이 살아 있다면 그대에겐 좋지 않을 텐데."

"예?"

치천제는 의자에서 일어섰다. 그녀는 시허릭을 향해 몸을 돌렸고 벽난로를 등진 그녀의 얼굴은 어두웠다. 치천제가 말했다.

"이 전쟁의 목적을 아는가?"

시허릭 마지오는 침을 삼켰다. 치천제는 본질적인 이유에 대하여 묻고 있었고 시허릭은 짐작 가는 바가 있었으나 증거라고 할 만한 것이 없었다. 그는 상식적인 대답을 하기로 했다.

"폐하, 군인은 이유를 묻지 않습니다. 명령을 실행합니다."

"이 전쟁은 차기 황제를 위한 전쟁이다."

직설적인 말에 시허릭은 숨이 막히는 것 같았다. 지독한 열기도 호흡을 어렵게 하는 요소였다. 그는 호흡 소리를 약간 높였다. 그것이 실례가 되진 않을 것이다. 나가 황제는 귀가 어두우니까. 치천제가 계속 말했다.

"차기 황제에게 대적할 인물인 발케네 공을 제거하는 것이 전쟁의 목적이다. 전쟁이 끝나면 짐은 황위에서 물러날 수 있겠지. 그리고 엘시 에더리가 황위에 오르기로 되어 있었다."

시허릭은 역시 대장군이 차기 황제였다고 생각했다. 그러나 조금 후 시허릭은 이상한 것을 느꼈다. 치천제는 '되어 있었다.'고 말했다. 그렇다면 이제는 그렇지 않다는 뜻일까?

"그런데 엘시는 이곳에 없다. 어쩌면 돌아오지 않을지도 모르겠다."

"무슨 말씀이십니까?"

황제는 설명하지 않았다.

"짐에겐 만약을 위해 다른 후보자가 필요하다."

시허릭은 그 순간 방 안 가득한 열기에도 불구하고 가슴속이 서늘해지는 것을 느꼈다. 겨울의 바람이 가슴을 관통하여 지나가는 듯했다. 시허릭은 눈만 끔뻑거리며 치천제를 바라보았다. 치천제의 그늘진 얼굴에서 그는 아무것도 읽을 수 없었다. 설령 조명 상태가 좋다 하더라도 황제의 심중을 읽는 것은 불가능할 것이다. 그러나…… 그 얼굴이 시허릭에게 황제가 되라고 말하고 있다면?

치천제가 말했다.

"섬멸전이 좋다."

"섬멸전이라 하셨습니까?"

"그래. 코네도에서처럼. 모두 죽여라. 네 말처럼 이곳은 도둑놈들의 땅이다. 이곳을 억압하던 발케네 공이 사라지면 이곳에서 끝없이 반란이 일어날 것이다. 차기 황제에겐 귀찮은 일이 될 것이다. 황위에 오르기 전에 정리해 두는 것이 좋겠지."

"대장군께서 그것을 바라실지 모르겠습니다."

"다른 후보자는 어떻게 생각하는지 궁금하군."

시허릭은 어처구니없었다. 황제라니, 말도 안 된다. 그는 고향으로 돌아가 장제사가 될 것이다. 편자를 또각거리며 재미있게 살 생각이다. 그것이 시허릭의 목표다. 살본의 둥그런 언덕과 흙맛이 나는 시냇물이 황위보다 훨씬 낫다.

시허릭은 입을 열었다.

"대장군은 훌륭한 분입니다. 그분이 아닌 다른 후보자라면, 난관은 없는 게 좋을지도 모르겠군요."

"짐도 그렇게 생각한다."

"받들어 거행하겠습니다."

황제는 친밀감 가득한 얼굴로 바라보았다. 그림자 때문에 아무것도 볼 수 없었지만 시허릭은 황제가 그렇게 그를 바라본다고 생각했다.

시허릭은 절하고 물러났다.

론솔피는 도끼창을 길게 잡았다. 마치 지휘봉을 잡듯 한 손으로 창끝을 가볍게 쥐어 올리는 론솔피를 보며 세레지는 도대체 레콘의 힘이 어느 정도일까 생각했다. 세레지라면 두 손으로도 그런 식으로 쥘 수 없을 것이다. 론솔피는 그렇게 쥔 창으로 망치질 하듯 성벽을 때렸다.

성벽이 쿵 소리를 냈다. 하지만 균열이나 붕괴는 일어나지 않았다. 론솔피는 끄떡없이 서 있는 성벽을 바라보다가 도끼창을 손가락 사이로 미끄러트렸다. 도끼창으로 바닥을 짚은 채 그는 건축가 준람을 돌아보았다.

"이렇게 튼튼한 성을 어떻게 떡 자르듯 잘라 넘어뜨렸다는 거야?"

론솔피가 때린 위치를 주의 깊게 바라보던 주테카도 의아한 얼굴로 준람을 돌아보았다. 준람은 수염볏을 만지작거리며 말했다.

"정확하게 알아보려면 장시간 조사해 봐야겠지만 가설은 있어."

"말해 봐."

"이 성, 아마 증축했을 거야."

"증축?"

"그래. 간단히 말해서 원래 있던 성을 허물고 새로 덧붙인 부분이 있다는 거야. 이 성의 주민들은 당연히 원래의 성벽과 새로 만든 부분이 이어지는 곳을 알고 있었겠지. 그 부분을 잘 이용한 것이겠지. 바위를 깰 때도 결을 잘 이용하면 쉽게 깨져. 원리는 그런 식일 거야. 물론 레콘의 힘이 있으니 가능했겠지만."

"아아, 그렇게 한 거야?"

론솔피는 고개를 끄덕였고 세레지도 그러했다. 세레지는 뒷짐을 진 채 엘시를 쳐다보았다.

엘시는 다른 사람들과 달리 무너진 코네도 성을 보고 있지 않았다. 그는 조금 떨어진 위치에서 코네도 성 점령군을 지휘하고 있는 수교위 한 명과 이야기를 나누고 있었다. 그런데 엘시의 얼굴이 심상치 않았다. 고통과 분노로 일그러진 얼굴을 하고 있는 그를 보자 세레지는 즉시 머릿속으로 이야기를 만들기 시작했다.

'코네도에 살고 있던 그도 죽었단 말이냐? 그는 고아라짓 왕국의 비보가 숨겨진 위치를 암시하는 노래의 유일한 전승자인데!'

'그것이 무슨 비보입니까, 대장군님?'

'이제는 사라진 고대의 기술로 제작된 레콘용 틀입니다.'

자신의 생각에 소리 없이 낄낄거리던 세레지는 그들의 주의를 끌지 않도록 주의하며 그들 가까이에 있는 나무 쪽으로 움직였다. 세레지가 나무에 등을 기대자 엘시의 목소리가 들려왔다.

"시허릭 마지오 상장군이 그런 명령을 내렸을 리 없다."

"황명이었습니다, 대장군님."

"황명이라고? 확실한가?"

"저는 그렇게 알고 있습니다, 대장군님."

황명이라는 말에 세레지는 약간 겁을 먹었다. 그녀의 생활에서는 그리 필요하지 않은 어휘였으므로 말을 하려면 약간 긴장해야 하는 어휘였다. 그것을 자연스럽게 말하는 엘시는 세레지의 눈에 정말 대장군처럼 보였다. 이 비현실적인 여행 동안 그것은 세레지에게 깊은 인상을 남기는 변화였다. 역겨운 땅굴에서 꺼낸 다 죽어 가던 남자가 제국 내에 비교할 자 없는 강력한 권력자로 변해 가는 모습은 그녀가 이야기를 만들어 내는 속도 이상이었다. 세레지는 엘시를 그의 세계에 남겨 두고 물러나는 것이 좋겠다고 생각했다. 일종의 방어 심리라고 할 수 있을 것이다. 낯선 그의 세계는 그녀에게 상처를 입힐지도 모른다.

나무 아래를 벗어나던 세레지는 이레를 발견했다. 이레는 팔짱을 긴 채 그녀를 똑바로 바라보았다. 세레지는 어깨를 으쓱이며 그에게 다가갔다. 이레가 말했다.

"무슨 염탐이냐? 아무 생각 없나 보지만 너 큰 죄 지을 수도 있어."

"겁주지 마, 이레. 나도 슬슬 겁이 나니까."

"음? 왜?"

세레지는 기지개를 켜듯 몸을 죽 펴고 말했다.

"소풍이 아닌 것 같아."

세레지는 이레를 지나쳐 걸어갔다. 그녀는 아버지를 불렀고 곧 저편에서 위체 파림의 대답이 들려왔다.

이레는 주위를 둘러보았다.

주테카와 론솔피, 준람은 성을 무너뜨린 발케네군의 재주에 대해 이야기하고 있었다. 세레지는 아버지와 함께 성벽에 대한 농담을 나누었고 엘시는 심각한 얼굴로 수교위와 이야기하고 있었다. 쵸지는 땅에 누워 자고 있고 지멘은 식사 중이었다. 이레는 자신도 누군가와 이야기를 나누거나 먹거나 자면서 이곳에서 일어난 일을 잠시 잊었으면 좋겠다고 생각했다.

'여기서 아홉 살부터 쉰아홉 살까지의 모든 사람이 죽었다고?'

이레는 그 학살에서 어떤 당위성도 찾아낼 수 없었다. 코네도의 주민들은 아무것도 한 일이 없다. 그들이 저지른 유일한 일은 9년 전부터 59년 전 사이의 어느 기간에 이 땅에 태어났다는 것, 또는 이 땅으로 왔다는 것뿐이다. 하지만 엘시에게 상황을 설명하는 코네도 점령군은 어떤 해명의 필요성을 느끼는 것처럼 보이지는 않았다.

'소풍이 아니군.'

이레는 자신들이 떠났던 북부가 아니라고 생각했다. 그들이 돌아온 북부에서는 정확하게 이해할 수는 없지만 무서운 일이 벌어지고 있었다. 비늘 빠지는 대학살이 크게 언급할 가치가 없는 중간 단계라면 최종 단계는 과연 무엇일까. 한 남자와 한 여자가 일으킨 애정의 도피에서 시작된 이 전쟁의 끝은 무엇일까.

엘시가 돌아왔다. 이레는 저쪽에서 멀어져 가는 수교위를 보았다. 이레에게 다가온 엘시는 생각에 잠겨 땅바닥을 내려다보다가 말했다.

"길게 붙잡아 두고 있을 수 없더군. 점령군이 하는 일은 시체를 파묻는 일뿐이야. 고아들과 노인들은 제대로 된 보살핌을 받지 못하는 것 같다. 겨울이 아니라서 그나마 다행이군. 그들을 다른 곳으로 이주시켜야겠다."

"이주라고 하셨습니까?"

"그래. 일을 할 수 있는 인구가 완전히 소멸된 이상 이주가 최선책이다."

이레는 그 판단이 옳다고 생각했다. 노인과 어린이들이 피난길을 떠나는 것은 쉬운 일이 아니다. 하지만 지금이 아니라면 영원히 불가능할 것이다. 여름에는 먹을 것을 그럭저럭 구할 수 있겠지만 겨울이 오면 아무것도 남지 않을 것이다. 먹을 것도 없는 상태에서 겨울을 날 수는 없고, 그때가 되어 황급히 피난을 가려해도 발케네의 추위 속에서는 불가능하다. 지금 즉시 움직여야 한다. 하지만 이레는 한 가지 사실을 지적할 수밖에 없었다.

"주인님, 주인님은 발케네 정벌군 사령관이 아니신데요."

이레의 지적대로 엘시에겐 피정복민들의 거취를 결정할 권한이 없었다. 그런 권한은 시허릭 마지오 상장군에게 있다. 하지만 엘시는 그런 사실 때문에 곤란해하지 않았다.

"이레, 네가 그들을 인솔해라. 이곳의 노인들과 어린이들에겐 좀 고되겠지만 나나본이 좋겠다. 가까운 곳에는 전쟁의 여파가 미칠 수 있고 또 군량 징발이 있었을 테니 무수한 노인과 어린이들을 부양할 능력이 있을 것 같지도 않다. 나나본으로 그들을 데리고 가서 나나본 태수 무스키 드레에게 도움을 청해라. 위체 파림과 세레지 파림도 함께 가는 것이 좋겠다."

이레는 울고 싶은 기분과 비명을 지르고 싶은 기분을 동시에 느꼈다. 그의 주인과 무원칙은 도무지 어울리지 않는 일이었다.

"주인님, 혹시나 해서 여쭙는 것입니다만 그것이 반역 행위라는 것은 아시죠?"

"나는 그렇게 생각하지 않는다."

이레는 경악으로 입을 쩍 벌렸다. 그런 시원시원한 태도가 어울리는 사람도 있겠지만 그의 주인은 그런 사람이 아니다. 엘시가 고통스러워 하며 어쩔 수 없다는 식으로 말했다면 이레도 그를 위로하며 사람을 살리는 것이 더 중요하다고 열성적으로 떠들었을 것이다. 하지만 그렇게 생각하지 않는다고 태연하게 말하는 주인의 모습은 오직 충격적일 뿐이었다. 이레는 이것이 우물 후유증인가 생각했다.

그리고 엘시는 좋은 주인답게 몸종의 당혹을 해소해 주었다.

"이레, 네 주인은 바르지 못한 일을 하는 것이 아니다. 떠날 수 있는 사람은 오래전에 다른 도시에 사는 친지들을 찾아 떠났고 이곳에 남아 있는 사람은 만 명이 채 안 되는 것 같다. 나는 그들 중 떠나겠다는 사람들을 내 만병으로 삼아 나나본으로 보낼 생각이다."

이레는 자기 머리를 때리고 싶었다. 그런 동작이 경각심과 지혜의 증진을 가져온다는 논리적 증거는 없지만, 자책하는 데에는 도움이 되니까.

코네도 점령군은 코네도의 생존자들을 자신의 만병으로 삼아 데려가겠다는 엘시의 선언에 당황했다. 하지만 그것이 엘시의 권리이며 완벽하게 정당한 행위라는 것을 이해하자 그들은 대장군의 명령을 충실하게 실행했다. 도망칠 힘도 없어서 코네도에 남아 있던 노인과 아이들을 집결시키는 것은 어렵지 않았다. 코네도 점령군이 사람들을 광장에 집결시키자 주테카가 계명성으로 외쳐 그들에게 선택의 기회가 주어졌음을 알려 주었다. 여름이 다 지나고 가을이 온다 해도 들판에는 걸을 것도 걸을 사람도 없다. 겨울이 오면 죽을 가능성이 높다. 하지만 지금 출발하면 한 달쯤 뒤에는 나나본에 도달할 수 있을 것이다. 엘시가 그렇게 말했기에 한 달이라고 말했지만 주테카는 한 달이나 걸린다는 자신의 말을 실감할 수 없었다. 그에겐 느긋하게 걸어도 사흘이면 충분하고 달리면 하루 만에도 도착할 수 있는 거리였기 때문이다. 하지만 코네도의 노인들은 그 거리를 뼈저리게 절감할 수 있었다. 그것이 결코 쉽지 않은 선택이라는 것도.

노인들이 엘시의 제안을 거절했을 때 이레가 떠올린 첫 번째 생각은 노인들이 그 엄청난 거리에 겁을 집어먹었다는 것이다. 하지만 조금 더 생각해 본 다음에 이상하다고 느꼈다. 주테카가 말한 것처럼 이곳에 있어 봐야 기다리는 것은 확실한 죽음뿐이다. 이곳에서 죽으나 걷다가 죽으나 마찬가지라면 걸어 보겠다는 사람이 있어야 한다. 또한 그들에겐 어린 손자손녀들이 있다. 그들을 살리기 위해서라도 엘시의 제안을 받아들이는 자들이 있을 법했다. 하지만 나나본으로 가겠다는 사람은 한 명도 없었다. 주테카는 화가 났다.

"무슨 생각이야! 여기 있어 봐야 죽는다고! 어린것들 눈 좀 보고 생각해 봐. 너희들은 살날 얼마 안 남았으니 그렇다 치더라도 그 애들은? 그 애들도 다 죽일 거야?"

주테카에게 되돌아온 것은 침묵이었다. 코네도의 생존자들은 행동으로 대답했다. 몰려서 있던 군중의 뒷부분에서 사람들이 떠나기 시작했다. 노인들은 지팡이나 그들을 이곳까지 부축해 온 어린 손자들의 도움을 받으며 광장 여기저기로 느릿느릿 떠났다.

세레지는 노인들을 부축하는 아이들을 바라보았다. 노인들의 겨드랑이 아래에 묻힐 것 같은 조그마한 꼬마들이 얼굴이 빨갛게 된 채 할아버지와 할머니를 부축하려고 애쓰고 있었다. 노인들의 느린 걸음걸이에 자신의 잽싼 걸음걸이를 맞추지 못하는 아이들은 자꾸 비틀거렸고 노인을 부축해야 한다는 생각이 지나쳐 그들의 몸은 옆으로 비스듬히 기울어 있을 지경이었다. 제대로 먹지 못해서인지 눈은 퀭하고 보살피는 사람이 없어서인지 옷차림도 시원찮았다. 흙먼지와 음식 국물로 얼룩진 그들의 옷은 제국을 종단한 세레지의 옷차림보다 더 지저분했다. 머리를 얼마나 긁었는지 땀으로 엉긴 머리카락에는 피딱지가 대롱대롱 매달려 있었다. 세레지는 그 아이들 중 많은 수가 이번 겨울을 넘기지 못할 것을 깨달았다. 가슴속이 얼어붙는 것 같았다. 세레지는 아버지의 팔을 꽉 움켜쥐며 속삭였다.

"아, 아빠?"

"모르겠군. 저 영감들 의욕이라는 걸 완전히 상실한 것 같군."

"아빠, 무서워. 저 애들 모두가 내년 봄까지 살아 있진 않겠지?"

위체 파림은 세레지의 손에서 팔을 빼 그녀의 어깨를 감싸안았다. 화가 머리끝까지 난 주테카는 떠나는 노인들에게 영아 살해자니 비속 살해자니 욕설을 퍼부었다. 하지만 그 외침은 노인들의 걸음을 늦추지 못했다. 주테카가 기가 막혀 잠시 부리를 닫았을 때 어떤 노인의 혼잣말이 들려왔다.

"쳇. 병 주고 약 주나."

"뭐라고!"

격분하여 달려가려는 주테카의 어깨를 준람이 붙잡았다.

"놔둬. 저 사람들에겐 우리도 똑같은 제국군으로 보이겠지. 너도 나도 예비역이니 틀리지는 않군."

주테카는 소화불량과 편두통의 합병증에 시달리는 사람처럼 보였다. 이레는 엘시를 조심스럽게 돌아보았다. 그는 주인이 좌절감에 빠져 있으리라 생각했다. 하지만 대장군은 엄격하게 통제된 얼굴로 떠나는 노인들의 뒷모습을 바라볼 뿐이었다. 그 얼굴에 떠다니는 희미한 감정은 의문이었다.

코네도의 생존자들이 모두 광장을 떠났다. 북부의 미지근한 여름이 남아 있는 자들의 머리 위에 늘어졌다. 코네도 점령군은 황송한 표정으로 대장군을 바라보았고 엘시는 그들에게 바쁠 테니 돌아가서 일을 보라고 말했다. 그들마저 떠나자 남은 것은 시모그라쥬를 떠났던 자들뿐이었다. 엘시는 그중에 지멘이 포함되어 있음을 조금 늦게 깨달았다. 엘시는 황제 사냥꾼을 돌아보았다.

황제 사냥꾼은 검은 몸을 꼿꼿이 세운 채 북쪽 하늘을 바라보고 있었다. 엘시의 시선을 느낀 지멘은 고개를 돌려 그를 응시했다.

"엘시, 내가 황제를 죽인 다음에 황위에 오르거든, 사람들이 살고 싶은 생각까지 포기하게 되는 황제는 되지 마라."

엘시는 어금니를 깨물었다.

"당신은 폐하를 시해할 수 없습니다."

"그것이 황제가 바라는 거다. 대호왕이 그렇게 말했지. 황제는 폭군으로 죽을 준비를 끝낸 것 같군."

얼굴 옆으로 늘어진 벼슬을 만지작거리던 쵸지가 혼잣말처럼 중얼거렸다.

"그렇군. 이 상황에서 엘시가 황제가 된다면 발케네 인들도 환호하겠지. 황제에게 불손하기로 유명했던 발케네 인도 말이야."

지멘은 가볍게 고개를 끄덕였다. 엘시는 우물로 되돌아온 것 같았다. 일방적으로 떨어지는 것 외엔 아무것도 할 수 없는 것 같았다. 그리고 우물 바닥엔 피에 젖은 옥좌가 있을 것이다. 엘시는 대호왕의 전언을 떠올렸다. 용기를 가지고 패배하라는 것은 반항하지 말고 황위에 오르라는 뜻이었을까? 황위가 패배의 상징이 되는 것은 우스꽝스러운 일이었지만 엘시에겐 그렇게 받아들여졌다. 엘시는 무뚝뚝하게 말했다.

"그것은 선왕의 말씀이시고 당신의 말입니다. 나는 아직 동의하지 않습니다. 그리고 동의하지 않는 한 나는 당신을 저지할 겁니다."

지멘은 말없이 엘시를 외면했다. 지멘을 뚫어지게 바라보던 엘시는 조금 후 코네도를 떠날 것을 명령했다.

하늘누리는 구름을 거슬러 움직였다.

맞바람이 불고 있었다. 구름은 하늘누리의 뒤편으로 움직였고 앞으로 나아가는 하늘누리의 속도가 더해지자 구름의 속도는 놀랄 정도였다. 하늘을 올려다보던 유수부 수도국장 푸타르 만룩스는 어지러움을 느꼈다. 국장은 황급히 고개를 숙였지만 어지러움은 사라지지 않았다. 만룩스 국장은 자신이 긴장하고 있음을 어쩔 수 없이 인정했다.

당혹스러운 일이었다. 천경유수의 방면을 위해 애쓰고 있는 그였지만 천경유수의 요구는 황당했다. 너무도 지알데 락바이에게 어울리지 않는 것이었다. 만룩스는 자신이 뭔가 오해했다고 생각하고 싶었지만 천경유수는 도무지 오해의 소지가 없는 명쾌한 단어들을 사용했다. 그 요구를 받아들인다면 일생일대의 실수를 저지르는 것이라는 자각이 있었지만, 천경유수는 사납게 약속을 요구했고 국장은 얼떨결에 약속할 수밖에 없었다.

그래서 만룩스 국장은 양산을 든 채 이른 아침의 하늘누리를 걷고 있었다.

어울리지 않는 모습이었다. 해가 좀 더 높이 떠오른 시각이라면 여름의 뜨거운 햇빛을 피하기 위해 양산을 쓰는 것도 가능하겠지만 지금은 사물의 그림자가 길게 늘어지는 아침 시각이었다. 만룩스 국장은 모든 사람들이 자기를 쳐다보는 것 같았다. 그러나 관찰력이 우수한 사람은 언제나 적은 법이다. 사람들은 계절이 여름이라는 것을 알고 있었고 양산에 대해 별다른 위화감을 느끼지 못했다. 만룩스 국장의 걱정과 달리 그를 눈여겨보는 사람은 아무도 없었다. 하지만 천경유수 지알데 락바이의 집 앞에 도달했을 때 만룩스 국장은 양산을 집어던지고 저택을 지키고 있던 경비국원들에게 모든 것을 털어놓고 싶은 충동을 느꼈다.

누구에게 다행스러운지 따진다면 아마도 지알데 락바이에게 다행스러운 일일 것이다. 천경유수의 집에 사람이 들락거리는 모습을 보여 주고 싶지 않았던 경비국원들은 서둘러 푸타르 만룩스를 통과시켰다. 만룩스는 엉겁결에 집 안에 들어섰다. 그리고 천경유수의 앞에 도달했을 땐 모든 것을 체념했다.

지알데 락바이가 말했다.

"좋아. 벗게."

푸타르 만룩스는 옷을 벗었다. 자신 또한 옷을 벗은 천경유수는 푸타르의 옷을 걸쳐 입었다. 두 사람의 체격은 비슷했다. 처음부터 그 때문에 이런 계획을 짜내었다. 만룩스는 천경유수의 옷을 입고 그의 방에 앉았다. 그가 그토록 원하던 영달을 이루었다고 할 수도 있을 것이다. 지알데는 말했다.

"자, 갔다 오겠네."

긴장감에 몸을 떨던 푸타르 만룩스는 이 계획을 중단할 구실을 힘겹게 찾아내었다.

"저, 천경유수님, 혹시 손님이라도 오면……."

"유폐된 죄인을 찾아오는 손님은 자네뿐이야."

만룩스는 입을 닫았다. 이미 작별 인사를 했던 지알데는 더 이상의 말 없이 방을 나섰다.

밖으로 나온 그에게 몸종이 다가왔다. 몸종은 지알데에게 만룩스의 양산을 건넸고 그것을 받아 든 지알데는 몸종에게 만룩스가 허튼짓 못하도록 단단히 지키라고 명령했다. 대문 앞에 이르자 지알데는 만룩스의 양산을 펼쳐 머리 바로 위까지 눌러썼다. 그리고 심호흡을 한 다음 대문을 열고 나섰다.

그는 문을 열자마자 종종걸음으로 걸어갔다. 유수부 경비국원들은 그를 붙잡지 않았다. 그들은 아무도 이곳에 드나들지 않았다는 투로 서 있을 뿐이었다. 천경유수는 속으로 경비국원들을 꾸짖으며 황급히 태화각 쪽으로 걸어갔다.

멀리 태화각이 보였다. 태화각의 경비는 그의 집과 비교도 할 수 없이 엄중했지만 천경유수는 그 경비를 통과할 생각이 없었다. 대신 태화각에서 멀찌감치 떨어진 집으로 들어섰다. 그 집은 파시크 남작의 집으로 알려져 있지만 거주자는 파시크 남작이 아니다. 그 집의 거주자에겐 또 다른 특징이 있는데 방문자가 특정한 표식을 가지고 있을 경우 방문자를 인식하지 못하는 흥미로운 질병을 가지고 있다는 것이었다. 양산을 거둔 천경유수가 표식을 보여 주자 거주자는 곧 아무도 못 봤다는 태도로 정원을 거닐었다. 천경유수는 지체 없이 마루를 올랐다. 방 안으로 들어선 천경유수는 벽장을 열었다. 그러자 긴 복도가 나타났다. 지알데는 복도를 따라 걸어갔다.

아침 햇빛과 떠들썩한 소음이 아실의 머리를 가볍게 두드렸다. 하지만 아실의 왼쪽 눈은 언제나처럼 밤을 보고 있었다. 그리고 그녀의 오른쪽 눈은 천장을 보고 있었다. 지난 열 시간 동안 보고 있었던 천장이다.

아실은 방 가운데 드러누워 있었다. 지난밤 바닥에 누운 이래 밤이 지나고 아침이 다가왔다. 등이 배기고 숨쉴 때마다 아팠지만 아실은 움직이지 않았다. 천장에 떠오른 모습에서 눈을 돌릴 수 없었다. 천장의 무늬는 으깨진 시체들처럼 보였다. 피부를 찢고 튀어나온 부러진 뼈, 흙과 피로 더럽혀진 내장들, 으스러진 얼굴에 매달린 턱, 몸 뒤로 꺾인 팔다리. 그런 것들이 천장에 있었다. 아니, 그것은 그녀의 망막에 찍힌 화인인지도 모른다. 아실은 피와 살점과 뼛조각으로 직조된 사체의 융단 위에서 싸우는 레콘을 보았다. 그것은 양손검을 든 채 싸우는 힌치오였다. 아실은 그를 불렀다. 하지만 입 밖으로 나온 이름은 엉뚱했다.

"지멘."

아실은 소스라치며 일어나 앉았다.

엘시를 시모그라쥬까지 유인한 일은 오래전에 끝났을 테니 지멘은 그녀를 찾아 북쪽으로 돌아오고 있을 것이다. 아실은 지멘이 이곳에 도착하면 무슨 일이 일어날지 생각해 보았다. 두 번 생각할 필요 없었다. 지멘은 황제를 죽일 것이다.

그리고 아실은 그것을 용납해선 안 된다는 것을 깨달았다.

아실은 바닥을 짚으며 일어났다. 그리고 미끄러져 볼을 바닥에 쾅 부딪혔다. 아실은 입가를 만졌고 손에 피가 묻어나는 것을 보았다. 아실은 주먹으로 바닥을 쾅 치고는 다시 일어났다. 다리가 비틀거렸다. 아실은 벽에 손을 짚었다.

현기증이 났다. 아실은 벽에 몸을 기댔다가 머리를 벽에 붙였다. 그렇게 위태위태하게 선 아실은 호흡을 골랐다. 그리고 성안이 시끄럽다는 것을 깨달았다. 소음이 벽을 타고 그녀의 머리를 둥둥 울렸다. 무슨 소리인지 알 수 없었지만 사람들의 거친 외침도 전해져 왔다. 아실은 벽을 밀었다. 쓰러질 듯 걸어가서 탁자를 짚고 섰다. 그녀는 조심스럽게 의자에 앉았다. 하지만 마지막 동작은 쓰러지는 것 같았다.

의자에 앉은 아실은 탁자 위에 엎드렸다. 그대로 잠들고 싶었다. 하지만 머리 안쪽에서 메아리처럼 울리는 소리가 있었다.

'지멘, 당신은 황제를 죽이면 안 돼요.'

아실은 신음을 흘리며 몸을 일으켰다. 몸이 부서져 내릴 것 같았다. 그녀는 작은 비명을 지르며 탁자를 밀치고 일어났다. 그리고 벽에 몸을 부딪혔다. 가슴으로 그리고 몸을 뒤집어 등으로. 벽에 몸을 계속 부딪히자 고통이 사라졌다. 사라졌다기보다 마비된 것에 가깝지만 아실은 휘청거리며 탁자로 되돌아올 수 있었다. 그녀는 팔을 뻗어 지필묵을 챙겼다. 소맷자락이 시커멓게 얼룩지고 얼굴에도 먹물을 잔뜩 묻힌 후에야 글을 쓸 준비를 마칠 수 있었다.

아실은 종이를 펼쳐 글을 휘갈겨 썼다. 두 통의 편지로 하나는 지멘에게, 하나는 발케네 공에게 보내는 것이었다. 편지를 다 쓴 아실은 그것이 마르도록 내버려둔 채 창가로 다가갔다.

성의 마당에서는 병사들이 분주하고 움직이고 있었다. 곳곳에 물통이 옮겨졌고 근처에 빗자루들이 쌓였다. 아실은 화공에 대비하기 위한 물건인가 생각했지만 곧 암살성에 화공은 무의미하다는 것을 깨달았다. 암살성의 노출된 부분은 모두 석재로 이루어져 있었다. 그 물통과 빗자루는 불이 아니라 하늘누리에서 떨어지는 레콘을 대비하기 위한 것이었다. 물론 하늘에서 내려온 레콘들을 상대하기 위해 발케네 병사들이 사용할 무기가 물에 적신 빗자루뿐만은 아니었다. 성안을 더 살펴본 아실은 곳곳에 소화차도 배치되어 있는 것을 발견했다. 그룸 성은 레콘들의 내습에 대한 대비에 몰두하고 있었다. 제국군이 가까운 곳까지 온 모양이다.

아실은 창가를 떠났다. 탁자 위의 편지는 말라 있었고 아실은 그것을 접어 겉면에 수신인의 이름을 쓴 다음 잘 보이는 곳에 놓았다. 혹 날려 갈 것을 대비해 벼루로 눌러 놓은 다음 그녀는 몸을 죽 폈다. 춤을 출 상태는 아니었지만 그녀가 하고자 하는 일에는 무리가 없을 듯했다. 그때 아실의 배에서 꼬르륵 하는 소리가 났다. 아실은 자신의 배를 내려다보았다.

"음식을 넣으라고?"

아실은 자신의 배를 찰싹 때렸다. 몸이 울렸다. 텅 빈 물체를 때리는 것 같았다. 아실은 실제로 자신의 몸이 텅 비어 있다고 생각했다. 피부 아래엔 아무것도 없다. 거기엔 무지무지하게 큰 공허가 있을 뿐이다.

아실이 문으로 다가갔을 때 문 두드리는 소리가 들렸다.

아실은 의심에 빠진 눈으로 문을 바라보다가 뒤로 몇 걸음 물러났다. 다시 두드리는 소리가 들렸다. 그리고 이번에는 목소리도.

"아실? 들어가도 돼?"

헤어릿의 목소리였다. 아실은 갑자기 도망치고 싶어졌다. 대화는 그녀의 예정표에 없었다. 하지만 도망칠 곳이 없었다. 아실은 한숨을 내쉬었다.

"들어와요."

문이 열렸다. 안으로 들어선 헤어릿은 방 가운데 우두커니 서서 낭패한 표정을 짓고 있는 아실을 보고 미소를 지었다.

"이제 일어났구나. 아까 들어왔을 땐 자고 있더니."

아실은 당황했다. 헤어릿이 방 안에 들어왔다는 기억이 없었다. 그녀의 의식이 생각보다 더 불분명한 상태였던 모양이다. 헤어릿이 말했다.

"왜 바닥에서 자니. 몸 아프지?"

아실은 위험하다고 생각했다. 이런 대화는 배가 고픈 것보다 더 나쁘다. 아실은 성급하게 말했다.

"잘 있어요, 헤어릿."

헤어릿은 턱을 조금 끌어당겼다. 아실을 유심히 바라보던 헤어릿은 탁자 쪽을 보았다. 그리고 벼루로 눌러 놓은 편지를 발견했다. 헤어릿이 말했다.

"떠나는구나."

아실은 고개를 끄덕였다. 헤어릿은 문득 생각났다는 듯 뒤를 돌아보았다. 문이 잘 닫혀 있다는 것을 확인한 후 그녀는 아실에게 한 걸음 다가왔다.

"잘 생각했어. 불타는 집에 있을 필요는 없지."

아실은 무슨 말인지 모르겠다는 얼굴로 헤어릿을 바라보았다. 헤어릿은 결심했다.

"함께 가."

"예?"

"함께 가. 너와 함께라면 도망칠 수 있을지도 모르겠어. 내가 말을 준비하지."

"헤어릿?"

"어서 가자."

"잠깐만요, 헤어릿. 무슨 말이죠?"

헤어릿은 아실에게 다가왔다. 그리고 그녀의 두 팔을 살짝 붙잡았다.

"아실, 나는 진작 여기서 도망쳤어야 해. 팔아먹기 위해 나를 사육하는 공작에게서. 하지만 그러지 못했어. 변명 거리는 있었어. 그를 죽이려면 그의 곁에 있어야 한다고 생각했지."

아실은 헤어릿이 했던 말을 떠올렸다. 그녀는 암살공의 주검을 보고 싶다고 말했다. 헤어릿은 스스로에게 고개를 가로저었다.

"거짓말이야. 나는 무서웠던 거야. 어머니처럼, 외할아버지처럼 죽을까 봐 무서웠어. 그래서 포기한 채 공작이 나를 팔아넘기길 기다리고 있었던 거야. 그렇게 되면 공작이 나를 죽이지는 않겠지. 판매한 물건에 하자가 생기면 고객이 화를 내겠지?"

아실은 미간을 찡그렸다. 헤어릿은 서늘하게 웃었다.

"하지만 이젠 도망칠 수 있어. 공작은 나를 못 쫓아와. 자기 처지가 더 급하니까. 이제 곧 제국군이 성에 밀어닥칠 거야."

아실은 헤어릿이 말한 불타는 집이 무슨 뜻인지 깨달았다. 헤어릿은 아실의 팔을 놓았다.

"발케네에 대해서는 내가 더 잘 알 거야. 가자, 아실."

헤어릿은 몸을 돌렸다. 하지만 아실은 움직이지 않았다. 문가에 도달한 헤어릿은 의아한 표정으로 아실을 바라보았다. 아실은 화난 눈과 울고 싶은 입매로 헤어릿을 쳐다보고 있었다.

"헤어릿."

"왜?"

"저, 언젠가 당신을 위로하려고 한 적 있죠?"

헤어릿은 고개를 갸웃했다. 잘 기억나지 않는 일이었다. 아실은 계속 말했다.

"비셀스 규리하는 힘센 남편을 얻을 수 있겠지요. 하지만 당신은 그렇게 예쁜데도 권세 있는 남자와 결혼할 수 없어요. 그래서 위로하려고 했던 거예요."

"뭐?"

"헤어릿, 공작님은 당신을 '팔' 수 없어요. 그건 능력 있는 사위를 고른다는 뜻이겠지요. 하지만 능력 있는 사위는 스카리의 경쟁자가 될 거예요. 그리고 공작님은 스카리의 경쟁자가 되기엔 조금 부족한 사위를 고르지도 않았어요. 처음부터 당신을 팔 생각이 없었으니까."

"그게 무슨 소리야?"

질문하는 헤어릿의 목소리는 떨렸다. 아실의 말에 담겨 있는 확고함이 그녀를 떨게 만들었다. 아실은 한숨을 내쉬고 말했다.

"헤어릿, 당신은 스물일곱 살이죠?"

"그래."

"성인이 된 이후로 십 년이 지난 거죠?"

"그런데?"

"술과 친구는 오래된 것이 좋다지요. 그런데 남자들은 여자에겐 다른 잣대를 적용하더군요."

그다지 유쾌하지 않은 말에 헤어릿은 눈살을 찌푸렸다. 그러다가 그 말이 의미하는 내용을 깨달았다. 헤어릿의 얼굴이 충격으로 새하얗게 질렸다. 아실이 말했다.

"헤어릿, 만약 제가 딸을 팔고 싶었다면 십 년이나 기다리진 않아요. 값이 최고로 비쌀 때 팔아 치웠을 거예요. 하지만 딸이 사랑하는 남자를 데려오기를 기다리는 거라면 십 년은 그렇게 긴 시간이 아니에요. 딸과 함께 있을 수 있는 시간이 더 길어지는 거니까."

헤어릿은 고개를 가로저었다. 그녀가 뭐라 말하려 했을 때 아실이 손을 들었다.

"안 믿어도 상관없어요. 하지만 확인은 해 봐요. 그리고 한 가지 더 말하겠는데 이 집은 불타지 않아요. 저는 불탈 집에 서신을 남겨 두진 않아요."

헤어릿은 탁자 위에 놓여 있는 편지를 보았다. 다시 아실을 보았을 때 아실은 그녀의 곁을 지나치고 있었다. 아실은 문을 열었다. 그리고 문을 붙잡은 채 헤어릿을 돌아보았다.

"꼭 확인해 봐요."

문이 닫혔다.

시허릭 마지오 상장군은 멀리 암살성의 모습이 나타나는 것을 보았다. 암살성은 주변 2킬로미터 지대가 전부 요새라고 할 수 있다. 주위에 가득한 바위들 때문에 대군을 움직이는 것이 힘들기 때문이다. 갑충사들의 보고에 따르면 사라티본 부대는 암살성 바깥에 여기저기 흩어져 있었다. 하늘누리가 물을 쏟을 경우를 대비하여 밀집해 있지 않은 것 같았다. 그리고 성안에 레콘을 쏟을 경우를 대비한 준비도 되어 있었다. 성 안쪽에 물을 기반으로 한 방어 준비가 철저하게 되어 있음을 보고받은 시허릭은 고개를 끄덕였다. 암살공은 할 수 있는 모든 방어 준비를 마친 채 농성을 대비하는 듯했다.

시허릭은 피식 웃었다. 그 정도 준비는 장제황제가 될 자를 대비하는 것치곤 약해.

시허릭은 자신이 뭔가 기묘한 생각을 했다고 느꼈다. 하지만 그것이 무엇인지 알 수 없었다. 승리에 대한 예감 때문에 조금 흥분했는지도 모른다. 시허릭은 머리를 가로젓고 준비했던 전술을 시행했다.

시허릭 마지오 상장군의 명령에 따라 레콘들이 움직였다. 엉겅퀴 여단, 고추냉이 여단, 왜솜다리 여단에서 특정한 병사들이 모였다. 그들은 환상 계단을 상상할 수 있는 병사들이었다. 그 레콘들은 하늘누리로 향하는 자신의 계단을 만든 다음 뛰어올랐다. 파르바리 전투의 모습과 비슷했다. 하지만 다른 점도 있었다. 레콘들이 밟고 뛰어오를 수 있도록 허공에 듬성듬성 퍼져 있던 파르바리 전투와 달리 레콘들은 하늘누리 좌우에 한 줄로 늘어섰다. 조정이 필요했지만 곧 그들은 지상에서 하늘누리로 이어지는 두 개의 줄을 만들었다. 마치 하나의 긴 계단이 하늘누리 좌우에 있고 레콘들이 계단마다 서 있는 것처럼 보였다.

그들이 그런 배치를 준비하는 동안 환상 계단을 만들지 못하는 레콘 병사들은 주위로 흩어졌다. 그리고 암살성 주변에 잔뜩 있는 것들을 주워모았다. 바위들이 속속 하늘누리 아래 모였다. 환상 계단에 서 있던 레콘들은 그 바위를 집어 손에서 손으로 옮겼다. 암살성 주변의 바위들이 빠른 속도로 하늘누리 위편으로 옮겨졌다. 그 모습을 보며 시허릭은 씩 웃었다.

'똑같은 전술을 또 쓸 것 같습니까, 공작? 장제황제는 어떻게

싸우는지 안다고 하지 않았습니까.'

즐거워하던 시허릭은 문득 위화감을 느꼈다. 자신이 또 이상한 생각을 한 것 같았다. 시허릭은 머리를 가로젓고는 작업 현황을 관찰했다.

갑충사는 없었지만 사라티본 부대의 레콘들은 다른 레콘들처럼 눈이 좋았다. 그들은 제국군이 하고 있는 일을 목격했고 그들의 목격담은 곧 성안의 사령부로 전달되었다. 사령부는 발칵 뒤집혔다.

"물도 아니고 레콘도 아닙니다! 바위를 성안에 쏟아 부을 작정입니다!"

디팝에서 온 젊은 참모가 비명을 질렀다. 락토 빌파는 그 젊은이가 디팝 자작 페리닌 스베이크의 아들이며 병에 걸린 아버지를 대신해 참전했다는 것은 알고 있었지만 이름은 떠올리지 못했다. 그래서 락토는 그의 이름을 생략한 채 말했다.

"그렇다. 사라티본 부대에 연락해서 돌을 모으는 작업을 방해하라고 해라."

팔리탐 지소어가 고개를 가로저었다.

"안 됩니다, 공작님. 그들은 파르바리 계곡에서 노획한 우리 소화차들과 그들이 가지고 있던 소화차를 모두 동원하여 돌을 모으는 레콘들을 엄호하고 있습니다. 사라티본 부대는 가까이 가지 못할 겁니다."

"사라티본 부대도 돌을 던지면 돼. 이 주변에 바위는 많다."

"그들에게 돌을 모아 주는 꼴이 될지도 모릅니다. 그리고 다른 문제도 있습니다. 사라티본 부대는 흩어져 있습니다. 제국군 레콘들에게 함부로 싸움을 걸었다간 각개격파당할지도 모릅니다."

"항복해야 합니다!"

스베이크의 아들이 다시 외쳤다. 다른 지휘관들은 언짢은 표정을 지었지만 젊은 자작 계승자를 말리지는 않았다. 그들은 공작의 눈치를 살피는 쪽을 택했다. 스베이크의 아들이 계속 말했다.

"공작님, 결단을 내리십시오. 사태를 인정해야 합니다. 이미 승패는 기울었습니다. 아무도 제국군을 이길 수 없습니다."

락토는 젊은이를 꾸짖지 않았다. 그는 물끄러미 젊은이를 바라보다가 갑자기 그의 이름을 떠올렸다.

"그것을 수용하겠다. 볼존 스베이크."

참모들은 비통한 표정을 지으려 하는 것 같았다. 하지만 팔리탐은 그들의 얼굴에 살았다는 안도감이 더 진하게 번지는 것을 발견했다. 한편 볼존 스베이크는 고양감을 느끼는 듯했다. 그는 고집 센 주군에게 바른 길을 관철시킨 의사의 연기를 하고 싶은 듯했다. 하지만 볼존이 락토의 결단을 칭찬하면서 동시에 자신이 그 결단을 이끌어 내었음을 암시하는 연설을 할 시간은 없었다. 락토가 말했다.

"네가 가서 항복한다고 말해라, 볼존 스베이크."

볼존은 조금 주춤했지만 곧 자신이 끝까지 주역을 할 수 있다는 사실에 기뻐했다. 팔리탐은 갑자기 가슴이 옥죄는 것을 느꼈다. 팔리탐은 볼존과 락토를 번갈아 바라보았다. 락토는 텅 빈 듯한 얼굴로 말했다.

"조건은 없다. 무조건 항복이다. 지금 즉시 출발해라."

볼존은 화려한 동작으로 예를 표시했다. 볼존 스베이크가 밖으로 나가는 모습을 쫓던 팔리탐은 의혹의 눈길로 락토를 바라보았다. 락토는 볼존 스베이크가 앉아 있던 자리를 노려보며 희미하게 웃었다. 그 미소는 한 시간 후 볼존 스베이크의 목이 없어진 시체가 말에 묶인 채 되돌아왔을 때도 사라지지 않았다.

암살성은 공황 상태에 빠졌다. 제국군이 항복 요청을 받아들이지 않을 것임을 확인한 봉신들은 대탈주를 감행했다. 암살공은 그런 탈주를 막지 않았다. 데리고 왔던 병사들과 함께 암살성을 나온 그들은 제국군이 있는 반대쪽으로 도망쳤다. 몇몇 잽싼 봉신들은 자신이 데리고 온 부하들도 팽개친 채 도망쳤다. 좀 더 빨리 도망치기 위해서였다. 하지만 어떤 이들은 끝까지 암살성에 남았다. 그들은 서로의 눈에서 각자 자신의 느낌을 읽을 수 있었다. 그들은 도망쳐 봐야 살 수 없다고 느꼈다. 명확하게 설명할 수는 없지만 항복을 거부당한 암살공의 운명은 바로 그들의 운명이 될 것이라는 확신에 가까운 느낌이 있었다. 그들은 싸우다 죽는 것을 선택했다. 그리고 자신의 결심을 암살공에게 알리기로 했다. 그러나 암살공은 볼존 스베이크의 시체가 돌아온 이후로 사람들 앞에서 사라졌다. 그들은 락토를 찾을 수 없었다.

자신들끼리라도 방어 작전을 수립해 보려던 그들에게 하늘누리가 움직이기 시작했다는 보고가 들어왔다. 하늘누리는 바위 탑재를 마쳤고 바위를 모으고 위로 날랐던 레콘들도 모두 하늘누리 위에 올랐다. 바위를 집어던지기 위해서였다. 그 소식을 들은 지휘관들은 창가나 성벽 위처럼 전망이 좋은 곳으로 달려갔다. 그리고 하늘누리가 서서히 다가오는 모습을 보았다. 절망에 사로잡힌 그들의 눈에 두 사람의 모습이 목격되었다.

먼저 목격된 것은 락토 빌파의 모습이었다. 락토는 암살성의

4층 노대에 서 있었다. 세찬 바람이 그의 옷자락을 흩날렸지만 암살공은 꼿꼿하게 서서 다가오는 파멸을 바라보고 있었다. 그 모습은 묘하게 발케네군 지휘관들과 병사들의 심금을 울렸다. 그들 중 많은 이들이 울음을 터뜨렸다. 냉소하는 자들도 있긴 했지만 두려움 속에서 냉소하는 것은 쉽지 않았기에 그 냉소는 곧 사라졌다. 그때 락토가 갑자기 하늘 한쪽을 바라보며 외쳤다.

"아실?"

발케네군 병사들과 지휘관들은 당황하여 하늘을 바라보았다. 락토가 본 것을 찾는 것은 어렵지 않았다. 소녀가 있었다. 하늘을 달리고 있었다. 손에는 잘 보이도록 횃불을 들고 있었다. 검은 연기가 무럭무럭 피어오르는 횃불을 높이 든 채 소녀는 날아오는 하늘누리를 향해 허공을 달리고 있었다.

하늘누리 주변을 비행하던 갑충사들도 아실의 모습을 발견했다. 그들은 아실이 하늘누리의 비행 궤도 정면으로 달려오는 것을 보았지만, 잠깐 동안 충격에 사로잡혀 아무런 대응을 하지 못했다. 아실이 환상 계단을 이용하고 있다는 것을 짐작하는 것은 어렵지 않았다. 하지만 그 사실을 받아들이는 것은 쉽지 않았다. 하늘누리가 움직이고 있었으므로.

충격이 사라진 후에도 갑충사들은 선뜻 아실에게 날아가지 못했다. 그들은 의아한 표정으로 하늘누리와 아실을 번갈아 바라보는 일만 계속했다. 그 때문에 아실은 아무 방해도 받지 않고 하늘누리 앞쪽 400미터쯤 되는 곳까지 이르렀다. 아실은 멈춰 섰다. 그리고 횃불을 빙글빙글 돌리며 말했다.

"이리 나와."

유수부 천경 통제실에서도 아실의 모습은 보였다. 천경 통제실

의 자기 자리에서 파라말 아이솔은 초조한 기분을 느꼈다. 아실
은 하늘누리 정면에 있었다. 그리고 하늘누리와 아실의 비례는
코끼리와 개미의 비례 이상이다. 따라서 충돌한다 해도 하늘누리
에는 아무 이상이 없을 것이다. 하늘누리를 떠받치고 있는 하늘
치는 벼락을 맞아도 끄떡없다. 벼락에 반응을 보였다면 하늘누리
는 오래전에 파괴되었을 것이다. 아실은 아무런 방해도 되지 않
는다. 하지만 파라말은 그 조그마한 소녀에게 지상에서 가장 거
대한 생물을 충돌시키는 것이 내키지 않았다. 그런 심정은 통제
국의 모든 국원들 또한 마찬가지인 듯했다. 그들은 파라말을 흘
끔흘끔 돌아보았다. 마침내 파라말이 속도를 늦춘다는 타협안을
떠올렸다. 아실이 하늘누리에 충돌하는 대신 부드럽게 하늘치 위
로 올라올 수 있게 하면 유수부 경비국원이 그녀를 체포할 수 있
을지도 모른다. 파라말이 그런 명령을 내리려 할 때였다. 누군가
가 황급하게 통제국 안으로 뛰어 들어왔다. 모든 사람들의 눈이
집중된 곳에는 시종장 블레드 백작이 헐떡거리고 있었다. 파라말
은 깜짝 놀라서 외쳤다.

"블레드 백작? 무슨 일입니까?"

"하늘누리를 멈추시오! 폐하께서 밖으로 나가셨습니다!"

파라말은 기겁하여 정지 명령을 내렸다. 하늘누리는 부드럽게
멈춰 섰다. 아실과의 거리는 30미터 정도였다. 하늘누리의 크기
를 고려한다면 그 거리는 붙어 있는 것이나 다름없다.

눈앞에 떠 있는 거대한 생명체를 보면서, 아니, 보지 못하면서
아실은 호흡을 멈췄다. 아실은 하늘누리를 볼 수 없었다. 고개를
위아래 좌우로 한참 움직이기 전에는 하늘누리를 볼 수 없었다.
그것은 산속에서 산의 모습을 볼 수 없는 것과 마찬가지였다.

간신히 호흡을 회복했을 때 아실은 다가오는 검은 점을 발견했다.

아실은 처음으로 아라짓 제국의 황제를 보게 되었다.

아실을 향해 날아오는 것은 검은 모피로 몸을 감싼 나가였다. 체구는 그다지 크지 않았고 화려한 장식 같은 것도 없었다. 아라짓 제국을 통치하는 막대한 힘을 나타내는 모습은 어디에도 없었다. 하지만 아실은 그녀가 황제임을 잘 알 수 있었다. 검은 모피로 몸을 감싼 채 이 북국의 하늘에 떠 있을 수 있는 나가가 황제 외에 있을 것 같지도 않았다. 그녀는 꼿꼿이 선 채 천천히 날아오고 있었고 발을 움직이지는 않았다. 아실은 횃불을 옆으로 집어던졌다. 횃불이 파르르 소리를 내며 땅으로 떨어졌다.

치천제는 아실의 앞쪽 몇 미터쯤 되는 거리에 멈춰 섰다.

"그래. 드디어 만나는구나, 아실. 짐이 아라짓 제국의 황제다."

아실은 무슨 말을 해야 할지 알 수 없었다. 해야 할 말을 준비해 두었지만 그 말들은 치천제의 모습을 보자마자 사라졌다. 그래서 허리를 조금 구부린 채 황제를 바라보기만 했다. 치천제가 말했다.

"네가 『천경비록』을 해석했다는 것을 알고 있다."

아실의 입이 갑자기 열렸다.

"환상벽을 통해?"

치천제는 고개를 끄덕이고 말했다.

"너를 위해 천경유수 자리를 준비했다."

아실은 놀라지 않았다. 아무것도 놀랄 일이 없다고 생각했다. 실제로 아실은 황제의 말을 제대로 이해하지도 못했다. 그리고 황제는 아실이 알아듣든 말든 신경 쓰지 않는다는 태도로 말했다.

"짐이 고른 새 황제는 훌륭한 인물이지만 그에게도 부족한 점은 있다. 그 점은 네가 보충해 줄 수 있겠지. 다른 두 사람처럼."

아실은 더 이상 자신이 이해하지도 못하는 말을 듣고 싶지 않았다. 아실은 머리를 움켜쥐었다. 그리고 눈을 감은 채 비명을 지르듯 말했다.

"코네도에서 많은 사람을 죽였지!"

자신의 외침을 들은 순간 아실은 정신이 명료해지는 것을 느꼈다. 그녀는 눈을 떠서 황제를 바라보았다. 황제는 무표정하게 그녀를 보고 있었다. 아실이 다시 말했다.

"코네도에서 많은 사람을…… 많은 사람을 죽였어. 그렇지?"

황제는 선심 쓰듯 대답했다.

"그랬는데?"

"나, 나는 그것을 설명할 수 있다고 생각해."

"설명한다고?"

"아홉 살부터 쉰아홉 살까지의 모든 코네도 인의 죽음."

치천제는 만족감과 비슷한 표정으로 아실을 바라보았다. 아실은 그 표정을 이해할 수 없었다. 어떻게 만족감을? 그러나 조금 후 아실은 황제가 그런 느낌을 받을 수도 있다는 것을 깨달았다. 황제의 사고 관계를 나타내기 위해 가장 많이 사용되는 표현은 외롭다는 것이다. 갑자기 아실의 해묵은 기억이 떠올랐다.

"즈라더, 금군 즈라더는 당신이 불쌍한 사람이라고 말했어."

치천제는 미소를 지은 채 아실을 바라보았다. 아실은 침을 삼키려 했다. 하지만 침은 돌덩이나 되는 양 목 뒤로 넘어가지 않았다. 아실은 목을 비틀어 억지로 침을 삼키곤 가까스로 말했다.

"그 말이 맞아?"

치천제는 웃을 뿐 아무 대답이 없었다. 아실이 다시 말했다.
"그 말이 맞아? 당신이 정말 불쌍한 '사람'이야? 사람이냐고?"
아실은 손가락을 내뻗어 치천제를 가리켰다.
"당신과 같은 정신 억압자가?"
아실은 자신이 말한 정신 억압자가 무슨 뜻인가 생각했다. 그리고 스스로에게 설명하듯 말했다.
"그 많은 사람을 죽일 수는 없어. 도덕, 나는 도덕을 말하는 것이 아냐. 실현성의 문제야. 그 밤 동안 그렇게 많은 사람을 죽일 수는 없어! 코네도에 불이라도 지르지 않는다면! 도망치는 사람이, 도망치는 사람이 있어야 해. 그런데 그런 사람은 없었어. 모두 죽었어. 아홉 살부터 쉰아홉 살까지의 모든 사람이. 그리고 제국군, 제국군도 마찬가지야. 그들은 그 명령을 수행했어. 아무도 거부하지 않았어. 마치, 마치 제국군도 코네도 사람들도 꼭두각시처럼 살인극을 연출했어. 네가 그랬어! 너는 사람을 정신 억압할 수 있는 거야! 그렇지?"
치천제는 웃을 뿐 대답하지 않았다.
락토 빌파는 노대에서 아실과 황제를 바라보았다.
모든 사람과 마찬가지로 락토도 놀라운 충격에 빠져 그 모습을 바라보고 있었다. 하늘누리를 향해 달려간 소녀도, 황궁 바깥으로 나온 아라짓 제국의 지배자도 현실성이 없기는 마찬가지였다. 락토는 자신의 존재마저 잊을 정도로 그 모습에 몰입했다.
갑자기 그의 존재가 락토를 끌어당겼다. 락토는 어리둥절함을 느끼며 아래를 내려다보았다. 락토는 그것이 무엇인지 알 수 없었다. 잘 알고 있는 사물도 특정한 각도에서 볼 때 도무지 무엇인지 알 수 없는 일이 있다. 지도를 뒤집어 놓는 경우가 좋은 예다. 그리고 락토의 가슴을 뚫고 나와 있는 것 또한 평소에 볼 수 없는 각도였다. 락토는 그것을 만져 보았다.

손가락이 따끔했다. 락토는 그제야 그것이 칼임을 깨달았다. 락토는 고개를 끄덕였다. 칼이 내 가슴을 뚫고 나와 있군. 그 사실을 이해했지만 만족할 수 없었다. 칼이 가슴을 뚫고 나오는 일은 아무래도 낯선 경험이었다. 그 경험을 면밀하게 관찰할 수 없었다. 눈앞이 흐려지고 몸이 차가워졌다.

머리가 무거웠다. 그는 하늘누리를 향해 고개를 숙였다. 입에서 피가 흘러나와 가슴을 적셨다. 그의 몸이 서서히 무너졌다.

락토는 무엇인가를 경배하는 태도로 노대 위에 무릎을 꿇었다.

피를 마시는 새 3

1판 1쇄 펴냄 2005년 7월 8일
1판 24쇄 펴냄 2024년 2월 23일

지은이 | 이영도
발행인 | 박근섭
편집인 | 김준혁
펴낸곳 | 황금가지

출판등록 | 2009. 10. 8 (제2009-000273호)
주소 | 06027 서울 강남구 도산대로 1길 62 강남출판문화센터 5층
전화 | **영업부** 515-2000 **편집부** 3446-8774 **팩시밀리** 515-2007
홈페이지 | www.goldenbough.co.kr

도서 파본 등의 이유로 반송이 필요할 경우에는 구매처에서 교환하시고
출판사 교환이 필요할 경우에는 아래 주소로 반송 사유를 적어 도서와 함께 보내주세요.
06027 서울 강남구 도산대로 1길 62 강남출판문화센터 6층 민음인 마케팅부

© 이영도, 2005. Printed in Seoul, Korea

ISBN 978-89-8273-934-7 04810 (3권)
ISBN 978-89-8273-931-6 04810 (세트)

㈜민음인은 민음사 출판 그룹의 자회사입니다.
황금가지는 ㈜민음인의 픽션 전문 출간 브랜드입니다.